KB175900

원전으로 읽는 우리 고전 4

이씨 집안 이야기

이씨세대록

11

원전으로 읽는 우리 고전 4

이씨세대록 11

이씨 집안 이야기

장시광 옮김

이담북스

역자 서문

<쌍천기봉>을 2020년 2월에 완역, 출간했는데 이제 그 후편인 <이씨세대록>을 번역해 출간한다. <쌍천기봉>을 완역한 그때는 역자가 학교의 지원을 받아 연구년제 연구교수로 유럽에 가 있을 때였다. 연구년은 역자에게 부담 없이 번역에만 전념할 수 있는 환경을 만들어 주었다. 덕분에 역자는 <쌍천기봉>의 완역 이전부터 이미 <이씨세대록>의 기초 작업을 동시에 수행할 수 있었다. 이 번역서 2부의 작업인 원문 탈초와 한자 병기, 주석 작업은 그때 어느 정도 되어 있었다. <쌍천기봉>의 완역 후에는 <이씨세대록>의 기초 작업에 박차를 가했다. 당시에 유럽에 막 퍼지기 시작한 코로나19는 작업에 속도를 내도록 했다. 한국에 우여곡절 끝에 귀국한 7월 중순까지 전염병 덕분(?)에 집안에만 틀어박혀 있을 기회가 많았기 때문이다.

<쌍천기봉>이 역사적 사실에 허구를 덧붙인 연의적 성격이 강한 소설이라면 <이씨세대록>은 가문 내의 부부 갈등에 초점을 맞춘 가문소설이다. 세세한 갈등 국면은 유사한 면이 적지 않지만 이처럼 서술의 양상은 차이가 난다. 조선 후기의 독자들이 각기 18권, 26권이나 되는 연작소설을 흥미롭게 읽을 수 있었던 데에는 이처럼 작품마다 유사하면서도 특징적인 면이 있기 때문이었을 것으로 짐작된다.

역자가 대하소설에 흥미를 가지게 된 것도 이러한 면과 무관하지 않다. 흔히 고전소설을 천편일률적이라고 알고 있는데 꼭 그렇지만은 않다. 같은 유형인 대하소설이라 해도 <유효공선행록>처럼 형제 갈등이 두드러진 작품이 있는가 하면, <완월회맹연>이나 <명주보월빙>처럼 종법제로 인한 갈등을 다룬 작품도 있다. 또한 <임씨삼대록>처럼 여성의 성욕이 강하게 부각되어 있는 작품도 있다. <쌍천기봉> 연작만 해도 전편에는 중국의 역사적 사실을 토대로 군담이 등장하고 <삼국지연의>와의 관련성도 서술되는 가운데 남녀 주인공이 팔찌를 매개로 하여 갖은 갈등 끝에 인연을 맺는 과정이 펼쳐져 있다면, 후편에는 주로 가문 내에서 발생할 수 있는 다양한 부부 갈등이 등장함으로써 흥미의 제고와 함께 가부장제 사회의 질곡이 더욱 적나라하게 드러나게 하는 효과를 내고 있다.

이 책은 현대어역과 '주석 및 교감'의 2부로 구성되어 있다. 책의 순서로는 현대어역이 먼저지만 작업은 주석 및 교감을 먼저 했다. 주석 및 교감 부분에서는 국문으로 된 원문을 탈초하고 모든 한자어에는 한자를 병기했으며 어려운 어휘나 고유명사에는 주석을 달고 문맥이 이상하거나 틀린 부분은 이본을 참조해 바로잡았다. 이 작업은 현대어역을 하는 것보다 훨씬 공력이 많이 든다. 이 작업이 다 이루어지면 현대어역은 한결 수월해진다.

역자는 이러한 토대 작업이 누군가에 의해서는 반드시 이루어져야 한다고 생각한다. 물론 미흡한 점도 있을 것이다. 그러나 이러한 작업이 많아질수록 연구는 활성화하고 대중 독자들은 대하소설에 어렵지 않게 접근할 수 있을 것이다. 일은 고되지만 보람을 찾는다면 바로 그러한 이유에서일 터이다.

<쌍천기봉>을 작업할 때와 마찬가지로 이 작업도 여러 분에게서

도움을 받았다. 해결되지 않은 병기 한자와 주석을 상당 부분 해소해 주신 황의열 선생님께 고마운 마음을 전한다. <쌍천기봉> 작업 때도 많은 도움을 주셨는데 어려운 작업임에도 한결같이 아무 일 아니라는 듯이 도움을 주셨다. 연구실의 김민정 군은 역자가 해외에 있을 때 원문을 스캔해 보내 주고 권20 등의 기초 작업을 해 주었다. 대학원생 남기민, 한지원 님은 권21부터 권26까지의 기초 작업을 해 주었다. 감사드린다. 대학원 때부터 역자를 이끌어 주신 이상택 선생님, 한결같이 역자를 지켜봐 주시고 충고를 아끼지 않으시는 정원표 선생님과 박일용 선생님께는 늘 빚진 마음을 지니고 있다. 못난 자식을 묵묵히 돌봐 주시고 늘 사랑으로 대해 주시는 양가 부모님께 감사드린다. 끝으로 동지이자 아내 서경희에게 사랑과 감사의 마음을 전한다.

차례

제1부

현대어역

☘ 일러두기 ☘

1. 번역의 저본은 제2부에서 행한 교감의 결과 산출된 텍스트이다.
2. 원문에는 소제목이 없으나 내용을 고려하여 권별로 적절한 소제목을 붙였다.
3. 주석은 인명 등 고유명사나 난해한 어구, 전고가 있는 어구에 달았다.
4. 주석은 제2부의 것과 중복되는 것은 가급적 삭제하거나 간명하게 처리하였다.

이씨세대록 권21

이팽문은 소옥주와 혼인해 갈등하다가 화락하고 이백문은 남복한 화채옥을 집으로 데려오려 하다

이때 팽문이 아버지에게 매를 맞은 후 한 달 남짓 고생하다 일어났다. 그런데 개국공이 소 참정에게 화가 풀리지 않아 구혼 한 가지 일을 일컫지 않았고, 참정 또한 딸을 심규(深閨)에서 늙히려 했으므로 묵묵히 시비를 하지 않았다. 소후는 뒤에야 알고 어이없어 도리어 모르는 체했다.

소 상서가 이에 소 참정을 불러 일렀다.

"옥주가 이미 이씨 집안에 몸을 적셨고 팽문이의 병이 나았거늘 어찌 혼인 이룰 생각을 하지 않는 것이냐?"

참정이 한가한 말을 하는 것이 좋지 않아 다만 대답했다.

"옥주의 나이가 어리므로 아직 몇 년을 기다리려 하나이다."

상서가 말했다.

"내 나이가 많으니 자손의 재미를 보는 것이 한시가 급하다. 그러니 어찌 몇 년을 기다리겠느냐? 내년에 친영(親迎)[1]하도록 하라."

참정이 이에 "예예" 하고 짧게 대답할 따름이었다.

하루는 소운이 이씨 집안에 이르러 숙모를 뵙고 팽문과 서로 보았

1) 친영(親迎): 육례의 하나. 신랑이 신부의 집에 가서 신부를 직접 맞이하는 의식.

다. 이에 문이 부끄러워해 묵묵히 말을 안 하니 운이 속으로 미소한 후 정색해 말했다.

"그대가 어찌 나를 보고 냉안멸시(冷眼蔑視)[2]하는 겐가?"

이때는 연왕이 출정한 때였다. 이에 팽문이 사죄해 말했다.

"내가 연형(年兄)[3]의 사랑함을 입어 귀부(貴府)[4]에 자주 왕래하다가 잘못해 죄를 얻었네. 그래서 형을 대하니 부끄러움을 이기지 못해 말을 할 낯이 없는 것이네. 그러니 형은 괴이하게 여기지 말게."

운이 그 부끄러워하는 모습을 보고는 원래 기상이 서로 합했으므로 다시 꾸짖지 않고 팽문의 손을 잡아 위로해 말했다.

"그대가 무심결에 저지른 일을 어찌 개탄하겠는가? 다른 사람은 그대를 비웃으나 나와 그대는 일심동체니 무슨 꺼리고 싫어할 일이 있겠는가?"

문이 사례하고 조용히 말하다가 속으로 혼인 말을 하려 했으나 부끄러워 못 했다. 그러고서 서로의 교분이 예전과 같았다.

하루는 운이 이씨 집안에 이르러 팽문과 담소하는데 문이 천천히 운의 옷을 잡고 물었다.

"알지 못하겠네. 대인께서 영매(令妹)를 내게 시집보내려 하시던가?"

운이 웃으며 말했다.

"대인께서 그대를 싫어해 누이를 심규에서 늙히려 하시니 어찌 의논이나 하시겠는가? 내 누이는 바라지도 말고 다른 가문의 숙녀를 가리도록 하게."

---

2) 냉안멸시(冷眼蔑視): 남을 무시하는 차가운 눈초리로 업신여기거나 하찮게 여겨 깔봄.
3) 연형(年兄): 과거에서 같이 급제한 사람 중 나이가 같을 경우에 서로 부르는 말.
4) 귀부(貴府): 상대방의 집을 높여 이르는 말.

문이 멍한 낯빛으로 말했다.

"형, 이 무슨 말인가? 내가 만일 영매와 함께 노닐지 못한다면 죽어도 다른 데는 장가들지 않을 것이네."

운이 웃고 말했다.

"우리 대인께서는 본디 고집이 남다르시다네. 그러니 그대가 아무리 태산처럼 굳은 마음을 지녔다 한들 어디에 가 마음을 드러낼 수 있겠는가?"

팽문이 또한 웃고 말했다.

"이것은 형이 나를 떠보는 말이네. 대인께서 설마 천금 같은 딸을 홀로 늙히겠는가?"

운이 말했다.

"그대가 또한 잘못 알고 있네. 우리 대인의 고집을 어떻게 여기는 것인가? 천만 명의 사람이 들어 권해도 응하지 않으실 것이니 그대 숙모께 애걸해 보게."

문이 말했다.

"숙모께서는 젊어서부터 엄격하고 바르셔서 예가 아닌 일은 용납하지 않으셨네. 그런데 내 일이 자못 도리에 어긋난 일이니 무엇으로써 청을 하겠는가?"

운이 말했다.

"그렇다면 숙부께서 상경하시기를 기다려 이리이리 하게. 우리는 감히 혼인 마음도 먹을 수 없으니 숙부께서 말씀을 잘하시면 될 수도 있겠네."

문이 사례하고 괴로이 왕이 돌아올 때를 기다렸다.

왕이 돌아오고서 연왕부가 조용하니 팽문이 때를 타 밤에 오운전으로 갔다. 왕이 아들들과 역사를 담론하다가 놀라서 말했다.

"네 어찌 이른 것이냐?"

문이 사례해 말했다.

"조카가 숙부 안전에 이른 것이 괴이한 일이겠나이까?"

왕이 그 기색을 스치고서 명령해 앉으라 했다. 생이 이에 왕을 모시고 한참이 지났으나 왕의 엄한 기색을 두려워해 말을 하지 못하고 한갓 머뭇거리기만 했다. 왕이 이에 두 눈을 들어 이윽히 바라보다가 물었다.

"네가 무슨 말을 나에게 하려 하는 것이냐?"

생이 숙부가 묻는 말을 좇아 급히 사례하고 소회를 자세히 고했다. 이에 왕이 한참을 생각하다가 엄정히 일렀다.

"네 아직 장가를 들지 못한 사내아이로서 자못 부정한 일을 범해 죄가 깊으니 남의 고집을 한할 수 있겠느냐? 네 아저씨가 어려서부터 이런 일에 능하지 못했으니 너는 마땅히 마음을 닦고 많은 책을 읽으며 소 공이 깨닫기를 기다리도록 하라."

생이 다 듣고는 얼굴 가득히 부끄러운 빛을 띠고 물러났다. 이에 왕이 초후 성문을 나아오라 해 일렀다.

"내 아이는 네 숙부의 뜻을 알겠느냐?"

후가 말했다.

"제가 남녘에서 돌아온 지 오래되지 않았으니 자세히 알지는 못하겠습니다. 다만 대개 숙부의 고집이 남다르셔서 그른 일에 대해서는 알지 않으려 하십니다. 그러니 아버님께서 할아버님께 강력하게 말씀하셔서 혼사가 순탄하게 되도록 하는 것이 옳을까 하나이다."

왕이 미소 짓고 말했다.

"내 아이가 아는 것이 또한 밝다 하겠구나. 네 외삼촌이 네 어미의 오라비로서 고집이 없겠느냐?"

초후가 관을 숙여 미소하고 말을 안 했다.

이튿날 왕이 조회에 참여하고 소씨 집안으로 갔다. 먼저 서당에 가 참정을 보니 참정이 반겨 말했다. 이에 왕이 천천히 물었다.

"옥주의 혼사를 어디에 정했는가? 알고 싶네."

참정이 말했다.

"정하나 안 하나 알아서 무엇 하려 하는가?"

왕이 웃으며 말했다.

"형이 사람을 이토록 무안하게 말하는가? 알고 싶어 묻는 것이네."

참정이 정색하고 말했다.

"옥주는 세상에서 버려진 사람이라 어찌 시집가고 시가를 좇는 일을 의논하겠는가?"

왕이 다 듣고는 안색을 바르게 하고 말했다.

"내 형과 함께 약관(弱冠)[5]부터 이미 교분을 허락한 지 오래되었으니 소견이 있는데 어찌 숨기겠는가? 팽문이의 행동이 호방하나 무심결에 소탈한 아이가 삼가지 못해 잘못해 옥주를 침범한 것이니 오랫동안 그리워해 그런 것은 아니었네. 그런데 형이 무슨 까닭에 괴이한 고집을 부려 조카딸을 심규에서 수절하게 하는 겐가? 내 적이 그 생각을 취하지 않으니 형은 어찌하려 하는가?"

참정이 다 듣고는 낯빛이 변해 말했다.

"왕은 천승국군(天乘國君)[6]으로 나이 있는 어른이거늘 호탕하고 도리에 어긋난 짓을 한 조카를 위해 유세객이 되려 하는 겐가? 그르나 옳으나 내 자식의 생사는 내 손에 쥐어져 있으니 누가 감히 간여할 수 있겠는가?"

---

5) 약관(弱冠): 스무 살을 달리 이르는 말.

6) 천승국군(天乘國君): 천 대의 수레를 징발할 수 있는 임금. 곧 제후를 가리킴.

왕이 다 듣고는 몸을 일으켜 내당에 들어갔다. 상서와 부인이 반겨 근래 안부를 묻고 말하더니 왕이 이에 자리에서 일어나 고했다.

"장인어른[7]께서는 군평[8]의 처사가 잘못된 것임을 알고 계시나이까?"

공이 말했다.

"아들이 어려서부터 매몰차고 고집은 있으나 행동에 무슨 그른 일이 있겠는가?"

왕이 미소하고 손으로 관을 가다듬으며 대답했다.

"접때 팽문이 옥주를 침범한 것은 크게 잘못한 일입니다. 그런데 지금에 이르러 옥주를 심규의 죄인으로 만드는 것은 옳지 않거늘 군평이 먹은 마음이 구정(九鼎)[9] 같아 제가 타일러도 듣지 않고 도리어 저를 면전에서 꾸짖으니 어찌 괴이하지 않나이까?"

공이 놀라서 말했다.

"팽문이가 허랑하나 얻지 못할 아름다운 사내요, 또 이미 일의 형세가 마지못하게 되었는데 아들이 어찌 그러한 뜻이 있는 줄 알았겠는가?"

그러고서 즉시 시랑 소염을 시켜 참정을 불렀다. 참정이 명령을 들어 앞에 이르러 잰걸음으로 나아오니 공이 정색하고 말했다.

"늙은 아비가 일찍이 알지 못했더니 네가 괴팍한 행동을 했다 하더구나. 그것이 아마도 옳은 일이더냐?"

참정이 다 듣고는 안색을 고치고 두 번 절해 머리를 숙이고 말했다.

---

7) 장인어른: 상서 소문이 연왕 이몽창의 아내 소월혜의 아버지이므로 이와 같이 칭함.
8) 군평: 소문의 아들인 소형의 자(字).
9) 구정(九鼎): 중국 하(夏)나라의 우왕(禹王) 때에, 전국의 아홉 주(州)에서 쇠붙이를 거두어서 만들었다는 아홉 개의 솥. 주(周)나라 때까지 대대로 천자에게 전해진 보물이었다고 함.

"과연 하교하신 바는 제가 고집을 부린 것이 아니라 소회가 있어 그런 것이니 어찌 아뢰지 않겠나이까? 팽문이는 당당한 재상가의 공자로서 마음을 가다듬어 스스로 수행하는 것이 먼 것은 이를 것도 없고 예의와 염치를 알지 못해 남의 규수를 길가의 버들과 담장에 핀 꽃처럼 여겨 희롱했으니 이것이 어찌 선비의 행실이겠습니까? 이런 까닭에 딸아이를 심규에서 늙혀 탕자(蕩子)를 징계하려 한 것이니 부모님께서는 괴이하게 여기지 마소서."

공이 다 듣고는 노해서 말했다.

"네가 대장부가 되어 소견이 이토록 옹졸한 것이냐? 팽문이의 행실이 그르나 옥주를 홀로 늙히는 일이 있어서야 되겠느냐? 네 소견이 굳으나 늙은 아비는 결코 듣지 못할 일이니 빨리 택일해 혼례를 이루도록 하라."

참정이 다 듣고는 관을 벗고 고개를 조아려 말했다.

"아버님의 가르치심이 자못 마땅하시나 팽문이는 차마 사위라 못 할 것입니다."

공이 문득 대로해 성난 눈을 높이 뜨고 큰 소리로 말했다.

"불초한 아이가 아비를 업신여기는 것이 이와 같은 것이냐? 내 집은 가난한 선비의 집안이라 궁인을 두지 못할 것이니 빨리 옥주를 액정(掖庭)[10]에 들이라."

부인이 말을 이어 꾸짖었다.

"아이가 이토록이나 불초한 것이냐? 괴이한 고집을 부려 자기 뜻대로 하려 하고 부모를 홍모(鴻毛)[11]같이 여기니 이 무슨 도리냐? 네 딸아이가 매몰차고 억세더라도 우리 늙은 부부가 하라 하는 일은

---

10) 액정(掖庭): 궁녀가 있는 궁궐.
11) 홍모(鴻毛): 기러기의 털이라는 뜻으로 극히 가벼운 사물을 비유한 말.

물과 불이라도 거역하지 않는데 네 홀로 이와 같이 어리석은 것이냐?"

참정이 부모에게서 엄한 꾸지람을 듣자 두려워하고 부끄러워 멈칫멈칫 물러나 명령을 듣고 자리를 옮겨 죄를 청했다. 그러나 속으로 답답함을 이기지 못해 관을 숙인 가운데나 눈을 흘려 왕을 보았다. 왕이 속으로 실소하고 미우에 웃음을 띠어 다만 알지 못하는 듯이 공의 곁에서 모셔 다른 말을 했다. 공이 그 세상에서 빼어난 기질과 어진 마음을 미칠 자가 없는 것을 더욱 사랑해 말했다.

"자네는 돌아가 영제(令弟)에게 혼사 이룰 것을 이르고 택일해 혼례를 치르는 것이 어떠한가?"

왕이 공수(拱手)해 말했다.

"제가 용렬하나 존부의 중매 노릇을 할 수 있겠나이까? 마땅히 존부에서 택일해 육례(六禮)[12]를 갖추소서. 저희는 좋은 자리에 참석해 술이나 먹을 것입니다."

공이 웃고 옳다 했다.

이윽고 왕이 하직하고 일어나니 참정이 따라가 서헌에 이르러 한스러워해 말했다.

"왕은 높은 집에 누워 잠이나 잘 것이지 무슨 까닭에 부질없이 와 노친(老親)을 달래 팽문이의 소원을 이루어 준 것인가?"

왕이 크게 웃고 말했다.

---

12) 육례(六禮): 『주자가례』를 따른 혼인의 여섯 가지 의식. 곧 납채(納采)·문명(問名)·납길(納吉)·납징(納徵)·청기(請期)·친영(親迎)을 말함. 납채는 신랑 집에서 청혼을 하고 신부 집에서 허혼(許婚)하는 의례이고, 문명은 납채가 끝난 뒤에 남자 집의 주인(主人)이 서신을 갖추어 사자를 여자 집에 보내어 여자의 생모(生母)의 성(姓)을 묻는 의례며, 납길은 문명한 것을 가지고 와서 가묘(家廟)에 점쳐 얻은 길조(吉兆)를 다시 여자 집에 보내어 알리는 의례고, 납징은 남자 집에서 여자 집에 빙폐(聘幣)를 보내어 혼인의 성립을 더욱 확실하게 해 주는 절차이며, 청기는 성혼(成婚)의 길일(吉日)을 정하는 의례이고, 친영은 신랑이 신부 집에 가서 신부를 맞이하여 신랑 집에 돌아오는 의례.

"내 본디 잠잘 줄을 알지 못하고 장인어른께 사주한 일도 없으니 형은 너무 총명한 체하지 말게."

말을 마치고 돌아가니 참정이 하릴없어 웃었으나 마음속으로 불쾌함을 이기지 못했다.

소 공이 즉시 택일해 이씨 집안에 고하니 혼례일은 춘이월 초생(初生)[13]이었다.

개국공이 소 참정과 입씨름을 하고 구태여 혼사를 기다리지 않다가 뜻밖에도 소씨 집안에서 택일단자(擇日單子)[14]를 보내 온 것을 보고 놀라고 의심했으나 역시 기뻐해 답장을 보냈다. 그러고서 연고를 몰라 근심했는데 왕이 자세히 이르자 공이 깨달아 소 참정의 고집을 꾸짖었다.

이에 혼수를 차려 길일에 공자가 행렬을 거느리고 숙부들이 요객(繞客)[15]이 되어 소씨 집안으로 갔다. 소씨 집안에서 잔치를 크게 베풀고 기구를 성대하게 차려 신랑을 맞이했다. 신랑이 전안(奠雁)[16]을 마치자 신랑의 늠름하고 시원한 풍채는 완연히 청평사(淸平詞)[17]를 읊던 이백(李白)[18]과 같았다. 자리에 있던 모든 사람들이 소리를 나란히 해 칭찬하고 소 공이 크게 기뻐해 생의 손을 잡고 말했다.

"이 늙은이가 무슨 복으로 늘그막에 이런 기이한 사위를 얻었는

---

13) 초생(初生): 음력으로 그달 초하루부터 처음 며칠 동안. 초승.

14) 택일단자(擇日單子): 혼인 날짜를 정하여 상대편에게 적어 보내는 쪽지.

15) 요객(繞客): 혼인 때에 가족 중에서 신랑이나 신부를 데리고 가는 사람.

16) 전안(奠雁): 신랑이 기러기를 가지고 신부 집에 가서 상 위에 놓고 절함. 또는 그런 예(禮). 산 기러기를 쓰기도 하나, 대개 나무로 만든 것을 씀.

17) 청평사(淸平詞): 이백이 지은 사(詞). 당(唐) 현종(玄宗)이 침향정(沈香亭)에 작약(芍藥)을 심어 놓고 양귀비(楊貴妃)와 함께 만발한 꽃을 구경하다가 당시 한림학사(翰林學士)인 이백(李白)을 불러 악부를 짓게 하자 이백이 청평조사(淸平調詞) 3편을 지어 올림.

18) 이백(李白): 중국 성당 때의 시인(701~762). 본명은 이태백(李太白). 젊어서 여러 나라를 돌아다니고, 뒤에 출사(出仕)하였으나 안녹산의 난으로 유배되는 등 불우한 만년을 보냄. 시성(詩聖) 두보(杜甫)에 대하여 시선(詩仙)으로 칭하여짐.

고? 참으로 복이 없어질까 두렵구나.”

빈객이 이에 다 치하해 축하하는 말로 떠들썩했다. 그러나 참정은 한마디 말도 하지 않고 눈을 들어 보지 않으니 객들이 괴이하게 여겼다. 이윽고 신부가 칠보(七寶)로 곱게 단장하고 덩에 들자 신랑이 나아가 가마를 다 봉했다.

그러고서 행렬을 지휘해 본부에 이르러 대청에서 독좌했다. 신부의 빼어난 골격과 탐스러운 용모는 눈 위에 핀 붉은 매화 같고 별 같은 눈매는 가을 물결을 업신여길 정도였다. 앵두 같은 붉은 입술과 복숭아꽃 같은 두 뺨은 천하의 절색이었으니 그 숙모의 풍모가 많이 있었다. 이에 자리에 있던 사람들이 크게 놀라고 시부모가 놀라움을 이기지 못했다. 교배를 마치자 신부가 발길을 돌려 폐백을 내오니 얌전한 기질과 나는 듯한 걸음걸이는 직녀가 초대(楚臺)[19]에 내려오며 항아(姮娥)가 요지(瑤池)[20]에 오르더라도 이에 미치지 못할 듯했다. 이에 어른들과 시부모가 크게 기뻐하고 자리에 있던 사람들이 일시에 축하했다. 신랑이 마음 가득히 매우 기뻐 미우에 즐거운 빛이 영롱하고 붉은 입술에 옥 같은 이가 찬란해 은은한 골격이 새로이 빼어났다. 이에 모든 형제가 눈 주어 웃었다.

예를 마치자 승상 등은 밖으로 나가고 정 부인이 시어머니 유 부인을 받들어 자리를 정한 후 모든 부인네가 차례로 한꺼번에 열을 이루었다. 신부가 동서들과 차례로 앉으니 위 씨, 여 씨의 엄숙하고 시원하며 맑아 얼음 같은 골격에는 떨어지나 그 나머지는 미칠 사람

---

19) 초대(楚臺): 초나라 무산(巫山)의 양대(陽臺)를 말함. 중국 초나라의 회왕(懷王)이 꿈속에서 자신을 무산(巫山)의 여자라 소개한 여인과 잠자리를 같이했는데, 그 여인이 떠나면서 자신은 아침에는 구름이 되고 저녁에는 비가 되어 양대(陽臺) 아래에 있다고 한 고사가 있음.

20) 요지(瑤池): 중국 곤륜산(崑崙山)에 있는 연못. 주(周)나라 목왕(穆王)이 서왕모(西王母)를 만나 즐겼다는 곳.

이 없었다. 이에 최 부인이 기쁨을 참지 못해 몸을 돌려 소후에게 사례하니 후가 미소하고 말했다.

"부인이 기쁘시면 팽문이를 불러 사례하실 것이지 첩이 어찌 알겠습니까?"

부인이 이에 낭랑히 웃었다.

종일토록 즐기고 석양에 신부 숙소를 해옥당에 정했다. 소 소저가 비록 부모의 명령으로 마지못해 팽문과 혼례를 이뤘으나 한 조각 한스러워하는 마음이 구곡간장에 맺혀 있었다. 그래서 이날 월주 소저를 따라 소후 침소에 이르니 후가 또한 흔쾌한 빛으로 사랑해 말을 하며 등불의 심지를 이었다. 후가 소저를 경계해 침소로 돌아가라 했으나 소저가 머뭇거리며 물러가지 않았다. 상서 등이 저녁 문안을 하러 들어와 모두 열을 이루자 광릉후가 웃고 소저에게 말했다.

"누이가 어찌 이곳에 있느냐? 팽문이가 기다리는 눈이 뚫어질 듯할 것이니 누이는 어서 가라."

소저가 정색해 대답하지 않고 월주 소저의 손을 이끌어 곁방으로 들어가니 초후 등이 팽문을 그릇 여겼으므로 시비를 하지 않고 물러났다.

능후가 봉각에 돌아오니 잔치 자리에서 자못 취했으므로 진중하던 마음이 다 달아나고 뜻이 방탕해 급히 부인의 섬섬옥수를 이끌어 자리해 두 아들을 안아 유희했다. 소저가 이에 크게 불쾌해 바삐 물러앉으려 하자 후가 취한 얼굴이 영롱한 채 긴 팔을 빼어 소저를 굳이 잡았다. 그러니 소저가 어찌 막을 수 있겠는가. 후가 이에 웃고 말했다.

"천지개벽한 후에 부부가 생겨 물수리가 끼룩끼룩 우는 화락함[21]을 일렀으니 생은 그대 향한 뜻이 날로 더해 잠시도 떠나고 싶지 않은데 그대는 이렇듯 매섭고 냉정하니 인정이 어찌 이렇듯 박하오?"

소저가 정색하고 말했다.

"옛말에 부부가 남편은 온화하고 아내는 순종함이 가지런해야 함을 일렀습니다. 부부가 비록 친하나 이토록 함부로 대하는 것은 옳지 않습니다."

후가 다 듣고는 크게 웃고 소저의 옥 같은 손을 이끌어 침상에 나아갔다. 그 깊은 사랑은 바닷물이 뽕나무밭이 되어도 변하지 않을 듯했으니 조물주가 잠깐 고생시킨 것이 괴이하지 않았다. 소저가 후가 술 취해 생긴 마음이 호탕한 것을 민망하게 여겨 재삼 멀리 거부했으나 태부가 이십이 넘어 신장과 골격이 크게 장대했으므로 소저의 섬약한 기질을 어찌 마음대로 하지 못하겠는가. 소저의 한 몸을 팔 아래 두어 간절한 정을 금하지 못했으므로 소저가 매우 불쾌한 마음을 이기지 못했다.

이때 팽문이 절색의 숙녀를 천신만고 끝에 얻어 잔치 자리에서 그 미모와 전아한 자태를 아쉽게 보고 날이 저물기를 기다려 침소로 들어갔다. 침병(枕屛)[22]과 상아로 된 침상이 가지런해 향기로운 내가 낯에 쏘였으므로 더욱 기쁘고 즐거워 옥베개에 비겨 신부가 오기를 기다렸다. 그런데 밤이 깊도록 기척이 없으므로 괴이하게 여겨 좌우를 불러 물었다. 그러자 소저의 유모가 들어와 대답했다.

"소저께서는 잔치가 끝난 후에 숙현당에 가셔서 월주 소저와 함께 취침하신다 하나이다."

생이 다 듣고는 크게 놀라 실망했으나 숙모가 벌써 잠자리에 드셨을 때라 소저를 청하지 못하고 하룻밤을 애태우며 보냈다. 날이 밝

---

21) 물수리가~화락함: 부부 사이가 좋음을 비유하는 말로 『시경』, <관저(關雎)>에 나옴.
22) 침병(枕屛): 머리맡에 치는 병풍.

자 문안에 들어가니 신부가 이미 성장(盛裝)[23]을 하고 자리에 있었다. 이에 생이 곁눈질을 해 소저를 보며 정을 이기지 못하니 뭇 형제가 물러와 생을 꾸짖었다.

"남자 되어 처자가 아무리 귀중한들 어른 앞에서 감히 함부로 무례하게 굴면 되겠느냐? 진실로 우리가 너 때문에 부끄러움을 이기지 못하겠다."

생이 부끄러워 말없이 사죄하니 광평후가 웃으며 말했다.

"긴 밤에 새도록 신부를 대해 가지고서 무엇이 부족해 뭇사람이 있는 곳에서 눈이 뚫어지게 신부를 바라보며 낯빛이 붉으락푸르락한 것이냐?"

광릉후가 미소하고 말했다.

"형님은 그렇게 이르지 마소서. 남자가 아내 얻는 것은 예사로운 일인데 팽문이는 표매(表妹)[24]를 얻을 적에 두루 기괴한 지경을 다 겪고 천신만고 끝에 혼인했습니다. 그래서 신부가 신랑을 불쾌하게 여겨 피했을 것이니 만일 누이와 잠자리를 했다면 풍류 남자가 마음을 다잡기 쉬웠겠습니까? 신랑이 반드시 염치불구하고 들이달아 신부를 이끌어 침소로 갔을 것이나 마침 팽문 같은 호걸이므로 참은 것이니 형은 괴이하게 여기지 마소서."

모두 놀라며 능후의 말에 크게 웃으니 팽문이 또한 웃으며 말했다.

"형이 어찌 저를 이토록 괴이한 종으로 치부하시는 것입니까?"

초후 이성문이 또한 잠시 웃고 말했다.

"둘째아우의 말이 옳으니 팽문이는 과도하게 여기지 마라. 남의

23) 성장(盛裝): 훌륭하게 몸을 단장(丹粧)함.

24) 표매(表妹): 외종누이. 광릉후 이경문에게 소옥주는 외사촌형제이므로 이와 같이 칭한 것임. 즉 소옥주의 아버지 소형은 이경문의 외삼촌임.

천금 같은 규수도 그 손을 잡았거든 하물며 처자가 된 후에 그리 못하겠느냐? 다만 팽문이가 착하므로 그렇게 하지 않은 것이다. 그래서 형들이 이를 칭찬하는 것이다.”

팽문이 할 말이 없어 크게 웃을 뿐이니 어사가 말했다.

“제수씨가 무슨 까닭에 신혼 날에 남편을 함부로 업신여기시는 것이냐?”

광릉후가 눈을 들어 어사를 보며 말했다.

“인보[25]는 귀와 눈이 없더냐? 표매가 아무리 소소한 아녀자라 한들 팽문이를 바로 보고 싶은 마음이 있을까 싶으냐? 내 만일 여자로서 표매와 같은 일을 당했다면 팽문이 앞에서 자결했을 것이다. 표매가 마침 마음이 약해서 일이 순탄하게 된 것이다.”

광평후 이흥문이 웃으며 말했다.

“너는 인정 없는 모진 말도 한다. 사람이 죽기가 그리 쉬울 것 같으면 산 사람이 드물 것이다. 원래 소 씨 제수가 너희의 표매시니 고집이 있지 않겠느냐?”

능후가 웃고 대답했다.

“제 말이 참으로 정론이니 어찌 고집이겠습니까?”

이에 모두 웃었다.

팽문이 심사가 우울해 오늘은 소 씨 침소에 갈까 생각했더니 소 씨가 그 시어머니를 따라 채원각에 이르러 김 씨와 함께 시측(侍側)[26]한다는 것이었다. 부인이 소 씨를 크게 사랑했으니, 이는 일찍이 김 씨를 얻었는데 얼굴이 보기 싫어 위 씨와 여 씨 등을 부러워하다가 신부의 재주와 얼굴이 하등이 아니었기 때문이다. 이 때문에

---

25) 인보: 개국공 이몽원의 첫째아들 이원문의 자(字).
26) 시측(侍側): 웃어른을 곁에서 모심.

부인이 매우 기뻐했다. 공도 자주 들어와 신부를 보고 사랑함을 이기지 못했다.

신부가 석양에 전처럼 숙현당으로 돌아가니 팽문이 어안이 벙벙해 실망하는 마음을 이기지 못해 신부를 따라 들어가고 싶었으나 소후의 엄숙함을 두려워해 못 들어가고 홀로 빈 방에서 넋을 사를 뿐이었다. 소후가 또한 팽문의 마음을 짐작하고 그 방탕함을 불쾌하게 여겼으나 조카딸이 남편 공경하는 마음이 없는 것을 흠으로 여겨 소저를 경계해 침소로 돌아가라 했다. 그러나 소저가 소후의 말을 못 들은 체하고 월주와 함께 있었다. 소후가 답답했으나 소저를 끌어내치지 못하고 또한 큰 과실이 아니었으므로 잠자코 있었다.

다음 날, 소 참정이 이르러 개국공을 보고 딸의 나이가 어리므로 일이 년을 더 길러 시가로 보내겠다 하니 개국공이 웃고 말했다.

"내 비록 경박하나 그윽이 생각하니 여자는 시집가면 친정과 시가의 거리가 백 리가 넘으면 분상(奔喪)[27]하지 않고 여자는 반드시 남편을 따라야 한다고 했네. 우리 며느리가 나이가 어리나 보호해 자라는 것이 내 집에 달려 있으니 명령을 받들지 못하겠네."

참정이 이에 불쾌해 돌아갔다.

이날 팽문이 참지 못해 숙모가 정당에 가 계신 틈을 타 소 씨가 있는 곳을 찾아 들어갔다. 이때 소저는 월주와 함께 바둑을 두고 있었다. 생을 보고 매우 놀라 급히 일어서고 월주가 또한 놀라서 말했다.

"오라버니가 어찌 이곳에 이른 것입니까?"

생이 웃으며 말했다.

---

27) 분상(奔喪): 먼 곳에서 부모가 돌아가신 소식을 듣고 급히 집으로 돌아감.

"내 여기가 못 올 곳이냐? 누이는 괴이한 말을 마라."

그러고서 눈을 들어 소 씨를 보았다. 소 씨는 정색하고 묵묵히 보며 단정히 서 있으니 찬 기운이 설상가상 같았다. 생이 흠모하고 반가운 마음을 이기지 못해 낯빛이 즐거우니 월주는 이에 마음이 매우 불편해 안으로 들어갔다. 생이 매우 기뻐 빨리 나아가 소저의 섬섬옥수를 잡아 앉을 것을 청했다. 소저가 이에 노해 생의 손을 빨리 뿌리치고 들어가려 하자 생이 급히 소저의 비단치마를 붙들어 말했다.

"여자는 온순함이 귀하니 그대는 예의를 생각하오."

소저가 더욱 한스럽게 여겨 끝까지 앉지 않았다. 생이 다만 초조해 소저의 옥 같은 손을 쥐고 간절히 빌며 말했다.

"소생이 지난번에 잘못한 죄는 터럭을 빼어 헤아려도 남을 것이나 이미 물이 엎어진 것 같은데 그대가 이토록 생에게 매몰차게 구는 것이오?"

소저가 또한 대답하지 않으니 생이 하릴없어 오래 있다가 숙모에게 들킬까 해 나왔으나 소후가 벌써 와 있었다. 생이 크게 부끄러워 낯을 붉히고 밖으로 나가니 후가 속으로 그 무례함을 아니꼽게 여겨 이날 저녁에 소저를 데리고 해옥당에 이르러 소저를 두고 돌아왔다.

소저가 놀라고 실망했으나 하릴없어 앉아 있었다. 생이 들어와 소저가 와 있는 것을 보고 놀라고 기뻐해 나아가 말했다.

"소생이 빈방에서 자는 것이 적막하더니 어진 처가 어찌 이르러 계신 것이오?"

소저가 버들 같은 눈썹을 낮추고 대답하지 않으니 생이 황홀한 은정을 참지 못해 소저를 바삐 이끌어 침상에 오르려 했다. 그러나 소저가 끝까지 듣지 않아 나무 인형처럼 앉아 있으니 생이 마음이 급해 애걸했으나 뜻을 이루지 못했다. 날이 이미 바뀌자 생이 속으로 대로해 꾸짖어 말했다.

"필부 소형의 딸이 어찌 사람을 이토록 업신여기는 것인가?"

그러고서 소매를 떨치고 화가 난 채 나갔다. 소저가 이에 냉소하고 차림새를 깨끗이 해 정당에 가 어른 곁에서 모셨다.

석양에 침소에 돌아오니 생이 노해 들어오지 않았다. 그래서 혼자 평안히 잤으나 그래도 마음을 놓지 못해 옷을 입고 잤다. 그런데 사오일이 되도록 생이 마침내 들어오지 않으니 소저가 다행함을 이기지 못해 마음을 펴고 푹 잤다.

여섯째 날 밤에 생이 밤 들기를 기다려 침소에 이르니 쇠잔한 등불이 적적한데 사방에 문을 굳이 닫고 바야흐로 다들 잠을 자는 모습이었다. 생이 넌지시 문을 열고 들어가 불을 돋우고 머리를 돌려 소저를 보았다. 소저는 이때 이불을 덮고 원앙베개에 비겨 봄잠이 깊이 들어 있었다. 옥 같은 낯빛은 연지를 바른 듯하고 붉은 입시울은 붉은 빛을 머금었으니 천 년에 얻기 어려운 아름다운 여인이었다.

생이 새로이 뼈마디가 녹는 듯하고 사랑하는 마음이 구름이 모이듯 했다. 가볍게 의관을 벗고 침상에 올라 동침하니 이는 참으로 연리지(連理枝)[28]와 비익조(比翼鳥)[29] 같았다. 생이 취해서 정신이 어지럽고 원앙 베개가 합해 기쁘고 즐거운 마음을 헤아릴 수 없었다. 소저의 옥과 같은 몸을 곁에 두어 사랑하는 정이 샘솟듯 했다. 소저가 본디 약질로서 저물도록 넓은 집을 두루 다녀 문안하니 자연히 곤함을 이기지 못해 봄꿈에 정신이 없었다. 그런데 밤이 반이나 된

28) 연리지(連理枝): 뿌리가 다른 나뭇가지가 서로 엉켜 마치 한 나무처럼 자라는 것.
29) 비익조(比翼鳥): 암수에게 눈과 날개가 하나씩만 달려 있어 짝을 지어야 날 수 있다는 전설의 새.

후에 깨달으니 홀연 몸을 스스로 놀리지 못해 매우 무거운 것이었다. 놀란 눈을 떠 보니 생이 이미 자기 곁에 누워 자기 허리를 안고 낯을 접한 채 잠이 깊이 들어 있었다.

소저가 끔찍하게 여기고 매우 놀라 급히 생을 떨치고 일어나 앉아 자기가 몸을 지킨 것이 오래되지 않은 것을 한스러워하고 저의 수중에 떨어져 몸이 이미 더러워진 것을 한탄해 바삐 옷을 찾았다. 생이 깨어 소저가 황망해 하며 옷을 입으려 하는 것을 보고 즐겁게 웃으며 긴 팔로 소저를 붙들어 눕히고 말했다.

"이경(二更)[30] 심야에 무슨 일로 일어나려 하는 것이오? 생을 아무리 더럽게 여겨도 이미 내 손에 점홍(點紅)[31]이 없어졌으니 그대가 마땅하지 않게 여긴들 어찌할 수 있겠소?"

소저가 저의 구정(九鼎)[32] 같은 힘에 마음대로 못 해 완연히 한 쌍의 구슬이 되었으니 한스러움을 헤아릴 수 없어 성난 눈이 맹렬한 채 대답하지 않았다. 생이 이에 웃고 소저의 팔을 들어 불에 비추고 말했다.

"어제 있었던 붉은 점이 어디로 간 것인고? 그대는 이로써 장부가 귀한 줄을 아시오."

소저가 마침내 대답하지 않았다.

새벽닭이 울자 부부가 쌍쌍이 일어나 아침 문안을 했다. 그러나 소저가 생을 싫어해 일찍 숙현당에 가 있으며 미우에 근심하는 빛이

---

30) 이경(二更): 밤 9시부터 11시 사이.

31) 점홍(點紅): 붉은 점. 앵혈(鶯血)을 이름. 순결의 표식. 장화(張華)의 『박물지』에서 그 출처를 찾을 수 있음. 근세 이전에 나이 어린 처녀의 팔뚝에 찍던 처녀성의 표시를 말하는 것으로 도마뱀에게 주사(朱沙)를 먹여 죽이고 말린 다음 그것을 찧어 어린 처녀의 팔뚝에 찍으면 첫날 밤에 남자와 잠자리를 할 때에 없어진다고 함.

32) 구정(九鼎): 중국 하(夏)나라의 우왕(禹王) 때에, 전국의 아홉 주(州)에서 쇠붙이를 거두어서 만들었다는 아홉 개의 솥. 주(周)나라 때까지 대대로 천자에게 전해진 보물이었다고 함.

모여 불쾌한 낯빛이 가득했다. 소후가 짐작하고 사리로 경계해 공손하고 조심하라 가르쳤다.

소저가 명령을 듣고 이후에 생을 피하지는 못했으나 매몰차고 냉정한 것이 날로 더했다. 생이 비록 입으로 꾸짖었으나 그 곧은 마음에 항복했다.

생이 생전에 끝까지 희첩을 두지 않고 후에 과거에 급제해 병부상서 영양후까지 하고 팔자일녀를 두어 부부가 해로했다.

이때 위 씨에게 천자께서 사급(賜給)[33]하신 시녀가 각 관청에서 올라와 각각 단자(單子)[34]를 올렸다. 소저가 일일이 보다가 한 단자에 다다라 보니 써져 있기를, '남창현 관비 각영매는 처사 각완의 한 딸이라.'라 되어 있었다. 소저가 다 보고는 크게 놀랐다. 원래 각 씨가 육가를 좇아 가 삼 년을 살고 육가가 죽자 남창 협사 조협에게 개가를 했다. 조협이 이어서 도적 무리에 들어 도처로 다니며 몹쓸 일을 하다가 관아에 잡혀 죽고 각 씨는 관비가 된 것이었다.

소저가 놀라움을 이기지 못해 한참을 생각하다가 발을 지우고 20명의 시녀를 불러 점고하라 했다. 이때 각 씨는 무궁한 설움을 겪고 서울에 이르러 남의 종이 되었는데 상전이 위 씨인 줄 꿈에나 생각했겠는가. 시녀를 따라 채봉각에 이르니, 높이 구름에 솟은 집이 반공(半空)에 닿았는데 채색단청(彩色丹靑)[35]은 햇빛에 눈부시고 층층한 계단 위에 붉은 난간이 은은하며 산호주렴을 자욱히 지워 향기로운 바람이 이따금 일어났다. 채색옷과 붉은 치마를 입은 시녀가 늘

---

33) 사급(賜給): 나라나 관청에서 금품을 내려 줌.

34) 단자(單子): 이름을 적은 종이.

35) 채색단청(彩色丹靑): 여러 가지 빛깔로 그림이나 무늬를 그림. 또는 그 그림이나 무늬.

어서서 절하는 예를 하라 소리치니 마음이 놀라고 정신이 구름에 떠 모두 천세(千歲)를 불렀다. 소저가 명령해 각각 앉으라 한 후에 추향을 불러 각 씨를 가리켜 말했다.

"이 사람이 군(君)이 재취(再娶)[36]했던 사람이더냐?"

향이 한번 보고 크게 놀라 고개를 끄덕이고 말했다.

"이 사람이 어찌해 여기에 이른 것입니까? 그때는 참으로 못되게 굴더니 하늘이 보복한 것이 반듯한가 봅니다."

소저가 손을 저어 매몰차게 하지 말라 했다. 즉시 여자들에게 물러가 쉬라 하고 능후가 들어오기를 기다려 각 씨의 사연을 이르고 그 뜻을 물었다. 후가 다 듣고는 정색해 말했다.

"부인이 각녀 처치를 나에게 묻는 것은 어인 뜻이오?"

부인이 나직이 대답했다.

"저 사람은 이미 군(君)의 옛사람이니 거두시는 것이 옳습니다."

말이 끝나지 않아서 후의 봉황 같은 두 눈에 찬 빛이 크게 일어나 큰 소리로 물었다.

"부인이 아까 이르던 말이 어찌 된 말이오? 자세히 듣고 싶소."

소저가 저의 기색을 보고 불쾌해 대답하지 않자 후가 대로해 말했다.

"각녀는 천하의 악한 종자요, 도적의 계집이거늘 그대가 무슨 까닭에 지아비를 업신여기는 것이 이 지경에 미친 것이오?"

말을 마치고 좌우 사람을 불러 구추를 묶어 외당으로 대령하라 했다. 그리고 봉성각에 딸린 창고에 다 큰 자물쇠를 점고해 잠그고 침선(針線)하는 여종 30명을 다 밖으로 내쳤다. 밖으로 나가는 문을 노

36) 재취(再娶): 아내를 여의었거나 아내와 이혼한 사람이 다시 장가가서 아내를 맞이함. 두 번째 장가가서 맞이한 아내.

자를 시켜 지키게 해 위씨 집안 사람을 통하지 못하게 금령(禁令)[37]을 놓은 후 성난 눈이 매서운 채 밖으로 나가니 어찌 소저에게 한 조각 은정이 있겠는가.

소저는 원래 각 씨가 수절한 것으로만 알고 개가한 것을 모르고 이 말을 한 것이었다. 그런데 능후는 저의 시종을 다 알고 있었다. 능후는 얼음 같은 마음에 각 씨가 좋았을 때도 가까이하지 않았는데 그 도적의 무리로 다니던 것을 알고 지금 죽이려 했다. 그런데 위 씨가 그것을 알면서도 자기를 조롱하는가 여겨 고집스러운 노기가 일어나 걷잡기 어려웠던 것이다.

위 씨가 능후의 분노한 낯빛을 보고 능후가 유모를 심하게 처치한 것을 보았으나 한마디도 안 하고 묵묵히 있었다. 능후가 외당에 나아가 아역(衙役)[38]에게 명령해 구추를 묶어 꿇리고 엄중히 다스리려 했다. 이때 초후와 광평후 형제가 이르러 이 광경을 보고 놀라 연고를 묻자 능후가 이르지 않고 구추가 큰 죄를 저질렀으므로 죽이려 한다 하는 것이었다.

구추가 섬돌 아래에서 황망히 급히 소리쳐 연고를 고하고 자기는 죄가 없음을 밝혔다. 이에 모두가 놀라고 염려해 초후가 능후를 꾸짖고 구추를 풀어 주었다. 능후가 거역하지 못해 잠자코 있었으나 노기를 이기지 못해 봉황의 눈이 나직한 채 수려한 미우를 하고 묵묵히 단정히 앉았다. 평후가 박장대소하고 말했다.

"위 씨 제수가 참으로 옳은 말을 하셨구나. 너는 옛사람과 정을 잇는 것이 옳거늘 남이 비웃는 노기(怒氣)를 내는 것은 무슨 까닭에서냐?"

---

37) 금령(禁令): 금지하는 명령.

38) 아역(衙役): 수령이 지방 관아에서 사사롭게 부리던 사내종.

능후가 어이없어 억지로 참고 웃으며 말했다.

"각녀의 이전 악한 짓은 이를 것도 없고 두 곳으로 개가해 끝내는 도적이 되었거늘 위 씨가 저를 모욕한다고 이 말을 한 것이니 괘씸하지 않습니까?"

평후가 크게 웃고 말했다.

"네 얼마나 의젓하면 제수씨가 그리하셨겠느냐? 네 정이 깊은데 오랑캐 계집이 되어 있다 한들 다시 못 찾겠느냐?"

능후가 웃고 대답했다.

"형님은 어찌 이토록 저를 모욕하시는 겁니까?"

초후가 말했다.

"위 씨 제수가 일찍이 각 씨를 보지 않으셨고, 네가 또 각 씨가 육가에게 개가한 것을 이르지 않았다면 더욱이 각 씨가 남창현에서 올린 도적의 괴수 조협의 계집인 줄 아셨겠느냐? 무심코 그 사람이 수절했는가 여겨 하신 말씀 같은데 너는 과도하게 분노하는 것이냐?"

능후가 노기를 참고 사죄하니 평후가 또한 웃고 말했다.

"나는 아무리 생각해도 그 말에 노하지 않았을 것이다. 위 씨 제수가 각 씨를 밀어 너와 같이 한 방에 넣고 문을 잠가도 대장부가 관계없을 것인데 더욱이 무심중 두어 말씀을 하신 죄가 그 무슨 대단한 일이라고 그 유모를 죽이려 한 것이냐? 과연 모질고 강포한 인물이구나."

능후가 잠시 웃고 말했다.

"죽이자는 말이 진짜 말이었겠습니까? 그 주인의 죄로 약간 준엄한 벌이나 주려 했더니 자기 팔자가 좋아 한 차례도 벌이 내려지지 않아 무사히 벗어났으니 다행으로 여길 것입니다."

평후가 웃으며 말했다.

"네가 지금은 이리 노하나 저녁에 침소에 들어가 제수씨의 화려한 얼굴을 대하면 빌지 않고는 못 배길 것이다."

초후 등이 이에 웃었다.

능후가 이에 각 씨를 거두어 먼 지방에 내쳤다. 각 씨가 바야흐로 능후가 자기의 남편이었던 사람인 줄 알고 애달프고 부끄러워 그 문 아래에서 목을 매 자결했다. 연왕이 그 소식을 듣고 아들을 불러 관에 넣어 장사지내라 하니 모두 그 어진 마음을 칭송했다. 광평후 등이 모두 능후를 향해 위로하고 기롱하기를 마지않으며 말했다.

"각 씨가 아까 입관했으니 가서 보고 한 마디 울어 영결하라. 우리도 따라가 조상(弔喪)[39]하여 주마."

그러자 능후가 괴로이 여겨 묵묵히 있으니 사람들이 크게 웃고 말했다.

"저토록 서러워 말고 어서 가서 신체나 보라."

이에 능후가 억지로 참아 웃었으나 매우 망측하게 여기고 위 씨를 더욱 괘씸하게 여겨 문득 큰 고집이 일어나 일생 홀아비로 지낼 마음이 생겼다. 비록 뭇 형제에게 이르지는 않았으나 자기 마음을 굳게 정해 매양 외당에 있고 내실에 들어가지 않으니 상서가 매우 꾸짖어 망령되다 이르면 흔쾌히 웃고 말했다.

"젊은 여자가 제가 소중하게 대우하는 것을 믿고서 말을 삼가지 않았으니 경계하는 도리가 없지 못할 것입니다. 그러니 형님은 염려하지 마소서."

그러자 상서가 또한 능후의 위 씨 향한 깊은 정을 알고 있으므로 구태여 권하지 않았다. 능후가 드디어 마음대로 봉각에 종적을 끊어

---

39) 조상(弔喪): 상가(喪家)에 가서 슬픔을 나타내는 인사(人事)를 함.

위 씨를 박대하니 이는 또 위 씨의 액운 때문이었다.

이때 이 학사 백문이 장형(長兄)과 이별하고 날포 마음이 울적함을 이기지 못하다가 왕이 군대를 이끌고 돌아온다는 소식을 듣고 크게 서러워 말했다.

"내가 사람의 자식이 되어 죄악을 태산같이 지은 탓으로 아버님이 길을 지나셨으나 나를 보지 않고 가시니 사람이 세상에 나서 어버이가 버리시는데 내가 장차 살아 무엇 하겠는가?"

그러고서 밤낮으로 슬피 부르짖으며 통곡했다. 음식이 거슬려 토하고 몸이 야위더니 오래되지 않아 침상에서 목숨이 위독했다. 곁에서 모시는 궁관 정철이 황망히 관아에 고해 의약을 청하니 화 공이 놀라 생각했다.

'백문이 비록 내 딸아이를 저버렸으나 연왕이 딸을 위해 백문에게 무거운 벌을 여러 번 주었고 지금에 이르기까지 백문을 보지 않으니 내 어찌 홀로 백문에게 박하게 할 수 있겠는가. 늘 조급한 아이가 하루아침에 남녘의 고초를 이기지 못하고 어버이를 그리워하는 마음 때문에 병이 났으니 근원이 가볍지 않구나. 그러니 이를 장차 어찌 할꼬.'

이처럼 오래 생각하다가 즉시 행렬을 떨치고 무릇 약류를 갖춰 필마로 백문이 머무는 곳에 이르러 바로 학사가 누운 곳으로 갔다. 그러자 동자가 먼저 백문에게 화 자사가 이르렀음을 고했다.

학사가 겨우 정신을 억지로 차려 지팡이를 짚고 침상에서 내려 화 공을 맞았다. 공이 들어가서 보니 학사가 백설 같은 피부가 변해 한 명의 해골이 되어 있었고 호흡은 그쳐졌으며 몸이 비쩍 말라 한 조각 시든 나무가 되어 있었다.

공이 크게 놀라 다만 일렀다.

"그대는 병을 조리할 것이니 무슨 까닭에 이 늙은이를 보고 지나치게 예의를 차리는 것인가?"

학사가 공경해 두 번 절하고 말했다.

"제가 장인어른께 죄를 등한히 짓지 않아 마땅히 가시나무를 지고 죽기를 청해야 할 것이나 장인어른께서 일찍이 용납하지 않으시기에 감히 관아에 나아가지 못했습니다. 그런데 오늘은 무슨 날이기에 귀한 수레가 누추한 사람을 찾으신 것입니까?"

공이 비록 지난 일에 이를 갈고 한스러워했으나 지금에 이르러는 이 사람의 병이 깊었으므로 내색하는 것이 옳지 않아 다만 말했다.

"내 일찍이 군을 보지 못한 지 4년이라 그대가 무슨 죄를 저질렀겠는가? 내 기억하지 못하겠네."

학사가 다 듣고는 처연히 낯빛을 고치고 자리를 피해 사죄했다.

"제가 본디 불초한 기질과 비루한 자취로 외람되게 대인께서 사위로 허락하시는 것을 입어 대인이 귀한 딸을 시집보내셨으니 은혜가 크고 덕택이 바다와 같았습니다. 마땅히 띠에 새겨 잊지 않는 것이 옳은데 소생의 액운이 너무 심하고 운수가 불행해 영녀를 박대하고 요망한 데 푹 빠져 드디어 괴이한 변고가 일어나 참소하는 말이 집안에 종횡하게 되었습니다. 제가 나이 어리고 세상일을 두루 겪지 못해 참소를 과도하게 곧이들어 형포(荊布)[40]에게 온갖 슬픔과 원망을 갖게 해 끝내는 오기(吳起)[41]보다 심한 모진 짓을 행했습니다. 오

40) 형포(荊布): 형포. 가시나무 비녀와 베치마라는 뜻으로 아내를 이름. 형차포군(荊釵布裙). 중국 한(漢)나라 때 은사인 양홍(梁鴻)의 아내 맹광(孟光)이 남편의 뜻을 받들어 이처럼 검소하게 착용한 데서 유래함.

41) 오기(吳起): 중국 전국시대 위(衛)나라의 장수이자 정치가(B.C.440 ~ B.C.381). 노(魯)나라에서 장수를 하기 위해 제(齊)나라 출신인 자기 아내를 죽여 믿음을 주고 결국 노나라의 장수가 됨. 저서로 병법서 『오자(吳子)』가 있음.

늘날 장인어른을 뵈오니 어찌 터럭과 뼈가 두려워함을 참을 수 있겠습니까? 제가 어진 아내를 저버린 죄는 이를 것도 없고 동기와 표종(表從)[42]이 소생 때문에 변방으로 쫓겨났으며 저는 영해(嶺海)[43]에서 수자리 살아 구사일생하게 되었으니 장차 가문에서 버려진 사람이요, 선조의 죄인입니다. 천대에 더러운 이름을 다 한 몸에 실어 스스로 형장(刑場) 아래 엎어짐을 면치 못할 줄로 알았더니 성상의 망극한 은혜를 입어 실낱같은 쇠잔한 목숨을 보전했습니다. 그러나 어머니를 이별해 천 리 밖의 뜬구름이 되었으니 어버이를 그리워하는 마음으로 근심하고 초조해 장차 목숨을 잃는 데에 가까웠습니다. 한 몸을 돌아보면 부끄러움이 허다해 천지간에 용납지 못할 죄명에 얽매여 낯을 들어 하늘을 보는 것이 두렵고 사람을 대할 낯이 없습니다. 마땅히 자결해 무궁한 죄를 갚고 싶으나 부모님이 주신 몸을 차마 가볍게 못할 것이며 부모님의 얼굴을 다시 보지 못하고 타향의 원귀가 되는 것을 차마 못 했습니다. 그래서 꿈틀거리며 구차하게 목숨을 이어 외로이 초가 누추한 방에서 폐인이 되었습니다. 머리를 돌려 북당을 바라보면 하늘 끝이 가리고 관산(關山)[44]이 앞을 가리고 있으니 사람의 자식으로서 효심이 에는 듯했습니다. 평생 살아온 것을 생각하면 이미 죄악이 깊습니다. 타향에 이르러 사방에 아는 사람이 없고 근심과 후회를 위로할 사람이 없으니 예전의 부귀와 사치를 생각하면 어찌 슬프고 서럽지 않겠나이까? 이제 누우침이 간절하고 예전의 잘못을 후회하나 다시 고향에 돌아가 부모님을 뵐 길이 아득하고 어진 처를 찾아 거문고 곡조가 화합하는 것이 어렵게 되었

---

42) 표종(表從): 고종(姑從), 이종(姨從), 외종(外從)을 이르는 말.
43) 영해(嶺海): 산과 바다 밖의 곳. 멀리 떨어져 있는 곳을 말함.
44) 관산(關山): 국경이나 주요 지점 주변에 있는 산.

습니다. 여러 가지 뼈에 사무치는 회포가 한 자의 심장을 어지럽게 해 드디어 한 병이 고황(膏肓)[45]을 침투해 살 길이 아득합니다. 원하는 바는 빨리 죽어 넋이 화 씨와 함께 놀기를 바라는 것입니다."

말을 마치자, 별 같은 눈에서 두어 줄 눈물이 슬피 떨어졌다. 화공이 다 듣고는 그 잘못을 뉘우치는 것이 깊음을 기뻐했다. 그리고 자기 딸이 이미 살아 있고, 백문은 전에 사랑하던 바라 그 병이 깊은 것을 우려해 다시 박절한 낯빛을 못 해 흔쾌히 위로해 말했다.

"지난 일은 다 딸아이의 운수가 불리해서 일어난 것이니 어찌 너의 탓이겠느냐? 오로지 다 노녀의 죄 때문이다. 생각건대 내 탓이 아니겠느냐? 내 부질없이 백금을 허비해 딸아이에게 재앙의 미끼를 얻어 주었으니 실은 내가 잘못한 것이다. 너는 조금도 죄가 없으니 과도히 사죄하지 마라."

학사가 슬피 탄식하고 베개에 쓰러져 다시 말할 기운이 없었다. 그리고 기색이 곧 죽을 것 같으니 공이 크게 놀라 급히 좌우 사람들을 시켜 약을 다스리도록 해 학사에게 먹도록 권했다. 학사가 억지로 다 마시고 도로 정신을 잃어 아득히 인사를 몰랐다. 공이 매우 급해 밤낮으로 이곳에 있으면서 학사를 구호하고 의약을 극진히 다스렸다. 십여 일에 이르렀으나 조금의 효과가 없고 시시(時時)로 위중해 정신을 자주 잃었다. 이에 공이 망극해 그 정신을 보려고 곁에 나아가 손을 잡고 백문을 불러 일렀다.

"운보[46]야, 네 아내 채옥을 보고 싶으냐?"

생이 문득 눈을 떠 말했다.

---

45) 고황(膏肓): '고(膏)'는 가슴 밑의 적은 비계, '황(肓)'은 가슴 위의 얇은 막(膜). 즉 심장과 횡경막의 사이를 '고황'이라 함. 병이 그 속에 생기면 낫기 어렵다는 부분으로 병이 고황에까지 들었다는 것은 병이 위중하여 치료할 수 없는 것을 말함.

46) 운보: 이백문의 자(字).

"어디에 있나이까? 만일 서로 본다면 죽어도 한이 없을 것이요, 정신도 맑아질까 싶나이다."

공이 다 듣고는 다만 위로하고 두 아들에게 생을 지키고 있으라 하고 관아에 가 소저를 보고 눈물이 맺힌 채 다만 일렀다.

"네 남편이 지금 목숨이 위급하게 되었으니 너는 빨리 가서 보고 영결하도록 하라."

소저가 다 듣고 놀라서 얼굴에 슬픈 빛을 띠고 말했다.

"어디를 앓고 있습니까?"

공이 그 증세를 이르고서 말했다.

"모두 너를 그리워해 난 병이니 네가 여자가 되어 소소한 원한을 드러내지 못할 것이다. 그러니 빨리 가서 서로 보아 네 남편이 죽어도 한이 없도록 하라."

소저가 다 듣고는 정색하고 말했다.

"생사는 하늘에 달려 있으니 제 만일 죽는다면 소녀가 가 본다고 해서 낫겠나이까? 소녀가 이미 저 사람과 원한이 심상치 않으니 차마 그 얼굴을 서로 볼 수 있겠나이까? 저 사람이 만일 죽는다면 소녀가 마땅히 큰 절개를 지켜 따라 죽을 것이니 아버님은 가벼이 요동치 마시고 약을 쓰소서. 그런데 아버님은 그 기상에 그리 쉽게 죽을까 여기시는 것입니까?"

화 공이 다 듣고는 그 말에 어이없어 다시 묻지 않고 돌아갔다. 학사가 이미 정신을 잃었으니 천지가 아득해 문밖에 나와 하늘을 우러러 탄식하고 말했다.

"내 무슨 낯으로 경사에 가 연왕을 볼 수 있겠는가? 연왕은 내 자식을 위해 자기 자식을 전후에 무겁게 꾸짖은 것이 한두 번이 아닌데 나는 그 아들이 내가 있는 곳에 왔는데 옛날의 원한을 깊이 한해 매몰차게 묻지 않았다가 큰 병을 얻어 이렇듯 죽게 되었구나. 백문이가 만일 회생하지 못한다면 내 어찌 살아서 서울에 이르러 연왕을 볼 수 있겠는가?"

이처럼 일러 초조해 하기를 마지않으며 여러 가지 환약을 갈아 연속해 입에 흘려 넣었다. 생이 한참 후에 홀연히 숨을 내쉬고 눈을 들어 살피니 화 공이 만면에 눈물이 가득한 채 약 종지를 들고 곁에 앉아 있는 것이었다. 이에 생이 길이 탄식하고 말했다.

"제가 장인어른을 저버린 것이 자못 깊은데 지금에 이르러 큰 은택을 이처럼 내리시니 제 돌아가는 넋인들 감격하지 않겠나이까? 제가 이미 악한 일을 행하고 모진 행실을 쌓아 죄악이 가득한 것은 이를 것도 없고 어진 처자를 스스로 죽여 온 허물이 하늘에 사무쳤으므로 제가 죽는 것은 제가 한 일에 응당합니다. 다만 서러워하는 바는 타향에서 사고무친(四顧無親)[47]으로 부모와 동기를 다시 보지 못하고 부질없이 스러지는 것이니 막대한 한이 천대(千代)에 없어지지 않을 것입니다. 그래서 지하에 가도 눈을 감지 못하니 원컨대 대인께서는 훗날 경사에 가시거든 저의 뭇 형제를 대해 이 말을 일러 주소서."

말을 마치자 흐르는 눈물이 오월의 장마 같아 많이 흐느끼다가 또 인사를 버렸다. 공이 그 말에 슬픔을 마지않고 사정이 매우 간절함을 이기지 못해 다만 경황이 없고 초조해 두 아들을 시켜 소저를 불렀다. 그러나 소저는 오지 않은 채 대답했다.

"이 군의 목숨이 다하는 날에는 소녀가 이미 삼 척의 칼과 삼 척의 베를 대령할 것이라 미처 부모와 동기도 생각하지 못할 것이니

47) 사고무친(四顧無親): 의지할 만한 사람이 아무도 없음.

군의 얼굴 보는 것은 차마 못하겠나이다."

그러자 공이 대로했으나 하릴없어 다급할 따름이었다. 그런데 홀연 난데없는 청의동자(靑衣童子)[48]가 한 봉의 서간과 세 개의 환약 싼 것을 받들어 드리며 말했다.

"소동은 태주 배온산 익진관 선생의 문하 사람입니다. 선생께서 특별히 저를 부리셔서 이곳에 이르렀나이다."

화 공이 다 듣고는 놀라고 의아해 바삐 뜯어 보니 약은 청심원(淸心元)[49] 같은데 향내가 코를 찔러 멀리 쏘였다. 그리고 글월에 다음과 같이 써져 있었다.

'산야 노인 익진관은 고개를 조아리고 감히 짧은 편지를 항주 수령 화 자사 책상 위에 올리나이다. 빈도는 산중의 은사요 대인께서는 조정의 명관이시라 청운과 백운의 다름이 천지가 현격한 것과 같아 서간을 서로 통하는 것이 참으로 송구합니다. 다만 경성 학사 이공이 독질을 얻어 생명이 위급하게 되었습니다. 이 병이 구태여 하늘이 주신 병이 아니요, 모두 마음의 염려 때문에 생긴 것이니 살길을 얻는 것은 영녀에게 있습니다. 그러나 진실로 영녀가 이 학사에게 맺힌 원한이 조금도 풀리지 않았으므로 지아비가 죽게 생겼는데 마음이 가지 않으니 어찌 여자의 행실이라 하겠나이까? 빈도가 스스로 자비로운 마음을 참지 못해 소박한 약을 드리니 급히 병든 사람에게 먹여 가는 넋을 부르소서.'

화 공이 다 보고 크게 놀라 물었다.

"익진관은 어떤 분이시기에 멀리 있는 사람의 망극한 사정을 이토록 신기하게 아시고 마른 나무에 물을 주시는 것이오?"

---

48) 청의동자(靑衣童子): 신선(神仙)의 시중을 든다는 푸른 옷을 입은 사내아이.
49) 청심원(淸心元): 한약의 한 가지로 심경의 열을 풀어 주는 데 효험이 있음.

동자가 이에 대답했다.

"우리 선생은 득도하신 지 오래되셨으니 산중에 계셔도 이처럼 적선을 일삼으십니다."

공이 즉시 답간을 써 동자에게 주고 급히 그 약을 물에 갈아 학사가 누운 곳에 나아가 두 개의 환약을 연속해 썼다. 두어 식경(食頃)이 지난 후 생이 입에서 두어 되 피를 갑자기 토하고 정신을 차렸다. 그러자 공이 매우 기뻐해 구름을 헤치고 비 갠 뒤의 하늘을 본 듯하고 만 길 구렁에 빠졌다가 높은 하늘에 날아오른 듯해 급히 물었다.

"지금은 네 기운이 어떠하냐?"

학사가 대답했다.

"수십 일 아득하던 정신이 지금은 맑고 산뜻하기가 끝이 없어 옛 마음이 돌아왔으니 연고를 알지 못해 괴이합니다. 장인어른께서 불초한 소자를 위해 여러 날 너무 심려를 쓰시고 지극히 구호하셨으니 은혜에 감동한 것이 옅지 않으나 참으로 불안하니 관아로 돌아가소서."

이에 공이 말했다.

"내 이미 영친(令親)[50]과 교분을 맺은 지 해가 오래되어 동기 같은 정이 있으니 그 아들을 정성으로 구호하지 않을 수 있겠느냐? 너는 어지러운 근심을 물리치고 병을 조리하라."

학사가 절을 해 사례하고 드디어 미음을 찾아 먹으니 피부가 예전과 같게 되었다. 이에 공이 매우 기뻤으나 혹 학사가 딸의 소식을 다그쳐 물을까 조마조마했다. 그러나 생이 본래 성정이 소탈하기 짝이 없는데 정신없는 가운데 들은 말을 꿈에나 생각할 수 있겠는가. 생

---

50) 영친(令親): 상대의 아버지를 높여 부르는 말.

이 아득히 모르는 가운데 있었다.

두어 날 후 생이 퍽 낫자 공이 관아에 돌아가 딸을 불러 크게 꾸짖었다.

"너를 다섯 살 때부터 고사(古事)를 가르칠 적에 부녀의 사덕(四德)[51]을 두루 경계했다. 그런데 지아비가 죽어가고 있는데 가서 볼 줄을 알지 못하니 이 무슨 도리냐? 내 마땅히 백문이에게 이르고 너를 다시 죽이나 살리나 자기가 처치하도록 하겠다."

말을 마치자 노기가 미우에 가득해 겨울 달과 찬 서리 같았다. 소저가 눈물과 콧물이 흘러 뼈까지 적실 정도인 채로 다만 머리를 두드리고 울며 말했다.

"소녀가 불초해 아버님의 엄명을 거역한 죄는 만 번 죽어도 오히려 가볍습니다. 그러나 당초에 아버님께서 정녕코 저에게 소녀의 거취를 이르지 않겠다 맹세하셨는데 중도에 약속을 어기셨습니다. 다만 소녀가 당초에 죽지 못한 것을 뉘우칠 따름입니다."

공이 노해서 말했다.

"제 아무 일이 없는데 내가 너에게 권해 백문이와 합하라 하면 이 아비가 잘못한 것이다. 그러나 원수도 목숨이 끊어지는 지경에는 너그러이 용서하는 도리가 있는 법이다. 게다가 백문이는 너의 남편이다. 예전에 맺히고 쌓인 원한이 설사 깊다 한들 죽을 지경에 영결하고 싶은 마음이 없을 수 있겠느냐? 이는 심한 독종이니 훗날 무슨 낯으로 연왕과 소후를 보려 하느냐?"

소저가 근심하는 빛으로 슬피 울며 다만 말했다.

"풀잎의 이슬과 같은 쇠잔한 목숨이 경각에 스러지기는 아주 쉬

---

51) 사덕(四德): 네 가지 덕이란 말로, 곧 부덕(婦德), 부언(婦言), 부용(婦容), 부공(婦功)을 이름.

울 것이니 훗날 시부모님을 볼 마음이 있겠나이까? 소녀가 예전에 머리를 깎지 않은 죄니 누구 탓을 삼겠나이까?"

공이 하릴없어 돌아가니 소저가 무수히 울었다. 그러자 부인이 민망해 소저를 타일러 말했다.

"네 부친이 말씀은 그렇게 하셔도 갑자기 네 뜻을 앗으시겠느냐? 너는 모름지기 마음을 놓거라."

소저가 울며 말했다.

"소녀인들 어찌 부녀자의 도리를 모르겠나이까? 다만 예전에 환란을 두루 겪어 이제는 절로 두려움이 심합니다. 차라리 무지한 여자 무리가 될지언정 다시 무뢰배, 패륜 사내의 아내가 되지는 않을 것입니다. 앞날에 부모님께서 소녀의 뜻을 앗으신다면 죽을 따름이니 다시 무엇을 바라겠나이까? 소녀가 이미 몸이 천대의 죄인이 되었고 부모님께도 효도하는 자식이 못 되었습니다. 그러니 자결한다고 해서 불효가 더해지겠나이까?"

부인이 소저의 뜻이 이처럼 굳은 것을 보고 속으로 염려와 불쌍함을 이기지 못해 온갖 좋은 말로 위로했다.

공이 학사가 머무는 곳으로 가니 학사가 비록 병은 대체로 나아졌으나 병근(病根)[52]이 뼈에 박혔으므로 공이 속으로 깊은 염려가 무궁해 다만 곁에서 온화한 말과 우스갯소리로 그 마음을 위로했다. 그러나 생은 조금도 기뻐하는 일이 없고 밤낮으로 침상에만 누워 있다가 이따금 탄식하며 슬퍼하고 눈물을 흘려 만사에 무엇을 할 생각이 없었다. 공이 이미 짐작했으나 딸의 굳은 마음이 쇠와 돌 같고 자기가 지금에 이르러 인사와 대의(大義) 때문에 이곳에 와 학사를 극

52) 병근(病根): 병이 생겨난 근본적인 원인.

진히 구호하고는 있으나 예전의 원한이 풀어지지 않았으므로 그 이유를 묻지 않았다.

두어 날이 지나 경사에서 사자가 화 자사에게 이르러 조서를 전하고 승차(陞差)[53]하심을 고하니 공이 놀라고 기뻐하는 가운데 백문이 용서받은 것을 더욱 기뻐했다. 그래서 바삐 생을 보고 기쁜 소식을 전하니 생이 놀라면서도 기뻐해 공을 대해 말했다.

"저의 죄가 깊어 앞으로 10년 이전에는 사명(赦命)을 받기 어려울 줄 알았습니다. 그런데 성상의 은덕이 갈수록 하늘과 같으시니 그 은혜를 갚을 바를 알지 못하겠나이다."

공이 웃고 말했다.

"그대가 무슨 죄를 그리 대단히 지었다고 10년 귀양을 살겠느냐? 그대의 병 때문에 내가 밤낮으로 근심했는데 그대가 이제는 북경으로 돌아가니 내 무슨 근심이 있겠느냐?"

학사가 속으로 부끄러워 다만 사례할 뿐이었다.

드디어 모두 행장을 차려 경사로 나아갈 적에 학사가 기운이 평안하지 않아 수레에 실려 천천히 갔다. 북경의 남쪽 교외에 이르자 화공이 두 아들과 학사와 함께 머물 곳을 잡아 쉬었다. 이윽고 광평후 이흥문 등 일곱 명과 초후 이성문 등 두 명과 어사 이원문 형제며 화 수찬이 함께 이르니 수레, 말이 이어져 끊이지 않고 깃발은 해를 가렸으며 추종(騶從)[54]들이 큰길을 덮었다.

평후 등이 화 공을 뵌 후에 백문의 손을 잡고는 반가움이 다 각각 옥 같은 얼굴에 넘쳤다. 이에 초후가 말했다.

"지난번에 너를 이별하고 돌아와 한 마음이 염려가 되고 초조해

---

53) 승차(陞差): 윗자리의 벼슬로 오름.

54) 추종(騶從): 상전을 따라다니는 종.

밤낮 마음이 너의 곳에 가 있는 듯했다. 그런데 네가 폐하의 은혜를 입어 빨리 경사에 돌아왔으니 기쁨을 이기지 못하겠구나. 다만 물으니, 얼굴이 어찌 이토록 많이 달라진 것이냐?"

학사가 두 형을 붙들고 눈물을 흘리며 말했다.

"제가 죄악을 태산같이 지어 초라한 한 몸이 천 리 밖 변방에 내쳐졌으니 다시 살아 돌아올 것을 바라지 못했습니다. 그래서 근심하고 애를 태우다 보니 드디어 큰 병이 생겨 하마터면 살지 못할 뻔했습니다. 겨우 살아나기는 했으나 지금도 병근(病根)을 채 놓지 못해 이렇게 된 것입니다."

능후 형제가 놀라 말했다.

"어디를 앓았던 것이냐?"

화 공이 즉시 그때의 모습을 자세히 이르고 잠깐 웃으며 말했다.

"공들은 나를 원망하지 말게. 내가 아니었다면 영제(令弟)는 벌써 구천(九泉)에 돌아갔을 것이네."

평후가 웃고 대답했다.

"이는 장인이 예사로이 하는 일이니 우리가 어찌 사례할 일이겠습니까?"

공이 정색하고 손을 저으며 말했다.

"새로이 놀라운 말을 말게. 내 어찌 운보의 장인이겠는가?"

모두 웃었으나 초후 형제는 슬픔을 이기지 못해 각각 눈물이 어린 채 학사를 어루만지며 말했다.

"집안의 운수가 불행해 네가 이역(異域)에서 떠돌아다니니 풍토와 좋지 않은 기후를 근심할지언정 다른 일은 미처 생각지 못했더니 그처럼 독한 병으로 위중했던가 보구나. 그것을 생각하면 심담이 부서지는 듯하는구나."

학사가 길이 탄식하고 말했다.

"저의 죄가 너무 크지만 먼 지방의 객관에서 병이 깊은데 좌우에 아는 이가 없는 것은 이를 것도 없고 부모와 동기를 다시 보지 못하고 죽을까 봐 서러움을 이기지 못했습니다. 그런데 어찌 오늘날 형님들을 뵐 줄 알았겠습니까?"

능후가 위로해 말했다.

"지난 일은 다 너의 액운 때문에 생긴 것이다. 이제는 길운(吉運)을 만났으니 다시 마장(魔障)[55]이 없을 것이다. 그러니 너는 슬퍼 말거라."

광평후가 말을 이어 말했다.

"이보의 말이 지극한 정론이니 아우는 지난 일을 생각지 말거라."

학사가 사례하고 함께 말 머리를 나란히 해 집으로 갔다.

그러나 학사가 감히 들어가지 못해 벽성문 밖에서 죄를 청했다. 왕이 오운전에서 본국의 문서를 점고하다가 학사가 왔다는 소식을 듣고 문득 문서를 물리치고 들어오라 했다. 학사가 매우 기뻐해 급히 들어가 중계(中階)[56]에서 두 번 절했다. 그러고서 눈물을 흘리고 머리를 두드리며 죄를 청했다. 왕이 명령해 오르라 하고 역시 마음이 매우 좋지 않았으나 내색하지 않고 다만 말했다.

"아이가 이제는 잘못을 뉘우치고 있느냐?"

학사가 눈물을 흘리며 대답했다.

"소자가 액운이 괴이하고 사람이 어리석고 현명하지 못해 아버님께 저지른 죄가 태산 같으니 어찌 인륜의 죄인이 아니겠나이까? 요망한 여자가 남을 속이는 수단에 빠져 오륜을 알지 못하고 죄악을

---

55) 마장(魔障): 일의 진행에 나타나는 뜻밖의 방해나 헤살.

56) 중계(中階): 집을 지을 때에, 기초가 되도록 한 층을 높게 쌓아 올린 단.

무궁히 쌓아 마침내 영해(嶺海)[57]에 쫓겨났으니 살아 돌아오기를 바라지 않았습니다. 그런데 폐하의 은혜가 하늘 같으셔서 빨리 경사에 돌아와 대인을 뵈오니 저녁에 죽어도 한이 없을 것입니다."

왕이 봉황의 눈을 들어 백문의 낯빛을 살핀 후 한참 있다가 탄식하고 말했다.

"내 불초해 자식을 가르치지 못한 탓으로 네가 인륜의 죄인이 되었으니 어찌 너의 죄라 하겠느냐? 이는 모두 내 죄라 사람을 볼 낯이 없더니 네가 이제 깨달았으니 이는 가문의 행운이구나. 이후에는 본성을 지켜 잘못을 뉘우치고 고서를 널리 읽어 이전의 죄를 갚고 번거롭게 벼슬길에 나다니지 말거라."

학사가 두 번 절해 명령을 들었다. 왕이 몸을 일으켜 학사를 데리고 정당에 이르니 학사가 모든 사람에게 인사를 마치고 말석(末席)에 시립(侍立)[58]했다. 어른들과 승상 부부가 크게 반기고 승상이 바삐 학사의 손을 잡고 탄식하며 말했다.

"네 나이가 어리고 세상일을 두루 겪지 못해 천고에 드문 큰 변란을 겪었으니 생각해 보면 참으로 한심하구나. 네 이제나 마음을 돌리고 덕을 닦아 다시는 가문에 욕이 미치지 않도록 하라."

학사가 눈물을 드리워 대답했다.

"소손이 현명하지 못해 세상일에 어둡고 액운이 매우 심해 끝없는 죄악을 몸에 실어 사람들의 비웃음을 사고 조상의 맑은 덕을 더럽혔으므로 마땅히 죽기를 원했습니다. 그런데 목숨이 질겨 허다한 고초를 겪고 오늘날 부모님과 어르신들을 뵈니 꿈인 듯 어렴풋함을 이기지 못하겠습니다."

57) 영해(嶺海): 산과 바다 밖의 곳. 멀리 떨어져 있는 곳을 말함.
58) 시립(侍立): 웃어른을 모시고 섬.

승상이 그 말이 슬프고 모습이 많이 바뀐 것을 매우 불쌍하게 여겨 학사를 어루만지며 슬퍼함을 마지않았다. 숙당들과 유 부인이 다 각각 반기는 낯으로 학사를 위로하니 학사가 머뭇거리며 사례했다. 말이 온화하고 기운이 나직하니 모두 기특하게 여기고 유 부인이 탄식하고 말했다.

"사람이 누가 허물이 없겠는가마는 고치는 것이 귀하다 했으니 백문이 같은 이는 고금에 없을 것이다. 몽아를 대해 치하하노라."

왕이 공수(拱手)[59]해 사례하고 말했다.

"불초한 아이가 변란을 많이 지내고 풍파를 두루 겪어 생기가 사라진 듯하오나 본디 호방한 성품이라 장래의 일을 어찌 믿겠나이까?"

부인이 웃으며 말했다.

"너는 과연 토목 같은 심장을 가졌구나. 백문이 설마 또 방자한 일이 있겠느냐? 아버지의 천생 자애로움으로써 능히 참지 못할 것을 너는 실행해 마침내 백문이가 군자의 도리에 나아가게 되었으니 어찌 기쁘지 않으며 기특하지 않으냐?"

왕이 미소하고 말을 안 했다.

이때 남공은 마침 찬 기운을 맞아 병에 걸려 본궁에서 조리하고 있었다. 학사가 왔다는 말을 듣고 동자를 시켜 학사를 부르니 학사가 즉시 세영전에 이르러 공에게 절하고서 머리를 두드려 죄를 청하며 말했다.

"제가 숙부께 죄를 등한히 얻지 않았으니 마땅히 숙부 눈앞에서 죽기를 원하나이다."

---

59) 공수(拱手): 왼손을 오른손 위에 놓고 두 손을 마주 잡아, 공경의 뜻을 나타내는 예.

남공이 어서 나아오라 해 학사의 손을 잡고 어루만지며 말했다.

"네 어린 나이에 괴이한 역경을 두루 지냈으니 일가의 불행이 이것보다 더한 것이 없었다. 그런데 요행히 무사히 돌아왔구나. 이 삼촌이 마땅히 남쪽 교외에 나가 맞이했어야 하나 감기가 낫지 않아 마음과 같이 못 해 스스로 부끄러워했다. 그런데 네가 어찌 이런 말을 하는 것이냐? 네 아저씨는 어려서부터 성품이 매몰차 조카 사랑하는 것이 지극하지 못하나 마음속에 품은 바는 네가 헤아린 것과 조금도 다름이 없다. 그러니 이 일로써 불편해 하지 말고 이후에나 여색을 멀리하고 행실을 닦아 사류(士類)에 죄를 얻지 말거라."

생이 눈물을 머금고 말했다.

"저의 운수가 덧없어 노녀를 가까이해 허다한 변란이 일어나 일가를 다 보전하지 못할 뻔하고 가문을 하마터면 그릇 만들 뻔했습니다. 이를 생각하면 심담이 차가워짐을 면하지 못하겠습니다. 그러니 설마 다시 잘못하는 일이 있겠나이까?"

공이 그 말이 이미 방탕하지 않은 데 크게 기뻐해 생의 손을 잡고 등을 어루만지며 말했다.

"네 외입한 성정을 생각하면 오늘이 큰 경사라 내 어찌 한 잔 술로 너에게 하례하지 않을 수 있겠느냐?"

그러고서 좌우를 시켜 술과 안주를 내오라 했다. 잠깐 사이에 붉은 단장을 한 궁녀들이 금쟁반 옥그릇에 수륙진미를 갖추어 올리고 금술통에 술을 가득 담아 가져왔다. 공이 흔쾌히 한 잔을 잡고 스스로 부어 학사에게 권하니 학사가 숙부의 이 같은 큰 은택에 감격을 이기지 못해 두 손으로 받아 술잔을 기울이고 사례해 말했다.

"제가 인륜의 죄인으로서 더욱이 숙부께 죄를 등한하지 않게 지었거늘 지금 저를 사랑하며 어루만져 주시는 것이 부모님께 지지 않으시니 감사한 마음이 골수에 맺힐 정도입니다. 뼈를 부숴도 그 은혜는 다 갚지 못할까 하나이다."

이에 공이 기뻐하지 않으며 말했다.

"아우의 자식이 곧 내 자식이요, 너와 나는 한 가지 골육이거늘 네가 어찌 이런 말을 하는 것이냐? 나에게 만일 소소한 과실이 있어 네게 죄를 얻는다면 너는 풀지 않을 것이냐?"

생이 다 듣고는 더욱 감사했으나 다시 사례하지 못하고 이윽히 모시고 말하며 술과 안주를 먹었다. 상을 물린 후에 안에 들어가 주비(朱妃)께 뵈고 사죄하니 주비가 급히 그 손을 잡고 슬피 눈물을 흘리며 말했다.

"가문의 운수가 불행하고 집안의 재앙이 참혹해 흉한 변고가 천고에 없이 일어나고 골육이 서로 헤어졌으니 지난 일은 차마 다시 이르지 않겠다. 다만 너 어린아이가 괴이한 지경을 다 겪고 남쪽 땅 황폐하고 습한 곳에서 지내 그런지 문득 안색이 안 좋구나. 내 이제 보니 슬픔을 이기지 못하겠구나."

학사가 절하고 사례해 말했다.

"제가 스스로 지은 죄 때문에 부모님을 하직하고 변방에 내쳐져 다시 고향에 돌아오기를 바라지 않았더니 폐하의 은혜를 입어 무사히 상경해 숙모를 뵈니 제 마음에 다행함을 이기지 못하겠습니다. 그러나 예전에 제가 저지른 죄를 생각하면 장차 무슨 뵐 낯이 있겠나이까?"

주비가 탄식하고 말했다.

"네가 또 글을 읽어 이치를 통하는데 이 숙모를 이렇듯 용렬히 여기는 것이냐? 지난 날의 일은 다 노녀가 흉악해서 일어난 일이요, 노녀가 망측하게 변란을 지은 것은 우리 탓이었다. 만일 당초에 처치를 엄히 했다면 이런 일이 있었겠느냐? 원컨대 조카는 그 일을 다시 일컫지 마라."

생이 남공 부부의 큰 뜻과 너른 도량에 마음으로 복종하고 뼈에 사무치도록 그 은혜에 감격해 다시 사례를 못 하고 잠깐 앉아 있다가 돌아갔다.

어머니 침소에 가니 형들과 형수들, 누이들이 모두 이별의 한을 이르며 백문이 돌아온 것을 기뻐해 즐거워하는 소리가 물이 흐르는 듯했다. 소후가 또한 낯빛이 자약한 채 생을 가까이 앉혀 경계하고 생을 어루만지니 생이 기뻐하며 꿈인가 의심하고 바야흐로 온갖 염려가 다 풀어져 옛일을 일컫지 않고 한담했다.

이날 저녁에 연왕 등 네 명이 남궁에 나아가 큰형을 보고 문안하니 공이 왕을 향해 하례해 말했다.

"백문이가 이제는 군자가 되었으니 이는 다 아우가 기특해서다."

왕이 눈썹을 찡그리고 말했다.

"백문이가 잘못을 뉘우친 것이 그리 기쁜 일이며 또 대단한 일이겠나이까? 제 금수가 아닌 후에야 그런 흉악한 변란을 겪고서도 설마 개심(改心)함이 없다면 다시 이를 것이 무엇이 있겠습니까? 이전보다는 나아진 듯하나 이 아이가 군자라는 이름을 얻는 것은 이승과 저승 사이 같을 것입니다."

공이 웃으며 말했다.

"아우는 그렇게 이르지 마라. 백문이가 이전에 그토록 외입하고서 실제로 오늘날이 있을 줄은 사광(師曠)60)처럼 총명한 사람이라 한들

60) 사광(師曠): 중국 춘추시대 진(晉)나라 사람으로 자는 자야(子野)로 저명한 악사(樂師)임. 눈이 보이지 않아 스스로 맹신(盲臣), 명신(瞑臣)으로 부름. 진(晉)나라에서 대부(大夫) 벼슬을 했으므로 진야(晉野)로 불리기도 함. 음악에 정통하고 거문고를 잘 탔으며 음률을 잘 분변했다 함.

알 수 있었겠느냐? 소강절(邵康節)[61] 같은 신복(臣僕)[62]도 이런 일은 헤아리지 못했을 것이다. 오늘 백문이를 보니 말과 행동거지가 참으로 유순하고 온화해 옛날과 비교하면 하늘과 땅처럼 차이가 크구나. 아우가 사사로운 정을 끊고 엄히 다스렸으므로 백문이가 빨리 깨달은 것이니 이는 아우의 공이 아니더냐?"

개국공이 또한 웃고 말했다.

"큰형님 말씀이 자못 옳으십니다. 둘째형님은 자식이 잘못했을 때 차마 못할 노릇을 다해 자식에게 조금도 인정을 두지 않으시고 터럭만큼도 잘 대우해 주지 않으셨습니다. 조정에서 백문이 죽일 것을 다투시고 백문이 가까운 데 가서도 보지 않고 오셨으니 백문이가 스스로 애달프고 서러워해 속히 잘못을 뉘우친 것입니다. 백문이를 조금이라도 느슨하게 다스렸다면 실로 오늘 같은 날은 없었을 것입니다."

왕이 미소하고 말을 안 했다.

원래 백문이 외입한 것은 역생(酈生)[63]의 말솜씨와 황제의 위엄이라도 그리 쉽게 깨닫지 못할 것이었다. 그런데 연왕이 마음을 크게 정해 사람마다 인정이 없다고 시비했으나 모르는 듯이 엄정하고 엄숙한 빛을 더해 세월이 오래도록 변하지 않았다. 끝내는 백문이 사람이 되었으니 후대 사람들은 연왕을 본받아야 할 것이다. 세속의 어리석고 미혹(迷惑)[64]한 자들 중에는 한갓 자식의 포악함을 두려워해 입을 잠그고 마음으로만 그 허물을 나무라며 혹 편벽된 사랑에

61) 소강절(邵康節): 소옹(邵雍, 1011~1077)의 시호. 소옹은 송(宋)대에 유학·도학·역학 등에 능했던 이로서, 유교의 역철학(易哲學)을 발전시켜 특이한 수리철학(數理哲學)을 만들었음.

62) 신복(臣僕): 임금을 섬기어 벼슬하는 사람.

63) 역생(酈生): 역이기(酈食其)를 말함. 중국 진나라 말기와 한나라 초기의 정치가로서 유방(劉邦)의 세객(說客)으로 활동함.

64) 미혹(迷惑): 마음이 흐려서 무엇에 홀림.

빠져 자식 가르칠 줄 모르는 무리가 있으니 이는 금수와 다를 것이 있겠는가. 연왕이 자식 가르치는 방법의 기이함이 이로써 더욱 뚜렷이 드러났다.

연왕이 밤 늦게야 오운전으로 돌아가니 세 아들이 바로 이불을 펴고서 기다리다가 모두 일어나 연왕을 맞아 시립(侍立)했다. 왕이 침상에 올라 학사에게 말했다.

"네 옛 병이 아직 회복되지 않았고 먼 길을 왔거늘 어찌 편히 쉬지 않는 것이냐?"

학사가 공경하는 빛으로 대답했다.

"제가 오랫동안 아버님을 떠나 있어 요사이에는 아버님을 모시고 자려고 서당에 가지 않았나이다."

왕이 흔쾌히 의관을 벗고 베개에 기대 학사를 곁에 누우라 해 밤새도록 그 몸을 어루만지고 손을 잡아 비록 입으로 말은 안 했으나 속으로 어여삐 여기고 불쌍히 여기는 마음이 지극했다. 학사가 그 은혜에 감동해 뼈에 사무칠 듯하고 바야흐로 부친이 자신을 진정으로 어루만지는 것을 보고 만사가 뜻과 같아 아픈 데가 다 달아나고 기쁨과 즐거움이 비길 곳이 없었다. 초후 등이 역시 이를 큰 경사로 알아 일생의 남은 한이 다 풀어졌다.

이후에 학사가 일마다 두 형을 따라 정대하기를 힘쓰니 본성이 호방하고 시원스러웠으므로 일대의 걸출한 선비가 되어 행동거지가 크게 도(道)를 얻었다. 그러나 스스로 예전 일을 부끄러워해 매일 부모를 모셔 날을 보내고 누이와 장기, 바둑을 두며 담소해 즐겼다. 그리고 손님을 사양해 번거롭게 출입하지 않으니 왕이 더욱 기뻐하고 소후의 마음도 왕과 한가지였다.

화 공이 이르러 왕을 볼 적에 왕이 먼저 백문을 구호해 살린 은혜를 겸손히 사례했다. 그러자 공이 급히 사례해 말했다.

"내 일찍이 대왕의 지우(知遇)[65] 입기를 등한히 하지 않았는데 그 천금 같은 자제를 데면데면하게 알 것이며, 더욱이 운보가 병이 깊었다가 살아난 것이 익진관의 덕택이니 무엇이 내 공이겠는가?"

왕이 물었다.

"익진관이 어찌 내 아이의 병이 깊은 줄을 알았던고?"

공이 연고를 자세히 이르니 왕이 고개를 끄덕이고 술잔을 내어와 통음(痛飮)했다. 술이 웬만큼 취하자 연왕이 갑자기 일렀다.

"내가 우리 며느리가 생존하기를 요행히 바라고 지금까지 장사를 치르지 않았네. 그런데 손을 나눈 지 삼 년에 끝내 소식이 없으니 이제는 서러워도 장례를 치르고 아들을 다른 곳에 장가보내려 하네."

화 공이 이 말을 듣고 창졸간에 대답할 말이 없어 다만 어렴풋이 일렀다.

"딸아이가 설마 요절했겠는가? 어디 두루 찾아보고서 결단을 하세."

왕이 그 기색을 자못 스치고 다시 묻지 않았다.

백문이 이후에 부모를 모셔 즐겼으나 한 마음이 다 화 씨에게 맺혀 마음이 우울해 즐기지 않았다. 그리고 속으로 이후에는 왕장(王嬙)[66] 같은 절색(絕色)이 있어도 색욕이 찬 재와 같아서 밤낮으로 서당에 잠겨 시서(詩書)에 정신을 쏟으니 모든 사촌들이 괴이하게 여겨 한 차례 보채려는 마음이 생겼다.

하루는 초후 형제와 광평후 형제가 마을에 간 후에 어사 기문이

65) 지우(知遇): 남이 자신의 인격이나 재능을 알고 잘 대우함.

66) 왕장(王嬙): 중국 전한 원제(元帝)의 후궁(?~?). 자는 소군(昭君). 기원전 33년 흉노와의 화친 정책으로 흉노의 호한야선우(呼韓邪單于)와 정략결혼을 함.

모든 아우를 거느리고 원문, 팽문 등과 함께 남궁 교방에 새로 들어온 창녀 무릉선을 데리고 맑은 가곡과 묘한 춤을 갖추게 한 후 학사가 있는 곳에 이르렀다. 원래 무릉선은 소주의 기생이요, 나이가 이칠이었으니 얼굴이 천고에 독보적이고 자색이 빼어나 나라를 망하게 할 만한 국색이었다. 한 노래 예상우의곡(霓裳羽衣曲)[67]이 구름을 머무르게 할 정도였으니 본토에 있을 적에 왕가의 공자들이 천리를 멀게 여기지 않고 다 찾아 이르러 한번 보기를 구했으나 얻지 못했다. 천자께서 광평후에게 소주의 일등 기녀 다섯 명을 사급(賜給)[68]하셨는데 무릉선이 뽑혀 올라왔다. 남공이 한번 보고 자식들에게 명령해 만일 무릉선을 가까이하는 사람이 있으면 부자의 정을 끊겠다고 이르며 엄히 경계했다. 이런 까닭에 도어사 같은 호방한 자가 가까이하지 못했던 것이다.

이날 학사가 고요히 서당에서 시사(詩詞)를 깊이 생각하고 있었다. 그런데 홀연 문 여는 소리가 나며 중문, 기문, 유문, 진문, 관문, 원문, 팽문 등이 한꺼번에 들어오는 것이었다. 백문이 놀라 몸을 일으켜 맞이해 자리를 정하자 도어사가 웃고 말했다.

"아우가 요사이에 너무 행실을 닦느라 도리어 병이 나겠구나. 그래서 내가 특별히 오늘 이르러 널 위로하려 한다."

학사가 겸손히 사양하며 말했다.

"저는 일가의 죄인입니다. 문득 스스로 부끄러움이 있어 사람들이 모인 곳에 나다니지 않으나 어찌 행실을 닦는 일이 있겠나이까?"

어사가 웃고 좌우를 시켜 무릉선을 부르게 하고 무릉선에게 중간

---

67) 예상우의곡(霓裳羽衣曲): 예상우의무(霓裳羽衣舞)에 쓰인 악곡. 예상우의무는 당나라 현종이 꿈에 본 달 속의 선녀들의 모습을 상상하여 만들었다는 춤인데, 이때 입었던 춤옷은 희고 긴 비단으로 만들어졌으며, 양귀비가 잘 추었다고 함.

68) 사급(賜給): 나라나 관청에서 금품 등을 내려 줌.

섬돌에 올라 거문고를 타라 하며 말했다.

"아우가 아내를 얻은 지 오래고 이 사람의 용모가 적이 탁월하니 잠자리 가에 머무르게 해 근심 어린 회포를 위로하는 것이 어떠하냐?"

학사가 전 같았으면 들입다 잡을 것이었으나 지금은 크게 잘못을 뉘우쳤으므로 안색을 바르게 하고 말했다.

"제가 예전에 지은 죄가 태산 같은 것은 모두 여색 때문이었습니다. 지금에 이르러 아뜩한 마음에 잘못 뉘우침은 없으나 잠깐 징계함이 있거늘 또 어찌 잡류를 모아 다시 죄인이 되겠습니까?"

어사가 웃고 말했다.

"지나간 일을 일컫는 것이 부질없으나 이만큼 정대한 뜻은 어디에 가고 스스로 사촌의 처를 아내로 얻어 가지고서 도리어 우리 큰형님을 의심했던 것이냐? 생각할수록 애달프지 않으냐?"

학사가 낯빛을 고치고 자리를 피해 사죄해 말했다.

"이는 다 제가 어리석어서 생긴 일이니 형이 일컬으시는 것을 한스러워할 수 있겠습니까? 이런 까닭에 낯이 있으나 두껍고 혀가 있으나 말을 할 수 없어 감히 모든 무리에 나다니지 못하는 것입니다."

중문이 웃고 말했다.

"이 같은 겸손한 뜻과 어진 마음에 왕년에는 그토록 그릇되어 뭇 사람을 다 사지에 넣었던 것이냐? 참으로 알지 못할 것은 하늘이로구나."

진문이 냉소하고 말했다.

"사람이 자기 허물을 모른다 한들 운보 같은 사람이 어디에 있겠는가? 스스로 허무한 노릇을 하고 남을 그리도 의심해 큰형님이 하마터면 죽으실 뻔했으니 우리가 너를 볼 때마다 뼈가 다 시린다."

학사가 다만 고개를 숙이고 잠자코 있었다. 문득 대문 안이 떠들썩하며 능후 등이 일시에 들어왔다. 사람들이 이에 바삐 일어나 맞으니 광평후 등이 일제히 관복을 벗고 차례로 앉은 후 평후가 미우를 찡그리고 말했다.

"무릉선이 무엇 하러 이곳에 온 것이냐? 빨리 물러가라."

선이 황공히 물러나니 능후가 눈을 매섭게 뜨고서 좌우의 동자를 다 잡아 내리고 말했다.

"이곳은 대신이 거처하는 곳인데 누가 감히 요망한 창녀를 들인 것이냐?"

동자들이 다 각각 서로를 돌아보고 말을 못 했다. 이때 원문이 천천히 빙그레 웃고 말했다.

"이는 남궁 셋째형님이 호기가 겨워 베푸신 것이니 저 서동이 어찌 알겠습니까?"

그러고서 조금 전 일을 자세히 이르니 초후와 능후는 다 각각 묵묵히 있었다. 광평후가 속으로 크게 불쾌해 연꽃 같은 두 뺨에 묵묵히 노기를 띠고 미우가 변한 채 봉황의 눈을 낮추어 말을 안 했다. 어사 등이 한때의 호탕한 기운으로 백문을 보채려 하다가 의외에 능후의 불쾌한 표정과 큰형의 엄한 기색이 두려워 용모를 낮추고 얼굴을 가다듬고서 무릎을 꿇었다. 한참 지난 후에 평후가 몸을 돌려 초후 형제를 보고 탄식해 말했다.

"옛날 장공예(張公藝)[69]는 구족(九族)[70]이 한 집에서 같이 살았으나 서로 좋지 않은 일이 없다고 했다. 그런데 우리는 삼사촌이 한곳

---

69) 장공예(張公藝): 중국 당나라 고종(高宗) 때의 인물. 구족(九族)이 함께 모여 살았는데 당 고종이 그 비결을 묻자 자손들에게 '참을 인 자[忍]'를 100여 자 써서 주었다 대답함.

70) 구족(九族): 고조(高祖), 증조(曾祖), 조부(祖父), 부친(父親), 자기, 아들, 손자(孫子), 증손(曾孫), 현손(玄孫)까지의 직계(直系)를 이름.

에 있으면서 작년에 내가 액운이 무거워 잠깐 고생한 일이 있으나 이제 무사한데 불초한 아우들이 지금까지 아름답지 않은 말을 들춰내 골육을 알지 못하니 어찌 한심하지 않으며 부끄럽지 않으냐? 형제들은 이후에나 자세히 살펴 저 아이들을 이곳에 오도록 하지 마라.”

말을 마치자, 좌우를 시켜 어사로부터 다섯 사람을 다 밀어 내치라 했다. 엄숙한 빛이 사방에 쏘이니 기문 등이 십분 초조하고 황공해 어찌할 줄을 몰랐다. 초후가 급히 웃고 말했다.

“셋째형이 운보를 너무 사랑하시기에 잠깐 희롱하신 것이니 그것이 무엇이 대수롭다고 형님이 이토록 과도하게 구시는 것입니까?”

평후가 정색하고 말했다.

“노녀가 엉큼한 짓으로 나를 사지에 넣었을지언정 백문이는 일찍이 그 일을 알지 못했고 그 남은 재앙을 백문이가 입어 죽을 뻔했거늘 셋째아우의 말은 무슨 말이란 말이냐? 이 아이들이 다섯 살 때부터 경서를 읽었으나 무식함이 이토록 하니 마땅히 아버님께 고해 죄를 얻도록 해 줄 것이다.”

초후가 연이어 웃으며 말했다.

“셋째형과 두 아우가 진정으로 이 말을 해도 대단하지 않은데 이는 더욱이 희롱이 아닙니까?”

학사가 천천히 탄식하고 말했다.

“제 죄악이 너무 커 마음속이 부끄러워 낯 둘 곳이 없어 형님 눈앞에서 죽기를 바랐는데 형님이 이처럼 큰 은택을 드리우시니 어찌 감격하지 않겠나이까?”

평후가 기뻐하지 않으며 말했다.

“아우가 이 무슨 말이냐? 전날에 내가 두루 일렀는데 아우가 자세히 듣지 않아 또 일컬으니 이는 내 뜻이 아니다. 오늘 새로이 아우가 불안해 한 것은 저 불초한 아이들 때문이다. 졸렬한 형은 감히 말을 못 하겠으나 이를 아버님께 고할 것이다."

말을 마치자 소매를 떨치고 일어나니 광릉후가 바삐 평후의 소매를 붙들고 일렀다.

"셋째형이 다 희롱으로 하신 일을 형님이 이토록 대단히 구시는 것입니까? 더욱이 숙부께 고하려 하시는 것은 결코 안 될 일이니 원컨대 저의 말을 들으소서. 백문이가 예전에 외입한 것은 크게 인륜에서 벗어난 것이니 동기 아닌 연후에야 잠깐 보채지 못하겠나이까? 이는 인정에 마지못할 일이니 형은 괴이하게 여기지 마소서."

평후가 정색하고 말했다.

"아우의 말이 더욱 나를 낯 둘 곳이 없게 하는구나. 사촌이나 동기나 골육이 나뉜 후에는 무엇이 다르며 한 방에서 서로 따라 정이 얽매인 후에야 촌수를 구분할 수 있겠느냐?"

능후가 자약히 웃고 말했다.

"형의 말씀이 옳다 하신들 지금 형세와 인사가 그렇습니까?"

도어사가 크게 부끄러워 자리를 옮겨 사죄해 말했다.

"제가 본디 말이 경솔해 오늘 잘못한 일이 많으니 마땅히 벌을 받기를 원하나이다."

평후가 낯빛을 지어 말했다.

"아우의 나이가 어리지 않거늘 저 중문, 진문을 불러 가르쳐 데리고 와서 인정에 마땅하지 않은 말을 하는 것이냐? 인물이 저래 가지고야 어찌 조정 항렬에 머릿수를 채울 수 있으며 붉은 도포와 옥띠가 욕되지 않으냐?"

중문, 진문이 함께 사죄해 잘못했음을 일컫고 초후 등이 힘써 말리자 예부가 말을 하지 않고 노색이 은은한 채 돌아갔다. 사람들이 크게 두려워해 이후에는 감히 불쾌한 감정을 백문을 향해 두지 못하니 초후 형제가 감탄을 이기지 못했다.

하루는 능후가 화 상서와 의논할 일이 있어 화씨 집안에 갈 적에 학사에게 일렀다.

"네 적소에 가 화 공의 은혜를 자못 입었거늘 상경한 후에 지금까지 가 보지 않은 것이냐? 오늘은 나와 함께 가 다녀오는 것이 어떠하냐?"

학사가 능후의 말을 좇아 형제가 말고삐를 나란히 해 화씨 집안으로 갔다. 생들이 서당에서 맞이해 인사를 마친 후에 능후가 공 뵙기를 청하니 화 수찬이 말했다.

"아버님이 요새 찬 바람을 맞으셔서 중헌(中軒)[71]에 계시니 들어가 뵈면 되네."

이에 두 사람이 따라 들어가니 공은 홑옷으로 안석(案席)[72]에 기대 있고 앞에 한 소년이 당건(唐巾)[73]에 흰 옷 차림으로 시립해 시(詩)의 고하를 의논하고 있었다. 수찬이 매우 놀랐으나 할 수 없이 다만 일렀다.

"사촌 동생은 일어나 귀한 손님을 맞으라."

그 소년이 머리를 들어서 보고 홀연 낯빛이 변했다. 화 공이 이에 또 말했다.

"조카는 시골의 어리석음을 감추고 대신을 영접하는 것이 옳다."

이에 그 소년이 문득 일어서니 두 사람이 나아가 공에게 절했다.

---

71) 중헌(中軒): 당상(堂上)의 남북의 중간.

72) 안석(案席): 벽에 세워 놓고 앉을 때 몸을 기대는 방석.

73) 당건(唐巾): 중국에서 쓰던 관(冠)의 하나. 당나라 때에는 임금이 많이 썼으나, 뒤에는 사대부들이 사용하였음.

공이 팔을 들어 자신이 병들어 맞이하지 못함을 사죄했다. 능후가 공경하는 빛으로 사례하고 그 소년과 인사를 마쳤다. 원래 화 씨가 아버지가 불러서 이곳에 나왔다가 꿈에도 생각지 못한 능후 형제를 만난 것이었다. 넋이 날아갈 듯했으나 피하는 것이 더 괴이했으므로 담을 크게 하고 비스듬히 앉아 있었다. 능후가 이에 자리에 나아가 말했다.

"소생이 요새 나랏일에 분주해 일찌감치 이르러 뵙지 못했습니다. 그런데 어르신의 건강이 좋지 않으신가 싶으니 제 마음이 어지럽습니다."

공이 공손히 사양해 말했다.

"이 늙은이가 객지 서릿바람에 아픈 증상이 있어 집에 고요히 들어앉아 치료하느라 자네들을 못 본 지 오래더니 오늘 귀한 수레를 굽혀 와 물으니 감사함이 많네."

태부가 사례하고 눈을 들어 화 씨를 보고는 문득 놀라 다시 눈을 똑바로 해 한참이나 자세히 보았다. 그리고 이 사람이 의심의 여지 없는 화 씨인 줄 알고 놀라움을 이기지 못했다. 그리고 이렇듯 옷을 바꿔 입은 채 예의를 폐하고 시가(媤家)를 속이는 것에 괴이함을 이기지 못해 묵묵히 말을 안 하다가 수찬을 돌아보아 말했다.

"저 소년은 어떤 사람인가?"

대답했다.

"이 아이는 곧 죽은 숙부 소생이니 우리의 종제(從弟)네."

능후가 또 물었다.

"어디에 있다가 요사이에 존부(尊府)에 이른 것인가?"

수찬이 말했다.

"내내 자기 외가에 가 있다가 이제야 온 것이네."

태부가 고개를 끄덕이고 눈으로 백문을 보았으나 백문은 전혀 아는 기색이 없이 한갓 그 용모를 칭찬할 따름이었다. 그윽이 눈동자가 무딘 것을 탄식하고 화 씨가 불편해 하는 것을 안심하지 못해 문득 즉시 하직하고 일어나 나갔다. 화 씨가 겨우 숨을 내쉬고 몸을 돌려 모든 오빠들을 대해 한탄해 말했다.

"저 이 태부의 한 쌍 거울 같은 눈이 만 리를 사무치는데 어찌 제가 있는 곳에 데리고 들어오신 것입니까?"

수찬이 말했다.

"내가 무심해 알지 못했다. 네 옷이 다르고 떠난 지 오래되었으니 창졸간에 잘 알아보았겠느냐?"

소저가 매우 불쾌해 이후에는 발자취를 자기 방 밖에 옮기지 않았다.

태부가 돌아가 가만히 큰형 성문에게 화 씨의 행동을 전하고 말했다.

"화 공은 정직하고 강직한 사람인데 어찌 처사가 그토록 괴이할 줄 알았겠습니까? 백문이가 비록 잘못한 허물이 있다 한들 화 공이 여자에게 남장을 시켜 시가를 영영 끊게 할 줄 생각이나 했겠습니까?"

초후가 놀라 이에 웃고 말했다.

"너는 이렇게 이르지 마라. 백문이가 화 씨 제수를 극에 이를 정도로 참혹히 박대했으니 제수씨만 홀로 그르다고 못 할 것이다. 그 본래의 모습을 드러내는 것은 백문이에게 있으니 너는 이리이리 백문이를 가르치라."

태부가 또한 웃고 말했다.

"형님 말씀이 옳으시나 저는 제수씨의 행동을 옳다고 못 하겠습니다. 지아비가 잘못했다 한들 원한을 두어 아주 거절하는 것이 옳은 일이며, 백문이가 그를지언정 부모님은 일찍이 조금도 박대하신 일이 없는데 지아비를 역정 내어 시부모를 버리는 법이 어디에 있단 말입니까?"

초후가 웃고 말했다.

"너는 과연 어려운 성품을 가졌구나. 아무리 여자 팔자가 사납게 생겨났어도 지아비가 두 번 죽이려 하던 목숨이 겨우 살아났다. 부모의 마음은 다 한가지니 차마 다시 딸을 보내고 싶은 마음이 나겠으며 화 씨 제수인들 백문이를 다시 보고 싶겠느냐? 네가 여자라도 억지로 하지는 못할 것이다."

능후가 웃으며 말했다.

"제가 여자라면 갈수록 온순하고 몸을 낮출 것입니다. 또 제가 잘못했어도 아내가 저런다면 어찌 용납하겠습니까? 마땅히 큰 결단을 내릴 것입니다. 다만 백문이는 필시 제수씨에게 부지런히 빌기를 마지못할 것입니다."

후가 웃으며 말했다.

"다 너같이 염치 좋고 성미가 억척스럽기가 쉽겠느냐?"

말이 그친 사이에 백문이 이에 들어오자 능후가 물었다.

"네 일찍이 화 씨 제수를 생각하고 있었느냐?"

학사가 다 듣고는 온화한 기운이 사라진 채 말했다.

"생각이 어찌 없겠습니까마는 어디에 가 그림자를 얻어 보겠나이까?"

능후가 말했다.

"네가 제수씨를 생각하면서 어찌 눈앞에서 만나고도 알아보지 못한 것이냐?"

학사가 크게 놀라 말했다.

"제가 언제 화 씨를 만났나이까?"

후가 말했다.

"아까 화 형이 이르던 소년이 곧 화 씨다. 네가 정말로 알아보지 못한 것이냐?"

학사가 다 듣고는 크게 깨달아 말했다.

"제가 원래 그 얼굴을 자못 화 씨와 같다고 여겼으나 화 씨가 변복한 줄은 생각하지 못했습니다. 그런데 형님은 어찌 잘 알아보셨으며 그 변복한 것은 무슨 까닭에서입니까?"

능후가 부채로 땅을 치고 껄껄 크게 웃으며 말했다.

"참으로 우습구나. 내 네 처자가 변복한 까닭을 어찌 알겠느냐? 그러나 내 한 쌍 눈이 멀지 않은 후에야 예전에 보던 얼굴을 잊겠느냐? 아우는 진실로 몰라본 것이냐?"

학사가 말했다.

"제가 소탈하고 어리석음이 본디 유다른 가운데 고생을 두루 겪고 정신이 더욱 쇠약해졌으니 알 수 있었겠습니까? 그러나 화 씨의 성격이 사납고 저의 허물은 매우 크니 이생에는 합치는 것을 바라지 못할 것입니다."

능후가 잠시 웃고 말했다.

"남자가 비록 잘못했으나 여자를 대해 구구한 것은 옳지 않으니 너는 모름지기 삼가도록 하라."

학사가 절해 사례하고 스스로 화 씨가 생존한 것을 알고는 온 마음이 다 뛰어 정신이 없으니 옛날의 버릇이 나올 듯했다.

이튿날 문안을 마치고 당나귀를 재촉해 화씨 집안으로 갔다. 이에 수찬 등이 맞이해 서실에 들어가 일렀다.

“운보가 또 어찌 온 겐가?”

학사가 말했다.

“대인의 건강이 좋지 않으시므로 문안 인사를 하러 왔네.”

수찬이 미소하고 말했다.

“그대의 신의 있음은 미칠 사람이 없구나. 의절한 장인을 이토록 마음에 두고 있으니 많이 감사하네.”

학사가 정색하고 말했다.

“내가 예전에 어리석고 아득해 허물이 매우 많았으나 지금에 이르러 뉘우침이 깊거늘 옛날 일로 조롱하는 것인가?”

수찬이 크게 웃으며 말했다.

“우리는 전후에 마음이 한가지라 사나운 일도 없고 더 착할 일도 없어 시종이 한결같으니 남도 그러한가 여겼네. 당초에 그대의 무섭고 당돌했던 위세가 지금에 이르러 어찌 사라진 겐가? 그대가 자주 오는 것이 행여 우리를 마저 죽일까 겁나는 것이 없지 않네.”

학사가 어이없어 다만 말했다.

“그대가 이른 말 같아서 내가 화 씨를 죽였으나 화 씨가 죽지 않았으니 화 씨를 찾아서 부디 죽이려 왔네.”

화 공의 둘째아들이 크게 화를 내 벌떡 일어서며 손으로 학사를 가리키며 크게 꾸짖었다.

“고금 천하에 없는 도적놈아. 갈수록 흉악한 말을 좋은 말 하듯이 하니 네가 이르기를 잘못을 뉘우쳤다 했으나 거짓말이로구나. 누이는 이미 구천의 원혼이 된 지 오래인데 또 무엇을 죽인다는 말이냐?”

학사가 낯빛이 변해 말했다.

“그대들이야말로 천하에 없는 도적놈이다. 내 예전에 요망한 계집에게 빠지고 운수가 불행해 영매(令妹)와 서로 힐난한 것이 지극한 정도에 이르렀다. 그렇다 해도 여자가 감히 원한을 마음에 둘 수 있겠는가?"

셋째아들이 크게 소리쳐 꾸짖었다.

"예로부터 부부가 서로 힐난하는 것도 묘한 이치가 있는 법이니 너는 앉아서 들으라. 육례(六禮)[74] 백량(百兩)[75]으로 맞이한 아내에게 칠거(七去)[76]를 넘는 죄가 있다면 법대로 다스려 내치는 것은 옳으나 심야에 칼을 들고 죽이라 하는 법은 없다. 하물며 내 누이가 무슨 죄가 있더냐? 얼음 같은 기질과 엄숙한 사덕(四德)[77]은 너 같은 것이 감히 미치지 못할 것이다. 그런데 네 차마 선비의 몸으로 정실 시녀를 침소에서 간음하고 끝내는 부정한 방법으로 취해 요망한 데 빠져 부모와 동기를 홍모(鴻毛)[78]같이 여기고 정실 죽이기를 풀 베듯 하니 이것이 도적놈이 아니더냐? 네 입이 열이 있은들 어디에서 말이 돌아 나는 것이냐?"

학사가 이 말을 듣고 역시 노해 눈을 높이 뜨고 대답하려 하던 차에 내당에서 시녀가 나와 생들을 불렀다. 사람들이 이에 모두 들어

---

74) 육례(六禮): 『주자가례』를 따른 혼인의 여섯 가지 의식. 곧 납채(納采)·문명(問名)·납길(納吉)·납징(納徵)·청기(請期)·친영(親迎)을 말함. 납채는 신랑 집에서 청혼을 하고 신부 집에서 허혼(許婚)하는 의례이고, 문명은 납채가 끝난 뒤에 남자 집의 주인(主人)이 서신을 갖추어 사자를 여자 집에 보내어 여자 생모(生母)의 성(姓)을 묻는 의례며, 납길은 문명한 것을 가지고 와서 가묘(家廟)에 점쳐 얻은 길조(吉兆)를 다시 여자 집에 보내어 알리는 의례고, 납징은 남자 집에서 여자 집에 빙폐(聘幣)를 보내어 혼인의 성립을 더욱 확실하게 해주는 절차이며, 청기는 성혼(成婚)의 길일(吉日)을 정하는 의례이고, 친영은 신랑이 신부 집에 가서 신부를 맞이하여 신랑 집에 돌아오는 의례임.

75) 백량(百兩): 100대의 수레. 이는 『시경(詩經)』 <작소(鵲巢)> 중 "새아씨가 시집옴에 백량으로 맞이하도다. 之子于歸 百兩御之." 등의 시에서 유래한 것으로. 제후의 딸이 제후에게 시집감에 보내고 맞이함을 모두 수레 백 량으로 하는 것이라 함.

76) 칠거(七去): 예전에, 아내를 내쫓을 수 있는 이유가 되었던 일곱 가지 허물. 시부모에게 불손함, 자식이 없음, 행실이 음탕함, 투기함, 몹쓸 병을 지님, 말이 지나치게 많음, 도둑질을 함 따위.

77) 사덕(四德): 여자로서 갖추어야 할 네 가지 덕. 마음씨(婦德), 말씨(婦言), 맵시(婦容), 솜씨(婦功)를 이름.

78) 홍모(鴻毛): 기러기의 털이라는 뜻으로, 매우 가벼운 사물을 이르는 말.

가니 학사가 혼자 있기 무료해 돌아갔다.

학사가 이튿날 또 가니 생들이 다 학사를 냉안멸시(冷眼蔑視)해 본 체하지 않았다. 학사가 이에 또한 노해 소매를 떨치고 돌아갔으나 십여 일이 되자 참지 못했다.

하루는 아침에 화씨 집안에 이르니 생들은 다 나가고 서재에 홀로 화 수찬의 맏아들 연이 있다가 일어나 학사를 맞이했다. 학사가 이에 일렀다.

"너의 부친과 숙부들이 어디에 갔느냐?"

연은 이때 나이가 여덟 살이요, 매우 총민했는데 이에 학사의 말에 대답했다.

"외숙이 오늘 관례를 하시기에 보러 가셨습니다."

학사가 이 틈을 타 물었다.

"너의 고모가 어디에 있느냐?"

연이 머뭇거리다가 대답했다.

"내당에 있나이다."

학사가 말했다.

"네 고모를 내가 잠깐 보아 할 말이 있으니 네가 그 있는 곳을 알려 주는 것이 어떠냐?"

연이 말했다.

"내당을 선생이 어찌 들어가려 하시나이까?"

학사가 말했다.

"내당이라도 나는 들어가도 상관이 없으니 네가 아무도 모르게 알려 줄 만하다."

연은 원래 매우 영리했으므로 그 고모가 옷을 바꿔 입었으며 학사가 고모의 남편인 줄을 알고 있었다. 그래서 가만히 생각했다.

'요사이에 두고 보니 할아버님과 아버님이 고모를 타일러 지아비 버린 것을 꾸짖으셨다. 고모께서 고모부의 박정함을 이르시더니 이제 고모부가 이처럼 정이 있으니 내가 알려 줘 그 행동을 보아야겠다.'

연이 웃고 일어서며,

"저를 따라오소서."

라고 했다.

학사가 매우 기뻐해 연의 뒤를 따라 여러 겹 굽이진 난간을 지나 한 곳에 이르렀다. 화려하게 단청한 문과 난초 무늬의 창문이 가지런하고 옥으로 꾸민 집과 조각하여 꾸민 용마루가 아름다운데 금자(金字)로 '폐인사객당(廢人謝客堂)[79)]'이라 써져 있었다. 연이 가만히 가리켜 말했다.

"저 문을 열면 비스듬히 큰 문이 있으니 들어가소서."

그러고서 자기는 달아나는 듯이 갔다.

학사가 가만히 연이 가리킨 대로 문을 열고 들어가니 과연 화 씨가 푸른 귀밑거리에 붉은 얼굴로 당건(唐巾)을 바르게 쓰고 서안(書案)[80)]에 비겨 시사(詩詞)를 뒤적이고 있었다. 학사가 담을 크게 하고 나아가 읍하니 화 소저가 무심중에 백문을 만나자 매우 놀라 낯빛이 변한 채 다만 몸이 일어나는 줄 모르고 일어섰다. 학사가 눈을 들어서 보니 어여쁜 자태가 계궁(桂宮)[81)]에 핀 다람화[82)]요, 부상(扶桑)[83)]

79) 폐인사객당(廢人謝客堂): '인륜을 끊은 사람으로서 손님을 사절한 사람이 머무는 집'이라는 의미임.

80) 서안(書案): 책을 얹는 책상.

81) 계궁(桂宮): 월궁.

82) 다람화: 홍람화(紅藍花). 국화과의 두해살이풀로 높이는 1미터 정도이며, 잎은 어긋나고 넓은 피침 모양임. 7~9월에 붉은빛을 띤 누런색의 꽃이 줄기 끝과 가지 끝에 핌. 씨로는 기름을 짜고 꽃은 약용하고, 꽃물로 붉은빛 물감을 만듦.

83) 부상(扶桑): 해가 뜨는 동쪽 바다.

에서 오르는 보름달 같았다. 엄숙하고 탐스러운 자태와 좋고 맑은 기질에 눈이 부신데 남복을 더했으니 뛰어나고 훌륭한 골격이 구름 가운데 신선 같았다. 학사가 황홀한 반가움과 가득한 기쁨으로 온몸이 흔들려 염치를 불구하고 급히 나아가 소저의 손을 잡아 앉기를 청하고 말했다.

"소생의 죄는 참으로 터럭을 빼어 헤아려도 남을 것이오. 그런데 부인이 무슨 까닭에 옷을 바꿔 입고 생을 속인 것이오?"

소저가 반평생 이를 갈고 한스러워하던 원수와 뜻밖에 얼굴을 마주하니 넋이 하늘에 오르고 삼혼(三魂)[84]이 날 듯했다. 자기가 남복 입은 것을 믿어 요행히 탄로나지 않을까 하다가 이 사람이 이미 자세히 알고 자기의 손을 잡아 말끝이 이와 같은 것을 보니 더러워하고 놀라워하는 마음이 만 길 구렁에 빠진 듯했다. 그 낯의 두꺼움이 이와 같은 데 대로해 급히 손을 떨치고 들어가려 했으나 생이 놓지 않고 빌어 일렀다.

"부인이 소생을 한스러워해 원수로 치부하는 줄을 이미 알고 있소. 내가 진심으로 사죄하니 용서받기를 청하오."

소저가 약한 힘으로 능히 생을 떨치지 못한 채 생의 행동에 어이없어 성난 눈을 매섭게 뜨고는 두 눈을 흘려 생을 한참을 보았다. 기운이 차고 매워 눈 위에 얼음이 더한 것은 도리어 온화할 정도였다. 생이 더욱 부끄러워 죽으려 해도 죽을 땅이 없을 정도여서 긴 팔로 소저의 손을 굳이 잡고 말했다.

"어진 부인을 모질게 대한 남편의 죄를 용서해 주오."

그러자 소저가 발끈 낯빛을 바꾸고 손으로 생을 가리켜 꾸짖었다.

---

84) 삼혼(三魂): 사람의 마음에 있는 세 가지 영혼. 태광(台光), 상령(爽靈), 유정(幽精)을 이름.

"그대가 무슨 낯으로 감히 나를 아내라 하는 것인가? 내 이미 열 셋에 그대에게 시집가 터럭만 한 일도 허물을 보인 일이 없었으나 팔자가 덧없어 참혹한 더러운 말을 몸에 실었다. 그런데 그대가 이미 어리석어 나를 온갖 수단으로 보채고 심하게 굴다가 끝내는 내 위급한 때를 만나 그대를 공교롭게 만났다. 조금이라도 인심을 가진 자라면 내 죄목이 비록 법률을 넘고 내가 강상(綱常)을 어긴 대죄를 지었다 해도 설마 측은한 마음이 있을 터인데 그대는 나를 칼로 죽이려 했다. 그대는 삼생(三生)[85]의 원수니 무슨 부부의 의리가 있겠는가? 내 마침 하늘의 도움을 입어 부모를 만나지 못했다면 벌써 강속 귀신이 되었을 것이다. 그렇지 못했다면 어찌 부모인들 다시 볼 수 있었겠는가? 내 이미 인륜을 사절하고 여자의 행실을 벗어나 부부의 도리 차리는 것을 이승과 저승 사이처럼 여기거늘 필부가 무슨 염치로 당돌히 이르러 나를 붙잡아 죽기를 재촉하는 것인가?"

말을 마치자 누에눈썹이 관(冠)을 가리키고 분노한 낯빛이 가득했다. 생이 화 씨가 자신을 맹렬히 꾸짖으며 조금도 잘 대우하지 않는 것을 보고, 자기의 허물을 생각하면 그것이 오히려 가벼운 편이었으나 둘째형 경문의 말을 떠올리고 발끈 낯빛을 바꾸어 말했다.

"내 비록 지난 허물이 매우 크다 한들 그대에게는 내가 남편인데 이토록 날 업신여기는 것이며 말하는 것이 왜 이런가? 나의 허물이 크나 오늘 그대에게 지지 않을 것이니 스스로 헤아리고 남을 과도히 책망하지 마라."

소저가 버들 같은 눈썹을 낮추고 냉소해 말했다.

"그대의 말이 참으로 우습구나. 내 비록 어리석으나 지아비가 무

85) 삼생(三生): 전생(前生), 현생(現生), 내생(來生)인 과거세, 현재세, 미래세를 통틀어 이르는 말.

슨 존재인지를 알고 있다. 그런데 그대는 헛된 이름은 소천(所天)이나 실은 삼생의 원수니 내가 원수를 대해 무슨 삼갈 것이 있겠는가?"

생이 이에 노해 말했다.

"그대가 이처럼 통쾌한 체하니 끝내 나를 버리려 해 이리하는 것인가?"

소저가 말했다.

"내 그대를 버리며 버리지 않을 것이 무엇이 있겠는가? 그대는 그대요, 나는 나니 피차가 서로 각각 좋게 살면 되지 시비하는 것이 부질없지 않은가?"

생이 냉소하고 말했다.

"그대가 참으로 담이 큰 체하는구나. 그러나 내 이름 쓴 혼서가 그대에게 있고 그대가 내 아내라 하고 우리 집에 가 3년을 있었으니 내 그대를 처단하지 못하겠는가?"

소저가 누에눈썹을 높이 뜨고 큰 소리로 말했다.

"그대 말도 옳다. 그러하므로 내 이미 치마를 안고 그대 집에 가 아내의 소임을 하려 한 것이다. 그런데 그대는 나를 원수로 알아 그 사이에 나에게 닥친 재앙은 이를 것도 없고 두 번 칼날에 남은 목숨이 겨우 살아 어버이 집에서 몸을 마치려 했다. 그런데 두 번 죽인 목숨을 처단하는 것은 참으로 우스운 일이니 부질없이 와서 풀잎의 이슬 같은 쇠잔한 목숨을 재촉하지 말고 어서 가라."

생이 웃으며 말했다.

"내 그대를 두 해를 그리워하다가 겨우 만났으니 폐하와 아버님께서 명령을 내리셔도 내 결단코 이곳을 떠나지 않을 것이다. 그대가 죽는다면 내가 따라 죽을 것이다."

소저가 이 말을 듣고 더욱 대로해 소매를 떨치고 일어서려 했으나 어찌 움직일 수 있겠는가. 생이 웃으며 말했다.

"그대가 남복을 입어 말이 가장 통쾌하고 힘을 드날리나 나 이백문에게는 손을 쓰지 못할 것이다."

소저가 분한 기운에 기운이 막혀 낯빛이 찬 재 같았다. 생이 민망해 은근히 사죄하고 빌어 지난 일을 사죄하고 애석해 하는 마음이 무궁해 후회하는 빛이 낯에 가득했다. 절승한 골격이 더욱 빼어났으나 소저가 생을 갈수록 밉고 흉하게 여겨 별 같은 눈을 독하게 뜨니 매운 노기가 사람의 살을 베는 듯했다.

상서 부인이 마침 이곳으로 오다가 방에서 소리가 크게 나는 것을 보고 놀라서 엿보고는 놀라 역시 분한 채로 돌아갔다. 공과 아들들이 들어오니 부인이 사연을 자세히 일렀다.

공이 이에 놀라 아들들과 함께 소저 침소에 이르니 주렴 앞 시녀가 아뢰었다. 학사가 괴롭게 말하는 것이 싫어 소저의 소매를 잡고 죽침을 내어와 누우니 소저가 더욱 괘씸하게 여겼다. 이윽고 공이 들어와서 보니 백문이 멋스러운 넓은 소매로 낯을 싸고 소저의 손을 잡아 길게 누워 있고 소저는 얼굴에 노한 기운이 어려 있었다. 공이 이에 정색하고 말했다.

"운보가 이곳에는 무엇 하러 들어온 것이냐?"

학사가 들은 체하지 않으니 공이 노해서 말했다.

"네가 갈수록 인사가 행실이 없어 어른을 보고도 무례하게 누워 말대답을 하지 않는 것이냐?"

학사가 또 대답하지 않으니 화 수찬이 크게 한심하게 여겨 나아가 끌어 일으키려 했으나 학사가 꿈쩍도 하지 않았다.

공이 하릴없어 세 아들을 데리고 도로 나가 부인에게 저녁밥을 해 내어보내라 했다. 부인이 즉시 밥상을 갖추어 보내니 생이 흔쾌히 일어나 앉아서 먹었으나 소저는 바야흐로 분한 기운이 뜨거운 불 가운데 있으니 어찌 음식에 뜻이 있겠는가. 엄정한 모습으로 움직이지 않고 한 술을 잡지 않으니 생이 온갖 수단으로 달래고 빌었으나 소저가 마음을 바꾸기는커녕 노한 기운이 더욱 등등했다. 생이 하릴없어 상을 물리고 등을 켜니 소저가 더욱 놀란 심장이 어지러워 몸을 빼어 돌아가려 했으나 얻지 못하고 약한 간장이 다 타 재가 되는 듯했다. 생이 새로이 뉘우치고 민망함을 이기지 못해 온갖 방법으로 애걸했으나 소저가 끝까지 용납하지 않았다. 그런 채로 두 사람이 앉아서 밤을 새웠다.

다음 날 새벽에 화 수찬이 들어와 보고 생에게 집으로 가라 하니 학사가 말했다.

"그대네가 누이를 감추고 나를 꾸짖더니 내 이제 아내를 만났는데 어찌 떠나겠는가?"

이에 수찬이 노해서 말했다.

"저와 같은 깊은 정이 예전에는 어디로 가고 이제 뒤늦게야 드러내는고? 원래 누이가 여기에 있는 것을 누가 너에게 이른 것이냐?"

학사가 말했다.

"그대 우리 둘째형님을 누구로 여기는 것인가? 먼젓번에 중헌에서 영매가 의연히 남복으로 그대의 종제인 척했으나 형님이 이미 알아보시고 차차 이르시기에 내가 이른 것이다."

수찬이 꾸짖어 말했다.

"이보[86]가 어리석고 현명하지 못한 아우를 가르치지 않고 너를

---

86) 이보: 이경문의 자(字).

돈웠구나.”

학사가 낯빛을 바꾸고 분노해 말했다.

“둘째형님이 당당히 큰 절개를 잡아 옳은 말씀을 하신 것을 네 소견으로 시비하는 것인가? 내 비록 과실이 많다 한들 영매가 여자가 되어 이토록 하는 것이 옳은가?”

수찬이 대답하려 하는데 홀연 명패(名牌)[87]가 내려와 훌쩍 일어났다.

학사가 드디어 문방(文房)을 내어와 두 형에게 화 씨의 부덕(不德)을 낱낱이 쓰고 자기가 이곳에 머무르며 그 세운 뜻을 꺾으려 한다는 내용으로 기별했다.

이날 마침 연왕이 오운전에서 두 아들과 공사(公事)를 의논하더니 화씨 집안 가인(家人)이 봉한 서간을 올리는 것이었다. 왕이 먼저 펴서 보고 어이없어 이에 초후 형제를 주고 말했다.

“너희는 화 씨가 저곳에 있는 줄을 일찍이 알고 있었느냐?”

두 후가 두 손으로 서간을 받들어 다 보고 역시 어이없어 능후가 자리를 피해 대답했다.

“제가 어느 날에 저곳에 갔을 때 화 씨 제수가 남복한 것을 보고 그것이 불가한 줄을 알아 셋째아우에게 일러 그곳에 가 제수씨를 타이르라 했나이다.”

왕이 웃으며 말했다.

“백문이가 전날에 한 행동은 잘못되었으나 여자가 이와 같이 괘씸하게 행동하니 참으로 한심하지 않으냐? 이로써 미루어 살핀다면 백문이를 그르다고 못 할 것이니 화 형이 이토록 약해졌는가?”

---

87) 명패(名牌): 임금이 벼슬아치를 부를 때 보내던 나무패. ‘命’ 자를 쓰고 붉은 칠을 한 것으로, 여기에 부르는 벼슬아치의 이름을 써서 돌림.

두 후가 마음이 착잡해 묵묵히 있었다. 왕이 속으로 화 씨의 행동을 매우 불쾌하게 생각했으니 대개 화 씨가 남복을 하고 시가를 속였기 때문이다.

이튿날 왕이 조회 후 화씨 집안으로 갔다. 화 상서가 황망히 인사를 마친 후에 왕이 먼저 말했다.

"내가 요사이 공무가 번다해 형을 찾지 못했네. 그런데 우리 집 아이가 무고히 이곳에 와 연 삼일을 있으면서 아비 보는 것을 잊어 괴이함을 이기지 못해 이른 것이니 아이에게 연고를 물으려 하네."

공이 다 듣고는 자기에게 그릇한 허물이 있으므로 얼굴을 붉히고 묵묵히 있었다. 이에 왕이 좌우를 시켜 학사를 불렀다.

학사가 매우 놀라 급히 의관을 수습해 면전에 이르렀다. 왕이 노한 기운이 매서워 좌우를 시켜 생을 잡아 꿇리고 물었다.

"불초한 자식이 무슨 일로 연일 집을 떠나 있으면서 간 곳을 내게 아뢰지 않은 것이냐?"

생이 불의에 부친의 엄한 분노를 만나 크게 놀라고 두려웠으나 속마음을 감히 고하지 못하고 엎드려 죄를 기다렸다. 왕이 다른 말을 안 하고 종을 불러 매를 내오라 하니 상서가 놀라 급히 말리며 말했다.

"대왕은 분노를 가라앉히고 학생의 말을 들어 보게. 처음에 운보가 동정호에서 딸아이를 물에 밀쳤는데 내가 마침 뱃놀이를 해 배를 장사강에 띄웠다가 다행히 딸의 신체를 얻어 구호해 딸이 살게 되었네. 딸을 데리고 관아에 갔는데 제 유모가 찾아 이르렀기에 연고를 물으니 영랑(令郎)의 모진 행동이 차마 이를 만하지 않았네. 제 어린 나이에 두루 슬픈 일을 겪었으니 심폐에 화증이 일고 가슴이 어지러워 죽으려 하므로 내 부자지정에 차마 보지 못해 남복으로 갈아입히고 딸을 내 눈앞에 두었네. 딸이 진실로 시가를 싫어하는 것이 아니라 재앙을 두루 겪어 다시 인륜을 잡는 것을 죽기로 싫어했다네. 내 또한 생각하니 딸이 이미 당초에 팔자가 사나워 형세로 말하면 재상의 한 딸이요, 왕부의 셋째며느리로 영화와 부귀가 극진할 것이나 몸을 보전하지 못하게 되었으니 이제 다시 윤리를 차리는 것이 부질없으므로 내가 딸을 심규에 넣어 두고 대왕에게도 고하지 못한 것이네. 그런데 운보가 어떻게 알고 우리 집에 이르러 딸을 붙잡아 놓지 않고 돌아가지 않은 것이니 어찌 죄를 다스릴 만한 일이겠는가?"

왕이 다 듣고는 빙그레 웃으며 일렀다.

"지난 일은 내 아들과 고(孤)[88]가 어리석고 약해 우리 며느리가 온갖 고초를 두루 지냈으니 지식 있는 자가 그렇듯 하는 것은 괴이하지 않네. 그러니 내가 어찌 그것을 괴이하게 여기겠는가? 그러나 내 아들의 방자한 행동은 다스리지 않을 수 없네."

말을 마치자 묵묵히 노기를 띠고 생의 죄를 하나하나 따지며 말했다.

"네 당당한 남자로서 차마 아내를 생각해 아비 보는 것을 잊을 수 있느냐? 너의 태산 같은 죄를 생각하면 터럭을 빼어 헤아려도 남을 것인데 무슨 큰 담략이 있다고 이곳에 머무르려는 마음이 나겠느냐? 갈수록 용렬하고 어리석은 행동이 괘씸하니 어찌 용서할 수 있겠느냐?"

말을 마치고 하나하나 죄를 따지며 매를 때릴 적에 호령이 천둥소리 같았다. 10여 대에 이르러는 생의 낯빛이 찬 재와 같고 선혈이 땅에 고였다. 화 공이 이에 초조해 급히 왕의 소매를 잡고 간했다.

---

88) 고(孤): 제후가 상대에게 자신을 낮춰 부르는 말.

"형이 내 부녀를 불쾌하게 생각해 그 벌을 영랑에게 쓰니 내 어찌 부끄럽지 않은가? 마땅히 소녀를 존부에 보내 쓰레질하는 시녀로 삼아도 사양치 않겠네."

왕이 상서를 돌아보고 말했다.

"형은 이런 괴이한 말을 말게. 이 아이의 죄가 무거우니 용서하지 못할 것이네."

말을 마치고는 잠자코 엄히 쳐서 30대를 때린 후 끌어 내치고 공을 향해 겸손히 사죄해 말했다.

"더러운 자식의 죄가 참으로 놀라워 천한 노기를 누르지 못해 집에 갈 새가 없이 존부를 어지럽혔으니 자못 미안하네."

공이 정색하고 말했다.

"딸이 더러운 이름을 씻은 후에 즉시 존부에 나아가지 않은 것은 과연 잘못한 일이나 대왕의 너그러운 도량으로 편벽되게 꾸짖는 것이 이 지경에 미친 것인가? 진실로 내가 몸 둘 곳이 없네."

왕이 자약히 일렀다.

"사나운 자식을 다스리는데 어찌 남을 헤아려 칭하겠는가? 천성이 어려서부터 과도한 줄을 존형이 알고 있으니 내 미처 집을 가지 못하고 존부를 떠들썩하게 한 죄는 감수하겠네."

말을 마치고는 강개한 모습으로 소매를 떨치고 금수레에 올라 홍라산(紅羅傘)[89], 황월(黃鉞)[90]과 수백 명의 추종(騶從)을 거느려 돌아갔다.

공이 일찍이 연왕의 불쾌함이 대단한 일에야 나는 줄을 알고 있었

89) 홍라산(紅羅傘): 붉은 비단으로 만든 양산.

90) 황월(黃鉞): 도금질한 도끼. 임금의 의장으로 쓰이거나 적군을 정벌하는 장군에게 임금이 내리는 도끼.

다. 왕이 자기 딸을 그릇 여기고 있는 줄 알고 속으로 부끄러워 내당에 들어가 소저를 대해 왕의 행동을 자세히 일렀다. 소저가 당초에 생의 말을 듣고 태부가 자기를 알아본 것을 매우 부끄러워하다가 왕이 학사를 친 것이 그 죄 때문이 아닌 줄 자못 알고 크게 황공해 낯을 붉히고 묵묵히 있었다. 이에 공이 말했다.

“딸아이가 팔자가 덧없어 고락(苦樂)을 두루 겪었으나 이미 남의 아래 사람이 되었으니 처분을 자기 뜻대로 못 할 것이다. 그런데 고집을 부려 남장을 해 여자의 도리를 잃어 오늘날 나에게 무안한 꼴을 보게 만들었으니 어찌 애달프지 않으냐? 만일 먼저 딸아이를 찾은 줄을 발설했다면 무안함이 저에게 있을 것을 내가 너의 뜻을 좇아 연왕이 여러 번 물었으나 이르지 않은 것은 잘못한 일이었다. 이제 처치를 장차 어찌해야 되겠느냐?”

소저가 묵묵히 대답하지 않으니 화 수찬이 말했다.

“실로 누이가 잘못한 일이다. 백문이 도리에 어긋난 짓을 했을지언정 연왕과 소후가 너를 그토록 사랑하는데 임소(任所)[91]로부터 올라온 후에 즉시 나아가 뵈는 것이 옳았다. 그런데 한결같이 은닉했다가 끝내는 부끄럽게 탄로나고 연왕이 불쾌해 이곳에 와 백문이를 때려 너의 죄를 밝혔으니 참으로 부끄럽지 않으냐? 원컨대 모친께서는 서간을 연왕비께 써 사죄하소서. 당초에 먼저 발설했다면 저편에서 더욱 부끄러워했을 것을 계교를 그릇해 도리어 이편에서 부끄러움을 스스로 취했으니 애달픔을 이기지 못하겠습니다.”

공이 수찬의 말을 옳게 여기니 부인이 마지못해 글월을 닦아 연왕부에 보냈다.

---

91) 임소(任所): 지방 관원이 근무하던 곳.

이때 연왕이 집에 돌아가 부모를 뵙고 화 씨가 생존해 있음을 고했다. 그러자 일가 사람들이 크게 놀라고 어른들은 기쁨을 이기지 못하는 가운데 백문의 행동을 새로이 놀라워하며 일렀다.

"옛날에 화 씨에게 잘못을 저지른 일이 있다 한들 이 지경에 미칠 줄이야 어찌 알았겠느냐? 저 집에서 한스러워하는 것이 괴이하지 않다."

왕이 미처 대답하지 않아서 시녀가 구슬함을 받들어 소후에게 드렸다. 소후가 괴이하게 여겨 빨리 뜯지 않으니 유 부인이 위 씨에게 명령해 말했다.

"무슨 사연인고? 모두 아는 것이 옳으니 며느리가 마땅히 읽거라."

위 씨가 명령을 받들어 봉황이 그려진 관(冠)과 기린이 그려진 적삼 옷을 떨치고 자리를 떠나 섬섬옥수로 봉투의 겉면을 뜯고 옥 같은 소리를 맑게 해 읽으니 내용은 다음과 같았다.

'첩 양 씨는 공경해 두 번 절하고 당돌히 서간을 받들어 연국대왕 성후(盛后)께 올립니다. 그윽이 생각건대, 사문(斯文)[92]의 한 줄기요, 한 나라의 신하로서 남편과 귀부 대왕의 교분이 진번(陳蕃)[93]과 유종(俞鍾)[94]을 본받으시니 규방의 소박한 정성도 심상치 않았습니다. 그런데 여자의 졸렬함을 면치 못해 서신을 통하지 못함을 통탄했습니다. 천만뜻밖에도 불초한 소녀가 영랑에게 시집을 가게 되니 스스로 딸아이의 용렬함이 영랑에게 비하면 산닭과 봉황이 짝짓는 것 같

92) 사문(斯文): 이 학문, 이 도(道)라는 뜻으로, 유학의 도의나 문화를 이르는 말.

93) 진번(陳蕃): 중국 후한(後漢) 때의 인물. 진번이 예장(豫章) 태수(太守)로 있을 적에 다른 빈객은 맞지 않고 오직 서치(徐稚)만을 위해서 걸상 하나를 준비하여 서치가 와 담소를 하고 떠나면 걸상을 다시 위에 올려놓았다는 고사가 전함.

94) 유종(俞鍾): 유백아(俞伯牙)와 종자기(鍾子期)를 이름. 유백아는 중국 춘추시대 초나라의 거문고 명인으로 종자기가 자기의 소리를 잘 이해해 주자 신분의 차이에도 불구하고 친한 벗이 됨. 후에 종자기가 죽자 이제는 자신의 거문고 소리를 아는 자가 없다고 해 거문고 줄을 끊었다는 고사가 전함.

았으므로 한 마음이 불안하고 황송해 조물이 방해할까 두려워하고 복이 없어질까 염려했습니다.

그런데 마침내 참혹한 환란이 일어나 딸아이가 망극한 고초를 갖가지로 당했으니 어찌 사람과 귀신을 원망하겠나이까? 스스로 하늘을 거슬러 같잖은 노릇을 했으므로 재앙을 받은 것이니 입술을 놀리는 것이 부질없습니다. 오늘날 부끄러운 때를 당해 번거로움을 무릅쓰고 두어 말씀을 베푸니 당돌함을 용서하시고 거두어 살피시기를 바라나이다.

처음에 영랑이 소녀를 지극한 정도로 박대한 것은 존문에서도 함께 아는 사실이니 첩이 다시 베풀지 않겠습니다. 딸아이가 망극한 시절을 만나 국가의 죄수가 되어 외로운 아녀자가 천 리 험한 길에 수레바퀴가 덜컹덜컹 굴러 적소로 가다 도적을 만나 떠돌아다니던 중에 영랑을 만났습니다. 딸아이의 죄목은 법률을 넘어서는 것이나 영랑이 차마 그 지경에 다다라 딸을 핍박해 죽일 수가 있을 수 있습니까. 딸아이의 실낱같은 목숨이 천우신조로 겨우 애오라지 살았으나 두 번이나 칼 아래에 남은 목숨이요, 심규의 죄인으로 정신과 혼백이 다 달아난 가운데 몸에 큰 죄목을 실어 밤낮 거적 가운데 엎드려 슬피 울며 기운이 끊어져 사람의 몰골이 아니었습니다. 그래서 사람을 향해서 살아 있다고 하는 것이 맹랑해 존문(尊門)에 고하지 못했으니 이 죄는 만 번 죽어도 오히려 가볍습니다. 그러나 존문은 어지시니 외롭고 약한 여자의 하늘을 부르짖는 고통을 측은하게 여기셔서 딸아이에게 비록 그른 일이 있어도 용서하심이 옳습니다. 그런데 접때 대왕께서 귀한 가마를 굽혀 저희 집에 이르셔서 딸아이의 벌을 영랑에게 쓰셔서 영랑을 엄히 책망하시는 데 인정을 두지 않으셨습니다. 저희가 비록 토목과 같은 마음을 가졌다 한들 부끄럽지 않겠습니까?

마땅히 딸아이를 즉시 존문에 보내 문하에 죄를 청하는 것이 옳으나 존문에서 불쾌하게 여기시는 몸이라 감히 낯을 들어 나아가지 못합니다. 또 몸의 병이 아직 낫지 않아 기거를 뜻대로 못해 뜻과 같이 못하니 더욱 죄 위에 죄를 더했습니다. 영랑이 지난 일을 후회하고 딸아이의 죄를 용서해 누추한 곳에 와 며칠 머무르니 감사한 마음을 이기지 못하겠습니다. 첩 등이 만류할 일이 아니니 거의 짐작하시기를 바라는 바입니다.'

모두 다 듣고는 승상이 괴이하게 여겨 왕을 돌아보아 연고를 물었다. 왕이 이에 머리를 숙이고 말했다.

"예전에 백문이가 자못 그릇한 일이 많았으나 지금에 이르러는 화 공의 처사가 가장 괴이합니다. 백문이가 당당한 남자로서 여자를 따라 처가에 가 구구하게 행동하는 것이 매우 불길하므로 천한 성을 누르지 못해 백문이에게 약간 엄한 벌을 내렸나이다."

승상이 고개를 끄덕이고 묵묵히 있으니 유 부인이 웃으며 말했다.

"창아가 화 씨를 불쾌하게 여긴 것은 그르다고 못 하겠구나. 자기들이 먼저 화 씨 얻은 것을 이르고 화 씨가 이르러 우리를 보았다면 잘못과 무안함이 우리에게 더욱 있을 것을 저 집에서 화 씨 처소를 몽롱하게 해 무안할 우리는 관계하지 않았던 일이 되니 이는 모두 창아와 소 씨 며느리가 매사에 팔자가 좋아 이런 듯하구나."

좌우의 사람들이 일제히 소리를 지르며 웃고 남공은 불쾌하게 여겨 말했다.

"여자가 되어 아무리 서럽고 원통한 일이 있다 한들 남편을 버리고 시부모를 가볍게 여기며 남자옷으로 바꿔 입고 인륜을 거절하는 법이 있습니까? 헤아려 보면 백문이나 다르지 않습니다."

북주백 부인[95]이 낭랑히 웃고 말했다.

"여자가 설사 말을 못 하게 생겨났다 한들 남공 조카의 말이 과연 매몰찬 한 도를 지킨 것이니 내가 이 때문에 탄식한다. 예전에 백문이가 화 씨에게 온갖 슬픔과 원망을 겪게 한 것은 이를 것도 없고 나중에 화 씨를 물에 밀쳐 죽여 오기(吳起)[96]보다 심한 모진 행실을 하고 고금에 없는 노릇을 했으니 화 씨가 차마 그 남편을 데리고 살고 싶겠느냐? 그 사정이 원통하고 절박해 고금 이래로 없는 일인데 그대 등이 편벽되게 저를 그르다 하니 참으로 백문이의 부형답구나."

남공이 웃고 대답했다.

"숙모님 말씀이 옳으시니 제가 감히 하자를 못 하겠습니다. 화 씨의 사정이 슬픈 줄은 알겠지만 잠깐 한 가지 도리를 잃었으니 그 실은 백문이를 거절하더라도 시부모에게 아뢰고 남장을 안 했다면 좋았을 것입니다."

승상이 옳다고 하니 좌우의 사람들이 모두 웃었다. 유 부인이 소후에게 명령해 답서를 쓰라 하니 후가 자리에서 일어나 대답했다.

"소첩이 근래에 팔이 많이 아파 붓을 들지 못합니다. 침소에 돌아가 대작(代作)해 보내겠나이다."

부인이 웃고 위 씨를 불러 앞에서 쓰라 했다. 위 씨가 명령을 받들었으나 좌우에 숙당 항렬과 동서들이 삼이 벌여 있듯 했으므로,

---

95) 북주백 부인: 북주백이자 태자소부 이연성의 아내 정혜아를 이름.

96) 오기(吳起): 중국 전국시대 위(衛)나라 출신의 병법가로, 증자(曾子)에게 배우고 노(魯)나라, 위(魏)나라에서 벼슬한 뒤에 초(楚)나라에 가서 도왕(悼王)의 재상이 되어 법치적 개혁을 추진하였음. 저서에 병서『오자(吳子)』가 있음. 그가 노(魯)나라에 있을 때 제(齊)나라의 대부 전거(田居)가 방문해 오기를 보고 사위로 삼았는데, 후에 제나라가 노나라를 침략하자 노나라의 목공(穆公)이 오기를 장군으로 임명하려 하였으나 그가 제나라 대부의 사위라는 점 때문에 결정을 내리지 못함. 오기가 그 사실을 알고 자기 아내 전 씨를 죽여 자신은 제나라와 관련 없다는 점을 밝히고 노나라의 장군이 됨.

쓰는 것을 꺼리는 것이 아니라 자기 재주를 다른 사람이 아는 것을 속으로 민망하게 여겼다. 그러나 말할 기회를 얻지 못해 붓과 벼루를 내어와 채봉묵(彩鳳墨)[97]을 짙게 갈아 산호필(珊瑚筆)[98]을 손에 쥐어 나직이 사연을 물었다. 유 부인이 그 재주를 채 보고 싶었으므로 웃으며 말했다.

"수고롭게 일러 무익하니 그대 뜻대로 쓰도록 하라."

위 씨가 더욱 민망했으나 마지못해 봉관(鳳冠)[99]을 숙이고 잠깐 몸을 굽혀 머리 돌릴 사이에 붓을 휘두르니 그 빠름은 회오리바람이 모인 듯하고 주옥이 떨어지는 듯해 글자가 온 종이에 자욱했다. 좌우의 사람들이 놀라움과 의아함을 이기지 못해 모든 눈이 위 씨 신상에 쏘였다. 소저가 이에 더욱 불안했으나 낯빛을 움직이지 않고 눈길을 낮추어 붓을 놓고 두 손으로 받들어 소후에게 드렸다. 소후가 한번 보니 필법이 기이하고 글자체가 빼어나며 격조가 맑고 새로운 것은 이를 것도 없고 말마다 상쾌하며 말뜻이 물이 흐르는 듯해 무산(巫山)의 협곡[100]을 거스르고 이백(李白)과 두보(杜甫)[101]를 업신여길 정도였다.

소후가 다 보고 십분 놀랐으나 또한 내색하지 않았다. 유 부인이 여 씨에게 명령해 읽으라 하자 여 씨가 또한 자리를 떠나 옥 같은 소리를 맑게 해 읽으니 내용은 다음과 같았다.

'미산(眉山)[102] 소 씨는 삼가 고개를 조아리고 화 상서 부인께 올

---

97) 채봉묵(彩鳳墨): 봉황이 그려진 먹.

98) 산호필(珊瑚筆): 산호로 장식한 붓.

99) 봉관(鳳冠): 봉황 모양으로 장식한 예관.

100) 무산(巫山)의 협곡: 사천성(四川省) 무산현(巫山縣)에 있는 협곡으로, 험하기로 이름 높은 곳임.

101) 이백(李白)과 두보(杜甫): 모두 중국 성당(盛唐) 때의 시인. 중국의 최고 시인들로 꼽히며 이백은 시선(詩仙)으로, 두보는 시성(詩聖)으로 칭하여짐.

102) 미산(眉山): 중국 사천성에 있는 지명. 중국 북송 시대의 문장가들인, 소순(蘇洵)과 그 자식들

립니다. 천만뜻밖에 사부인의 수찰(手札)[103]을 받드니 놀라고 기쁜 마음이 구름 가운데 해와 달을 본 듯합니다. 공경하고 자세히 살피니 문득 부끄러움이 앞을 가려 죽으려 해도 죽을 땅이 없을 지경입니다. 답간을 올리려 하니 혀가 돕지 않고 입이 열리지 않아 장차 어찌할 줄을 모르겠습니다. 그러나 또 까닭 없이 답간을 올리지 않는 것은 더욱 그르므로 억지로 붓과 벼루를 내오니 미리 죄를 청합니다.

접때 존공께서 어리석은 우리 아들을 한번 보시고 잔치 자리 가운데서 귀한 따님을 쉽게 허락하셨습니다. 가군(家君)[104]이 어리석은 우리 아들이 귀댁의 천금 같은 규수와 쌍이 같지 않음을 알았으나 일찍이 존공과 막역(莫逆)의 교분이 두터워 옛사람을 본받으려 하셨으므로 다시 자식을 나누는 것이 천고에 없는 좋은 일이라 해 존공의 청을 허락하셨습니다. 해가 여러 번 바뀌어 혼례를 이루어 영녀(令女)를 저희 집에 데려오니 용모와 덕은 이를 것도 없고 행동이 현철한 여자와 흡사했으니 이는 곧 가문의 행운이었습니다. 또 우리 아들의 내조가 창성한 것이 우리 며느리 한 몸에 있는 줄 알아 기쁨과 다행함을 이기지 못했습니다. 가군과 첩이 며느리의 특출난 천성을 사랑해 한 조각 며느리 향한 마음은 하늘에 물어도 될 정도라 다시 베풀지 않으니 마땅히 며느리에게 물으실 것입니다.

우리 아들이 어질지 않아 도리에 어긋난 행실을 해 이미 조상을 욕먹이고 부모로 하여금 다른 사람의 비웃음을 받게 했으며 자기는 당대의 죄인이 되었으니 다시 베풀어 이를 것이 있겠나이까. 그러나 며느리의 재앙이 가볍지 않고 집안의 운수가 불행해 요망한 사람이

인 소식(蘇軾), 소철(蘇轍) 삼부자가 살았던 곳. 여기에서는 소월혜의 성(姓)이 소 씨이므로 자신을 이와 같이 칭한 것임.

103) 수찰(手札): 손윗사람이 손아랫사람에게 보내는 편지.

104) 가군(家君): 상대에게 자기의 남편을 이르는 말.

가운데에서 내달아 귀신도 헤아리지 못하게 온갖 변화를 지었으니 능히 참과 거짓을 분변하지 못해 우리가 다 곧이들어 며느리가 참혹한 환난을 무궁히 겪었습니다. 끝내는 거처와 생사를 알지 못하게 되었으니 첩 등이 골수에 박힌 한으로 구곡간장이 마디마디 끊어질 듯했습니다. 며느리의 그림자를 찾을 길이 아득하고 며느리의 원통함을 씻어 줄 단서가 이승과 저승 사이 같아서 밤낮으로 하늘을 부르며 하늘이 알아주지 않는 것을 원망했습니다. 그러다 끝내는 다행히 간악한 꾀를 찾아내 악당이 다 죽고 해와 달이 다시 밝아 며느리의 애매함이 백옥처럼 벗어나게 되었으니 놀라움과 기쁨, 다행함은 헤아릴 수 없을 정도였습니다. 그런데 며느리의 그림자가 아득해 소식을 듣지 못하니 첩 등의 슬프고 원통한 마음이 배꼽을 물기[105]에 미쳤습니다. 사람마다 며느리를 위해 원통함을 일컫지 않는 이가 없었으니 더욱이 슬픔과 지극한 원통함은 천대(千代)까지 없어지지 않을 정도였습니다. 존문에 용납할 낯이 없어 가군이 존상서(尊尙書)를 대해 가시를 져 죄를 청하려 하셨고 첩도 부인께 나아가 당 아래에서 사죄하는 것이 마땅했을 것입니다. 그러나 경사와 시골이 길이 멀고 피차 남북으로 나뉘어 뜻과 같지 못함을 한스러워했습니다.

상경하신 후에 첩이 스스로 부끄러움이 심해 첫 뜻을 행하지 못하고 부끄러움과 민망함이 비할 곳이 없었습니다. 그런데 이제야 들으니 우리 며느리가 공교롭게 회생해 존부(尊府)에 있다 하니 그사이의 곡절은 알지 못하나 부인께서 속히 이르셔서 깨닫게 되었습니다. 우리 아들의 모진 행실과 도리에 어긋난 행동이 새로이 한심하고 괘

105) 배꼽을 물기: 이미 저지른 잘못에 대하여 후회하여도 소용이 없음을 이르는 말. 사람에게 잡힌 사향노루가 배꼽의 향내 때문에 잡혔다고 제 배꼽을 물어뜯었다는 데서 유래함. 서제막급(噬臍莫及).

씸함이 지극한 것은 다시 제기할 것도 없는데 며느리가 만일 존상서를 만나지 못했다면 신체인들 어디에 가 찾을 수 있었겠나이까. 이 한 일을 생각하면 뼈가 부서지는 듯하고 놀라워서 삼혼(三魂)[106]과 칠백(七魄)[107]이 다 흩어지는 듯합니다. 또 부인의 천륜에서 생긴 자애로운 정을 생각하면 더욱 터럭과 뼈가 두려워지는 것을 참을 수 있겠나이까.

슬픕니다. 우리 아들의 괘씸한 행실이 이 지경에 이르고 영애(令愛)의 운수가 불리함이 이토록 한 것입니까. 애달픔을 이기지 못하니 첩의 우매한 마음도 이러한데 부인과 상서의, 하늘처럼 끝이 없는 절절한 고통을 비길 곳이 있겠나이까. 며느리가 인륜을 사절하고 시가를 영영 끊으려 하는 마음을 어찌 그르다고 하겠습니까. 이는 스스로 헤아리지 못한 일이니 용납해 주시기를 원하나이다. 가군이 아들을 꾸짖은 것은 그 도리에 어긋난 방자한 행실을 다스린 것이니 어찌 며느리 죄를 아들에게 쓴 것이겠습니까. 이는 결코 생각지 못한 일입니다. 다만 집으로 돌아와 다스리지 못하고 존부를 떠들썩하게 한 것은 도리를 잃은 것입니다. 며느리가 비록 목숨이 구정(九鼎)[108] 같은들 칼 아래 남은 목숨으로 구사일생한 몸이라 어찌 병이 없으며 신상이 무사하겠습니까. 마땅히 평안히 조리했다가 저희 집에 오는 것이 온당하니 부인께서는 다른 염려를 하지 마시고 며느리를 보호하셔서 오랜 병이 어서 낫기를 기다리소서. 만사가 다 우리 아들과 저희가 현명하지 못해 생긴 일이니 부인께서 어찌 죄를 일컬

---

106) 삼혼(三魂): 사람의 마음에 있는 세 가지 영혼. 태광(台光), 상령(爽靈), 유정(幽精)을 이름.
107) 칠백(七魄): 도교에서, 사람의 몸에 있는 일곱 가지 넋. 몸 안에 있는 탁한 영혼으로서 시구(尸拘), 복시(伏矢), 작음(雀陰), 탄적(呑賊), 비독(非毒), 제예(除穢), 취폐(臭肺)가 있음.
108) 구정(九鼎): 중국 하(夏)나라의 우왕(禹王) 때에, 전국의 아홉 주(州)에서 쇠붙이를 거두어서 만들었다는 아홉 개의 솥. 주(周)나라 때까지 대대로 천자에게 전해진 보물이었다고 함.

으시며 며느리가 불안해 할 일이 있겠나이까.

종이를 임하니 사연을 다 베풀지 못하고 죄를 일컫는 것이 그만두지 못할 정도이나 한 자의 글이 능히 품은 마음을 다 쓰기 어렵고 서간이 번잡한 것이 더욱 황송해 대강의 사연을 베풉니다. 타고난 병이 낫지 않아 대작(代作)을 면치 못했으니 당돌함을 용서하시고 어서 살펴 주소서.'

유 부인이 다 듣고는 크게 칭찬해 말했다.

"우리 며느리의 외모가 기특한 것은 알았으나 재주가 이처럼 탁월한 줄은 알지 못했구나. 이는 이두(李杜)[109]보다 나은 재주요, 지금 세상에 없는 문필이니 경문이가 남편 소임을 하는 것이 감당하지 못할 일이로구나."

승상이 또한 기쁜 빛을 띠어 말했다.

"서간의 사연이 소 씨 며느리가 친히 써도 이보다 더하지 못할 것이니 참으로 기특하구나."

연왕이 더욱 미우에 기뻐하는 빛이 영롱해 아뢰었다.

"소 씨는 한낱 쓸모없는 여자니 저와 같은 언변을 당해 내겠나이까? 위 씨 덕분에 저희 부부의 있는 허물이 다 감춰졌으니 위 씨는 효부(孝婦)라 이를 만합니다."

위 씨가 그 시아버지의 말에 크게 황공해 옥 같은 얼굴이 붉게 물들었다. 이에 하남공이 감탄하며 말했다.

"위 씨가 저와 같은 재주를 가지고서 녹록하게 여자가 된 것이 어찌 아깝지 않은가? 사연이 길지 않으나 간절하고 상쾌하며 엄숙하고 온화하나 굳세어 허물 잡을 곳이 없으니 백문이의 허물을 많이 덮었

---

109) 이두(李杜): 이백(李白, 701~762)과 두보(杜甫, 712~770). 모두 중국 성당(盛唐) 때의 시인. 중국의 최고 시인들로 꼽히며 이백은 시선(詩仙)으로, 두보는 시성(詩聖)으로 칭하여짐.

구나.”

좌우의 사람들이 다시금 칭찬을 마지않으니 소후가 위 씨의 뜻을 스치고 즉시 서간을 거둬 봉함(封緘)[110]해 화씨 집안 가인(家人)에게 주라 하니 개국공이 웃고 능후를 향해 말했다.

“위 씨의 기특함이 오늘날 더하니 네 마음도 즐거우냐?”

능후가 이때 좌중에 있다가 또한 보고 속으로 놀라움과 의아함을 마지않았으나 눈길을 낮추어 시립해 있었다. 그러다가 이 말을 듣고는 미소하고 머리를 숙였다. 소부가 재촉해 그 뜻을 물으니 능후가 웃음을 머금고 말했다.

“여자는 덕을 이르고 문자를 일컫지 않으니 그 말이 능하고 재주 많은 것은 참으로 부질없나이다.”

소부가 말했다.

“부질은 없으나 위 씨는 덕행이 세상에 뛰어나고 또 문장이 이와 같아 과도한 시아비와 패악한 시동생의 허물을 한 붓끝으로 가려 놓았으니 네게 은인이 아니냐?”

생이 웃고 대답했다.

“조부는 과도한 말씀을 마소서. 조그마한 여자가 어찌 아버님보다 나은 것이 있겠나이까? 자당께서 대신 쓰라 하시라는 명령이 있었는데 그만큼도 못하면 장차 무엇이라 하겠나이까? 겨우 평범한 예삿일을 과찬들 하시니 젊은 여자가 불안할 것입니다.”

소부가 박장대소하고 말했다.

“네 위 씨를 귀하고 소중하게 여기는 것을 사람들이 모인 곳에서도 감추지 못해 위 씨가 불안해 하는 것을 다 염려해 주니 과연 천

110) 봉함(封緘): 편지를 봉투에 넣고 봉함. 또는 그 편지.

정배필이로구나."

생이 잠시 웃고 말을 안 하고 위 씨는 크게 부끄러워 옥 같은 얼굴에 붉은빛이 감돌았다. 이에 왕이 소부에게 눈치를 주자 소부가 즉시 그쳤다.

이윽고 자리를 파하고 서당으로 돌아가니 예부가 칭찬해 말했다.

"오늘날 위 씨 제수의 재주를 보니 우리는 녹록한 평범한 사람이라 참으로 부끄럽지 않으냐?"

능후가 웃으며 말했다.

"형님은 참으로 기괴한 말씀을 마소서. 형님의 강하를 거스르는 큰 재주를 저 위 씨에게 비길 수 있겠나이까?"

예부가 손을 저어 말했다.

"너는 마음에도 없는 말을 마라. 남자로 이르지 말고 소소한 아녀자가 어르신과 숙부들, 시숙들이 자리에 가득한 가운데 숙모께서 이르지도 않으신 대서(代書)를 하는데 낯빛을 변하지 않은 채 한 붓에 내려 둘러 문장이 한 점 가필할 필요가 없고 조금도 틀리지 않은 데다 말이 그토록 맑고 상쾌하며 시원할 방법이 있겠느냐? 네가 한다면 능히 감당할 듯싶냐?"

생이 웃고 말했다.

"사람들이 가득한 가운데 낯빛을 변하지 않은 것은 오직 단단해서 그런 것이요, 빨리 쓴 것은 승상 집안의 한 여자로서 일껏 들어 글을 익혔기 때문이니 그것이 그리 기특한 일이겠습니까?"

평후가 웃으며 말했다.

"네가 과연 간사하구나. 위 씨가 어려서부터 천한 집에서 성장해 열 살이 겨우 넘어 네게 시집왔으니 너는 밤낮 제수씨에게 글을 가르쳤는지 모르겠으나 유 공과 각녀의 포악한 호령에 어느 사이에 글을 익혔겠느냐? 중간에 또 길에서 떠돌아다니시다가 근래에 무사하셨으니 위 공이 어느 틈에 글을 가르치고 있었겠느냐? 이제야 깨달으니 네가 가르쳐 준 것이로구나."

능후가 크게 웃고 말했다.

"제가 가르쳤다 이른다면 저에게 배운 것이 이 정도이겠습니까?"

초후가 잠시 웃고 말했다.

"제수씨의 일을 시비하는 것이 그르나 위 씨 제수의 큰 재주는 고금 역대를 헤아려도 드물 것이다. 그토록 신속하게 급히 붓을 휘둘렀는데 문장이 도도해 우뚝 빛나고 사연이 시원한 것은 아무도 미치지 못할 것이다. 그러니 둘째는 어찌 감히 우러러나 볼 수 있겠느냐? 그윽이 아까워하는 바는 중량 등[111]은 일생 경서를 깊이 연구했으나 저와 같지 못하니 제수씨가 만일 남자셨다면 국가를 도울 동량(棟梁)[112]이 되지 않으셨겠느냐?"

예부가 역시 한탄하니 능후가 크게 웃으며 말했다.

"가소롭습니다. 두 형님이여! 저 녹록한 아녀자의 작은 시문을 보시고 이토록 과도하게 칭찬하시니 어찌 괴이하지 않습니까?"

광후가 웃으며 말했다.

"너는 눈이 높아 사해를 아래에 두었어도 우리는 무딘 눈이라 그런 것이다."

초후가 또한 웃고 말했다.

"둘째가 전 같으면 따라서 같이 칭찬했을 터인데 요사이에는 적이 미친 바람이 들어 스스로 제수씨를 홀대하고 홀로 처하니 저런 말을 하는 것입니다."

---

111) 중량 등: 위 씨의 남자 형제들을 말함. 곧, 위최량, 위중량, 위후량.
112) 동량(棟梁): 기둥이 될 만한 인물.

평후가 크게 웃고 말했다.

"옳다. 대강 그런 일이 있어 이리한 것이 아니더냐? 또한 진실로 괴이함을 이기지 못하겠구나. 그 태산 같은 깊은 정을 가지고 어찌 하루나 홀로 있을 수 있겠느냐?"

초후가 말했다.

"그러므로 미친 바람이 들었다 한 것입니다. 제 본심이라면 하루나 서로 떨어져 있으려고 하겠습니까? 다만 이와 같아서 벌써 넉 달째 서당에 있나이다."

평후가 놀라서 말했다.

"이보[113]가 무슨 일로 이렇듯 뜻을 굳게 정한 것이냐?"

능후가 미소하고 대답했다.

"남자가 매양 내당에만 있을 수 있겠나이까? 자식이 있으니 이제는 처자가 초월(楚越)[114] 같습니다. 그러니 종신토록 홀로 거처하려 하나이다."

평후가 놀라서 말했다.

"이보의 이 말이 희롱하는 말인 듯하나 이 또한 본마음이니 내 숙부께 고해야겠다."

능후가 웃고 대답했다.

"형님은 참 다사(多事)롭게[115] 굴지 마소서. 젊은 여자가 제가 소중히 대우하는 것을 믿고 말이 방자하니 참으로 괘씸합니다. 그래서 적이 다스려 보려 하는 것입니다."

평후가 말했다.

---

113) 이보: 이경문의 자(字).

114) 초월(楚越): 중국 전국시대의 초나라와 월나라의 사이라는 뜻으로, 서로 원수처럼 여기는 사이를 비유적으로 이르는 말.

115) 다사(多事)롭게: 보기에 쓸데없는 일에 간섭을 잘하는 데가 있게.

"이는 녹록한 계교다. 위 씨가 네 자취를 백 년을 안 보신다 해도 그리 겁을 내시겠느냐? 네가 들어가지 않을수록 기뻐하실 것이다."

초후가 말했다.

"제 뜻도 형님 말씀과 같습니다. 이 아이가 제수씨를 홀대하는 것으로 다스리려 하니 기괴해서 말리지도 않습니다."

평후가 연왕에게 고하겠다 위협하니 능후가 웃으며 말했다.

"제가 예전의 신랑이 아니요 자식이 있는데 부모님이 금슬을 권하도록 하시겠나이까?"

평후가 크게 웃고 대답하지 않았다.

이씨세대록 권22

화채옥은 이백문과 갈등하다 시가에 복귀하고 이백문은 화채옥을 달래며 완전히 개과하다

이때 연왕이 상소를 통정사(通政司)[1]에 올려 화 씨가 생존해 있음을 고했다. 이에 임금께서 기뻐하셔서 화 씨에게 부인 직첩(職牒)[2]을 내려 주시고 금과 비단, 옷감과 명주를 상사(賞賜)[3]하셨다. 그리고 중사(中使)[4]를 보내 화 공에게 치하하시니 화씨 집안의 찬란한 광채가 사방에 빛났다.

이때 화씨 집안에서 소후의 답간을 보고 적이 마음을 놓아 소저를 타일러 여자 옷으로 바꿔 입게 했다. 공이 세 아들과 함께 백문에게 들어가 보니 생이 흘린 피가 옷에 흠뻑 묻어 있었다. 백문이 기운이 끊어질 듯해 누워 있다가 공을 보고는 낯빛을 바꾸고 말했다.

"대인께서 소생에게 이러한 몰골을 갖도록 하셨으니 얼마나 시원하십니까?"

공이 정색하고 말했다.

"내가 연왕에게 일러 너를 치라 했더냐?"

---

1) 통정사(通政司): 명나라의 관제로 내외에서 올리는 상소 등을 받아 황제에게 보고하는 일을 담당함.

2) 직첩(職牒): 조정에서 내리는 벼슬아치의 임명장.

3) 상사(賞賜): 임금이 칭찬하여 상으로 물품 등을 내려 줌.

4) 중사(中使): 궁중에서 왕명을 전하던 내시.

생이 노해서 말했다.

“장인어른께서 딸을 감추시고 점점 제 부덕(不德)을 길러 오늘날 아버님의 분노가 이에 미치신 것이니 이것은 장인어른께서 고집한 결과가 아니며 화 씨가 괴이하고 독해서 일어난 일이 아닙니까? 이제는 죽으나 사나 이곳에서 결단할 것이니 소생이 피가 맺혀 죽으면 대인께서 마음에 찬 사위를 시원하게 가리소서.”

공은 어이없어 잠자코 있고 화 수찬이 꾸짖어 말했다.

“너는 과연 금수 같은 것이로구나. 네가 허물을 참으로 크게 지어 가지고서 저 말이 어느 염치에서 돋아나 아버님을 욕하는 것이냐?”

생이 말했다.

“내가 그래서 형에게 몇 번이나 사죄를 했는가? 장인어른께서 항주에서 나를 사위가 아니라 하시며 내쫓고 욕하시는 것을 능사로 아셨으나 내가 내 죄를 헤아리고 벌 주시기를 극진히 청했네. 성인도 잘못 뉘우치는 것을 허락하셨으니 내가 그대 집의 종이 아니거늘 무슨 일로 세월이 오래도록 악물어 가지고 나를 공연히 모욕하고 영매(令妹)를 감춰 가지고서 나에게 다른 여자를 얻어 들이라 한 것인가? 그러더니 지금에 이르러는 일이 발각되어 부모의 엄한 책망이 내 몸에 있게 되었으니 어찌 한스럽지 않은가? 그대네가 누이를 감춰 둔 것은 나 백문에게 이를 갈아 단정한 군자를 얻으려 한 것이 명백하다. 만일 그렇지 않았다면 내가 잘못한 일이 온갖 일로 두루 있기는 하지만 그대네가 영매를 감추어 둔 것은 무엇을 하려고 해서인가?”

말이 끝나지 않아서 화 공이 발끈 낯빛을 바꾸고서 소매를 떨쳐 나갔다. 수찬이 이에 소리를 엄정히 해 크게 꾸짖었다.

“무지한 도적놈이 요사이에 잘못을 뉘우쳤는가 싶었는데 갈수록 실성해 미친 증이 있으니 아직도 깨닫지 못했구나.”

그러고서 드디어 모두 나갔다.

생이 기운을 수습하지 못해 시녀를 시켜 화 씨를 불렀다. 소저가 생 보기를 승냥이나 이리처럼 여겼으니 어찌 다시 가겠는가. 이에 응하지 않았다.

석양에 능후가 평상복 차림으로 길을 안내하는 추종을 다 떨쳐 내고 이곳에 이르러 먼저 화 공을 뵙고 말했다.

"사제(舍弟)[5]에게 본디 질병이 있는데 또 무거운 벌을 받았다 하니 아우를 보고 싶습니다. 아우가 어디에 있습니까?"

공이 억지로 참고 말했다.

"영존께서 딸아이의 죄를 운보[6]에게 쓰셨으니 어찌 부끄럽지 않은가?"

능후가 자약히 웃고 말했다.

"대인께서 어찌 그러한 생각을 하셨나이까? 뜻밖의 말씀입니다."

그러자 드디어 능후가 화 수찬을 데리고 몸을 일으켜 생이 누운 곳으로 갔다. 생이 침상 위에 거꾸러져 있는데 붉은 피가 누운 곳에 잠겨 있었다. 능후가 매우 놀라 나아가 생의 손을 잡고 말했다.

"아침에 네가 아버님께 매를 맞았다 하되 대단하지 않다고 들어 즉시 와서 보지 않았다. 그런데 이토록 심하게 맞은 것이며 무슨 일로 피 묻은 옷도 벗지 않고 거꾸러져 있는 것이냐?"

생이 눈을 떠 보며 짐짓 목 안의 가는 소리로 일렀다.

"아버님께서 저를 꾸짖으신 것은 저의 죄 때문이니 이보다 더하다 해서 어이 놀라겠습니까? 다만 형은 들어 보소서. 인간 세상에 화 씨 같은 악한 여자가 어디에 있나이까? 자기 때문에 제가 이렇게 많

---

5) 사제(舍弟): 남에게 자기의 아우를 겸손하게 이르는 말

6) 운보: 이백문의 자(字).

은 매를 맞았는데도 화 공과 영무[7] 등이 들이밀어 보지도 않고 더운 물을 가져다가 입에 치지도 않았습니다. 그래서 기운이 끊어질 듯해 화 씨를 불러 이 옷이나 갈아 달라고 했는데 들은 체도 않고 제가 이때까지 미음도 마시지 못했으니 숨이 곧 다할 듯합니다."

능후가 다 듣고는 낯빛이 변한 채 친히 나아가 생의 피 묻은 옷을 벗기고 피를 씻은 후에 자리를 거두어 펴고 생을 눕혔다. 그런 후에 자기가 데려온 동자를 불러 집에 가 청심원(淸心元)[8]과 향기로운 차를 가져오라 했다. 그리고 미우에 찬 기운이 뚜렷해 바로 한겨울에 하늘에서 서리가 펄펄 내리는 것 같았다. 화 수찬이 능후의 기색을 살피고 십분 무안해 말했다.

"아까 처음에 우리가 들어오니 운보가 심하게 욕하기에 대면하기 싫어 도로 나갔으나 누이가 이르러 운보를 구호하는가 여겼더니 이런 줄 알았겠는가?"

태부가 묵묵히 대답하지 않고 생의 곁에 앉아 백문의 손을 어루만졌다. 수찬이 좌우를 시켜 한 그릇 미음을 가져오라 했다. 미음이 앞에 이르자 능후가 바야흐로 웃고 말했다.

"형은 겉으로 꾸미는 행동을 하지 말게. 만일 내가 오지 않았다면 아우가 살기 쉽지 않았을 것이네. 아우가 일찍이 존부에 조금의 원망이 없는데 형이 그토록 원수로 치부하는 것은 무엇 때문인가?"

수찬이 잠시 웃고 말했다.

"저 사람의 말이 하도 놀랍고 괘씸해서 누이에게 권하지 않았더니 누이가 도리를 폐한 것을 우리가 어찌 알았겠는가?"

---

7) 영무: 수찬 화숙의 자(字).

8) 청심원(淸心元): 우황, 인삼, 산약 따위를 비롯한 30여 가지의 약재로 만든 알약. 중풍으로 졸도하고 팔다리가 뻣뻣해지는 데나 간질, 경풍 따위에 씀.

태부가 이에 미소했다. 좌우에서 죽을 가져오자 학사가 대로해 발로 박차니 금쟁반, 옥그릇이 산산이 부서져 그릇이 방안에 널렸다. 태부가 잠자코 보기만 하니 수찬이 혀를 차며 치워 내라 하고 말했다.

"이보[9]는 스스로 이 장면을 보게. 갈수록 운보의 실성한 행동이 없어지지 않으니 누가 이를 감수할 수 있겠는가?"

능후가 얼굴을 바르게 하고 태연히 말했다.

"아우가 실성했으나 남자로서 관계없는 일이네."

학사가 능후의 뜻을 알고 일어나 앉아 눈을 부릅뜨고 꾸짖었다.

"나는 온갖 도리에 어긋난 행실을 해도 네 누이보다 더하지는 않을 것이다. 형님도 저 화 씨 천한 여자의 행실을 들으소서."

그러고서 소저가 자기를 꾸짖던 말을 다 옮기고 이를 갈며 말했다.

"제가 예전에 잘못한 일이 있으나 이 여자를 넘지는 않을 것입니다."

능후가 바야흐로 정색하고 말했다.

"아우가 비록 실성했다 한들 이런 대단한 헛소리를 하는 것이냐? 제수씨가 어찌 남편을 대해 이렇듯 하셨겠느냐? 이는 상놈, 천한 무리라도 유식한 사람은 하지 않을 버릇이다."

수찬이 태부의 정대한 말을 듣고 그윽이 부끄러워했다. 문득 연왕부 동자가 향기로운 차를 가지고 이르니 능후가 친히 학사에게 차를 먹이고 말했다.

"교자를 가져오라."

그러고서 집으로 돌아가 병을 조리하자 하니 학사가 말했다.

"제가 또한 가고 싶으나 화 씨의 뜻을 맞춰 주는 것이 괘씸하니

---

9) 이보: 이경문의 자(字).

부디 이곳에서 죽어 자기가 저를 거절하는 뜻을 맞춰 주지 않으려 하나이다."

후가 말했다.

"남을 역정 내어 이곳에 구차히 있으면 구완[10]도 정성으로 할 사람이 없으니 만일 병이 깊어지면 어찌하려 하느냐?"

학사가 말했다.

"생사가 운수에 달려 있으니 죽으나 사나 저는 관계없이 여기겠습니다. 맺힌 원한이 있으니 넋이라도 이곳에서 있으면서 화 씨가 다른 사람과 함께 늙지 못하게 하려 하나이다."

후가 대답하지 않고 일어나며 말했다.

"내 돌아가 약 등을 갖춰 보내고 내일 의원을 데리고 오마."

그러고서 나가니 대개 능후가 백문의 무례한 말을 꾸짖지 않은 것은 화 씨의 행동이 그 욕먹어 싼 줄 알았기 때문이었다.

수찬이 들어가 누이를 대해 이번 태부의 기색과 말을 전하니 부인이 노해 말했다.

"이경문이 자기 아우 그른 줄은 알지 못하는구나."

수찬이 대답했다.

"이경문은 당대의 군자라 범사에 바른 도 잡는 것을 으뜸으로 합니다. 누이의 행동이 과연 잘못되었으니 어찌 남을 한하겠습니까? 누이는 또한 굳은 마음을 흩어 이후에나 부렸던 고집을 그치라."

소저가 당초에 정한 뜻은 백문을 평생 보지 않는 것이었다. 그렇게 기약하고 시가에서 자기를 그릇 여겨도 움직이지 않으려 했다. 그런데 지금은 이미 뜻과 같지 않아 백문과 몸을 나란히 해 있기를

---

10) 구완: 아픈 사람이나 해산한 사람을 간호함.

두 날, 두 밤을 하고 이미 여자 옷으로 바꿔 입었다. 시아버지의 엄한 표정과 시어머니의 서간 속 말이 어진 듯했으나 엄숙하고, 사죄하는 듯했으나 흔쾌하지 않은 것에 매우 황공해 처음에 먹은 마음이 많이 사라졌다. 그러다가 또 이 말을 듣고는 더욱 부끄러워 생각했다.

'이미 죽지 못하고 살았으니 마땅한 큰 절개를 피하지 못할 것이라 이제 할 수 없구나.'

그러고서 길이 탄식하며 가만히 눈물을 흘려 몸을 일으켜 침소로 돌아갔다. 이에 부인이 오열하며 눈물을 흘려 말했다.

"여자가 가련하고 불쌍한 것을 내 아이에게서 더욱 깨닫겠구나. 박정한 남편은 일의 형세를 모른 채 철없는 호령만 드높이고 무정한 시가는 한갓 딸아이만 책망하니 어찌 서럽지 않은가?"

수찬이 또한 슬픔을 이기지 못해 눈물을 머금고 어머니를 위로했다.

"이미 물이 엎어진 것 같게 되었으니 슬퍼해 무엇 하겠나이까? 백문이 자기가 잘못했으나 아내를 찾는 것도 그르지 않고 연왕부에서 누이를 옳지 않게 여기는 것도 그르지 않으니 이른바 여자는 온유(溫柔)[11]함이 귀하다 한 것이 이를 이른 것입니다."

부인이 이에 길이 탄식했다.

소저가 집안에 이르자 학사가 괴로이 신음하다가 눈을 떠 소저를 보고 낯빛이 변한 채 말했다.

"그대가 무슨 마음으로 이른 것인가? 내 본디 그대 뜻을 맞춰 죽을 것이니 그대는 시원히 마음대로 살도록 하라."

---

11) 온유(溫柔): 성질이 온화하고 부드러움.

소저가 정색해 대답하지 않고 한 가에 앉았다. 생이 겉으로는 낯빛을 지었으나 그 용모를 대하자 기뻐서 매 맞은 곳이 아픈 줄을 몰랐다. 그래서 눈으로 쏘아보다가 문득 죽을 달라 했다. 소저가 좌우 사람들을 불러 죽을 드리라 하니 생이 그 기운이 적이 풀어진 듯한 것에 크게 다행으로 여겨 흔쾌히 죽을 마셨다. 그리고 나직이 사죄하는 말을 깊이 일컬었으나 소저는 끝내 대답하지 않았다. 등불을 켜자 생이 은근히 침상에 오르기를 청하니 소저가 어이없어 못 듣는 것처럼 했다. 그러자 생이 이불을 밀치고 나아가 소저를 이끌어 요 위에 오도록 하니 소저가 이를 갈고 원한이 뼈에 새겨진 것이 헤아릴 수 없을 정도였으나 능히 힘으로 막지 못했다. 생의 장독(杖毒)[12]이 깊었으므로 소저가 노기를 낮추고 정색해 말했다.

"사람의 행실이 저러한 모습을 가지고 처자 생각이 나는 것입니까? 이제나 진실로 몸을 진중하게 가지소서."

생이 그 말이 모호한 것을 크게 믿어 흔쾌히 웃고 소저의 손을 놓고 스스로 베개에 나아갔다. 소저는 등불 아래에 앉아 밤을 새우다가 새벽에 밖으로 나왔다.

중사(中使)가 전지(傳旨)[13]와 상사(賞賜)[14]를 받들어 이르니 화공이 영접해 중당에 들어와 소저에게 조서(詔書)를 받으라 했다. 소저가 크게 불쾌했으나 할 수 없이 예복을 갖추고 꿇어앉아 들으니 내용은 다음과 같았다.

'예로부터 만물이 봄날 더운 때를 맞아 생기가 드날리나 서리가 뿌린 후에는 한낱 남은 잎이 없도다. 그러나 소나무와 잣나무는 푸

12) 장독(杖毒): 곤장 따위로 매를 몹시 맞아서 생긴 상처의 독.
13) 전지(傳旨): 왕의 명령서.
14) 상사(賞賜): 임금이 칭찬하여 상으로 물품을 내려 줌.

릅이 굳어 한겨울에도 빛을 변치 않으니 이를 기특하다고 여겼도다. 이제 전임 태학사 이백문의 처 화 씨는 일개 아녀자로서 적국의 모해를 입어 몸이 만 길 구렁에 빠지듯이 했으나 국가가 또한 자세히 살피지 못하고 천리타향에서 원적(遠謫)[15]하게 했도다. 화 씨가 적소(謫所)에 무사히 가지 못해 중간에 헤어져 떠돌아다녀 생사를 몰랐다가 간사한 사람의 잘못이 터럭 끝도 숨기지 못하게 탄로났도다. 고금을 기울여 생각한들 노녀처럼 흉악한 사람이 어디에 있겠는가. 악한 무리를 쓸어 버리고 화녀의 종적을 찾았으나 얻지 못했도다. 그런데 어제 통정사(通政司)에 올린 연경의 상소를 보니 경이 또 물에 빠져 겨우 삶을 얻었다고 했도다. 화 씨가 소나무와 잣나무의 굳음이라도 능히 견디지 못할 변고를 다 지냈으나 살아남았으니 이는 천고에 없는 기이한 일이로다. 짐이 이에 예부에 명령해 경을 백문의 원비 정숙부인에 봉하고 고명(誥命)[16]을 내리며 금과 비단으로 그대의 열절(烈節)을 만에 하나를 표하니 경은 이를 알기 바라노라. 아! 고금에 얼굴이 예쁜 여자는 운명이 기박하다 했으나 경과 같은 이가 어디에 있겠는가. 짐이 참으로 슬퍼하니 이후에나 아무 폐 없이 누리라.'

소저가 다 듣고는 대궐을 바라보고 네 번 절했다. 그런 후에 다시 일품 명부의 의복을 갖추니 봉관(鳳冠)은 초대(楚臺)[17]의 구름을 업신여기고 기린이 새겨진 적삼과 붉은 치마에는 구름이 어린 듯했으며 진주 면류(冕旒)[18]는 옥 같은 얼굴에 어른거렸다. 전아하고 탐스

15) 원적(遠謫): 먼 곳으로 귀양을 보냄.
16) 고명(誥命): 중국의 황제가 제후나 오품 이상의 벼슬아치에게 주던 임명장.
17) 초대(楚臺): 초나라 무산(巫山)의 양대(陽臺)를 말함. 중국 초나라의 회왕(懷王)이 꿈속에서 자신을 무산(巫山)의 여자라 소개한 여인과 잠자리를 같이했는데, 그 여인이 떠나면서 자신은 아침에는 구름이 되고 저녁에는 비가 되어 양대(陽臺) 아래에 있다고 한 고사가 있음.
18) 면류(冕旒): 면류관의 앞뒤에 늘어뜨린 구슬꿰미.

러운 자태가 이날 더한 듯했다. 부모가 기쁨을 이기지 못하고 뭇 형제가 바야흐로 매우 즐거워 사자(使者)를 정성껏 대접했다. 그리고 공이 대궐에 나아가 표를 올려 사은(謝恩)하고 돌아왔다.

이윽고 광평후 형제와 초후 형제가 모두 이르러 화 공을 뵙고 초후가 먼저 몸을 굽혀 경사를 치하하니 화 공이 사례해 말했다.

"이는 다 존부(尊府)의 두터운 은혜 덕이라 감사한 마음을 겨를치 못하고 있었네. 그런데 명공네가 귀한 수레를 굽혀 이르러 물어 주니 참으로 그 은혜에 감동하네."

광평후가 말을 이어 말했다.

"제수씨가 다시 살아나신 것이 천고에 없는 기이한 일이거늘 거룩하신 천자께서 표장(表章)[19]하신 것은 얻지 못할 영광입니다. 그러니 소생 등이 어찌 이르러 치하하기를 더디게 할 수 있겠나이까? 그런데 운보는 어디에 갔나이까?"

능후가 잠시 웃고 말했다.

"형은 알지 못하시는 겁니까? 셋째아우가 어제 아버님께 매를 맞고 내실에서 병으로 누워 기운이 끊어질 듯합니다."

평후가 놀라서 말했다.

"내가 일찍이 듣지 못했더니 이제 가서 보아야겠다."

화 수찬이 몸을 일으켜 사람들을 데리고 병소(病所)에 이르니 학사가 억지로 몸을 일으켜 맞이했다. 그러자 능후가 말리며 말했다.

"기운이 평안하지 않은데 더 상하기 쉬울 것이니 움직이지 말거라."

그러고서 모두 벌여 앉으니 초후가 물었다.

---

19) 표장(表章): 어떤 일에 좋은 성과를 내었거나 훌륭한 행실을 한 데 대하여 세상에 널리 알려 칭찬함.

"네가 아버님께 꾸중을 들었다 했으나 대단치 않다고 들었다. 그런데 어제 이보가 전하는 말을 들으니 참으로 대단하다고 하던데 지금은 어떠하냐?"

학사가 흔쾌히 대답했다.

"제가 굳센 기골을 가졌는데 30여 대의 매를 그리 못 견디겠나이까? 다만 게으른 버릇이 이제도 없지 않아서 누워 있으나 그리 대단하겠나이까?"

청양후 이세문이 웃으며 말했다.

"과연 네 몸은 무쇠로 갑옷을 해 끼웠는가 싶구나. 전후에 벌써 몇 번 매를 맞은 것이냐?"

학사가 웃고 대답했다.

"이는 다 제가 불초해서 벌어진 일이니 남을 원망하겠나이까?"

화 수찬이 잠시 웃고 시녀를 시켜 소저에게 다음과 같이 말하도록 했다.

"초후 형제가 이르러 계시니 나아와 뵈어 수숙(嫂叔)[20]의 정을 펴라."

시녀가 들어가더니 이윽고 나와 소저의 말을 전했다.

"소첩이 존문에 이르러 3년을 시아주버니들을 모셔 한 집에서 지내고 환난 중에 떠돌아다녀 구사일생한 몸으로 오늘날 고향에 이르러 시아주버니들이 강림하셨으니 뵙고자 하는 마음이 덜하겠습니까? 다만 시부모님을 아직 뵙지 못해 소첩이 죄 가운데 있습니다. 먼저 시아주버니들을 뵙지 못하니 당돌한 행동에 죄를 청하나이다."

사람들이 몸을 굽혀 듣고 흔쾌히 답례했다.

20) 수숙(嫂叔): 형제의 아내와 남편의 형제.

청양후가 웃고 학사를 대해 말했다.

"아우가 제수씨께 용서를 입었느냐?"

학사가 웃고 대답했다.

"그 괴이하고 독한 인물이 어찌 저의 허물을 쉽게 풀겠습니까? 이리 병들어 누워 있어도 나와 있지도 않았나이다."

양후가 크게 웃으며 말했다,

"이는 스스로 지은 죄니 누구를 탓하겠느냐?"

능후가 정색하고 말했다.

"셋째아우는 아름답지 않은 말을 자랑만 여겨 들추지 마라."

평후가 잠시 웃고 말했다.

"당당한 남자가 되어 설사 작은 허물이 있다 한들 여자에게 버리고 취해지는 것이 달려 있을 수 있겠느냐? 이는 세상의 용렬한 남자니 아우는 삼가거라."

말을 마치고 먼저 일어나니 초후 등이 따라 일어나며 생에게 당부해 조심히 조리하라 했다.

수찬 등이 들어가 사람들이 문답하던 말을 전하고 소저가 나와 있지 않은 것을 꾸짖자 소저가 묵묵히 있었다.

소저가 침소에서 나가 억지로 생을 정성껏 병간호하니 생이 기뻐서 마음을 널리 먹고 힘써 조리해 10여 일 만에 쾌차해 일어났다. 이는 어서 나아 화 씨와 함께 즐기려 해서였으니 누가 저 화 씨의 쇠와 같은 마음이 돌을 단단하지 않다고 여기는 줄을 알겠는가.

생이 세수하고 집에 이르러 부친을 뵙고 죄를 청했다. 왕이 또한 꾸짖지 않고 안색이 여전하니 생이 바란 것보다 넘쳤으므로 매우 기뻐했다. 그리고 들어가 어른들을 뵙고 물러와 모친을 뵈니 후가 흔쾌히 반겨 다른 말을 하고 화 씨의 일은 묻지 않았다. 생이 이에 더욱 양양자득했다.

이날에야 연왕이 수레를 밀어 화씨 집안으로 갔다. 공이 황급히 맞아 인사를 마치고서 사례해 말했다.

"전날에 귀한 수레가 강림해 엄한 노가 깊었으니 나아가 즉시 사죄할 것이었으나 내 졸렬한 성품에 두렵고 꺼려 나아가지 못했네. 그런데 이제 우리 집에 이르렀으니 죄를 청하네."

왕이 미소하고 말했다.

"내가 불초한 자식을 다스렸는데 형의 말이 이와 같으니 참으로 부끄럽지 않으랴?"

공이 재삼 겸손히 사양하고 소저를 불렀다. 소저가 엷게 화장하고 흰옷을 입은 채 급히 이르러 말석에 꿇은 채 머리를 두드려 죄를 청했다. 구슬 같은 눈물이 연꽃 같은 두 뺨에 가득 흘러내리자 왕이 이에 급히 위로해 말했다.

"전에는 운수가 불행하고 재앙이 놀라워 우리 며느리가 집을 떠난 후에 다시 소식을 듣지 못해 혹시 옥이 흙에 묻히고 진주가 푸른 바다에 버려지는 탄식이 있을까 밤낮으로 슬퍼했단다. 그런데 이제 친아버지를 따라와 무사한가 싶으니 기뻐할 겨를도 없거늘 무익한 슬픔을 드러내는 것이냐?"

드디어 나아오라 해 곁에 앉히고 지극히 어루만지며 흔쾌히 사랑하는 것이 포대기에 싸인 딸에게 하는 것과 같았다. 화 공이 그 어짊에 감탄하고 소저가 황공하고 감격한 것이 뼈에 사무쳤다. 왕이 소저를 돌려보낼 것을 이르자 공이 사양해 말했다.

"딸아이가 근래에 병이 때때로 생겨 위험한 증세가 더해졌으니 쾌차한 후에 보내겠네."

왕이 고개를 끄덕이고 한참 지난 후에 집으로 돌아갔다.

이때는 벌써 석양이 되어 있었다. 백문이 서헌에 들어와 하직하니 왕이 허락했다. 학사가 물러나 서당에 오니 능후가 바야흐로 입을 열어 정실을 무례한 말로 욕한 것을 꾸짖었다. 이에 생이 사죄하고 웃으며 말했다.

"형이 어찌 그때 꾸짖지 않으시고 이제 이르시는 것입니까?"

후가 웃으며 말했다.

"그곳에 가서는 사람마다 너를 그르다고 하는데 내가 또 그르다고 할 수 있겠느냐?"

학사가 바야흐로 깨달아 사례하고 화씨 집안에 이르러 공을 모시고 말하다가 침소로 돌아갔다. 밤이 깊도록 소저를 기다렸으나 그림자도 없으므로 초조해 조대를 불러 소저를 청하라 했다. 원래 조대는 이에 앞서 옥 밖으로 나와 상처를 조리해 항주로 가 소저를 만났는데 공의 부부가 그 충성에 상을 주고 예전대로 소저를 모시게 했던 것이다. 이날 주군의 명령을 듣고 대답했다.

"소저께서는 벌써 부인을 모시고 정당에서 주무시고 계시니 어찌 감히 깨우겠나이까?"

그러자 학사가 놀라서 말했다.

"네 부인이 어디가 편찮으시더냐?"

조대가 말했다.

"편찮으신 데는 없으나 상공을 피해 그러하신가 싶습니다."

학사가 더욱 놀라 말했다.

"네 소저가 나를 극진히 병구완하고 또 피하는 것은 무슨 뜻이냐?"

조대가 말했다.

"제가 어찌 알겠습니까?"

그러고서 물러가니 학사가 속으로 대로해 말했다.

"화 씨가 어찌 나를 이토록 업신여기는 것인가? 내 내일 아침에 마땅히 처치해야겠다."

그리고 밤을 겨우 새웠다. 날이 밝자 나가서 화 공을 보니 공이 자리에 그저 누워 있다가 학사가 화난 기색으로 들어오는 것을 보고 눈으로 이윽히 보다가 물었다.

"운보가 어디 좋지 않은 것이냐?"

학사가 정색하고 말했다.

"대인께서 소생의 몸이 좋지 않은 것을 아무리 좋아하신들 성한 사람이 매양 대인의 뜻에 맞출 수 있겠습니까? 그러나저러나 무슨 까닭으로 딸을 감추시는 것입니까?"

공이 정색하고 말했다.

"내가 어찌 딸을 감추겠느냐?"

학사가 말했다.

"그러면 왜 저에게 빈방을 지키게 해 어리석은 남자가 되게 하신 것입니까?"

말이 끝나지 않아서 화생 등이 이에 있다가 둘째 화생이 냉소하고 말했다.

"누이가 사람의 마음을 가지고서 너를 다시 대하려 하겠느냐?"

학사가 봉황의 눈을 높이 뜨고 말했다.

"영매가 어이해 나를 대하지 못하겠는가? 조만간 다른 신랑이 문에 든단 말인가?"

말이 끝나자 둘째 화생이 대로해 말했다.

"네가 어찌 아버님 안전에서 이런 더러운 말을 하는 것이냐?"

학사가 또한 웃고 말했다.

"부부란 것이 싸울 때 싸우더라도 방에 같이 있으며 즐기는 것은 예사로운 일이다. 그런데 장인어른과 너희는 누이를 감춰 나를 의절했다가 내가 알고 찾았으나 누이를 보여 주지 않았다. 이는 반드시 다른 가문 귀한 집안에서 소원에 차고 뜻에 합한 단정한 선비를 얻으려 해서이니 그것이 아니면 무슨 까닭에 나를 거절하겠느냐?"

화 공이 어이없어 성난 눈을 매섭게 뜨고 꾸짖었다.

"네가 이제야 윤리를 차리는 척하는 것이냐? 예전에 내 딸을 아내로 알았다면 무슨 일로 찔러 죽이려 한 것이며 배에서 만나 또 죽이려 한 것은 무슨 까닭에서였느냐? 너는 조금도 부부의 도리를 차리지 않은 불공대천지원수인데 아주 작은 원한을 갚듯이 하는 것이냐? 네가 딸을 그렇게 대하는데 딸아이가 비록 아녀자나 무엇이 고마워 너를 대하고 싶겠느냐?"

생이 이 말을 듣고는 문득 웃고는 용모를 가다듬고 대답했다.

"대인의 말씀이 옳으시니 소생이 대답할 말씀이 없습니다. 소생도 품은 회포가 있으니 화 씨가 만일 제 아내라면 그리 가볍게 죽이려 했겠나이까? 제가 사나워 화 씨가 살아 있는 것을 참으로 매우 꺼리는 일로 여기고 있습니다. 그러니 부디 화 씨를 죽게 할 것인데 어찌 가만히 두겠습니까? 마땅히 화 씨가 생사를 결단하는 모양을 보아 다시 존부에 이르지 않을 것이니 대인께서는 시원한 말씀을 마소서. 저에게 오지 않으려 한다면 화 씨가 김가에게 가거나 서가에게 가거나 할 것이고 가기 싫으면 제가 삼 척의 칼을 빛내려 합니다. 백문이 대인의 바르고 가지런하신 말씀을 듣고 물러납니다."

공이 다 듣고는 어이없어 눈을 보고 말을 안 한 채 몸을 일으켜 내당으로 들어갔다.

학사가 또한 소매를 떨쳐 돌아가 뭇 형제를 대해 화 씨의 괴팍함을 이르고 괘씸해 함을 마지않았다. 이에 초후가 말했다.

"이는 네가 그릇해 일어난 일이니 제수씨를 그르다고 못 할 것이다. 이제라도 정답게 굴어 처자가 마음으로 복종하게 하라."

학사가 분한 낯빛으로 대답했다.

"제가 이미 잘못했기에 손이 발이 되게 사죄했는데 매양 굽혀서야 되겠습니까? 제가 빌면 더 업신여기니 어쨌거나 저도 위엄으로 저와 겨루려 하나이다."

능후가 웃고 말했다.

"네 위엄이 승냥이나 범 같아도 제수씨의 항복을 받기는 어려울 것이다."

학사가 웃으며 말했다.

"둘이 겨루어 자기가 죽거나 제가 죽거나 한 후에 그치려 하나이다. 제가 오죽하면 이러겠습니까? 이제 저를 화씨 집안에서 단정한 선비라 하며 아름다운 사위라 해 사랑으로 대우하겠나이까? 이미 저는 증오하는 탕자가 되어 있으니 자기들 말대로 실성한 행동을 두루 하려 하나이다."

두 후가 그 과격함을 꾸짖었다.

이날 저녁에 생이 또 화씨 집안으로 갔다. 서헌이 비어 있고 상서와 생들이 다 없으니 생이 바로 침소로 들어가 조대를 시켜 소저에게 말을 전하도록 했다.

"그대가 만일 이백문의 아내라 한다면 나와서 내가 하는 한마디 말을 듣고 도로 들어가라."

소저가 이 말을 듣고 갈수록 흉악하게 여겨 응하지 않았다. 공과 생들이 다 한심하게 여겨 생을 보지 않은 채 내당에 있으면서 또 소저에게 나가 보라고 권유하지도 않았다. 생의 노기가 열화와 같아

야심토록 전갈을 눈 날리듯 했다.

날이 이미 새자 생이 또 바로 서헌에 나갔으나 공의 기척이 없으므로 마을에 번(番)[21]을 들었는가 해 집으로 가 종일토록 있다가 석양에 또 화씨 집안으로 갔다. 내당에서 저녁밥을 해 보내니 밥상채 들어 뜰에 던지고 소저에게 무수한 욕을 하며 꾸짖었다. 밤이 새도록 소저에게 말을 전했으나 소저는 조금도 움직이지 않았다. 생의 분한 노기가 극에 달했는데 소저의 옥 같은 얼굴을 그리워해 한 치 간장이 어지러워 잠시도 견디지 못할 것 같아 화증(火症)[22]이 일어났다.

겨우 또 밤을 지내고 집으로 가 두 형을 보고 물었다.

"화 공이 요사이에 연일 입직(入直)[23]하고 있습니까?"

능후가 말했다.

"화 공이 요사이에 상소해 병을 조리하겠다 고하고서 바깥 출입을 안 하고 있는데 입직을 어떻게 하겠느냐?"

학사가 이 말을 듣고는 더욱 노해 한 계교를 생각하고 수삼 일 화씨 집안에 가지 않았다.

사 일째가 되자 참지 못하고 주방에 시녀를 보내 매운 술 두어 그릇을 가져오라 해 여남은 잔을 먹었다. 술기운이 생긴 김에 마구(馬廏)에 가 노새를 풀어 타고 채를 쳐 잠깐 사이에 화씨 집으로 갔다. 바로 서헌으로 들어가자 과연 화 공이 백문이 연일 오지 않으므로 마음 놓고 나와 있었다. 학사가 기뻐해 뛸 듯이 내달아 예를 하고 말했다.

---

21) 번(番): 차례로 숙직이나 당직을 하는 일.
22) 화증(火症): 걸핏하면 화를 벌컥 내는 증세. 화기(火氣).
23) 입직(入直): 관아에 들어가 차례로 숙직함. 또는 차례로 당직함. 입번(入番)

"대인께서 요사이에 어디에 가 계셨나이까?"

공이 학사를 보고 그윽이 불쾌했으나 억지로 참고 말했다.

"이 늙은이의 거처를 네게 아뢰어야 하겠느냐?"

학사가 웃고 말했다.

"아뢰라는 것이 아니라 제가 요사이에 계속 왔으나 외실(外室)에 그림자도 없고 마을에 입번(入番)한 일도 없으시니 갔던 곳을 묻는 것이 괴이한 일이겠나이까? 어쨌거나 이르소서. 어디에 가 가문은 어떠하고 재주는 누구만 하며 얼굴은 얼마나 특이한 신랑을 뽑고 오늘에야 집에 돌아오신 것입니까? 구경은 못 해도 소문이나 들어 봅시다."

공이 다 듣고는 낯빛을 고치고 대로해 말했다.

"네가 어찌 내 얼굴을 마주해 이토록 모욕하는 것이냐? 마땅히 영옹(令翁)을 보고 일러 다스리도록 하겠다."

학사가 부채로 땅을 쳐 크게 웃으며 말했다.

"우리 아버님이 또한 매사를 자세히 살피십니다. 딸을 가지고서 사위가 마뜩잖다고 사위를 버리고 두루 돌면서 다른 사위를 가리는데 묻지도 못한단 말입니까?"

공이 말했다.

"내 어디에 가 사위를 가리더냐?"

생이 말했다.

"그러면 요사이에 어디에 가 계셨습니까?"

공이 노해서 말했다.

"내가 어디를 가겠느냐? 네 패악한 모습이 보기 아니꼬아 내당에 있었다."

생이 말했다.

"화 씨는 어디 갔습니까?"

공이 낯빛을 지어 말했다.

"딸아이에게 이제는 머리 깎아 세상을 버리도록 했으니 너와는 인연이 끊어졌다. 그러니 바라지도 마라. 내 머리에 부월(斧鉞)[24]이 내려지더라도 내가 딸아이를 다시 너에게 맡겨 칼 아래 넋이 되게 할 수 있겠느냐?"

생이 이 말을 듣고 문득 대로해 앞에 놓인 칼을 들어 서안(書案)[25]을 치며 말했다.

"심하게 고루한 늙은이가 이 무슨 말인가? 그대 딸이 중이 되었어도 내 잠깐 보고 이 칼을 시험할 것이니 속히 딸이 있는 곳을 가리키라."

공이 생의 말을 다 듣고 더욱 괘씸하게 여겨 소매를 떨쳐 들어갔다. 이에 생이 더욱 노해 따라 들이닥치자 화 수찬이 매우 놀라 옷자락을 붙드니 생이 칼로 옷깃을 베어 냈다. 그리고 공을 따라 중당(中堂)에 이르자 셋째 화생이 바삐 나오며 일렀다.

"운보가 아무리 호방하다 한들 안에 객이 와 있는데 어찌 들어갈 수 있는가?"

학사가 노해 말했다.

"이 말이 거짓말이니 어찌 곧이듣겠는가?"

셋째 화생이 맹세해 말했다.

"모친의 사촌 형제 세 분이 와 계시다."

생이 그 말을 듣고 비록 취중의 미친 마음이었으나 들어가지 못하고 성을 풀 곳이 없어 침소로 돌아갔다. 그리고 좌우의 사람들에게

---

24) 부월(斧鉞): 작은 도끼와 큰 도끼.

25) 서안(書案): 예전에 책을 얹던 책상.

불을 가져오라 해 소저의 치장하는 도구들과 의복, 이불을 다 끄집어내 뜰에 쌓고 불을 지르려 했다. 그러자 화 공이 이 말을 듣고 할 수 없이 수찬을 불러 나가서 말리라 했다. 수찬이 나가자 생이 눈을 부릅뜨고 눈썹을 치켜뜨고 난간에 서서 바로 불을 지르려 했다. 그러자 수찬이 나가 생의 소매를 잡고 정색해 말했다.

"그대가 무슨 까닭으로 우리 집에 와서 이처럼 난리를 일으켜 사람을 못살게 구는 것이냐?"

생이 소매를 떨쳐 냉소하고 말했다.

"미친놈이 무슨 짓을 하든 무슨 상관인가? 너희들이나 마음을 다스리고 행동을 가다듬어 생을 누리라. 세간을 두는 것은 부부가 서로 화락해 살자고 하는 뜻인데 나는 처자가 다른 남편을 두어 멀리 갔으니 이런 것을 두어 무엇에 쓰겠는가?"

말을 마치자 맹렬한 목소리가 높고 분노한 기색이 뼈에 사무쳐 엄숙한 기운이 한겨울의 찬 달과 같았다. 수찬이 놀라고 분노해 얼굴빛이 달라져 소리를 엄히 하고 말했다.

"네 집에서 이러한 행동을 하는 것이 옳거늘 이곳은 남의 집이요, 이것들은 남의 것이다. 누이는 아랑곳하지 않는데 네가 도적놈의 버릇을 해 불을 지르려 하는 것이냐? 네 지난번의 죄과를 생각지 않고 갈수록 누이를 향해 모욕 주기를 능사로 아니 내 누이가 아무리 아녀자라 한들 너에게 무엇으로 공경하고 복종해 항복하겠느냐? 우리 집이 본디 대대로 맑은 것이 유달라 논밭에서 들어오는 것이 적고 또 벼슬을 뜯어 쓰는 것이 없어 겨우 바느질이나 해 저 옷과 살림 도구를 장만했거늘 네가 불을 지른다면 내 누이가 무엇을 입겠느냐?"

학사가 성난 눈을 높이 뜨고 말했다.

"화 씨는 벌써 부귀한 집에 갔으니 의식을 근심하지 않을 것이라

이 옷이 없다고 입을 것이 없겠는가?"

드디어 크게 소리 지르며 불을 싸 질러 놓으려 하자 수찬이 겨루지 못할 줄 알고 소리를 온화히 해 일렀다.

"누이를 불러올 것이니 잠깐 멈추어라."

그러고서 들어가 소저에게 일렀다.

"취중의 미친 마음을 네가 아니면 못 말릴 것이니 너는 잠깐 나가서 보고 들어오라."

소저가 발끈 분노해 말했다.

"저는 세간이 아니라 제 몸째로 불을 질러도 꿈 같을 것이니 그 하는 대로 버려두소서. 이것이 저를 위협하는 계교니 겁을 내어 그 뜻을 맞춰 주는 것은 용렬한 일입니다."

수찬이 마음이 급해 재삼 권했으나 소저는 끝내 움직이지 않았다. 시녀가 연이어 들어와 학사의 호령을 전했으나 공이 또한 움직이지 않은 채 말했다.

"어쨌거나 집까지 불을 놓으라고 이르라."

그러자 생들이 민망해 둘째 화생이 연왕부에 기별하라 했다. 이에 수찬이 말려 말했다.

"운보가 실성했으나 누이가 남편을 공경했다면 이렇지 않았을 것이다. 저 이보 등은 누이를 그릇 여기고 있는데 또 아뢰어 무엇 하겠느냐? 어쨌거나 어머니는 나가 보소서."

부인이 마지못해 몸을 일으켜 학사 있는 곳으로 갔다. 학사가 난간에 몸을 기대고 서서 소리를 산악같이 질러 불을 놓으려 하다가 부인을 보고 문득 눈을 낮추고 옷을 가다듬어 내달아 절하고 자리로 나아갔다. 부인이 또한 단정히 앉아 정색하고 말했다.

"낭군을 일찍 보지 못한 지 오래더니 오늘은 무슨 바람으로 이르러 집안에 난리를 일으키는 것이 가볍지 않습니까?"

학사가 공경하는 모습으로 대답했다.

"소생이 일찍이 존부에 나아온 지 한두 번이 아니었으나 장모님께서 무슨 일로 원망을 두셔서 소생을 보지 않으셨으니 감히 뵙기를 청하지 못했습니다. 그런데 이제 도리어 소생의 탓으로 삼으시는 것입니까?"

부인이 안색을 엄숙히 하고 말했다.

"낭군은 스스로 헤아려 노모의 말을 들으소서. 당초에 소녀의 비루한 자질로써 풍류로운 낭군과 어울리지 않는데 배우자로 결합한 것은 잘못된 일이었습니다. 그러나 딸아이가 거룩한 집안에 들어간 후에 칠거(七去)[26]의 죄악을 저지른 일이 없는데 군(君)이 박대를 너무 심하게 한 것은 이를 것도 없고 칼로 찌르려 했으니 이는 차마 사람이 행하지 못할 노릇입니다. 딸아이가 무슨 죄를 그토록 지은 것입니까? 두 번째, 배에서 만나 물에 밀친 것은 더욱 차마 입에 올려 이르는 것이 담이 차고 넋이 뛰놀아 일컫지 못하겠습니다. 딸아이가 두 번 죽었던 몸이 천우신조로 겨우 다시 살아나 부모를 찾았으니 이미 팔자가 덧없고 연분이 희박한데 어찌 윤리를 차리기를 바라겠습니까? 그대는 엄해서 처자 죽이는 것을 홍모(鴻毛)[27]같이 여깁니다. 그대가 큰 은택을 드리워 딸을 찾았으나 딸아이 성품이 본디 어리석고 약해 당초부터 군자의 눈에 마뜩잖아 서로 허물을 보아 생사를 결정했으니 이제 딸이 또 다시 나아가 죄를 어떻게든 지어 마침내 죽는 것은 참으로 우스운 일입니다. 군은 큰 덕을 드리워 딸

26) 칠거(七去): 예전에, 아내를 내쫓을 수 있는 이유가 되었던 일곱 가지 허물. 시부모에게 불손함, 자식이 없음, 행실이 음탕함, 투기함, 몹쓸 병을 지님, 말이 지나치게 많음, 도둑질을 함 따위.
27) 홍모(鴻毛): 기러기의 털이라는 뜻으로, 극히 가벼운 사물을 비유한 말.

아이를 죽은 사람으로 헤아려 딸을 찾지 말고 다른 가문의 숙녀를 마음대로 가리소서."

학사가 관을 숙여 다 듣고는 문득 별 같은 눈에 찬 웃음을 띤 채 무릎을 꿇고 대답했다.

"부인이 오늘날 허다한 말씀을 베푸셔서 소생 꾸짖으시기를 남은 땅이 없게 만드셨습니다. 소생이 또한 온갖 고초를 두루 겪은 사람이라 정신이 소모되고 기골이 약해져 두려움이 앞을 가리고 식은땀이 등에 차니 말씀드릴 근력이 없습니다. 다만 죽을 곳에 다다른다면 옳은 말이야 못하겠나이까? 처음에 화도를 소생이 가까이한 것을 만 번 죽어도 아깝지 않은 일로 치부하고 계시나 존부에서 무엇 하러 그처럼 재주와 용모를 갖춘 시녀를 천금을 주고 사 이 방탕한 사람에게 보인 것입니까? 소생이 액운이 너무 심해 배우자를 들이는 것이 순탄하지 못하고, 빈방에서 홀로 머무르던 마음으로써 천하의 절대가인을 보았는데 어찌 그만둘 수 있겠습니까? 소생이 노녀를 집에 들인 것을 죄라 하신다면 존부에서는 어찌 속으신 것입니까? 속은 것은 피차 한가지입니다. 소생이 간부(姦夫)의 서간을 곧이들은 것은 미처 요망한 사람이 환술(幻術)[28] 쓴 것을 깨닫지 못해서였습니다. 화 씨와 함께 한방에서 자다가 아무도 들어온 자취가 없는데 그 서간이 있으니 사광(師曠)[29]처럼 귀가 밝다 한들 어찌 깨달을 수 있겠습니까? 이런 까닭에 이가 갈리고 화가 나서 화 씨 죽일 것을 꾀했으나 일찍이 제 손으로 죽인 적은 없습니다. 나라에서 대간의 의논이 일어나 화 씨가 귀양 간 것은 제가 더욱이 간여하지 않은 일

28) 환술(幻術): 남의 눈을 속이는 기술.
29) 사광(師曠): 중국 춘추시대 진(晉)나라 사람으로 자는 자야(子野). 전하는 말로 태어날 때부터 장님이었는데, 음률(音律)을 잘 판별했고 소리로 길흉(吉凶)까지 점쳤다고 함.

입니다. 죄악이 가득해 밝은 군자와 착한 임금이라도 깨닫지 못하도록 마디마디 짝마다 틈을 맞춰 변화했는데 제가 어찌 깨닫겠습니까? 이런 까닭에 배에서 만나 그 까닭을 묻자 화 씨가 독한 성을 이기지 못해 매우 굳센 척하고 물에 뛰어들었습니다만 소생은 손으로 밀친 적이 없으니 저 사람에게 물어보면 아실 것입니다. 이미 간사한 정황이 다 드러나고 소생이 뉘우치기를 배꼽을 물기[30]에 미쳤습니다. 다만 또 벌을 면치 못해 남북으로 분주해 고초를 화 씨보다 덜 겪은 일 없이 겪었으니 피차 환난이 같습니다. 소생이 또 노녀 때문에 문중에서 버려진 사람이 되었으니 지금에 이르러 팔자가 좋아 화 씨의 가마 채를 잡는다 한들 감히 바랄 수나 있겠습니까? 부모를 죽인 원수라도 그만큼 사죄하고 뉘우치고 자기보다 지지 않게 고생했으면 용서할 것입니다. 더욱이 부부처럼 큰 인륜이 분명한 사람들임에랴. 비록 이를 만하지 않으나 화 씨 때문에 제가 매를 몇 번을 맞았습니까? 여자의 도리로 스스로 지난 환란이 이보다 열 번이나 더 심하고 지아비는 별고 없이 큰 집에 있어도 다시금 눈썹을 낮춰 지아비를 섬기는 것이 옳습니다. 그런데 접때 화 씨가 소생을 꾸짖는 말을 보면 소생을 남편으로 알았다면 말을 그리하지 않았을 것입니다. 이는 반드시 길에서 떠돌아다니다가 남자를 만나 정을 두어 언약이 중해서이니 어찌 놀랍지 않습니까? 소생이 사나운 줄은 이제야 아셨습니까? 부디 화 씨를 찾고 찾아 제 손으로 죽이고 그치려 하니 죽인 후에는 부인이 이르지 않으셔도 숙녀를 하나만 얻겠습니까? 열이나 스물이나 얻어 너른 집을 메우려 하나이다. 난리를 일으켰다 꾸짖으셔

30) 배꼽을 물기: 이미 저지른 잘못에 대하여 후회하여도 소용이 없음을 이르는 말. 사람에게 잡힌 사향노루가 배꼽의 향내 때문에 잡혔다고 제 배꼽을 물어뜯었다는 데서 유래함. 서제막급(噬臍莫及).

도 내 처자만 내어 주시면 소생이 설사 실성한 광인이지만 이곳에 무슨 연고로 오겠나이까?"

말을 마치자 미우(眉宇)에 무궁한 노기가 점점 일어나 봉황의 눈이 나직하고 연꽃 같은 두 뺨은 잿빛을 올린 듯했다. 화생 등이 더욱 한심해 하고 부인이 낯빛이 변한 채 말했다.

"군이 한갓 말 잘하는 것을 믿고 불쌍한 처자를 이처럼 도리에 어긋난 말로 욕하는 것입니까? 딸아이가 조금도 군에게 그릇한 일이 없으니 군이 억탁(臆度)[31]해 모욕을 주는 것이 참으로 우습지 않습니까?"

생이 웃고 말했다.

"남자가 말을 잘하는 것도 흉이 아닙니다. 소진(蘇秦)과 장의(張儀)[32]가 구변 덕분에 여섯 나라의 정승 인(印)을 차고 사방으로 종횡했으니 소생인들 그렇지 않으리란 법이 있다고 어찌 아십니까? 부인이 아무리 사사로운 정에 가려 계신다 한들 이토록 어리석고 나약하시니 그윽이 애달픔을 이기지 못하겠습니다. 화 씨가 소생에게 돌아오던 날부터 소생을 원수로 치부해 같은 방에서 누리는 즐거움을 온갖 수단으로 물리쳤습니다. 이 방탕한 사람이 드디어 이를 한스러워해 환란이 일어난 것입니다. 지난번에 존부에 와 영녀를 만났을 적에 여자가 되어 까닭 없이 남장을 하고 장인어른의 조카인 척해 소생의 눈을 어둡게 여겼으니 어찌 가소롭지 않으며 그 일이 참으로 옳단 말입니까? 이미 팔자가 좋거나 사납거나 해도 여자가 되어 한

31) 억탁(臆度): 이치나 조건에 맞지 아니하게 생각함. 또는 그런 생각.
32) 소진(蘇秦)과 장의(張儀): 모두 중국 전국시대의 변론가. 소진은 합종(合從)을, 장의는 연횡(連橫)을 주장했음. 합종은 서쪽의 강국 진(秦)나라에 대항하기 위하여 남북으로 위치한 한・위・조・연・제・초의 여섯 나라가 동맹하자는 것이고, 연횡은 진나라가 이들 여섯 나라와 횡(橫)으로 각각 동맹을 맺어 화친하자는 것임.

번 사람에게 몸을 허락하면 생사가 그 손에 달려 있는 법입니다. 그런데 그토록 간악하고 매섭게 지아비를 부디 이기고 나려 하는 사람이 어디에 있겠나이까? 소생을 종신토록 데리고 살려고 했다면 그렇게 하지 않았을 것이니 반드시 다른 지아비를 얻으려는 뜻이 분명합니다. 규중에서 혼자 늙으려 한다 하나 그것은 되지 못할 말입니다. 사람이 하려고 하는 것은 남녀가 다 같습니다. 영녀가 월궁(月宮)의 항아(姮娥)라면 모르겠지만 세상에 여자 중에 스스로 빈방을 좋게 여기는 사람이 어디에 있겠습니까? 중이 되겠다고 유세하나 당당한 유교 집안의 여자가 미치지 않고서야 중이 될 수 있겠습니까? 이렇듯 되지 못할 말씀은 아예 마실 것이니 소생이 삼척동자라도 곧이듣지 않을 것입니다. 그저 바로 다른 데 서방을 맞아 보내겠다 하시면 소생이 혼서를 찾아 가지고 돌아갈 것이니 대인과 부인처럼 결단력 있는 분들이 한 말씀 하시는 것을 이토록 어려워하시나이까?"

부인이 생의 말을 다 듣고는 그 무산의 협곡 물이 흐르는 듯한 말을 감당해 내기 어려운 데다 욕하는 말은 점점 심해지니 한참을 묵묵히 있었다. 그러다가 좌우를 시켜 뜰에 있는 것을 거두어 방으로 들이라 하고 말했다.

"군의 구변이 그른 것 꾸미기를 잘하니 노첩이 혀가 있으나 말을 못 하겠습니다. 딸아이를 내보낼 것이니 딸의 사생을 마음대로 처치하소서."

생이 겸손히 사양하며 말했다.

"소생이 지금 아뢴 말씀은 '말로써 족히 그른 것을 꾸민다.'고 한 것이 아닙니다. 옳은 말이야 지극히 어리석고 지극히 미쳤다 한들 얻지 못하겠습니까?"

부인이 대답하지 않고 들어가 소저에게 이르고서 밖으로 나가라 일렀다. 그러자 소저가 발끈 낯빛을 바꾸고 말했다.

"탕자가 갈수록 자기 그른 줄을 모르고 말이 이토록 거만하니 제가 어찌 그자의 모욕을 두려워해 다시 부부의 도를 이을 수 있겠습니까? 모친은 잠자코 계소서."

화 공이 또한 한스러워해 말했다.

"부인이 나간 것이 저자에게 욕을 스스로 취한 것이오. 인간 세상에 저런 허무한 것이 어디에 있겠소?"

부인이 말했다.

"비록 그러하나 내 이미 딸아이를 내어보내마 했으니 한스러워해도 부질없다. 너는 나가 보고 도로 들어오라."

소저가 대답했다.

"소녀가 죽는 것은 쉬우나 저 사람의 뜻에 맞춰 나가겠습니까?"

부인이 탄식하고 지성으로 권유했으나 소저가 뜻을 되돌리지 않았다. 학사가 침소에서 야심토록 기다렸으나 소저의 종적이 없자 더욱 증오하고 그리워하는 정이 미칠 듯해 겨우 밤을 새웠다.

다음 날 새벽에 화연이 나와 문안 인사를 하니 생이 물었다.

"안에 객이 그저 있느냐"

연이 대답했다.

"어제저녁에 곧바로 돌아가셨습니다."

생이 이 말을 듣고 문득 원앙 이불을 밀치고 내당으로 가니 공과 부인이 바로 일어나 앉아 있고 자녀가 들어와 문안을 하고 있었다. 학사가 망건도 쓰지 않고 자리관을 흐트러진 머리에 들어 얹고 덥수룩한 모습을 하고서 홑옷만 입은 채 천천히 걸어 들어갔다. 띠 속에 골격이 은은하고 기특해 자연히 보통 사람과 다르니 공과 부인이 놀라서 말을 미처 못 하고 있는데 학사가 앞에 나아와 고했다.

"소생이 신기가 평안치 않아 집으로 돌아가려 하는데 감히 한 말씀을 아뢰니 대인은 결단하소서."

상서가 억지로 참고 일렀다.

"무슨 일이냐?"

학사가 공경하는 빛으로 일렀다.

"옛날에 대인께서 사람을 알아보는 눈이 없으셔서 소생을 우연히 잔치 자리의 아름다운 누대에서 보시고 따님을 쉽게 허락하셔서 소생을 동방(洞房)[33]의 향기로운 손님으로 삼으셨습니다. 탕자가 감격한 줄 알지 못하고 중간에 죄를 너무 심하게 지어 이제 뉘우침이 간절합니다. 그러나 대인께서는 저를 사위로 알지 않으시고 영녀는 남편으로 알지 않으니 소생이 또한 지키고 있을 담력과 지략이 없습니다. 그러니 혼서를 찾아 돌아가려 하나이다."

화 공이 생의 말을 듣고서 정색하고 대답하지 않으니 학사가 자리를 가까이 해 다시 일렀다.

"대인께서는 의심 말고 아주 쉬운 결단을 어서 하소서."

이렇게 이르며 얼굴빛이 찬 재와 같았다. 생들이 갈수록 밉게 여기고 공이 진실로 괴로움을 이기지 못해 천천히 말했다.

"네가 요사이에 딸아이의 연좌를 내게 써서 날 모욕해 못 하는 말이 없고 곤욕하기를 능사로 알아 이렇듯 귀찮게 구니 장차 어찌 하자 하고 이리 보채는 것이냐?"

학사가 문득 크게 웃고 말했다.

"장인어른께서 지식이 없어 아까 일껏 긴 말로 이를 적에 못 들으셨는가 싶으니 또다시 할 것이니 이번에는 정신을 집중해 들으소서.

---

33) 동방(洞房): 신방.

소생이 접때 죄악이 매우 크나 이제 깨달음이 배꼽을 물기에 미쳤고 고생을 화 씨보다 열 배나 더했습니다. 여자의 도리가 그렇지 않아도 원망하는 것이 옳지 않은데 남편이 굽혀 사죄를 겨를 없이 했는데도 소생을 용납하지 않았습니다. 소생이 또한 매양 빌기도 어렵고 화 씨가 소생을 안 좋아하는 마음을 알아 마음이 불안하니 속히 혼서를 찾아 가지고 가려 하는데 혼서를 안 주는 것은 어인 뜻입니까? 참으로 고약한 늙은이인 줄 알겠습니다. 딸 하나를 가지고 사위를 못 가려 탕자를 얻었다가 나무라 물리치고 다른 사위를 얻으려 하기에 내 공손히 혼서를 찾아 가지고 가려 했습니다. 그런데 혼서를 안 주려 하니 이는 또 의절지 않으려는 뜻인가 싶으나 또 딸을 감추고 저를 피하니 매사에 크게 놀랄 만한 것이 비할 데가 없습니다. 다시 생각건대 딸을 두 번 서방 맞게 하려는데 남을 속이려 하고는 저에게 혼서를 안 주고 제가 폐단 없이 물러가도록 하려는 것 같습니다. 제가 그 뜻을 받지 않고 두 번 혼서를 찾으니 하도 할 말이 없어 귀먹음을 핑계하니 천하에 이토록 능수능란한 늙은이가 있단 말입니까? 제 행동을 보려 하고 한 말을 또 시키므로 하라 하는 대로 하나이다."

이렇게 이르며 일부러 자리를 점점 나아들며 소리를 벽력같이 지른 후에 또 말했다.

"이렇게 해도 못 들으셨습니까? 못 들으셨다면 또 하겠습니다."

그러고서 웅장한 소리가 사방에 진동했다. 부인은 민망하고 심란함을 이기지 못하고 화생은 그 행동에 어이없어 도리어 각각 웃음을 머금으니 공이 하릴없고 큰 두통이 되어 다만 일렀다.

"네가 예전에 배우자를 저버리고서 나를 이처럼 능욕하니 어찌 너를 한하겠느냐? 딸 낳은 죄를 이제야 알겠다. 딸아이가 동녘 협실에 있으니 네 들어가 보아 생사를 마음대로 처치하고 다시는 나에게 그 거취를 이르지 마라.”

말이 그친 사이에 시녀가 급히 아뢰었다.

“조정에서 명패(命牌)[34]가 내려 큰어르신과 작은어르신을 청하시나이다.”

공이 총총히 화 수찬과 함께 조복(朝服)[35]을 갖추고 일어나니 학사가 바야흐로 노기를 진정해 부인에게 사죄해 말했다.

“제가 좀 전에는 천한 분기를 누르지 못해 어른 앞에서 실례가 많았으니 죄를 청하나이다.”

부인이 불쾌한 빛을 감추고 대답했다.

“군이 비록 성난 결인들 우리를 그리 심히 모욕한 것입니까?”

학사가 웃고 대답했다.

“소생이 왕년에 한때 액운에 가려 아내에게 잘못을 보였으나 지금에 이르러는 아내 향한 정이 구름 같습니다. 그런데 소생을 깊이 거절해 얼굴도 보이지 않으므로 마음이 급하고 초조함을 참지 못해 말이 망령되었으나 그것이 어찌 진심이겠나이까?”

드디어 흔쾌히 웃고 동녘 협실 문을 열고 들어갔다.

소저는 이때 학사가 갈수록 욕하는 것을 절치하다가 또 조금 전에 학사가 아버지를 대해 하는 말이 크게 도리에 어긋난 것을 듣고 대로해 분기가 가득해 있던 차였다. 그러다가 문 여는 소리를 좇아 눈을 들어서 보니 학사의 추잡한 거동을 더욱 해괴망측하게 여겨 엄숙한 표정을 한 채 몸을 움직이지 않았다. 학사가 나아가 부인의, 향기

---

34) 명패(命牌): 임금이 삼품 이상의 벼슬아치를 부를 때 보내던 나무패. ‘命’ 자를 쓰고 붉은 칠을 한 것으로, 여기에 부르는 벼슬아치의 이름을 써서 돌림.

35) 조복(朝服): 관원이 조정에 나아가 하례할 때 입던 옷.

로운 물속의 옥연꽃 같은 기질을 대하자 황홀한 은정으로 미칠 듯했다. 그래서 급히 부인의 옥 같은 손을 잡고 얼굴에 헤벌쭉 웃음을 머금고 말했다.

"그대 심장이 철석같으나 이 이백문의 수중에서 과연 벗어나기 어려울 것이야."

소저가 이 말을 듣자 발끈 낯빛을 바꾸고 손을 뿌리치며 말했다.

"그대가 이미 첩을 불공대천지원수로 치부해 죽이려는 마음이 뱃속에 가득하니 내 두렵고 꺼려 깊이 본성을 지켜 여생을 마치려 했거늘 무슨 까닭에 이곳에 이르러 부모를 욕하고 나를 이처럼 보채는 것인가? 차라리 시원히 나를 죽여 결단을 속히 하라."

학사가 급히 사죄해 말했다.

"부인이 노한 것을 생이 어찌 한하겠는가? 이것보다 열 번 더해도 내 한할 수 있겠는가? 소생이 그때는 미치고 실성해 죄를 부인에게 얻었으나 지금은 부인과 하루 서로 떨어져 있는 것을 삼추(三秋)같이 여기고 백년해로를 부족하게 여기고 있으니 차마 또 그런 뜻이 꿈에나 있겠는가?"

소저가 냉소하고 말했다.

"그대가 능란한 말로 여자를 너무 업신여겨 속이지 마라. 내가 죽는 것은 감수할 것이나 이생에 그대와 부부의 도리를 이룰까 여기는 것인가?"

학사가 웃고 말했다.

"나와 부부의 도리를 이루지 않으면 장차 누구와 이루실꼬?"

소저가 발끈 낯빛이 바뀐 채 말했다.

"그대가 갈수록 모욕하는 것을 자랑하나 내 이미 세상에서 버려진 사람이라 심규(深閨)에서 여생을 보내며 늙으려 한다. 그런데 그대가 이제 무슨 까닭으로 이곳에 와서 나를 아내라 하는 것인가? 아무리 남자가 호방하다 한들 그대처럼 염치 있는 사람이 어디에 있겠는가?"

학사가 웃고 말했다.

"염치가 있어 대장부의 위엄을 가지고도 극진히 사죄하는 것이네. 성인도 잘못 뉘우치는 것을 허락하셨거늘 그대는 무슨 사람이기에 후회하고 사죄하는데 화를 풀지 않는 것인가? 그대가 만일 내 그물에서 벗어난다면 가장 유능하다 할 것이네."

말을 마치자 미우에 기쁜 빛이 영롱했다. 그리고 긴 팔을 늘여 소저의 소매를 붙들고 두 무릎을 붙여 정이 어리고 뜻이 취한 듯 행동했다. 소저가 이에 더욱 대로해 급히 팔을 뿌리치려 했으나 잠자리가 태산과 겨루는 것 같았으므로 자리를 물리치지 못했다. 그래서 분함을 이기지 못해 미우에 노기가 등등하니 생이 은근히 달래 말했다.

"부인이 생을 아무리 원수로 생각하나 생을 물리치지 못할 것이네. 그러니 무익한 노기를 내지 말게. 이후에는 부인이 하라 하는 대로 온갖 말을 다 좇을 것이니 마음을 돌려 생과 함께 잘 지낼 것을 생각하게. 내 이제 그대를 겁박(刦迫)[36]해도 남이 허물로 알지 않을 것이요, 그대의 매서움만 비웃을 것이니 모름지기 예법을 돌아보아 마음을 가다듬게."

소저가 소리를 높여 말했다.

"나는 세상을 피하고 속세를 거절한 죄인이니 무슨 일을 높은 재상께 청할 일이 있을 것이며 이미 더러운 말을 몸에 실어 몸이 마쳐

---

36) 겁박(刦迫): 으르고 협박함.

질 뻔했으니 그런 후에 예법을 다잡을 일이 있겠는가? 그대의 갈수록 방탕하고 패악한 행동거지를 대해 차마 못 들을 욕을 먹으니 죽는 것이 시원하다."

그러고서 생이 찬 칼을 빼어 자결하려 했다. 생이 황망히 앗았으나 미치지 못해 소저가 가슴에서 피를 흘리고 거꾸러졌다. 생이 매우 놀라 급히 소저를 붙들어 편히 눕히고 살펴보니 가슴이 적이 상했으나 대단하지는 않았다. 그래서 마음을 일단 진정해 비단 이불을 가져다 그 몸을 덮고 자기는 곁에 누워 소저의 손을 주무르고 소저의 연꽃 같은 뺨을 접해 은근히 깊은 정이 산과 바다 같았다. 이윽고 소저가 숨을 내쉬고 깨어났는데 생의 몸이 자기 한 몸에 가까이 있는 것에 더욱 노하고 흉측하게 여겨 생을 떨치고 일어나 앉았다. 그러자 학사가 민망해 나직이 소리해 빌며 사죄해 말했다.

"소생이 예전에 부인에게 죄를 얻은 것이 비록 너무 지나쳤으나 이제 다다라 소생을 이토록 원수로 치부하는 것은 옳지 않네. 부인의 엄한 분노가 이렇듯 굳고 굳어 학생을 몸 둘 곳이 없게 하는 것인가? 부인이 만일 죽는다면 생이 또한 따라 죽어 넋이라도 한곳에서 놀 것이네."

소저가 더욱 대로해 말했다.

"첩이 비록 어리석으나 사족(士族)이거늘 그대는 조금도 예의를 갖춰 대접하지 않고 온갖 더러운 말로 모욕하기를 남은 땅이 없게 했다. 그런데 이제 들어와 여기가 모친 침소와 가깝거늘 친근히 가까이 대해 창녀를 어루듯 고약한 말로 나를 달래니 내 차마 살아서 이 도리에 어긋난 모습을 대하고 살겠는가?"

학사가 급히 사죄해 말했다.

"소생이 안개 속을 벗어난 후 부인의 향기롭고 아름다운 자질과 태도를 우러러 사모해 밥 먹는 것을 잊게 할 정도로 미쳤었네. 그 어진 덕에 감사한 것이 뼈에 사무쳤거늘 그대가 소생을 깊이 피하고 그림자도 보이지 않으니 어리석은 마음에 초조함을 면치 못해 그대를 격노케 한다고 말이 무례했으나 그것이 어찌 진심이었겠는가? 바라니 부인은 큰 덕을 드리워 소생을 용서하게."

소저가 낯빛을 지은 채 말을 안 하고 소매를 떨쳐 물러났다. 생이 안색을 온화하게 해 재삼 타이르면서 생각이 진실로 다른 데 있지 않았다. 그런데 홀연 화생이 들어와 급히 일렀다.

"연왕부에서 운보를 부르려 군관 소연이 왔다."

학사가 놀라 급히 밖으로 나가니 소연이 찬 땀을 흘리며 서 있다가 황급히 일렀다.

"주군께서 어른을 급히 찾으시니 어서 가십시다."

학사가 더욱 놀라서 말했다.

"아버님이 무슨 일로 급히 부르시는 것이냐?"

소연이 말했다.

"소복(小僕)이 어찌 연고를 알겠나이까?"

학사가 총총히 세수를 겨우 하고 의관을 찾아 입고 본부로 갔다.

이때 화 공이 아들과 함께 대궐에 이르니 천자가 아직 대궐에 나오지 않으셨다 하기에 모든 관료들과 도찰원(都察院)[37]에 있었다. 중사(中使)가 패를 가지고 달려와 천자 명이라 하며 오늘은 날이 늦었으니 내일 모이라 하셨다고 하는 것이었다. 이에 사람들이 다 흩어진 후 화 공이 떨어져 연왕을 머무르게 해 말할 적에 공이 말했다.

"학생이 존부에 나아간 지 오래되어 한번 가려 했으나 남쪽에서

---

37) 도찰원(都察院): 중국 명나라・청나라 때에, 벼슬아치의 비위를 규탄하고 지방 행정을 감찰하는 일을 맡아보던 관아. 홍무제가 어사대를 개편하여 설치함.

돌아온 후에 옛 병이 들어 곤하기에 자리를 떠나지 못해 인사를 폐했으니 죄를 청하네. 그런데 학생이 대왕에게 베풀 말이 있으니 용납해 주겠는가?"

왕이 겸손히 사양하며 말했다.

"형의 몸이 불편한 것을 일찍이 근심해 자주 나아가 병을 물을 것이었으나 나 역시 공무가 연일 번다해 형에게 가지 못해 부끄러웠는데 이 무슨 말인가? 그런데 이르려 하는 말은 무엇인가? 한번 말을 베푸는 것이 방해롭지 않을 것이네."

공이 문득 웃고 말했다.

"학생이 이 말을 내는 것이 도리어 어린아이의 행동임을 면치 못하는 것이나 남모르는 곡절을 만나 절박함이 비할 데가 없어 마지못해 대왕 안전을 번거롭게 하니 행여 용서해 주기를 바라네."

말을 마치고 백문이 자신의 집에 와 한 행동을 처음부터 끝까지 이르고 또 말했다.

"내가 딸아이를 존부에 보내지 않은 것은 약질이 가볍지 않은 병을 얻어 번거로움을 싫게 여기고 고요히 있으려 하는 데다 내 또한 이 아이가 풍상을 두루 겪어 심간이 다 삭아 버렸으므로 내 근심이 적지 않아 쾌차하면 조용히 즉시 돌려보내려 했던 것이네. 그런데 백문이의 행동거지가 참으로 괴이하니 달래 이르다 못 해 전하에게 고하는 것이네."

왕이 다 듣지 않아서 매우 놀라 말했다.

"불초한 아이가 어버이가 당당히 권했으나 우리 며느리를 너무 심하게 박대하고 며느리에게 온갖 슬픔과 원망을 끼쳐 목숨을 결단하게 하려 했다가 천우신조로 며느리가 삶을 도모했으니 나는 차마 우리 며느리를 볼 낯이 없고 형을 대해 먼저 낯이 붉었네. 그런데 제 요사이에 뉘우치는 마음이 있다 한들 차마 무슨 담략(膽略)으로 우리 며느리를 보려 하며 또 어찌 그토록 버릇없고 괘씸한 행동을 했을 줄 알았겠는가? 내 요사이 헤아리되, 이 아이가 전날의 과오를 깨달았는가 했네. 그런데 이 말을 들으니 태연히 뉘우치는 뜻이 없음은 이를 것도 없고 천성을 버리기 어려운 줄을 깨닫겠네. 내 마땅히 중히 다스려 훗날을 징계하겠네."

공이 사례해 말했다.

"제 말에 따지고 꾸짖을 것은 아니나 내 소견에는 괴이하고 나로서는 그 행동을 금하지 못해 대왕에게 고했으나 황송함을 이기지 못하겠네. 그런데 중히 다스리겠다고 하니 더욱 불안한 마음을 이기지 못하겠네. 원컨대 과도하게는 마시게."

왕이 잠시 웃고 말했다.

"전날 죽을죄를 저질렀어도 이 아이를 과도하게 다스리지 않았거늘 이런 죄목임에랴. 형은 염려 말게."

왕이 말을 마치고 공과 작별하고 돌아가 급급히 소연을 불러 공자를 불러오라 한 것이었다. 왕이 서서 기다리니 초후 등이 연고를 알지 못하고 부친의 기색이 엄정함을 두려워했다.

얼마 지나지 않아 학사가 돌아오니 왕이 미우에 노한 기운이 뚜렷했다. 좌우를 시켜 학사를 결박시켜 꿇리고 엄히 물었다.

"네가 무슨 까닭에 어제 화씨 집안에 가서 어제 안 오고 또 오늘은 내가 불러서야 온 것이냐?"

학사가 급히 대답했다.

"소자가 어제 아침에 오려 하다가 밤사이에 찬 바람을 맞아 몸이 편안하지 않으므로 누워서 조리했습니다."

왕이 그 말을 듣고 대로해 말했다.

"불초자가 요사이 적이 깨달았는가 했더니 내가 어리석어 살피지 못했구나. 갈수록 능란한 말로 아비를 속이니 너는 장차 죽는 것이 옳겠다. 또 묻겠다. 사람 사는 집에 불을 지르는 것은 도적놈이 할 짓이다. 네가 이 아비의 자식으로서 몸이 곧 조정의 학사로 있는데 무슨 까닭에 이런 일을 좋은 노릇 하듯이 행한 것이냐? 네가 저 집에 반자식의 의리가 있으나 여러 화생 등의 아내는 네게는 남인데 감히 출입을 임의로 해 미친 말을 내외에 낭자하게 한 것이냐? 또 화 공은 네 아비와 생사를 함께하는 벗이요, 조정의 대신이며 사람됨이 비루한 것이 없는 사람이다. 그래서 내가 공경하기를 못 미칠 듯이 하거늘 네가 감히 얼굴을 마주해 패악한 말로 모욕해 나로 하여금 남은 땅이 없게 한 것이냐? 화 씨는 명문 여자로 너의 정실이거늘 네가 감히 무례한 말로 모욕할 수 있겠느냐? 네가 나의 가르침을 듣지 않고 체면 없이 분주하게 다녀 아비를 부끄럽게 해 낯 둘 땅이 없게 했으니 중죄를 벗어나지 못할 것이다."

말을 마치고는 시노(侍奴)를 꾸짖어 매를 내오라 했다. 학사가 부친이 꾸짖으시는 말을 듣고 크게 황공해 다만 머리를 두드려 사죄하고 의관을 벗어 공손히 형벌 도구 앞에 엎드렸다. 초후가 놀라고 민망해 기운을 낮추고 앞에 나아가 아뢰었다.

"셋째 아우의 잘못은 큰 죄가 아니라 처자의 매몰찬 것을 꺾으려 해 자연히 그렇게 행동한 것입니다. 아우의 기상이 아내에게 구속되지 않는 것이 아름답거늘 구태여 죄를 다스리실 필요가 있나이까? 훗날 꾸짖으실 수 있어도 오늘 죄를 내리시면 아우가 다른 사람의 비웃음을 살까 하나이다."

왕이 정색하고 말했다.

"너희가 아우의 그른 것을 바로잡아 주지 않고 이제 도리어 이 아이를 편들어 중죄를 벗겨 주는 것이냐? 내 어찌 이 아이의 시비 듣는 것을 다 염두에 둘 수 있겠느냐?"

초후가 편안한 표정으로 대답했다.

"제가 불초하나 셋째아우에게 정말로 그른 일이 있다면 어찌 감히 아버님께 한가한 말씀을 아뢰겠나이까? 이는 진실로 화 씨 제수의 잘못으로 비롯된 것이오니 잠깐 처벌을 하지 않으시면 참으로 다행일까 하나이다."

왕이 그 말을 듣고 잠자코 있다가 백문을 풀어 놓으라 하고 엄정히 일렀다.

"이후에 백문이를 화씨 집안에 가게 한다면 너희에게 벌이 있을 것이다. 백문이의 발자취를 서당 문밖을 벗어나지 말게 하라."

초후와 능후가 함께 사례하고 명령을 들었다.

그리고 학사와 함께 서당으로 돌아갔다. 광평후 등 일곱 명과 철생, 남생, 최생 등이 이르러 벌여 앉자, 철 학사가 백문에게 말했다.

"내 아까 들으니 네가 숙부께 매를 맞았다 해 위로하러 왔더니 어쨌거나 몇 대나 맞은 것이냐?"

능후가 웃으며 말했다.

"형은 괴이한 말씀을 마소서. 셋째아우에게 무슨 죄가 있다 하고 또 맞겠나이까?"

학사가 말했다.

"그렇다면 무엇 하러 의관을 벗고 뜰에 꿇어 있었던 것이냐?"

학사 백문이 웃으며 말했다.

"아버님 앞에서 꿇는 것이 그리 괴이한 일이겠습니까? 그러면 형은 숙부 안전에 높이 앉아 계십니까?"

철 학사가 크게 웃고 말했다.

"끓는 것도 곡절이 있으니 네가 나를 속이려 하느냐? 아까 만화루에 올라 우연히 오운전을 내려다보니 숙부께서 난간에 앉으셔서 무엇이라 하시더니 네가 즉시 의관을 벗고 꿇었다. 그리고 현복이가 매를 들다가 현보[38]가 숙부께 무엇이라 하고 네가 즉시 서당으로 오기에 우리가 급히 내려온 것이다."

능후가 웃고 학사의 과실을 다 일러 주자 남생과 철생이 함께 일렀다.

"아무리 여자가 서럽고 쓸모없다 한들 그토록 할 수가 있겠느냐?"

광평후가 웃으며 말했다.

"창징[39] 형(兄)과 남 이거[40]는 누님[41]과 누이동생[42]에게 넋을 들려 이처럼 용렬한 말을 하거니와 운보[43]는 깊이 장부의 기상을 잃지 않았으니 내 항복한다."

남생이 말했다.

"우리가 처자에게 극진해 대강의 말이 있는 것이지만 대개 부부가 혹 잘못을 보인 일이 있다 한들 운보가 화 부인 박대하는 것과 같이 하겠습니까? 불공대천지원수라도 운보가 한 것보다 더하지 못할 것인데 지금에 이르러 화증이 더한 체하니 자연히 말이 그렇듯 된 것입니다."

광릉후가 웃으며 말했다.

"셋째아우의 잘못이 비록 그보다 백 벌이나 더하다 이를지라도

---

38) 현보: 이성문의 자(字).
39) 창징: 학사 철수의 자(字).
40) 이거: 남관의 자(字). 남관은 이몽현이 어려서 데려다 기른 인물로 이몽현의 차녀 초주의 남편임.
41) 누님: 철수의 아내 이미주를 가리킴. 이미주는 이몽현의 장녀이자 광평후 이흥문의 누나임.
42) 누이동생: 남관의 아내 이초주를 가리킴. 이초주는 이몽현의 차녀이자 광평후 이흥문의 여동생임.
43) 운보: 이백문의 자(字).

여자에게 비는 것은 옳지 않습니다. 무릇 여자는 지아비가 구구하게 행동하면 더 유능한 척하는 법입니다."

철 학사가 웃으며 말했다.

"너는 익숙히도 안다. 위 씨 제수가 그리하시더냐?"

능후가 웃으며 말했다.

"저는 일찍이 싸워 보지 않았고 빌지도 않아 보았으나 대개 요사이 세상 풍속이 그러하더군요."

광평후가 부채를 쳐 말했다.

"만고에 간사한 사람도 다 있다. 네가 일찍이 제수씨와 싸우지 않았다고 자랑하나 요새는 무슨 일로 홀로 있는 것이냐?"

능후가 말했다.

"남자가 매양 내당에 머리를 박아 방 밖에 나오지 않으면 되겠습니까? 형님이시니까 화란 중에도 처소를 홀로 안 하셨으니 남도 그럴까 여기시는 것입니까?"

평후가 웃으며 말했다.

"내 비록 용렬하나 너의 형이거늘 감히 나를 조롱하는 것이냐?"

능후가 웃고 사죄해 말했다.

"제가 어찌 형님을 조롱하겠나이까? 아까 외당에 거처하는 것을 기롱하시기에 자연히 대답을 그렇게 한 것입니다."

이후에는 백문이 화씨 집안에 가지 못하고 화 씨를 사모하는 정이 매우 급했으나 감히 내색하지 못했다. 두 형을 대해 모친께 화 씨를 데려오도록 고하라 하니 초후가 경계해 말했다.

"이제 화란(禍亂)이 다 지나고 마장(魔障)[44]이 없으니 자연히 부

---

44) 마장(魔障): 일에 뜻밖의 방해나 탈이 생기는 일.

부가 완전히 모일 것인데 이토록 바빠 하는 것이냐? 화 씨 제수가 며느리의 도리를 잃어 부모님께 배알하지 않으시거늘 모친이 어찌 체면을 굽히셔서 스스로 청하시겠느냐? 대장부가 처자를 못 잊어 이토록 구구하게 구는 것은 참으로 옳지 않다."

학사가 그 형의 엄숙한 경계를 두려워해 두 번 절해 사죄하고 물러났다. 그리고 다시 내색하지 못했으나 한 마음이 우울하고 애를 태운 채 달이 가고 날이 오래 지났다.

하루는 상서가 내당에 들어가고 태부는 벗들이 청하므로 좇아 나가 서당이 비게 되었다. 학사가 참지 못해 황혼을 틈타 화씨 집안으로 가 바로 소저의 침소로 들어갔다. 과연 소저가 수수하게 화장을 하고 홑옷 차림으로 등불 아래에서 옛 역사를 읽고 있으니 맑은 기질이 어두운 방에 빛났다. 학사가 황홀히 반가운 마음이 얼굴에 넘쳐나 급히 나아가 소저의 소매를 잡고 나란히 앉았다. 소저가 무심결에 학사를 만나 크게 놀라 황급히 손을 떨쳤으나 학사가 굳이 잡고 정색해 말했다.

"그대의 통쾌함이 갈수록 더해 장인어른을 사주해 나의 허물을 사사건건 아버님께 고하고 내 종적을 그대 집안에 부치도록 하지 않았으니 무엇이 그토록 즐겁던가? 내가 겨우 틈을 타 이르렀으니 이 밤에는 내 죽을지언정 그대의 뜻을 좇지 못할 것이네."

소저가 낯빛이 바뀐 채 대답하지 않으니 학사가 또한 다른 말을 하지 않고 비단 부채를 들어 등불을 끄고 소저와 함께 침상에 오르려 했다. 소저가 이 광경을 보고 매우 놀라고 노해 죽을 힘을 다해 물리치고 말했다.

"그대가 어찌 첩을 이토록 업신여겨 무례히 강압하려 하는가? 내 당당히 자결해 그대의 염려를 끊고 나의 굳은 마음을 시원하게 보일 것이다."

학사가 이에 노해 말했다.

"내 그대에게 이름 없는 남자로서 한밤중에 들어와 규수를 겁탈한다면 그대가 이러한 것이 옳네. 그러나 부부가 되었다는 것은 한 방에 깃들이라 한 것이니 그대가 무슨 까닭에 이토록 과도하게 구는 것인가?"

소저가 말했다.

"그대의 말이 옳으나 그 가운데 잘못을 이를 것이니 편히 앉아 들으라. 첩이 비록 슬기롭지 않으나 사족의 여자다. 그대가 반평생을 주색에 빠져 혐의가 가득한 여자와 간음해 더러움이 금수만도 못 한데 내 차마 그대와 동침하려는 마음이 나겠는가? 또 내가 이미 세간에 희한한 누명을 몸에 실어 신세가 어그러지고 욕되게 되었으니 무슨 마음으로 부부의 즐거운 일을 생각할까 싶은가? 이제는 시원하게 들었으니 이를 자세히 알고 빨리 돌아가라."

학사가 어이없어 말했다.

"내가 비록 그르고 그대가 착한 것이 남다르다 해도 이 말이 부인 여자가 남편에게 할 말인가?"

소저가 큰 소리로 말했다.

"첩이 어찌 착하겠는가? 천하에 나쁜 여자라 남편 공경할 줄을 모르고 또한 예의를 알지 못하니 그대 스스로 마음을 다잡고 첩은 꾸짖지 말기를 바란다."

학사가 또한 대로해 말했다.

"내 이미 전후에 여러 번 그대에게 사죄하고 남자로서 위엄을 굽혀 한두 번 애걸한 것이 아닌데 그대가 감히 지아비를 업신여겨 면전에서 모욕을 너무 심하게 하는구나. 그대가 죽어도 불쌍하지 않을 것인데 더욱 어찌 그 뜻을 좇겠는가?"

말을 마치자 분연(奮然)히 소저를 끌어 자리 위로 나아갔다. 소저가 역시 대로해 완강히 저항하며 학사를 떨쳐 냈으나 이 한낱 삼척의 아녀자요, 학사는 팔척 장부로 힘이 능히 구정(九鼎)[45]을 들 수 있으니 어찌 감히 겨룰 수 있겠는가. 속절없이 약한 몸이 저의 수중에 드니 학사가 짐짓 방탕한 행동으로 소저를 핍박하며 말했다.

"내 당초에 그대를 못 이긴 것이 아니었네. 예를 따라 남편은 온화하고 아내는 순종하는 것을 갖추게 하려 했더니 그대가 내 분노를 돋웠네. 그러니 내 어찌 그대를 공경해 대접할 수 있겠는가?"

그러고서 춘정이 마구 솟아나 방탕하고 호방한 마음이 헤아릴 수 없었다. 소저가 절치부심해 죽으려 했으나 뜻을 이루지 못했다. 또 학사가 자신을 애틋하게 사랑하는 모양을 당해 난 지 열여덟에 이런 일은 처음이라 놀라움과 부끄러움을 이기지 못해 그런 당돌했던 기운이 하나도 없어졌다. 땀이 등에 젖고 온몸이 바늘 위에 있는 듯 분한 마음을 이기지 못하니 눈물이 비 오듯 해 연꽃 같은 뺨을 적셨다. 학사가 스스로 손을 씻으며 웃고 위로하며 말했다.

"그대가 이미 팔자가 사나워 여자 되기를 그릇했으니 이제 서러워한들 어찌하겠는가? 여자는 남자의 홀대를 감심하거니와 어느 남자가 여자의 박대를 감수하겠는가?"

소저가 정색하고 대답하지 않았다. 학사가 스스로 저의 향기로운 몸을 나란히 한 지 여섯 해 만에 이날 밤에 부부의 즐거움을 이루었으니 기쁨에 겨워 미칠 듯하고 소저는 분노했다. 두 사람이 밤새도록 잠을 이루지 못하다가 새벽닭이 울 때 소저가 피곤해 먼저 잠드

---

45) 구정(九鼎): 중국 하(夏)나라의 우왕(禹王) 때에, 전국의 아홉 주(州)에서 쇠붙이를 거두어서 만들었다는 아홉 개의 솥. 주(周)나라 때까지 대대로 천자에게 전해진 보물이었다고 함.

니 생이 기뻐하며 또한 잠을 잤다.

날이 밝자 학사가 깨어서 보고는 매우 놀라 급히 일어나 의관을 찾아 입고 집으로 돌아갔다. 소저가 또한 일어나 팔을 보니 비홍(臂紅)[46]이 이미 흔적도 없었다. 애통해 바로 죽으려 했으나 일의 체면을 두루 생각하니 이때 죽는다면 사람들의 비웃음을 사 도리어 부끄러울 것이었다. 그래서 역시 분을 참고 팔을 감춰 부모에게도 내색지 않으니 공의 부부는 생이 온 줄도 알지 못했다.

생이 집에 이르자 두 형은 벌써 오운전에 가고 없었다. 생이 더욱 초조해 할 수 없이 담을 크게 하고 나아갔다. 이때 왕은 상서가 새벽에 홀로 문안 인사를 하는 것을 괴이하게 여겨 말했다.

"둘째는 어제 나갔거니와 셋째는 어디에 갔느냐?"

상서가 대답했다.

"셋째아우가 어제 서당에 있더니 어디로 들어간 줄은 알지 못하겠나이다."

왕이 정색하고 말했다.

"한방에서 자면서 어찌 간 곳을 모른단 말이냐?"

상서가 머리를 숙이고 말했다.

"저는 작은아들이 찬 바람을 맞아 아파서 내당에 들어갔기에 진실로 알지 못하나이다."

왕이 말했다.

"그렇다면 화씨 집안에 간 것이다."

초후가 이에 묵묵히 있었다.

46) 비홍(臂紅): 팔위에 있는 붉은 것이란 뜻으로 곧 앵혈(鶯血)을 말함. 앵혈은 장화(張華)의 『박물지』에서 그 출처를 찾을 수 있음. 근세 이전에 나이 어린 처녀의 팔뚝에 찍던 처녀성의 표시를 말하는 것으로 도마뱀에게 주사(朱沙)를 먹여 죽이고 말린 다음 그것을 찧어 어린 처녀의 팔뚝에 찍으면 첫날밤에 남자와 잠자리를 할 때에 없어진다고 함.

날이 밝은 후 광릉후가 또한 돌아왔으나 학사는 그림자도 보이지 않았다. 이윽고 학사가 들어와 시좌하니 왕이 발끈 정색하고 소리를 엄정히 해 물었다.

"아이가 어젯밤에 어디에 갔더냐?"

학사가 지은 죄가 있으므로 황공해 낯을 붉히고 감히 대답하지 못했다. 이에 왕이 재촉해 묻자 학사가 할 수 없이 죽기를 각오하고 대답했다.

"화씨 집안에 갔었습니다."

왕이 물었다.

"어찌 내게 하직하지 않고 가는 곳을 마음대로 한 것이냐?"

학사가 머리를 조아려 죄를 청하고 대답하지 못했다. 왕이 좌우의 사람들에게 명령해 초후 등 두 사람을 잡아 내리라 해 꿇리고 꾸짖었다.

"내가 너희에게 분부해 백문이를 화씨 집안에 보내지 말라 했는데 어찌 가게 한 것이냐?"

초후가 낯빛을 바르게 하고 편안한 표정으로 대답했다.

"셋째아우가 화씨 집안에 가는 줄 알았다면 어찌 금하지 않았겠습니까? 다만 둘째아우와 더불어 서당을 떠난 죄는 만 번 죽어도 오히려 가벼울 정도입니다."

말이 잠시 멈춘 사이에 벽제(辟除)[47] 소리가 나며 수레 소리로 떠들썩한데 화 상서가 자줏빛 도포에 옥띠 차림으로 들어오는 것이었다. 왕이 마지못해 몸을 일으켜 상서를 맞아 인사를 차렸다. 화 공이 두 사람이 당 아래에서 죄를 기다리는 모습을 보고 놀라서 물

47) 벽제(辟除): 지위가 높은 사람이 행차할 때, 구종(驅從), 별배(別陪)가 잡인의 통행을 금하며 소리치던 일.

었다.

"초후 등은 일대의 군자인데 무슨 까닭에 당 아래에서 죄를 기다리는 것인가?"

왕이 연고를 이르고 말했다.

"이 녀석이 아비의 명을 거스르고 설사 그곳에 갔다 한들 형이 어찌 금하지 않은 것인가?"

공이 매우 놀라 말했다.

"내가 어제 서헌에 야심토록 있었어도 운보의 자취를 보지 못했고 아침에 딸에게 들어가 보았으나 또 운보가 왔더란 말은 하지 않았으니 운보가 어찌 내 집에 왔겠는가? 참으로 괴이하니 저 사람에게 자세히 묻게나."

왕이 역시 크게 놀랐으니 대개 옛날 버릇이 나와 더러운 거리에 있는 창기 집에 갔던가 해서였다. 그래서 시노(侍奴)를 시켜 학사를 잡아 내려 곤장 사십 대를 맹타하되 곡직을 묻지 않고 친 후 끌어내쳤다. 이에 화 공이 웃고 말했다.

"속담에 '장인과 사위가 화목하지 않은 사람은 없다.'고 하더니 학생은 운보에게 죄를 얻어 주었으니 참으로 불안하네."

왕이 탄식하고 말했다.

"아들이 지금도 잘못 뉘우치는 것이 멀었고 몽롱하게 취한 가운데 있으니 큰 근심이 아니겠는가? 만일 어진 내조나 있으면 저렇게까지는 안 할 것인데 홀아비로 빈방을 더 견디지 못해 실성한 사람이 되었으니 개탄하네."

화 공이 이에 겸연쩍어하며 돌아갔다.

학사가 불의에 곤장을 맞고 서헌으로 돌아가니 두 형이 학사를 주무르며 구호하고 꾸짖으며 갔던 곳을 물었다. 학사가 사실을 말하고 맹세했다.

"제가 노 씨가 지어낸 흉한 변란을 겪은 후에는 선녀 같은 여자가 있어도 다시 마음속에 둘 뜻이 없는데 다른 곳 어디를 갔겠나이까? 화씨 집안에 갔어도 장인 내외는 안 보고 바로 화 씨 침소로 가 자고 왔으니 화 공이 모르는 것은 괴이하지 않습니다. 다만 화 공이 저를 밉게 여겨 일부러 아버님께 고해 화를 돋워 제가 매를 맞게 했으니 뉘 탓을 삼겠습니까?"

두 후가 그 진심을 보고는 다시 꾸짖지 않고 극진히 구호할 따름이었다. 그런데 홀연히 평후가 이르러 이 광경을 보고 놀라서 말했다.

"운보가 또 무슨 일로 꾸지람을 당한 것이냐?"

능후가 웃고 연고를 이르니 평후가 혀를 차며 말했다.

"이번 일은 운보의 죄가 아니다. 화 공이 참으로 괴이하지 않으냐?"

두 후가 묵묵히 있으니 청양후로부터 사람들이 일시에 들어와 또 학사가 누워 있는 연유를 물었다. 평후가 자세히 이르자 어사 기문이 박장대소하며 말했다.

"과연 액이 궂은 남자로구나. 처자 때문에 몇 번을 저런 몰골을 하게 되었는고? 내가 세어 이르랴? 여섯 번이니 또 한 번만 맞으면 일곱 번이구나."

평후가 웃으며 말했다.

"가뜩이나 아파 서러워하는 아우에게 악담이나 마라. 설마 또 맞으면 이를 것이나 있겠느냐?"

어사가 말했다.

"백문이 네 형세가 과연 어렵구나. 화 씨 제수를 박대한다 하고 중한 형벌을 받았다가 이제는 또 후대한다고 죄를 입었으니 숙부의 상벌이 고르지 않으시다.”

능후가 말했다.

“형은 철없는 말을 마소서. 박대한들 인정이 없다 할 수 있을 것이며 후대한들 곡절이 있지 않겠습니까? 셋째아우의 행동이 아무 모해도 받지 않은 채 벌어졌다 해도 아버님이 꾸짖지 않으셨겠습니까?”

학사가 말했다.

“오늘 벌을 받은 것은 제가 화 씨를 후대해서 일어난 일이 아닙니다. 제가 화 씨에게 이를 말이 있어 갔다가 술동이가 있기에 두어 잔 먹고 취해 거꾸러졌는데 그 마음씨 사나운 화 씨가 일부러 제가 꾸짖음을 당하게 하려고 저를 깨우지 않아 제가 날이 밝은 후에 일어나 아버님께 죄를 얻은 것입니다.”

평후가 웃으며 말했다.

“네 말이 다 순리에 맞으나 술 먹고 거꾸러졌다는 말은 거짓말이다. 반드시 술에만 취하고 다른 데는 취하지 않았느냐?”

학사가 웃으며 대답했다.

“제가 어찌 형님께 속여 아뢰겠습니까? 만일 술에 취하지 않았다면 새벽녘에 들어왔을 것입니다.”

모두 꾸짖으며 거짓말이라 하니 학사가 미미히 웃고 대답하지 않았다.

그러나 학사가 화 씨와 처음으로 정을 맺어 상사(相思) 한 마음을 채 풀지 못하고 또 삼가지 못한 증세가 가볍지 않은 데다 매를 맞고서 어혈(瘀血)[48]이 심하게 맺혀 정신이 혼미하고 병이 깊어졌다. 두 후가 이에 답답해 이날 저녁 문안에 들어가자 왕이 물었다.

"간밤에 백문이가 어디를 갔다 하더냐?"

초후가 자리에서 일어나 대답했다.

"저희가 자세히 물으니 이 아이가 진심으로 생각하는 것이 이와 같았으니 대단한 과실은 아닌가 하나이다."

왕이 이에 화를 내며 말했다.

"군자는 자취를 남모르게 하지 않으니 백문이가 지은 죄가 더욱 깊다. 너희가 이렇듯 교화하는데 셋째가 어찌 바른 도로 돌아가겠느냐?"

초후가 자리에서 일어나 죄를 청하고 감히 말을 못 했다.

이후 학사의 병이 위독해지자 초후 형제가 크게 우려해 천하의 명의를 모아 진맥시키니 모두 일렀다.

"이 병환은 찬 바람을 맞아서 생긴 병 같으나 잠깐 열이 난 듯한 것이고, 마음에 깊은 걱정이 있어 속을 태우는 일로 이처럼 위중하게 된 것입니다. 만일 그 하고자 하는 바를 하게 한다면 즉시 차도를 얻을 것입니다."

두 후가 말을 듣고는 놀라 의원을 돌려보내고 학사의 곁에 나아가 의원의 말을 일러 주고 말했다.

"네 뜻은 장차 어떠하냐?"

학사가 이 말을 듣고는 낯을 붉히고 대답했다.

"제가 과연 홀로 거처한 지 두 해 만에 처음으로 지난밤에 그곳에 가 화 씨와 동침했으니 찬 바람을 쐬어 생긴 병이라 하면 옳겠으나 깊은 근심이 있다고 하는 것은 참으로 억울합니다."

두 후가 이에 또한 묻지 않았다.

---

48) 어혈(瘀血): 박상 따위로 살 속에 피가 맺히는 것을 뜻함.

그러고서 내당에 들어가니 왕이 성난 눈을 부릅뜨고 물었다.

"내 들으니 백문이가 화 씨를 상사해 병이 깊다 하니 이 말이 틀림없느냐?"

초후가 절하고 말했다.

"소자가 자세히 알지는 못하오나 의원의 말이 그러하기에 셋째에게 물어보니 억울하다고 말하므로 능히 진가(眞假)를 알 길이 없나이다."

왕이 낯빛이 변해 말했다.

"고금에 방탕한 남자가 있다 하나 여자를 상사해 병들었다 한 사람은 미생(尾生)[49]과 신순(申純)[50] 두 사람밖에 없다. 내 차마 이런 괘씸한 것을 자식이라 하지 못할 것이니 마땅히 화씨 집안에 보내 죽게 해 백골이라도 화씨 집 귀신이 되게 할 것이다."

초후가 천천히 꿇어 말했다.

"아버님의 가르치심이 마땅하시나 셋째아우가 본디 기골이 허약한데 전후 여러 번 매를 심히 맞았고 해에 걸쳐 여색에 빠져 정신이 혼미하던 차에 풍상을 두루 겪었습니다. 그리고 돌아온 지 오래되지 않아 여색을 가까이 해 몸이 상한 가운데 아버님으로부터 엄한 꾸지람을 당해 감정이 더해진 것입니다. 그러니 일이 분명하지 않은데 불가한 노릇을 하시겠나이까? 잠깐 못 본 척하시면 참으로 다행이겠나이다."

왕이 그 말을 듣고 잠자코 있으니 초후가 물러났다.

---

49) 미생(尾生): 중국 춘추시대 노(魯)나라 사람. 여자와 다리 아래에서 만나기로 약속하고 기다렸으나 여자가 오지 않자 소나기가 내려 물이 밀려와도 기다리다가 마침내 교각을 끌어안고 죽음. 약속을 굳게 지켜 융통성이 없는 인물을 가리킬 때 주로 인용됨.

50) 신순(申純): 중국 원나라 송매동(宋梅洞)이 지은 소설 『교홍전』과 명나라 맹칭순(孟稱舜)이 개편한 희곡 『교홍기(嬌紅記)』에 나오는 남주인공의 이름. 신순은 이종사촌인 왕교랑(王嬌娘)을 사랑해 서로 정을 통했으나 부모에게서 혼인을 허락받지 못해 함께 죽음.

초후가 다음 날 조회 길에 화 수찬을 만나 생의 병이 깊음을 이르고 생의 상태를 묻지 않은 것을 꾸짖었다. 그러자 수찬이 놀라서 말했다.

"내 요새 공무가 번다해 존부에 나아가지 못했기에 안부를 묻는 예를 폐했으니 참으로 부끄럽네. 그런데 그 증세가 어떠하던가?"

후가 슬픈 빛으로 말했다.

"참으로 정말 위독해 생사의 염려가 깊네. 그런데 형은커녕 제수씨가 어찌 이르러 남편의 병을 보시지 않는 겐가?"

수찬이 고개를 끄덕이고 돌아가 부모에게 이 말을 고했다. 공이 매우 놀라 즉시 딸을 불러 시가에 보내겠다는 뜻을 일렀다.

소저가 할 수 없이 화장을 이루고 가마를 갖춰 이씨 집안으로 갔다. 그러나 감히 바로 들어가지 못해 중문에 서서 죄를 청했다. 소후가 화 씨가 왔다는 소식을 듣고 크게 반겨 어서 들어오라 했다. 화씨가 긴 옷을 벗고 천천히 걸어 중간 섬돌에 다다다 머리를 두드려 피눈물을 흘리며 말했다.

"소첩이 참혹한 환난을 무궁히 지내고 한 목숨이 겨우 목숨을 건졌으나 재앙을 겪고 살아난 목숨으로서 정신이 쇠모하고 질병이 얽매여 경사에 돌아온 후에 즉시 문하에 나아와 쓰레질하는 소임을 하지 못했으니 그 죄는 만 번 죽어도 가벼울 정도입니다."

소후가 급히 나아오라 해 소저의 손을 잡고 탄식하며 말했다.

"오늘날 며느리를 보니 참으로 세상일이 자주 바뀌는 것을 알겠구나. 지난 일은 이르려 하면 담이 차고 넋이 뛰노니 다시 제기하는 것이 부질없다. 그런데 그대가 심규의 약한 몸으로 천고에 드문 지경을 두루 겪고 위급한 가운데 몸을 보전해 예전처럼 돌아왔으니 다행한 마음이 뱃속에 가득하구나. 그러나 아들의 모진 행실을 생각하면 낯을 들어 며느리를 보는 것이 부끄럽지 않겠느냐?"

화 씨가 눈물을 뿌리며 말했다.

"지난 일은 첩의 운수가 기구하고 팔자가 기박해서 일어난 것이니 어찌 남을 탓할 수 있으며 더욱이 시부모님께서 불안해 하실 일이겠나이까? 하교를 들으니 더욱 황공함을 이기지 못하겠나이다. 첩이 어리석음이 커 무례한 죄를 많이 지었으니 마땅히 벌을 내려 주시기를 바라나이다."

소후가 흔쾌히 말했다.

"우리 며느리가 비록 목석같다 해도 그 지경을 겪고서 어찌 몸이 무사하겠느냐? 예전의 환한 낯빛이 많이 감했으니 슬픈 회포가 한층 더하는구나. 홍안박명이라 한들 어찌 우리 며느리 같은 이가 있을 것이며 집안의 변이 희한하다 하나 우리 집 같은 데가 어디에 있겠느냐? 노 씨 여자의 예전 죄상을 생각하면 지금에 이르러도 넋이 나는 것을 면치 못하겠구나. 그러니 그대가 차마 무슨 마음으로 시가에 오고 싶었겠는가?"

화 씨가 고개를 조아려 절하고 동서들과 각각 인사를 마쳤다. 위 씨 등이 일시에 옥 같은 소리를 열어 화 씨가 무사히 돌아온 것을 매우 치하하고, 피차 반기고 사랑하는 것이 동기보다 덜하지 않았다. 월주 소저는 더욱 기쁜 빛이 옥 같은 얼굴에 가득해 화 씨의 옷을 붙잡고 반기는 표정이 헤아릴 수 없을 정도였다. 화 씨가 이에 은혜에 감동한 것이 뼈에 사무쳐 눈물을 드리워 말했다.

"첩이 만일 죽었다면 오늘의 기쁜 광경을 보지 못했을 것입니다. 첩의 목숨이 질겨 장수해 소저와 동서들의 큰 은택을 다시 입고 시부모님의 사랑을 받으니 은덕이 하늘과 같습니다."

말을 마치자 왕이 들어오니 사람들이 일시에 일어나 맞이했다. 화 씨가 왕의 앞에 나아가 절하니 왕이 나아오라 해 말했다.

"우리 며느리가 약한 몸에 죽을 위기를 두루 겪고서 병이 깊다 하기에 자나 깨나 깊은 근심이 없지 않았다. 요새는 병이 좀 나은 것이냐? 어찌 이르렀느냐? 아들이 도리를 몰라 너의 앞길을 끊어 놓고 가문을 욕먹였으니 그 한심한 것이야 어찌 다시 이를 것이 있겠느냐? 그러나 지난 일을 괘념치 말고 이후에는 마음을 편히 해 병이 더하지 않도록 하거라."

소저가 고개를 조아려 사례했다. 왕이 바야흐로 며느리들의 항렬이 가지런한 것을 매우 기뻐해 즐거운 빛이 가득한 채 일렀다.

"우리 며느리가 일찍이 정당 어른들을 뵈었느냐?"

월주 소저가 대답했다.

"형이 방금 갓 왔으므로 아직 가지 않으셨습니다."

왕이 일어나며 말했다.

"낮 문안이 늦었으니 현후께서 마땅히 며느리들을 거느려 들어오소서."

후가 즉시 예복을 입고 자녀를 거느려 정당으로 향했다. 화 씨는 만면에 부끄러운 빛을 머금은 채 나직이 나아가 모든 사람에게 인사를 마쳤다. 일가 사람들이 놀라며 크게 반기고 유 부인이 바삐 그 옥 같은 손을 잡고 슬픈 빛으로 일렀다.

"지난번에 집안에서 큰 변고가 일어나 어진 며느리가 우리 집을 떠났으니 참담한 마음이 헤아릴 길이 없었다. 며느리가 무사히 적소로 갈 줄 알았더니 도리어 그 가운데 위급한 지경을 두루 당해 목숨이 끊어질 뻔한 것을 누가 어찌 알았겠느냐? 하늘이 착한 사람을 도우셔서 마침내 며느리가 목숨을 건져 시가에 돌아오게 되었으니 이 어찌 천우신조가 아니겠느냐? 내가 곧바로 며느리를 보고 싶은 마음이 급했으나 실로 우리 집에서 며느리를 저버렸으므로 볼 낯이 없어 빨리 보지 못했다. 그런데 오늘 며느리를 보니 옛날 일이 어렴풋하고 반기는 마음을 이기지 못하겠구나."

화 씨가 두 번 절해 사례하고 감히 대답하지 못했다. 하남공이 또한 위로해 말했다.

"이 늙은이가 어리석어 예전에 간악한 여자를 엄히 다스리지 못해 그 마얼(魔孼)[51]이 그대에게 미쳐 그대가 비상한 고초를 두루 겪었으니 참으로 부끄러운 마음을 참을 수 있겠느냐? 이는 다 내 죄 때문이요, 백문이의 탓이 아니다. 그러니 그대는 백문이를 원망하지 말고 이후에는 복록을 누리기를 바란다."

화 씨가 부끄러운 빛을 띠고 절할 뿐이었다. 이에 개국공이 웃고 말했다.

"화 씨가 고생한 것은 모두 요망한 중 혜선이 만든 재앙과 백문이의 어리석음 때문이거늘 형이 무슨 액운이 있어 뭇 죄를 다 감당하십니까? 참으로 가소롭습니다."

남공이 흔쾌히 웃고 말했다.

"아우는 알지 못하는 것이냐? 당초에 만일 노 씨를 흥문이의 말대로 죽였다면 화 씨가 어찌 드문 재앙을 당했을까 싶으냐?"

연왕이 웃고 말했다.

"형님은 하도 당치 않은 말씀으로 더러운 자식이 지은 천지간 끝없는 허물을 덮지 마소서. 당초에 노 씨가 지은 죄악이 칠거지악을 넘었으나 그토록 죽을죄를 지은 것은 아니었습니다. 그런데 노 씨를 그때 죽여야겠다 해 온갖 일을 노 씨의 죄라 이르는 것입니까? 배에

51) 마얼(魔孼): 귀신의 재앙.

가 화 씨를 찔러 죽이려 한 것도 형님의 탓입니까? 괴이한 말씀을 하지 않으시면 다행이겠습니다.”

공이 흰 이를 환히 드러내 웃고 대답하지 않았다.

평후로부터 뭇 생들이 일제히 몸을 굽혀 화 씨를 향해 각각 위로하니 화 씨가 더욱 몸 둘 곳이 없어 나직이 사례할 따름이었다.

날이 늦어지자 자리를 파하고 화 씨는 옛 침소로 돌아갔다. 방의 풍경은 옛날과 같은데 예전에 피눈물을 뿌린 자취가 그저 있어 슬픈 마음을 이기지 못해 슬피 탄식했다. 월주 소저가 이에 이르러 이별 후의 회포를 이르고 노 씨의 전후 무궁한 죄악을 베풀며 밤이 새는 줄 깨닫지 못했다.

백문이 화 씨가 온다는 말을 듣고 속으로 기뻐해 온갖 병이 다 달아나는 듯했다. 그러나 남의 이목이 두려워 나은 체를 못 하다가 두어 날 후에 홀연히 두 형에게 일렀다.

“제가 여러 날 병들어 두 형님께서 오랫동안 잠을 폐하셨으니 참으로 불안합니다. 오늘부터는 제가 침소에 가 화 씨에게 병구완을 하라고 해야겠습니다.”

두 사람이 바야흐로 상사(相思)인 줄 깨닫고 어이없어 일렀다.

“저 기운에 네가 걸어갈 수 있을까 싶으냐?”

학사가 흔쾌히 옷을 입고 들어가자 두 사람이 속으로 놀랍게 여겼다. 이는 학사가 여자를 그리워한 것을 매우 아니꼽게 여겼기 때문이었다.

학사가 침소에 들어가자 화 씨가 등불 아래에서 누이와 담소하고 있다가 놀랐다. 학사가 겨우 들어가 앉으며 일렀다.

“형님들이 내가 병들어 밤낮으로 근로하시기에 내 염치에 편안히 있지 못해, 그대가 나를 죽게 하려 하는 줄을 알고 있지만 들어온 것이니 자리를 편하게 해 주는 것이 어떠한가?"

화 씨가 정색하고 움직이지 않자 월주 소저가 친히 일어나 자리를 바로 하고 학사에게 누우라 청하고 손을 주무르며 말했다.

"오라버니의 낯빛이 참으로 안 좋으시니 염려가 가볍지 않습니다. 지금은 몸이 어떠하시기에 몸을 움직여 들어오신 것입니까?"

학사가 말했다.

"한때 병 때문에 피곤했으나 내가 소년의 굳센 기골을 지녔으니 몸을 움직이지 못하도록이야 하겠느냐? 겨우 들어왔으나 네 화 씨의 갈수록 사나운 모습을 보라. 내 이리 중한 병이 들었으나 조금도 움직이지 않으니 천하에 이토록 모진 여자가 있더냐?"

소저가 낯빛을 온화하게 하고 두 사람을 화해시키며 말했다.

"오라버니가 먼저 그 도리를 잃어버리셨거늘 어찌 남을 그르다고 하십니까? 어른 된 사람들끼리 체면 없이 싸우지 마시고 일을 좋도록 처리하소서."

그러고서 이윽히 앉아 학사의 손을 주무르다가 들어갔다. 생이 이에 화 씨를 향해 말했다.

"생이 불의에 이런 독한 병을 얻었는데 그대는 여자가 되어 이를 모른 척하고 길 가는 사람처럼 굴어 병을 묻지 않으니 그것이 무슨 도리인가?"

화 씨가 정색해 답하지 않고 별 같은 눈동자를 낮춰 대답하지 않았다. 그러자 학사가 발끈 낯빛이 변한 채 소저의 소매를 이끌어 나오게 해 자신의 곁에 앉히고 꾸짖었다.

"그대가 소생 싫어하기를 원수처럼 하니 마땅히 그대와 잠자리를 한 후 부디 어서 죽어 그대의 뜻을 시원하게 할 것이네."

그러고서 소저를 끌어 자리 위에 나아갔다. 화 씨가 이 광경을 보고 도리어 어이없어 자신이 죽지 않은 것을 한스러워해 안색을 바로 하고 손을 떨쳐 물러앉았다. 학사가 대로해 다시 이끌어 베개로 오게 해 슬쩍 한편에 눕히고 비단 이불을 함께 덮었다. 화 씨가 역시 대로해 완강히 저항하고 일어나 앉으려 했다. 그러자 학사가 긴 팔로 소저를 후려 잡으니 소저가 몸을 움직이지 못했다. 학사가 속으로 웃고 기쁜 빛으로 소저와 잠자리를 해 이날 밤을 지냈다.

다음 날 아침에 학사가 기운이 과연 시원해져 몸이 가벼웠다. 그러나 진실로 두 형의 정대한 행동을 꺼려해 나은 체를 못 하고 침상 위에 누워 있었다.

화 씨가 정당에 간 후 초후 형제가 들어와 문병하니 학사가 대답했다.

"구태여 어제보다 나은 줄을 알지 못하겠습니다."

두 사람이 고개를 끄덕이고 눈을 들어 살피니 어찌 짐작하지 못하겠는가. 매우 불쾌하게 여겼으나 아버지가 아신다면 더욱 노하실 것이므로 내색하지 않고 조심히 조리하라 하고 즉시 나왔다.

화 씨가 저물도록 정당에서 침소로 돌아갈 줄을 잊으니 월주 소저가 말했다.

"오라버니가 중병을 앓고 난 후 혼자 계시는데 언니가 어찌 가 보지 않으시는 것입니까?"

소후가 놀라서 말했다.

"아이가 내당에 들어왔느냐?"

소저가 대답했다.

"오라버니가 말씀하시기를, '서당에 있으니 큰오라버니와 작은 오라버니가 잠을 못 주무시기에 불안해서 말 없는 처자에게 병구완하게 해야겠다 해 들어왔다.'고 하셨습니다."

소후가 참으로 그런가 해 화 씨에게 나가 보라 했다. 소저가 소소한 곡절을 고하지 못하고 민망함을 이기지 못했으나 마지못해 몸을 일으켜 침소로 향했다. 그러나 난간에서 약을 지휘하고 방에는 들어가지 않았다.

생은 이때 몸에 병이 없고 고적히 혼자 누워 심심함을 이기지 못해 재삼 소저를 청했으나 소저가 응하지 않았다.

소저가 석양에 내당에 들어가 문안 인사를 마치고 바야흐로 방에 이르니 학사가 꾸짖었다.

"그대가 나에게 원망과 악함을 쌓은 것이 어느 지경에 미쳤기에 내가 병들었어도 구완해 주지 않는 것인가? 그대의 마음이 어디에 있는 것인가?"

화 씨가 이 말을 듣고 문득 두 눈을 들어 학사를 보았다. 학사가 이에 웃으며 말했다.

"그대가 어찌 생의 말을 듣고 이토록 눈이 뚫어지게 보는 것인가?"

화 씨가 탄식하고 말했다.

"사람의 염치가 이와 같으니 내 말해 부질없다. 내가 그대에게 원망을 어떻게 지었는가? 그대는 다른 사람으로 이른다면 나에게 불공대천지원수다. 그런데 여자가 남편을 우러러보는 대의(大義)를 폐하지 못해 그대와 한 방에 있으나 한 몸이 두려운 것이 마치 바늘 위에 앉아 있는 듯하고 목숨이 어느 날 마쳐질 줄 알지 못하는데 내이 방에 들어올 마음이 있겠는가? 내 이미 그대 집의 시녀가 아니요, 그대의 약물 다스리는 것은 유모 무리가 극진히 하고 있거늘 내 어찌 그 병에 근로하겠는가?"

학사가 소저의 말을 듣고는 웃고 사례해 말했다.

"그대의 말을 들으니 생의 낯이 참으로 두껍다 하겠으나 또한 내 말을 들어 보게. 부부는 한 몸 같으니 설사 잘못을 보인 일이 있다 한들 또한 풀어 버린 후에는 관계하지 않는 법이네. 그런데 무슨 일로 옛날의 원한을 제기하는 것인가? 더욱이 광평후 형은 사촌이라도 고생을 그대보다 더 겪으셨는데 한 번도 나의 죄라고 이르신 일이 없었네. 그런데 그대는 내 아내가 되어 벌써 몇 해를 가지고 나에게 원망을 두어 절치하는 데 미친 것인가? 이것을 참으로 인심이라 하겠는가?"

소저가 정색하고 대답하지 않았다. 학사가 은근히 사죄하며 애걸하니 그 말이 쇠와 돌이라도 녹일 듯했다. 소저가 비록 속으로는 한심하게 여겼으나 내색하지 못해 묵묵히 앉아 있었다. 당초에 소저는 생전에 생을 보지 않으리라 속으로 맹세했다. 그리고 만일 생이 자기를 천하게 대하는 일이 있다면 자결해 마음을 시원하게 하려 했다. 그런데 지금에 이르러 형세가 그렇지 못해 부부의 친함을 이루고 여러 번 순종하지 않는 내색을 못 해 입이 절로 닫힌 것이니 과연 여자가 아무리 마음이 불편해도 지아비 중한 줄을 알 수 있다.

학사가 사오일을 이곳에 있으면서 쾌차해 일어나 세수를 마치고 내당에 가 모친을 뵈었다. 소후가 흔쾌히 경계해 다시는 죄를 짓지 말라고 이르자 학사가 절하며 명령을 듣고 물러났다. 오운전에 나아가 왕을 뵈니 왕이 발끈 낯빛을 바꾸고 말했다.

"네가 선비의 식견으로 부녀를 그리워해서 패악한 행동을 한 것이 헤아릴 수 없을 정도인데 무슨 낯으로 나에게 와 보는 것이냐?"

말을 마치자 분노한 빛이 가득해 좌우를 시켜 생을 밀어 내치라 했다. 이에 생이 매우 놀라고 황공해 급히 땅에 엎드려 말했다.

"제가 작은 매를 이기지 못해 오래 누워 있었던 죄는 만 번 죽어도 오히려 가벼우나 제가 여자를 그리워한 것은 아닙니다. 엎드려 바라건대 아버님께서는 이를 살펴 주소서."

왕이 분노해 말했다.

"네가 갈수록 나를 어둡게 여겨 속이는 것을 능사로 아니 내 진실로 너 같은 호걸의 아비 된 것이 부끄럽다. 빨리 물러가 네 마음대로 하고 내 눈앞에 보이지 마라."

생이 더욱 마음이 급해 눈물이 얼굴에 가득한 채 머리를 두드려 죄를 청하고 물러가지 않았다. 왕이 정색하고 다시 말을 하지 않자 생이 송구해 기운을 나직이 하고 곁에서 모셨다. 황혼을 맞아 왕을 모시고 자면서 두려워하는 마음과 조심하는 모습을 보이니 이는 효자의 도리를 갖춘 것이었다.

왕이 속으로 적이 분노를 풀어 이삼일 후에 안색이 예전과 같아졌다. 학사가 이에 바란 것보다 넘쳐 매우 기뻐해 갈수록 공손하고 삼갔다.

십여 일 후에 왕이 내전에 들어가 밤을 지내니 학사가 바야흐로 운성각으로 갔다. 화 씨가 일어나 맞아 자리를 정하자 학사가 이에 사례해 말했다.

"이제 내 병이 다 낫고 소소한 근심이 없으니 이후에는 부부가 눈썹을 떨치고 화락하는 것이 옳소. 부인은 예전의 원한을 이후에나 제기하지 말기를 바라오. 이후에는 생이 맹세코 희첩(姬妾)[52]을 두지 않고 부인과 백년해로하기를 원하니 부인은 이를 어떻게 여기오?"

소저가 정색한 채 대답하지 않으니 찬 기운은 얼음을 업신여길 정

52) 희첩(姬妾): 정식 아내 외에 데리고 사는 여자.

도고 매서운 모습은 눈 위에 얼음이 더한 듯했다. 생이 흔쾌히 웃고 소저를 그윽히 달랬으나 속으로 소저를 깊이 꺼려 함부로 대하지 못하고 깊은 정이 태산 같았다. 그러나 소저는 냉정하고 매서움이 날로 더해 생을 조금도 용납하지 않으니 생이 온갖 방법으로 사죄하는 것이 혀가 닳을 정도였다.

생이 이튿날 화씨 집안에 나아가 화 공 부부를 보니 공이 흔쾌히 일렀다.

"접때 네 병이 깊다 했는데 나에게 또 작은 병이 있어 자리를 떠나지 못해 한 번도 나아가 병을 묻지 못했으니 참으로 부끄럽구나."

학사가 사례해 말했다.

"저의 병은 스스로 지어낸 재앙 때문에 생긴 것이니 어찌 대인께서 몸을 굽혀 오시기를 바라겠습니까? 저번에 제가 미쳐 실성한 나머지 드린 말씀으로 대인께 죄를 많이 얻었으니 벌주시기를 청하러 왔나이다."

공이 웃고 말했다.

"비록 잘못했으나 그보다 더한 말인들 어찌 탄식할 수 있겠느냐? 너의 사죄를 들으니 이 또 얻지 못할 경사로구나."

학사가 또한 웃고 말했다.

"저의 예전 처사가 그르나 이는 진실로 제가 안개 속에 빠졌기 때문이니 어찌 본심에서 나온 것이었겠습니까? 지금에 이르러 뉘우치는 마음이 뱃속에 가득하나 아내가 소생 욕하는 것을 남은 땅이 없게 하고 피하기를 원수처럼 하는데 장인어른께서는 이를 그르다 안 하시고 소생만 그르다 하셨습니다. 그래서 초조하고 마음이 급한 끝에 과격한 성정을 누르지 못해 실례를 많이 했습니다. 지금 생각하면 어찌 부끄럽지 않습니까?"

공이 천천히 탄식하며 말했다.

"만사가 다 그때의 운수에 달려 있으니 어찌 사람을 그르다 하며 탓하겠느냐? 너는 이후에나 마음을 다잡아 부디 내 딸과 잘 지내고 잘못된 곳에 빠지지 않는다면 참으로 다행일까 한다."

생이 즐거운 빛으로 사례하고 또한 탄식하며 말했다.

"제가 불행한 운수를 만나 세상에 희한한 큰 변고를 두루 겪고 가문에서 버려진 사람이 되었으니 진실로 낯을 들어 사람을 볼 염치가 없는데 차마 다시 잘못된 일을 범하겠나이까? 아내가 저에게 원망 두기를 세월이 오래될수록 점점 더하니 짝과의 즐거움이 순탄하지 못함을 한스러워하나이다."

공이 말했다.

"편협한 여자가 생각을 널리 못해 그런 것이나 세월이 오래되면 자연히 없어질 것이다."

그러고서 술과 안주를 내어와 대접하자 생이 흰 도포 사이에서 옥 같은 손을 내어 젓가락을 들어 음식을 집으며 말했다. 기이한 풍채와 늠름한 모습은 일대의 호걸이요 당대의 풍류랑이었다. 공의 부부가 옛날에 절치하던 마음은 흐르는 물에 부치고 생을 크게 사랑해 기쁜 빛이 낯에 가득했다. 과연 화 공이 백문 사랑하기를 오늘 더했으나 그 엄한 성품에 다른 사람이 만일 자기 딸을 그 지경까지 가게 했다면 눈가엔들 부치겠는가. 다만 생이 딸에게 딸린 사람이라 이와 같이 하는 것이었다.

이윽고 생이 일어나 하직하고 집에 돌아가 부모를 뵙고 침소로 돌아갔다. 낯에 술기운이 픽 달아올랐으므로 즐겁게 웃음을 띠고 소저를 향해 화 공의 말을 전하고 웃으며 말했다.

"장인어른께서도 이제는 소생의 죄를 용서하셨는데 그대는 어찌 홀로 마음을 풀지 않는 것이오?"

소저가 냉랭한 안색으로 눈길을 낮춰 말을 안 하니 생이 나아가 그 손을 잡고 웃으며 말했다.

"부인은 너무 시원한 척 마오. 소생이 아니었으면 그대는 인간 세상에서의 즐거움을 알지 못했을 것이오. 훗날 아들 두고 딸을 낳아 옥 같은 딸과 금 같은 아들이 쌍쌍이 있을 적에 생을 더욱 감격스럽게 여길 것이오."

소저가 별 같은 눈을 떠 생을 보고 바삐 손을 떨쳐 내자 생이 크게 웃고 말했다.

"그대가 이제 나를 초월(楚越)[53]처럼 여겨 생의 말을 괴이하게 여기고 있으나 장래를 보시오."

소저가 마침내 대답하지 않자 학사가 스스로 웃고 손을 이끌어 침상에 나아가니 은정의 무거움이 헤아릴 수 없을 정도였다. 그러나 소저는 조금도 생의 은정을 받아들이지 않았다.

이후에 생이 화 씨와 금슬이 조화롭고 화락하며, 행동이 날마다 정대해 두 형을 본받았다. 본래의 성정이 총명하고 시원스러웠으므로 이미 마음을 다잡자 전아한 기질과 강직한 기상을 가져 영웅호걸의 틀이 가득했다. 동기들과 우애 있게 지내고 어버이를 효성으로 봉양할 적에 매우 삼가 이전과 비교하면 다른 사람이 되었다. 이에 부모 형제가 헤아릴 수 없을 정도로 기뻐하고 집안의 사람들이 복을 칭송하기를 마지않았다. 이를 보면 과연 지난날의 일은 조물의 희롱인 줄을 깨달을 수 있다. 사람마다 백문의 예전 잘못을 듣고서 지금 백문을 보면 거짓말인가 해 믿지 않았다. 그러나 학사는 스스로 사

53) 초월(楚越): 중국 전국시대의 초나라와 월나라의 사이라는 뜻으로, 서로 원수처럼 여기는 사이를 비유적으로 이르는 말.

람을 볼 낯이 없어 문을 닫고 손님을 사절해 부모를 모시고 즐긴 여가에는 소저와 화락했다.

그러나 화 씨는 매섭고 독하며 매몰찬 것이 날로 더해져 생의 말에 좋건 좋지 않건 간에 대답하지 않고 낯빛을 순하게 해 생을 보지 않았다. 생이 매양 화 씨를 꾸짖어 독종이라 하면 형들이 듣고는 웃으며 말했다.

"화 씨 제수가 마침 온순하기에 너를 대하시는 것이지 다른 여자 같았으면 널 두드려 내치셨을 것이다."

학사가 이에 크게 웃었다.

제2부

주석 및 교감

❧ 일러두기 ❧

A. 원문

1. 저본은 한국학중앙연구원 소장본(26권 26책)으로 하였다.
2. 면을 구분해 표시하였다.
3. 한자어가 들어간 어휘는 한자 병기를 원칙으로 하였다.
4. 음이 변이된 한자어 및 한자와 한글의 복합어는 원문대로 쓰고 한자를 병기하였다. 예) 고이(怪異). 겁칙(劫-)
6. 현대 맞춤법 규정에 의거해 띄어쓰기를 하되, '소왈(笑曰)'처럼 '왈(曰)'과 결합하는 1음절 어휘는 붙여 썼다.

B. 주석

1. 다음과 같은 경우에 각주를 통해 풀이를 해 주었다.
   가. 인명, 국명, 지명, 관명 등의 고유명사
   나. 전고(典故)
   다. 뜻을 풀이할 필요가 있는 어휘
2. 현대어와 다른 표기의 표제어일 경우, 먼저 현대어로 옮겼다.
   예) 츄텬(秋天): 추천.
3. 주격조사 'ㅣ'가 결합된 명사를 표제어로 할 경우, 현대어로 옮길 때 'ㅣ'는 옮기지 않았다. 예) 긔우(氣宇ㅣ): 기우.

C. 교감

1. 교감을 했을 경우 다른 주석과 구분해 주기 위해 [교]로 표기하였다.
2. 원문의 분명한 오류는 수정하고 그 사실을 주석을 통해 밝혔다.
3. 원문의 의미가 분명하지 않은 경우, 규장각 소장본(26권 26책)과 연세대 소장본(26권 26책)을 참고해 수정하고 주석을 통해 그 사실을 밝혔다.
4. 알 수 없는 어휘의 경우 '미상'이라 명기하였다.

니시셰디록(李氏世代錄) 권지이십일(卷之二十一)

1면

이적의 핑문이 야야(爺爺)긔 슈댱(受杖)[1]혼 후(後) 월여(月餘)[2]를 신고(辛苦)[3]호야 니러나나 기국공(--公)[4]이 소 참졍(參政)을 미온(未穩)[5]호야 구친(求親)[6] 일스(一事)를 일캇디 아니호고 참졍(參政)이 쏘혼 녀으(女兒)를 심규(深閨)의 늙히려 호므로 믁믁(默默)호야 시비(是非)를 아니며 소후(-后)는 최후(最後)야 알고 어히업서 도로혀 모르는 톄호더라.

소 샹셰(尙書 ㅣ) 소 참졍(參政)을 블러 닐오디,

"옥쥐 임의 니가(李家)의 몸을 적시고 핑문이 병(病)이 나앗거놀 엇디 셩친(成親)[7]홀 의스(意思)를 아니호누뇨?"

참졍(參政)이 한셜(閑說)[8]을 호미 됴티 아냐 다만 디왈(對曰),

"옥쥐 나히 어리

---

1) 슈댱(受杖): 수장. 매를 맞음.
2) 월여(月餘): 한 달 남짓.
3) 신고(辛苦): 어려운 일을 당하여 몹시 애씀.
4) 기국공(--公): 개국공. 이팽문의 아버지 이몽원을 이름.
5) 미온(未穩): 불편해 함. 좋지 않게 여김.
6) 구친(求親): 혼처를 구함.
7) 셩친(成親): 성친. 친척이 된다는 뜻으로, '혼인'을 달리 이르는 말.
8) 한셜(閑說): 한설. 한가한 이야기.

2면

니 아직 수년(數年)을 기ᄃᆞ리려 ᄒᆞᄂᆞ이다.”

샹셰(尙書 ㅣ) 왈(曰),

“ᄂᆡ 나히 만흐니 ᄌᆞ손(子孫)의 ᄌᆞ미[9]를 보미 혼ᄶᅵ 밧븐디라 엇디 수년(數年)을 기ᄃᆞ리리오? 명년(明年)으로 친영(親迎)[10]ᄒᆞ게 ᄒᆞ라.”

참졍(參政)이[11] 유유(唯唯)[12]홀 ᄯᆞᄅᆞᆷ이러라.

일일(一日)은 소운이 니부(李府)의 니ᄅᆞ러 슉모(叔母)긔 뵈고 핑문을 셔로 보니 문이 참괴(慙愧)[13]ᄒᆞ야 믁연(默然)이 말을 아니ᄒᆞ거늘 운이 심하(心下)의 미쇼(微笑)ᄒᆞ고 이에 졍ᄉᆡᆨ(正色) 왈(曰),

“그ᄃᆡ 엇디 날을 보고 ᄂᆡᆼ안멸시(冷眼蔑視)[14]ᄒᆞᄂᆞ뇨?”

이ᄯᅢᄂᆞᆫ 연왕(-王)이 츌졍시(出征時)라, 핑문이 샤례(謝禮) 왈(曰),

“쇼뎨(小弟) 년형(年兄)[15]의 ᄉᆞ랑ᄒᆞ시믈 닙어 귀부(貴府)[16]의 빈빈(頻頻)[17] 왕ᄂᆡ(往來)ᄒᆞ다가 그ᄅᆞᆺ 죄(罪)를 어드니 형(兄)을 ᄃᆡ(對)ᄒᆞ매 참괴(慙愧)ᄒᆞ믈

---

9) ᄌᆞ미: 재미.

10) 친영(親迎): 육례의 하나. 신랑이 신부의 집에 가서 신부를 직접 맞이하는 의식.

11) 참졍이: [교] 원문과 규장각본(21:1), 연세대본(21:2)에 모두 '샹셰'로 되어 있으나 문맥을 고려해 이와 같이 수정함.

12) 유유(唯唯): '예예' 하며 짧게 대답함.

13) 참괴(慙愧): 부끄러워함.

14) ᄂᆡᆼ안멸시(冷眼蔑視): 냉안멸시. 남을 무시하는 차가운 눈초리로 업신여기거나 하찮게 여겨 깔봄.

15) 년형(年兄): 연형. 과거에서 같이 급제한 사람 중 나이가 같을 경우에 서로 부르는 말.

16) 귀부(貴府): 상대방의 집을 높여 이르는 말.

17) 빈빈(頻頻): 자주.

3면

이긔디 못ᄒᆞ야 능히(能-) 말ᄉᆞᆷᄒᆞᆯ ᄂᆞᆺ치 업ᄉᆞ미라 형(兄)은 고이(怪異)히 너기디 말라."

운이 그 븟그려ᄒᆞ믈 보고 본(本) 긔샹(氣像)이 합(合)ᄒᆞᆫ디라 다시 가칙(苛責)[18]디 아니ᄒᆞ고 손을 잡고 위로(慰勞) 왈(曰),

"그ᄃᆡ 무심듕(無心中)[19] 저즌 일을 엇디 개탄(慨歎)ᄒᆞ리오? 타인(他人)은 그ᄃᆡ를 지소[20](指笑)[21]ᄒᆞ나 나와 그ᄃᆡᄂᆞᆫ 동공일톄(同功一體)[22]라 므어시 혐의(嫌疑)[23] 이시리오?"

문이 샤례(謝禮)ᄒᆞ고 죠용히 말ᄒᆞ다가 심하(心下)의 혼인(婚姻) 말을 ᄒᆞ과져 ᄒᆞᄃᆡ 븟그려 못 ᄒᆞ고 인(因)ᄒᆞ야 서로 교되(交道ㅣ) 녜 ᄀᆞᆺ더니,

일일(一日)은 운이 니부(李府)의 니ᄅᆞ러 핑문으로 한화(閑話)[24]ᄒᆞ다가 문이 날회여 운의 오ᄉᆞᆯ 잡고 무ᄅᆞᄃᆡ,

"아디 못게라. 대인(大人)이[25] 녕

18) 가칙(苛責): 가책. 호되게 꾸짖음.
19) 무심듕(無心中): 무심중. 아무런 생각이 없어 스스로 깨닫지 못하는 사이.
20) 소: [교] 원문과 규장각본(21:2), 연세대본(21:3)에 모두 '시'로 되어 있으나 문맥을 고려해 이와 같이 수정함.
21) 지소(指笑): 지목해 비웃음.
22) 동공일톄(同功一體): 동공일체. 일의 공효(功效)가 서로 같음.
23) 혐의(嫌疑): 꺼리고 싫어함.
24) 한화(閑話): 심심하거나 한가할 때 나누는 이야기. 또는 별로 중요하지 아니한 이야기.
25) 이: [교] 원문과 연세대본(21:3)에는 없으나 문맥을 고려해 규장각본(21:3)을 따라 삽입함.

4면

ᄆᆡ(令妹)ᄅᆞᆯ ᄂᆡ게 가(嫁)코져 ᄒᆞ시더냐?"

운이 쇼왈(笑曰),

"대인(大人)이 그ᄃᆡᄅᆞᆯ 증염(憎厭)[26]ᄒᆞ샤 쇼ᄆᆡ(小妹)ᄅᆞᆯ 심규(深閨)의 늙히려 ᄒᆞ시니 엇디 의논(議論)이나 ᄒᆞ시리오? ᄇᆞ라도 말고 타문(他門)의 슉녀(淑女)ᄅᆞᆯ 골ᄒᆡ라."

문이 망연(茫然)[27]ᄒᆞ야 ᄀᆞᆯ오ᄃᆡ,

"형(兄)아, 이 엇딘 말고? 쇼뎨(小弟) 만일(萬一) 녕ᄆᆡ(令妹)로 쌍유(雙遊)[28]티 못ᄒᆞ면 죽어도 다른 ᄃᆡ 댱가드디 못ᄒᆞ리로다."

운이 웃고 왈(曰),

"우리 대인(大人) 고집(固執)이 본ᄃᆡ(本-) 뉴(類)다ᄅᆞ시거든 그ᄃᆡ 아모리 태산(泰山) ᄀᆞᄐᆞᆫ 졍심(貞心)[29]인들 어ᄃᆡ 가 발뵈리오[30]?"

ᄒᆡᆼ문이 ᄯᅩᄒᆞᆫ 웃고 왈(曰),

"형(兄)이 쇼뎨(小弟)ᄅᆞᆯ ᄆᆡᆨ밧ᄂᆞᆫ[31] 말이라. 대인(大人)이 현마[32] 쳔금녀ᄋᆞ(千金女兒)ᄅᆞᆯ 홀로 늙히시랴?"

운 왈(曰),

"그ᄃᆡ ᄯᅩ

---

26) 증염(憎厭): 미워하고 싫어함.
27) 망연(茫然): 아득한 모양.
28) 쌍유(雙遊): 쌍유. 쌍을 지어 함께 노닒.
29) 졍심(貞心): 정심. 정조(貞操)를 굳게 지키는 마음.
30) 발뵈리오: 재주를 드러내기 위해 자랑하리오.
31) ᄆᆡᆨ밧ᄂᆞᆫ: 남의 의향이나 행동 따위를 살피는.
32) 현마: 설마.

5면

ᄒᆞᆫ 그릇 아랏도다. 우리 대인(大人) 고집(固執)을 눌만 너기ᄂᆞ뇨? 쳔만(千萬) 사ᄅᆞᆷ이 드러 권(勸)ᄒᆞ여도 응(應)티 아니실 거시니 그ᄃᆡ 슉모(叔母)긔 익걸(哀乞)ᄒᆞ야 보라."

문 왈(曰),

"슉뫼(叔母ㅣ) ᄌᆞ쇼(自少)로 엄졍(嚴正)[33]ᄒᆞ샤 비례(非禮)ᄅᆞᆯ 용납(容納)디 아니시거ᄂᆞᆯ ᄂᆡ 일이 ᄌᆞ못 무샹(無狀)[34]ᄒᆞ니 므어시라 쇼쳥(訴請)[35]ᄒᆞ리오?"

운 왈(曰),

"그럴딘대 슉뷔(叔父ㅣ) 샹경(上京)ᄒᆞ시기ᄅᆞᆯ 기ᄃᆞ려 여ᄎᆞ여ᄎᆞ(如此如此) ᄒᆞ라. 우리ᄂᆞᆫ 감히(敢-) ᄉᆡᆼ의(生意)[36]티 못ᄒᆞ니 슉뷔(叔父ㅣ) 조어(造語)ᄅᆞᆯ 잘ᄒᆞ시면 될 법(法) 잇ᄂᆞ니라."

문이 샤례(謝禮)ᄒᆞ고 괴로이 왕(王)이 도라올 ᄣᆡᄅᆞᆯ 기ᄃᆞ리더라.

ᄎᆞ시(此時)ᄅᆞᆯ 당(當)ᄒᆞ야 연뷔(-府ㅣ) 죠용ᄒᆞᆫ디라 퓡문이 승시(乘時)ᄒᆞ야 밤

6면

을 타 오운뎐(--殿)의 니ᄅᆞ니 왕(王)이 졔ᄌᆞ(諸子)로 더브러 고ᄉᆞ(故事)ᄅᆞᆯ 슈련(修鍊)ᄒᆞ다가 놀나 왈(曰),

33) 엄졍(嚴正): 엄정. 엄격하고 바름.
34) 무샹(無狀): 무상. 아무렇게나 함부로 행동하여 버릇이 없음.
35) 쇼쳥(訴請): 소청. 하소연하여 청함.
36) ᄉᆡᆼ의(生意): 생의. 어떤 일을 하려고 마음을 먹음.

"네 엇디 니ᄅᆞ럿ᄂᆞᆫ다?"

문이 샤례(謝禮) 왈(曰),

"쇼딜(小姪)이 슉부(叔父) 안젼(案前)의 니ᄅᆞ미 고이(怪異)ᄒᆞ리잇가?"

왕(王)이 그 긔ᄉᆡᆨ(氣色)을 슷티고 명(命)ᄒᆞ야 안ᄌᆞ라 ᄒᆞ니 ᄉᆡᆼ(生)이 뫼셔 반향(半晌)[37]이 디나ᄃᆡ, 왕(王)의 엄쥰(嚴峻)[38]ᄒᆞᆫ 긔ᄉᆡᆨ(氣色)을 두려 발언(發言)티 못ᄒᆞ고 ᄒᆞᆫ갓 머믓기믈 마디아니ᄒᆞ니 왕(王)이 쌍안(雙眼)을 드러 이윽이 괄목(恝目)[39]ᄒᆞ다가 문왈(問曰),

"네 므슴 말을 날ᄃᆞ려 ᄒᆞ고져 ᄒᆞᄂᆞᆫ다?"

ᄉᆡᆼ(生)이 슉부(叔父)의 무ᄅᆞ믈 조차 년망(連忙)이[40] 샤례(謝禮)ᄒᆞ고 쇼회(所懷)[41]ᄅᆞᆯ ᄌᆞ시 고(告)ᄒᆞ니 왕(王)이 팀음(沈吟)[42] 냥구(良久)의 엄졍(嚴正)히 니ᄅᆞᄃᆡ

7면

"네 미취(未娶)[43] 셩동(成童)[44]으로 ᄌᆞ못 곡경비례(曲徑非禮)[45]ᄅᆞᆯ 범(犯)ᄒᆞ야 죄(罪) 깁흔디라 눔의 고집(固執)을 ᄒᆞᆫ(恨)ᄒᆞ리오? 네 아ᄌᆞ비 ᄌᆞ쇼(自少)로 이런 일의 능히(能-) 못ᄒᆞᆫ디라 네 맛당이 슈심셥녑(修心涉獵)[46]ᄒᆞ야 소 공(公)의 ᄭᆡ닷기ᄅᆞᆯ 기ᄃᆞ리라."

---

37) 반향(半晌): 한나절의 반. 반나절.
38) 엄쥰(嚴峻): 엄준. 매우 엄하고 세참.
39) 괄목(恝目): 업신여겨 하찮게 대함. 괄시(恝視).
40) 년망(連忙)이: 연망히. 황급히.
41) 쇼회(所懷): 소회. 마음에 품고 있는 회포.
42) 팀음(沈吟): 침음. 속으로 깊이 생각함.
43) 미취(未娶): 미취. 아직 장가를 들지 못함.
44) 셩동(成童): 성동. 열다섯 살 된 사내아이를 이르는 말.
45) 곡경비례(曲徑非禮): 개인의 이익을 위하여 예법에 어긋난 행동을 하는 것.

싱(生)이 텽파(聽罷)의 만안참식(滿顔慙色)[47]으로 믈너가거늘 왕(王)이 초후(-侯)[48]를 나아오라 ᄒᆞ여 닐오ᄃᆡ,

"ᄂᆡ 아희(兒孩) 네 슉부(叔父)의 ᄯᅳᆺ을 아랏ᄂᆞᆫ다?"

휘(侯ㅣ) ᄀᆞᆯ오ᄃᆡ,

"ᄒᆡᄋᆡ(孩兒ㅣ) 남(南)으로조차 도라완 디 오라디 아니ᄒᆞ니 ᄌᆞ시 아디 못ᄒᆞ옵거니와 대개(大槪) 슉부(叔父)의 고집(固執)이 뉴(類)다ᄅᆞ시매 그ᄅᆞ믈 아디 못ᄒᆞ시ᄂᆞᆫ디라. 야애(爺爺ㅣ) 조부(祖父)긔 극언(極言)ᄒᆞ샤 슌(順)히

8면

혼ᄉᆞ(婚事)를 되게 ᄒᆞ미 올흘가 ᄒᆞᄂᆞ이다."

왕(王)이 미쇼(微笑) 왈(曰),

"ᄂᆡ 아희(兒孩) 알미 ᄯᅩᄒᆞᆫ ᄇᆰ다 ᄒᆞᆯ디라. 네 외귀(外舅ㅣ) 네 어믜 오라비로 고집(固執)이 업ᄉᆞ리오?"

초휘(-侯ㅣ) 관(冠)을 수겨 미쇼(微笑) 무언(無言)이러라.

이튼날 왕(王)이 됴회(朝會)예 참녜(參預)[49]ᄒᆞ고 소부(-府)의 니ᄅᆞ매 몬져 셔당(書堂)의 가 참졍(參政)을 보니 참졍(參政)이 반겨 말솜ᄒᆞ더니 왕(王)이 날호여 문왈(問曰),

"옥쥬의 친ᄉᆞ(親事)[50]를 어ᄃᆡ 졍(定)ᄒᆞ엿ᄂᆞ뇨? 알고져 ᄒᆞ노라."

참졍(參政) 왈(曰),

---

46) 슈심셥녑(修心涉獵): 수심섭렵. 마음을 닦고 많은 책을 읽음.
47) 만안참식(滿顔慙色): 만안참색. 얼굴에 가득히 부끄러워함.
48) 초후: 연왕 이몽창의 첫째아들 이성문을 이름.
49) 참녜(參預): 참예. 참여함.
50) 친ᄉᆞ(親事): 친사. 혼인을 이름.

"뎡(定)ᄒᆞ나 아니나 아라 무엇 ᄒᆞ려 ᄒᆞᄂᆞ뇨?"

왕(王)이 쇼왈(笑曰),

"형(兄)의 말이 사ᄅᆞᆷ을 이딕도록 무류[51]킈 ᄒᆞᄂᆞ뇨? 알고 시블식 뭇ᄂᆞᆫ 배라."

참졍(參政)이

9면

졍ᄉᆡᆨ(正色) 왈(曰),

"옥쥬ᄂᆞᆫ 셰샹(世上) 기인(棄人)이라 엇디 가취(嫁娶)[52] 죵가(從嫁)[53]ᄅᆞᆯ 의논(議論)ᄒᆞ리오?"

왕(王)이 텽파(聽罷)의 안ᄉᆡᆨ(顏色)을 졍(正)히 ᄒᆞ고 ᄀᆞᆯ오ᄃᆡ,

"쇼뎨(小弟) 형(兄)으로 더브러 약관(弱冠)[54]으로브터 임의 교도[55](交道)[56]ᄅᆞᆯ 허(許)ᄒᆞ연 디 오란디라 소견(所見)이 이시므로 엇디 은휘(隱諱)[57]ᄒᆞ리오? 핑문의 ᄒᆡᆼᄉᆡᆨ(行事ㅣ) 호방(豪放)ᄒᆞ나 무심듕(無心中) 소탈(疏脫)[58]ᄒᆞᆫ 아ᄒᆡ(兒孩) 삼가디 못ᄒᆞ야 그릇 옥쥬ᄅᆞᆯ 침범(侵犯)ᄒᆞ여시나 젹년(積年)이[59] 샹ᄉᆞ(相思)[60]ᄒᆞ미 아니어ᄂᆞᆯ 형(兄)이 엇딘 고(故)로 고이(怪異)ᄒᆞᆫ 고집(固執)을 ᄂᆡ여 딜녀(姪女)로 슈졀심규

---

51) 무류: 무안함.

52) 가취(嫁娶): 가취. 시집가고 장가듦.

53) 죵가(從嫁): 종가. 시집을 좇음.

54) 약관(弱冠): 스무 살을 달리 이르는 말.

55) 도: [교] 원문과 규장각본(21:6), 연세대본(21:9)에 모두 '두'로 되어 있으나 문맥을 고려해 이와 같이 수정함.

56) 교도(交道): 사귀는 도리.

57) 은휘(隱諱): 꺼리어 감추거나 숨김.

58) 소탈(疏脫): 예절이나 형식에 얽매이지 않고 수수하고 털털함.

59) 젹년(積年)이: 적년이. 오랫동안.

60) 샹ᄉᆞ(相思): 상사. 서로 생각하고 그리워함.

(守節深閨)[61]ᄒᆞ게 ᄒᆞᄂᆞ뇨? 쇼뎨(小弟) 그윽이 취(取)티 아닛ᄂᆞ니 형(兄)은 엇디코져 ᄒᆞᄂᆞᆫ다?"

참정(參政)이 텽파(聽罷)의 변

10면

ᄉᆡᆨ(變色) 왈(曰),

"왕(王)은 쳔승국군(天乘國君)[62]으로 년샹(年上) 어룬이어ᄂᆞᆯ 호탕패려(豪蕩悖戾)[63]ᄒᆞᆫ 족하ᄅᆞᆯ 위(爲)ᄒᆞ야 셰ᄀᆡᆨ(說客)[64]이 되고져 ᄒᆞᄂᆞ냐? 그ᄅᆞ나 올흐나 ᄂᆡ ᄌᆞ식(子息)의 ᄉᆞᄉᆡᆼ(死生)은 ᄂᆡ 손의 쥐여시니 뉘 감히(敢-) 간예(干預)[65]ᄒᆞ리오?"

왕(王)이 듯기ᄅᆞᆯ 다ᄒᆞ고 몸을 니러 ᄂᆡ당(內堂)의 드러가니 샹셔(尙書)와 부인(夫人)이 반겨 근ᄂᆡ(近來) 평부(平否)[66]ᄅᆞᆯ 뭇고 말ᄉᆞᆷᄒᆞ더니 왕(王)이 이에 좌(座)ᄅᆞᆯ 써나 고(告)ᄒᆞᄃᆡ,

"악부ᅵ(岳父ㅣ)[67] 군평[68]의 쳐ᄉᆞ(處事ㅣ) 그ᄅᆞᆷ을 아ᄅᆞ시ᄂᆞ니잇가?"

공(公) 왈(曰),

"ᄋᆞᄌᆡ(兒子ㅣ) ᄌᆞ쇼(自少)로 ᄆᆡ몰 고집(固執)은 잇거니와 므ᄉᆞᆷ 쳐ᄉᆞ(處事ㅣ) 그ᄅᆞ미 잇ᄂᆞ뇨?"

왕(王)이 미쇼(微笑)ᄒᆞ고 손으로 관(冠)을 슈렴(修斂)ᄒᆞ며 ᄃᆡ왈

61) 슈졀심규(守節深閨): 수절심규. 규방에서 정절을 지킴.
62) 쳔승국군(天乘國君): 천승국군. 천 대의 수레를 징발할 수 있는 임금. 곧 제후를 가리킴.
63) 호탕패려(豪蕩悖戾): 음탕하며 언행이나 성질이 도리에 어그러지고 사나움.
64) 셰ᄀᆡᆨ(說客): 세객. 자기 의견 또는 자기 소속 단체의 주장을 선전하며 돌아다니는 사람.
65) 간예(干預): 어떤 일에 간섭하여 참여함.
66) 평부(平否): 어떤 사람이 편안하게 잘 지내고 있는지 그렇지 아니한지에 대한 소식. 또는 인사로 그것을 전하거나 묻는 일.
67) 악부ᅵ(岳父ㅣ): 장인을 이르는 말.
68) 군평: 소형의 자(字).

(對曰),

“향ᄌᆞ(向者)[69] 핑문이 옥쥬ᄅᆞᆯ 침범(侵犯)

11면

ᄒᆞ믈 크게 그ᄅᆞᆺᄒᆞ여시나 도금(到今)ᄒᆞ야 옥쥬로 슈어[70]심규(囚於深閨)[71]ᄒᆞ믄 가(可)티 아니ᄒᆞ거ᄂᆞᆯ 군평이 뎡심(貞心)이 구뎡(九鼎)[72] ᄀᆞᄐᆞ여 ᄀᆡ유(開諭)ᄒᆞ여도 듯디 아니코 도로혀 쇼셔(小壻)ᄅᆞᆯ 면ᄎᆡᆨ(面責)[73]ᄒᆞ옵ᄂᆞᆫ디라 엇디 고이(怪異)티 아니ᄒᆞ리잇고?”

공(公)이 경왈(驚曰),

“핑문이 허랑(虛浪)ᄒᆞ나 엇디 못ᄒᆞᆯ 가랑(佳郎)이오, ᄯᅩ 임의 ᄉᆞ셰(事勢) 마디못ᄒᆞ게 되엿거ᄂᆞᆯ ᄋᆞᄌᆡ(兒子ㅣ) 엇디 이러ᄐᆞᆺ ᄒᆞᆫ ᄯᅳᆺ이 잇ᄂᆞᆫ 줄 알리오?”

즉시(卽時) 시랑(侍郎) 소염으로 브ᄅᆞ니 참정(參政)이 슈명(受命)ᄒᆞ야 알패 니ᄅᆞ러 추진(趨進)[74]ᄒᆞ매 공(公)이 정ᄉᆡᆨ(正色) 왈(曰),

“노뷔(老父ㅣ) 일즉 아디 못ᄒᆞ엿더니 너의 괴벽(乖僻)[75]ᄒᆞ미 여ᄎᆞ여ᄎᆞ(如此如此) ᄒᆞ다 ᄒᆞ니 쟝ᄎᆞᆺ(將次ㅅ) 올흔

---

69) 향ᄌᆞ(向者): 향자. 오래지 않은 과거의 어느 때.

70) 어: [교] 원문과 규장각본(21:8), 연세대본(21:11)에 모두 ‘의’로 되어 있으나 문맥을 고려해 이와 같이 수정함.

71) 슈어심규(囚於深閨): 수어심규. 규방에 가둠.

72) 구뎡(九鼎): 구정. 중국 하(夏)나라의 우왕(禹王) 때에, 전국의 아홉 주(州)에서 쇠붙이를 거두어서 만들었다는 아홉 개의 솥. 주(周)나라 때까지 대대로 천자에게 전해진 보물이었다고 함.

73) 면ᄎᆡᆨ(面責): 면책. 면전에서 꾸짖음.

74) 추진(趨進): 잰걸음으로 앞으로 나아옴.

75) 괴벽(乖僻): 성격 따위가 이상야릇하고 까다로움.

12면

말이냐?”

참졍(參政)이 텽파(聽罷)의 안ᄉᆡᆨ(顔色)을 고티고 ᄌᆡᄇᆡ(再拜) 복슈(伏首) 왈(曰),

“ᄒᆡᄋᆡ(孩兒ㅣ) 과연(果然) 하교(下敎)ᄒᆞ신 바 고집(固執)이 아니라 소회(所懷) 이시니 엇디 알외디 아니ᄒᆞ리잇고? 핑문이 당당(堂堂)ᄒᆞᆫ ᄌᆡ샹가(宰相家) 공ᄌᆞ(公子)로 셥심[76]ᄌᆞᄒᆡᆼ(攝心自行)[77]ᄒᆞ미 멀믄 니ᄅᆞ도 말고 녜의(禮義) 념치(廉恥)ᄅᆞᆯ 아디 못ᄒᆞ야 ᄂᆞᆷ의 규슈(閨秀)ᄅᆞᆯ 노류쟝화(路柳牆花)[78]ᄀᆞ티 너겨 희롱(戲弄)ᄒᆞ니 이 엇디 션ᄇᆡ ᄒᆡᆼ실(行實)이리오? ᄎᆞ고(此故)로 녀ᄋᆞ(女兒)ᄅᆞᆯ 심규(深閨)의 늙혀 탕ᄌᆞ(蕩子)ᄅᆞᆯ 딩계(懲戒)코져 ᄒᆞᄂᆞ니 부모(父母)ᄂᆞᆫ 고이(怪異)히 너기디 마ᄅᆞ쇼셔.”

공(公)이 텽파(聽罷)의 노왈(怒曰),

“네 대댱뷔(大丈夫ㅣ) 되여 소견(所見)이 이ᄃᆡ도록 옹소(壅疎)[79]ᄒᆞ뇨? 핑문의 소실(所實)이 그ᄅᆞ나 홀

13면

로 늙히ᄂᆞᆫ 일이 이시리오? 네 소견(所見)이 구드나 노뷔(老父ㅣ) 결

---

76) 심: [교] 원문에는 ‘신’으로 되어 있으나 의미를 명확히 하기 위해 규장각본(21:8)과 연세대본(21:12)을 따름.

77) 셥심ᄌᆞᄒᆡᆼ(攝心自行): 섭심자행. 자신의 마음을 가다듬어 흩어지지 않게 해 스스로 행동함.

78) 노류쟝화(路柳牆花): 노류장화. 아무나 쉽게 꺾을 수 있는 길가의 버들과 담 밑의 꽃이라는 뜻으로, 창녀나 기생을 비유적으로 이르는 말.

79) 옹소(壅疎): 옹졸하고 막힘.

연(決然)이 듯디 못ᄒᆞ리니 쌜리 튁일(擇日)ᄒᆞ야 셩녜(成禮)ᄒᆞ라."

참졍(參政)이 텽파(聽罷)의 면관(免冠) 돈슈(頓首) 왈(曰),

"엄괴(嚴敎ㅣ) ᄌᆞ못 맛당ᄒᆞ시나 핑문은 ᄎᆞ마 사회라 못ᄒᆞᆯ소이다."

공(公)이 믄득 대로(大怒)ᄒᆞ야 노목(怒目)을 놉히 ᄠᅳ고 고셩(高聲) 대로(大怒) 왈(曰),

"블쵸ᄋᆞ(不肖兒ㅣ) 아비 업슈이 너기미 이 ᄀᆞᄐᆞ뇨? ᄂᆡ 집은 포의지개(布衣之家ㅣ)[80]니 궁인(宮人)을 두디 못ᄒᆞ리니 쌜리 옥쥬ᄅᆞᆯ 익뎡(掖庭)[81]의 드리라."

부인(夫人)이 말을 니어 칙왈(責曰),

"아히(兒孩) 블쵸(不肖)ᄒᆞ미 이대도록 ᄒᆞ야 고이(怪異)ᄒᆞᆫ 집심(執心)을 ᄂᆡ여 제 임의(任意)로 ᄒᆞ려 ᄒᆞ고 부모(父母)ᄅᆞᆯ 홍모(鴻毛)[82]ᄀᆞ티 너

14면

기니 이 므솜 도리(道理)뇨? 녀ᄋᆞ(女兒)의 ᄆᆡ몰 강녈(剛烈)ᄒᆞ므로도 우리 노부체(老夫妻ㅣ) ᄒᆞ라 ᄒᆞᄂᆞᆫ 일은 슈화(水火)라도 거역(拒逆)디 아니커ᄂᆞᆯ 네 홀로 블민(不敏)ᄒᆞ미 이 ᄀᆞᄐᆞ냐?"

참졍(參政)이 부모(父母)의 엄칙(嚴責)ᄒᆞ시믈 만나 황공(惶恐) 참괴(慙愧)ᄒᆞ야 쥰슌(逡巡)[83] 슈명(受命)ᄒᆞ고 피셕(避席) 청죄(請罪)ᄒᆞ나 심하(心下)의 민면(憫面)[84]ᄒᆞ믈 이긔디 못ᄒᆞ야 관(冠)을 수긴 가

---

80) 포의지개(布衣之家ㅣ): 베옷을 입은 가난한 선비의 집.
81) 익뎡(掖庭): 액정. 궁녀가 있는 궁궐.
82) 홍모(鴻毛): 기러기의 털이라는 뜻으로 극히 가벼운 사물을 비유한 말.
83) 쥰슌(逡巡): 준순. 뒤로 멈칫멈칫 물러남.
84) 민면(憫面): 민망하고 면구스러움.

온대나 눈을 흘녀 왕(王)을 보ᄂᆞᆫ디라 왕(王)이 심하(心下)의 실쇼(失笑)ᄒᆞ매 미우(眉宇)의 우음을 ᄯᅴ여 다만 아디 못ᄒᆞᄂᆞᆫ ᄃᆞ시 공(公)의 겨ᄐᆡ 뫼셔 다른 말ᄉᆞᆷ ᄒᆞ니 공(公)이 그 탈셰(脫世)[85] ᄒᆞᆫ 긔질(氣質)이 관인(寬仁)ᄒᆞ미 밋ᄎᆞ리 업ᄉᆞᆷ을 더옥 ᄉᆞ랑ᄒᆞ

15면

야 ᄀᆞᆯ오ᄃᆡ,

"현셔(賢壻)ᄂᆞᆫ 도라가 녕뎨(令弟)ᄃᆞ려 셩친(成親)ᄒᆞᆷ믈 니ᄅᆞ고 튁일(擇日)ᄒᆞ야 셩녜(成禮)ᄒᆞ미 엇더뇨?"

왕(王)이 공슈(拱手) 왈(曰),

"쇼셰(小壻ㅣ) 용녈(庸劣)ᄒᆞ나 존하(尊下)의 듕ᄆᆡ(中媒) 노ᄅᆞᆺ술 ᄒᆞ리잇가? 당당(堂堂)이 존부(尊府)의셔 튁일(擇日)ᄒᆞ야 뉵녜(六禮)[86]를 ᄀᆞ초쇼셔. 아등(我等)은 길셕(吉席)의 참녜(參預)ᄒᆞ야 술을 먹으리로소이다."

공(公)이 웃고 올타 ᄒᆞ더라.

이윽고 왕(王)이 하딕(下直)고 니러나니 참졍(參政)이 ᄯᆞᆯ와 셔헌(書軒)의 니ᄅᆞ러 ᄒᆞᆫ(恨)ᄒᆞ여 ᄀᆞᆯ오ᄃᆡ,

"왕(王)은 고당(高堂)의 누어 ᄌᆞᆷ이나 잘 거시어ᄂᆞᆯ 엇딘 고(故)로

85) 탈셰(脫世): 탈세. 세상에서 매우 뛰어남.

86) 뉵녜(六禮): 육례. 『주자가례』를 따른 혼인의 여섯 가지 의식. 곧 납채(納采)・문명(問名)・납길(納吉)・납징(納徵)・청기(請期)・친영(親迎)을 말함. 납채는 신랑 집에서 청혼을 하고 신부 집에서 허혼(許婚)하는 의례이고, 문명은 납채가 끝난 뒤에 남자 집의 주인(主人)이 서신을 갖추어 사자를 여자 집에 보내어 여자의 생모(生母)의 성(姓)을 묻는 의례며, 납길은 문명한 것을 가지고 와서 가묘(家廟)에 점쳐 얻은 길조(吉兆)를 다시 여자 집에 보내어 알리는 의례고, 납징은 남자 집에서 여자 집에 빙폐(聘幣)를 보내어 혼인의 성립을 더욱 확실하게 해 주는 절차이며, 청기는 성혼(成婚)의 길일(吉日)을 정하는 의례이고, 친영은 신랑이 신부 집에 가서 신부를 맞이하여 신랑 집에 돌아오는 의례.

브절업시 와 노친(老親)을 다래여 ᄑᆡᆼ문의 원(願)을 맛치ᄂᆞ뇨?"

왕(王)이 대쇼(大笑) 왈(曰),

"쇼

16면

뎨(小弟) 본ᄃᆡ(本-) 즘잘 줄을 아디 못ᄒᆞ고 악부(岳父)긔 청촉(請囑)[87]ᄒᆞᆫ 일도 업ᄉᆞ니 형(兄)은 너모 녕(穎)[88]ᄒᆞᆫ 톄 말라."

셜파(說罷)의 도라가니 참정(參政)이 ᄒᆞᆯ일업서 우으나 심하(心下)의 블열(不悅)[89]ᄒᆞ믈 이긔디 못ᄒᆞ더라.

소 공(公)이 즉시(卽時) ᄐᆡᆨ일(擇日)ᄒᆞ야 니부(李府)의 고(告)ᄒᆞ니 츈이월(春二月) 초ᄉᆡᆼ(初生)[90]이라.

ᄀᆡ국공(--公)이 소 참정(參政)과 입힐옴[91]ᄒᆞᆫ 구ᄐᆞ여 혼ᄉᆞ(婚事)ᄅᆞᆯ 기ᄃᆞ리지 아녓더니 의외(意外)예 ᄐᆡᆨ일단ᄌᆞ(擇日單子)[92]ᄅᆞᆯ 보ᄂᆡ여시믈 보고 경혹(驚惑)[93]ᄒᆞ나 역시(亦是) 깃거 답(答)ᄒᆞ고 연고(緣故)ᄅᆞᆯ 몰나 우민(憂悶)[94]ᄒᆞ거ᄂᆞᆯ 왕(王)이 ᄌᆞ시 니ᄅᆞ니 공(公)이 ᄭᆡᄃᆞ라 소 참정(參政) 고집(固執)ᄒᆞ믈 ᄭᅮ짓고,

이에 혼

---

87) 청촉(請囑): 청촉. 청을 넣어 부탁함.
88) 녕(穎): 영. 총명함.
89) 블열(不悅): 불열. 기뻐하지 않음.
90) 초ᄉᆡᆼ(初生): 초생. 음력으로 그달 초하루부터 처음 며칠 동안. 초승.
91) 입힐옴: 입씨름. 말다툼.
92) ᄐᆡᆨ일단ᄌᆞ(擇日單子): 택일단자. 혼인 날짜를 정하여 상대편에게 적어 보내는 쪽지.
93) 경혹(驚惑): 놀라고 의심함.
94) 우민(憂悶): 걱정함.

17면

슈(婚需)를 출혀 길일(吉日)의 공직(公子ㅣ) 위의(威儀)[95]를 거느려 제숙(弟叔)이 요킥(繞客)[96]이 되어 소부(-府)의 니르니 소부(-府)의셔 대연(大宴)을 기장(開張)[97]ᄒᆞ고 긔구(器具)를 셩비(盛備)[98]ᄒᆞ야 신낭(新郎)을 마자 뎐안(奠雁)[99]을 ᄆᆞᄎᆞ니 신랑(新郎)의 늠늠(凜凜)[100] 쇄락(灑落)[101]ᄒᆞᆫ 풍치(風采) 쵸쵸(楚楚)[102]히 쳥평ᄉᆞ(清平詞)[103]의 오던 니빅(李白)[104]이라. 만좌(滿座ㅣ) 졔셩(齊聲)[105] 칭찬(稱讚)ᄒᆞ고 소 공(公)이 크게 깃거 손을 잡고 ᄀᆞᆯ오ᄃᆡ,

"노뷔(老夫ㅣ) ᄆᆞᄉᆞᆷ 복(福)으로 만닉(晩來)[106]의 이런 긔셔(奇壻)를 어덧ᄂᆞ뇨? 시러곰 손복(損福)[107]ᄒᆞᆯ가 두립도다."

빈킥(賓客)이 다 티하(致賀)ᄒᆞ야 하언(賀言)이 분분(紛紛)ᄒᆞᄃᆡ 참정(參政)은 ᄒᆞᆫ 말도 아니코 눈을 드러 보디 아니ᄒᆞ니 졔킥(諸客)이 고이(怪異)히 너기더니 이윽고 신뷔(新婦ㅣ)

---

95) 위의(威儀): 격식을 갖춘 태도나 차림새.
96) 요킥(繞客): 요객. 혼인 때에 가족 중에서 신랑이나 신부를 데리고 가는 사람.
97) 기장(開張): 개장. 펼쳐서 넓게 벌리어 놓음.
98) 셩비(盛備): 성비. 성대하게 갖춤.
99) 뎐안(奠雁): 전안. 신랑이 기러기를 가지고 신부 집에 가서 상 위에 놓고 절함. 또는 그런 예(禮). 산 기러기를 쓰기도 하나, 대개 나무로 만든 것을 씀.
100) 늠늠(凜凜): 늠름. 생김새나 태도가 의젓하고 당당함.
101) 쇄락(灑落): 인품이 깨끗하고 속된 기운이 없음.
102) 쵸쵸(楚楚): 초초. 차림새나 모양이 말쑥하고 깨끗함.
103) 쳥평ᄉᆞ(清平詞): 청평사. 이백(李白)이 지은 사(詞). 당 현종(唐玄宗)이 침향정(沈香亭)에 작약(芍藥)을 심어 놓고 양귀비(楊貴妃)와 함께 만발한 꽃을 구경하다가 당시 한림학사(翰林學士)인 이백을 불러 악부를 짓게 하자 이백이 청평조사(清平調詞) 3편을 지어 올림. 『양태진외전(楊太眞外傳)』 상(上).
104) 니빅(李白): 이백(701~762). 중국 성당 때의 시인. 본명은 이태백(李太白). 젊어서 여러 나라를 돌아다니고, 뒤에 출사(出仕)하였으나 안녹산의 난으로 유배되는 등 불우한 만년을 보냄. 시성(詩聖) 두보(杜甫)에 대하여 시선(詩仙)으로 칭하여짐.
105) 졔셩(齊聲): 제성. 여러 사람이 일제히 소리를 지름.
106) 만닉(晩來): 만래. 늙은 뒤.
107) 손복(損福): 복을 일부 또는 전부 잃음.

18면

칠보응장(七寶凝粧)[108]으로 덩[109]의 들매 신낭(新郞)이 나아가 봉교(封轎)[110]ᄒᆞ기를 뭇고,

위의(威儀)[111]를 휘동(麾動)[112]ᄒᆞ야 본부(本府)의 니ᄅᆞ러 텽듕(廳中)[113]의 독좌(獨坐)ᄒᆞ니 신부(新婦)의 ᄲᅡ혀ᄂᆞᆫ 골격(骨格)과 소담[114]ᄒᆞᆫ 용치(容采) 셜샹홍ᄆᆡ(雪上紅梅)[115] ᄀᆞᆺ고 별 ᄀᆞᄐᆞᆫ 눈ᄶᅵ[116] ᄀᆞ을 물결을 묘시(藐視)[117]ᄒᆞ고 잉도(櫻桃) ᄀᆞᄐᆞᆫ 쥬슌(朱脣)[118]과 도화냥협(桃花兩頰)[119]이 쳔고절ᄉᆡᆨ(千古絕色)이라. 그 슉모(叔母) 여습(餘習)이 만히 이시니 만좨(滿座ㅣ) 대경(大驚)ᄒᆞ고 구괴(舅姑ㅣ) 블승경아(不勝驚訝)[120]ᄒᆞ더니 밋 교ᄇᆡ(交拜)를 ᄆᆞᄎᆞ매 금년(金蓮)[121]을 두로혀 폐ᄇᆡᆨ(幣帛)을 나오니 뇨됴(窈窕)ᄒᆞᆫ 긔질(氣質)과 ᄂᆞᄂᆞᆫ 듯ᄒᆞᆫ ᄒᆡᆼ뵈(行步ㅣ) 직녜(織女ㅣ) 초ᄃᆡ(楚臺)[122]의 ᄂᆞ리며 ᄒᆞᆼ애(姮娥ㅣ) 요지(瑤

---

108) 칠보응쟝(七寶凝粧): 칠보응장. 일곱 가지 보석으로 곱게 꾸밈.
109) 덩: 공주나 옹주가 타던 가마. 후에는 귀한 집의 아녀자들이 타는 가마를 지칭하게 됨.
110) 봉교(封轎): 가마를 봉함.
111) 위의(威儀): 행렬.
112) 휘동(麾動): 지휘해 움직이게 함.
113) 텽듕(廳中): 청중. 대청 가운데.
114) 소담: 탐스러움.
115) 셜샹홍ᄆᆡ(雪上紅梅): 설상홍매. 눈 위에 핀 붉은 매화.
116) 눈ᄶᅵ: 눈띠. 눈망울.
117) 묘시(藐視): 업신여기어 깔봄.
118) 쥬슌(朱脣): 주순. 붉은 입술.
119) 도화냥협(桃花兩頰): 도화양협. 복숭아꽃 같은 두 뺨.
120) 블승경아(不勝驚訝): 불승경아. 놀라움과 의아함을 이기지 못함.
121) 금년(金蓮): 금련. 금으로 만든 연꽃이라는 뜻으로, 미인의 예쁜 걸음걸이를 비유적으로 이르는 말. 중국 남조(南朝) 때 동혼후(東昏侯)가 금으로 만든 연꽃을 땅에 깔아 놓고 반비(潘妃)에게 그 위를 걷게 하였다는 고사에서 유래함.
122) 초ᄃᆡ(楚臺): 초대. 초나라 무산(巫山)의 양대(陽臺)를 말함. 중국 초나라의 회왕(懷王)이 꿈속에서 자신을 무산(巫山)의 여자라 소개한 여인과 잠자리를 같이했는데, 그 여인이 떠나면서 자신은 아침에는 구름이 되고 저녁에는 비가 되어 양대(陽臺) 아래에 있다고 한 고사가 있음. 『문선(文選)』에 실린 송옥(宋玉)의 <고당부(高唐賦)>에 나오는 이야기.

池)[123]의 오ᄅᆞ미라도 이에 밋디 못

19면

ᄒᆞᆯ 듯ᄒᆞ니 존당(尊堂) 구괴(舅姑ㅣ) 대열(大悅)ᄒᆞ고 만좌(滿座ㅣ) 일시(一時)의 하례(賀禮)ᄒᆞ믈 마디아니ᄒᆞ니 신낭(新郎)이 만심(滿心)의 깃브미 흡연(洽然)ᄒᆞ야 미우(眉宇)의 희긔(喜氣)[124] 녕농(玲瓏)ᄒᆞ고 쥬슌(朱脣)의 옥치(玉齒) 찬연(燦然)ᄒᆞ야 은은(隱隱)ᄒᆞᆫ 골격(骨格)이 새로이 빠혀ᄂᆞᆫ디라 모든 형뎨(兄弟) ᄂᆞᆫ 주어 웃더라.

녜파(禮罷)[125]의 승샹(丞相) 등(等)은 밧그로 나가고 뎡 부인(夫人)이 존고[126](尊姑)ᄅᆞᆯ 밧드러 좌(座)ᄅᆞᆯ 뎡(定)ᄒᆞᆫ 후(後) 모든 부인(婦人)ᄂᆡ ᄎᆞ례(次例)로 일시(一時)의 셩녈(成列)[127]ᄒᆞ매 신뷔(新婦ㅣ) 졔ᄉᆞ(娣姒)[128] ᄎᆞ례(次例)로 안자니 위 시(氏), 녀 시(氏)의 싁싁[129] 쇄락(灑落)ᄒᆞ며 ᄆᆞᆰ기 어름 ᄀᆞᆺᄐᆞᆫ 골격(骨格)의 ᄡᅧ지나 기여(其餘)ᄂᆞᆫ 미ᄎᆞ리 업ᄉᆞ니 최 부인(夫人)이 깃브믈 ᄎᆞᆷ

123) 요지(瑤池): 중국 곤륜산(崑崙山)에 있는 연못. 주(周)나라 목왕(穆王)이 서왕모(西王母)를 만나 즐겼다는 곳.
124) 희긔(喜氣): 희기. 기쁜 기색.
125) 녜파(禮罷): 예파. 예를 마침.
126) 고: [교] 원문과 규장각본(21:13), 연세대본(21:19)에 모두 '구'로 되어 있으나 문맥을 고려해 이와 같이 수정함.
127) 셩녈(成列): 성렬. 줄지어 늘어섬.
128) 졔ᄉᆞ(娣姒): 제사. 손아래 동서와 손위 동서.
129) 싁싁: 엄숙함.

20면

디 못ᄒᆞ야 도라 소후(-后)긔 샤례(謝禮)ᄒᆞ니 휘(后ㅣ) 미쇼(微笑) 왈(曰),

"부인(夫人)이 깃브믈 핑문을 블러 샤례(謝禮)ᄒᆞ실디니 쳡(妾)이 엇디 알니오?"

부인(夫人)이 낭쇼(朗笑)ᄒᆞ더라.

죵일(終日)토록 즐기고 셕양(夕陽)의 신부(新婦) 슉소(宿所)ᄅᆞᆯ 히옥당(--堂)의 뎡(定)ᄒᆞ니 소 쇼졔(小姐ㅣ) 비록 부모(父母) 명(命)으로 마디못ᄒᆞ야 핑문으로 친영(親迎)[130]을 일워시나 ᄒᆞᆫ 조각 통ᄒᆞᆫ(痛恨) ᄒᆞᆫ 뜻이 구곡(九曲)[131]의 ᄆᆡ쳣ᄂᆞᆫ 고(故)로 이날 월쥬 쇼져(小姐)ᄅᆞᆯ ᄯᆞᆯ와 소후(-后) 침소(寢所)의 니ᄅᆞ니 휘(后ㅣ) ᄯᅩᄒᆞᆫ 흔연(欣然)[132]이 ᄉᆞ랑ᄒᆞ야 말숨ᄒᆞ더니 쵹(燭)을 니으매 휘(后ㅣ) 쇼져(小姐)ᄅᆞᆯ 경계(警戒)ᄒᆞ야 침소(寢所)로 도라가라 ᄒᆞᄃᆡ 소졔(小姐ㅣ) 유유(儒儒)[133]ᄒᆞ야 믈러가디 아니터

21면

니, 샹셔(尙書) 등(等)이 혼뎡(昏定)[134]ᄒᆞ라 드러와 일시(一時)의 셩

---

130) 친영(親迎): 신랑이 신부 집에 가서 신부를 맞이하여 신랑 집에 돌아오는 의례.
131) 구곡(九曲): 구곡간장(九曲肝腸)의 줄임말. 굽이굽이 서린 창자라는 뜻으로, 깊은 마음속 또는 시름이 쌓인 마음속을 비유적으로 이르는 말.
132) 흔연(欣然): 기쁘거나 반가워 기분이 좋음.
133) 유유(儒儒): 모든 일에 딱 잘라 결정을 내리지 못하고 어물어물한 데가 있음.
134) 혼뎡(昏定): 혼정. 잠자리에 들 때에 부모의 침소에 가서 잠자리를 살피고 밤 동안 안녕하기를 여쭙는 일.

녈(成列)[135] ᄒᆞ매, 광능휘(-侯ㅣ)[136] 웃고 쇼져(小姐)ᄃᆞ려 왈(曰).

“쇼ᄆᆡ(小妹) 엇디 이곳의 잇ᄂᆞ뇨? 핑문의 기ᄃᆞ리ᄂᆞᆫ 눈이 ᄯᅮ러딜 ᄃᆞᆺᄒᆞ여실 거시니 수이 가라.”

쇼제(小姐ㅣ) 정ᄉᆡᆨ(正色) 브답(不答)ᄒᆞ고 월쥬 쇼져(小姐)의 손을 잇그러 협실(夾室)[137]로 드러가니 초후(-侯) 등(等)이 핑문을 그릇 너기ᄂᆞᆫ 고(故)로 시비(是非)를 아니코 믈러나니,

능휘(-侯ㅣ) 봉각(-閣)의 도라오매 연샹(宴上)의셔 ᄌᆞ못 취(醉)ᄒᆞ엿ᄂᆞᆫ디라 팀졍(沈靜)[138] ᄒᆞ던 ᄯᅳᆺ이 다 ᄃᆞ라나고 의ᄉᆡ(意思ㅣ) 방일(放逸)[139] ᄒᆞ야 년망(連忙)[140]이 부인(夫人)의 셤슈(纖手)[141]를 잇그러 좌(坐)ᄒᆞ야 냥ᄌᆞ(兩子)를 안아 유희(遊戲)ᄒᆞ니 쇼제(小姐ㅣ) 크게 블쾌(不快)ᄒᆞ여 밧비

22면

믈러안ᄌᆞ려 ᄒᆞ니 휘(侯ㅣ) 취안(醉顔)[142]이 녕농(玲瓏)ᄒᆞ야 원비(猿臂)[143]를 느리혀 구지 잡아시니 엇디 능히(能-) 벙으리와드리오[144]. 휘(侯ㅣ) 웃고 ᄀᆞᆯ오ᄃᆡ,

“텬디ᄀᆡ벽(天地開闢)ᄒᆞᆫ 후(後) 부뷔(夫婦ㅣ) 삼기믄 관관(關關)[145]

135) 셩녈(成列): 성렬. 줄지어 늘어섬.
136) 광능휘(-侯ㅣ): 광릉후. 이경문을 말함.
137) 협실(夾室): 곁방.
138) 팀졍(沈靜): 침정. 마음이 가라앉아 조용함.
139) 방일(放逸): 제멋대로 하고 거리낌 없음.
140) 년망(連忙): 연망. 급한 모양.
141) 셤슈(纖手): 섬수. 가냘프고 고운 여자의 손. 섬섬옥수(纖纖玉手).
142) 취안(醉顔): 취안. 술에 취한 얼굴.
143) 원비(猿臂): 원숭이처럼 긴 팔.
144) 벙으리와드리오: 막으리오.
145) 관관(關關): ‘물수리가 끼룩끼룩 우는 소리’라는 뜻으로, 부부 사이가 좋음을 비유하는 말. 『시

ᄒᆞᆫ 화락(和樂)을 닐러시니 ᄉᆡᆼ(生)은 그ᄃᆡ 향(向)ᄒᆞᆫ ᄠᅳᆺ이 날로 더ᄒᆞ야 잠시(暫時)를 ᄯᅥ나디 말고져 ᄒᆞᄃᆡ 그ᄃᆡ 이러ᄐᆞᆺ 쵸쥰(峭峻)[146] ᄂᆡᆼ졍(冷情)ᄒᆞ니 인졍(人情)이 어이 뎌러ᄐᆞᆺ 박(薄)ᄒᆞ뇨?"

쇼졔(小姐ㅣ) 졍ᄉᆡᆨ(正色) 왈(曰),

"고어(古語)의 부뷔(夫婦ㅣ) 화슌(和順)[147]이 ᄀᆞᄌᆞᆨᄒᆞ믈[148] 닐럿ᄂᆞ니 부뷔(夫婦ㅣ) 비록 친(親)ᄒᆞ나 이ᄃᆡ도록 셜만(褻慢)[149]ᄒᆞᆷ은 가(可)티 아니ᄒᆞ이다."

휘(侯ㅣ) 텽파(聽罷)의 크게 웃고 옥슈(玉手)를 잇그러 상(牀)의 나아가니 그 쳔만

23면

은ᄋᆡ(千萬恩愛) 하ᄒᆡ(河海) 샹뎐(桑田)[150]이 되여도 변(變)티 아닐 ᄃᆞᆺᄒᆞ니 조믈(造物)이 잠간(暫間) 귄[151]긔 ᄒᆞ미 고이(怪異)티 아닌디라. 쇼졔(小姐ㅣ) 뎌의 취졍(醉情)이 호탕(豪宕)ᄒᆞ믈 민망(憫惘)ᄒᆞ야 ᄌᆡ삼(再三) 원거(遠拒)[152]ᄒᆞ나 태뷔(太傅ㅣ) 이십(二十)이 넘어 신댱(身長) 구각(軀殼)[153]이 크게 쟝대(壯大)ᄒᆞᆫ디라 쇼져(小姐)의 셤셤(纖纖)[154] 긔질(器質)을 엇디 ᄆᆞ음대로 드노티[155] 못ᄒᆞ리오. 일신(一身)

경』, <관저(關雎)>에 나오는 말.

146) 쵸쥰(峭峻): 초준. 거칠고 드셈.

147) 화슌(和順): 화순. 남편은 온화하고 아내는 순종함.

148) ᄀᆞᄌᆞᆨᄒᆞ믈: 가지런함을.

149) 셜만(褻慢): 설만. 하는 짓이 무례하고 거만함.

150) 샹뎐(桑田): 상전. 뽕나무밭이 푸른 바다가 되었다는 뜻으로, 세상이 몰라볼 정도로 바뀐 것을 말함. 상전벽해(桑田碧海).

151) 귄: [교] 원문과 규장각본(21:16), 연세대본(21:23)에 모두 '구'로 되어 있으나 문맥을 고려해 이와 같이 수정함.

152) 원거(遠拒): 멀리 거부함.

153) 구각(軀殼): 정신(精神)에 대하여 '온 몸뚱이'를 이르는 말.

을 폴 아래 두어 ᄀᆞᆫᄀᆞᆫ(懇懇)[156]ᄒᆞᆫ 졍(情)이 금(禁)티 못ᄒᆞᄂᆞᆫ디라 쇼져(小姐ㅣ) 심(甚)히 블안(不安)ᄒᆞ믈 이긔디 못ᄒᆞ더라.

이때 핑문이 졀ᄉᆡᆨ(絕色) 슉녀(淑女)ᄅᆞᆯ 쳔신만고(千辛萬苦)[157]ᄒᆞ야 어더 연샹(宴上)의 그 미모(美貌) 아ᄐᆡ(雅態)[158]ᄅᆞᆯ 낫비[159] 보고 날이 져믈믈 기ᄃᆞ려 침소(寢所)의 드러가니 침병(枕屛)[160]

24면

아상(牙床)[161]이 졍졍졔졔(整整齊齊)[162]ᄒᆞ야 향취(香臭) ᄂᆞᆺ치 쏘이ᄂᆞᆫ디라. 더욱 흔심(欣心)[163] 쾌락(快樂)ᄒᆞ야 옥침(玉枕)의 비겨 신부(新婦)의 오기ᄅᆞᆯ 기ᄃᆞ리더니 밤이 깁도록 긔쳑이 업거ᄂᆞᆯ 고이(怪異)히 너겨 좌우(左右)ᄅᆞᆯ 블러 므ᄅᆞ니 쇼져(小姐) 유뫼(乳母ㅣ) 드러와 ᄃᆡ왈(對曰),

"쇼져(小姐ㅣ) 파연(罷宴) 후(後) 슉현당(--堂)의 가샤 ᄋᆞ쇼져(兒小姐)로 더브러 취침(就寢)ᄒᆞ신다 ᄒᆞᄂᆞ이다."

ᄉᆡᆼ(生)이 텽파(聽罷)의 대경(大驚) 실망(失望)ᄒᆞ나 슉뫼(叔母ㅣ) 블셔 슉침(宿寢)[164]ᄒᆞ실 때라 능히(能-) 쳥(請)티 못ᄒᆞ고 일야(一夜)ᄅᆞᆯ

---

154) 셤셤(纖纖): 섬섬. 가냘프고 여림.
155) 드노티: 들고 놓지.
156) ᄀᆞᆫᄀᆞᆫ(懇懇): 간간. 곡진함.
157) 쳔신만고(千辛萬苦): 천신만고. 천 가지 매운 것과 만 가지 쓴 것이라는 뜻으로, 온갖 어려운 고비를 다 겪으며 심하게 고생함을 이르는 말.
158) 아ᄐᆡ(雅態): 아태. 고아한 자태.
159) 낫비: 아쉽게.
160) 침병(枕屛): 머리맡에 치는 병풍.
161) 아상(牙床): 상아로 된 침상. 상아상(象牙床).
162) 졍졍졔졔(整整齊齊): 정정제제. 아주 가지런함.
163) 흔심(欣心): 기쁜 마음.
164) 슉침(宿寢): 숙침. 잠이 듦.

쵸ᄉᆞ(焦思)[165]ᄒᆞ야 날이 ᄇᆞᆰ으매 문안(問安)의 드러가니 신뷔(新婦ㅣ) 임의 셩쟝(盛裝)[166]을 일우고 좌(座)의 잇ᄂᆞᆫ디라. 투목(偸目)[167] 규시(窺視)[168]ᄒᆞ야 졍(情)을 이

25면

긔디 못ᄒᆞ니 졔(諸) 형뎨(兄弟) ᄆᆞᆯ러와 ᄭᆞ지저 ᄀᆞᆯ오ᄃᆡ,

"남ᄌᆞ(男子ㅣ) ᄃᆡ여 쳐ᄌᆞ(妻子ㅣ) 아모리 귀듕(貴重)ᄒᆞᆫ들 존젼(尊前)의셔 감히(敢-) 셜만(褻慢)[169] 무례(無禮)히 굴리오? 진실로(眞實-) 우리 너ᄅᆞᆯ 위(爲)ᄒᆞ야 븟그러오믈 이긔디 못ᄒᆞᆯ러라."

ᄉᆡᆼ(生)이 참괴(慙愧)ᄒᆞ야 무언(無言) 샤죄(謝罪)어ᄂᆞᆯ 광평휘(--侯ㅣ) 쇼왈(笑曰).

"긴 밤의 새도록 신인(新人)을 ᄃᆡ(對)ᄒᆞ야 가지고 므어시 낫바 즁인소쳐(衆人所處)[170]의 눈이 ᄯᅮ러지도록 ᄇᆞ라며 ᄂᆞᆺ빗치 블그락프ᄅᆞ락ᄒᆞᄂᆞ뇨?"

광능휘(--侯ㅣ) 미쇼(微笑) 왈(曰),

"형댱(兄丈)은 이리 니ᄅᆞ디 마ᄅᆞ쇼셔. 남ᄌᆞ(男子ㅣ) 안해 엇기 녜ᄉᆡ(例事ㅣ)[171]어ᄂᆞᆯ 핑문이 표ᄆᆡ(表妹)[172] 엇기의 ᄀᆞ

---

165) 쵸ᄉᆞ(焦思): 초사. 애태우며 생각함.
166) 셩쟝(盛裝): 성장. 훌륭하게 몸을 단장(丹粧)함.
167) 투목(偸目): 훔쳐봄.
168) 규시(窺視): 엿봄.
169) 셜만(褻慢): 설만. 행동이 무례하고 방자함.
170) 즁인소쳐(衆人所處): 중인소처. 뭇 사람들이 있는 곳.
171) 녜ᄉᆡ(例事ㅣ): 예사. 보통(普通)으로 흔히 있는 일.
172) 표ᄆᆡ(表妹): 표매. 외종누이. 광릉후 이경문에게 소옥주는 외사촌형제이므로 이와 같이 칭한 것임. 즉 이경문에게 소옥주의 아버지 소형은 외숙부임.

26면

초 긔괴(奇怪)ᄒᆞᆫ ᄃᆡ경(地境)을 다 격고 쳔신만고(千辛萬苦)ᄒᆞ야 친영(親迎)ᄒᆞ매 신뷔(新婦ㅣ) 신낭(新郎)을 미안(未安)[173]ᄒᆞ야 피(避)ᄒᆞ야 쇼미(小妹)와 깃드렷거든 풍뉴남ᄌᆡ(風流男子ㅣ) 셥심(攝心)[174]ᄒᆞ기 쉬오리오? 반ᄃᆞ시 념티(廉恥)ᄅᆞᆯ 블고(不顧)[175]ᄒᆞ고 드리ᄃᆞ라 잇그러 침소(寢所)로 갈 거시로ᄃᆡ 마ᄎᆞᆷ 핑문 ᄀᆞᄐᆞᆫ 호걸(豪傑)일ᄉᆡ ᄎᆞᆷ앗ᄂᆞ니 형(兄)은 고이(怪異)히 너기디 마ᄅᆞ쇼셔."

모다 놀나며 능후(-侯)의 말ᄉᆞᆷ을 대쇼(大笑)ᄒᆞ니 핑문이 ᄯᅩᄒᆞᆫ 우으며 ᄀᆞᆯ오ᄃᆡ,

"형(兄)이 엇디 쇼뎨(小弟)ᄅᆞᆯ 이대도록 고이(怪異)ᄒᆞᆫ 죵뉴(種類)로 ᄎᆡ오시ᄂᆞ뇨[176]?"

초휘(-侯ㅣ) ᄯᅩᄒᆞᆫ 잠쇼(暫笑) 왈(曰),

"ᄎᆞ뎨(次第) 말이 올흐니 핑문은 과도(過度)히 너기

27면

디 말고 ᄂᆞᆷ의 쳔금규슈(千金閨秀)도 손을 잡앗거든 ᄒᆞ믈며 쳐ᄌᆡ(妻子ㅣ) 된 후(後) 그리 못 ᄒᆞ리오마는 착ᄒᆞᆫ 핑문일ᄉᆡ 그리 아니ᄒᆞ엿ᄂᆞ니라. 우형(愚兄)[177] 등(等)이 칭찬(稱讚)ᄒᆞ노라."

---

173) 미안(未安): 마음이 편하지 못하고 거북함.
174) 셥심(攝心): 섭심. 마음을 한곳에 집중시켜 산란하지 않게 함.
175) 블고(不顧): 불고. 돌아보지 아니함.
176) ᄎᆡ오시ᄂᆞ뇨: 치부하십니까.
177) 우형(愚兄): 동생 앞에서 자신을 말할 때 쓰이던 말.

핑문이 홀 말이 업서 대쇼(大笑)홀 분이어늘 어시(御使ㅣ) 왈(曰),

"수시(嫂氏) 므솜 연고(緣故)로 신혼(新婚) 날 소텬(所天)[178]을 만모(慢侮)[179]ᄒᆞ시ᄂᆞ뇨?"

광능휘(--侯ㅣ) 츄파(秋波)[180]ᄅᆞᆯ 드러 어ᄉᆞ(御使)ᄅᆞᆯ 보며 왈(曰),

"닌보[181]ᄂᆞᆫ 귀, 눈이 업더냐? 표ᄆᆡ(表妹) 아모리 쇼쇼(少小)[182] ᄋᆞ녀ᄌᆞᆫ(兒女子ㅣㄴ)들 핑문을 졍시(正視)[183]홀 ᄆᆞ음이 이실가 시브냐? ᄂᆡ 만일(萬一) 녀ᄌᆞ(女子)로셔 표ᄆᆡ(表妹)의 경계(境界)[184]ᄅᆞᆯ 당(當)홀딘대 핑문의 알픠셔 ᄌᆞ결(自決)ᄒᆞ리니 표

28면

ᄆᆡ(表妹) 마춤 약(弱)ᄒᆞ야 완젼(宛轉)[185]ᄒᆞ미라."

광평휘(--侯ㅣ) 쇼왈(笑曰),

"너ᄂᆞᆫ 믈강저온[186] 모딘 말도 ᄒᆞᄂᆞᆫ도다. 사롬 죽기 그리 쉬올 거시면 사ᄂᆞ니 드믈로다. 원ᄂᆡ(元來) 소쉬(-嫂ㅣ) 너희 표ᄆᆡ(表妹)시거든 고집(固執)디 아니시랴?"

능휘(-侯ㅣ) 웃고 ᄃᆡ왈(對曰),

"쇼뎨(小弟) 말이 졍(正)히 졍논(正論)[187]이라 엇디 고집(固執)이

---

178) 소텬(所天): 소천. 아내가 남편을 이르는 말.
179) 만모(慢侮): 거만한 태도로 남을 업신여김.
180) 츄파(秋波): 추파. 가을 물결같이 고운 눈.
181) 닌보: 개국공 이몽원의 첫째아들 이원문의 자(字).
182) 쇼쇼(少小): 소소. 나이가 젊음.
183) 졍시(正視): 정시. 똑바로 쳐다봄.
184) 경계(境界): 처지.
185) 완젼(宛轉): 완전. 순탄하고 원활함.
186) 믈강저온: 인정이 없이 억세며 성질이 악착같고 모진.
187) 졍논(正論): 정론. 정당하고 이치에 합당한 의견이나 주장.

리잇고?"

모다 웃더라.

핑문이 심시(心事ㅣ) 울울(鬱鬱)ᄒᆞ야 금일(今日)이나 소 시(氏) 침소(寢所)로 갈가 너기더니 소 시(氏) 그 존고(尊姑)ᄅᆞᆯ ᄯᆞ라 취원각(--閣)의 니ᄅᆞ러 김 시(氏)로 더브러 시측(侍側)[188] ᄒᆞ니 부인(夫人)이 크게 ᄉᆞ랑ᄒᆞᄂᆞᆫ 바ᄂᆞᆫ 일즉 김 시(氏)ᄅᆞᆯ 어더 얼골이 보기 슬흐니 위 시(氏), 녀 시(氏) 등(等)을 블

29면

위ᄒᆞ다가 신부(新婦)의 지용(才容)과 표티(標致)[189] 하등(下等)이 아니믈 크게 깃거ᄒᆞ고 공(公)이 ᄌᆞ로 드러와 보고 ᄉᆞ랑ᄒᆞ믈 이긔디 못ᄒᆞ더니,

셕양(夕陽)의 의구(依舊)히[190] 슉현당(--堂)으로 도라가니 아연(啞然)[191] 실망(失望)ᄒᆞ믈 이긔디 못ᄒᆞ야 ᄯᆞ라 드러가고져 ᄒᆞ나 소후(-后)의 슉엄(肅嚴)ᄒᆞ믈 저허[192] 못 드러가고 홀로 빈방(房)의셔 넉술술올 분이니 소휘(-后ㅣ) ᄯᅩᄒᆞᆫ 핑문의 ᄯᅳᆺ을 짐쟉(斟酌)ᄒᆞ고 그 방탕(放蕩)ᄒᆞ믈 미온(未穩)[193] ᄒᆞ나 질녀(姪女)의 경부(敬夫)[194] ᄒᆞ미 업ᄉᆞ믈 흠(欠)ᄒᆞ야 침소(寢所)로 가기ᄅᆞᆯ 경계(警戒)ᄒᆞ여 도라가라 ᄒᆞᄃᆡ 쇼졔(小姐ㅣ) 텽이블문(聽而不聞)[195] ᄒᆞ고 월쥬로 깃드리니

---

188) 시측(侍側): 웃어른을 곁에서 모심.
189) 표티(標致): 표치. 얼굴이 매우 아름다움.
190) 의구(依舊)히: 옛날 그대로 변함없이.
191) 아연(啞然): 너무 놀라 어안이 벙벙함.
192) 저허: 두려워하여.
193) 미온(未穩): 아직 평온하지 않음.
194) 경부(敬夫): 지아비를 공경함.

30면

소휘(-后ㅣ) 민망(憫惘)ᄒᆞ나 ᄉᆞ어 ᄂᆡ티디 못ᄒᆞ고 ᄯᅩᄒᆞᆫ 큰 과실(過失)이 아니믈 즘즘(潛潛)ᄒᆞ엿더라.

명일(明日), 소 참정(參政)이 니ᄅᆞ러 기국공(--公)을 보고 녀ᄋᆡ(女兒ㅣ) 나히 어리니 일이(一二) 년(年)을 더 길러 존부(尊府)의 보ᄂᆡ마 ᄒᆞ니 기국공(--公)이 웃고 왈(曰),

"쇼뎨(小弟) 비록 경박(輕薄)ᄒᆞ나 그윽이 ᄉᆡᆼ각ᄒᆞ니 녀ᄌᆞ(女子)ᄂᆞᆫ ᄇᆡᆨ니블분상(百里不奔喪)[196]이오 녀필죵부(女必從夫)라 ᄒᆞ니 ᄋᆞ뷔(阿婦ㅣ) 나히 어리나 보호(保護)ᄒᆞ야 ᄌᆞ라미 ᄂᆡ 집의 이시니 능히(能-) 명(命)을 밧드디 못ᄒᆞ노라."

참정(參政)이 블열(不悅)ᄒᆞ야 도라가다.

이날 ᄉᆡᆼ문이 참디 못ᄒᆞ야 슉모(叔母) 졍당(正堂)의 와 계시믈 타 소 시(氏) 잇ᄂᆞᆫ 곳을 ᄎᆞ자

31면

드러가니 졍(正)히[197] 월쥬로 더브러 바독 두다가 ᄉᆡᆼ(生)을 보고 대경(大驚)ᄒᆞ야 급(急)히 니러셔고 월쥐 ᄯᅩᄒᆞᆫ 놀나 왈(曰),

"거게(哥哥ㅣ) 엇디 이에 니ᄅᆞ럿ᄂᆞ뇨?"

---

195) 텽이블문(聽而不聞): 청이불문. 듣고도 못 들은 척함.

196) ᄇᆡᆨ니블분상(百里不奔喪): 백리불분상. 분상(奔喪)은 먼 곳에서 부모가 돌아가신 소식을 듣고 급히 집으로 돌아감을 의미함. 시집간 여성의 경우 친정과 시가의 거리가 백 리가 넘을 경우 친정 부모가 돌아가셨을 때 분상하지 않아도 예법에 어긋나지 않는다는 말임. 『소학(小學)』, 「명륜(明倫)」.

197) 졍(正)히: 정히. 바로. 확실히.

싱(生)이 쇼왈(笑曰),

"닉 여긔 못 올 딕냐? 쇼믹(小妹)는 고이(怪異)흔 말 말라."

흐고 눈을 드러 소 시(氏)를 보니 정식(正色) 믁도(默睹)[198] 흐야 단정(端正)이 셔시니 찬 긔운이 셜샹가상(雪上加霜)[199] ᄀ툰더라. 싱(生)이 흠모(欽慕)[200] 흐고 반기믈 이긔디 못흐야 안식(顔色)이 흔연(欣然)[201] 흐니 월쥐 ᄀ장 미안(未安)[202] 흐야 안흐로 드러가니 싱(生)이 대희(大喜)흐야 쏠니 나아가 쇼져(小姐)의 셤슈(纖手)[203]를 잡아 안기를 청(請)흐니 소졔(小姐ㅣ) 노(怒)흐야 쏠리 쓰리티고 드러가려

32면

흐니 싱(生)이 급(急)히 금군(錦裙)[204]을 븟드러 골오딕,

"녀ᄌ(女子)는 온슌(溫順)흐미 귀(貴)흐니 그딕는 녜의(禮儀)를 싱각흐라."

쇼졔(小姐ㅣ) 더옥 통흔(痛恨)[205] 흐야 ᄆ춤닉 안디 아니흐니 싱(生)이 다만 쵸조(焦燥)흐야 옥슈(玉手)를 쥐고 근졀(懇切)이 비러 골오딕,

"쇼싱(小生)이 향닉(向來)[206] 그릇흔 죄(罪)는 터럭을 쌔혀 혜여도

---

198) 믁도(默睹): 묵도. 묵묵히 봄.
199) 셜샹가샹(雪上加霜): 설상가상. 원래 눈 위에 서리가 덮인다는 뜻으로, 난처한 일이나 불행한 일이 잇따라 일어남을 이르는 말이나 여기에서는 매우 냉랭함을 의미함.
200) 흠모(欽慕): 기쁜 마음으로 사모(思慕)함.
201) 흔연(欣然): 기쁘거나 반가워 기분이 좋은 모양.
202) 미안(未安): 마음이 편하지 못하고 거북함.
203) 셤슈(纖手): 섬수. 가냘프고 여린 손.
204) 금군(錦裙): 비단 치마
205) 통흔(痛恨): 통한. 몹시 분하거나 억울하여 한스럽게 여김.
206) 향닉(向來): 향래. 지난번.

남으려니와 임의 믈이 업침 ᄀᆞᆺᄐᆞ엿거ᄂᆞᆯ 그ᄃᆡ 이ᄃᆡ도록 ᄆᆡ몰이 구ᄂᆞ뇨?”

쇼뎨(小姐ㅣ) ᄯᅩᄒᆞᆫ 답(答)디 아니ᄒᆞ니 ᄉᆡᆼ(生)이 홀일업서 오래 잇다가 슉모(叔母)긔 들닐가 ᄒᆞ야 나오니 휘(后ㅣ) 블서 왓ᄂᆞᆫ디라 대참(大慚)[207] ᄒᆞ야 ᄂᆞᆺ출 븕히고 밧그로 나가니, 휘(后ㅣ) 심하(心下)의 그 무례(無禮)ᄒᆞ믈

33면

아닛고이 너겨 ᄎᆞ일(此日) 져녁 쇼져(小姐)를 ᄃᆞ리고 ᄒᆡ옥[208]당(--堂)의 니ᄅᆞ러 두고 도라오니,

쇼제(小姐ㅣ) 아연(啞然) 실망(失望)ᄒᆞ나 홀일업서 안잣더니 ᄉᆡᆼ(生)이 드러와 뎌의 와시믈 보고 놀나고 깃거 나아가 ᄀᆞᆯ오ᄃᆡ,

“현쳬(賢妻ㅣ) 쇼ᄉᆡᆼ(小生)이 ᄇᆡᆫ방(房)의 침톄(寢處ㅣ) 젹막(寂寞)더니 엇디 니ᄅᆞ러 계시뇨?”

쇼제(小姐ㅣ) 뉴미(柳眉)[209]를 ᄂᆞ초와 답(答)디 아니ᄒᆞ니 ᄉᆡᆼ이 황홀(恍惚)ᄒᆞᆫ 은졍(恩情)을 ᄎᆞᆷ디 못ᄒᆞ야 밧비 잇그러 상(牀)의 오ᄅᆞ고져 ᄒᆞ나 쇼제(小姐ㅣ) ᄆᆞᄎᆞᆷᄂᆡ 듯디 아냐 목인(木人)[210]ᄀᆞ티 안자시니 ᄉᆡᆼ(生)이 탹급(着急)[211]히 ᄋᆡ걸(哀乞)ᄒᆞ야 득(得)디 못ᄒᆞ나 날이 임의 밧고이매 심하(心下)의 대로(大怒)ᄒᆞ야 ᄉᆞ지저 ᄀᆞᆯ오ᄃᆡ,

“필

---

207) 대참(大慚): 매우 부끄러움.
208) 옥: [교] 원문에는 ‘운’으로 되어 있으나 앞의 예를 따라 이와 같이 수정함.
209) 뉴미(柳眉): 유미. 버들잎 같은 눈썹이라는 뜻으로 ‘미인의 눈썹’을 이르는 말.
210) 목인(木人): 나무 인형.
211) 탹급(着急): 착급. 초조함.

34면

부(匹夫) 소형의 ᄯᅡᆯ이 엇디 사ᄅᆞᆷ을 이ᄃᆡ도록 업수이 너기ᄂᆞ뇨?"

ᄒᆞ고 ᄉᆞᄆᆡ를 ᄯᅥᆯ티고 분분(忿憤)이 나가니 쇼졔(小姐ㅣ) ᄂᆡᆼ쇼(冷笑) ᄒᆞ고 소쟝(素粧)[212]을 다ᄉᆞ려 졍당(正堂)의 시측(侍側)[213] ᄒᆞ엿다가,

셕양(夕陽)의 도라오니 ᄉᆡᆼ(生)이 노(怒)ᄒᆞ야 아니 드러오거ᄂᆞᆯ 혼자 평안(平安)이 자나 그려도 방심(放心)티 못ᄒᆞ야 오ᄉᆞᆯ 닙고 자더니 ᄉᆞ오일(四五日)이 되도록 ᄉᆡᆼ(生)이 ᄆᆞᄎᆞᆷᄂᆡ 아니 드러오니 쇼졔(小姐ㅣ) 다ᄒᆡᆼ(多幸)ᄒᆞ믈 이긔디 못ᄒᆞ야 ᄆᆞ음 펴 슉침(宿寢)ᄒᆞ더니,

뎨뉵일(第六日) 야(夜)의 ᄉᆡᆼ(生)이 밤 들기를 기ᄃᆞ려 침소(寢所)의 니ᄅᆞ니 잔등(殘燈)이 젹젹(寂寂)하고 ᄉᆞ면(四面) 문호(門戶)를 구지 닷고 ᄇᆞ야흐로 자ᄂᆞᆫ 거동(擧動)이어

35면

ᄂᆞᆯ 넌ᄌᆞ시 문(門)을 열고 드러가 블을 도도고 머리를 도로혀 쇼져(小姐)를 보니 금구(衾具)[214]를 덥고 앙침(鴦枕)[215]의 비겨 츈쇠(春宵ㅣ)[216] 혼혼(昏昏)[217]ᄒᆞ야시니 옥(玉) ᄀᆞᆺ튼 ᄂᆞᆺ빗치 연지(臙脂)를 ᄡᅳᆫ ᄃᆞᆺ 블근 입시울기 함홍(含紅)[218]ᄒᆞ야 쳔ᄌᆡ(千載)[219]예 엇기 어려

---

212) 소쟝(素粧): 소장. 화장으로 꾸미지 않고 깨끗이 차림.
213) 시측(侍側): 어른을 곁에서 시중듦.
214) 금구(衾具): 이부자리.
215) 앙침(鴦枕): 원앙 베개.
216) 츈쇠(春宵ㅣ): 춘소. 봄철의 밤.
217) 혼혼(昏昏): 정신이 가물가물하고 희미함.
218) 함홍(含紅): 붉은빛을 머금음.
219) 쳔ᄌᆡ(千載): 천재. 천 년.

온 가인(佳人)이라.

새로이 골졀(骨節)이 녹는 둧 이련(愛戀)[220]훈 뜻이 구름 못둧 후니 경경(輕輕)[221]이 의관(衣冠)을 그루고 상(牀)의 올나 동침(同寢)후니 이 졍(正)히 년리비익되(連理飛翼鳥ㅣ)[222]라. 취심(醉心)이 화란(嘩亂)[223]후고 원침(鴛枕)이 합(合)후야 흔흔낙낙(欣欣樂樂)[224]훈 뜻이 측냥(測量)업고 쇼져(小姐)의 옥신(玉身)을 겻지어[225] 견권(繾綣)[226]훈 은졍(恩情)이 심솟둧 후더니 쇼졔(小姐ㅣ)

36면

본듸(本-) 약질(弱質)[227]로 져므도록 너른 당(堂)으로 두로 단녀 문안(問安)후니 주연(自然) 곤(困)후믈 이긔디 못후여 츈몽(春夢)의 혼혼(昏昏)[228]후엿더니 밤이 반(半)이나 된 후(後) 씌드라 홀연(忽然) 몸을 스수로 놀니디 못후야 심(甚)히 무겁거놀 놀라 눈을 써 보니 싱(生)이 임의 주가(自家) 겨튀 누어 허리룰 안고 눗촐 년(連)후야 좀이 깁헛는디라.

---

220) 이련(愛戀): 애련. 사랑함.
221) 경경(輕輕): 말이나 행동이 가벼움.
222) 년리비익되(連理飛翼鳥ㅣ): 연리비익조. 연리지(連理枝)와 비익조(飛翼鳥). 연리지는 뿌리가 다른 나뭇가지가 서로 엉켜 마치 한 나무처럼 자라는 것이고 비익조는 암수에게 눈과 날개가 하나씩만 달려 있어 짝을 지어야 날 수 있다는 전설의 새임. 중국 당(唐)나라 시인 백거이(白居易)가 <장한가(長恨歌)>에서 "하늘에서는 비익조가 되기를 원하고 땅에서는 연리지가 되기를 원했네. *在天願作飛翼鳥, 在地願爲連理枝.*"라고 한 구절에서 나온 말임. 부부 사이가 좋음을 비유한 말.
223) 화란(嘩亂): 마구 일어남.
224) 흔흔낙낙(欣欣樂樂): 흔흔낙락. 매우 기뻐하며 즐거워함.
225) 겻지어: 더불어.
226) 견권(繾綣): 생각하는 정이 두터워 서로 잊지 못하거나 떨어질 수 없음.
227) 약질(弱質): 허약한 체질, 또는 그런 체질을 가진 사람.
228) 혼혼(昏昏): 정신이 가물가물하고 희미함.

대경히연(大驚駭然)[229] 아 급(急)히 떨티고 니러 안자 (自己) 슈신(守身)[230] 미 오라디 아니믈 (恨)고 뎌의 슈듕(手中)의 써러뎌 몸이 임의 더러오믈 골(刻骨)[231] 여 밧비 오술 더니 (生)이 야 쇼져(小姐)의 황망(慌忙)홈과 옷 닙

···

37면

으려 믈 보고 흔흔(欣欣)[232]이 우으며 원비(猿臂)[233]로 븟드러 누이고 오,

"이경(二更)[234] 심야(深夜)의 무 일로 니러나랴 ᄂᆞ뇨? (生)을 아모리 더러이 너기나 임의 손의 뎜홍(點紅)[235]을 멸(滅)여시니 맛당티 아니킈 너긴들 엇디리오?"

쇼졔(小姐ㅣ) 뎌의 구뎡(九鼎)[236] 힘의 능히(能-) 욕독(欲獨)[237]을 못 여 완연(完然)이 (雙) 구술이 되여시니 (恨)믈 측냥(測量)티 못야 노목(怒目)[238]이 녈(猛烈)야 답(答)디 아니니 (生)이 웃고 옥비(玉臂)[239]를 드러 블의 비최여 오,

---

229) 대경히연(大驚駭然): 대경해연. 매우 놀람.
230) 슈신(守身): 수신. 자신의 몸을 지킴.
231) 골(刻骨): 각골. 뼈에 사무치도록 슬픔.
232) 흔흔(欣欣): 기뻐함.
233) 원비(猿臂): 긴 팔.
234) 이경(二更): 밤 9시부터 11시 사이.
235) 뎜홍(點紅): 점홍. 붉은 점. 앵혈(鶯血)을 이름. 순결의 표식. 장화(張華)의 『박물지』에서 그 출처를 찾을 수 있음. 근세 이전에 나이 어린 처녀의 팔뚝에 찍던 처녀성의 표시를 말하는 것으로 도마뱀에게 주사(朱沙)를 먹여 죽이고 말린 다음 그것을 찧어 어린 처녀의 팔뚝에 찍으면 첫날밤에 남자와 잠자리를 할 때에 없어진다고 함.
236) 구뎡(九鼎): 구정. 중국 하(夏)나라의 우왕(禹王) 때에, 전국의 아홉 주(州)에서 쇠붙이를 거두어서 만들었다는 아홉 개의 솥. 주(周)나라 때까지 대대로 천자에게 전해진 보물이었다고 함.
237) 욕독(欲獨): 몸과 마음을 자신의 뜻대로 하려 함.
238) 노목(怒目): 성난 눈.
239) 옥비(玉臂): 여자의 고운 팔.

"작일(作日) 의연(依然)[240]턴 뎜(點)이 어딕 가뇨? 그딕 일로뻐 댱뷔(丈夫ㅣ) 귀(貴)ᄒᆞ믈 알라."

쇼졔(小姐ㅣ) ᄆᆞᄎᆞᆷ닉 답(答)디 아니

38면

터라.

계명(鷄鳴)[241]의 부뷔(夫婦ㅣ) 빵빵(雙雙)이 니러 신셩(晨省)[242]ᄒᆞ나 소졔(小姐ㅣ) ᄉᆡᆼ(生)을 염고(厭苦)[243]ᄒᆞ야 일즉 슉현당(--堂)의 와 이셔 미위(眉宇ㅣ) 수집(愁集)[244]ᄒᆞ야 즐겨 아닛는 빗치 ᄀᆞ득ᄒᆞ니 소휘(-后ㅣ) 짐쟉(斟酌)고 ᄉᆞ리(事理)로 경계(警戒)ᄒᆞ야 공근(恭謹) 조심(操心)ᄒᆞ믈 ᄀᆞᄅᆞ치니,

쇼졔(小姐ㅣ) 슈명(受命)ᄒᆞ야 ᄎᆞ후(此後) ᄉᆡᆼ(生)을 피(避)튼 못 ᄒᆞ나 ᄆᆡ믈 ᄂᆡᆼ졍(冷情)ᄒᆞ미 날로 더으니 ᄉᆡᆼ(生)이 비록 입으로 ᄭᆞ지ᄌᆞ나 그 뎡뎡(貞正)[245]ᄒᆞ믈 항복(降伏)ᄒᆞ야,

ᄉᆡᆼ젼(生前)의 ᄆᆞᄎᆞᆷ닉 희쳡(姬妾)을 아니 두고 후(後)의 등뎨(登第)ᄒᆞ야 병부상셔(兵部尙書) 녕양후(--侯)ᄀᆞ지 ᄒᆞ고 팔ᄌᆞ일녀(八子一女)를 두어 부뷔(夫婦ㅣ) ᄒᆡ로(偕老)ᄒᆞᆫ디라.

이ᄯᅢ, 위 시(氏)의게 텬ᄌᆞ(天子) ᄉᆞ급(賜給)[246]ᄒᆞ신 시

---

240) 의연(依然): 그대로 있음.
241) 계명(鷄鳴): 닭이 욺. 또는 그런 울음.
242) 신셩(晨省): 신성. 아침 일찍 부모의 침소에 가서 밤사이의 안부를 살피는 일. 아침 문안.
243) 염고(厭苦): 싫어하고 괴롭게 여김.
244) 수집(愁集): 근심 어림.
245) 뎡뎡(貞正): 정정. 절조(節操)가 있고 마음이 바름.
246) ᄉᆞ급(賜給): 사급. 나라나 관청에서 금품을 내려 줌.

39면

녜(侍女ㅣ) 각관(各官)의셔 올나와 각각(各各) 단ᄌᆞ(單子)[247]를 올려 쇼졔(小姐ㅣ) 바다 일일이(一一-) 보더니 ᄒᆞᆫ 단ᄌᆞ(單子)의 다ᄃᆞ라는 ᄒᆞ여시ᄃᆡ, '남챵현(南昌縣) 관비(官婢) 각영ᄆᆡ는 쳐ᄉᆞ(處士) 각완의 일녜(一女ㅣ)라.' ᄒᆞ엿더라. 소졔(小姐ㅣ) 견필(見畢)[248]의 대경(大驚)ᄒᆞ니 원ᄅᆡ(元來) 각 시(氏) 뉵가(-哥)를 조차가 삼(三) 년(年)을 살고 뉵개(-哥ㅣ) 죽거놀 남챵(南昌) 협ᄉᆞ(俠士) 조협의게 ᄀᆡ가(改嫁)ᄒᆞ엿더니 인(因)ᄒᆞ여 도적(盜賊) 뉴(類)의 드러 도쳐(到處)로 ᄃᆞᆫ니며 못ᄡᅳᆯ 일 ᄒᆞ다가 구의[249][250]예 잡혀 저는 죽고 각 시(氏)는 관비(官婢) 되엿더라.

쇼졔(小姐ㅣ) 경히(驚駭)[251]ᄒᆞ믈 이긔디 못ᄒᆞ야 팀음(沈吟)[252]ᄒᆞ기를 오래 ᄒᆞ다가 발을 디우고 이십(二十) 시녀(侍女)

40면

를 블러 됴회[253](朝會)ᄒᆞ라 ᄒᆞ니, 이ᄣᅢ 각 시(氏) 무궁(無窮)ᄒᆞᆫ 셜우믈 격고 셔울 니ᄅᆞ러 ᄂᆞᆷ의 죵이 되야 위 신(氏ㄴ) 줄 몽ᄆᆡ(夢寐)의나

247) 단ᄌᆞ(單子): 단자. 이름을 적은 종이.
248) 견필(見畢): 보기를 마침.
249) 의: [교] 원문과 규장각본(21:27), 연세대본(21:39)에 모두 '외'로 되어 있으나 오기로 보이므로 이와 같이 수정함.
250) 구의: 관아.
251) 경히(驚駭): 경해. 뜻밖의 일로 몹시 놀람.
252) 팀음(沈吟): 침음. 속으로 깊이 생각함.
253) 회: [교] 원문과 규장각본(21:27), 연세대본(21:40)에 모두 '하'로 되어 있으나 문맥을 고려해 이와 같이 수정함.

ᄉᆡᆼ각ᄒᆞ리오. 시녀(侍女)ᄅᆞᆯ ᄯᆞᆯ와 ᄎᆡ봉각(--閣)의 니ᄅᆞ매 놉히 구ᄅᆞᆷ의 소ᄉᆞᆫ 집이 반공(半空)의 다핫ᄂᆞᆫᄃᆡ ᄎᆡᄉᆡᆨ단쳥(彩色丹靑)[254]이 일광(日光)의 ᄇᆡᄋᆡ고[255] 층층(層層)ᄒᆞᆫ 셤 우히 블근 난간(欄干)이 은은(隱隱)[256]ᄒᆞ고 산호쥬렴(珊瑚珠簾)을 ᄌᆞ옥이 지어 향풍(香風)이 잇다감 니러나며 ᄎᆡ의홍상(彩衣紅裳)[257] 시네(侍女ㅣ) 느러셔서 ᄇᆡ례(拜禮)ᄅᆞᆯ 브ᄅᆞ니 ᄆᆞ음이 경황(驚遑)ᄒᆞ고 정신(精神)이 운우(雲雨)의 ᄡᅧ 일시(一時)의 쳔세(千歲)ᄅᆞᆯ 브ᄅᆞ매 쇼졔(小姐ㅣ) 명(命)ᄒᆞ야 각각(各各) 안ᄌᆞ라 ᄒᆞᆫ

41면

후(後) 츄향을 블러 각 시(-氏)ᄅᆞᆯ 가ᄅᆞ쳐 ᄀᆞᆯ오ᄃᆡ,

"ᄎᆞ인(此人)이 군(君)의 ᄌᆡ취(再娶)[258]ᄒᆞ엿더니냐?"

향이 ᄒᆞᆫ번(-番) 보고 대경(大驚)ᄒᆞ야 고개 ᄌᆞᆺ고 ᄀᆞᆯ오ᄃᆡ,

"ᄎᆞ인(此人)이 엇디ᄒᆞ야 이에 니ᄅᆞ럿ᄂᆞᆫ고? 당년(當年)의 이심(已甚)[259]이 구더니 텬되(天道ㅣ) 보복(報復)ᄒᆞ미 반ᄃᆞᆺᄒᆞ도다."

쇼졔(小姐ㅣ) 손을 저어 ᄆᆡ이 말라 ᄒᆞ고 즉시 졔녀(諸女)ᄅᆞᆯ 믈러가 쉬라 ᄒᆞ고 능후(-侯)의 드러오믈 기ᄃᆞ려 각 시(-氏)의 ᄉᆞ연(事緣)을 니ᄅᆞ고 그 ᄯᅳᆺ을 므ᄅᆞ니 휘(侯ㅣ) 텽파(聽罷)의 졍ᄉᆡᆨ(正色) 왈(曰),

---

254) ᄎᆡᄉᆡᆨ단쳥(彩色丹靑): 채색단청. 여러 가지 빛깔로 그림이나 무늬를 그림. 또는 그 그림이나 무늬.

255) ᄇᆡᄋᆡ고: 눈부시고.

256) 은은(隱隱): 그윽하고 깊음.

257) ᄎᆡ의홍상(彩衣紅裳): 채의홍상. 채색 옷과 붉은 치마.

258) ᄌᆡ취(再娶): 재취. 아내를 여의었거나 아내와 이혼한 사람이 다시 장가가서 아내를 맞이함. 두 번째 장가가서 맞이한 아내.

259) 이심(已甚): 너무 심함.

"부인(夫人)이 각녀(-女)의 쳐티(處置)를 날ᄃᆞ려 무ᄅᆞ믄 어인 뜻이뇨?"

부인(夫人)이 ᄂᆞ족이 ᄃᆡ왈(對曰),

"뎨 임의 군(君)의 고인(故人)이니 거두시미 올흐

42면

이다."

말이 ᄆᆞᆺ디 못ᄒᆞ여셔 휘(侯ㅣ) 빵셩(雙星)[260] 봉안(鳳眼)[261]의 ᄎᆞᆫ빗치 대발(大發)ᄒᆞ야 고셩(高聲)으로 무ᄅᆞᄃᆡ,

"부인(夫人)이 앗가 니ᄅᆞ던 말이 엇딘 말이뇨? ᄌᆞ시 듯고져 ᄒᆞ노라"

쇼졔(小姐ㅣ) 뎌의 긔ᄉᆡᆨ(氣色)을 보고 블쾌(不快)ᄒᆞ여 답(答)디 아니니 휘(侯ㅣ) 대로(大怒) 왈(曰),

"각녀(-女)ᄂᆞᆫ 텬하(天下) 악죵(惡種)[262]이오 도적(盜賊)의 계집이어늘 그ᄃᆡ 엇딘 고(故)로 지아비 업수이 너기믈 이 디경(地境)의 미첫ᄂᆞ뇨?"

셜파(說罷)의 좌우(左右)를 블러 구츄를 ᄆᆡ야 외당(外堂)으로 ᄃᆡ령(待令)ᄒᆞ라 ᄒᆞ고 봉셩각(--閣)의 조촌 고(庫)를 다 큰 ᄌᆞ믈쇠를 뎜고(點考)[263]ᄒᆞ야 ᄌᆞᆷ으고 침션(針線) 비ᄌᆞ(婢子) 삼십(三十) 인(人)을 다 밧그로 ᄂᆡ고 은냥

---

260) 빵셩(雙星): 쌍성. 두 별이라는 뜻으로, 두 눈을 이르는 말.
261) 봉안(鳳眼): 봉황의 눈같이 가늘고 길며 눈초리가 위로 째지고 붉은 기운이 있는 눈.
262) 악죵(惡種): 악종. 악한 종자.
263) 뎜고(點考): 점고. 명부에 점을 일일이 찍어가며 조사함.

43면

문(--門)을 노ᄌᆞ(奴子)로 딕희워[264] 위부(-府) 사ᄅᆞᆷ을 통(通)티 못ᄒᆞ게 금녕(禁令)[265]을 노흔 후(後) 노목(怒目)이 진녈(震烈)[266]ᄒᆞ야 밧그로 나가니 엇디 ᄒᆞᆫ 조각 은졍(恩情)이 이시리오.

쇼졔(小姐ㅣ) 원ᄅᆡ(元來) 각 시(氏) 슈졀(守節)ᄒᆞᄆᆞ로 알고 ᄀᆡ가(改嫁)ᄒᆞᆷ을 모ᄅᆞ고 이 말이어ᄂᆞᆯ 능후(-侯)ᄂᆞᆫ 뎌의 시죵(始終)을 다 아ᄂᆞᆫ디라 빙쳥(氷淸)[267] ᄀᆞᄐᆞᆫ ᄆᆞᄋᆞᆷ의 각 시(氏) 조하실 적도 갓가이 아냣거든 그 도적(盜賊)의 뉴(類)로 ᄃᆞᆫ니던 거ᄉᆞᆯ 즉금(卽今) 죽이고져 ᄒᆞ거ᄂᆞᆯ 위 시(氏) 알며 ᄌᆞ가(自家)ᄅᆞᆯ 죠롱(嘲弄)ᄒᆞᄂᆞᆫ가 너겨[268] 고집(固執)ᄒᆞᆫ 노긔(怒氣) 니러나니 것잡기 어려온디라.

위 시(氏) 뎌의 노ᄉᆡᆨ(怒色)과 듕(重)히 텨티(處置)ᄒᆞᆷ을 보나 일언(一言)을 아니코 믁믁(默默)

44면

ᄒᆞ엿더니 능휘(-侯ㅣ) 외당(外堂)의 나아가 아역(衙役)[269]을 명(命)ᄒᆞ야 구츄ᄅᆞᆯ ᄆᆡ여 디우고 듕(重)히 다ᄉᆞ리려 ᄒᆞ더니 초후(-侯)와 광평후(--侯) 형뎨(兄弟) 니ᄅᆞ러 ᄎᆞ경(此景)을 보고 놀라 연고(緣故)ᄅᆞᆯ 무

---

264) 딕희워: 지키게 해.

265) 금녕(禁令): 금령. 금지하는 명령.

266) 진녈(震烈): 진렬. 맹렬히 성을 냄.

267) 빙쳥(氷淸): 빙청. 얼음같이 맑고 옥같이 깨끗하다는 뜻으로, 청렴결백한 절조나 덕행을 나타내는 말. 빙청옥결(氷淸玉潔).

268) 겨: [교] 원문에는 '여'로 되어 있으나 오기로 보이므로 규장각본(21:27)과 연세대본(21:44)을 따름.

269) 아역(衙役): 수령이 지방 관아에서 사사롭게 부리던 사내종.

ᄅᆞ니. 능휘(-侯ㅣ) 니ᄅᆞ디 아니코 큰 죄(罪)를 저조려시니 죽이려노라 ᄒᆞᄂᆞ디라.

구취 계하(階下)의셔 황망(慌忙)ᄒᆞ야 급(急)히 웨여 연고(緣故)를 고(告)ᄒᆞ고 져ᄂᆞᆫ 죄(罪) 업ᄉᆞᆷ을 ᄇᆞᆰ히니 모다 경녀(驚慮)[270]ᄒᆞ야 초휘(-侯ㅣ), 능후(-侯)를 ᄎᆡᆨ(責)ᄒᆞ고 구츄를 글러 노흐니 능휘(-侯ㅣ) 거역(拒逆)디 못ᄒᆞ여 즘즘(潛潛)ᄒᆞ나 노긔(怒氣)를 이긔디 못ᄒᆞ야 봉안(鳳眼)이 ᄂᆞ즉ᄒᆞ고 미위(眉宇ㅣ)[271] 슈려(秀麗)ᄒᆞ고 믁연(默然) 졍좌(正坐ㅣ)어ᄂᆞᆯ, 평휘(-侯ㅣ) 박장(拍掌)

45면

쇼왈(笑曰),

"위쉬(-嫂ㅣ) 극(極)히 올흔 말 ᄒᆞ야 계신디라 고인(故人)으로 구졍(舊情)을 니으미 올커ᄂᆞᆯ ᄂᆞᆷ 웃ᄂᆞᆫ 노긔(怒氣)ᄂᆞᆫ 무ᄉᆞ 일이뇨?"

능휘(-侯ㅣ) 어히업서 강잉(强仍)[272] 쇼왈(笑曰),

"각녀(-女)의 죵젼(從前)[273] 졔악(諸惡)은 니ᄅᆞ도 말고 두 곳으로 ᄀᆡ가(改嫁)ᄒᆞ여 필경(畢竟)은 도적(盜賊)이 되엿거ᄂᆞᆯ 위 시(氏), 쇼뎨(小弟)를 욕(辱)ᄒᆞ노라 ᄎᆞ언(此言)을 ᄒᆞ니 아니 통희(痛駭)[274]ᄒᆞ니잇가?"

평휘(-侯ㅣ) 대쇼(大笑) 왈(曰),

"네 언마 의졋ᄒᆞ면 수쉬(嫂嫂ㅣ) 그리ᄒᆞ시리오? 네 졍(情)이 즁(重)

---

270) 경녀(驚慮): 경려. 놀라고 염려함.
271) 미위(眉宇ㅣ): 이마의 눈썹 근처.
272) 강잉(强仍): 마지못하여 그대로 함.
273) 죵젼(從前): 종전. 지금보다 이전.
274) 통희(痛駭): 통해. 몹시 이상스러워 놀람.

ᄒᆞ면 오랑키 계집이 되여신들 다시 못 ᄎᆞᄌᆞ랴?"

능휘(-侯ㅣ) 쇼이ᄃᆡ왈(笑而對曰),

"형댱(兄丈)은 엇디 이대도록 욕(辱)ᄒᆞ시ᄂᆞ니잇고?"

초휘(-侯ㅣ) 왈(曰),

"위

46면

싀(-氏ㅣ) 일ᄌᆞᆨ 각 시(氏)를 보디 아니ᄒᆞ야 계시고 네 ᄯᅩ 뉵가(-哥)의 ᄀᆡ가(改嫁)ᄒᆞ믈 니ᄅᆞ디 아냐시면 더옥 남챵현(南昌縣)의 올닌 도적(盜賊) 적슈(賊首) 조협의 계집인 줄 아라 계시리오? 무심(無心)코 뎨 슈졀(守節)ᄒᆞᆫ가 너겨 그 말솜이라 과도(過度)히 노(怒)ᄒᆞ야 ᄒᆞᄂᆞ뇨?"

능휘(-侯ㅣ) 노긔(怒氣)를 ᄎᆞᆷ고 ᄇᆡ샤(拜謝)ᄒᆞ니 평휘(- 侯ㅣ) ᄯᅩᄒᆞᆫ 웃고 왈(曰),

"나ᄂᆞᆫ 아모리 ᄉᆡᆼ각ᄒᆞ여도 그 말이 노(怒)홉디 아니토다. 위 시(氏), 각 시(氏)를 미러 너과 ᄀᆞ티 일실(一室)의 너코 문(門)을 ᄌᆞᆷ가도 대댱부(大丈夫ㅣ) 관계(關係)티 아닐ᄃᆡ 더옥 무심듕(無心中) 두어 말ᄒᆞ신 죄(罪) 그 므솜 대단ᄒᆞᆫ 일이라 그 유모(乳母)를 죽이고

47면

져 ᄒᆞᄂᆞᆫ다? 과연(果然) 모딜고 강악(強惡)ᄒᆞᆫ 인믈(人物)이로다.“

능휘(- 侯ㅣ) 잠쇼(暫笑) 왈(曰),

“쥭이쟈 말이 진짓 말이리잇가? 그 쥬인(主人)의 죄(罪)로 약간(若干) 쥰벌(峻罰)[275]이나 ᄒᆞ쟈 ᄒᆞ엿더니 제 팔ᄌᆡ(八字ㅣ) 됴화 ᄒᆞᆫ 채(次)[276]도 누려디디 아냐 무ᄉᆞ(無事)히 버셔나니 다ᄒᆡᆼ(多幸)토소이다.”

평휘(-侯ㅣ) 우어 왈(曰),

“네 즉금(卽今) 뎌리 노(怒)ᄒᆞ나 져녁의 침소(寢所)의 드러가 수시(嫂氏)의 용화(容華)[277]를 ᄃᆡ(對)ᄒᆞᆫ즉 미처 비디 못ᄒᆞ리라.”

초후(-侯) 등(等)이 웃더라.

능후(-侯), 이에 각 시(氏)를 거두워 원방(遠方)의 ᄂᆡ티니 각 시(氏) ᄇᆡ야흐로 저의 소텬(所天)[278]이런 줄 알고 ᄋᆡ둛고 븟그러 그 문하(門下)의셔 결항ᄌᆞᄉᆞ(結項自死)[279]ᄒᆞ니 연

48면

왕(-王)이 듯고 ᄋᆞᄌᆞ(兒子)를 블러 관곽(棺槨)으로 장(葬)ᄒᆞ라 ᄒᆞ니 모다 그 관인혜ᄐᆡᆨ(寬仁惠澤)[280]을 칭복(稱服)[281]ᄒᆞ고 광평후(--侯)

---

275) 쥰벌(峻罰): 준벌. 엄한 벌.
276) 채(次): 차. 형벌의 단위.
277) 용화(容華): 예쁘게 생긴 얼굴.
278) 소텬(所天): 소천. 아내가 남편을 이르는 말.
279) 결항ᄌᆞᄉᆞ(結項自死): 결항자사. 목을 매 자결함.
280) 관인혜ᄐᆡᆨ(寬仁惠澤): 관인혜택. 너그럽고 어진 은택.

등(等)이 모다 능후(-侯)ᄅᆞᆯ 향(向)ᄒᆞ야 티위(致慰)[282]ᄒᆞ고 긔롱(譏弄)ᄒᆞ믈 마디아냐 왈(曰),

"각 시(氏) 앗가 입관(入棺)ᄒᆞ니 가셔 보고 ᄒᆞᆫ 마ᄃᆡ 우리 종텬영결(終天永訣)[283]ᄒᆞ라. 우리도 ᄯᆞ라가 됴상(弔喪)[284]ᄒᆞ여 주마."

ᄒᆞ니 능휘(-侯ㅣ) 괴로이 너겨 믁믁(默默)ᄒᆞ니 졔인(諸人)이 대쇼(大笑)ᄒᆞ고 ᄀᆞᆯ오ᄃᆡ,

"뎌ᄃᆡ도록 셜워 말고 쾌(快)히 가 신톄(身體)나 보라."

ᄒᆞ니, 능휘(-侯) 강잉(强仍)[285]ᄒᆞ야 우ᄉᆞ나 심(甚)히 측(測)[286]ᄒᆞ야 너기고 위 시(氏)ᄅᆞᆯ 더옥 통ᄒᆞᆫ(痛恨)ᄒᆞ야 믄득 큰 고집(固執)이 니러나니 일ᄉᆡᆼ(一生) 환거(鰥居)[287]ᄒᆞᆯ ᄯᅳᆺ이

49면

이셔 비록 뎨(諸) 형뎨(兄弟)ᄅᆞᆯ ᄃᆡ(對)ᄒᆞ야 니ᄅᆞ디 아니나 ᄌᆞ가(自家) 졍심(貞心)[288]은 구지 졍(定)ᄒᆞ야 ᄆᆡ양 외당(外堂)의 잇고 ᄂᆡ실(內室)의 드디 아니ᄒᆞ니 샹셰(尙書ㅣ) 졀칙(切責)[289]ᄒᆞ야 망녕(妄靈)되믈 니ᄅᆞ면 흔연(欣然)이 웃고 ᄀᆞᆯ오ᄃᆡ,

"져믄 녀ᄌᆡ(女子ㅣ) 나의 듕ᄃᆡ(重待)[290]ᄒᆞ믈 밋고 말ᄉᆞᆷ을 삼가디

---

281) 칭복(稱服): 칭송하고 탄복함.
282) 티위(致慰): 치위. 상중(喪中)이나 복중(服中)에 있는 사람을 위로함.
283) 종텬영결(終天永訣): 종천영결. 죽어서 영원히 이별함.
284) 됴상(弔喪): 조상. 상가(喪家)에 가서 슬픔을 나타내는 인사(人事)를 함. 또는 그 인사(人事). 문상(問喪).
285) 강잉(强仍): 억지로 참음.
286) 측(測): 망측함.
287) 환거(鰥居): 홀아비로 삶.
288) 졍심(貞心): 정심. 굳은 마음.
289) 졀칙(切責): 절책. 호되게 꾸짖음.
290) 듕ᄃᆡ(重待): 중대. 소중하게 대우함.

아니ᄒᆞ니 경계(警戒)ᄒᆞᄂᆞᆫ 도리(道理) 업디 못ᄒᆞᆯ디라 형댱(兄丈)은 념녀(念慮) 마ᄅᆞ쇼셔."

ᄒᆞ니 샹셔(尙書ㅣ) ᄯᅩᄒᆞᆫ 위 시(氏) 향(向)ᄒᆞᆫ 듕졍(重情)을 아ᄂᆞᆫ디라 구ᄐᆡ여 권(勸)티 아니ᄒᆞ니 휘(侯ㅣ) 드ᄃᆡ여 ᄆᆞᄋᆞᆷ대로 봉각(-閣)의 죵젹(蹤跡)을 끈허 박ᄃᆡ(薄待)ᄒᆞ니 이 ᄯᅩ 위 시(氏) 운ᄋᆡᆨ(運厄)[291]이러라.

이ᄯᅢ 니(李) ᄒᆞᆨᄉᆞ(學士) ᄇᆡᆨ문

50면

이 댱형(長兄)을 니별(離別)ᄒᆞ고 날포 심회(心懷) 울적(鬱寂)ᄒᆞ믈 이긔디 못ᄒᆞ더니 왕(王)이 반ᄉᆞ(班師)[292]ᄒᆞ믈 듯고 크게 셜워 ᄀᆞᆯ오ᄃᆡ,

"ᄂᆡ 인ᄌᆡ(人子ㅣ) 되야 죄악(罪惡)을 태산(泰山)ᄀᆞ티 지은 타ᄉᆞ로 야애(爺爺ㅣ) 길흘 디나시ᄃᆡ 보디 아니코 가시니 사ᄅᆞᆷ이 셰간(世間)의 나 어버이 ᄇᆞ리시ᄂᆞᆫᄃᆡ ᄂᆡ 쟝ᄎᆞᆺ(將次ㅅ) 사라 므엇 ᄒᆞ리오?"

ᄒᆞ고 듀야(晝夜) ᄋᆡ호통읍(哀號慟泣)[293]ᄒᆞ니 식음(食飮)이 거ᄉᆞ려 토(吐)ᄒᆞ이고 형용(形容)이 수구(瘦軀)[294]ᄒᆞ더니 오라디 아냐 샹셕(床席)의 위돈(萎頓)[295]ᄒᆞ니 복시(服侍)[296]ᄒᆞᄂᆞᆫ 궁관(宮官) 뎡쳘이 황망(慌忙)[297]이 아듕(衙中)의 고(告)ᄒᆞ야 의약(醫藥)을 쳥(請)ᄒᆞ니 화 공(公)이 놀나 ᄉᆡᆼ각ᄒᆞᄃᆡ,

---

291) 운ᄋᆡᆨ(運厄): 운액. 모질고 사나운 고난이나 곤란함 따위를 당할 운명.
292) 반ᄉᆞ(班師): 반사. 군사를 이끌고 돌아옴.
293) ᄋᆡ호통읍(哀號慟泣): 애호통읍. 슬피 부르짖으며 통곡함.
294) 수구(瘦軀): 몸이 수척함.
295) 위돈(萎頓): 앓아서 정신이 없음.
296) 복시(服侍): 곁에서 모심.
297) 황망(慌忙): 마음이 몹시 급하여 당황하고 허둥지둥함.

'빅문이 비

51면

록 닉 녀९(女兒)를 져ᄇ려시나 연왕(-王)이 녀९(女兒)를 위(爲)ᄒ야 듕칙(重責)[298]을 여러 번(番) ᄒ고 지금(只今)의 니ᄅ러 보디 아니커늘 닉 엇디 홀로 박(薄)ᄒ며 샹시(常時) 조급(躁急)ᄒ 아히(兒孩) 일됴(一朝)의 남녁(南-) 고초(苦楚)를 이긔디 못ᄒ고 ᄉ친지회(思親之懷)[299]로 병(病)이 나시니 근원(根源)이 가ᄇ얍디 아닌디라 이룰 쟝ᄎ(將次ㅅ) 엇디홀고?'

싱각기를 오래ᄒ다가 즉시(卽時) 위의(威儀)[300]를 썰티고 믈읏 약뉴(藥類)를 ᄀ초와 필마(匹馬)로 햐쳐(下處)[301]의 니ᄅ러 바로 혹ᄉ(學士)의 누은 곳의 니ᄅ니 동지(童子ㅣ) 몬져 화 ᄌᄉ(刺史)의 니ᄅ믈 고(告)ᄒᄂ디라.

혹식(學士ㅣ) 계유 정신(精神)을 강

52면

작(强作)[302]ᄒ야 병댱(病杖)[303]을 딥고 상(牀)의 ᄂ려 ᄆᄌ니 공(公)이 드러와 보매 혹식(學士ㅣ) 빅셜(白雪) ᄀᄐ 긔뷔(肌膚ㅣ)[304] 변

298) 듕칙(重責): 중책. 무거운 처벌.
299) ᄉ친지회(思親之懷): 사친지회. 어버이를 그리워하는 마음.
300) 위의(威儀): 위의. 위엄이 있고 엄숙한 태도나 차림새.
301) 햐쳐(下處): 하처. 숙소. 손님이 길을 가다가 묵는 집.
302) 강작(强作): 강작. 억지로 차림.
303) 병댱(病杖): 병장. 환자가 짚는 지팡이.

(變)ᄒᆞ야 ᄒᆞᆫ 쵹뉘(髑髏ㅣ)[305] 되엿고 호흡(呼吸)이 그쳐디며 형ᄉᆡᆨ(形色)이 쵸고(焦枯)[306] ᄒᆞ야 ᄒᆞᆫ 조각 이운[307] 남기 되엿ᄂᆞᆫ디라.

크게 놀나 다만 닐오ᄃᆡ,

"군(君)은 병후(病候)[308] ᄅᆞᆯ 됴리(調理)[309] ᄒᆞᆯ디니 엇딘 고(故)로 노부(老夫)ᄅᆞᆯ 보고 과공(過恭)[310] ᄒᆞᄂᆞ뇨?"

ᄒᆞᆨᄉᆡ(學士ㅣ) 공경(恭敬)ᄒᆞ야 ᄌᆡᄇᆡ(再拜)ᄒᆞ고 ᄀᆞᆯ오ᄃᆡ,

"쇼셰(小壻ㅣ) 악댱(岳丈)[311] 긔 죄(罪) 지으믈 등한(等閑)이 아냣ᄉᆞᆸᄂᆞᆫ디라 당당(堂堂)이 가ᄉᆡ[312] ᄅᆞᆯ 뎌 죽으믈 쳥(請)ᄒᆞᆯ 거시로ᄃᆡ 악댱(岳丈)이 일즉 용납(容納)디 아니ᄒᆞ시니 감히(敢-) 아문(衙門)[313] 의 나아가디 못ᄒᆞ엿더니

53면

금일(今日)은 하일(何日)이완ᄃᆡ 귀개(貴駕ㅣ)[314] 누인(陋人)[315] 을 ᄎᆞᄌᆞ시ᄂᆞ뇨?"

공(公)이 비록 왕ᄉᆞ(往事)[316] ᄅᆞᆯ 졀티(切齒)[317] 통ᄒᆞᆫ(痛恨)ᄒᆞ나 도

---

304) 긔뷔(肌膚): 기부. 살갗.
305) 쵹뉘(髑髏): 촉루. 해골.
306) 쵸고(焦枯): 초고. 시들어 마름.
307) 이운: 시든.
308) 병후(病候): 병환.
309) 됴리(調理): 조리. 음식(飮食)·동작(動作) 또는 거처(居處) 등(等)을 적당(適當)히 몸에 맞게 하여 쇠약(衰弱)해진 몸을 회복(回復)되게 함.
310) 과공(過恭): 지나치게 공손함.
311) 악댱(岳丈): 악장. 장인의 높임말.
312) 가ᄉᆡ: 가시나무.
313) 아문(衙門): 아문. 관아의 출입문 혹은 관원들이 정무를 보는 곳을 통틀어 이르는 말.
314) 귀개(貴駕ㅣ): 귀한 가마.
315) 누인(陋人): 비루한 사람.
316) 왕ᄉᆞ(往事): 왕사. 지나간 일.
317) 졀티(切齒): 절치. 몹시 분하여 이를 갊.

금(到今)[318]ᄒᆞ야 뎌의 병(病)이 깁흐니 ᄉᆞ식(辭色)[319]ᄒᆞ미 가(可)티 아냐 다만 ᄀᆞᆯ오ᄃᆡ,

"ᄂᆡ 일즉 군(君)을 보디 못ᄒᆞ연 디 ᄉᆞ(四) 년(年)이라 므ᄉᆞᆷ 죄(罪)를 저즈러시리오? 능히(能-) ᄉᆡᆼ각디 못ᄒᆞ리로다."

ᄒᆞᆨᄉᆡ(學士ㅣ) 텽파(聽罷)의 쳐연(悽然)[320]이 ᄂᆞᆺ빗ᄎᆞᆯ 고티고 피셕(避席)[321] 샤례(謝禮) 왈(曰),

"쇼셰(小壻ㅣ) 본ᄃᆡ(本-) 블쵸(不肖)ᄒᆞᆫ 긔질(氣質)과 비루(鄙陋)ᄒᆞᆫ 자최[322]로 외람(猥濫)이 대인(大人)의 동상(東床)[323]을 허(許)ᄒᆞ시믈 닙어 옥녀(玉女)로 가(嫁)ᄒᆞ시니 은혜(恩惠) 크고 덕틱(德澤)이 바다 ᄀᆞᄐᆞᆫ디라 당당(堂堂)이 ᄯᅴ[324]예 사겨 닛디 아니

54면

미 올커ᄂᆞᆯ 쇼ᄉᆡᆼ(小生)의 운ᄋᆡᆨ(運厄)[325]이 태심(太甚)ᄒᆞ고 시운(時運)[326]이 블ᄒᆡᆼ(不幸)ᄒᆞ야 녕녀(令女)를 박ᄃᆡ(薄待)ᄒᆞ고 요ᄉᆞ(妖邪)[327]의 팀혹(沈惑)[328]ᄒᆞ야 드ᄃᆡ여 고이(怪異)ᄒᆞᆫ 변괴(變故ㅣ)[329] 니러나

---

318) 도금(到今): 지금에 이름.
319) ᄉᆞ식(辭色): 사색. 내색함.
320) 쳐연(悽然): 처연. 슬퍼하는 모양.
321) 피셕(避席): 피석. 공경의 뜻을 나타내기 위하여 웃어른을 모시던 자리에서 일어남.
322) 자최: 자취.
323) 동상(東床): 동쪽 평상이라는 뜻으로 사위를 말함. 중국 진(晉)나라의 태위 극감이 사윗감을 고르는데 왕도(王導)의 집 동쪽 평상 위에 엎드려 음식을 먹고 있는 왕희지(王羲之)를 골랐다는 고사에서 온 말.
324) ᄯᅴ: 띠.
325) 운ᄋᆡᆨ(運厄): 운액. 모질고 사나운 고난이나 곤란함 따위를 당할 운명.
326) 시운(時運): 때마다의 운수.
327) 요ᄉᆞ(妖邪): 요사. 요망하고 간사스러움.
328) 팀혹(沈惑): 침혹. 무엇을 몹시 좋아하여 정신을 잃고 거기에 빠짐.
329) 변괴(變故ㅣ): 변란과 사고.

ᄎᆞᆷ언(讒言)[330]이 가간(家間)의 죵횡(縱橫)[331]ᄒᆞ니 쇼셰(小壻ㅣ) 나히 어리고 셰ᄉᆞ(世事)ᄅᆞᆯ 경녁(經歷)[332]디 못ᄒᆞ엿ᄉᆞᆸᄂᆞᆫ디라 과(過)히 고디드러 형포(荊布)[333]로ᄡᅧ 쳔단비원(千端悲怨)[334]을 기텨 필경(畢竟)의 오긔(吳起)[335]도곤 심(甚)ᄒᆞᆫ 박ᄒᆡᆼ(薄行)을 ᄒᆡᆼ(行)ᄒᆞ니 오ᄂᆞᆯ날 악댱(岳丈)긔 뵈오매 엇디 터럭과 ᄲᅧ 숫그러ᄒᆞ믈[336] ᄎᆞᆷ으리잇고? 쇼셰(小壻ㅣ) 어딘 안해 져ᄇᆞ린 죄(罪)ᄂᆞᆫ 니ᄅᆞ도 말고 동ᄉᆡᆼ(同生)[337]과 표죵(表從)[338]이 쇼ᄉᆡᆼ(小生)의 연고(緣故)로 ᄉᆡ외(塞外)[339]예 찬츌(竄黜)[340]ᄒᆞ며 녕ᄒᆡ(嶺海)[341]의 슈졸(戍卒)[342]

55면

ᄒᆞ야 구ᄉᆞ일ᄉᆡᆼ(九死一生)ᄒᆞ니 쟝ᄎᆞᆺ(將次ㅅ) 가문(家門)의 기인(棄人)[343]이오, 조션(祖先)의 죄인(罪人)이라. 쳔ᄃᆡ(千代) 매명(罵名)[344]을 다 ᄒᆞᆫ 몸의 시러 스ᄉᆞ로 형댱(刑場)[345] 아래 업ᄃᆡ믈 면(免)티 못

---

330) ᄎᆞᆷ언(讒言): 참언. 참소하는 말.

331) 죵횡(縱橫): 종횡. 거침없이 마구 오가거나 이리저리 다님.

332) 경녁(經歷): 경력. 겪음.

333) 형포(荊布): 형포. 가시나무 비녀와 베치마라는 뜻으로 아내를 이름. 형차포군(荊釵布裙). 중국 한(漢)나라 때 은사인 양홍(梁鴻)의 아내 맹광(孟光)이 남편의 뜻을 받들어 이처럼 검소하게 착용한 데서 유래함. 『후한서(後漢書)』, <양홍열전(梁鴻列傳)>.

334) 쳔단비원(千端悲怨): 천단비원. 온갖 슬픔과 원망.

335) 오긔(吳起): 오기. 중국 전국시대 위(衛)나라의 장수이자 정치가(B.C.440~B.C.381). 노(魯)나라에서 장수를 하기 위해 제(齊)나라 출신인 자기 아내를 죽여 믿음을 주고 결국 노나라의 장수가 됨. 저서로 병법서 『오자(吳子)』가 있음.

336) 숫그러ᄒᆞ믈: 두려워함을.

337) 동ᄉᆡᆼ(同生): 동생. 동기. 형제. 여기에서는 이경문을 가리킴.

338) 표죵(表從): 표종. 고종(姑從), 이종(姨從), 외종(外從)을 이르는 말.

339) ᄉᆡ외(塞外): 새외. 요새의 밖 또는 북방의 만리장성 밖.

340) 찬츌(竄黜): 찬출. 죄인을 귀양 보내거나 벼슬에서 내쫓음.

341) 녕ᄒᆡ(嶺海): 영해. 산과 바다 밖의 곳. 멀리 떨어져 있는 곳을 말함.

342) 슈졸(戍卒): 수졸. 수자리를 삶.

343) 기인(棄人): 기인. 버림받은 사람, 또는 죄를 짓고 유배된 사람을 뜻함.

344) 매명(罵名): 매명. 더러운 이름.

홀 줄로 아더니 셩샹(聖上)의 망극(罔極)ᄒᆞᆫ 은혜(恩惠)ᄅᆞᆯ 닙ᄉᆞ와 실낫ᄀᆞᄐᆞᆫ 잔쳔(殘喘)[346]을 보젼(保全)ᄒᆞ나 븍당(北堂)[347]을 니별(離別)ᄒᆞ야 쳔(千) 리(里)의 ᄠᅳᆫ구름이 되니 ᄉᆞ친(思親)ᄒᆞᄂᆞᆫ 심ᄉᆡ(心思ㅣ) 경경(耿耿)[348] 쵸조(焦燥)ᄒᆞ믄 쟝ᄎᆞᆺ(將次ㅅ) 상명(喪命)[349]ᄒᆞ미 갓갑고 일신(一身)을 도라보매 허다(許多) 참덕(慙德)[350]이 텬디간(天地間)의 용납(容納)디 못홀 죄명(罪名)의 얽ᄆᆡ이여 ᄂᆞᆺ출 드러 하늘을 보미 두립[351]고 사ᄅᆞᆷ ᄃᆡ(對)할 ᄂᆞᆺ치 업ᄉᆞ니 당당(堂堂)이

56면

ᄌᆞ결(自決)ᄒᆞ야 무궁(無窮)ᄒᆞᆫ 죄(罪)ᄅᆞᆯ 쇽(贖)고져 ᄒᆞ나 부모(父母) 유톄(遺體)[352]ᄅᆞᆯ ᄎᆞ마 경(輕)히 못 ᄒᆞ며 부모(父母)의 안면(顔面)을 다시 보옵디 못ᄒᆞ고 타향(他鄕) 원귀(冤鬼) 되믈 ᄎᆞ마 못 ᄒᆞ야 완연(蜿蜒)[353] 구챠(苟且)히 투싱(偸生)[354]ᄒᆞ매 외로이 초옥(草屋) 누실(陋室)의 폐인(廢人)이 되여 머리ᄅᆞᆯ 두로혀 븍당(北堂)을 ᄇᆞ라보매 애각(涯角)[355]이 ᄌᆞ음ᄒᆞ고[356] 관산(關山)[357]이 알플 ᄀᆞ리오니 인ᄌᆞ

---

345) 형댱(刑場): 형장. 사형을 집행하는 장소.
346) 잔쳔(殘喘): 잔천. 남아 있는 숨.
347) 븍당(北堂): 북당. 집의 북쪽 귀퉁이에 있는 당. 대개 모친이 계신 곳 혹은 모친을 북당이라 함.
348) 경경(耿耿): 마음에 잊히지 않고 염려됨.
349) 상명(喪命): 목숨을 잃음.
350) 참덕(慙德): 부끄러워할 만한 덕.
351) 립: [교] 원문에는 '텹'으로 되어 있으나 문맥을 고려해 규장각본(21:38)과 연세대본(21:55)을 따름.
352) 유톄(遺體): 유체. 부모가 남겨 준 몸.
353) 완연(蜿蜒): 벌레 따위가 꿈틀거리듯이 길게 뻗어 있는 모양이 구불구불함.
354) 투싱(偸生): 투생. 구차하게 산다는 뜻으로, 죽어야 마땅할 때에 죽지 아니하고 욕되게 살기를 꾀함을 이르는 말.
355) 애각(涯角): 아주 먼 궁벽한 곳.
356) ᄌᆞ음ᄒᆞ고: 사이에 두고.

(人子)의 효심(孝心)이 어히ᄂᆞᆫ[358] ᄃᆞᆺᄒᆞ고 평ᄉᆡᆼ(平生) 계활(計活)[359]을 상상(想像)ᄒᆞ매 임의 죄악(罪惡)이 깁허 타향(他鄕)의 니ᄅᆞ러 ᄉᆞ면(四面)의 알 리 업고 우회(憂悔)[360]를 위로(慰勞)ᄒᆞ리 업ᄉᆞ니 당일(當日) 부귀호티(富貴豪侈)를 ᄉᆡᆼ각ᄒᆞ매 엇디 슬프고 셟디

57면

아니리잇고? 이제 뉘웃ᄎᆞ미 근졀(懇切)ᄒᆞ고 젼과(前過)[361]를 후회(後悔)ᄒᆞ나 다시 고향(故鄕)의 도라가 부모(父母) 뵈올 길히 묘망(渺茫)[362]ᄒᆞ고 현쳐(賢妻)를 ᄎᆞᄌᆞ 거ᄂᆞ리고 곡됴(曲調ㅣ) 화합(和合)ᄒᆞ미 어려온디라 여러 가지 ᄀᆞᆨ골(刻骨)ᄒᆞᆫ 회푀(懷抱ㅣ) 일촌심댱(一寸心腸)[363]이 요요(擾擾)[364]ᄒᆞ매 드ᄃᆡ여 일(一) 병(病)이 고황(膏肓)[365]을 침노(侵擄)[366]ᄒᆞ야 ᄉᆡᆼ되(生道ㅣ)[367] 망연(茫然)ᄒᆞᆫ디라. 원(願)ᄒᆞᄂᆞᆫ ᄇᆞᄂᆞᆫ 섈리 죽어 넉시 화 시(氏)로 ᄒᆞᆫ가지로 놀기를 ᄇᆞ라ᄂᆞ이다."

셜파(說罷)의 셩안(星眼)의 두어 줄 눈믈이 샹연(傷然)[368]이 ᄂᆞ리니 화 공(公)이 듯기를 ᄆᆞᆺ고 그 ᄀᆡ과(改過)ᄒᆞ미 깁흐믈 환희(歡喜)ᄒᆞ

---

357) 관산(關山): 국경이나 주요 지점 주변에 있는 산.
358) 어히ᄂᆞᆫ: 에는.
359) 계활(計活): 살림을 할 대책이나 방법을 꾀하여 살아 나감.
360) 우회(憂悔): 근심하는 마음.
361) 젼과(前過): 전과. 전에 저지른 잘못.
362) 묘망(渺茫): 아득함.
363) 일촌심댱(一寸心腸): 일촌심장. 한 치의 심장.
364) 요요(擾擾): 뒤숭숭하고 어수선함.
365) 고황(膏肓): '고(膏)'는 가슴 밑의 적은 비계, '황(肓)'은 가슴 위의 얇은 막(膜). 즉 심장과 횡경막의 사이를 '고황'이라 함. 병이 그 속에 생기면 낫기 어렵다는 부분으로 병이 고황에까지 들었다는 것은 병이 위중하여 치료할 수 없는 것을 말함.
366) 침노(侵擄): 침투.
367) ᄉᆡᆼ되(生道ㅣ): 생도. 살아날 만한 기운
368) 샹연(傷然): 상연. 슬퍼하는 모양.

야 ᄌᆞ긔(自己) 녀ᄋᆡ(女兒ㅣ) 임의 사라시며 젼(前)의 ᄉᆞ랑

58면

ᄒᆞ던 배라 그 병(病)이 깁흐믈 우려(虞慮)ᄒᆞ매 다시 박졀(迫切)[369] ᄒᆞᆫ 빗출 못 ᄒᆞ야 흔연(欣然)이 위로(慰勞) 왈(曰),

"왕ᄉᆞ(往事)[370]ᄂᆞᆫ 다 녀아(女兒)의 운쉬(運數ㅣ) 블리(不利)ᄒᆞ미라 엇디 너의 타시며 오로[371] 다 노녀(-女)의 죄(罪)라 ᄉᆡᆼ각건대 ᄂᆡ 타시 아니리오? ᄂᆡ 브절업시 ᄇᆡᆨ금(百金)을 허비(虛費)ᄒᆞ야 녀ᄋᆞ(女兒)로 화란(禍亂)[372]의 믿기를 어더 주니 실(實)은 ᄂᆡ 그ᄅᆞᆺᄒᆞ미라. 너ᄂᆞᆫ 죠곰도 죄(罪) 업ᄂᆞ니 과도(過度)히 샤죄(謝罪) 말라."

혹ᄉᆡ(學士ㅣ) 츄연(惆然)[373]이 탄식(歎息)ᄒᆞ고 벼개의 ᄲᅳ러뎌 다시 말ᄒᆞᆯ 긔운이 업고 신ᄉᆡᆨ(神色)[374]이 엄엄(奄奄)[375]ᄒᆞ니 공(公)이 대경(大驚)ᄒᆞ야 급(急)히 좌우(左右)로 약(藥)을 다ᄉᆞ려 먹으믈 권(勸)ᄒᆞᆫ대 혹ᄉᆡ(學士ㅣ) 강

59면

잉(强仍)[376]ᄒᆞ야 마시기를 ᄆᆞᆺ고 도로 혼혼(昏昏)[377]ᄒᆞ야 아득히 인

---

369) 박졀(迫切): 박절. 인정이 없고 쌀쌀함.
370) 왕ᄉᆞ(往事): 왕사. 지나간 일.
371) 오로: 온전히.
372) 화란(禍亂): 재앙과 난리를 통틀어 이르는 말.
373) 츄연(惆然): 추연. 슬프거나 상심하는 모양.
374) 신ᄉᆡᆨ(神色): 신색. 안색.
375) 엄엄(奄奄): 숨이 곧 끊어지려 하거나 매우 약한 상태에 있음.
376) 강잉(强仍): 억지로 참음. 또는 마지못하여 그대로 함.

ᄉᆞ(人事)ᄅᆞᆯ 모ᄅᆞ니 공(公)이 탹급(着急)[378] ᄒᆞ야 듀야(晝夜)로 이에 이셔 구호(救護)ᄒᆞ고 의약(醫藥)을 극진(極盡)이 ᄒᆞ연 디 십여(十餘) 일(日)의 니ᄅᆞᄃᆡ 촌회(寸效ㅣ)[379] 업고 시시(時時)로 위듕(危重)[380] ᄒᆞ야 엄홀(奄忽)[381] ᄒᆞ기ᄅᆞᆯ ᄌᆞ로 ᄒᆞ니 공(公)이 망극(罔極)ᄒᆞ야 그 정신(精神)을 보고져 겨ᄐᆡ 나아가 손을 잡고 블러 닐오ᄃᆡ,

"운뵈[382]야, 네 안해 ᄎᆡ옥을 보고 시브냐?"

ᄉᆡᆼ(生)이 믄득 눈을 ᄠᅥ ᄀᆞᆯ오ᄃᆡ,

"어ᄃᆡ 잇ᄂᆞ니잇가? 만일(萬一) 서로 볼딘대 죽어도 무ᄒᆞᆫ(無恨)이오, 정신(精神)도 ᄆᆞᆰ을가 시브이다."

공(公)이 텽파(聽罷)의 다만 위로(慰勞)ᄒᆞ고 냥ᄌᆞ(兩子)로 ᄉᆡᆼ(生)을 ᄃᆡᆨ희오

60면

고 아(衙)의 니ᄅᆞ러 소져(小姐)ᄅᆞᆯ 보고 눈믈이 돌돌[383] ᄒᆞ야 다만 닐오ᄃᆡ,

"네 가뷔(家夫ㅣ) 즉금(卽今) ᄉᆞᄉᆡᆼ(死生)이 위급(危急)ᄒᆞ야시니 네 섈리 가 보고 영결(永訣)[384] ᄒᆞ라."

쇼제(小姐ㅣ) 텽파(聽罷)의 놀나 옥안(玉顔)이 참연(慘然)[385] ᄒᆞ야

---

377) 혼혼(昏昏): 정신이 가물가물하고 희미함.
378) 탹급(着急): 착급. 매우 급함.
379) 촌회(寸效ㅣ): 매우 작은 효험.
380) 위듕(危重): 위중. 병세가 위험할 정도로 중함.
381) 엄홀(奄忽): 갑작스럽게 정신을 잃음.
382) 운뵈: 운보. 이백문의 자(字).
383) 돌돌: 원래는 작은 물건이 여러 겹으로 동글하게 말리는 모양을 의미하나 여기에서는 가득한 모양을 말함.
384) 영결(永訣): 죽은 사람과 산 사람이 영원히 헤어짐.

ᄀᆞᆯ오ᄃᆡ,

"어ᄃᆡ롤 알터니잇가?"

공(公)이 그 증셰(症勢)롤 니ᄅᆞ고 ᄀᆞᆯ오ᄃᆡ,

"도시(都是)[386] 너롤 ᄉᆞ샹(相思)ᄒᆞ야 난 병(病)이니 네 녀ᄌᆞ(女子ㅣ) 되여 쇼쇼(小小) 혐원(嫌怨)[387]을 발뵈디[388] 못ᄒᆞᆯ 거시니 ᄲᆞᆯ리 가 서로 보와 ᄉᆞᄉᆡᆼ(死生)의 ᄒᆞᆫ(恨)이 업게 ᄒᆞ라."

쇼졔(小姐ㅣ) 텽파(聽罷)의 졍ᄉᆡᆨ(正色) 왈(曰),

"ᄉᆞᄉᆡᆼ(死生)이 ᄌᆡ텬(在天)ᄒᆞ니 뎨 만일(萬一) 죽으려 ᄒᆞ여실딘대 쇼녜(少女ㅣ) 가 보다 나으리잇가? 쇼녜(少女ㅣ) 임의 절로 더브러 원

***

61면

쉬(怨讐ㅣ) 심상(尋常)티 아닌디라 ᄎᆞ마 그 얼골을 셔로 보리오? 뎨 만일(萬一) 죽을딘대 쇼녜(小女ㅣ) 당당(堂堂)ᄒᆞᆫ 대졀(大節)[389]을 인(因)ᄒᆞ야 ᄯᆞᆯ와 죽으리니 야야(爺爺)ᄂᆞᆫ 경(輕)히 요동(搖動)티 마ᄅᆞ시고 약(藥)을 ᄡᅳ쇼셔. 그 긔샹(氣像)이 그리 수이 골몰(汨沒)[390]ᄒᆞᆯ가 너기시ᄂᆞ니잇가?"

화 공(公)이 텽파(聽罷)의 그 언ᄉᆞ(言事)롤 어히업서 다시 뭇디 아니코 도라오니 혹ᄉᆡ(學士ㅣ) 임의 엄홀(奄忽)[391]ᄒᆞ엿ᄂᆞᆫ디라 텬디(天

---

385) 참연(慘然): 슬퍼하는 모양.
386) 도시(都是): 모두.
387) 혐원(嫌怨): 싫어하고 원망함.
388) 발뵈디: 드러내지.
389) 대졀(大節): 대절. 큰 절개.
390) 골몰(汨沒): 파묻힘.
391) 엄홀(奄忽): 갑자기 정신을 잃음.

地) 망망(茫茫)[392] ᄒᆞ야 문(門)밧긔 나와 앙텬(仰天)[393] 탄왈(歎曰),

“ᄂᆡ 므ᄉᆞᆷ ᄂᆞᆺᄎᆞ로 경ᄉᆞ(京師)의 가 연왕(-王)을 보리오? 연왕(-王)은 ᄂᆡ ᄌᆞ식(子息)을 위(爲)ᄒᆞ야 그 ᄌᆞ식(子息)을 젼후(前後) 듕칙(重責)[394] ᄒᆞ미 ᄒᆞᆫ두 번(番)이 아니어ᄂᆞᆯ 나는 그 아ᄃᆞᆯ이 ᄂᆡ 곳의 니ᄅᆞ

•••

62면

럿ᄂᆞᆫᄃᆡ 구ᄒᆞᆫ(舊恨)[395]을 심ᄒᆞᆫ(深恨)[396] ᄒᆞ야 ᄆᆡ연(-然)이[397] 믓디 아녓다가 대병(大病)을 어더 이러ᄐᆞᆺ 죽게 되니 만일(萬一) 회ᄉᆡᆼ(回生)티 못ᄒᆞᆯ딘대 ᄂᆡ 엇디 사라 뎨도(帝都)[398]의 니ᄅᆞ러 연왕(-王)을 보리오?”

이러ᄐᆞᆺ 닐러 쵸조(焦燥)ᄒᆞ믈 마디아니며 여러 가지 환약(丸藥)을 ᄀᆞ라 년쇽(連續)ᄒᆞ야 입의 흘리니 반향(半晌)[399] 후(後) 홀연(忽然) 숨을 ᄂᆡ쉬고 눈을 드러 ᄉᆞᆯ피니 화 공(公)이 만면(滿面)의 눈믈이 ᄀᆞ득ᄒᆞ야 약죵(藥鍾)[400]을 들고 겨ᄐᆡ 안잣ᄂᆞᆫ디라 기리 탄(歎)ᄒᆞ야 ᄀᆞᆯ오ᄃᆡ,

“쇼셰(小壻ㅣ) 악댱(岳丈)을 져ᄇᆞ리미 ᄌᆞ못 깁거ᄂᆞᆯ 도금(到今)[401] ᄒᆞ야 셩ᄐᆡᆨ(盛澤)[402]을 ᄂᆞ리오시미 이 ᄀᆞᄐᆞ시니 쇼셰(小壻ㅣ) 도라가

---

392) 망망(茫茫): 넓고 멀어 아득한 모양.
393) 앙텬(仰天): 앙천. 하늘을 우러러봄.
394) 듕칙(重責): 중책. 엄하게 책망함.
395) 구ᄒᆞᆫ(舊恨): 구한. 예전에 맺었던 원한.
396) 심ᄒᆞᆫ(深恨): 심한. 깊이 한함. 또는 그런 한.
397) ᄆᆡ연(-然)이: 매몰차게.
398) 뎨도(帝都): 제도. 황제가 있는 나라의 서울.
399) 반향(半晌): 반나절.
400) 약죵(藥鍾): 약종. 약을 담은 종지.
401) 도금(到今): 지금에 이름.
402) 셩ᄐᆡᆨ(盛澤): 성택. 큰 은택.

ᄂᆞᆫ 넉신들 감격(感激)디 아니리

63면

잇가? 쇼셰(小壻ㅣ) 임의 악(惡)을 ᄒᆡᆼ(行)ᄒᆞ고 강(强)[403]을 빠하 죄악(罪惡)이 관영(貫盈)[404]ᄒᆞ믄 니ᄅᆞ도 말고 어딘 쳐ᄌᆞ(妻子)ᄅᆞᆯ ᄉᆞᄉᆞ로 죽여 사오나온 죄괘(罪過ㅣ)[405] 샹텬(上天)의 ᄉᆞᄆᆞᆺ찻ᄂᆞᆫ디라[406] 죽으미 일의 족(足)ᄒᆞᄃᆡ 다만 셜워ᄒᆞᄂᆞᆫ ᄇᆞᄂᆞᆫ 타향(他鄕)의 ᄉᆞ고무친(四顧無親)[407]이오, 부모(父母) 동ᄉᆡᆼ(同生)을 다시 보디 못ᄒᆞ고 힘힘이[408] 스러디니 막대(莫大)ᄒᆞᆫ 유ᄒᆞᆫ(遺恨)[409]이 쳔ᄃᆡ(千代)의 민멸(泯滅)[410]티 아니리니 디하(地下)의 눈을 ᄀᆞᆷ디 못ᄒᆞᄂᆞ니 원(願)컨대 대인(大人)은 타일(他日) 경ᄉᆞ(京師)의 가시거든 졔(諸) 형뎨(兄弟)ᄅᆞᆯ ᄃᆡ(對)ᄒᆞ야 ᄎᆞ언(此言)을 니ᄅᆞ쇼셔."

셜파(說罷)의 흐ᄅᆞᄂᆞᆫ 눈믈이 오월(五月) 댱슈(長水) ᄀᆞᄐᆞ야 딘딘(津津)[411]이 늣기다가 또 인ᄉᆞ(人事)ᄅᆞᆯ ᄇᆞ리니 공(公)이 그

403) 강(强): 모진 행실.
404) 관영(貫盈): 가득 참.
405) 죄괘(罪過): 죄가 될 만한 허물.
406) ᄉᆞᄆᆞᆺ찻ᄂᆞᆫ디라: 사무쳤으므로.
407) ᄉᆞ고무친(四顧無親): 사고무친. 의지할 만한 사람이 아무도 없음.
408) 힘힘이: 부질없이.
409) 유ᄒᆞᆫ(遺恨): 유한. 살아서 뜻을 이루지 못하고 남긴 한.
410) 민멸(泯滅): 자취나 흔적이 아주 없어짐.
411) 딘딘(津津): 진진. 매우 많은 모양.

64면

언ᄉᆞ(言辭)의 비쳑(悲慽)[412]ᄒᆞ믈 마디아니코 ᄉᆞ졍(事情)의 졀통(切痛)[413]ᄒᆞ믈 ᄎᆞ마 이긔디 못ᄒᆞ야 다만 황황(遑遑)[414] 쵸조(焦燥)ᄒᆞ야 냥ᄌᆞ(兩子)로 쇼져(小姐)를 부ᄅᆞ니 쇼졔(小姐ㅣ) 오디 아니코 ᄃᆡ왈(對曰),

“니(李) 군(君)이 ᄉᆞᄉᆡᆼ(死生)이 판단(判斷)[415]ᄒᆞᄂᆞᆫ 날은 쇼녜(小女ㅣ) 임의 삼쳑검(三尺劍)[416]과 삼쳑포(三尺布)[417]를 ᄃᆡ령(待令)ᄒᆞ여시니 미쳐 부모(父母) 동ᄉᆡᆼ(同生)도 뉴렴(留念)[418]티 못ᄒᆞ려니와 그 얼골 보기ᄂᆞᆫ ᄎᆞ마 못ᄒᆞᆯ소이다.”

ᄒᆞ니 공(公)이 ᄃᆡ로(大怒)ᄒᆞ나 ᄒᆞᆯ일업서 ᄒᆞᆫ갓 창황(惝怳)[419]ᄒᆞᆯ ᄉᆞ름이러니 홀연(忽然) 난ᄃᆡ업ᄉᆞᆫ 쳥의동ᄌᆡ(青衣童子ㅣ)[420] ᄒᆞᆫ 봉(封) 셔간(書簡)과 세 환약(丸藥) ᄫᅡᆫ 거ᄉᆞᆯ 밧드러 드려 ᄀᆞᆯ오ᄃᆡ,

“쇼동(小童)은 ᄐᆡ쥐(台州) ᄇᆡ온[421]산(--山) 익진관 션ᄉᆡᆼ(先生)의 문

65면

하인(門下人)이러니 션ᄉᆡᆼ(先生)이 특별(特別)이 ᄇᆞ리시믈 닙어 니ᄅᆞ

---

412) 비쳑(悲慽): 비척. 슬프고 근심스러움.
413) 졀통(切痛): 절통. 뼈에 사무치도록 원통함.
414) 황황(遑遑): 마음이 몹시 급하여 허둥지둥하는 모양.
415) 판단(判斷): 완전히 끊김.
416) 삼쳑검(三尺劍): 삼척검. 길이가 석 자 정도 되는 긴 칼.
417) 삼쳑포(三尺布): 삼척포. 길이가 석 자 정도 되는 베.
418) 뉴렴(留念): 유념. 잊거나 소홀히 하지 않도록 마음속에 깊이 간직하여 생각함.
419) 창황(惝怳): 놀라거나 다급하여 어찌할 바를 모름.
420) 쳥의동ᄌᆡ(青衣童子ㅣ): 청의동자. 신선(神仙)의 시중을 든다는 푸른 옷을 입은 사내아이.
421) 온: [교] 원문에는 ‘운’으로 되어 있으나 앞의 예를 따라 이와 같이 수정함.

럿ᄂᆞ이다.”

화 공(公)이 텽파(聽罷)의 경아(驚訝)ᄒᆞ야 밧비 ᄣᅥ혀 보니 약(藥)은 쳥심원(淸心元)[422] ᄀᆞᄐᆞᄃᆡ 향(香)ᄂᆡ 옹비(齆鼻)[423]ᄒᆞ야 먼리 ᄡᅩ이고 글월의 ᄒᆞ여시ᄃᆡ,

‘산야(山野) 노인(老人) 익진관은 돈슈(頓首)[424]ᄒᆞ고 감히(敢-) 쳑셔(尺書)[425]ᄅᆞᆯ 항쥐(杭州) 부존(府尊) 화 ᄌᆞ사(刺史) 안샹(案上)의 올리ᄂᆞ이다. 빈도(貧道)ᄂᆞᆫ 산듕(山中) 은ᄉᆡ(隱士ㅣ)오 대인(大人)은 됴뎡(朝廷) 명관(名官)이시니 쳥운(靑雲)[426]과 ᄇᆡᆨ운(白雲)의 다ᄅᆞ미 쇼양(霄壤)[427]이 현격(懸隔)[428]ᄒᆞ니 셔ᄉᆞ(書辭)[429] 샹통(相通)이 극(極)히 미안(未安)ᄒᆞᄃᆡ 경셩(京城) ᄒᆞᆨᄉᆞ(學士) ᄂᆡ(李) 공(公)이 독질(毒疾)[430]을 어더 명(命)이 위급(危急)ᄒᆞ엿ᄂᆞᆫ디라 ᄎᆞ질(此疾)이 구ᄐᆞ야 하늘이 주

66면

신 병(病)이 아니오, 도시(都是) 심녀(心慮)[431]로 되여시니, ᄉᆡᆼ도(生道)[432]ᄅᆞᆯ 어드미 녕녀(令女)긔 이시ᄃᆡ 진실로(眞實-) 녕녜(令女ㅣ) ᄂᆡ(李) ᄒᆞᆨᄉᆞ(學士)의게 ᄆᆡ친 원(怨)이 잠간(暫間)도 플리디 못ᄒᆞ엿ᄂᆞᆫ 고

422) 쳥심원(淸心元): 청심원. 한약의 한 가지. 심경의 열을 풀어 주는 데 효험이 있음.
423) 옹비(齆鼻): 코를 찌름.
424) 돈슈(頓首): 돈수. 머리를 조아림.
425) 쳑셔(尺書): 척서. 짧은 편지.
426) 쳥운(靑雲): 청운. 높은 지위나 벼슬을 비유적으로 이르는 말.
427) 쇼양(霄壤): 소양. ‘천지’를 달리 이르는 말. 높은 하늘과 넓은 땅이라는 뜻.
428) 현격(懸隔): 차이가 매우 심함.
429) 셔ᄉᆞ(書辭): 서사. 편지.
430) 독질(毒疾): 병세가 지독하여 잘 낫지 않는 병.
431) 심녀(心慮): 심려. 마음속으로 걱정함. 또는 그런 걱정.
432) ᄉᆡᆼ도(生道): 생도. 살아갈 방도

(故)로 지아비 죽으ᄃᆡ 관념(關念)[433]티 아니ᄒᆞ니 엇디 녀ᄒᆡᆼ(女行)이라 ᄒᆞ리오? 빈되(貧道ㅣ) 스ᄉᆞ로 ᄌᆞ비지심(慈悲之心)을 촘디 못ᄒᆞ야 박(薄)ᄒᆞᆫ 약(藥)으로ᄡᅥ 나오ᄂᆞ니 급(急)히 병인(病人)을 먹여 가ᄂᆞᆫ 넉술 브ᄅᆞ라.'

ᄒᆞ엿더라.

화 공(公)이 견필(見畢)의 대경(大驚)ᄒᆞ야 무러 갈오ᄃᆡ,

"익진관은 엇더ᄒᆞ시니완ᄃᆡ 먼리 잇ᄂᆞᆫ 사ᄅᆞᆷ의 망극(罔極)ᄒᆞᆫ ᄉᆞ정(事情)을 이대도록 신긔(神奇)히 아ᄅᆞ셔 ᄆᆞ론 남긔 믈을

67면

주시ᄂᆞ뇨?"

동ᄌᆡ(童子ㅣ) ᄃᆡ왈(對曰),

"우리 션ᄉᆡᆼ(先生)이 득도(得道)ᄒᆞ션 디 오래매 산듕(山中)의 계샤 이러틋 젹션(積善)ᄒᆞ시기ᄅᆞᆯ 일삼으시ᄂᆞ니이다."

공(公)이 즉시(卽時) 답간(答簡)을 ᄡᅥ 동ᄌᆞ(童子)ᄅᆞᆯ 주고 급(急)히 그 약(藥)을 믈의 ᄀᆞ라 ᄒᆞᆨᄉᆞ(學士)의 누은 곳의 나아가 두 환(丸)을 년(連)ᄒᆞ야 ᄡᅳ니 두어 식경(食頃)이나 디난 후(後) ᄉᆡᆼ(生)이 입으로조차 두어 되 피ᄅᆞᆯ 곱초차[434] 토(吐)ᄒᆞ고 정신(精神)을 출히니 공(公)의 대희(大喜)ᄒᆞ미 운무(雲霧)ᄅᆞᆯ 헤티고 쳥텬(晴天)을 본 ᄃᆞᆺ 만댱(萬丈) 굴헝[435]의 ᄲᅡ뎟다가 구천(九天)[436]의 비등(飛騰)[437]ᄒᆞᆫ ᄃᆞᆺᄒᆞ야 급

433) 관념(關念): 어떤 것에 마음이 끌려 주의를 기울임.
434) 곱초차: 갑자기.
435) 굴헝: 구덩이.
436) 구천(九天): 구천. 가장 높은 하늘.
437) 비등(飛騰): 공중으로 높이 떠오름.

(急)히 문왈(問曰),

"이때는 네 긔운이 엇더ᄒᆞ뇨?"

혹ᄉᆡ(學士ㅣ) ᄃᆡ왈(對曰),

"수십(數十) 일(日) 아득던 정신(精神)이 즉

68면

금(卽今) 쳥신(淸新)[438] ᄒᆞ기 ᄀᆞ이 업서 녯 ᄆᆞ음이 도라오니 연고(緣故)를 아디 못ᄒᆞ야 고이(怪異)ᄒᆞ여이다. 악댱(岳丈)이 블쵸(不肖) 쇼ᄌᆞ(小子)를 위(爲)ᄒᆞ야 여러 날을 심녀(心慮)를 ᄡᅳ시미 태과(太過)[439] ᄒᆞ고 구호(救護)ᄒᆞ믈 지극(至極)히 ᄒᆞ시니 감은(感恩)[440] ᄒᆞ미 엿디 아니ᄒᆞ나 극(極)히 블안(不安)ᄒᆞ니 아(衙)로 도라가쇼셔."

공(公) 왈(曰),

"ᄂᆡ 임의 녕친(令親)[441] 으로 교계(交契)[442] 를 ᄆᆡ잔 디 셰구년심(歲久年深)[443] ᄒᆞ야 동긔(同氣) ᄀᆞ튼 졍(情)이 잇ᄂᆞᆫ디라 그 아ᄃᆞᆯ을 졍셩(精誠)으로 구호(救護)티 아니리오? 너는 번요[444](煩擾)[445] ᄒᆞᆫ 근심을 믈리티고 병(病)을 됴보(調補)[446] ᄒᆞ라."

혹ᄉᆡ(學士ㅣ) ᄇᆡ사(拜謝)ᄒᆞ고 드ᄃᆡ여 미음(米飮)을 ᄎᆞ자 긔뵈(肌膚

438) 쳥신(淸新): 청신. 맑고 산뜻함.
439) 태과(太過): 너무 지나침.
440) 감은(感恩): 은혜를 고맙게 여김.
441) 녕친(令親): 영친. 상대의 아버지를 높여 부르는 말.
442) 교계(交契): 서로 사귄 정.
443) 셰구년심(歲久年深): 세구연심. 세월이 매우 오래됨.
444) 요: [교] 원문과 규장각본(21:46), 연세대본(21:68)에 '오'로 되어 있으나 문맥을 고려해 이와 같이 수정함.
445) 번요(煩擾): 번거롭고 요란스러움.
446) 됴보(調補): 조보. 조리하며 보양함.

ㅣ)[447] 여상(如常)[448]ᄒᆞ니 공(公)이 깃브미 극(極)ᄒᆞ나 혹쟈(或者) 녀ᄋᆞ(女兒)의 쇼식(消息)을 칙텨[449]

69면

무ᄅᆞᆯ가 민망(憫惘)ᄒᆞᄃᆡ ᄉᆡᆼ(生)이 본(本) 셩졍(性情)이 소탈(疏脫)ᄒᆞ기 � 업거ᄂᆞᆯ 혼혼(昏昏)[450] 듕(中) 드른 말을 몽ᄆᆡ(夢寐)의나 ᄉᆡᆼ각ᄒᆞ리오. 망연(茫然)이 모ᄅᆞᄂᆞᆫ 가온ᄃᆡ 잇더라.

두어 날 후(後) ᄉᆡᆼ(生)이 퍽 나으매 공(公)이 아(衙)의 도라가 녀ᄋᆞ(女兒)ᄅᆞᆯ 블러 크게 ᄭᅮ지저 ᄀᆞᆯ오ᄃᆡ,

"너ᄅᆞᆯ 오(五) 셰(歲)브터 고ᄉᆞ(古事)ᄅᆞᆯ ᄀᆞᄅᆞ치미 ᄇᆡᆨᄒᆡᆼᄉᆞ덕(百行四德)[451]을 ᄀᆞ초 경계(警戒)ᄒᆞ엿거ᄂᆞᆯ, 네 엇디 지아비 죽어가ᄃᆡ 니ᄅᆞ러 볼 줄을 아디 못ᄒᆞ니 이 므슴 도리(道理)뇨? ᄂᆡ 당당(堂堂)이 ᄇᆡᆨ문ᄃᆞ려 니ᄅᆞ고 너ᄅᆞᆯ 다시 죽이나 살오나 졔 쳐티(處置)ᄒᆞ게 ᄒᆞ리라."

셜파(說罷)의 노긔(怒氣) 미우(眉宇)의 ᄀᆞᄃᆞᆨᄒᆞ야 동월한상(冬月寒霜) ᄀᆞᄐᆞ니 쇼졔(小姐ㅣ) 톄ᄉᆞ모

70면

골(涕泗毛骨)[452]ᄒᆞ야 다만 머리ᄅᆞᆯ 두ᄃᆞ리고 울며 ᄀᆞᆯ오ᄃᆡ,

---

447) 긔뵈(肌膚ㅣ): 기부. 살갗.

448) 여상(如常): 예전과 같아짐.

449) 칙텨: 채를 치듯이 일을 재촉해 다그쳐.

450) 혼혼(昏昏): 정신이 가물가물하고 희미함.

451) ᄇᆡᆨᄒᆡᆼᄉᆞ덕(百行四德): 백행사덕. 온갖 행실과 네 가지 덕. 네 가지 덕은 부덕(婦德), 부언(婦言), 부용(婦容), 부공(婦功)을 이름.

"쇼녜(小女ㅣ) 블쵸(不肖)ᄒᆞ야 야야(爺爺) 엄명(嚴命)을 거역(拒逆)ᄒᆞᆫ 죄(罪) 만ᄉᆞ유경(萬死猶輕)[453]이나, 당초(當初) 야애(爺爺ㅣ) 졍녕(丁寧)이[454] 뎌ᄃᆞ려 쇼녀(小女)의 거취(去就)를 니ᄅᆞ디 아니믈 ᄆᆡᆼ셰(盟誓)ᄒᆞ시고 듕도(中途)의 실약(失約)[455]ᄒᆞ시니 다만 쇼녜(小女ㅣ) 당초(當初) 결(決)티 못ᄒᆞ믈 뉘웃출 ᄯᆞᄅᆞᆷ이로소이다."

공(公)이 노왈(怒曰),

"졔 평샹(平常)[456]ᄒᆞ엿ᄂᆞᆫ 거술 ᄂᆡ 너롤 권(勸)ᄒᆞ야 호합(互合)ᄒᆞ라 ᄒᆞ면 노뷔(老父ㅣ) 그ᄅᆞ려니와, 원슈(怨讐)도 ᄉᆞᄉᆡᆼ디경(死生之境)[457]의는 관셔(寬恕)[458]ᄒᆞᄂᆞᆫ 도리(道理) 잇거ᄂᆞᆯ 제 너의 소텬(所天)이라 셕일(昔日) ᄆᆡᆺ고 빠ᄒᆞᆫ 원(怨)이 셜ᄉᆞ(設使) 깁흔들 ᄉᆞ경(死境)의 영결(永訣)[459]코져 ᄯᅳᆺ이 업ᄉᆞ리오? 이

71면

는 심(甚)ᄒᆞᆫ 독죵(毒種)이라 타일(他日) 어ᄂᆞ ᄂᆞᆺᄎᆞ로 연왕(-王)과 소후(-后)를 보려 ᄒᆞᄂᆞᆫ다?"

쇼졔(小姐ㅣ) 읍읍(悒悒)[460] 비열(悲咽)[461]ᄒᆞ야 다만 ᄀᆞᆯ오ᄃᆡ,

"초로잔쳔(草露殘喘)[462]이 경각(頃刻)[463]의 스러디려 ᄒᆞ면 아조

452) 톄ᄉᆞ모골(涕泗毛骨): 체사모골. 눈물과 콧물이 흘러 털과 뼈까지 적실 정도임.
453) 만ᄉᆞ유경(萬死猶輕): 만사유경. 만 번 죽어도 오히려 가벼움.
454) 졍녕(丁寧)이: 정녕히. 조금도 틀림없이 꼭.
455) 실약(失約): 약속을 어김.
456) 평샹(平常): 평상. 특별한 일이 없는 보통 때.
457) ᄉᆞᄉᆡᆼ디경(死生之境): 사생지경. 거의 죽게 된 처지나 형편.
458) 관셔(寬恕): 관서. 너그러이 용서함.
459) 영결(永訣): 영원히 이별함.
460) 읍읍(悒悒): 마음이 매우 불쾌하고 답답하여 편하지 않음.
461) 비열(悲咽): 슬퍼하여 목 놓아 욺.
462) 초로잔쳔(草露殘喘): 초로잔천. 풀잎에 맺힌 이슬처럼 아주 끊어지지 아니하고 겨우 붙어 있

쉬올ᄃᆡ, 타일(他日) 구고(舅姑)ᄅᆞᆯ 볼 ᄯᅳᆺ이 이시리잇가? 거년(去年)[464]의 머리ᄅᆞᆯ 븨디 아닌 죄(罪)니 뉘 타ᄉᆞᆯ 삼으리잇가?"

공(公)이 ᄒᆞᆯ일업서 도라가니 쇼졔(小姐ㅣ) 무수(無數)히 울거ᄂᆞᆯ 부인(夫人)이 민망(憫惘)[465]ᄒᆞ야 ᄀᆡ유(開諭)[466]ᄒᆞ야 ᄀᆞ로ᄃᆡ,

"네 부친(父親)이 말ᄉᆞᆷ이라 그러ᄒᆞ신들 졸연(猝然)[467]이 네 ᄯᅳᆺ을 아ᄉᆞ시리오? 모ᄅᆞ미 방심(放心)[468]ᄒᆞ라."

쇼졔(小姐ㅣ) 우러 왈(曰),

"쇼녠(小女ㅣ)들 엇디 부도(婦道)[469]ᄅᆞᆯ 모ᄅᆞ리잇가마ᄂᆞᆫ 당년(當年)의 환란(患亂)[470]

72면

을 ᄀᆞ초[471] 겻거시니 이제ᄂᆞᆫ ᄉᆞᄉᆞ로 두리오미 심(甚)ᄒᆞᆫ디라 ᄎᆞᆯ하리 무지(無知)ᄒᆞᆫ 녀뤼(女類ㅣ) 될디언뎡 다시 무뢰(無賴)[472] 패ᄌᆞ(悖子)[473]의 안해 되리니 젼두(前頭)[474]의 부뫼(父母ㅣ) 쇼녀(小女)의 ᄯᅳᆺ을 아ᄉᆞ시면 죽을 ᄯᆞ름이라 다시 므어ᄉᆞᆯ ᄇᆞ라리잇고? 쇼녜(小女ㅣ) 임의 몸이 텬ᄃᆡ(千代) 죄인(罪人)이니 부모(父母)긔도 효도(孝道)

는 숨.

463) 경각(頃刻): 극히 짧은 시간.

464) 거년(去年): 지난 해. 작년.

465) 민망(憫惘): 보기에 답답하고 딱하여 안타까움.

466) ᄀᆡ유(開諭): 개유. 사리를 알아듣도록 타이름.

467) 졸연(猝然): 갑작스러운 모양.

468) 방심(放心): 마음을 놓음.

469) 부도(婦道): 여성으로서 지켜야 하는 도리.

470) 환란(患亂): 근심과 재앙.

471) ᄀᆞ초: 두루.

472) 무뢰(無賴): 성품이 막되어 예의와 염치를 모르며 함부로 행동하는 사람.

473) 패ᄌᆞ(悖子): 패자. 사람으로서 마땅히 지켜야 할 도리에 어긋나게 행동하는 자식.

474) 젼두(前頭): 전두. 다가올 앞날. 미래.

로온 ᄌᆞ식(子息)이 못 되엿ᄂᆞᆫ디라 ᄌᆞ결(自決)ᄒᆞ므로 블회(不孝ㅣ) 더으리잇가?"

부인(夫人)이 쇼져(小姐)의 ᄠᅳᆺ이 이대도록 구드믈 보고 심하(心下)의 념녀(念慮)홈과 잔잉[475]ᄒᆞ믈 이긔디 못ᄒᆞ야 됴흔 말솜으로 ᄇᆡᆨ단(百段)[476] 위로(慰勞)ᄒᆞ더라.

공(公)이 ᄒᆞᆨᄉᆞ(學士) 햐쳐(下處)의 니ᄅᆞ니 학ᄉᆡ(學士ㅣ) 비록 대셰(大勢)[477] 나아시나 병근(病根)[478]이

73면

ᄲᅧ의 박혓ᄂᆞᆫ디라 공(公)이 심하(心下)의 깁흔 념녜(念慮ㅣ) 무궁(無窮)ᄒᆞ야 다만 겨ᄐᆡ셔 화담희어(和談戲語)[479]로 그 ᄆᆞ음을 위로(慰勞)ᄒᆞᄃᆡ ᄉᆡᆼ(生)이 죠곰도 흔희(欣喜)[480]ᄒᆞᄂᆞᆫ 일이 업고 듀야(晝夜) 심심(甚深)이 누어 잇다감 탄식(歎息) 툐턍(悄悵)[481]ᄒᆞ고 희허(欷歔)[482] 타루(墮淚)[483]ᄒᆞ야 만ᄉᆡ(萬事ㅣ) 무렴(無念)ᄒᆞ야 ᄒᆞ니 공(公)이 임의 짐쟉(斟酌)ᄒᆞᄃᆡ 녀ᄋᆞ(女兒)의 구든 ᄠᅳᆺ이 쇠돌 ᄀᆞᆺ고 ᄌᆞ긔(自己) 도금(到今)ᄒᆞ야 인ᄉᆞ(人事)와 대의(大義)[484]로 이에 와 극진(極盡)이 구호(救護)ᄒᆞ나 구흔(舊恨)이 프러디디 아녓ᄂᆞᆫ 고(故)로 뭇디 아니터니,

---

475) 잔잉: 애처롭고 불쌍하여 차마 보기 어려움.
476) ᄇᆡᆨ단(百段): 백단. 여러 가지 방법(方法).
477) 대셰(大勢): 대세. 대개.
478) 병근(病根): 병이 생겨난 근본적인 원인.
479) 화담희어(和談戲語): 정다운 담소와 농담.
480) 흔희(欣喜): 매우 기뻐함.
481) 툐턍(悄悵): 초창. 근심스럽고 슬픔.
482) 희허(欷歔): 탄식하는 소리.
483) 타루(墮淚): 눈물을 흘림.
484) 대의(大義): 인간(人間)이 마땅히 행(行)해야 할 중대(重大)한 의리(義理).

두어 날이 디나며 경ᄉᆞ(京師) ᄉᆞ재(使者ㅣ) 니르러 됴셔(詔書)ᄅᆞᆯ 뎐(傳)ᄒᆞ고 승치(陞差)[485] ᄒᆞ시믈 고(告)ᄒᆞ니 공(公)이 경희(驚喜)ᄒᆞᄂᆞᆫ 가온대 ᄇᆡᆨ문이 샤(赦) 만나믈 더옥 깃거 밧비

74면

ᄉᆡᆼ(生)을 보고 희보(喜報)ᄅᆞᆯ 뎐(傳)ᄒᆞ니 ᄉᆡᆼ(生)이 챠경챠희(且驚且喜)[486] ᄒᆞ야 공(公)을 ᄃᆡ(對)ᄒᆞ야 ᄀᆞᆯ오ᄃᆡ,

"쇼셔(小壻)의 죄(罪) 듕(重)ᄒᆞ니 십(十) 년(年) 젼(前) 샤(赦) 만나미 어려올 줄로 아더니 셩샹(聖上) 은틱(恩澤)이 가지록 여텬(如天)[487] ᄒᆞ시니 갑흘 바ᄅᆞᆯ 아디 못ᄒᆞ리로소이다."

공(公)이 웃고 왈(曰),

"군(君)이 므슴 죄(罪)ᄅᆞᆯ 그리 대단이 지엇다 ᄒᆞ고 십(十) 년(年) 귀향을 살리오? 그ᄃᆡ 병(病)으로 ᄂᆡ 듀야(晝夜) 근심ᄒᆞ더니 이제ᄂᆞᆫ 븍경(北京)의 도라가니 ᄂᆡ 므슴 근심이 이시리오?"

ᄒᆞᆨᄉᆞ(學士ㅣ) 심하(心下)의 ᄂᆡ괴(內愧)[488] ᄒᆞ야 다만 샤례(謝禮)ᄒᆞᆯ 분이러라.

드ᄃᆡ여 일시(一時)의 ᄒᆡᆼ장(行裝)을 출혀 경ᄉᆞ(京師)로 나아갈 ᄉᆡ ᄒᆞᆨᄉᆞ(學士ㅣ) 긔운이 블평(不平)[489]

---

485) 승치(陞差): 승차. 윗자리의 벼슬로 오름.
486) 챠경챠희(且驚且喜): 차경차희. 놀라기도 하고 기뻐하기도 함.
487) 여텬(如天): 여천. 하늘 같음.
488) ᄂᆡ괴(內愧): 내괴. 속으로 부끄러워함.
489) 블평(不平): 불평. 편치 않음.

75면

ᄒᆞ야 거샹(車上)[490]의 실녀 완완(緩緩)이[491] ᄒᆡᆼ(行)ᄒᆞ야 임의 남교(南郊)의 니ᄅᆞ러는 화 공(公)이 이(二) ᄌᆞ(子)와 ᄒᆞᆨᄉᆞ(學士)로 더브러 햐쳐(下處)를 잡아 쉬더니 이윽고 광평후(--侯)[492] 등(等) 칠(七) 인(人)과 초후(-侯)[493] 등(等) 이(二) 인(人)과 어ᄉᆞ(御史)[494] 형뎨(兄弟)며 화 슈찬(修撰)[495]이 일시(一時)의 니ᄅᆞ니 거매(車馬ㅣ) 낙역브절(絡繹不絕)[496]ᄒᆞ고 긔치(旗幟)[497] 히를 ᄀᆞ리오며 추죵(騶從)[498]이 대로(大路)를 덥헛더라.

평후(-后) 등(等)이 화 공(公)을 ᄇᆡ견(拜見)[499]ᄒᆞᆫ 후(後) ᄇᆡᆨ문의 손을 잡고 반가오미 다 각각(各各) 옥안(玉顔)의 넘쪄 초휘(-侯ㅣ) ᄀᆞᆯ오ᄃᆡ,

“거시(去時)의 너를 니별(離別)ᄒᆞ고 도라와 ᄒᆞᆫ ᄆᆞ음이 경경(耿耿)[500] 쵸조(焦燥)ᄒᆞ야 듀야(晝夜) ᄆᆞ음이 너의 곳의 갓는 ᄃᆞᆺᄒᆞ더니 텬은(天恩)을 닙ᄉᆞ와 슈이[501] 환쇄(還師ㅣ)[502]

490) 거샹(車上): 거상. 수레 위.
491) 완완(緩緩)이: 천천히.
492) 광평후(--侯): 이몽현의 첫째아들 이흥문을 이름.
493) 초후(-侯): 이몽창의 첫째아들 초국후 이성문을 이름.
494) 어ᄉᆞ(御史): 어사. 이몽원의 첫째아들 이원문을 이름.
495) 화 슈찬(修撰): 화 수찬. 화숙을 이름.
496) 낙역브절(絡繹不絕): 낙역부절. 오고 감이 끊임없음.
497) 긔치(旗幟): 기치. 예전에 군대에서 쓰던 깃발.
498) 추죵(騶從): 추종. 상전을 따라다니는 종.
499) ᄇᆡ견(拜見): 배현. 공경하는 마음으로 삼가 얼굴을 뵘.
500) 경경(耿耿): 마음에서 사라지지 않고 염려가 됨.
501) 슈이: 빨리.
502) 환쇄(還師ㅣ): 환사. 경사에 돌아옴.

76면

ᄒᆞ니 깃브믈 이긔디 못ᄒᆞ리로다. 다만 뭇ᄂᆞ니 얼골이 엇디 뎌대도록 환형(換形)[503] ᄒᆞ엿ᄂᆞ뇨?"

흑ᄉᆞ(學士ㅣ) 냥형(兩兄)을 븟들고 눈믈을 흘려 ᄀᆞᆯ오ᄃᆡ,

"쇼뎨(小弟) 죄악(罪惡)을 태산(泰山)ᄀᆞ티 지어 쵸쵸(草草)[504] ᄒᆞᆫ 일신(一身)이 쳔리ᄉᆡ외(千里塞外)[505]예 ᄂᆡ티이니 다시 ᄉᆡᆼ환(生還)ᄒᆞ기ᄅᆞᆯ ᄇᆞ라디 못ᄒᆞ야 우황(憂遑)[506] 쵸젼(焦煎)[507] ᄒᆞ매 드ᄃᆡ여 큰 병(病)이 대발(大發)ᄒᆞ야 ᄒᆞ마 사디 못ᄒᆞᆯ 번ᄒᆞ더니 겨유 도ᄉᆡᆼ(圖生)[508] ᄒᆞ나 이제도 병근(病根)[509]을 채 노티 못ᄒᆞ야 그러ᄒᆞ도소이다."

능후(-侯) 형뎨(兄弟) 놀나 왈(曰),

"어ᄃᆡᄅᆞᆯ 알터뇨?"

화 공(公)이 즉시(卽時) 기시(其時) 경상(景狀)[510]을 ᄌᆞ시 니ᄅᆞ고 잠간(暫間) 우서 ᄀᆞᆯ오ᄃᆡ,

"제공(諸公)은 날을 원망(怨望) 말디니

77면

ᄂᆡ 아니런들 녕뎨(令弟)[511] ᄇᆞᆯ셔 구텬(九泉)[512]의 도라가시리라."

---

503) 환형(換形): 모양이 전과 달라짐.
504) 쵸쵸(草草): 초초. 갖출 것을 다 갖추지 못하여 초라함.
505) 쳔리ᄉᆡ외(千里塞外): 천리새외. 천 리 밖의 변방.
506) 우황(憂遑): 걱정하며 경황이 없음.
507) 쵸젼(焦煎): 초전. 마음을 졸이고 애를 태움.
508) 도ᄉᆡᆼ(圖生): 도생. 삶을 도모함.
509) 병근(病根): 병이 생겨난 근본적인 원인.
510) 경상(景狀): 경상. 광경.

평휘(-侯ㅣ) 쇼이디왈(笑而對曰),

"이는 빙악(聘岳)[513]의 녜시(例事ㅣ)니 우리 엇디 샤례(謝禮)호리오?"

공(公)이 정식(正色)고 손을 저어 왈(曰),

"새로이 놀나온 말 말라. 닉 엇디 운보의 악공(岳公)[514]이리오?"

모다 우스나 초후(-侯) 형뎨(兄弟)는 감샹(感傷)[515]호믈 이긔디 못호야 각각(各各) 누쉬(淚水ㅣ) 어릭여 혹ᄉ(學士)를 어르몬져 골오딕,

"가운(家運)이 블힝(不幸)호야 네 이역(異域)의 표령(飄零)[516]호니 슈토(水土) 쟝긔(瘴氣)[517]를 근심홀디언뎡 타ᄉ(他事)는 미처 싱각디 아녓더니 그러톳 독병(毒病)이 위듕(危重)턴가 시브니 싱각호매 심담(心膽)이 ᄇ오는 둣호도다."

혹시(學士ㅣ) 기리 탄식(嘆息)

78면

왈(曰),

"소뎨(小弟) 죄(罪)는 태과(太過)호나 원방(遠方) 긱탁(客託)[518]의셔 병(病)이 듕(重)호야 좌우(左右)의 알 리 업기는 니르도 말고 부모(父母) 동싱(同生)을 다시 보디 못호고 죽을가 셜우믈 이긔디 못홀

511) 녕뎨(令弟): 영제. 남을 높이어 그의 아우를 이르는 말.
512) 구텬(九泉): 구천. 저승.
513) 빙악(聘岳): 장인.
514) 악공(岳公): 장인.
515) 감샹(感傷): 감상. 쓸쓸하고 슬퍼져서 마음이 상함.
516) 표령(飄零): 나뭇잎 따위가 바람에 나부끼어 흩날리는 것으로 신세가 딱하게 되어 안착하지 못하고 이리저리 떠돌아다니는 것을 의미함.
517) 쟝긔(瘴氣): 장기. 축축하고 더운 땅에서 생기는 독한 기운.
518) 긱탁(客託): 객탁. 밖에서 지내는 것.

러니 엇디 오늘날 졔형(諸兄)을 뵈올 줄 알리오?"

능휘(-侯ㅣ) 위로(慰勞) 왈(曰),

"디난 바는 다 너의 운익(運厄)이라 이제는 길운(吉運)을 만나시니 다시 마쟝(魔障)[519]이 업술 거시니 슬허 말디어다."

광평휘(--侯ㅣ) 말솜을 니어 왈(曰),

"이보[520]의 말이 극(極)훈 졍논(正論)이라 현뎨(賢弟)는 왕ᄉ(往事)를 싱각디 말나."

혹시(學士ㅣ) 샤례(謝禮)ᄒ고 훈가지로 몰 머리를 골와 부듕(府中)의 니ᄅ매,

혹시(學士ㅣ) 감히(敢-) 드러가

79면

디 못ᄒ야 벽셩문(--門) 밧긔셔 쳥죄(請罪)ᄒ니 왕(王)이 오운뎐(--殿)의셔 본국(本國) 문셔(文書)롤 뎜고(點考)[521]ᄒ다가 혹ᄉ(學士)의 와시믈 듯고 믄득 믈리티고 드러오라 ᄒ니 혹시(學士ㅣ) 대희(大喜)ᄒ야 년망(連忙)이[522] 드러가 듕계(中階)[523]의셔 지빈(再拜)ᄒ고 인(因)ᄒ야 눈믈을 흘리며 고두쳥죄(叩豆請罪)[524]훈디 왕(王)이 명(命)ᄒ야 오ᄅ라 ᄒ고 역시(亦是) 심시(心思ㅣ) ᄀ장 됴티 아니디 ᄉ식(辭色)[525]디 아냐 다만 골오디,

---

519) 마쟝(魔障): 마장. 일의 진행에 나타나는 뜻밖의 방해나 헤살.
520) 이보: 이경문의 자(字).
521) 뎜고(點考): 점고. 명부에 일일이 점을 찍어 가며 사람의 수를 조사함.
522) 년망(連忙)이: 연망히. 황급히.
523) 듕계(中階): 중계. 집을 지을 때에, 기초가 되도록 한 층을 높게 쌓아 올린 단.
524) 고두쳥죄(叩豆請罪): 고두청죄. 머리를 조아리고 죄를 주기를 청함.
525) ᄉ식(辭色): 사색. 내색.

"아히(兒孩) 이제나 기과(改過)ᄒᆞ미 잇ᄂᆞ냐?"

혹ᄉᆡ(學士ㅣ) 톄읍(涕泣) ᄃᆡ왈(對曰),

"쇼ᄌᆡ(小子ㅣ) 운익(運厄)이 고이(怪異)ᄒᆞ고 인ᄉᆡ(人事ㅣ) 혼암블명(昏闇不明)[526] ᄒᆞ야 엄하(嚴下)의 저준 죄(罪) 태산(泰山) ᄀᆞᆺᄉᆞ온디라 엇디 인뉸(人倫) 죄인(罪人)이 아니리잇고? 요녀(妖女)의 미혼

80면

딘(迷魂陣)[527]의 ᄲᅡ뎌 오륜(五倫)을 아디 못ᄒᆞ고 죄악(罪惡)을 무궁(無窮)이 ᄲᅡ하 ᄆᆞᄎᆞᆷᄂᆡ 녕ᄒᆡ(嶺海)[528]예 찬츌(竄黜)[529] ᄒᆞ니 사라 도라오믈 ᄇᆞ라디 아녓더니 셩은(聖恩)이 여텬(如天)ᄒᆞ샤 수이 환쇄(還師ㅣ)[530] ᄒᆞ야 대인(大人)긔 뵈오니 셕ᄉᆡ(夕死ㅣ)라도 무ᄒᆞᆫ(無恨)[531]이로소이다."

왕(王)이 봉안(鳳眼)을 드러 찰ᄉᆡᆨ(察色)[532] 냥구(良久)의 탄식(歎息) 왈(曰),

"ᄂᆡ 블쵸(不肖)ᄒᆞ야 ᄌᆞ식(子息)을 ᄀᆞᄅᆞ치디 못ᄒᆞᆫ 타ᄉᆞ로 네 인륜(人倫) 죄인(罪人)이 되니 엇디 너의 죄(罪)라 하리오? 도시(都是) ᄂᆡ 죄(罪)라 사ᄅᆞᆷ 볼 ᄂᆞᆺ치 업더니 네 이제 ᄭᆡᄃᆞᄅᆞ미 이시니 가문(家門)의 ᄒᆡᆼ(幸)이라. ᄎᆞ후(此後)나 슈졸(守拙)[533] 기과(改過)ᄒᆞ고 고셔(古

---

526) 혼암블명(昏闇不明): 혼암불명. 어리석어 현명하지 못함.
527) 미혼딘(迷魂陣): 미혼진. 남을 속이는 수단.
528) 녕ᄒᆡ(嶺海): 영해. 산과 바다 밖의 곳. 멀리 떨어져 있는 곳을 말함.
529) 찬츌(竄黜): 찬출. 벼슬을 빼앗고 귀양을 보냄.
530) 환쇄(還師ㅣ): 환사. 경사에 돌아옴.
531) 셕ᄉᆡ(夕死ㅣ)라도 무ᄒᆞᆫ(無恨): 석사라도 무한. 저녁에 죽어도 한이 없음. 공자가 '아침에 도를 들으면 저녁에 죽어도 좋다. 朝聞道, 夕死可矣.'라고 한 말을 차용한 것임. 『논어(論語)』, 「이인(里仁)」에 나옴.
532) 찰ᄉᆡᆨ(察色): 찰색. 낯빛을 살핌.

書)ᄅᆞᆯ 너비 닑어 젼죄(前罪)ᄅᆞᆯ 쇽(贖)ᄒᆞ고 번거히 환

81면

노(宦路)[534]의 나ᄃᆞᆫ니디 말라."

ᄒᆞᆨᄉᆡ(學士ㅣ) ᄌᆡᄇᆡ(再拜) 슈명(受命)ᄒᆞ니 왕(王)이 몸을 니러 ᄒᆞᆨᄉᆞ(學士)ᄅᆞᆯ ᄃᆞ리고 졍당(正堂)의 니ᄅᆞ러는 ᄒᆞᆨᄉᆡ(學士ㅣ) 나아가 모든 ᄃᆡ 녜필(禮畢)[535]ᄒᆞ고 말셕(末席)의 시립(侍立)ᄒᆞ니 존당(尊堂)[536]과 승샹(丞相) 부뷔(夫婦ㅣ) 크게 반겨 승샹(丞相)이 밧비 손을 잡고 탄왈(歎曰),

"네 나히 어리고 세ᄉᆞ(世事)ᄅᆞᆯ 경녁(經歷)[537]디 못ᄒᆞ야 쳔고(千古)의 드믄 대변(大變)[538]을 디ᄂᆡ니 ᄉᆡᆼ각ᄒᆞ매 한심(寒心)ᄒᆞ미 극(極)ᄒᆞᆫ디라. 네 이제나 회심슈덕(回心修德)[539]ᄒᆞ야 다시 가문(家門)의 욕(辱)이 밋게 말라."

ᄒᆞᆨᄉᆡ(學士ㅣ) 눈믈을 드리워 ᄃᆡ왈(對曰),

"쇼손(小孫)이 블명암ᄆᆡ(不明暗昧)[540]ᄒᆞ고 운ᄋᆡᆨ(運厄)[541]이 태심(太甚)ᄒᆞ야 ᄀᆞ업ᄉᆞᆫ 죄악(罪惡)을 시러 사ᄅᆞᆷ의 지쇼(指笑)[542]ᄒᆞᆫ 배 되고 조션(祖先)

---

533) 슈졸(守拙): 수졸. 타고난 착한 본성을 지킴.
534) 환노(宦路): 환로. 벼슬아치 노릇을 하는 길.
535) 녜필(禮畢): 예필. 인사를 끝마침.
536) 존당(尊堂): 집안의 가장 큰 어른. 여기에서는 유 태부인을 이름.
537) 경녁(經歷): 경력. 여러 가지 일을 겪어 지내 옴.
538) 대변(大變): 큰 사변. 중대한 변고.
539) 회심슈덕(回心修德): 회심수덕. 마음을 돌리고 덕을 닦음.
540) 블명암ᄆᆡ(不明暗昧): 불명암매. 현명하지 못하고 사리에 어두움.
541) 운ᄋᆡᆨ(運厄): 운액. 액을 당할 운수.
542) 지쇼(指笑): 지소. 손가락질하며 비웃음.

82면

청덕(淸德)을 더러이니 당당(堂堂)이 죽기를 원(願)ᄒᆞ더니 목숨이 명완(命頑)[543] ᄒᆞ야 허다(許多) 고초(苦楚)를 격고 오ᄂᆞᆯ날 부모(父母) 존당(尊堂)의 ᄇᆡ견(拜見)[544] ᄒᆞ니 ᄭᅮᆷ인 ᄃᆞᆺ 의희(依稀)[545] ᄒᆞ믈 이긔디 못ᄒᆞᆯ소이다."

승상(丞相)이 그 언ᄉᆡ(言辭ㅣ) 비쳑(悲慽)[546] ᄒᆞ고 의용(儀容)[547]이 환탈(換奪)[548] ᄒᆞ믈 ᄀᆞ장 잔잉히 너겨 어ᄅᆞᄆᆞᆫ져 ᄋᆡ련(哀憐)[549] ᄒᆞ믈 마디아니코 졔(諸) ᄉᆔᆨ당(叔堂)과 뉴 부인(夫人)이 다 각각(各各) 반기는 ᄂᆞᆺᄎᆞ로 티위(致慰)[550] ᄒᆞ니 ᄒᆞᆨᄉᆡ(學士ㅣ) 쥰슌(浚巡)[551] 샤례(謝禮) ᄒᆞ야 말솜이 온화(溫和)ᄒᆞ고 긔운이 ᄂᆞ족ᄒᆞ니 모다 긔특(奇特)이 너기고 뉴 부인(夫人)이 탄왈(歎曰),

"사ᄅᆞᆷ이 뉘 허믈이 업ᄉᆞ리오마ᄂᆞᆫ, 고티미 귀(貴)ᄒᆞ미 ᄇᆡᆨ문 ᄀᆞᄐᆞ니 고금(古今)의 업ᄉᆞ리

83면

니 몽ᄋᆞ(-兒)를 ᄃᆡ(對)ᄒᆞ야 티하(致賀)ᄒᆞ노라."

---

543) 명완(命頑): 목숨이 질김.
544) ᄇᆡ견(拜見): 배현. 절하고 뵘.
545) 의희(依稀): 물체 따위가 희미하고 흐릿함.
546) 비쳑(悲慽): 비척. 슬프고 근심스러움.
547) 의용(儀容): 몸을 가지는 태도.
548) 환탈(換奪): 뼛속부터 바뀐 듯 보다 나은 방향으로 변하여 전혀 딴사람처럼 됨. 환골탈태(換骨奪胎).
549) ᄋᆡ련(哀憐): 애련. 애처롭고 가엾게 여김.
550) 티위(致慰): 치위. 위로함.
551) 쥰슌(浚巡): 준순. 뒤로 멈칫멈칫 물러남.

왕(王)이 공슈(拱手)[552] 샤례(謝禮) 왈(曰),

"블쵸(不肖)흔 아희(兒孩) 〃변(事變)을 만히 디닋고 풍파(風波)롤 ᄀ쵸 겻그니 긔운이 쇼삭(蕭索)[553]흔 둣ᄒ오나 본디(本-) 호일(豪逸)[554]흔 셩품(性品)이라 댱닋(將來)롤 엇디 미드리잇고?"

부인(夫人)이 쇼왈(笑曰),

"너는 과연(果然) 토목(土木) ᄀ튼 심댱(心腸)이로다. 빅문이 현마 쏘 방ᄌ(放恣)ᄒ미 이시리오? 부ᄌ(父子) 텬셩(天性) ᄌᄋ(慈愛)[555]로 능히(能-) 춤디 못홀 바롤 너는 능히(能-) 힝(行)ᄒ여 ᄆ춤닋 빅문이 군ᄌ지도(君子之道)의 나아오니 엇디 깃브디 아니며 긔특(奇特)디 아니리오?"

왕(王)이 미쇼(微笑) 무언(無言)이러라.

이ᄯᅢ 남공(-公)은 ᄆ춤 쵹샹(觸傷)[556]ᄒ야 본궁(本宮)의셔 됴병(調病)[557]ᄒ는디라.

84면

혹ᄉ(學士)의 와시믈 둣고 동ᄌ(童子)로 브른디 혹시(學士ㅣ) 즉시(卽時) 셰영뎐(--殿)의 니ᄅ러 공(公)의게 절ᄒ고 인(因)ᄒ야 머리롤 두드려 죄(罪)롤 쳥(請)ᄒ야 골오디,

"쇼딜(小姪)이 슉부(叔父)긔 죄(罪) 어드미 등한(等閑)티 아니ᄒ온

552) 공슈(拱手): 공수. 왼손을 오른손 위에 놓고 두 손을 마주 잡아, 공경의 뜻을 나타내는 예.
553) 쇼삭(蕭索): 소삭. 생기가 사라짐.
554) 호일(豪逸): 예절이나 작은 일에 매임이 없이 호방함.
555) ᄌᄋ(慈愛): 자애. 아랫사람에게 베푸는 자비로운 사랑.
556) 쵹샹(觸傷): 촉상. 추운 기운(氣運)이 몸에 닿아서 병이 일어남.
557) 됴병(調病): 조병. 병을 조리함.

디라 당당(堂堂)이 안젼(眼前)[558]의셔 죽으믈 원(願)ᄒᆞᄂᆞ이다."

남공(-公)이 ᄲᆞᆯ리 나아오라 ᄒᆞ야 손을 잡고 어ᄅᆞ만져 ᄀᆞᆯ오ᄃᆡ,

"네 어린 나히 고이(怪異)ᄒᆞᆫ 역경(逆境)을 ᄀᆞ초 디ᄂᆡ니 일가(一家)의 블ᄒᆡᆼ(不幸)이 이밧긔 업더니 요ᄒᆡᆼ(僥倖)[559] 무ᄉᆞ(無事)히 도라오니 우슉(愚叔)이 당당(堂堂)이 남교(南郊)의 가 마ᄌᆞᆯ 거시로ᄃᆡ 상한(傷寒)[560]이 미류(彌留)[561]ᄒᆞ므로 능히(能-) ᄆᆞ음과 ᄀᆞ티 못 ᄒᆞ고 스ᄉᆞ로 븟그려ᄒᆞ더니

85면

네 엇디 이런 말을 ᄒᆞᄂᆞᆫ다? 네 아ᄌᆞ비 ᄌᆞ쇼(自小)로 셩졍(性情)이 ᄆᆡ몰ᄒᆞ야 족하 ᄉᆞ랑이 지극(至極)디 못ᄒᆞ나 심듕소회(心中所懷)[562]ᄂᆞᆫ 너의 혜아린 바와 다ᄅᆞ미 죠곰도 업ᄉᆞ니[563] 일로ᄡᅥ 블평(不平)ᄒᆞ디 말고 ᄎᆞ휘(此後ㅣ)나 녀ᄉᆡᆨ(女色)을 먼리ᄒᆞ고 ᄒᆡᆼ실(行實)을 닷가 ᄉᆞ류(士類)의 득죄(得罪)티 말라."

ᄉᆡᆼ(生)이 눈믈을 머금고 ᄀᆞᆯ오ᄃᆡ,

"쇼딜(小姪)의 운싊(運數ㅣ) 무샹(無常)[564]ᄒᆞ야 노녀(-女)ᄅᆞᆯ 갓가이ᄒᆞ야 허다(許多) 변란(變亂)이 니러나 일가(一家)ᄅᆞᆯ 다 보젼(保全)티 못ᄒᆞᆯ 번ᄒᆞ고 종ᄉᆞ(宗嗣)[565]ᄅᆞᆯ ᄒᆞ마 그ᄅᆞᆺᄒᆞᆯ 번ᄒᆞ니 ᄉᆡᆼ각ᄒᆞ매 심담

---

558) 안젼(眼前): 안전. 눈 앞.
559) 요ᄒᆡᆼ(僥倖): 요행. 우연히 잘 되어 다행함. 뜻밖에 얻는 행복.
560) 상한(傷寒): 추위 때문에 생긴 병.
561) 미류(彌留): 오랫동안 병이 낫지 않음.
562) 심듕소회(心中所懷): 심중소회. 마음속의 생각이나 느낌.
563) 업ᄉᆞ니: [교] 원문과 규장각본(21:58), 연세대본(21:85)에 이 구가 모두 없으나 문맥을 고려해 삽입함.
564) 무샹(無常): 무상. 나고 죽으며 흥하고 망하는 것이 덧없음. 모든 것이 늘 변함.
565) 종ᄉᆞ(宗嗣): 종사. 종가 계통의 후손.

(心膽)이 ᄎᆞ믈 면(免)티 못ᄒᆞ옵ᄂᆞᆫ디라 다시 현마 그ᄅᆞ미 이시리잇가?"

공(公)이 그 언ᄉᆡ(言辭ㅣ)

86면

임의 방일(放逸)[566]티 아니믈 크게 깃거 손을 잡고 등을 어ᄅᆞ만져 왈(曰),

"네 외입(外入)ᄒᆞᆫ 셩졍(性情)을 ᄉᆡᆼ각ᄒᆞ니 금일(今日)이 큰 경ᄉᆡ(慶事ㅣ)라 내 엇디 ᄒᆞᆫ 잔(盞) 술로 너를 하례(賀禮)티 아니리오?"

좌우(左右)로 쥬찬(酒饌)을 나오라 ᄒᆞ니, 슈유(須臾)[567]의 홍장(紅粧)[568] 궁녜(宮女ㅣ) 금반옥긔(金盤玉器)[569]예 슈륙진미(水陸珍味)[570]를 ᄀᆞ초와 올리고 금쥰(金樽)[571]의 술을 ᄀᆞ득 담아 가져오니, 공(公)이 흔연(欣然)이 ᄒᆞᆫ 잔(盞)을 잡고 스ᄉᆞ로 부어 ᄒᆞᆨᄉᆞ(學士)를 권(勸)ᄒᆞ니 ᄒᆞᆨᄉᆡ(學士ㅣ) 슉부(叔父)의 이 ᄀᆞᄐᆞᆫ 셩ᄐᆡᆨ(盛澤)[572]을 감격(感激)ᄒᆞ믈 이긔디 못ᄒᆞ야 ᄡᅡᆼ슈(雙手)로 밧ᄌᆞ와 거후로고[573] 샤례(謝禮) 왈(曰),

"쇼딜(小姪)이 인뉸(人倫) 죄인(罪人)으로 더옥 슉부(叔父)긔 득죄

---

566) 방일(放逸): 제멋대로 거리낌 없이 방탕하게 놂.
567) 슈유(須臾): 수유. 잠시.
568) 홍장(紅粧): 홍장. 미인의 화장을 뜻하는 말로, 미인을 일컬음.
569) 금반옥긔(金盤玉器): 금반옥기. 금으로 만든 쟁반과 옥으로 만든 그릇.
570) 슈륙진미(水陸珍味): 수륙진미. 산과 바다에서 나는 온갖 진귀한 물건으로 차린, 맛이 좋은 음식.
571) 금쥰(金樽): 금준. 금(金)으로 만든 술통이라는 뜻으로, 화려(華麗)하게 꾸며 만든 술통을 이르는 말.
572) 셩ᄐᆡᆨ(盛澤): 성택. 큰 은택.
573) 거후로고: 기울이고.

(得罪)ᄒᆞᆷ을

87면

등한(等閑)이 아냣습거늘 도금(到今)ᄒᆞ야 무ᄋᆡ(撫愛)[574]ᄒᆞ시미 부모(父母)긔 디지 아니시니 감골(感骨)[575]ᄒᆞ미 ᄲᅧ를 ᄆᆞ아도[576] 은혜(恩惠)를 다 갑디 못ᄒᆞᆯ가 ᄒᆞᄂᆞ이다."

공(公)이 블열(不悅) 왈(曰),

"아ᄋᆡ ᄌᆞ식(子息)이 곳 ᄂᆡ ᄌᆞ식(子息)이오, 너와 ᄂᆡ ᄒᆞᆫ 가지 골육(骨肉)이어ᄂᆞᆯ 네 엇디 이런 말을 ᄒᆞᄂᆞᆫ다? ᄂᆡ 만일(萬一) 쇼쇼과실(小小過失)[577]이 이셔 네게 득죄(得罪)ᄒᆞᆯ딘대 너ᄂᆞᆫ 능히(能-) 프디 아닐다?"

ᄉᆡᆼ(生)이 텽파(聽罷)의 더옥 감샤(感謝)ᄒᆞ나 다시 티샤(致謝)[578]티 못ᄒᆞ고 이윽이 뫼셔 말ᄉᆞᆷᄒᆞ며 쥬찬(酒饌)을 하져(下箸)ᄒᆞ더니 상(床)을 믈린 후(後) 안ᄒᆡ 드러가 쥬비(朱妃)긔 뵈고 샤례(謝禮)ᄒᆞᆯ ᄉᆡ 쥬비(朱妃) 년망(連忙)[579]이 그 손을 잡고 샹연(傷然)[580] 슈루(垂淚)[581]ᄒᆞ야 ᄀᆞᆯ오ᄃᆡ,

574) 무ᄋᆡ(撫愛): 무애. 어루만지며 사랑함.
575) 감골(感骨): 감사한 마음이 골수에 맺힘.
576) ᄆᆞ아도: 짓찧어서 부스러뜨려도.
577) 쇼쇼과실(小小過失): 소소과실. 작은 과실.
578) 티샤(致謝): 치사. 사례(謝禮)하는 뜻을 표함.
579) 년망(連忙): 연망. 황급한 모양.
580) 샹연(傷然): 상연. 슬퍼하는 모양.
581) 슈루(垂淚): 수루. 눈물을 흘림.

88면

"문운(門運)이 블힝(不幸)ᄒᆞ고 가홰(家禍ㅣ) 참혹(慘酷)ᄒᆞ야 흉변(凶變)[582]이 쳔고(千古)의 업고 골육(骨肉)이 서로 샹실(相失)[583]ᄒᆞ야 왕ᄉᆞ(往事)[584]ᄅᆞᆯ ᄎᆞ마 다시 니ᄅᆞ디 못ᄒᆞ려니와, 네 어린 아히(兒孩) 고이(怪異)ᄒᆞᆫ 디경(地境)을 다 격고 남황(南荒)[585] 쟝녀(瘴癘)[586]의 구티(驅馳)[587]ᄒᆞ니 믄득 신ᄉᆡᆨ(神色)[588]이 그릇되엿ᄂᆞᆫ디라 이제 보매 비창(悲愴)[589]ᄒᆞ믈 이긔디 못ᄒᆞ리로다."

ᄒᆞᆨᄉᆡ(學士ㅣ) ᄇᆡ샤(拜謝) 왈(曰),

"쇼딜(小姪)이 ᄌᆞ작지죄(自作之罪)[590]ᄅᆞᆯ 지어 븍당(北堂)[591]을 하딕(下直)ᄒᆞ고 ᄉᆡ외(塞外)[592]예 찬츌(竄黜)[593]ᄒᆞ니 다시 고향(故鄕)의 도라오믈 ᄇᆞ라디 아냣더니, 텬은(天恩)을 닙ᄉᆞ와 무ᄉᆞ(無事)히 샹경(上京)ᄒᆞ야 슉당(叔堂)[594]의 뵈오니 하졍(下情)[595]의 다힝(多幸)ᄒᆞ믈 이긔디 못ᄒᆞ오나 왕세(往歲)[596] 저즌 죄(罪)ᄅᆞᆯ ᄉᆡᆼ각ᄒᆞ매

---

582) 흉변(凶變): 사람의 죽음과 같은 좋지 못한 사건.
583) 샹실(相失): 상실. 어떤 사람과 관계가 끊어지거나 헤어짐.
584) 왕ᄉᆞ(往事): 왕사. 지난 일.
585) 남황(南荒): 남쪽의 황폐한 곳.
586) 쟝녀(瘴癘): 장려. 기후가 덥고 습한 지방에서 생기는 유행성 열병이나 학질.
587) 구티(驅馳): 구치. 말이나 수레를 타고 달림.
588) 신ᄉᆡᆨ(神色): 신색. 낯빛.
589) 비창(悲愴): 마음이 몹시 상하고 슬픔.
590) ᄌᆞ작지죄(自作之罪): 자작지죄. 스스로 만든 죄.
591) 븍당(北堂): 북당. 집의 북쪽 귀퉁이에 있는 당. 대개 모친이 계신 곳 혹은 모친을 가리킴.
592) ᄉᆡ외(塞外): 새외. 변방.
593) 찬츌(竄黜): 찬출. 죄인을 귀양 보내거나 벼슬에서 내쫓음.
594) 슉당(叔堂): 숙당. 조부(祖父)에서 갈린 일가.
595) 하졍(下情): 하정. 어른에게 대하여, 자기 심정이나 뜻을 겸손하게 이르는 말.
596) 왕세(往歲): 지난 해.

89면

쟝ᄎᆞᆺ(將次) 무ᄉᆞᆷ ᄂᆞᆺ치 이시리잇고?"

쥬비(朱妃) 탄식(歎息) 왈(曰),

"네 ᄯᅩ 글을 닑어 식니(識理)[597]를 통(通)ᄒᆞ며 우슉(愚叔)[598]을 이러ᄐᆞᆺ 용렬(庸劣)이 너기ᄂᆞ뇨? 당일ᄉᆡ(當日事ㅣ)[599] 다 노녀(-女)의 흉(凶)ᄒᆞ미오, 노녀(-女)의 블측(不測)[600]히 쟉변(作變)[601]ᄒᆞ믄 우리 타시라. 만일(萬一) 당초(當初) 쳐티(處置)를 엄(嚴)히 ᄒᆞ엿더면 이런 일이 이시랴? 원(願)컨대 딜ᄋᆞ(姪兒)ᄂᆞᆫ 다시 일ᄏᆞᆺ디 말라."

ᄉᆡᆼ(生)이 남공(-公) 부부(夫婦)의 큰 ᄠᅳᆺ과 너른 도량(度量)[602]을 심복(心服)ᄒᆞ고 감은(感恩)ᄒᆞ미 텰골(徹骨)[603]ᄒᆞᄃᆡ 다시 샤례(謝禮)를 못 ᄒᆞ고 잠간(暫間) 안잣다가 도라와,

모부인(母夫人) 침소(寢所)의 니ᄅᆞ매 제형(諸兄), 제수(諸嫂)와 제ᄆᆡ(諸妹) 모다 별ᄒᆞᆫ(別恨)[604]을 니ᄅᆞ며 도라오믈 깃거ᄒᆞ야

90면

환셩(歡聲)[605]이 여류(如流)[606]ᄒᆞ고 소휘(-后ㅣ) ᄯᅩᄒᆞᆫ 신식(神色)이

---

597) 식니(識理): 식리. 지식과 이치.
598) 우슉(愚叔): 우숙. 어리석은 삼촌이라는 뜻으로 조카에게 자신을 낮추어 부르는 말.
599) 당일ᄉᆡ(當日事ㅣ): 당일사. 그 당시의 일.
600) 블측(不測): 불측. 생각이나 행동 따위가 괘씸하고 엉큼함.
601) 쟉변(作變): 작변. 변란(變亂)을 일으킴.
602) 도량(度量): 사물을 너그럽게 용납하여 처리할 수 있는 넓은 마음과 깊은 생각.
603) 텰골(徹骨): 철골. 뼈에 사무침.
604) 별ᄒᆞᆫ(別恨): 별한. 이별의 한.
605) 환셩(歡聲): 환성. 기뻐하는 소리.
606) 여류(如流): 물이 흐르는 듯함.

ᄌᆞ약(自若)ᄒᆞ야 ᄉᆡᆼ(生)을 갓가이 안쳐 경계(警戒)ᄒᆞ고 무휼(撫恤)[607] ᄒᆞ니 ᄉᆡᆼ(生)이 환희(歡喜)ᄒᆞ미 ᄭᅮᆷ인가 의심(疑心)ᄒᆞ고 ᄇᆡ야흐로 만념(萬念)[608]이 다 프러뎌 녜일[609]을 일ᄏᆞᆺ디 아니ᄒᆞ고 한담(閑談)ᄒᆞ더라.

ᄎᆞ셕(此夕)의 연왕(-王) 등(等) ᄉᆞ(四) 인(人)이 남궁(-宮)의 나아가 ᄇᆡᆨ형(伯兄)을 보고 문침(問寢)[610]ᄒᆞ니 공(公)이 왕(王)을 향(向)ᄒᆞ야 하례(賀禮) 왈(曰),

"ᄇᆡᆨ문이 이제ᄂᆞᆫ 군ᄌᆡ(君子ㅣ) 되여시니 이 다 현뎨(賢弟)의 긔특(奇特)ᄒᆞ미니라."

왕(王)이 눈섭을 ᄉᆡᆼ긔여[611] 왈(曰),

"ᄇᆡᆨ문이 ᄀᆡ과(改過)ᄒᆞ미 그리 깃브며 ᄯᅩ 대단ᄒᆞ리잇가? 제 금싊(禽獸ㅣ) 아닌 연후(然後)야 그런 흉난(凶難)을 디ᄂᆡ고 현마 ᄀᆡ심(改心)ᄒᆞ

91면

미 업ᄉᆞ면 다시 ᄂᆡ를 거시 어이 이시리오? 이젼(以前)보다가 나은 ᄃᆞᆺᄒᆞ나 그 사ᄅᆞᆷ이 군ᄌᆞ(君子) 득명(得名)[612]은 유명간(幽明間)[613] ᄀᆞᄐᆞ엿ᄂᆞ이다."

공(公)이 쇼왈(笑曰),

---

607) 무휼(撫恤): 사랑하여 어루만지고 위로함.
608) 만념(萬念): 여러 가지 많은 생각.
609) 녜일: 옛일.
610) 문침(問寢): 문안.
611) ᄉᆡᆼ긔여: 찡그려.
612) 득명(得名): 이름이 널리 알려짐.
613) 유명간(幽明間): 저승과 이승 사이.

“현뎨(賢弟) 이리 니ᄅᆞ디 말디니 ᄇᆡᆨ문이 이젼(以前) 그대도록 외입(外入)[614] ᄒᆞ여 실제(實際) 능히(能-) 오ᄂᆞᆯ날이 이시믈 ᄉᆞ광지총(師曠之聰)[615]인들 뉘 아라시며 쇼강졀(邵康節)[616] ᄀᆞᄐᆞᆫ 신복(臣僕)[617]도 능히(能-) 혜아리디 못ᄒᆞᆯ 거시로ᄃᆡ 오ᄂᆞᆯ 보니 언ᄉᆞ(言辭)와 거지(擧止)[618] 극(極)히 유슌화열(柔順和悅)[619] ᄒᆞ야 녯날과 쇼양(霄壤)[620]이 현격(懸隔)ᄒᆞ니 이 도시(都是)[621] 현뎨(賢弟) ᄉᆞ졍(私情)을 ᄭᅳᆫ코 다ᄉᆞ리믈 엄(嚴)히 ᄒᆞ므로 ᄇᆡᆨ문이 수이 ᄭᆡᄃᆞ랏ᄂᆞ니 현뎨(賢弟) 공(功)이 아니냐?”

기국공(--公)이 역

92면

쇼(亦笑) 왈(曰),

“ᄇᆡᆨ시(伯氏) 말ᄉᆞᆷ이 ᄌᆞ못 올흐셔이다. ᄎᆞ형(次兄)[622]의 ᄒᆡᆼᄉᆡ(行使ㅣ)[623] ᄌᆞ식(子息)이 셜ᄉᆞ(設使) 그ᄅᆞ나 ᄎᆞ마 못ᄒᆞᆯ 노ᄅᆞᄉᆞᆯ 다ᄒᆞ야 죠곰도 인졍(人情)을 두디 아니시고 호발(毫髮)[624]도 요ᄃᆡ(饒貸)[625]티

---

614) 외입(外入): 도리에 어긋난 행동을 함.

615) ᄉᆞ광지총(師曠之聰): 사광지총. 사광의 귀 밝음. 사광은 중국 춘추시대 진(晉)나라 사람으로 자는 자야(子野)이고 저명한 악사(樂師)임. 눈이 보이지 않아 스스로 맹신(盲臣), 명신(瞑臣)으로 부름. 진(晉)나라에서 대부(大夫) 벼슬을 했으므로 진야(晋野)로 불리기도 함. 음악에 정통하고 거문고를 잘 탔으며 음률을 잘 분변했다 함.

616) 쇼강졀(邵康節): 소강절. 강절은 소옹(邵雍, 1011~1077)의 시호. 소옹은 송(宋)대에 유학・도학・역학 등에 능했던 이로서, 유교의 역철학(易哲學)을 발전시켜 특이한 수리철학(數理哲學)을 만들었음.

617) 신복(臣僕): 임금을 섬기어 벼슬하는 사람.

618) 거지(擧止): 몸의 온갖 동작(動作).

619) 유슌화열(柔順和悅): 유순화열. 부드럽고 순하며 화평함.

620) 쇼양(霄壤): 소양. ‘천지’를 달리 이르는 말. 높은 하늘과 넓은 땅이라는 뜻임.

621) 도시(都是): 모두.

622) ᄎᆞ형(次兄): 차형. 둘째형. 이몽창을 말함.

623) ᄒᆡᆼᄉᆡ(行使ㅣ): 행사. 행동(行動)이나 하는 짓.

아니샤 뎐뎡(天廷)[626]의 죽으믈 드토시고 근디(近地)의 가 보디 아니코 오시니 빅문이 스스로 애둛고 셜워ᄒᆞ야 쾌(快)히 기과(改過)ᄒᆞ미라 빅문을 잠간(暫間) 헐(歇)히 다ᄉᆞ렷더면 실로(實-) 금일(今日)이 업ᄉᆞ리이다."

왕(王)이 미쇼(微笑) 무언(無言)이러라.

원리(元來) 빅문의 외입(外入)ᄒᆞ미 녁싱(酈生)[627]의 구변(口辯)[628]과 황데(皇弟) 위엄(威嚴)이라도 그리 수이 씨돗디 못홀 거시로되, 연왕(-王)이 크게 ᄆᆞ음을 뎡(定)ᄒᆞ야 인인(人人)이 비인졍(非人情)이라 시비(是非)ᄒᆞ되,

●●●

93면

모ᄅᆞᄂᆞᆫ ᄃᆞ시 엄졍(嚴正)[629] 싀싀[630]ᄒᆞᆫ 빗출 층가(層加)[631]ᄒᆞ야 셰월(歲月)이 오라도록 변(變)티 아니ᄒᆞ야 죵시(終是)[632] 빅문이 사ᄅᆞᆷ이 되니 후인(後人)이 능히(能-) 본(本)바들디니 셰쇽(世俗) 어리고 미혹(迷惑)[633]ᄒᆞᆫ 재(者ㅣ) ᄒᆞᆫ갓 ᄌᆞ식(子息)의 강포(强暴)[634]ᄒᆞ믈 두려 입을 좀으고 ᄆᆞ옴의만 그 허믈을 티부(置簿)ᄒᆞ며 혹(或) 일편[635]된 ᄉᆞ

624) 호발(毫髮): 가느다란 털. 아주 작은 물건(物件)을 가리킬 때 쓰는 말.
625) 요디(饒貸): 요대. 너그러이 용서함.
626) 뎐뎡(天廷): 천정. 조정을 말함.
627) 녁싱(酈生): 역생. 역이기(酈食其). 중국 진나라 말기와 한나라 초기의 정치가. 유방(劉邦)의 세객(說客)으로 활동함.
628) 구변(口辯): 말솜씨.
629) 엄졍(嚴正): 엄정. 엄숙하고 바름.
630) 싀싀: 엄숙함.
631) 층가(層加): 한층 더함.
632) 죵시(終是): 종시. 끝내.
633) 미혹(迷惑): 마음이 흐려서 무엇에 홀림.
634) 강포(强暴): 몹시 우악스럽고 사나움.
635) 일편: 편벽(偏僻). 한쪽으로 치우쳐 공평하지 못함.

랑의 싸뎌 훈ᄌ(訓子)[636]ᄒ믈 모ᄅ는 뉴(類ㅣ)야 금싊(禽獸ㅣ)나 다ᄅ리오. ᄎ편(借便)[637]의 긔이(奇異)ᄒ미 일로뻐 더옥 쵸쵸(楚楚)[638]ᄒ도다.

연왕(-王)이 밤 들게야 오운뎐(--殿)의 도라오매 삼ᄌ(三子ㅣ) 졍(正)히 침금(枕衾)[639]을 포셜(鋪設)[640]ᄒ고 기ᄃ리다가 일시(一時)의 니러 마자 시립(侍立)ᄒ니 왕(王)이 상(牀)의 올나 혹ᄉ(學士)ᄃ려 왈(曰),

"네 구

94면

병(久病)[641]이 소복(蘇復)[642]디 못ᄒ고 원노(遠路)의 구티(驅馳)[643]ᄒ엿거ᄂᆯ 엇디 편(便)히 쉬디 아닛ᄂ뇨?"

혹ᄉ(學士ㅣ) 공경(恭敬) 되왈(對曰),

"히ᄋ(孩兒ㅣ) 오래 엄안(嚴顔)[644]을 써나시니 요ᄉ이 뫼셔 슉침(宿寢)[645]코져 ᄒ므로 셔당(書堂)의 가디 못ᄒ엿ᄂ이다."

왕(王)이 흔연(欣然)이 의관(衣冠)을 그ᄅ고 벼개의 지혀[646]며 혹ᄉ(學士)를 겨틔 누으라 ᄒ야 죵야(終夜)토록 그 몸을 어ᄅ만지고 손

636) 훈ᄌ(訓子): 훈자. 자식을 가르침.
637) ᄎ편(借便): 차편. 방편을 얻음. 여기에서는 자식을 가르치는 방법을 의미함.
638) 쵸쵸(楚楚): 초초. 뚜렷함.
639) 침금(枕衾): 베개와 이불.
640) 포셜(鋪設): 포설. 펴서 베풂.
641) 구병(久病): 앓은 지 오래되어 고치기 어려운 병(病).
642) 소복(蘇復): 병이 나은 뒤에 원기가 회복됨.
643) 구티(驅馳): 구치. 몹시 바삐 돌아다님.
644) 엄안(嚴顔): 아버지의 얼굴이라는 뜻으로 아버지를 이름.
645) 슉침(宿寢): 숙침. 잠을 잠.
646) 지혀: 기대.

을 잡아 비록 입으로 말을 아니나 심하(心下)의 이련(哀憐)[647]ᄒᆞᆫ 뜻과 잔잉이 너기미 극(極)ᄒᆞ니 혹ᄉᆡ(學士ㅣ) 감은(感恩)ᄒᆞ미 ᄀᆞᆨ골(刻骨)[648]ᄒᆞ고 ᄇᆞ야흐로 부친(父親)의 진졍(眞情) 교무(嬌撫)[649]ᄅᆞᆯ 보니 만ᄉᆡ(萬事ㅣ) 여의(如意)ᄒᆞ야 알프던 ᄃᆡ 다 ᄃᆞ라나고 깃븜과 즐거오미 비길 곳 업고 초후(-侯)

95면

등(等)이 역시(亦是) 큰 경ᄉᆞ(慶事)로 아라 일ᄉᆡᆼ(一生) 유ᄒᆞᆫ(遺恨)이 다 프러디더라.

ᄎᆞ후(此後) 혹ᄉᆡ(學士ㅣ) 일마다 냥형(兩兄)을 ᄯᆞᆯ와 졍대(正大)[650]ᄒᆞ기ᄅᆞᆯ 힘ᄡᅳ니 본셩(本性)이 발호(拔豪)[651] 쇄락(灑落)[652]ᄒᆞᆫ 고(故)로 일ᄃᆡ(一代)[653] 걸ᄉᆡ(傑士ㅣ)[654] 되야 위의(威儀)[655]와 동지(動止)[656] 크게 도(道)ᄅᆞᆯ 어더시나 스ᄉᆞ로 셕일(昔日)을 븟그려 ᄆᆡ일(每日) 부모(父母)ᄅᆞᆯ 뫼셔 죵일(終日)ᄒᆞ고 쇼ᄆᆡ(小妹)로 박혁(博奕)[657] 담쇼(談笑)ᄒᆞ야 즐기ᄃᆡ 손을 샤(謝)ᄒᆞ야 번거히 츌입(出入)디 아니ᄒᆞ니 왕(王)이 더옥 깃거ᄒᆞ고 소후(-后)의 ᄯᅳᆺ이 ᄒᆞᆫ가지더라.

화 공(公)이 니ᄅᆞ러 왕(王)을 서로 볼 ᄉᆡ 왕(王)이 몬져 ᄇᆡᆨ문을 구

---

647) ᄋᆡ련(哀憐): 애련. 애처롭고 가엾게 여김.
648) ᄀᆞᆨ골(刻骨): 각골. 뼈에 새김.
649) 교무(嬌撫): 어여뻐해 어루만짐.
650) 졍대(正大): 정대. 바르고 옳아서 사사(私事)로움이 없음.
651) 발호(拔豪): 뛰어나고 호탕함.
652) 쇄락(灑落): 기분이나 몸이 상쾌하고 깨끗함.
653) 일ᄃᆡ(一代): 일대. 당대.
654) 걸ᄉᆡ(傑士ㅣ): 걸사. 뛰어난 선비.
655) 위의(威儀): 위엄이 있고 엄숙한 태도나 몸가짐.
656) 동지(動止): 행동거지.
657) 박혁(博奕): 장기와 바둑.

싱(救生)훈 은혜(恩惠)를 손사(遜謝)[658]후니 공(公)이 년망(連忙)[659]이 칭사(稱謝)[660] 왈(曰),

"쇼뎨(小弟) 일즉 대왕(大王)의 디우(知遇)[661]를 닙으믈

96면

등한(等閑)[662]이 아냣거늘 그 쳔금자뎨(千金子弟)를 소리(率爾)히[663] 알며 더옥 운뵈[664] 병듕(病重)[665]후엿다가 사라나미 익진관의 덕(德)이라 쇼뎨(小弟) 공(功)이리오?"

왕(王)이 문왈(問曰),

"익진관이 엇디 닉 아히(兒孩) 병듕(病重)후믈 아랏던고?"

공(公)이 연고(緣故)를 주시 니루니 왕(王)이 고개 좃고 쥬빅(酒杯)[666]를 나와 통음(痛飮)[667]후더니 반감(半酣)[668]의 연왕(-王)이 홀연(忽然) 닐오딕,

"쇼뎨(小弟) 우부(阿婦)의 싱존(生存)후믈 요힝(僥倖) 부라고 지금(至今) 복제(服制)[669]를 フ초디 못후엿더니 분슈(分手)[670] 삼직(三載)의 무춤닉 쇼식(消息)이 업수니 이제는 셜워 네(禮)를 출히고 우즈

---

658) 손사(遜謝): 손사. 겸손히 사례함.
659) 년망(連忙): 연망. 황급한 모양.
660) 칭사(稱謝): 칭사. 고마움을 표현함.
661) 디우(知遇): 지우. 남이 자신의 인격이나 재능을 알고 잘 대우함.
662) 등한(等閑): 무엇에 관심이 없거나 소홀함.
663) 소리(率爾)히: 솔이히. 말이나 행동이 신중하지 못하고 가볍게.
664) 운뵈: 운보. 이백문의 자(字).
665) 병듕(病重): 병중. 병이 깊음.
666) 쥬빅(酒杯): 주배. 술과 술잔.
667) 통음(痛飮): 술을 썩 많이 마심.
668) 반감(半酣): 술에 반쯤 취함. 술에 웬만큼 취한 것을 이름.
669) 복제(服制): 복제. 상복을 입는 일. 또는 상을 당한 일.
670) 분슈(分手): 분수. 서로 작별함.

(兒子)는 다른 ᄃᆡ 셩취(成娶)[671]케 하려 ᄒᆞ노라.”

화 공(公)이 차언(此言)을 듯고 창졸간(倉卒間)[672] ᄃᆡ답(對答)ᄒᆞᆯ 말이

97면

업서 다만 어렴프시 닐오ᄃᆡ,

“녀ᄋᆡ(女兒ㅣ) 현마 요몰(夭沒)[673]ᄒᆞ여시리잇가? 어ᄃᆡ 두로 ᄎᆞ자 보와 결단(決斷)ᄒᆞ사이다.”

왕(王)이 그 긔ᄉᆡᆨ(氣色)을 ᄌᆞ못 ᄉᆞᆺ치고 다시 뭇디 아니ᄒᆞ더라.

ᄇᆡᆨ문이 ᄎᆞ후(此後) 부모(父母)ᄅᆞᆯ 뫼셔 즐기나 일념(一念)이 다 화 시(氏)긔 ᄆᆡ텨 심ᄉᆡ(心思ㅣ) 울울블낙(鬱鬱不樂)[674]ᄒᆞ고 ᄆᆞ음의 ᄎᆞ후(此後) 왕[675]쟝(王嬙)[676] ᄀᆞᄐᆞᆫ 국ᄉᆡᆨ(國色)[677]이 이셔도 ᄉᆡᆨ욕(色慾)의 ᄎᆞᆫ 지 ᄀᆞᄐᆞ야 듀야(晝夜) 셔당(書堂)의 ᄌᆞᆷ겨 시셔(詩書)ᄅᆞᆯ ᄌᆞᆷ탹(潛着)[678]ᄒᆞ니 모든 ᄉᆞ촌(四寸)들이 고이(怪異)히 너겨 ᄒᆞᆫ ᄎᆞ례(次例) 보채고져 ᄯᅳᆺ이 나니,

일일(一日)은 초후(-侯) 형뎨(兄弟)와 광평후(--侯) 형뎨(兄弟) 마을의 간 후(後) 어ᄉᆞ(御史) ᄀᆡ문이 모든 아ᄋᆞᆯ 거ᄂᆞ리고 원문, ᄑᆡᆼ문

---

671) 셩취(成娶): 성취. 장가듦.

672) 창졸간(倉卒間): 미처 어찌할 수 없이 매우 급작스러운 사이.

673) 요몰(夭沒): 일찍 죽음.

674) 울울블낙(鬱鬱不樂): 울울불락. 우울하여 즐겁지 않음.

675) 왕: [교] 원문과 규장각본(21:68), 연세대본(21:97)에 모두 ‘무’로 되어 있으나 문맥을 고려해 이와 같이 수정함.

676) 왕쟝(王嬙): 왕장. 중국 전한 원제(元帝)의 후궁(?~?). 자는 소군(昭君). 기원전 33년 흉노와의 화친 정책으로 흉노의 호한야선우(呼韓邪單于)와 정략결혼을 함.

677) 국ᄉᆡᆨ(國色): 국색. 임금이 혹하여 나라가 기울어져도 모를 정도의 미인이라는 뜻으로, 뛰어나게 아름다운 미인을 이르는 말. 경국지색(傾國之色).

678) ᄌᆞᆷ탹(潛着): 잠착. 한 가지 일에만 정신을 골똘하게 씀.

98면

등(等)으로 더브러 남궁(-宮) 교방(敎坊)의 새로 쇽현(續絃)[679]ᄒᆞᆫ 챵녀(娼女) 무릉션을 ᄃᆞ리고 쳥가묘무(淸歌妙舞)[680]ᄅᆞᆯ ᄀᆞ초와 ᄒᆞᆨᄉᆞ(學士)의 곳의 니ᄅᆞ니, 원ᄅᆡ(元來) 무릉션은 소쥐(蘇州) 녀기(女妓)오, 방년(芳年)이 이칠(二七)이니 용안(容顔)이 쳔고(千古)의 독보(獨步)ᄒᆞ고 ᄌᆞᄉᆡᆨ(姿色)이 툐월(超越)ᄒᆞ야 경셩경국(傾城傾國)[681]ᄒᆞᆯ ᄉᆡᆨ(色)이라. ᄒᆞᆫ 노래 예상우의곡(霓裳羽衣曲)[682]이 구롬을 머믈우니 본토(本土)의 이신 제 왕손(王孫) 공ᄌᆡ(公子ㅣ) 쳔(千) 리(里)ᄅᆞᆯ 멀게 아니 너겨 다 ᄎᆞ자 니ᄅᆞ러 ᄒᆞᆫ번(-番) 보기ᄅᆞᆯ 구(求)ᄒᆞᄃᆡ 득(得)디 못ᄒᆞ더니 텬ᄌᆡ(天子ㅣ) 광평후(--侯)ᄅᆞᆯ 소쥐(蘇州) 일등(一等) 녀기(女妓) 오(五) 인(人)을 ᄉᆞ급(賜給)[683]ᄒᆞ시니 무릉션이 ᄲᆡ이여 올나오니 남공(-公)이 ᄒᆞᆫ번(-番) 보고 졔ᄌᆞ(諸子)ᄅᆞᆯ

679) 쇽현(續絃): 속현. 거문고와 비파의 끊어진 줄을 다시 잇는다는 뜻으로, 아내를 여읜 뒤에 다시 새 아내를 맞는 일을 비유적으로 이르는 말. 여기에서는 새로 여자를 들인 것을 뜻함.

680) 쳥가묘무(淸歌妙舞): 청가묘무. 풍류놀음 중 훌륭한 노래와 춤에 대한 관용적 표현으로, 맑은 노래와 묘한 춤을 뜻함.

681) 경셩경국(傾城傾國: 경성경국(傾城傾國). 성도 무너뜨리고 나라도 무너뜨림. 한번 보기만 하면 정신을 빼앗겨 성도 망치고 나라도 망치게 할 정도로 뛰어난 미인을 이르는 말.

682) 예상우의곡(霓裳羽衣曲): 예상우의무(霓裳羽衣舞)에 쓰인 악곡. 예상우의무는 당나라 현종이 꿈에 본 달 속의 선녀들의 모습을 상상하여 만들었다는 춤인데, 이때 입었던 춤옷은 희고 긴 비단으로 만들어졌으며, 양귀비가 잘 추었다고 함.

683) ᄉᆞ급(賜給): 사급. 나라나 관청에서 금품을 내려 줌.

99면

명(命)ᄒᆞ야 만일(萬一) 무릉션을 갓가이 ᄒᆞ리 이시면 부ᄌᆞ지졍(父子之情)을 ᄭᅳᆫ흐믈 닐러 엄틱(嚴飭)[684]ᄒᆞ니 ᄎᆞ고(此故)로 도어ᄉᆞ(都御史) ᄀᆞ툰 호일(豪逸)[685]ᄒᆞᆫ 재(者ㅣ) 갓가이 못 ᄒᆞ엿더라.

이날 ᄒᆞᆨᄉᆡ(學士ㅣ) 고요히 셔당(書堂)의셔 시ᄉᆞ(詩詞)ᄅᆞᆯ ᄌᆞᆷ심(潛心)[686]ᄒᆞ더니 홀연(忽然) 문(門) 녀ᄂᆞᆫ 소ᄅᆡ 나며 듕문, 긔문, 유문, 진문, 관문, 원문, 핑문 등(等)이 일시(一時)의 드러오거ᄂᆞᆯ 놀나 몸을 니러 마자 좌뎡(坐定)ᄒᆞ매 도어ᄉᆡ(都御史ㅣ) 웃고 ᄀᆞᆯ오ᄃᆡ,

"현뎨(賢弟) 요ᄉᆞ이 너모 슈힝(修行)ᄒᆞ기 도로혀 병(病)이 될디라 우형(愚兄)이 특별(特別)이 오ᄂᆞᆯ 니ᄅᆞ러 위로(慰勞)코져 하노라."

학ᄉᆡ(學士ㅣ) 손샤(遜謝)[687] 왈(曰),

"소뎨(小弟)ᄂᆞᆫ 일가(一家)의 죄인(罪人)이라. 믄득

100면

ᄌᆞ참(自慙)[688]ᄒᆞ미 이셔 능히(能-) 듕인(衆人) 공회(公會)예 나ᄃᆞᆫ니디 아니ᄒᆞ나 엇디 슈힝(修行)ᄒᆞ미 이시리오?"

어ᄉᆡ(御史ㅣ) 웃고 좌우(左右)로 무릉션을 블러 듕계(中階)[689]의 올나 현금(絃琴)을 ᄐᆞ라 ᄒᆞ고 ᄀᆞᆯ오ᄃᆡ,

---

684) 엄틱(嚴飭): 엄칙. 엄히 경계함.
685) 호일(豪逸): 예절이나 사소한 일에 매임이 없이 호방함.
686) ᄌᆞᆷ심(潛心): 잠심. 어떤 일에 마음을 두어 깊이 생각함.
687) 손샤(遜謝): 손사. 겸손히 사양함.
688) ᄌᆞ참(自慙): 자참. 스스로 부끄러워함.
689) 듕계(中階): 중계. 집을 지을 때에, 기초가 되도록 한 층을 높게 쌓아 올린 단.

"현뎨(賢弟) 독쳐(獨處)ᄒᆞ연 디 오라고 ᄎᆞ인(此人)의 용뫼(容貌ㅣ) 져기 탁월(卓越)ᄒᆞ니 침셕(寢席)[690] ᄀᆞ의 머므러 수회(愁懷)[691]를 위로(慰勞)ᄒᆞ미 엇더ᄒᆞ뇨.?"

흑ᄉᆡ(學士ㅣ) 젼(前) ᄀᆞᄐᆞ면 드리쪄[692] 잡을 거시로ᄃᆡ ᄉᆡᆼ(生)이 크게 ᄀᆡ과(改過)ᄒᆞ엿ᄂᆞᆫ디라 안ᄉᆡᆨ(顔色)을 졍(正)히 ᄒᆞ고 ᄀᆞᆯ오ᄃᆡ,

"쇼뎨(小弟) 당년(當年)의 저즌 죄(罪) 태산(泰山) ᄀᆞᄐᆞ미 도시(都是) 녀ᄉᆡᆨ(女色)으로 말ᄆᆡ암앗ᄂᆞᆫ디라 도금(到今)[693]ᄒᆞ야 아득한 심졍(心情)의 ᄀᆡ과(改過)ᄒᆞ믄 업ᄉᆞ나 잠간(暫間) 딩계(懲戒)

101면

ᄒᆞ미 잇거ᄂᆞᆯ 또 엇디 잡뉴(雜類)를 모화 다시 죄인(罪人)이 되리오?"

어ᄉᆡ(御史ㅣ) 쇼왈(笑曰),

"왕ᄉᆞ(往事)[694]를 일ᄏᆞᄅᆞ미 브절업거니와 뎌만치 졍대(正大)ᄒᆞᆫ ᄠᅳᆺ이 어ᄃᆡ 가고 스ᄉᆞ로 ᄉᆞ촌(四寸)의 쳐(妻)를 취(娶)ᄒᆞ야 가지고 도로혀 우리 ᄇᆡᆨ시(伯氏)를 티의(致疑)[695]ᄒᆞ더뇨? ᄉᆡᆼ각ᄒᆞᆯᄉᆞ록 애ᄃᆞᆲ디 아니랴?"

흑ᄉᆡ(學士ㅣ) ᄂᆞᆺ빗ᄎᆞᆯ 고티고 피셕(避席)[696] 샤례(謝禮) 왈(曰),

"이 다 쇼뎨(小弟)의 무샹(無狀)[697]ᄒᆞ미니 형(兄)의 일ᄏᆞᄅᆞ시믈 족

---

690) 침셕(寢席): 침석. 잠자리.
691) 수회(愁懷): 마음속에 깊이 새겨진 근심.
692) 드리쪄: 들입다. 냅다.
693) 도금(到今): 지금에 이름.
694) 왕ᄉᆞ(往事): 왕사. 지난 일.
695) 티의(致疑): 치의. 의심을 둠.
696) 피셕(避席): 피석. 웃어른에게 공경을 표시하기 위해 앉았던 자리에서 일어남.
697) 무샹(無狀): 무상. 아무렇게나 함부로 굴어 버릇이 없음.

(足)히 흔(恨)ᄒᆞ리오? ᄎᆞ고(此故)로 ᄂᆞᆽ치 이시나 둣겁고 혜 이시나 말이 업서 감히(敢-) 모든 뉴(類)의 나ᄃᆞ니디 못ᄒᆞᄂᆞ이다."

듕문이 웃고 왈(曰),

"뎌 ᄀᆞᄐᆞᆫ 겸손(謙遜)ᄒᆞᆫ 쓰과 어딘 ᄆᆞ음이 왕년(往年)[698]

102면

은 그대도록 그릇되여 뭇 사ᄅᆞᆷ을 다 ᄉᆞ디(死地)ᄅᆞᆯ ᄃᆞᄂᆡ게 ᄒᆞᄂᆞ뇨? 가(可)히 아디 못ᄒᆞᆯ 거ᄉᆞᆫ 하ᄂᆞᆯ이로다."

진문이 ᄂᆡᆼ쇼(冷笑) 왈(曰),

"사ᄅᆞᆷ이 ᄌᆞ가(自家) 허믈을 모ᄅᆞᆫ다 ᄒᆞᆫ들 운보 ᄀᆞᄐᆞ니 어ᄃᆡ 이시리오? 스ᄉᆞ로 허무(虛無)ᄒᆞᆫ 노ᄅᆞ솔 ᄒᆞ고 ᄂᆞᆷ을 그리 의심(疑心)ᄒᆞ야 ᄇᆡᆨ시(伯氏) ᄒᆞ마 죽으실 번ᄒᆞ니 아등(我等)이 너ᄅᆞᆯ 볼 적마다 심골(心骨)[699]이 경한(驚寒)[700]ᄒᆞ여라."

ᄒᆞᆨᄉᆡ(學士ㅣ) 다만 고개ᄅᆞᆯ 수기고 ᄌᆞᆷᄌᆞᆷ(潛潛)ᄒᆞ엿더니,

믄득 문졍(門庭)[701]이 여류(如流)ᄒᆞ며 능후(-侯) 등(等)이 일시(一時)의 드러오니 제인(諸人)이 밧비 니러 마ᄌᆞ매 광평후(--侯) 등(等)이 일제(一齊)히 관복(官服)을 벗고 ᄎᆞ례(次例)로 안ᄌᆞᆫ 후(後) 평

698) 왕년(往年): 옛날.
699) 심골(心骨): 깊은 마음속.
700) 경한(驚寒): 놀라고 서늘함.
701) 문졍(門庭): 문정. 대문이나 중문 안에 있는 뜰.

103면

휘(-侯ㅣ) 미우(眉宇)[702]를 싱긔고 골오딕,

"무릉션(--仙)이 므엇 후라 이곳의 왓느뇨? 샐리 믈러가라."

션이 황공이퇴(惶恐而退)[703]후니 능휘(-侯ㅣ) 봉안(鳳眼)이 진녈(震烈)[704]후야 좌우(左右) 동주(童子)를 다 잡아 누리오고 골오딕,

"이곳이 대신(大臣)이 쳐(處)후는 곳이어늘 뉘 감히(敢-) 요챵(妖娼)[705]을 드럿느뇨?"

동지(童子ㅣ) 다 각각(各各) 눗눗치 도라보고 말을 못 후고 원문이 날호여 완이(莞爾)히[706] 우어 골오딕,

"추(此)는 남궁(-宮) 삼형(三兄)이 호긔(豪氣) 계워 베프신 배라 뎌 셔동(書童)이 엇디 알리잇고?"

인(因)후야 향긱(向刻)[707] 수어(辭語)를 주시 니루니 초후(-侯)와 능휘(-侯ㅣ) 다 각각(各各) 믁연(默然)후딕 광평휘(--侯ㅣ) 심니(心裏)[708]의 크게 미안(未安)후야

104면

부용(芙蓉) 구튼 냥협(兩頰)[709]의 믁믁(默默)훈 노긔(怒氣)를 씌여 미

702) 미우(眉宇): 이마의 눈썹 근처.
703) 황공이퇴(惶恐而退): 두려워하며 물러남.
704) 진녈(震烈): 진렬. 맹렬히 성을 냄.
705) 요챵(妖娼): 요창. 요망한 창녀.
706) 완이(莞爾)히: 빙그레.
707) 향긱(向刻): 향각. 접때.
708) 심니(心裏): 심리. 마음의 속.
709) 냥협(兩頰): 양협. 두 뺨.

우(眉宇)를 변(變)ᄒᆞ고 봉안(鳳眼)을 ᄂᆞ초와 말을 아니ᄒᆞ니 어ᄉᆞ(御史) 등(等)이 일시(一時) 호승(豪勝)[710]으로 ᄇᆡᆨ문을 보채려 ᄒᆞ다가 의외(意外)에 능후(-侯)의 거동(擧動)이 안심(安心)티 아니코 ᄇᆡᆨ형(伯兄)의 엄ᄉᆡᆨ(嚴色)[711]을 두려 용모(容貌)를 ᄂᆞ초고 슈용(收容)[712] 념슬(斂膝)[713]이러니 냥구(良久)[714] 후(後) 평휘(-侯ㅣ) 도라 초후(-侯) 형뎨(兄弟)를 보고 탄식(歎息) 왈(曰),

"녯날 댱공예(張公藝)[715]는 구족(九族)[716]이 일턕(一宅)의 동슉(同宿)[717]ᄒᆞᄃᆡ 피ᄎᆡ(彼此ㅣ) 블호(不好)ᄒᆞᆫ 일이 업더라 ᄒᆞᄃᆡ 아등(我等)은 삼ᄉᆞ촌(三四寸)이 ᄒᆞᆫ곳의 이시매 거년(去年)의 우형(愚兄)이 운ᄋᆡᆨ(運厄)이 듕(重)ᄒᆞ야 잠간(暫間) 굿기미 이시나 이제 무ᄉᆞ(無事)ᄒᆞ거ᄂᆞᆯ 블초(不肖)ᄒᆞᆫ

105면

아ᄋᆞ들이 지금(只今)ᄭᆞ지 아ᄅᆞᆷ답디 아닌 말을 들추워 골육(骨肉)을 아디 못ᄒᆞ니 엇디 한심(寒心)티 아니며 븟그럽디 아니ᄒᆞ리오? 형뎨(兄弟) 등(等)은 ᄎᆞ후(此後) 샹심(詳審)[718]ᄒᆞ야 뎌 아ᄒᆡ(兒孩)들을 이곳의 븟티디 말나."

---

710) 호승(豪勝): 호탕한 기운.
711) 엄ᄉᆡᆨ(嚴色): 엄색. 엄한 기색.
712) 슈용(收容): 수용. 용모를 가다듬음.
713) 념슬(斂膝): 염슬. 무릎을 모아 몸을 단정히 함.
714) 냥구(良久): 양구. 시간이 꽤 오래 지남.
715) 댱공예(張公藝): 장공예. 중국 당나라 고종(高宗) 때의 인물. 구족(九族)이 함께 모여 살았는데 당 고종이 그 비결을 묻자 자손들에게 '참을 인 자[忍]'를 100여 자 써서 주었다 대답함.
716) 구족(九族): 구족. 고조(高祖), 증조(曾祖), 조부(祖父), 부친(父親), 자기, 아들, 손자(孫子), 증손(曾孫), 현손(玄孫)까지의 직계(直系)를 이름.
717) 동슉(同宿): 동숙. 함께 거처함.
718) 샹심(詳審): 상심. 자세히 살핌.

셜파(說罷)의 좌우(左右)로 어ᄉᆞ(御史)로브터 오(五) 인(人)을 다 미러 ᄂᆡ티라 ᄒᆞ니 엄슉(嚴肅)ᄒᆞᆫ 빗치 ᄉᆞ좌(四座)의 ᄡᅩ이ᄂᆞᆫ디라 긔문 등(等)이 십분(十分) 쵸조(焦燥) 황공(惶恐)ᄒᆞ야 아모리 ᄒᆞᆯ 줄 모ᄅᆞ니 초휘(-侯ㅣ) 년망(連忙)이[719] 웃고 ᄀᆞᆯ오ᄃᆡ,

"삼형(三兄)이 운보ᄅᆞᆯ 너모 ᄉᆞ랑ᄒᆞ시므로 잠간(暫間) 희롱(戲弄)ᄒᆞ시미라 긔 므어시 대ᄉᆞ(大事)로와 형댱(兄丈)이 이대도록 과도(過度)히 구ᄅᆞ시ᄂᆞ니잇고?"

106면

평휘(-侯ㅣ) 정ᄉᆡᆨ(正色) 왈(曰),

"노녀(-女)의 블측(不測)[720]ᄒᆞ미 날을 ᄉᆞ디(死地)의 너흘디언뎡 ᄇᆡᆨ문은 일즉 아디 못ᄒᆞ고 그 여얼(餘孼)[721]을 제 닙어 죽을 번ᄒᆞ엿거ᄂᆞᆯ 삼뎨(三弟) 말이 므ᄉᆞᆷ 말이 되엿ᄂᆞ뇨? 저히 오(五) 세(歲)브터 경셔(經書)ᄅᆞᆯ 닑어 무식(無識)ᄒᆞ미 이대도록 ᄒᆞ니 당당(堂堂)이 야야(爺爺)긔 고(告)ᄒᆞ고 죄(罪)ᄅᆞᆯ 어더 주리라."

초휘(-侯ㅣ) 년(連)ᄒᆞ야 우어 왈(曰),

"삼형(三兄)과 냥뎨(兩弟) 진정(眞情)으로 ᄎᆞ언(此言)을 ᄒᆞ여도 대단티 아닐ᄃᆡ 더옥 희롱(戲弄)이니잇가?"

ᄒᆞᆨᄉᆡ(學士ㅣ) 날호여 탄식(歎息) 왈(曰),

"쇼뎨(小弟) 죄악(罪惡)이 태과(太過)[722]ᄒᆞ니 심듕(心中)의 븟그러

---

719) 년망(連忙)이: 연망히. 황급히.
720) 블측(不測): 불측. 생각이나 행동 따위가 괘씸하고 엉큼함.
721) 여얼(餘孼): 이미 당한 재앙 외에 아직 남아 있는 재앙이나 액운.
722) 태과(太過): 너무 지나침.

오미 낫 둘 고디 업서 형댱(兄丈) 안젼(眼前)의 죽으

107면

믈 ᄇᆞ라거ᄂᆞᆯ 형댱(兄丈)이 이 ᄀᆞᄐᆞᆫ 셩틱(盛澤)[723]을 드리오시니 엇디 감격(感激)디 아니리잇가?"

평휘(-侯ㅣ) 블열(不悅) 왈(曰),

"현뎨(賢弟) 이 엇딘 말고? 젼일(前日)의 우형(愚兄)이 니ᄅᆞ기ᄅᆞᆯ 힉비(該備)[724]히 ᄒᆞ여시ᄃᆡ 현뎨(賢弟) 듯기ᄅᆞᆯ ᄌᆞ시 못ᄒᆞ야 ᄯᅩ 일ᄏᆞᄅᆞ니 이 ᄲᅧ ᄂᆡ ᄯᅳᆺ이 아니오, 오ᄂᆞᆯ 새로이 현뎨(賢弟) 블안(不安)ᄒᆞ믄 뎌 블쵸(不肖)ᄒᆞᆫ 아힉(兒孩)들 연괴(緣故ㅣ)라 졸(拙)ᄒᆞᆫ 형(兄)은 감히(敢-) 말을 못 ᄒᆞ려니와 야야(爺爺)긔 고(告)ᄒᆞ리라."

셜파(說罷)의 ᄉᆞ매ᄅᆞᆯ 쩔티고 니러나거ᄂᆞᆯ 광능휘(--侯ㅣ) 밧비 ᄉᆞ매ᄅᆞᆯ 븟들고 닐오ᄃᆡ,

"삼형(三兄)이 도시(都是) 희롱(戲弄)ᄒᆞ신 바ᄅᆞᆯ 형댱(兄丈)이 이대도록 대단이

108면

구ᄅᆞ시고 더옥 슉부(叔父)긔 고(告)ᄒᆞ려 ᄒᆞ시미 만만블ᄉᆞ(萬萬不似)[725]ᄒᆞ니 원(願)컨대 쇼뎨(小弟) 말을 드ᄅᆞ쇼셔. ᄇᆡᆨ문이 당년(當年)

---

723) 셩틱(盛澤): 성택. 큰 은택.

724) 힉비(該備): 해비. 자세히 갖춤.

725) 만만블ᄉᆞ(萬萬不似): 만만불사. 결코 인정에 맞지 않음.

의 외입(外入)ᄒᆞ미 크게 인뉸(人倫)의 버서낫던 거시니 동긔(同氣) 아닌 연후(然後)의야 잠간(暫間) 보채디 못ᄒᆞ리잇가? 이는 인졍(人情)의 마디못ᄒᆞᆯ 배니 형(兄)은 고이(怪異)히 너기디 마ᄅᆞ쇼셔.”

평휘(-侯ㅣ) 정ᄉᆡᆨ(正色) 왈(曰),

“현뎨(賢弟) 말이 더옥 날로뻐 ᄂᆞᆺ 둘 곳이 업게 ᄒᆞ미라. ᄉᆞ촌(四寸)이나 동ᄉᆡᆼ(同生)이나 골육(骨肉)이 ᄂᆞᆫ호인 후(後) 어ᄂᆡ 다ᄅᆞ며 일실(一室)의 샹슈(相隨)[726]ᄒᆞ야 졍(情)이 얽ᄆᆡ인 후(後) 촌수(寸數)ᄅᆞᆯ 분변(分辨)[727]ᄒᆞ리오?”

능휘(-侯ㅣ) ᄌᆞ약(自若)히 웃고 ᄀᆞᆯ오ᄃᆡ,

“형(兄)의 말ᄉᆞᆷ

109면

은 올흐신들 시셰(時勢)[728]와 인ᄉᆡ(人事ㅣ)[729] 그러ᄒᆞ니잇가?”

도어ᄉᆡ((都御使ㅣ) 크게 참괴(慙愧)ᄒᆞ야 피셕(避席)[730] 샤죄(謝罪) 왈(曰),

“쇼뎨(小弟) 본ᄃᆡ(本-) 언경(言輕)[731]ᄒᆞ야 오ᄂᆞᆯ날 그ᄅᆞᆺᄒᆞ미 만흔디라 당당(堂堂)이 죄(罪)ᄅᆞᆯ 닙으믈 원(願)ᄒᆞᄂᆞ이다.”

평휘(-侯) 쟉ᄉᆡᆨ(作色) 왈(曰),

“현뎨(賢弟) 나히 어리디 아냣거ᄂᆞᆯ 뎌 듕문, 진문을 쵸인(招引)[732]

---

726) 샹슈(相隨): 상수. 서로 따름. 서로 어울림.
727) 분변(分辨): 같고 다름을 가림.
728) 시셰(時勢): 시세. 지금 시대의 형세.
729) 인ᄉᆡ(人事ㅣ): 인사. 세상에서 벌어지는 일.
730) 피셕(避席): 피석. 공경의 뜻을 나타내기 위하여 웃어른을 모시던 자리에서 일어남.
731) 언경(言輕): 말이 경솔함.
732) 쵸인(招引): 초인. 어떤 사람을 불러 이끎.

ᄒᆞ야 ᄀᆞᄅᆞ쳐 ᄃᆞ리고 와셔 인졍(人情)의 당(當)티 아닌 말을 ᄒᆞᄂᆞ다? 인믈(人物)을 뎌러ᄐᆞᆺ 가지고 능히(能-) 됴항(朝行)[733]의 츙수(充數)[734]ᄒᆞ며 홍포옥ᄃᆡ(紅袍玉帶)[735] 욕(辱)되디 아니랴?"

듕문, 진문이 홈긔 샤죄(謝罪)ᄒᆞ야 그ᄅᆞᆺᄒᆞ믈 일ᄏᆞᆺ고 초후(-侯) 등(等)이 힘뻐 말리니 녜뷔(禮部ㅣ) 말을 아니코 은은(隱隱)

110면

ᄒᆞᆫ 노ᄉᆡᆨ(怒色)으로 도라가ᄂᆞᆫ디라.

졔인(諸人)이 크게 황공(惶恐)ᄒᆞ야 ᄎᆞ후(此後) 감히(敢-) ᄆᆞ옴의 블평지심(不平之心)을 ᄇᆡᆨ문을 향(向)ᄒᆞ야 두지 못ᄒᆞ니 초후(-侯) 형뎨(兄弟) 감탄(感歎)ᄒᆞ믈 이긔디 못ᄒᆞ더라.

일일(一日)은 능휘(-侯) 화 샹셔(尙書)와 의논(議論)ᄒᆞᆯ 일이 이셔 화부(-府)의 갈 ᄉᆡ 혹ᄉᆞ(學士)ᄃᆞ려 닐오ᄃᆡ,

"네 뎍소(謫所)의 가 화 공(公)의 은혜(恩惠)ᄅᆞᆯ ᄌᆞ못 닙엇거ᄂᆞᆯ 샹경(上京)ᄒᆞᆫ 후(後) 지금(至今) 가 보디 아닛ᄂᆞ뇨? 금일(今日)으란 날과 ᄒᆞᆫ가지로 가 ᄃᆞᆫ녀오미 엇더ᄒᆞ뇨?"

혹ᄉᆡ(學士ㅣ) 조차 형뎨(兄弟) 혁(革)[736]을 ᄀᆞᆯ와 화부(-府)의 니ᄅᆞ러ᄂᆞᆫ 졔ᄉᆡᆼ(諸生)이 셔당(書堂)의셔 마자 녜필(禮畢)[737] 후(後) 능휘(-侯) 공(公)의게 뵈믈

---

733) 됴항(朝行): 조항. 조정에서 벼슬아치들이 벌여서는 반열.
734) 츙수(充數): 충수. 일정한 수를 채움.
735) 홍포옥ᄃᆡ(紅袍玉帶): 홍포옥대. 붉은 도포와 옥으로 꾸민 띠.
736) 혁(革): 말안장 양쪽에 장식으로 늘어뜨린 고삐.
737) 녜필(禮畢): 예필. 인사를 마침.

111면

청(請)ᄒᆞ니 화 슈찬(修撰)이 ᄀᆞᆯ오ᄃᆡ,

"야애(爺爺ㅣ) 요ᄉᆞ이 촉풍(觸風)[738]ᄒᆞ샤 듕헌(中軒)[739]의 겨시니 드러가 뵈올 거시라."

이(二) 인(人)이 조차 드러가니 공(公)은 단의(單衣)로 안셕(案席)[740]의 지혓고 알ᄑᆡ ᄒᆞᆫ 쇼년(少年)이 당건(唐巾)[741] ᄇᆡᆨ의(白衣)로 시립(侍立)ᄒᆞ야 시ᄉᆞ(詩詞)의 고하(高下)ᄅᆞᆯ 의논(議論)ᄒᆞ니 슈찬(修撰)이 대경(大驚)ᄒᆞ나 ᄒᆞᆯ일업서 다만 닐오ᄃᆡ,

"죵뎨(從弟)[742]ᄂᆞᆫ 니러 존ᄀᆡᆨ(尊客)[743]을 맛ᄌᆞ오라."

그 쇼년(少年)이 머리ᄅᆞᆯ 드러 보고 홀연(忽然) ᄂᆞᆺ빗치 변(變)ᄒᆞ더니 화 공(公)이 ᄯᅩ ᄀᆞᆯ오ᄃᆡ,

"딜ᄋᆞ(姪兒)ᄂᆞᆫ 향촌(鄕村) 향암(鄕闇)[744]을 ᄀᆞᆷ초고 대신(大臣)을 영졉(迎接)ᄒᆞ미 가(可)ᄒᆞ도다."

그 쇼년(少年)이 믄득 니러셔니 이(二) 인(人)이 나아가 공(公)의게 절ᄒᆞ매 공(公)이 ᄑᆞᆯ을

---

738) 촉풍(觸風): 찬 바람을 쐼.
739) 듕헌(中軒): 중헌. 당상(堂上)의 남북의 중간.
740) 안셕(案席): 안석. 벽에 세워 놓고 앉을 때 몸을 기대는 방석.
741) 당건(唐巾): 중국에서 쓰던 관(冠)의 하나. 당나라 때에는 임금이 많이 썼으나, 뒤에는 사대부들이 사용하였음.
742) 죵뎨(從弟): 종제. 사촌 동생.
743) 존ᄀᆡᆨ(尊客): 존객. 존귀한 손님.
744) 향암(鄕闇): 시골에서 지내 온갖 사리에 어둡고 어리석음. 또는 그런 사람.

112면

드러 병(病)드러 맛디 못ᄒᆞ믈 샤례(謝禮)ᄒᆞ거ᄂᆞᆯ 능휘(-侯ㅣ) 공경(恭敬) 칭샤(稱謝)ᄒᆞ고 그 쇼년(少年)으로 녜(禮)를 ᄆᆞᆺᄎᆞ니, 원ᄅᆡ(元來) 화 시(氏) 야야(爺爺)의 브ᄅᆞᆷ을 조차 이에 나왓다가 몽ᄆᆡ(夢寐) 밧 능후(-侯) 형뎨(兄弟)를 만나니 심혼(心魂)[745]이 비월(飛越)[746]ᄒᆞᄃᆡ 피(避)ᄒᆞ미 더 고이(怪異)ᄒᆞᆫ 고(故)로 담(膽)을 크게 ᄒᆞ고 비ᄉᆞ기 안잣더니 능휘(-侯ㅣ) 좌(座)의 나아가 ᄀᆞᆯ오ᄃᆡ,

"쇼ᄉᆡᆼ(小生)이 요ᄉᆞ이 국ᄉᆞ(國事)의 분주(奔走)ᄒᆞ매 일즉 니ᄅᆞ러 ᄇᆡ견(拜見)티 못ᄒᆞ엿더니 존휘(尊候ㅣ)[747] 블평(不平)[748]ᄒᆞ신가 시브니 하졍(下情)[749]의 번민(煩悶)ᄒᆞ여이다."

공(公)이 손샤(遜謝) 왈(曰),

"노뷔(老夫ㅣ) ᄀᆡᆨ녀(客旅)[750] 풍상(風霜)[751]의 샹(傷)ᄒᆞᆫ 증(症)이 겸발(兼發)ᄒᆞ니 고요히 드러 티료(治療)ᄒᆞ므로 현계(賢契)[752] 등(等)을 못

745) 심혼(心魂): 온 정신.
746) 비월(飛越): 아득함.
747) 존휘(尊候ㅣ): 어른의 건강 상태.
748) 블평(不平): 불평. 편치 않음.
749) 하졍(下情): 하정. 어른에게 대하여, 자기 심정이나 뜻을 겸손하게 이르는 말.
750) ᄀᆡᆨ녀(客旅): 객려. 자기 고장을 떠나 다른 곳에 잠시 머물거나 떠도는 사람.
751) 풍상(風霜): 바람과 서리. 많이 겪은 세상의 어려움과 고생을 비유한 말.
752) 현계(賢契): 상대를 높여 부르는 말.

113면

보완 지 오라더니 금일(今日) 귀가(貴駕)[753]를 왕굴(枉屈)[754]ᄒᆞ야 므ᄅᆞ니 다샤(多謝)[755]ᄒᆞ여라."

태뷔(太傅ㅣ) ᄉᆞ샤(謝辭)[756]ᄒᆞ고 눈을 드러 화 시(氏)를 보매 믄득 놀라 다시 셩모(星眸)[757]를 정(正)히 ᄒᆞ야 반향(半晌)[758]이나 슉시(熟視)[759]ᄒᆞ매 의심(疑心) 업ᄉᆞᆫ 화 신(氏ㄴ) 줄 알고 경히(驚駭)[760]ᄒᆞ믈 이긔디 못ᄒᆞ고 뎌러ᄐᆞᆺ 복식(服色)을 변(變)ᄒᆞ야 녜도(禮度)를 폐(廢)ᄒᆞ고 구가(舅家)를 긔이ᄂᆞᆫ[761] 줄 블승고이(不勝怪異)[762]히 너겨 믁믁(默默)히 말을 아니타가 슈찬(修撰)을 도라보와 ᄀᆞᆯ오ᄃᆡ,

"뎌 쇼년(少年)은 엇던 사ᄅᆞᆷ고?"

답왈(答曰),

"이 곳 망숙(亡叔)[763]의 소싱(小生)이니 아등(我等)의 죵뎨(從弟)라."

능휘(-侯ㅣ) 우문(又問) 왈(曰),

"어ᄃᆡ 잇다가 요ᄉᆞ이야 존부(尊府)의 니ᄅᆞ럿ᄂᆞ뇨?"

슈찬(修撰) 왈(曰),

753) 귀가(貴駕): 귀한 수레.
754) 왕굴(枉屈): 남이 자기 있는 곳으로 찾아옴을 높여 이르는 말.
755) 다샤(多謝): 다사. 감사함이 많음.
756) ᄉᆞ샤(謝辭): 사사. 고마운 뜻을 나타내는 말.
757) 셩모(星眸): 성모. 별 같은 눈동자.
758) 반향(半晌): 반나절.
759) 슉시(熟視): 숙시. 눈여겨 자세히 바라봄.
760) 경히(驚駭): 경해. 뜻밖의 일로 몹시 놀람.
761) 긔이ᄂᆞᆫ: 속이는.
762) 블승고이(不勝怪異): 불승괴이. 괴이함을 이기지 못함.
763) 망숙(亡叔): 죽은 숙부.

114면

"니니 제 외가(外家)의 가 잇다가 이제야 왓ᄂᆞ니라."

태뷔(太傅ㅣ) 고개 좃고 눈으로뻐 빅문을 보딕 빅문이 젼혀(全-) 아는 긔식(氣色)이 업서 ᄒᆞᆫ갓 그 용모(容貌)를 칭이(稱愛)[764]ᄒᆞᆯ ᄯᆞᄅᆞᆷ 이어늘 그윽이 안졍(眼睛)[765]의 무되믈[766] 차탄(嗟歎)[767]ᄒᆞ고 뎌의 블평(不平)ᄒᆞ야 ᄒᆞ믈 안심(安心)티 못ᄒᆞ야 믄득 즉시(卽時) 하직(下直)고 니러 나가니 화 시(氏) 겨유 숨을 닉쉬고 도라 모든 거거(哥哥)를 딕(對)ᄒᆞ야 ᄒᆞᆫ탄(恨歎) 왈(曰),

"뎌 니(李) 태뷔(太傅ㅣ) ᄒᆞᆫ 쌍(雙) 거울 눈이 만(萬) 리(里)를 ᄉᆞ못거늘[768] 엇디 쇼미(小妹) 잇ᄂᆞᆫ 딕 ᄃᆞ리고 드러오시니잇고?"

슈찬(修撰) 왈(曰),

"닉 무심(無心)ᄒᆞ야 아디 못ᄒᆞ여시나 네 복식(服色)이 다ᄅᆞ고 써난 디 오라거

115면

늘 창졸(倉卒)[769]의 잘 아라보와시리오?"

쇼제(小姐ㅣ) 심(甚)히 블쾌(不快)ᄒᆞ야 ᄎᆞ후(此後)ᄂᆞᆫ ᄌᆞ긔(自己) 방(房) 밧긔 발자최를 옴기디 아니ᄒᆞ더라.

---

764) 칭이(稱愛): 칭애. 칭찬하고 사랑함.
765) 안졍(眼睛): 안정. 눈동자.
766) 무되믈: 무딘 것을.
767) 차탄(嗟歎): 탄식하고 한탄함.
768) ᄉᆞ못거늘: 꿰뚫거늘.
769) 창졸(倉卒): 미처 어찌할 사이 없이 매우 급작스러움.

태뷔(太傅ㅣ) 도라가 ᄀ만이 ᄇᆡᆨ형(伯兄)[770]ᄃᆞ려 화 시(氏)의 거동(擧動)을 뎐(傳)ᄒᆞ고 ᄀᆞᆯ오ᄃᆡ,

"화 공(公)은 졍딕(正直) 강명(剛明)[771]ᄒᆞᆫ 사ᄅᆞᆷ이러니 엇디 쳐ᄉᆡ(處事ㅣ) 뎌대도록 고이(怪異)ᄒᆞᆯ 줄 알리오? ᄇᆡᆨ문이 비록 그ᄅᆞᆺᄒᆞᆫ 허믈이 이신들 녀ᄌᆞ(女子)로 남쟝(男裝)을 닙혀 구가(舅家)ᄅᆞᆯ 영졀(永絕)[772]ᄒᆞᆯ 줄 알리오?"

초휘(-侯 ㅣ) 놀나 이에 웃고 왈(曰),

"너ᄂᆞᆫ 이리 니ᄅᆞ디 말디니 ᄇᆡᆨ문이 화수(-嫂)ᄅᆞᆯ 극진지도(極盡之度)[773]의 니ᄅᆞ게 박ᄃᆡ(薄待)ᄅᆞᆯ 참혹(慘酷)히 ᄒᆞ여시니 뎌ᄅᆞᆯ ᄒᆞᆯ

116면

로 그ᄅᆞ다 못ᄒᆞᆯ디라 그 본젹(本跡)[774]을 드러ᄂᆡ미 ᄇᆡᆨ문의게 잇ᄂᆞᆫ디라 너ᄂᆞᆫ 여ᄎᆞ여ᄎᆞ(如此如此) ᄇᆡᆨ문을 ᄀᆞᄅᆞ치라."

태뷔(太傅ㅣ) 역쇼(亦笑) 왈(曰),

"형댱(兄丈) 말ᄉᆞᆷ이 올ᄒᆞ시나 소데(小弟)ᄂᆞᆫ 뎌ᄅᆞᆯ 올타 말 못 ᄒᆞᆯ소이다. 지아비 그ᄅᆞᆫ들 티원(置怨)[775]ᄒᆞ야 아조 거졀(拒絕)ᄒᆞ미 가(可)ᄒᆞ며 ᄇᆡᆨ문이 그ᄅᆞᆯ디언졍 부모(父母)ᄂᆞᆫ 일즉 츄호(秋毫)도 박ᄃᆡ(薄待)ᄒᆞ신 배 업ᄉᆞ니 지아비 역졍(逆情) ᄂᆡ여 싀부모(媤父母) ᄇᆞ리ᄂᆞᆫ 규귀(規矩ㅣ)[776] 어ᄃᆡ 잇ᄂᆞ니잇고?"

770) ᄇᆡᆨ형(伯兄): 백형. 맏형. 이성문을 이름.
771) 강명(剛明): 강직하고 분명함.
772) 영졀(永絕): 영절. 영영 끊음.
773) 극진지도(極盡之度): 지극한 정도.
774) 본젹(本跡): 본적. 본래의 자취.
775) 티원(置怨): 치원. 원망을 함.
776) 규귀(規矩ㅣ): 그림쇠와 곱자라는 뜻으로 규범과 법도를 이름.

초휘(-侯ㅣ) 쇼왈(笑曰),

"너ᄂᆞᆫ 과연(果然) 어려운 셩졍(性情)이로다. 아모리 녀ᄌᆡ(女子ㅣ) 팔ᄌᆡ(八字ㅣ) 사오납게 삼겨신들 지아비 두 번(番) 죽이려 ᄒᆞ던 목숨이 겨유 도ᄉᆡᆼ(圖生)[777]ᄒᆞ여시니 부모(父母)

117면

의 졍(情)은 다 ᄒᆞᆫ가지니 ᄎᆞ마 다시 보ᄂᆡ고져 ᄆᆞᄋᆞᆷ이 나며 화쉬(-嫂ㅣ)신들 ᄇᆡᆨ문을 다시 보고져 ᄒᆞ시리오? 네 녀ᄌᆡ(女子ㅣ)라도 능히(能-) 강잉(强仍)[778]티 못ᄒᆞ리라."

능휘(-侯ㅣ) 우어 왈(曰),

"쇼뎨(小弟) 녀질(女子ㄹ)딘대 가지록 온슌비약(溫順卑弱)[779]ᄒᆞ고 또 ᄂᆡ 글러도 안해 뎌러ᄒᆞ면 엇디 용납(容納)ᄒᆞ리오? 당당(堂堂)이 큰 결단(決斷)이 이시리이다마ᄂᆞᆫ ᄇᆡᆨ문은 필연(必然) ᄌᆞᄌᆞ(孜孜)히[780] 빌기ᄅᆞᆯ 마디못ᄒᆞ리이다."

휘(侯ㅣ) 쇼왈(笑曰),

"다 너ᄀᆞ티 념티(廉恥) 됴코 긔승(氣勝)[781]ᄒᆞ기 쉬오냐?"

졍언간(停言間)[782]의 ᄇᆡᆨ문이 이에 드러오거ᄂᆞᆯ 능휘(-侯ㅣ) 무러 왈(曰),

"네 일즉 화수(-嫂)ᄅᆞᆯ ᄉᆡᆼ각ᄂᆞᆫ다?"

---

777) 도ᄉᆡᆼ(圖生): 도생. 살기를 도모함.
778) 강잉(强仍): 억지로 참음.
779) 온슌비약(溫順卑弱): 온순비약. 자기 몸을 낮추고 온순히 대함.
780) ᄌᆞᄌᆞ(孜孜)히: 자자히. 꾸준하고 부지런하게 함.
781) 긔승(氣勝): 기승. 성미(性味)가 억척스러워서 굽히지 않는 이상(異常)한 버릇.
782) 졍언간(停言間): 정언간. 말이 잠시 멈춘 사이.

혹ᄉᆡ(學士ㅣ) 텽필(聽畢)의 화긔(和氣)를

118면

쇼삭(蕭索)[783] ᄒᆞ고 ᄀᆞᆯ오ᄃᆡ,

"ᄉᆡᆼ각이 엇지 업ᄉᆞ리잇고마ᄂᆞᆫ 어ᄃᆡ 가 그림쟈를 어더 보리오?"

능휘(-侯ㅣ) 왈(曰),

"네 ᄉᆡᆼ각ᄒᆞ면 엇디 목젼(目前)의 만나 아라보디 못ᄒᆞᆫ다?"

혹ᄉᆡ(學士ㅣ) 대경(大驚) 왈(曰),

"소뎨(小弟) 언제 화 시(氏)를 만낫더니잇가?"

휘(侯ㅣ) 왈(曰),

"앗가 화 형(兄)이 니ᄅᆞ던 쇼년(小年)이 이 곳 화 시(氏)라 네 일뎡(一定)[784] 아라보디 못ᄒᆞᆫ다?"

혹ᄉᆡ(學士ㅣ) 텽파(聽罷)의 크게 ᄭᆡᄃᆞ라 ᄀᆞᆯ오ᄃᆡ,

"소뎨(小弟) 원ᄅᆡ(元來) 그 얼골을 ᄌᆞ못 ᄀᆞᆺ게 너기ᄃᆡ 화 시(氏) 변복(變服)ᄒᆞ엿ᄂᆞᆫ 줄 ᄯᅳᆺᄒᆞ디 아녓더니 형댱(兄丈)은 엇디 잘 아라보시며 그 변복(變服)ᄒᆞ미 므슴 연괴(緣故ㅣ)니잇고?"

능휘(-侯ㅣ) 션ᄌᆞ(扇子)로 ᄶᅡᄒᆞᆯ 티고 가

783) 쇼삭(蕭索): 소삭. 다 사라짐.
784) 일뎡(一定): 일정. 정말로.

119면

가딕쇼(呵呵大笑)[785] 왈(曰),

"가(可)히 우읍도다. 닉 네 쳐즈(妻子)의 변복(變服)ᄒᆞ엿ᄂᆞᆫ 연고(緣故)를 엇디 알리오? 연(然)이나 닉 ᄒᆞᆫ 쌍(雙) 눈이 머디 아닌 후(後)야 녜 보던 얼골을 니즈리오? 현데(賢弟) 진실로(眞實-) 몰라본다?"

혹시(學士ㅣ) 왈(曰),

"소데(小弟) 소탈(疏脫)[786] 혼암(昏闇)[787]ᄒᆞ미 본딕(本-) 뉴(類)다른 가온딕 풍샹(風霜)[788]을 ᄀᆞ초 겻고 정신(精神)이 더옥 쇼모(消耗)ᄒᆞ엿거ᄂᆞᆯ 능히(能-) 알리잇가? 연(然)이나 뎨 셩되(性度ㅣ)[789] 강한(強悍)[790]ᄒᆞ고 쇼데(小弟) 허믈이 호대(浩大)ᄒᆞ니 ᄎᆞᄉᆡᆼ(此生)의 회합(會合)기를 ᄇᆞ라디 못ᄒᆞᆯ소이다."

능휘(-侯ㅣ) 잠쇼(暫笑) 왈(曰),

"남직(男子ㅣ) 비록 그ᄅᆞ나 녀ᄌᆞ(女子)를 딕(對)ᄒᆞ야 구구(區區)[791]ᄒᆞ믄 가(可)티 아니니 네 모로미 삼갈디어다."

혹시(學士ㅣ)

785) 가가딕쇼(呵呵大笑): 가가대소. 너무 우스워서 한바탕 껄껄 웃음.
786) 소탈(疏脫): 성격이 꼼꼼하지 못함.
787) 혼암(昏闇): 어리석고 못나서 사리에 어두움.
788) 풍샹(風霜): 풍상. 많이 겪은 세상의 어려움과 고생.
789) 셩되(性度ㅣ): 성도. 성품과 도량.
790) 강한(強悍): 마음이나 성질이 굳세고 강함
791) 구구(區區): 잘고 많아서 일일이 언급하기가 구차스러움.

120면

빅사(拜謝)ᄒᆞ고 스ᄉᆞ로 화 시(氏) ᄉᆡᆼ존(生存)ᄒᆞ여시믈 알매 만심(滿心)이 다 용약(踊躍)[792]ᄒᆞ야 뎐도(顚倒)[793]ᄒᆞ믄 녯 긔습(氣習)[794]이 나ᄂᆞᆫ디라.

이튼날 문안(問安)을 ᄆᆞᆺ고 쳥녀(靑驢)[795]를 직촉ᄒᆞ야 화부(-府)의 니ᄅᆞ니 슈찬(修撰) 등(等)이 마자 셔실(書室)의 드러가 닐오ᄃᆡ,

"운뵈 ᄯᅩ 엇디 왓ᄂᆞ뇨?"

혹ᄉᆡ(學士ㅣ) 왈(曰),

"대인(大人) 긔톄(氣體) 블평(不平)ᄒᆞ시던 거시매 문후(問候)ᄒᆞ라 왓노라."

슈찬(修撰)이 미쇼(微笑) 왈(曰),

"그ᄃᆡ 유신(有信)ᄒᆞ믄 미ᄎᆞ리 업도다. 의절(義絕)ᄒᆞᆫ 악부(岳父)를 이대도록 뉴렴(留念)ᄒᆞ니 다사(多謝)ᄒᆞ여라."

혹ᄉᆡ(學士ㅣ) 졍ᄉᆡᆨ(正色) 왈(曰),

"소뎨(小弟) 당년(當年)의 어리고 아ᄃᆞᆨᄒᆞ야 허믈이 호대(浩大)ᄒᆞ나 도금(到今)ᄒᆞ야 ᄭᆡᄃᆞᄅᆞ미 깁거ᄂᆞᆯ 고ᄉᆞ(古事)로ᄡᅥ 죠

---

792) 용약(踊躍): 좋아서 뜀.
793) 뎐도(顚倒): 전도. 엎어져 넘어지거나 넘어뜨림. 허둥지둥하는 모양.
794) 긔습(氣習): 기습. 기운과 습관.
795) 쳥녀(靑驢): 청려. 털빛이 검푸른 당나귀.

121면

희(嘲戲)[796]ᄒᆞᄂᆞ뇨?"

슈찬(修撰)이 크게 우어 왈(曰),

"우리ᄂᆞᆫ 젼후(前後)의 ᄆᆞᄋᆞᆷ이 ᄒᆞᆫ가지라 사오나온 일도 업고 더 착홀 일도 업서 시죵(始終)이 일되(一道ㅣ)니 ᄂᆞᆷ도 그런가 너기ᄂᆞ니 그ᄃᆡ 당초(當初) 무섭고 어려온 위풍(威風)이 도금(到今)ᄒᆞ야 어이 ᄶᅡ시리오[797]? ᄌᆞ로 오미 힝혀(幸-) 우리ᄅᆞᆯ 마자 죽일가 겁(怯)ᄒᆞ미 업디 아니ᄒᆞ도다."

ᄒᆞᆨᄉᆡ(學士ㅣ) 어히업서 다만 ᄀᆞᆯ오ᄃᆡ,

"그ᄃᆡ 니ᄅᆞᆫ 말 ᄀᆞᄐᆞ야 화 시(氏)ᄅᆞᆯ 죽여시ᄃᆡ 죽디 아냐시니 ᄎᆞ자부ᄃᆡ 죽이려 왓노라."

이랑(二郎)[798]이 대로(大怒)ᄒᆞ야 ᄞᅥ셔며[799] 손으로 ᄀᆞᄅᆞ쳐 크게 ᄭᅮ지저 왈(曰),

"고금텬하(古今天下)의 업ᄉᆞᆫ 젹ᄌᆡ(賊子ㅣ)[800]야. 가지록 흉(凶)

122면

ᄒᆞᆫ 말을 됴흔 말 ᄒᆞᄃᆞ시 ᄒᆞ니 네 니ᄅᆞ기ᄅᆞᆯ ᄀᆡ과(改過)ᄒᆞ엿노라 ᄒᆞ나 거줏말이로다. ᄆᆡᄌᆡ(妹子ㅣ) 임의 구쳔(九泉) 원혼(冤魂)이 되연 디

---

796) 죠희(嘲戲): 조희. 빈정거리며 희롱함.
797) ᄶᅡ시리오: 없어졌으리오.
798) 이랑(二郎): 둘째아들.
799) ᄞᅥ셔며: 벌떡 일어서며.
800) 젹ᄌᆡ(賊子ㅣ): 적자. 불충하거나 불효한 사람.

오라거늘 또 무어슬 죽이쟛 말고?"

혹스(學士ㅣ) 변식(變色) 왈(曰),

"그듸 등(等)이야 텬하(天下)의 업슨 적지(賊子ㅣ)로다. 닉 당년(當年) 요녀(妖女)의 간계(奸計)의 싸디고 시운(時運)[801]이 블힝(不幸)호야 녕민(佘妹)로 샹힐(相詰)[802]호미 극진지도(極盡之度)의 니르러시나 녀지(女子ㅣ) 감히(敢-) 티원(置怨)[803]호고 유심(留心)[804]호리오?"

삼낭(三郎)[805]이 크게 소리호야 꾸지저 왈(曰),

"즈고(自古)로 부뷔(夫婦ㅣ) 샹힐(相詰)홈도 묘리(妙理)[806] 잇느니라. 네 안자 드르라. 뉵녜(六禮)[807] 빅냥(百兩)[808]훈 안해 칠거(七去)[809]의 넘은 죄(罪) 이시면 법(法)대로 다스

---

801) 시운(時運): 시대나 그때의 운수.

802) 샹힐(相詰): 상힐. 서로 트집을 잡아 비난함.

803) 티원(置怨): 치원. 원망을 함.

804) 유심(留心): 마음에 새겨 두어 조심하며 관심을 가짐.

805) 삼낭(三郎): 삼랑. 셋째아들.

806) 묘리(妙理): 묘한 이치. 또는 그 도리.

807) 뉵녜(六禮): 육례. 『주자가례』를 따른 혼인의 여섯 가지 의식. 곧 납채(納采)·문명(問名)·납길(納吉)·납징(納徵)·청기(請期)·친영(親迎)을 말함. 납채는 신랑 집에서 청혼을 하고 신부 집에서 허혼(許婚)하는 의례이고, 문명은 납채가 끝난 뒤에 남자 집의 주인(主人)이 서신을 갖추어 사자를 여자 집에 보내어 여자 생모(生母)의 성(姓)을 묻는 의례며, 납길은 문명한 것을 가지고 와서 가묘(家廟)에 점쳐 얻은 길조(吉兆)를 다시 여자 집에 보내어 알리는 의례고, 납징은 남자 집에서 여자 집에 빙폐(聘幣)를 보내어 혼인의 성립을 더욱 확실하게 해주는 절차이며, 청기는 성혼(成婚)의 길일(吉日)을 정하는 의례이고, 친영은 신랑이 신부 집에 가서 신부를 맞이하여 신랑 집에 돌아오는 의례임.

808) 빅냥(百兩): 백량. 100대의 수레. 이는 『시경(詩經)』 「소남(召南)」 <작소(鵲巢)> 중 "새아씨가 시집옴에 백량으로 맞이하도다. 之子于歸 百兩御之." 등의 시에서 유래한 것으로. 제후의 딸이 제후에게 시집감에 보내고 맞이함을 모두 수레 백 량으로 하는 것이라 함.

809) 칠거(七去): 예전에, 아내를 내쫓을 수 있는 이유가 되었던 일곱 가지 허물. 시부모에게 불손함, 자식이 없음, 행실이 음탕함, 투기함, 몹쓸 병을 지님, 말이 지나치게 많음, 도둑질을 함 따위.

123면

려 닉티믄 올커니와 혼야(昏夜)[810]의 칼 들고 죽이려 ᄒᆞ믄 업ᄂᆞ니, ᄒᆞ믈며 닉 누의 므슴 죄(罪) 잇더뇨? 빙뎡(冰淨)[811]ᄒᆞᆫ 긔질(氣質)과 싁싁ᄒᆞᆫ ᄉᆞ덕(四德)[812]이 너 ᄀᆞᄐᆞᆫ 거시 감히(敢-) 밋디 못ᄒᆞᆯ 거시어ᄂᆞᆯ 네 ᄎᆞ마 션비 몸으로 졍실(正室)의 시녀(侍女)ᄅᆞᆯ 침소(寢所)의셔 음난(淫亂)ᄒᆞ고 필경(畢竟) 반계곡경(盤溪曲徑)[813]으로 취(娶)ᄒᆞ야 요사(妖邪)[814]의 ᄲᅡ뎌 부모(父母) 동긔(同氣)ᄅᆞᆯ 홍모(鴻毛)[815]ᄀᆞ티 너기고 졍실(正室) 죽이기ᄅᆞᆯ 플 벗ᄃᆞᆺ ᄒᆞ니 이거시 적ᄌᆡ(賊子ㅣ) 아니냐? 네 입이 열히 이신들 어ᄃᆡ로셔 말이 도라 나ᄂᆞ뇨?”

ᄒᆞᆨᄉᆡ(學士ㅣ) ᄎᆞ언(此言)을 듯고 역시(亦是) 노(怒)ᄒᆞ야 눈을 놉히 ᄯᅳ고 ᄃᆡ답(對答)고져 ᄒᆞᆯ ᄎᆞ(次) ᄂᆡ당(內堂)으로셔

124면

시녜(侍女ㅣ) 나와 제ᄉᆡᆼ(諸生)을 브ᄅᆞ니 제인(諸人)이 일시(一時)의 드러가거ᄂᆞᆯ 혼자 잇기 무류(無聊)[816]ᄒᆞ야 도라왓더니,

이튼날 ᄯᅩ 가니 제ᄉᆡᆼ((諸生)이 다 ᄂᆡᆼ안멸시(冷眼蔑視)[817]ᄒᆞ야 본

---

810) 혼야(昏夜): 어둡고 깊은 밤.
811) 빙뎡(冰淨): 빙정. 얼음처럼 깨끗함.
812) ᄉᆞ덕(四德): 사덕. 여자로서 갖추어야 할 네 가지 덕. 마음씨(婦德), 말씨(婦言), 맵시(婦容), 솜씨(婦功)를 이름.
813) 반계곡경(盤溪曲徑): 서려 있는 계곡과 구불구불한 길이라는 뜻으로, 일을 순서대로 정당하게 하지 아니하고 그릇된 수단을 써서 억지로 함을 이르는 말.
814) 요사(妖邪): 요사. 요망하고 간사함.
815) 홍모(鴻毛): 기러기의 털이라는 뜻으로, 매우 가벼운 사물을 이르는 말.
816) 무류(無聊): 무료. 부끄럽고 열없음.
817) ᄂᆡᆼ안멸시(冷眼蔑視): 냉안멸시. 차가운 눈초리로 업신여기거나 하찮게 여겨 깔봄.

톄 아니ᄒᆞ니 ᄯᅩᄒᆞᆫ 노(怒)ᄒᆞ야 ᄉᆞ매ᄅᆞᆯ ᄯᅥᆯ티고 도라와 십여(十餘) 일(日)이 되니 ᄎᆞᆷ디 못ᄒᆞ야,

일일(一日)은 아ᄎᆞᆷ의 화부(-府)의 니ᄅᆞ니 제ᄉᆡᆼ(諸生)이 다 나가고 셔ᄌᆡ(書齋)예 홀로 화 슈찬(修撰) 댱ᄌᆞ(長子) 연이 잇다가 나 맛거ᄂᆞᆯ ᄒᆞᆨᄉᆡ(學士ㅣ) 닐오ᄃᆡ,

“너의 부친(父親)과 제슉(諸叔)[818]이 어ᄃᆡ 가더뇨?”

연은 이때 팔(八) 셰(歲)오 극(極)히 총민(聰敏)[819]ᄒᆞ더니 ᄃᆡ왈(對曰),

“외슉(外叔)이 오ᄂᆞᆯ 관녜(冠禮)[820]ᄒᆞ시니 보라 가 계시이다.”

ᄒᆞᆨᄉᆡ(學士ㅣ) 승시(乘時)[821]ᄒᆞ야 문왈(問曰),

“너의

125면

종슉(從叔)이 어ᄃᆡ 잇ᄂᆞ뇨?”

연이 머뭇기다가 ᄃᆡ왈(對曰),

“ᄂᆡ당(內堂)의 잇ᄂᆞ니이다.”

ᄒᆞᆨᄉᆡ(學士ㅣ) 왈(曰),

“너의 종슉(從叔)을 ᄂᆡ 잠간(暫間) 보와 ᄒᆞᆯ 말이 이시니 네 그 잇ᄂᆞᆫ 곳을 ᄀᆞᄅᆞ치미 엇더뇨?”

연 왈(曰),

---

818) 졔숙(諸叔): 제숙. 모든 숙부.
819) 총민(聰敏): 총명하고 민첩함.
820) 관녜(冠禮): 관례. 사내아이가 스무 살 쯤 되었을 때 갓을 쓰고 어른이 되는 예식을 말함.
821) 승시(乘時): 때를 탐. 기회를 얻음.

"닉당(內堂)을 션싱(先生)이 엇디 드러가려 ᄒᆞ시ᄂᆞ니잇가?"

혹ᄉᆡ(學士ㅣ) 왈(曰),

"닉당(內堂)이라도 나는 드러가 관겨(關係)티 아니ᄒᆞ니 네 아모도 모ᄅᆞ게 ᄀᆞᄅᆞ칠 만ᄒᆞ라."

연은 원릭(元來) 극(極)히 영오(英悟)[822] ᄒᆞᆫ 고(故)로 그 슉뫼(叔母ㅣ) ᄀᆡ복(改服)[823] ᄒᆞ여시며 혹ᄉᆡ(學士ㅣ) 슉모(叔母) 소텬(所天)[824]인 줄 아는디라, ᄀᆞ만이 ᄉᆡᆼ각ᄒᆞᄃᆡ,

'요ᄉᆞ이 두고 보니 조부(祖父)와 야애(爺爺ㅣ) 슉모(叔母)ᄅᆞᆯ ᄀᆡ유(開諭)[825] ᄒᆞ야 지아비 ᄇᆞ리믈 ᄎᆡᆨ(責)ᄒᆞ시니 슉뫼(叔母ㅣ) 슉부(叔父) 박졍(薄情)[826]을

••

126면

니ᄅᆞ더니 이제 이러ᄐᆞᆺ 유졍(有情)ᄒᆞ니 닉 ᄀᆞᄅᆞ쳐 그 거동(擧動)을 보리라.'

ᄒᆞ고 웃고 니러셔며,

"날 ᄯᆞᆯ와오쇼셔."

ᄒᆞ거늘,

혹ᄉᆡ(學士ㅣ) 대희(大喜)ᄒᆞ야 연의 뒤흘 ᄯᆞᆯ와 여러 겹 곡난(曲欄)[827]을 디나 ᄒᆞᆫ 곳의 니ᄅᆞ니 슈달난창(繡闥蘭窓)[828]이 졍제(整齊)

---

822) 영오(英悟): 뛰어나고 총명함.
823) ᄀᆡ복(改服): 개복. 옷을 바꿔 입음.
824) 소텬(所天): 소천. 남편.
825) ᄀᆡ유(開諭): 개유. 사리를 알아듣도록 잘 타이름.
826) 박졍(薄情): 박정. 인정이 박함.
827) 곡난(曲欄): 곡란. 좁은 난간.
828) 슈달난창(繡闥蘭窓): 수달난창. 화려하게 단청한 문과 난초 무늬의 창문.

ᄒᆞ고 벽호됴밍(甓戶雕甍)[829]이 의의(猗猗)[830]ᄒᆞᆫᄃᆡ 금ᄌᆞ(金字)로 '폐인샤긱당(廢人謝客堂)[831]'이라 ᄒᆞ엿더라. 연이 ᄀᆞ만이 ᄀᆞᄅᆞ쳐 왈(曰),

"뎌 문(門)을 열고 비ᄉᆞ기[832] 큰 문(門)이 이시니 드러가쇼셔."

ᄒᆞ고 져ᄂᆞᆫ 듯ᄂᆞᆫ ᄃᆞ시 가거ᄂᆞᆯ,

혹ᄉᆡ(學士ㅣ) ᄀᆞ만이 ᄀᆞᄅᆞ친 대로 문(門)을 열고 드러가니 과연(果然) 화 시(氏) 녹빈홍안(綠鬢紅顔)[833]의 당건(唐巾)[834]을 졍(正)히 ᄒᆞ고 셔안(書案)[835]의 비겨 시ᄉᆞ(詩詞)를 뒤져기거ᄂᆞᆯ 담(膽)[836]

127면

을 크게 ᄒᆞ고 나아가 읍(揖)[837]ᄒᆞ니 화 쇼졔(小姐ㅣ) 무심듕(無心中) ᄇᆡᆨ문을 만나매 대경실ᄉᆡᆨ(大驚失色)[838]ᄒᆞ야 다만 몸이 니ᄂᆞᆫ 줄 업시 니러셔거ᄂᆞᆯ, 혹ᄉᆡ(學士ㅣ) 눈을 드러 보매 교ᄌᆞ옥질(嬌資玉質)[839]이 계궁(桂宮)[840]의 다람홰(--花ㅣ)[841]오 부샹(扶桑)[842]의 명월(明月)이

829) 벽호됴밍(甓戶雕甍): 벽호조맹. 옥으로 꾸민 집과 조각하여 꾸민 용마루.
830) 의의(猗猗): 아름다운 모양.
831) 폐인샤긱당(廢人謝客堂): 폐인사객당. '인륜을 끊은 사람으로서 손님을 사절하는 사람이 머무는 집'이라는 뜻임.
832) 비ᄉᆞ기: 비스듬히.
833) 녹빈홍안(綠鬢紅顔): 푸른 귀밑머리와 붉은 얼굴이라는 뜻으로, 젊고 고운 여자의 얼굴을 형용하여 이르는 말.
834) 당건(唐巾): 예전에, 중국에서 쓰던 관(冠)의 하나.
835) 셔안(書案): 서안. 책을 얹는 책상.
836) 담(膽): 겁이 없고 용감한 기운.
837) 읍(揖): 두 손을 맞잡아 얼굴 앞으로 들어올리고 허리를 앞으로 공손히 구부렸다가 몸을 펴면서 손을 내림.
838) 대경실ᄉᆡᆨ(大驚失色): 대경실색. 매우 놀라 낯빛이 변함.
839) 교ᄌᆞ옥질(嬌資玉質): 교자옥질. 어여쁜 자태와 옥처럼 맑은 자질.
840) 계궁(桂宮): 월궁.
841) 다람홰(--花ㅣ): 홍람화(紅藍花)로 보임. 국화과의 두해살이풀로 높이는 1미터 정도이며, 잎은 어긋나고 넓은 피침 모양임. 7~9월에 붉은빛을 띤 누런색의 꽃이 줄기 끝과 가지 끝에 핌. 씨로는 기름을 짜고 꽃은 약용하고, 꽃물로 붉은빛 물감을 만듦.
842) 부샹(扶桑): 부상. 해가 뜨는 동쪽 바다.

라, 싁싁 소담[843]훈 틱도(態度)와 조코 묽은 긔질(氣質)이 눈의 빅익거눌 남복(男服)을 가(加)호여시매 앙장표일(昻壯飄逸)[844]훈 골격(骨格)이 구름 가온대 신션(神仙) ᄀ튼디라. 황홀(恍惚)이 반가옴과 흠듦이[845] 깃브미 만신(滿身)[846]을 흔드니 념티(廉恥)를 블고(不顧)호고 년망(連忙)이 나아가 옥슈(玉手)를 잡아 안즈믈 쳥(請)호고 골오디,

"쇼싱(小生)의 죄(罪)는 가(可)히 터럭을 쌔혀 혜

•••

128면

여도 남으려니와 부인(夫人)이 엇던 고(故)로 복식(服色)을 변톄(變體)[847]호야 싱(生)을 소기느뇨?"

쇼졔(小姐ㅣ) 반싱(半生)을 졀티(切齒)[848] 통흔(痛恨)호던 슈인(讐人)[849]이 무망(無妄)[850]의 당면(當面)호니 구빅(九魄)[851]이 샹텬(上天)호고 삼혼(三魂)[852]이 놀 둧호딕 즈긔(自己) 남복(男服)을 미더 요힝(僥倖) 패루(敗漏)[853]티 아닐가 호다가 뎌 임의 즈시 알고 집슈(執手)[854]호야 언단(言端)[855]이 여ᄎ(如此)호믈 보니 더럽고 놀나오

---

843) 소담: 생김새가 탐스러움.
844) 앙장표일(昻壯飄逸): 비장하고 성품이나 기상 따위가 뛰어나게 훌륭함.
845) 흠듦이: 흠뻑. 한껏.
846) 만신(滿身): 온몸.
847) 변톄(變體): 변체. 본래의 모습이나 체재가 바뀌거나 그것을 바꿈. 또는 변하여 달라진 모습이나 체재.
848) 졀티(切齒): 절치. 몹시 분하여 이를 갊.
849) 슈인(讐人): 수인. 서로 원한을 품어 사귀지 못하고 미워하는 사람.
850) 무망(無妄): 일이 갑자기 생기어서 생각지 아니하였을 판. 뜻밖에.
851) 구빅(九魄): 구백. '넋'의 의미로 보이나 미상임.
852) 삼혼(三魂): 사람의 마음에 있는 세 가지 영혼. 태광(台光), 상령(爽靈), 유정(幽精)을 이름.
853) 패루(敗漏): 일이 드러남.
854) 집슈(執手): 집수. 손을 잡음.

미 만댱(萬丈) 굴형의 ᄲᅡ딘 ᄃᆞᆺ 그 ᄂᆞᆺ치 ᄃᆞᆺ거오미 이 ᄀᆞᄐᆞᆯ 대로(大怒)ᄒᆞ야 년망(連忙)이 ᄯᅥᆯ티고 드러가려 ᄒᆞᄃᆡ ᄉᆡᆼ(生)이 노티 아니코 비러 닐오ᄃᆡ,

“부인(婦人)의 쇼ᄉᆡᆼ(小生) ᄒᆞᆫ(恨)ᄒᆞ미 슈인(讐人)으로 마련ᄒᆞ엿ᄂᆞᆫ 줄 임의 아ᄂᆞ니 쳔만샤죄(千萬謝罪)ᄒᆞᄂᆞ니 가(可)

129면

히 용샤(容赦)[856]ᄒᆞᆷ을 쳥(請)ᄒᆞ노라.”

쇼졔(小姐ㅣ) 약(弱)ᄒᆞᆫ 힘이 능히(能-) ᄯᅥᆯ티디 못ᄒᆞ고 ᄉᆡᆼ(生)의 거동(擧動)을 어히업서 노목(怒目)[857]을 ᄆᆡ이 ᄠᅳ고 ᄡᅡᆼ미(雙眉)ᄅᆞᆯ 거ᄉᆞ려 ᄉᆡᆼ(生)을 냥구(良久)히 보니 ᄎᆞ고 ᄆᆡ온 긔운이 셜샹가빙(雪上加氷)[858]은 도로혀 온화(溫和)ᄒᆞᆫ디라. ᄉᆡᆼ(生)이 더옥 븟그러오미 욕ᄉᆞ무디(欲死無地)[859]ᄒᆞ야 원비(猿臂)[860]로 쇼져(小姐)의 옥슈(玉手)ᄅᆞᆯ 구디 잡고 ᄀᆞᆯ오ᄃᆡ,

“어딘 부인(夫人)을 박ᄒᆡᆼ(薄行)[861]ᄒᆞᆫ 가부(家夫)의 죄(罪)ᄅᆞᆯ 용샤(容赦)ᄒᆞ라.”

ᄒᆞ니 쇼졔(小姐ㅣ) 블연(勃然)[862] 작ᄉᆡᆨ(作色)고 손으로 ᄀᆞᄅᆞ쳐 ᄭᅮ지저 ᄀᆞᆯ오ᄃᆡ,

---

855) 언단(言端): 말하는 모양.
856) 용샤(容赦): 용사. 관대하게 용서함.
857) 노목(怒目): 성난 눈.
858) 셜샹가빙(雪上加氷): 설상가빙. 눈 위에 얼음이 더함.
859) 욕ᄉᆞ무디(欲死無地): 욕사무지. 죽으려 해도 죽을 곳이 없음.
860) 원비(猿臂): 원숭이의 팔이라는 뜻으로 팔이 긴 것을 말함.
861) 박ᄒᆡᆼ(薄行): 박행. 박대한 행동. 아무렇게나 대접하는 행동을 말함.
862) 블연(勃然): 발연. 왈칵 성을 내는 태도나 일어나는 모양이 세차고 갑작스러움.

"그ᄃᆡ 므ᄉᆞᆷ ᄂᆞᆾᄎᆞ로 감히(敢-) 날을 안해라 ᄒᆞᄂᆞᆫ다? ᄂᆡ 임의 십삼(十三)의 군부(君夫)[863]의게 가(嫁)ᄒᆞ야 호발(毫髮)[864]만 ᄒᆞᆫ

•••

130면

일도 허믈 뵌 일이 업ᄉᆞᄃᆡ 팔ᄌᆡ(八字ㅣ) 무샹(無常)ᄒᆞ야 참혹(慘酷)ᄒᆞᆫ 누언(陋言)[865]을 몸의 시ᄅᆞ니 그ᄃᆡ 임의 혼암(昏闇)[866]ᄒᆞ야 날을 천만(千萬) 가지로 보채고 심(甚)히 구다가 필경(畢竟) ᄂᆡ 위급지시(危急之時)[867]ᄅᆞᆯ 당(當)ᄒᆞ야 그ᄃᆡᄅᆞᆯ 공교(工巧)히 만낫거ᄂᆞᆯ 져그나 인심(人心)을 가진 쟬(者ㄹ)딘대 ᄂᆡ 죄목(罪目)이 비록 삼쳑(三尺)[868]의 디나고 강샹(綱常)[869]의 대죄(大罪)ᄅᆞᆯ 지어신들 현마 ᄎᆞᆨ은지심(惻隱之心)이 업서 날로ᄡᅧ 칼로 죽이려[870] ᄒᆞ니 이ᄂᆞᆫ 삼ᄉᆡᆼ(三生)[871] 슈인(讎人)이라 므ᄉᆞᆷ 부부(夫婦)의 의(義) 이시리오? ᄂᆡ 마ᄎᆞᆷ 하ᄂᆞᆯ이 도으믈 닙어 부모(父母)ᄅᆞᆯ 만나디 못ᄒᆞ엿던들 블셔 강듕(江中) 귀(鬼ㅅ)거시

---

863) 군부(君夫): 그대.

864) 호발(毫髮): 가느다란 털.

865) 누언(陋言): 더러운 말.

866) 혼암(昏闇): 어리석고 못나서 사리에 어두움.

867) 위급지시(危急之時): 위급한 때.

868) 삼쳑(三尺): 삼척. 고대 중국에서 석 자 길이의 대쪽에 법률을 썼던 일에서 유래하여 법률(法律)을 뜻함.

869) 강샹(綱常): 강상. 삼강(三綱)과 오상(五常)을 아울러 이르는 말로 사람이 지켜야 할 변함없는 도리를 뜻함. 삼강(三綱)은 군위신강(君爲臣綱), 부위자강(父爲子綱), 부위부강(夫爲婦綱). 오상(五常)은 인(仁), 의(義), 예(禮), 지(智), 신(信).

870) 려: [교] 원문에는 '다'로 되어 있으나 문맥을 고려해 규장각본(21:89)과 연세대본(21:130)을 따름.

871) 삼ᄉᆡᆼ(三生): 삼생. 전생(前生), 현생(現生), 내생(來生)인 과거세, 현재세, 미래세를 통틀어 이르는 말.

131면

되여시리니 그러티 못ᄒᆞ던들 엇디 부뫼(父母)들 다시 보와시리오? ᄂᆡ 임의 인륜(人倫)을 샤졀(謝絕)ᄒᆞ고 녀ᄒᆡᆼ(女行)을 버서나 부부지도(夫婦之道)ᄅᆞᆯ 유명간(幽明間)ᄀᆞ티 너기거ᄂᆞᆯ 필뷔(匹夫ㅣ) ᄆᆞᄉᆞᆷ 념티(廉恥)로 당돌(唐突)이 니ᄅᆞ러 날을 븟잡아 죽으믈 직촉ᄒᆞᄂᆞ뇨?"

셜파(說罷)의 줌미(蠶眉)[872] 관(冠)을 ᄀᆞᄅᆞ치고 노ᄉᆡᆨ(怒色)이 엄엄(嚴嚴)[873]ᄒᆞ니 ᄉᆡᆼ(生)이 화 시(氏)의 ᄆᆡᆼ녈(猛烈)[874]이 ᄊᆞ지ᄌᆞ미 죠곰도 요ᄃᆡ(饒貸)[875]티 아니믈 보고 ᄌᆞ긔(自己) 허믈을 ᄉᆡᆼ각건대 오히려 경(輕)ᄒᆞ나 ᄎᆞ형(次兄)[876]의 말을 ᄉᆡᆼ각고 볼연변ᄉᆡᆨ(勃然變色)[877] 왈(曰),

"ᄂᆡ 비록 왕셰(往歲)[878] 허믈이 호대(浩大)ᄒᆞᆫ들 그ᄃᆡ의게ᄂᆞᆫ 소텬(所天)이어ᄂᆞᆯ 이대도록 업

132면

슈이 너기며 언에(言語ㅣ) 긔 ᄆᆞᄉᆞᆷ 말고? 나의 허믈이 크나 오ᄂᆞᆯ 그ᄃᆡ긔 디나디 아니ᄒᆞ리니 ᄉᆞᄉᆞ로 혜아리고 ᄂᆞᆷ 칙망(責望)을 과도(過度)히 말라."

쇼졔(小姐ㅣ) 뉴미(柳眉)[879]ᄅᆞᆯ ᄂᆞ초고 ᄂᆡᆼ쇼(冷笑) 왈(曰),

---

872) 줌미(蠶眉): 잠미. 잠자는 누에 같다는 뜻으로, 길고 굽은 눈썹을 이르는 말. 와잠미(臥蠶眉).
873) 엄엄(嚴嚴): 매우 엄함.
874) ᄆᆡᆼ녈(猛烈): 맹렬. 기세(氣勢)가 몹시 사납고 세참.
875) 요ᄃᆡ(饒貸): 요대. 잘 대우함.
876) ᄎᆞ형(次兄): 차형. 둘째형으로 이경문을 이름.
877) 볼연변ᄉᆡᆨ(勃然變色): 발연변색. 왈칵 성을 내어 얼굴빛이 달라짐.
878) 왕셰(往歲): 왕세. 지나간 해.
879) 뉴미(柳眉): 유미. 버들잎 같은 눈썹이란 뜻으로, 미인의 눈썹을 이르는 말.

"그듸 말이 가(可)히 우읍도다. ᄂᆡ 비록 블쵸(不肖)ᄒᆞ나 지아비를 알오ᄃᆡ 그ᄃᆡᄂᆞᆫ 허명(虛名)[880]이 소텬(所天)이나 실(實)은 삼ᄉᆡᆼ(三生) 원개(怨家ㅣ)[881]니 원슈(怨讐)를 ᄃᆡ(對)ᄒᆞ야 므ᄉᆞᆷ 삼갈 거시 이시리오?"

ᄉᆡᆼ(生)이 노왈(怒曰),

"그ᄃᆡ 더리 쾌(快)ᄒᆞᆫ 톄ᄒᆞ니 죵시(終是)[882] 날을 ᄇᆞ리려 ᄒᆞ고 이리 ᄒᆞᄂᆞ뇨?"

쇼제(小姐ㅣ) 왈(曰),

"ᄂᆡ 그ᄃᆡ를 ᄇᆞ리며 ᄇᆞ리디 아니ᄒᆞᆯ 거시 어이 이시리오? 그ᄃᆡ 그ᄃᆡ오, ᄂᆡ ᄂᆡ니 피ᄎᆡ(彼此ㅣ) 서로 각각(各各)서 됴히

133면

살 거시라 시비(是非)ᄒᆞ미 브절업디 아니랴?"

ᄉᆡᆼ(生)이 ᄂᆡᆼ쇼(冷笑) 왈(曰),

"그ᄃᆡ ᄀᆞ장 담(膽) 큰 톄ᄒᆞᄂᆞᆫ도다커니와 ᄂᆡ 일홈 ᄡᅳᆫ 혼셔(婚書ㅣ)[883] 그ᄃᆡ긔 잇고 그ᄃᆡ 안해로라 ᄒᆞ고 우리 집의 가 삼(三) 년(年)을 잇던 거시니 ᄂᆡ 그ᄃᆡ를 쳐단(處斷)티 못ᄒᆞ랴?"

쇼제(小姐ㅣ) 아미(蛾眉)[884]를 거ᄉᆞ리고 고셩(高聲) 왈(曰),

"그ᄃᆡ 말도 올타. 그러ᄒᆞ므로 ᄂᆡ 임의 치마를 안고 그ᄃᆡ 집의 가 빈번(嬪番)[885]의 소임(所任)을 ᄒᆞ려 ᄒᆞ더니 그ᄃᆡ 날을 원슈(怨讐)로

---

880) 허명(虛名): 실속 없는 헛된 이름.
881) 원개(怨家ㅣ): 원수.
882) 죵시(終是): 종시. 끝내.
883) 혼셰(婚書ㅣ): 혼서(婚書). 혼인 때 신랑 집에서 예단과 함께 신부 집으로 보내는 서간.
884) 아미(蛾眉): 누에나방의 눈썹이라는 뜻으로, 가늘고 길게 굽어진 아름다운 눈썹을 이르는 말.

아라 기간(其間) 화란(禍亂)[886]은 니르도 말고 두 번(番) 칼놀히 남은 목숨이 겨유 투싱(偸生)[887]ᄒᆞ야 어버의 집의셔 죵신(終身)ᄒᆞ려 ᄒᆞ거놀 두 번(番)

134면

죽인 목숨을 쳐단(處斷)ᄒᆞ기 극(極)ᄒᆞᆫ 우은 일이라 브졀업시 와 초로잔쳔(草露殘喘)[888]을 지촉디 말고 ᄲᆞᆯ리 갈디어다."

싱(生)이 쇼왈(笑曰),

"ᄂᆡ 그ᄃᆡ를 격년(隔年)[889] ᄉᆞ샹(思相)ᄒᆞ야 겨유 만나시니 군뷔(君父ㅣ) 명(命)을 ᄂᆞ리오시나 ᄂᆡ 결연(決然)이 이곳을 ᄯᅥ나디 못ᄒᆞ리니 그ᄃᆡ 죽거든 ᄂᆡ ᄯᆞ롸 죽으리라."

쇼졔(小姐ㅣ) ᄎᆞ언(此言)을 듯고 더옥 대로(大怒)ᄒᆞ야 ᄉᆞ매를 ᄯᅥᆯ티고 니러셔려 하나 엇디 움ᄌᆞᆨ이리오. 싱(生)이 쇼왈(笑曰),

"그ᄃᆡ 남복(男服)을 닙어 언ᄉᆡ(言辭ㅣ) ᄀᆞ장 쾌(快)ᄒᆞ고 용녁(勇力)[890]을 비양(飛揚)[891]ᄒᆞ나 나 니빅문의게는 하슈(下手)[892]티 못ᄒᆞ리라."

쇼졔(小姐ㅣ) 분긔(憤氣)[893] 엄애(奄藹)[894]ᄒᆞ야 신ᄉᆡᆨ(神色)[895]이

---

885) 빈번(嬪番): 아내의 역할.
886) 화란(禍亂): 재앙과 난리.
887) 투싱(偸生): 투생. 구차하게 산다는 뜻으로, 죽어야 마땅할 때에 죽지 아니하고 욕되게 살기를 꾀함을 이르는 말.
888) 초로잔쳔(草露殘喘): 초로잔천. 풀잎에 맺힌 이슬처럼 아주 끊어지지 아니하고 겨우 붙어 있는 숨.
889) 격년(隔年): 두 해.
890) 용녁(勇力): 용력. 씩씩한 힘. 또는 뛰어난 역량.
891) 비양(飛揚): 잘난 체하고 거드럭거림.
892) 하슈(下手): 하수. 손을 씀.
893) 분긔(憤氣): 분기. 분한 생각이나 기운.

ᄎᆞᆫ 지 ᄀᆞᄐᆞ니 ᄉᆡᆼ(生)이

•••

135면

민망(憫惘)ᄒᆞ야 은근(慇懃)이 샤례(謝禮)ᄒᆞ고 비러 왕ᄉᆞ(往事)[896]를 샤죄(謝罪)ᄒᆞ고 ᄋᆡ셕(哀惜)ᄒᆞᄂᆞᆫ ᄠᅳᆺ이 무궁(無窮)ᄒᆞ매 회[897]ᄉᆡᆨ(悔色)[898]이 ᄂᆞᆺ치 ᄀᆞ득ᄒᆞ니 졀승(絶勝)[899]ᄒᆞᆫ 골격(骨格)이 더옥 ᄲᅡ혀나나 쇼졔(小姐ㅣ) 가지록 밉고 흉(凶)히 너겨 셩안(星眼)을 독(毒)히 ᄯᅳ매 ᄆᆡ온 노긔(怒氣) 사ᄅᆞᆷ의 ᄉᆞᆯ흘 버히ᄂᆞᆫ ᄃᆞᆺᄒᆞ더니,

샹셔(尙書) 부인(夫人)이 마ᄎᆞᆷ 이에 오다가 방듕(房中)의 어음(語音)이 ᄌᆡᆼ연(錚然)[900]ᄒᆞ믈 놀나 여어보고 놀나고 역시(亦是) 분(忿)ᄒᆞ야 도라오니 공(公)과 졔ᄌᆡ(諸子ㅣ) 드러오거ᄂᆞᆯ 부인(夫人)이 ᄉᆞ연(事緣)을 ᄌᆞ시 니ᄅᆞ니,

공(公)이 놀나 졔ᄌᆞ(諸子)로 더브러 쇼져(小姐) 침소(寢所)의 니ᄅᆞ니 념젼(簾前)[901] 시애(侍兒ㅣ) 신보(申報)[902]ᄒᆞᆫ대 ᄒᆞᆨᄉᆡ(學士ㅣ) 괴로이 말ᄒᆞ기 슬희

---

894) 엄애(奄靄): 갑자기 기운이 막힘.
895) 신ᄉᆡᆨ(神色): 신색. 안색.
896) 왕ᄉᆞ(往事): 왕사. 지나간 일.
897) 회: [교] 원문과 규장각본(21:92), 연세대본(21:135)에 모두 '희'로 되어 있으나 문맥을 고려해 이와 같이 수정함.
898) 회ᄉᆡᆨ(悔色): 회색. 잘못을 뉘우치는 기색.
899) 졀승(絶勝): 절승. 비할 수 없을 만큼 뛰어남.
900) ᄌᆡᆼ연(錚然): 쟁연. 옥이 울리는 소리.
901) 념젼(簾前): 염전. 주렴 앞.
902) 신보(申報): 고하여 알림.

136면

너겨 쇼져(小姐) ᄉᆞ매ᄅᆞᆯ 잡고 듁침(竹枕)을 나와 누으니 쇼제(小姐ㅣ) 더옥 무상(無狀)이 너기더니 이윽고 공(公)이 드러와 보니 ᄇᆡᆨ문이 편편(翩翩)[903]ᄒᆞᆫ 너른 ᄉᆞ매로 ᄂᆞᆺ출 ᄣᅡ고 쇼져(小姐)의 손을 잡아 길게 누엇고 쇼져(小姐)ᄂᆞᆫ 면ᄉᆡᆨ(面色)의 노긔(怒氣) 어ᄅᆡ엿거ᄂᆞᆯ, 공(公)이 졍ᄉᆡᆨ(正色)고 ᄀᆞᆯ오ᄃᆡ,

“운뵈 이곳의 므엇 ᄒᆞ라 드러왓ᄂᆞ뇨?”

혹ᄉᆡ(學士ㅣ) 드른 톄 아니ᄒᆞ니 공(公)이 노왈(怒曰),

“네 가지록 인ᄉᆡ(人事ㅣ) 무ᄒᆡᆼ(無行)[904]ᄒᆞ야 어룬을 보고 무례(無禮)히 누어 말ᄃᆡ답(-對答)을 아닛ᄂᆞ뇨?”

혹ᄉᆡ(學士ㅣ) ᄯᅩ 답(答)디 아니하니 화 슈찬(修撰)이 크게 통ᄒᆡ(痛駭)[905]ᄒᆞ야 나아가 ᄭᅳ어 니ᄅᆞ혀나 움즉도 아니ᄒᆞ니,

공(公)이 홀일업서

137면

삼ᄌᆞ(三子)ᄅᆞᆯ ᄃᆞ리고 도로 나가 부인(婦人)ᄃᆞ려 셕식(夕食)을 ᄒᆞ야 ᄂᆡ야보ᄂᆡ라 ᄒᆞ니 부인(婦人)이 즉시(卽時) 식상(食床)을 ᄀᆞ초와 보ᄂᆡ니 ᄉᆡᆼ(生)이 흔연(欣然)이 니러 안자 먹으ᄃᆡ 쇼제(小姐ㅣ) ᄇᆡ야흐로 분긔(憤氣) 녈화(熱火)[906] 듕(中) 잇거ᄂᆞᆯ 엇디 음식(飮食)의 ᄯᅳᆺ이 이

903) 편편(翩翩): 풍채가 멋스럽고 좋음.
904) 무ᄒᆡᆼ(無行): 무행. 볼 만한 행실이 없음.
905) 통ᄒᆡ(痛駭): 통해. 몹시 이상스러워 놀람.
906) 녈화(熱火): 열화. 매우 급(急)한 화증(火症).

시리오. 안연(岸然)[907] 브동(不動)ᄒᆞ고 술을 잡디 아니ᄒᆞ니 ᄉᆡᆼ(生)이 쳔만(千萬) 가지로 다래고 비로ᄃᆡ 기심(改心)ᄒᆞ믄커니와 노긔(怒氣) 더옥 등등(騰騰)ᄒᆞ니 홀일업서 상(床)을 믈리고 쵹(燭)을 혀매 쇼졔(小姐ㅣ) 더옥 통히(痛駭)[908]ᄒᆞᆫ 심댱(心腸)이 분분(紛紛)[909]ᄒᆞ야 몸을 ᄢᅡ혀 드러가려 ᄒᆞ나 능히(能-) 엇디 못ᄒᆞ고 약(弱)ᄒᆞᆫ 간댱(肝腸)이 다 타 직 되ᄂᆞᆫ 듯ᄒᆞ니 ᄉᆡᆼ(生)이 새로

138면

이 뉘웃고 민망(憫惘)ᄒᆞ믈 이긔디 못ᄒᆞ야 쳔만(千萬) 가지로 ᄋᆡ걸(哀乞)ᄒᆞ나 쇼졔(小姐ㅣ) ᄆᆞᄎᆞᆷᄂᆡ 용납(容納)디 아니ᄒᆞ니 냥인(兩人)이 안자 새와,

평명(平明)[910]의 화 슈찬(修撰)이 드러와 보고 ᄉᆡᆼ(生)을 가라 ᄒᆞ니 ᄒᆞᆨᄉᆞ(學士ㅣ) 왈(曰),

"그ᄃᆡ네 누의ᄅᆞᆯ 곰초고 날을 ᄭᅮ짓더니 ᄂᆡ 이제 만낫거든 어이 ᄯᅥ나리오?"

슈찬(修撰)이 노왈(怒曰),

"뎌 ᄀᆞᄐᆞᆫ 듕졍(重情)[911]이 당년(當年)은 어ᄃᆡ 가고 이제 뒤늣게야 발(發)ᄒᆞᄂᆞ뇨? 원ᄅᆡ(元來) 쇼ᄆᆡ(小妹) 이에 이시믈 뉘 너ᄃᆞ려 니ᄅᆞ더뇨?"

ᄒᆞᆨᄉᆞ(學士ㅣ) 왈(曰),

---

907) 안연(岸然): 엄숙한 모습.
908) 통히(痛駭): 통해. 몹시 이상스러워 놀람.
909) 분분(紛紛): 어지러운 모양.
910) 평명(平明): 해가 뜨는 시각. 또는 해가 돋아 밝아질 때.
911) 듕졍(重情): 중정. 부부 사이의 깊은 정.

"그딕 우리 ᄎᆞ형(次兄)을 눌만 너기ᄂᆞ뇨? 믄져 듕헌(中軒)의셔 녕믹(令妹) 의연(依然)히 남복(男服)으로 그딕 죵뎨(從弟ㄴ)[912] 톄ᄒᆞ나 형(兄)이 임의 아라보시고 ᄎᆞᄎᆞ(次次)

139면

니ᄅᆞ시거ᄂᆞᆯ ᄂᆡ 니ᄅᆞ럿노라."

슈찬(修撰)이 ᄭᅮ지저 왈(曰),

"이뵈[913] 혼암블명(昏闇不明)[914]ᄒᆞᆫ 아ᄋᆞᆯ ᄀᆞᄅᆞ치디 아니ᄒᆞ고 너ᄅᆞᆯ 도도닷다."

ᄒᆞᆨᄉᆡ(學士ㅣ) 변ᄉᆡᆨ(變色) 노왈(怒曰),

"ᄎᆞ형(次兄)이 당당(堂堂)ᄒᆞᆫ 대졀(大節)[915]을 잡아 올흔 말ᄉᆞᆷ ᄒᆞ시믈 네 소견(所見)의 시비(是非)ᄒᆞᄂᆞ뇨? ᄂᆡ 비록 과실(過失)이 만흔들 녕믹(令妹) 녀ᄌᆡ(女子ㅣ) 되야 이ᄃᆡ도록 ᄒᆞ미 가(可)ᄒᆞ냐?"

슈찬(修撰)이 답(答)고져 ᄒᆞ더니 홀연(忽然) 명패(名牌)[916] ᄂᆞ려 표연(飄然)[917]이 ᄂᆡ려나니,

ᄒᆞᆨᄉᆡ(學士ㅣ) 드ᄃᆡ여 문방(文房)을 나와 냥형(兩兄)의게 화 시(氏) 브덕(不德)을 낫낫치 ᄡᅳ고 ᄌᆞ긔(自己) 머므러 그 닙지(立志)[918]ᄅᆞᆯ 휘오려[919] ᄒᆞᆷ을 긔별(奇別)ᄒᆞ니,

---

912) 죵뎨(從弟ㄴ): 종제. 사촌 동생.
913) 이뵈: 이보. 이경문의 자(字).
914) 혼암블명(昏闇不明): 혼암불명. 사리에 어두워 현명하지 못함.
915) 대졀(大節): 대절. 죽기를 각오하고 지키는 절개.
916) 명패(名牌): 임금이 벼슬아치를 부를 때 보내던 나무패. '命' 자를 쓰고 붉은 칠을 한 것으로, 여기에 부르는 벼슬아치의 이름을 써서 돌림.
917) 표연(飄然): 가뿐한 바람에 나부끼는 모양이 가벼움.
918) 닙지(立志): 입지. 세운 뜻.
919) 휘오려: 꺾으려.

이날 마춤 연왕(-王)이 오운뎐(--殿)의셔 냥ᄌᆞ(兩子)

140면

로 공ᄉᆞ(公事)ᄅᆞᆯ 의논(議論)ᄒᆞ더니 화부(-府) 가인(家人)이 봉셔(封書)[920]ᄅᆞᆯ 올리니 왕(王)이 몬져 펴 보고 어히업서 이에 초후(-侯) 형뎨(兄弟)ᄅᆞᆯ 주고 ᄀᆞᆯ오ᄃᆡ,

"여등(汝等)이 화 시(氏) 뎌곳의 이시믈 일즉 아랏ᄂᆞᆫ다?"

냥휘(兩侯ㅣ) ᄡᅡᆼ슈(雙手)로 밧ᄌᆞ와 보기ᄅᆞᆯ ᄆᆞᆺ고 역시(亦是) 어히업서 능휘(-侯ㅣ) 피셕(避席)[921] ᄃᆡ왈(對曰),

"ᄒᆡᄋᆡ(孩兒ㅣ) 모일(某日)의 뎌곳의 가 화수(-嫂)ᄅᆞᆯ 남복(男服) 가온대 보고 그 블가(不可)ᄒᆞ믈 아라 삼뎨(三弟)ᄃᆞ려 닐러 뎌곳의 가 ᄒᆡ유(解諭)[922]ᄒᆞ과져 ᄒᆞ엿ᄂᆞ이다."

왕(王)이 우어 ᄀᆞᆯ오ᄃᆡ,

"ᄇᆡᆨ문의 당일ᄉᆡ(當日事ㅣ) 그ᄅᆞ나 녀ᄌᆞ(女子)의 챵궐(猖獗)[923]ᄒᆞ미 여ᄎᆞ(如此)ᄒᆞ니 가(可)히 한심(寒心)티 아니하랴? 일로ᄡᅥ

141면

츄이(推理)[924]컨대, ᄇᆡᆨ문을 그ᄅᆞ다 못 ᄒᆞ리니 화 형(兄)의 인약(仁

---

920) 봉셔(封書): 봉서. 겉봉을 봉한 편지.
921) 피셕(避席): 피석. 웃어른에게 공경을 표시하기 위해 앉았던 자리에서 일어남.
922) ᄒᆡ유(解諭): 해유. 화해하도록 타이름.
923) 챵궐(猖獗): 창궐. 못된 세력이나 전염병 따위가 세차게 일어나 걷잡을 수 없이 퍼짐.
924) 츄이(推理): 추리. 미루어 살핌.

弱)[925] ᄒᆞ미 이대도록 ᄒᆞ엿ᄂᆞ뇨?"

냥휘(兩侯ㅣ) 유ᄉᆞ(遊思)[926] 믁연(默然)이러라. 왕(王)이 심하(心下)의 화 시(氏)를 ᄀᆞ장 미안(未安)ᄒᆞ니 대개(大槪) 그 남복(男服)ᄒᆞ고 구가(舅家)를 소기므로쎄라.

이튼날 됴참(朝參)[927] 후(後) 화부(-府)의 니ᄅᆞ니 화 샹셰(尙書) 황망(慌忙)[928]이 녜필한훤(禮畢寒暄)[929] 후(後) 왕(王)이 몬져 ᄀᆞᆯ오ᄃᆡ,

"쇼뎨(小弟) 요ᄉᆞ이 공뮈(公務ㅣ) 번다(煩多)[930]ᄒᆞ야 현형(賢兄)을 ᄎᆞᆺ디 못ᄒᆞ엿더니 돈ᄋᆡ(豚兒ㅣ)[931] 무고(無故)[932]히 이곳의 와 년(連) 삼일(三日)을 잇고 아비 보기를 니ᄌᆞ니 고이(怪異)ᄒᆞ믈 이긔디 못ᄒᆞ야 니ᄅᆞ니 연고(然故)를 뭇고져 ᄒᆞ노라."

공(公)이 텽필(聽畢)의 ᄌᆞ긔(自己) 그ᄅᆞᆺᄒᆞᆫ 허믈이 잇

142면

ᄂᆞᆫ 고(故)로 참두(慙頭)[933] 믁연(默然)이어ᄂᆞᆯ, 왕(王)이 좌우(左右)로 혹ᄉᆞ(學士)를 브ᄅᆞ니,

혹ᄉᆡ(學士ㅣ) 대경(大驚)ᄒᆞ야 급(急)히 의관(衣冠)을 슈습(收拾)ᄒᆞ야 면젼(面前)의 니ᄅᆞ매 왕(王)이 노긔(怒氣) 엄녈(嚴烈)[934]ᄒᆞ야 좌우

---

925) 인약(仁弱): 성품이 어질고 무던하며 약함.
926) 유ᄉᆞ(遊思): 유사. 마음이 착잡함.
927) 됴참(朝參): 조참. 조회.
928) 황망(慌忙): 마음이 몹시 급하여 당황하고 허둥지둥함.
929) 녜필한훤(禮畢寒暄): 예필한훤. 날씨의 춥고 더움을 말하는 예를 마침. 한훤예필(寒暄禮畢).
930) 번다(煩多): 번거로울 정도로 많음.
931) 돈ᄋᆡ(豚兒ㅣ): 돈아. 남에게 자기의 아들을 낮추어 부르는 말.
932) 무고(無故): 아무런 까닭이 없음.
933) 참두(慙頭): 부끄러워 얼굴을 붉힘.
934) 엄녈(嚴烈): 엄렬. 매우 엄격하고 격렬함.

(左右)로 자바 ᄂᆞ리와 ᄭᅳᆯ리고 문왈(問曰),

“블쵸ᄌᆡ(不肖子ㅣ) 므ᄉᆞ 일로 년일(連日)ᄒᆞ야 집을 ᄯᅥ나ᄃᆡ 방소(方所)를 ᄂᆡ게 알외미 업ᄂᆞ뇨?”

ᄉᆡᆼ(生)이 블의(不意)예 부친(父親) 엄노(嚴怒)를 만나 대경황공(大驚惶恐)ᄒᆞᄃᆡ 진졍(眞情)[935]을 감히(敢-) 고(告)티 못ᄒᆞ고 부복(俯伏)[936] ᄃᆡ죄(待罪)[937]어늘 왕(王)이 다른 말 아니코 ᄉᆞ예(使隸)[938]를 블러 매를 나오라 ᄒᆞ니 샹셰(尙書ㅣ) 놀나 년망(連忙)이[939] 칭샤(稱赦)[940]ᄒᆞ야 ᄀᆞᆯ오ᄃᆡ

“대왕(大王)은 식노(息怒)[941]ᄒᆞ고 ᄒᆞᆨᄉᆡᆼ(學生)의 말을 텽납(聽納)[942]ᄒᆞ라.

•••

143면

초(初)의 운뵈 동졍호(洞庭湖)의셔 녀ᄋᆞ(女兒)를 믈의 밀티니 쇼뎨(小弟) 마ᄎᆞᆷ 션유(船遊)[943]ᄒᆞ야 ᄇᆡ를 댱사강(長沙江)의 ᄯᅴ웟다가 다ᄒᆡᆼ(多幸)이 녀ᄋᆞ(女兒)의 신톄(身體)를 어더 구호(救護)ᄒᆞ야 도ᄉᆡᆼ(圖生)[944]ᄒᆞ믈 어드니 ᄃᆞ리고 아듕(衙中)[945]의 니ᄅᆞ며 제 유뫼(乳母ㅣ) ᄎᆞ자 니ᄅᆞ러 연고(然故)를 무른즉, 녕낭(令郎)의 박ᄒᆡᆼ(薄行)이 ᄎᆞ마

935) 진졍(眞情): 진정. 참된 사정.
936) 부복(俯伏): 고개를 숙이고 엎드림.
937) ᄃᆡ죄(待罪): 대죄. 죄에 대한 처벌을 기다림.
938) ᄉᆞ예(使隸): 사예. 종.
939) 년망(連忙)이: 연망히. 황급히.
940) 칭샤(稱赦): 칭사. 잘못을 용서해 주기를 일컬음.
941) 식노(息怒): 노여움을 가라앉힘.
942) 텽납(聽納): 청납. 남의 말을 잘 들어 용납함.
943) 션유(船遊): 선유. 뱃놀이.
944) 도ᄉᆡᆼ(圖生): 도생. 살기를 도모함.
945) 아듕(衙中): 아중. 지방 관아의 안.

닐럼 즉디 아니코 제 어린 나히 ᄀ초 비원(悲怨)[946]을 겻그니 심폐[947](心肺)의 화증(火症)[948]이 닐고 흉듕(胸中)[949]이 분분요요(紛紛擾擾)[950]ᄒ야 죽으려 ᄒᄂ디라 쇼뎨(小弟) 부ᄌ지졍(父子之情)의 ᄎ마 보디 못ᄒ야 남복(男服)으로 안젼(眼前)의 두매 제 진실로(眞實-) 구가(舅家)를 염고(厭苦)[951]ᄒ미 아니라 화란(禍亂)[952]을 ᄀ초 겻거 다시 인뉸(人倫)을 더

144면

위잡기를[953] 죽기로 염고(厭苦)ᄒ매 쇼뎨(小弟) ᄯᄒᆞᆫ ᄉᆡᆼ각ᄒ니 제 임의 당초(當初) 팔ᄌ(八字ㅣ) 사오나와 형셰(形勢ㄴ)즉 츈경(春卿)[954]의 일녜(一女ㅣ)오, 왕부(王府) 뎨삼부(第三婦)로 영화부귀(榮華富貴) 극진(極盡)ᄒᄃ 능히(能-) 보젼(保全)티 못ᄒ니 이제 다시 뉸긔(倫氣)[955]를 출혀 브절업ᄂ 고(故)로 심규(深閨)의 녀허 두고 대왕(大王)긔도 고(告)티 못ᄒ엿더니 운뵈 엇디 알고 니ᄅ러 븟잡고 노티 아니ᄒ므로 도라가디 못ᄒ미라 엇디 티죄(治罪)[956]ᄒ시도록 ᄒ리오?”

946) 비원(悲怨): 슬픔과 원망.
947) 심폐: [교] 원문에는 ‘십례’로 되어 있고 연세대본(21:143)에는 ‘심례’로 되어 있으나 문맥을 고려해 규장각본(21:98)을 따름.
948) 화증(火症): 걸핏하면 화를 왈칵 내는 증세.
949) 흉듕(胸中): 흉중. 마음속에 품고 있는 생각.
950) 분분요요(紛紛擾擾): 어지러운 모양.
951) 염고(厭苦): 싫어하고 괴롭게 여김.
952) 화란(禍亂): 재앙과 난리.
953) 더위잡기를: 높은 곳에 오르려고 무엇을 끌어 잡기를.
954) 츈경(春卿): 춘경. 춘관(春官)의 장관. 춘관은 중국 주나라의 관직명인데, 육경(六卿)의 하나로 예(禮)를 담당하였음. 이로부터 후에 예부(禮部)를 춘관이라 하고 그 장관(長官), 즉 예부상서 등을 춘경이라 불렀음. 여기에서는 재상을 통칭한 것임.
955) 뉸긔(倫氣): 윤기. 도덕적인 기풍.
956) 티죄(治罪): 치죄. 허물을 다스려 벌을 줌.

왕(王)이 텽파(聽罷)의 완이(莞爾)히[957] 우어 닐오ᄃᆡ,

"왕ᄉᆞ(往事)[958]ᄂᆞᆫ 돈ᄋᆞ(豚兒)와 고(孤)[959]의 블초혼암(不肖昏闇)ᄒᆞ므로 말ᄆᆡ암아 ᄋᆞ뷔(阿婦ㅣ) 풍상간고(風霜艱苦)[960]ᄅᆞᆯ ᄀᆞ초 디ᄂᆡ여시니 디식(智識) 잇ᄂᆞᆫ 재(者ㅣ) 그러ᄐᆞᆺ ᄒᆞᆯ

145면

시 고이(怪異)티 아닌디라 쇼뎨(小弟) 엇디 고이(怪異)히 너기리오? 돈ᄋᆞ(豚兒)의 방ᄌᆞ(放恣)ᄒᆞ믄 아니 다ᄉᆞ리디 못ᄒᆞ리라."

셜파(說罷)의 믁믁(默默)ᄒᆞᆫ 노긔(怒氣)ᄅᆞᆯ ᄯᅴ여 ᄉᆡᆼ(生)을 수죄(數罪)[961]ᄒᆞ야 ᄀᆞᆯ오ᄃᆡ,

"네 당당(堂堂)ᄒᆞᆫ 남ᄌᆞ(男子)로 ᄎᆞ마 쳐ᄌᆞ(妻子)ᄅᆞᆯ 뉴렴(留念)ᄒᆞ야 아비 보기ᄅᆞᆯ 니ᄌᆞ리오? 너의 태산(泰山) ᄀᆞᄐᆞᆫ 죄(罪)ᄅᆞᆯ ᄉᆡᆼ각ᄒᆞᆯ딘대 터럭을 ᄲᅢ혀 혜여도 남을 거시어ᄂᆞᆯ ᄆᆞᄉᆞᆷ 큰 담냑(膽略)[962]으로 이곳의 머믈고져 ᄯᅳᆺ이 나리오? 가지록 용녈(庸劣)[963] 혼약(昏弱)[964]ᄒᆞ미 통히(痛駭)ᄒᆞᆫ디라 엇디 용샤(容赦)ᄒᆞ리오?"

셜파(說罷)의 고찰(考察)[965]ᄒᆞ야 티댱(笞杖)[966]ᄒᆞᆯ ᄉᆡ 매마다 고찰(考察)ᄒᆞ야 호령(號令)이 뇌뎡(雷霆) ᄀᆞᄐᆞ니 십여(十餘) 댱(杖)의 니

957) 완이(莞爾)히: 빙그레.
958) 왕ᄉᆞ(往事): 왕사. 지나간 일.
959) 고(孤): 제후가 상대에게 자신을 낮춰 부르는 말.
960) 풍상간고(風霜艱苦): 찬 바람과 찬 서리를 맞는 괴로움과 아픔이라는 뜻으로, 온갖 모진 시련과 고난을 비유적으로 이르는 말.
961) 수죄(數罪): 죄를 저지른 행위를 들추어 열거함.
962) 담냑(膽略): 담략. 담력과 지략.
963) 용녈(庸劣): 용렬. 사람이 변변하지 못하고 졸렬함.
964) 혼약(昏弱): 사람됨이 흐리멍덩하고 나약함.
965) 고찰(考察): 죄목을 밝힘.
966) 티댱(笞杖): 태장. 태형과 장형.

ᄅᆞ러ᄂᆞᆫ ᄉᆡᆼ(生)이 신ᄉᆡᆨ(神色)[967]이 ᄎᆞᆫ

146면

지 ᄀᆞᆺ고 션혈(鮮血)이 ᄯᅡ히 고이ᄂᆞᆫ디라 화 공(公)이 쵸조(焦燥)ᄒᆞ야 년망(連忙)이 왕(王)의 ᄉᆞ매를 잡고 간(諫)ᄒᆞ야 닐오ᄃᆡ,

"형(兄)이 쇼뎨(小弟) 부녀(父女)를 미안(未安)[968]ᄒᆞ야 그 벌(罰)을 녕낭(令郎)의게 ᄡᅳ니 엇디 참괴(慙愧)[969]티 아니ᄒᆞ리오? 당당(堂堂)이 쇼녀(小女)를 존부(尊府)의 보ᄂᆡ여 ᄡᅳ레질ᄒᆞᄂᆞᆫ 시녀(侍女)를 삼아도 ᄉᆞ양(辭讓)티 아니ᄒᆞ리라."

왕(王)이 도라보고 ᄀᆞᆯ오ᄃᆡ,

"형(兄)은 이런 고이(怪異)ᄒᆞᆫ 말을 말디니 ᄎᆞᄋᆞ(此兒)의 죄(罪) 듕(重)ᄒᆞ니 능히(能-) 샤(赦)티 못ᄒᆞ리로다."

언파(言罷)의 ᄌᆞᆷᄌᆞᆷ(潛潛)코 티기를 엄(嚴)히 ᄒᆞ야 삼십(三十) 댱(杖)을 ᄆᆞᄎᆞᆫ 후(後) ᄭᅳ어 ᄂᆡ티고 공(公)을 향(向)ᄒᆞ야 손샤(遜謝)[970] 왈(曰),

"욕ᄌᆞ(辱子)[971]의 죄(罪) 극(極)히 ᄒᆡ연(駭然)[972]ᄒᆞ매 쳔(賤)ᄒᆞᆫ 노긔(怒氣) 능히(能-) 긋치 누

967) 신ᄉᆡᆨ(神色): 신색. 낯빛.
968) 미안(未安): 마음이 편하지 못하고 거북함.
969) 참괴(慙愧): 매우 부끄럽게 여김.
970) 손샤(遜謝): 손사. 겸손하게 사죄함.
971) 욕ᄌᆞ(辱子): 욕자. 더러운 자식.
972) ᄒᆡ연(駭然): 해연. 몹시 이상스러워 놀람.

147면

로디 못ᄒᆞ야 집의 갈 ᄉᆞ이 업시 존부(尊府)를 어ᄌᆞ러이니 ᄌᆞ못 미안(未安)ᄒᆞ여라."

공(公)이 정ᄉᆡᆨ(正色) 왈(曰),

"쇼녜(小女ㅣ) 누명(陋名)을 신셜(伸雪)[973]ᄒᆞᆫ 후(後) 즉시(卽時) 존부(尊府)의 아니 나아가믄 과연(果然) 그ᄅᆞ나 대왕(大王)의 관후(寬厚)[974]ᄒᆞ신 도량(度量)의 일편도이[975] ᄎᆡᆨ(責)ᄒᆞ시미 이 디경(地境)의 미쳣ᄂᆞ뇨? 진실로(眞實-) 쇼뎨(小弟) 몸 둘 곳이 업ᄂᆞ이다."

왕(王)이 ᄌᆞ약(自若)히 닐오ᄃᆡ,

"사오나온 ᄌᆞ식(子息)을 다ᄉᆞ리미 엇디 ᄂᆞᆷ을 의칭(擬稱)[976]ᄒᆞ리오? 텬셩(天性)이 ᄌᆞ쇼(自少)로 과도(過度)ᄒᆞ믈 존형(尊兄)이 아ᄅᆞ시ᄂᆞᆫ 배라 미처 집으로 가디 못ᄒᆞ고 존부(尊府)를 들렌 죄(罪)ᄂᆞᆫ 감슈(甘受)ᄒᆞ노라."

셜파(說罷)의 개연(慨然)[977]이 ᄉᆞ매를 ᄯᅥᆯ티고 금뉸(金輪)[978]의 올나 홍나산(紅羅傘)[979] 황

---

973) 신셜(伸雪): 신설. 가슴에 맺힌 원한을 풀어 버리고 창피스러운 일을 씻어 버림.
974) 관후(寬厚): 마음이 너그럽고 후덕함.
975) 일편도이: 편벽되게.
976) 의칭(擬稱): 헤아려 일컬음.
977) 개연(慨然): 강개한 모양.
978) 금뉸(金輪): 금륜. 금으로 만든 수레.
979) 홍나산(紅羅傘): 홍라산. 붉은 비단으로 만든 양산.

148면

월(黃鉞)[980]과 수빅(數百) 추죵(騶從)을 거느려 도라가니,

공(公)이 일즉 연왕(-王)의 미안(未安)ᄒᆞ미 대단ᄒᆞᆫ ᄃᆡ야 나는 줄 아ᄂᆞᆫ디라 ᄌᆞ긔(自己) 녀아(女兒)ᄅᆞᆯ 그ᄅᆞᆺ 너기믈 알고 심하(心下)의 참괴(慙愧)ᄒᆞ야 ᄂᆡ당(內堂)의 드러가 쇼져(小姐)ᄅᆞᆯ ᄃᆡ(對)ᄒᆞ야 왕(王)의 거동(擧動)을 ᄌᆞ시 니ᄅᆞ니, 쇼졔(小姐ㅣ) 당초(當初) ᄉᆡᆼ(生)의 말로조차 태뷔(太傅ㅣ) ᄌᆞ가(自家)ᄅᆞᆯ 아라보와시믈 심(甚)히 븟그려ᄒᆞ더니 왕(王)이 ᄒᆞᆨᄉᆞ(學士)ᄅᆞᆯ 티미 그 죄(罪) 아닌 줄 ᄌᆞ못 알고 크게 황공(惶恐)ᄒᆞ야 ᄂᆞᆾ출 븕히고 믁연(默然)이어ᄂᆞᆯ 공(公)이 ᄀᆞᆯ오ᄃᆡ,

"녀ᄋᆡ(女兒ㅣ) 임의 팔ᄌᆡ(八字ㅣ) 무샹(無常)ᄒᆞ야 고락(苦樂)을 ᄀᆞ초 겻거시나 임의 ᄂᆞᆷ의 아래 사ᄅᆞᆷ이 되여시니 쳐분(處分)을 임의(任意)로 못 ᄒᆞᆯ 거시어ᄂᆞᆯ

149면

고집(固執)히 남쟝(男裝)으로 도(道)ᄅᆞᆯ 일허 오ᄂᆞᆯ날 날로ᄡᅥ 무안(無顔)ᄒᆞ믈 보게 ᄒᆞ니 엇디 애ᄃᆞᆲ디 아니ᄒᆞ리오? 만일(萬一) 몬져 녀ᄋᆞ(女兒) 어드믈 발셜(發說)ᄒᆞ여더면 무안(無顔)ᄒᆞ미 뎌의게 이실 거ᄉᆞᆯ ᄂᆡ 너의 ᄯᅳᆺ을 조차 연왕(-王)이 여러 슌(巡)[981] 무ᄅᆞᄃᆡ 니ᄅᆞ디 못ᄒᆞ미 그ᄅᆞᆺᄒᆞ엿ᄂᆞᆫ디라 이제 처티(處置)ᄅᆞᆯ 쟝ᄎᆞᆺ(將次ㅅ) 엇디ᄒᆞ리오?"

---

980) 황월(黃鉞): 도금한 도끼. 임금의 의장으로 쓰거나 적군을 정벌하는 장군에게 임금이 내리는 도끼임.

981) 슌(巡): 순. 차례.

쇼제(小姐ㅣ) 믁연(默然) 브답(不答)ᄒᆞ거놀 화 슈찬(修撰)이 ᄀᆞᆯ오ᄃᆡ,

"실로(實-) ᄆᆡᄌᆞ(妹子ㅣ) 그릇ᄒᆞ엿ᄂᆞ니라. ᄇᆡᆨ문이 무상(無狀)홀디언뎡 연왕(-王)과 소휘(-后ㅣ) 너를 그대도록 ᄉᆞ랑ᄒᆞ더라 ᄒᆞᄂᆞᆫᄃᆡ 임소(任所)[982]로브터 올나온 후(後) 즉시(卽時) 나아가 뵈미 올커놀 ᄒᆞᆫ갈ᄀᆞ티 은닉(隱匿)ᄒᆞ엿다

...

150면

가 필경(畢竟)의 븟그러이 패루(敗漏)[983]ᄒᆞ고 연왕(-王)의 미안(未安)ᄒᆞ미 이곳의 와 슈댱(授杖)[984]ᄒᆞ야 너의 죄(罪)를 ᄇᆞᆰ히니 가(可)히 참괴(慙愧)티 아니랴? 원(願)컨대 모친(母親)이 슈셔(手書)[985]로 연왕비(-王妃)게 샤죄(謝罪)ᄒᆞ쇼셔. 당초(當初) 션발(先發)[986]ᄒᆞ엿더면 뎌편(-便)의셔 더옥 븟그러올 거술 계교(計巧)를 그릇ᄒᆞ야 도로혀 이편(-便)의셔 ᄌᆞ취(自取)[987]ᄒᆞ니 애돌오믈 이긔디 못ᄒᆞ리로다."

공(公)이 슈찬(修撰)의 말을 올히 너기니 부인(婦人)이 마디못ᄒᆞ야 글월을 닷가 연부(-府)의 보ᄂᆡ니,

이때 연왕(-王)이 도라가 부모(父母)긔[988] 뵈옵고 화 시(氏) ᄉᆡᆼ존(生存)ᄒᆞ여시믈 고(告)ᄒᆞ니 일가(一家ㅣ) 대경(大驚)ᄒᆞ고 존당(尊堂)

---

982) 임소(任所): 지방 관원이 근무하던 곳.
983) 패루(敗漏): 일이 드러남.
984) 슈댱(授杖): 수장. 매를 때림.
985) 슈셔(手書): 수서(手書). 편지.
986) 션발(先發): 선발. 먼저 말함.
987) ᄌᆞ취(自取): 자취. 스스로 취함.
988) 긔: [교] 원문과 연세대본(21:150)에는 없으나 문맥을 고려해 규장각본(21:103)을 따라 삽입함.

이 희열(喜悅)ᄒᆞ믈 이긔디 못ᄒᆞ

151면

고 ᄇᆡᆨ문의 ᄒᆡᆼᄉᆞ(行事)를 새로이 차악(嗟愕)[989]ᄒᆞ야 닐오ᄃᆡ,

"셕(昔)의 화 시(氏)로 견과(見過)[990]ᄒᆞ미 이신들 이 디경(地境)의 미출 줄이야 엇디 아라시리오? 뎌 집의셔 ᄒᆞᆫ(恨)ᄒᆞ미 고이(怪異)티 아니ᄒᆞ도다."

왕(王)이 미처 답(答)디 못ᄒᆞ여셔 시녜(侍女ㅣ) 구슬함(--函)을 밧드러 소후(-后)긔 드리니 소휘(-后ㅣ) 고이(怪異)히 너겨 수이 ᄣᅥ이디 아니ᄒᆞ니 뉴 부인(夫人)이 위 시(氏)를 명(命)ᄒᆞ야 ᄀᆞᆯ오ᄃᆡ,

"므ᄉᆞᆷ ᄉᆞ연(事緣)인고? 모다 알미 가(可)ᄒᆞ니 현뷔(賢婦ㅣ) 맛당이 닑을디어다."

위 시(氏) 승명(承命)[991]ᄒᆞ야 봉관(鳳冠)[992] 닌삼(麟衫)[993]을 ᄯᅥᆯ티고 좌(座)를 ᄯᅥ나 셤셤옥슈(纖纖玉手)로 피봉(皮封)[994]을 ᄣᅥ히고 옥셩(玉聲)을 ᄆᆞᆰ게 ᄒᆞ야 닑으니 ᄀᆞᆯ와시ᄃᆡ,

---

989) 차악(嗟愕): 몹시 놀람.
990) 견과(見過): 잘못을 보임.
991) 승명(承命): 명령을 받듦.
992) 봉관(鳳冠): 옛날 부인들이 썼던 봉황 문양의 장식이 되어 있는 관.
993) 닌삼(麟衫): 인삼. 기린이 그려진 적삼 옷.
994) 피봉(皮封): 봉투의 겉면.

152면

'쳡(妾) 양 시(氏)는 공경(恭敬)ᄒᆞ야 ᄌᆡᄇᆡ(再拜)ᄒᆞ고 당돌(唐突)이 쳑셔(尺書)[995]를 밧드러 연국대왕(--大王) 셩후(盛后)긔 올리ᄂᆞ니, 그으이 ᄉᆡᆼ각건대 ᄉᆞ문(斯文)[996]이 ᄒᆞᆫ ᄆᆡᆨ(脈)이오 ᄒᆞᆫ 나라 신ᄌᆡ(臣子ㅣ)라. 가부(家夫)[997]와 귀부(貴府) 대왕(大王)이 교계(交契)[998] 진번(陳蕃)[999]과 유종(兪鍾)[1000]을 효측(效則)[1001]ᄒᆞ시니 규듕(閨中)의 졸(拙)ᄒᆞᆫ 졍셩(精誠)이 심상(尋常)티 아니ᄃᆡ 녀ᄌᆞ(女子)의 졸(拙)ᄒᆞ믈 면(免)티 못ᄒᆞ야 시러곰 셔신(書信)을 통(通)티 못ᄒᆞ믈 통탄(痛嘆)ᄒᆞ더니,

쳔만의외(千萬意外)[1002]에 블쵸(不肖)ᄒᆞᆫ 쇼녀(小女)로 녕낭(令郎)[1003]의게 가(嫁)ᄒᆞ믈 어드니 스ᄉᆞ로 녀ᄋᆞ(女兒)의 용녈(庸劣)ᄒᆞ미 녕낭(令郎)의게 비(比)컨대 산계(山鷄)[1004]로

995) 쳑셔(尺書): 척서. 짧은 편지.
996) ᄉᆞ문(斯文): 사문. 이 학문, 이 도(道)라는 뜻으로, 유학의 도의나 문화를 이르는 말.
997) 가부(家夫): 남에 대하여 자기 남편을 이르는 말.
998) 교계(交契): 교분. 서로 사귄 정.
999) 진번(陳蕃): 중국 후한(後漢) 때의 인물. 진번이 예장(豫章) 태수(太守)로 있을 적에 다른 빈객은 맞지 않고 오직 서치(徐稚)만을 위해서 걸상 하나를 준비하여 서치가 와 담소를 하고 떠나면 걸상을 다시 위에 올려놓았다는 고사가 전함.
1000) 유종(兪鍾): 유백아(兪伯牙)와 종자기(鍾子期)를 이름. 유백아는 중국 춘추시대 초나라의 거문고 명인으로 종자기가 자기의 소리를 잘 이해해 주자 신분의 차이에도 불구하고 친한 벗이 됨. 후에 종자기가 죽자 이제는 자신의 거문고 소리를 아는 자가 없다고 해 거문고 줄을 끊었다는 고사가 전함. 『열자(列子)』, 「탕문(湯問)」.
1001) 효측(效則): 효칙. 본받아 법으로 삼음.
1002) 쳔만의외(千萬意外): 천만의외. 천만뜻밖.
1003) 녕낭(令郎): 영랑. 상대의 아들을 높여 부르는 말.
1004) 산계(山鷄): 산닭이라는 뜻으로, 성미가 거칠고 제멋대로 하는 사람을 비유하는 말.

153면

봉황(鳳凰)의 짝 지음 ᄀᆞᄐᆞᆫ 고(故)로 ᄒᆞᆫ ᄆᆞ음이 블안(不安)ᄒᆞ고 황숑(惶悚)ᄒᆞ야 조믈(造物)의 희[1005]를 두리고 손복(損福)[1006]ᄒᆞᆯ가 저허ᄒᆞ더니[1007] ᄆᆞᄎᆞᆷ닉 참난(慘難)[1008]이 니러나 녀ᄋᆞ(女兒)의 망극(罔極)ᄒᆞᆫ 환난(患亂)을 쳔ᄇᆡᆨ(千百) 가지로 당(當)ᄒᆞ니 엇디 사ᄅᆞᆷ과 귀신(鬼神)을 원(怨)ᄒᆞ리오? 스ᄉᆞ로 하늘을 역(逆)ᄒᆞ야 블ᄉᆞ(不似)[1009]ᄒᆞᆫ 노ᄅᆞᆺ술 ᄒᆞ므로 앙화(殃禍)[1010]를 바드미니 슌셜(脣舌)[1011]이 브절업거니와 오늘날 참괴(慙愧)[1012]ᄒᆞᆫ 째를 당(當)ᄒᆞ야 번거ᄒᆞ믈 무릅뻐 두어 됴건(條件)을 베프ᄂᆞ니 당돌(唐突)ᄒᆞ믈 용셔(容恕)ᄒᆞ시고 거두워 술피시믈 ᄇᆞ라ᄂᆞ이다.

초(初)

154면

의 녕낭(令郎)이 쇼녀(小女)를 박ᄃᆡ(薄待)ᄒᆞ미 극진지도(極盡之度)의 니ᄅᆞ믄 존문(尊門)의 소공지(所共知)[1013]니 쳡(妾)이 다시 베프디 아니ᄒᆞ거니와 녀ᄋᆡ(女兒ㅣ) 망극(罔極)ᄒᆞᆫ 시절(時節)을 만나 국가(國家)

1005) 희: 방해.
1006) 손복(損福): 복을 전부 또는 일부 잃음.
1007) 저허ᄒᆞ더니: 염려하더니.
1008) 참난(慘難): 참혹한 환난.
1009) 블ᄉᆞ(不似): 불사. 어떤 일을 하기에 적합하지 않음.
1010) 앙화(殃禍): 어떤 일로 인하여 생기는 재난.
1011) 슌셜(脣舌): 순설. 입술과 혀라는 뜻으로 '괜한 말, 수다스러움'을 비유함.
1012) 참괴(慙愧): 매우 부끄러워함.
1013) 소공지(所共知): 함께 아는 일.

죄슈(罪囚)로 혈혈(孑孑) ᄋᆞ녀ᄌᆡ(兒女子ㅣ) 쳔리(千里) 험노(險路)의 술위박회[1014] 닌닌(轔轔)[1015]ᄒᆞ야 뎍소(謫所)[1016]로 가다가 도적(盜賊)을 만나 뉴리(流離)[1017] 분찬(奔竄)[1018] 듕(中) 녕낭(令郎)을 만나시니 녀ᄋᆞ(女兒)의 죄목(罪目)은 삼쳑(三尺)의 디나나 녕낭(令郎)이 ᄎᆞ마 그 디경(地境)의 다ᄃᆞ라 핍박(逼迫)ᄒᆞ야 죽이리오. 녀ᄋᆡ(女兒ㅣ) 실낫ᄀᆞᄐᆞᆫ 잔쳔(殘喘)[1019]이 텬우신조(天佑神助)[1020]ᄒᆞ믈 닙어 계유 뇨ᄉᆡᆼ(聊生)[1021]ᄒᆞ여시나 두 번(番) 검하(劍下)의 남

155면

은 목숨이오, 심[1022]규(深閨) 죄인(罪人)으로 졍신(精神)과 혼ᄇᆡᆨ(魂魄)이 다 ᄃᆞ라난 가온대 몸의 큰 죄목(罪目)을 시러 듀야(晝夜) 거적 가온대 업ᄃᆡ여 호읍(號泣)[1023] 운절(殞絕)[1024]ᄒᆞ야 인형(人形)[1025]이 못 되엿ᄂᆞᆫ 고(故)로 사ᄅᆞᆷ을 향(向)ᄒᆞ야 사랏다 ᄒᆞ미[1026] ᄆᆡᆼ낭(孟浪)[1027]ᄒᆞ야 존문(尊門)의 고(告)티 못ᄒᆞᆫ 죄(罪)ᄂᆞᆫ 만ᄉᆞ유경(萬死猶

1014) 술위박회: 수레바퀴.
1015) 닌닌(轔轔): 인린. 수레가 굴러감.
1016) 뎍소(謫所): 적소. 귀양지.
1017) 뉴리(流離): 유리. 떠돌아다님.
1018) 분찬(奔竄): 바삐 달아나 숨음.
1019) 잔쳔(殘喘): 잔천. 아주 끊어지지 아니하고, 겨우 붙어 있는 숨.
1020) 텬우신조(天佑神助): 천우신조. 하늘이 돕고 신(神)이 도움.
1021) 뇨ᄉᆡᆼ(聊生): 요생. 겨우 살게 됨.
1022) 심: [교] 원문과 규장각본(21:106), 연세대본(21:155)에 모두 '남'으로 되어 있으나 문맥을 고려해 이와 같이 수정함.
1023) 호읍(號泣): 목 놓아 큰 소리로 욺.
1024) 운절(殞絕): 기운이 다하여 쓰러짐.
1025) 인형(人形): 사람의 형상.
1026) 미: [교] 원문과 연세대본(21:155)에는 '니'로 되어 있으나 문맥을 고려해 규장각본(21:106)을 따름.
1027) ᄆᆡᆼ낭(孟浪): 맹랑. 생각하던 바와 달리 허망함.

輕)[1028]이나 존문(尊門)의 관인(寬仁)[1029]ᄒᆞ시므로 혈혈(孑孑) 약녀(弱女)의 호텬지통(呼天之痛)[1030]을 측은(惻隱)이 너기샤 비록 그른 일이 이셔도 용셔(容恕)ᄒᆞ시미 올커늘 향긱(向刻)[1031]의 대왕(大王)이 존가(尊駕)[1032]를 굽혀 니르샤 녀ᄋᆞ(女兒)의 벌(罰)을 녕낭(令郎)의게

156면

ᄡᅳ샤 듕칙(重責)의 엄(嚴)ᄒᆞ시미 인졍(人情)을 두디 아니시니 아등(我等)이 비록 토목(土木) ᄀᆞᄐᆞᆫ 심댱(心臟)인들 븟그럽디 아니ᄒᆞ리오.

당당(堂堂)이 녀ᄋᆞ(女兒)를 즉시(卽時) 보ᄂᆡ야 문하(門下)의 청죄(請罪)ᄒᆞ미 올흐ᄃᆡ 존문(尊門)의 미안(未安)이 너기시ᄂᆞᆫ 몸이라 감히(敢-) ᄂᆞᆺ출 드러 나아가디 못ᄒᆞ고 ᄯᅩ 신질(身疾)[1033]이 미류(彌留)[1034]ᄒᆞ야 긔거(起居)를 임의(任意)로 못 ᄒᆞᄂᆞᆫ디라 능히(能-) ᄠᅳᆺ 갓디 못ᄒᆞ니 더옥 죄(罪) 우히 죄(罪)를 더으미로소이다. 녕낭(令郎)이 왕ᄉᆞ(往事)를 츄회(追悔)[1035]ᄒᆞ고 녀ᄋᆞ(女兒)의 죄(罪)를 용샤(容赦)ᄒᆞ야 누쳐(陋處)의 와 날포 뉴삭(留數)[1036]ᄒᆞ

1028) 만ᄉᆞ유경(萬死猶輕): 만사유경. 만 번 죽어도 오히려 가벼움.
1029) 관인(寬仁): 너그럽고 인자함.
1030) 호텬지통(呼天之痛): 호천지통. 하늘을 부르짖으며 슬피 울 만한 고통.
1031) 향긱(向刻): 향각. 지난번.
1032) 존가(尊駕): 귀한 사람들이 타는 수레 등을 높여 부르는 말. 혹은 그 사람을 직접 가리키기도 함.
1033) 신질(身疾): 몸의 병.
1034) 미류(彌留): 병이 오래 낫지 않음.
1035) 츄회(追悔): 추회. 지난 일을 뉘우침.
1036) 뉴삭(留數): 유수. 며칠 머묾.

157면

니 감샤(感謝)ᄒᆞ믈 이긔디 못ᄒᆞ니 쳡(妾) 등(等)이 만뉴(挽留)ᄒᆞᆯ 일이 아니니 거의 짐쟉(斟酌)ᄒᆞ시믈 ᄇᆞ라ᄂᆞᆫ 배로소이다.'

하엿더라.

모다 듯기를 ᄆᆞᆺ고 승샹(丞相)이 고이(怪異)히 너겨 왕(王)을 도라보와 연고(緣故)를 무ᄅᆞ니 왕(王)이 복슈(伏首)[1037] 왈(曰),

"당년(當年)의 ᄇᆡᆨ문이 ᄌᆞ못 그릇ᄒᆞ미 만ᄉᆞ오나 도금(到今)[1038]ᄒᆞ야 화 공(公)의 쳐ᄉᆡ(處事ㅣ) ᄀᆞ장 고이(怪異)코 ᄇᆡᆨ문이 당당(堂堂)ᄒᆞᆫ 남ᄌᆞ(男子)로 녀ᄌᆞ(女子)를 ᄯᆞᆯ와 쳐가(妻家)의 가 구구(區區)[1039]ᄒᆞ미 ᄀᆞ장 블길(不吉)ᄒᆞ온 고(故)로 쳔(賤)ᄒᆞᆫ 셩이 ᄀᆞᆺ치 누로디 못ᄒᆞ야 약간(若干) 쥰벌(峻罰)[1040]ᄒᆞ미로소이다."

승샹(丞相)이 고개 좃고 믁연(默然)이어ᄂᆞᆯ 뉴 부

158면

인(婦人)이 쇼왈(笑曰),

"챵ᄋᆞ(-兒)의 화 시(氏) 미온(未穩)[1041]ᄒᆞ미 그ᄅᆞ다 못ᄒᆞ리로다. 제 몬져 화 시(氏) 어드믈 니ᄅᆞ고 화 시(氏) 니ᄅᆞ러 우리를 볼딘대 그ᄅᆞ며 더옥 무안(無顔)ᄒᆞ미 우리게 이실 거시어ᄂᆞᆯ 화 시(氏) 쳐ᄉᆞ(處事)

1037) 복슈(伏首): 복수. 고개를 숙임.
1038) 도금(到今): 지금에 이름.
1039) 구구(區區): 잘고 많아서 일일이 언급하기가 구차스러움.
1040) 쥰벌(峻罰): 준벌. 벌을 엄격히 씀.
1041) 미온(未穩): 평온하지 않음. 기분 나쁨.

를 몽농(朦朧)[1042]이 ᄒᆞ야 무안(無顔)턴 ᄌᆞ가(自家)ᄂᆞᆫ 관겨(關係)티 아니킈 되니 이 도시(都是) 챵ᄋᆞ(-兒)와 소 현뷔(賢婦ㅣ) ᄉᆞᄉᆞ(事事)의 팔ᄌᆡ(八字ㅣ) 돗노라 이러ᄒᆞ니라."

좌우(左右ㅣ) 졔셩(齊聲)[1043] ᄀᆡ쇼(皆笑)ᄒᆞ고 남공(-公)이 블열(不悅)ᄒᆞ야 ᄀᆞᆯ오ᄃᆡ,

"녀ᄌᆡ(女子ㅣ) 되야 아모리 셟고 원통(冤痛)ᄒᆞᆫ 일이 이신들 가부(家夫)를 ᄇᆞ리며 구고(舅姑)[1044]를 경(輕)히 너기며 남의(男衣)를 ᄀᆡ장(改裝)[1045]ᄒᆞ고 인눈(人倫)을 거졀(拒絶)ᄒᆞᆯ 길히 이시리오? 혜아리건대 ᄇᆡᆨ문이나 다ᄅᆞ디 아니ᄒᆞ

159면

도다."

븍쥐ᄇᆡᆨ(--伯) 부인(夫人)[1046]이 낭연(朗然)[1047]이 우어 왈(曰),

"녀ᄌᆡ(女子ㅣ) 셜ᄉᆞ(設使) 말 못 ᄒᆞ게 삼겨신들 남공(-公) 딜ᄋᆞ(姪兒)의 말이 과연(果然) ᄆᆡ몰ᄒᆞᆫ 일도(一道)를 ᄃᆡ히니 ᄂᆡ 위(爲)ᄒᆞ야 탄셕(歎惜)[1048]ᄒᆞ노라. 당일(當日) ᄇᆡᆨ문이 화 시(氏)로ᄡᅧ 쳔단비원(千端悲怨)[1049]을 격게 ᄒᆞᄂᆞᆫ 니ᄅᆞ도 말고 나죵 믈의 밀텨 죽여 오긔(吳起)[1050]도곤 심(甚)ᄒᆞᆫ 박ᄒᆡᆼ(薄行)[1051]을 ᄒᆞ고 고금(古今)의 업ᄉᆞᆫ 노ᄅᆞ

1042) 몽농(朦朧): 몽롱. 뚜렷하지 않고 흐리멍덩함.
1043) 졔셩(齊聲): 제성. 여러 사람이 일제히 소리를 냄.
1044) 구고(舅姑): 시아버지와 시어머니.
1045) ᄀᆡ장(改裝): 개장. 바꿔 입음.
1046) 븍쥐ᄇᆡᆨ(--伯) 부인(夫人): 북주백 부인. 북주백이자 태자소부 이연성의 아내 정혜아를 이름.
1047) 낭연(朗然): 소리가 낭랑함.
1048) 탄셕(歎惜): 탄석. 탄식하며 애석하게 여김.
1049) 쳔단비원(千端悲怨): 천단비원. 온갖 슬픔과 원망.
1050) 오긔(吳起): 오기. 중국 전국시대 위(衛)나라 출신의 병법가로, 증자(曾子)에게 배우고 노(魯)

술 ᄒᆞ니 ᄎᆞ마 그 가부(家夫)를 ᄃᆞ리고 살가 시브뇨? 그 졍ᄉᆡ(情事ㅣ) 비원(悲冤)[1052] ᄒᆞ고 통절(痛切)[1053] ᄒᆞ야 고금(古今) 이ᄅᆡ(以來)의 업ᄉᆞᆫ디라 그ᄃᆡ 등(等)이 일편도이 뎌를 그ᄅᆞ다 ᄒᆞ니 진짓 ᄇᆡᆨ문의 부형(父兄)이로다."

남공(-公)이 쇼이ᄃᆡ왈(笑而對曰),

"슉모(叔母) 말ᄉᆞᆷ이 올흐시니 쇼딜(小姪)이 감히(敢-) 하

160면

ᄌᆞ(瑕疵)[1054] 를 못 ᄒᆞ고 화 시(氏) 졍ᄉᆡ(情事ㅣ) 비원(悲冤)ᄒᆞᆫ 줄 알건마ᄂᆞᆫ 잠간(暫間) ᄒᆞᆫ 가지 도(道)를 일허시니 그 실(實)은 ᄇᆡᆨ문을 거절(拒絕)ᄒᆞᆯ디라도 구고(舅姑)를 알뇌고 남장(男裝)을 아니터면 됴흘라소이다."

승샹(丞相)이 올타 ᄒᆞ니 좌위(左右ㅣ) ᄀᆡ쇼(皆笑)ᄒᆞ고 뉴 부인(夫人)이 소후(-后)를 명(命)ᄒᆞ야 답간(答簡)[1055]을 ᄡᅳ라 ᄒᆞ니 휘(后ㅣ) 피셕(避席) ᄃᆡ왈(對曰),

"쇼쳡(小妾)이 근ᄂᆡ(近來)의 비통(臂痛)[1056]이 심(甚)ᄒᆞ야 붓을 드

나라, 위(魏)나라에서 벼슬한 뒤에 초(楚)나라에 가서 도왕(悼王)의 재상이 되어 법치적 개혁을 추진하였음. 저서에 병서『오자(吳子)』가 있음. 그가 노(魯)나라에 있을 때 제(齊)나라의 대부 전거(田居)가 방문해 오기를 보고 사위로 삼았는데, 후에 제나라가 노나라를 침략하자 노나라의 목공(穆公)이 오기를 장군으로 임명하려 하였으나 그가 제나라 대부의 사위라는 점 때문에 결정을 내리지 못함. 오기가 그 사실을 알고 자기 아내 전 씨를 죽여 자신은 제나라와 관련 없다는 점을 밝히고 노나라의 장군이 됨. 사마천,『사기(史記)』, <손자오기열전(孫子吳起列傳)>.

1051) 박ᄒᆡᆼ(薄行): 박행. 모진 행실.

1052) 비원(悲冤): 슬프고 원통함.

1053) 통절(痛切): 뼈에 사무치게 절실함.

1054) 하ᄌᆞ(瑕疵): 하자. 당사자가 예기(豫期)한 상태나 성질이 결여되어 있음.

1055) 답간(答簡): 답장.

1056) 비통(臂痛): 팔이 저리거나 아픈 증상.

옵디 못ᄒᆞᄂᆞᆫ디라 침소(寢所)의 도라가 ᄃᆡ작(代作)ᄒᆞ야 보ᄂᆡ리로소이다."

부인(夫人)이 웃고 위 시(氏)를 블러 알픠셔 쓰라 ᄒᆞ니 위 시(氏) 승명(承命)[1057] ᄒᆞ나 심하(心下)의 좌우(左右)로 슉당(叔堂) 존항(尊行)[1058]과 졔ᄉᆞ[1059]금쟝(娣姒錦帳)[1060]이 삼(蔘) 버돗 ᄒᆞ여시니 쓰기를 구

•••

161면

속(拘束)ᄒᆞ미 아니라 ᄌᆞ긔(自己) ᄌᆡ조(才藻)[1061]를 타인(他人)이 알믈 민망(憫惘)ᄒᆞ되 능히(能-) 말믈 엇디 못ᄒᆞ야 필연(筆硯)[1062]을 나와 ᄎᆡ봉믁(彩鳳墨)[1063]을 농난(濃爛)[1064]이 ᄀᆞ라 산호필(珊瑚筆)[1065]을 옥슈(玉手)의 쥐여 ᄂᆞᄌᆞᆨ이 ᄉᆞ연(事緣)을 뭇ᄌᆞ온대 뉴 부인(夫人)이 그 ᄌᆡ조(才藻)를 채 보고져 ᄒᆞᄂᆞᆫ 고(故)로 우어 왈(曰),

"슈고로이 닐러 무익(無益)ᄒᆞ니 가(可)히 그ᄃᆡ 의ᄉᆞ(意思)로 쓰라."

위 시(氏) 더욱 민망(憫惘)ᄒᆞ나 능히(能-) 마디못ᄒᆞ야 봉관(鳳冠)[1066]을 수기고 잠간(暫間) 몸을 굽혀 회두(回頭)[1067] ᄉᆞ이의 휘쇄

1057) 승명(承命): 웃어른의 명을 받듦.
1058) 존항(尊行): 부모 이상의 높은 항렬을 이름.
1059) ᄉᆞ: [교] 원문과 규장각본(21:110), 연세대본(21:160)에 모두 '슉'으로 되어 있으나 문맥을 고려해 이와 같이 수정함.
1060) 졔ᄉᆞ금쟝(娣姒錦帳): 제사금장. 모두 동서를 말함.
1061) ᄌᆡ조(才藻): 재조. 시문을 짓는 재능.
1062) 필연(筆硯): 붓과 벼루를 아울러 이르는 말.
1063) ᄎᆡ봉믁(彩鳳墨): 채봉묵. 봉황이 그려진 먹.
1064) 농난(濃爛): 농란. 먹물이 짙음.
1065) 산호필(珊瑚筆): 산호로 장식한 붓.
1066) 봉관(鳳冠): 봉황 모양으로 장식한 예관.
1067) 회두(回頭): 머리를 돌린다는 뜻으로 매우 짧은 시간을 이르는 말.

(揮灑)[1068]ᄒᆞ니 그 ᄉᆡᄅᆞ미 광풍(狂風)[1069]이 취지(聚之)ᄒᆞ고 쥬옥(珠玉)이 쁫듯는[1070] 듯ᄒᆞ야 만편(滿遍)[1071]의 ᄌᆞ옥ᄒᆞᆫ디라. 좌위(左右ㅣ) 막블경아(莫不驚訝)[1072]ᄒᆞ야 모든 눈이 위 시(氏) 신샹(身上)의 뽀여시니 쇼제(小姐ㅣ) 더

162면

옥 블안(不安)ᄒᆞ나 셩식(聲色)[1073]을 브동(不動)ᄒᆞ고 츄파(秋波)[1074]ᄅᆞᆯ ᄂᆞ초와 븟을 노코 빵슈(雙手)로 밧드러 소후(-后)긔 드리니 소휘(-后ㅣ) ᄒᆞᆫ번(-番) 보매 필법(筆法)[1075]이 긔이(奇異)ᄒᆞ고 ᄌᆞ톄(字體)[1076] 경[1077]발(警拔)[1078]ᄒᆞ며 격되(格調ㅣ)[1079] 쳥신(淸新)[1080]ᄒᆞᆫ 니ᄅᆞ도 말고 언언(言言)이 상쾌(爽快)ᄒᆞ야 ᄉᆞ의(辭意) 흐ᄅᆞᄂᆞᆫ 듯ᄒᆞ야 산협(山峽)[1081]을 것구리티고[1082] 니두(李杜)[1083]ᄅᆞᆯ 묘시(藐

1068) 휘쇄(揮灑): 붓을 휘두른다는 뜻으로, 글씨를 쓰는 것을 이르는 말.
1069) 광풍(狂風): 미친 듯이 사납게 휘몰아치는 거센 바람.
1070) 쁫듯는: 떨어지는.
1071) 만편(滿遍): 편짓글에 가득함.
1072) 막블경아(莫不驚訝): 막불경아. 놀라고 의아해 하지 않는 이가 없음.
1073) 셩식(聲色): 성색. 말소리와 얼굴빛을 아울러 이르는 말.
1074) 츄파(秋波): 추파. 미인의 맑고 아름다운 눈길.
1075) 필법(筆法): 글이나 문장을 쓰는 법.
1076) ᄌᆞ톄(字體): 자체. 글자의 모양
1077) 경: [교] 원문과 연세대본(21:162)에는 '결'로 되어 있으나 문맥을 고려해 규장각본(21:111)을 따름.
1078) 경발(警拔): 착상(着想) 따위가 아주 독특하게 빼어남.
1079) 격되(格調ㅣ): 격조. 문예 작품 따위에서, 격식과 운치에 어울리는 가락.
1080) 쳥신(淸新): 청신. 깨끗하고 산뜻함.
1081) 산협(山峽): 무산협(巫山峽). 무산협은 사천성(四川省) 무산현(巫山縣)에 있는 협곡으로, 험하기로 이름 높은 곳임.
1082) 것구리티고: 거스르고.
1083) 니두(李杜): 이두. 이백(李白, 701~762)과 두보(杜甫, 712~770)를 아울러 이르는 말. 모두 중국 성당(盛唐) 때의 시인. 중국의 최고 시인들로 꼽히며 이백은 시선(詩仙)으로, 두보는 시성(詩聖)으로 칭하여짐.

視)[1084] 호엿ᄂᆞᆫ디라.

견필(見畢)[1085]의 십분(十分) 경아(驚訝)ᄒᆞᄃᆡ ᄯᅩᄒᆞᆫ ᄉᆞ식(辭色)디 아니ᄒᆞ니 뉴 부인(夫人)이 녀 시(氏)를 명(命)ᄒᆞ야 닑으라 ᄒᆞ니 녀 시(氏) ᄯᅩᄒᆞᆫ 좌(座)를 ᄡᅥ나 옥셩(玉聲)[1086]을 쳥아(淸雅)[1087]히 ᄒᆞ야 닑으니 ᄀᆞᆯ와시ᄃᆡ,

'미산(眉山)[1088] 소 시(氏)ᄂᆞᆫ 삼가 돈슈(頓首)[1089]ᄒᆞ고 화 샹셔(尙書) 부인(夫人)긔

163면

뎐(奠)ᄒᆞᄂᆞ니 쳔만의외(千萬意外)예 슈찰(手札)[1090]을 밧들매 경희(驚喜)[1091]ᄒᆞ미 운무(雲霧)[1092] 듕(中) 일월(日月)을 본 ᄃᆞᆺᄒᆞ야 공경(恭敬)ᄒᆞ야 ᄌᆞ시 ᄉᆞᆯ피매 믄득 븟그러오미 알플 ᄀᆞ리와 욕ᄉᆞ무디(欲死無地)[1093]ᄒᆞ니 답간(答簡)을 올리려매 혜 돕디 아니ᄒᆞ고 입이 열리이디 아닛ᄂᆞᆫ디라 장ᄎᆺ(將次ㅅ) 아모리 ᄒᆞᆯ 줄 모ᄅᆞᄃᆡ ᄯᅩ 무단(無斷)[1094]이 아니미 더욱 그른 고(故)로 강잉(强仍)ᄒᆞ야 필연(筆硯)[1095]

1084) 묘시(藐視): 업신여김.
1085) 견필(見畢): 다 봄.
1086) 옥셩(玉聲): 옥성. 옥을 울리는 듯한 아름다운 목소리.
1087) 쳥아(淸雅): 청아. 맑고 우아함.
1088) 미산(眉山): 중국 사천성에 있는 지명. 중국 북송 시대의 문장가들인, 소순(蘇洵)과 그 자식들인 소식(蘇軾), 소철(蘇轍) 삼부자가 살았던 곳. 여기에서는 소월혜의 성(姓)이 소 씨이므로 이와 같이 칭한 것임.
1089) 돈슈(頓首): 돈수. 머리를 땅에 닿도록 꾸벅임.
1090) 슈찰(手札): 수찰. 손윗사람이 손아랫사람에게 보내는 편지.
1091) 경희(驚喜): 놀라고 매우 기뻐함.
1092) 운무(雲霧): 구름과 안개.
1093) 욕ᄉᆞ무디(欲死無地): 욕사무지. 죽으려 해도 죽을 땅이 없음.
1094) 무단(無斷): 아무런 까닭이 없음
1095) 필연(筆硯): 붓과 벼루를 아울러 이르는 말.

을 나오니 미리 죄(罪)를 쳥(請)ᄒᆞᄂᆞ니,

향일(向日)[1096]의 존공(尊公)[1097]이 블쵸돈ᄋᆞ(不肖豚兒)를 ᄒᆞᆫ번(-番) 보시고 연셕(燕席)[1098] 가온대셔 옥녀(玉女)[1099]로 허(許)ᄒᆞ믈 수이 ᄒᆞ시니 가

164면

군(家君)[1100]이 돈ᄋᆞ(豚兒)의 블민(不敏)[1101]ᄒᆞ므로 귀ᄐᆡᆨ(貴宅) 쳔금규슈(千金閨秀)로 ᄡᅡᆼ(雙)이 블ᄉᆞ(不似)[1102]ᄒᆞ믈 알오ᄃᆡ 일즉 존공(尊公)으로 마역(莫逆)[1103]의 두터오미 고인(古人)을 효측(效則)[1104]고져 ᄒᆞ시니 다시 ᄌᆞ식(子息)을 ᄂᆞᆫ호미 쳔고(千古)의 업ᄉᆞᆫ 승ᄉᆡ(勝事ㅣ)[1105]라 ᄒᆞ샤 낙죵(諾從)[1106]ᄒᆞ신 후(後) 셰ᄌᆡ(歲載)[1107] 여러 번(番) 뒤이[1108]ᄌᆞ매[1109] 셩친(成親)[1110]ᄒᆞ야 녕녀(令女)를 ᄌᆞ가(自家)의 ᄃᆞ려오니 용모(容貌) 덕ᄐᆡᆨ(德澤)은 니ᄅᆞ도 말고 ᄒᆡᆼᄉᆡ(行使ㅣ)[1111] 깁히 텰부셩녀(哲婦聖女)[1112]로 흡ᄉᆞ(恰似)ᄒᆞ니 이 곳 가문(家門)의

1096) 향일(向日): 지난번.
1097) 존공(尊公): 상대의 남편을 높여 이르는 말.
1098) 연셕(燕席): 연석. 잔치 자리.
1099) 옥녀(玉女): 남의 딸을 높여 이르는 말.
1100) 가군(家君): 상대에게 자기의 남편을 이르는 말.
1101) 블민(不敏): 불민. 민첩하지 못하다는 뜻으로 어리석음을 이르는 말.
1102) 블ᄉᆞ(不似): 불사. 같지 않음. 어울리지 않음.
1103) 마역(莫逆): 막역. 서로 허물없는 친구 사이.
1104) 효측(效則): 효칙. 본받아 법으로 삼음.
1105) 승ᄉᆡ(勝事ㅣ): 승사. 좋은 일.
1106) 낙죵(諾從): 낙종. 마음속으로 받아들여 진심으로 따라 좇음.
1107) 셰ᄌᆡ(歲載): 세재. 해.
1108) 이: [교] 원문에는 '어'로 되어 있으나 문맥을 고려해 연세대본(21:165)와 규장각본(21:112)을 따름.
1109) 뒤이ᄌᆞ매: 바뀌니.
1110) 셩친(成親): 성친. 혼인.
1111) ᄒᆡᆼᄉᆡ(行使ㅣ): 행사. 행동이나 하는 짓.

힝(幸)이오 돈ᄋᆞ(豚兒)의 ᄂᆡ조(內助ㅣ) 챵셩(昌盛)[1113]ᄒᆞ미 현부(賢婦)[1114]의 일신(一身)의 잇는 줄 아라 희힝(喜幸)ᄒᆞ믈 이긔디 못ᄒᆞ며

165면

텬셩(天性)의 특츌(特出)ᄒᆞ믈 ᄉᆞ랑ᄒᆞ야 가군(家君)과 쳡(妾)의 ᄒᆞᆫ 조각 현부(賢婦) 향(向)ᄒᆞᆫ 뜻은 황명(皇明)[1115]의 질졍(質正)[1116]ᄒᆞ리니 다시 베프디 아니ᄒᆞ옵ᄂᆞ니 맛당이 현부(賢婦)ᄃᆞ려 무ᄅᆞ실디니이다. 돈ᄋᆞ(豚兒)의 무상블인(無狀不仁)[1117]ᄒᆞ미 임의 조션(祖先)을 욕(辱) 먹이고 부모(父母)로 ᄒᆞ여곰 타인(他人)의 티쇼(嗤笑)[1118]ᄅᆞᆯ 밧게 ᄒᆞ며 제 일대(一代) 죄인(罪人)이 되니 다시 베퍼 니ᄅᆞᆯ 거시 이시리잇고. 연(然)이나 현부(賢婦)의 ᄋᆡᆨ홰(厄禍ㅣ)[1119] 비경(非輕)ᄒᆞ고 가운(家運)이 블힝(不幸)ᄒᆞ야 요인(妖人)이 가온대로조차 ᄂᆡᄃᆞ라 귀신(鬼神)도 측냥(測量)[1120]티 못ᄒᆞ게 쳔만(千萬) 가지 변

166면

화(變化)ᄅᆞᆯ 지으니 능히(能-) 진가곡딕(眞假曲直)[1121]을 분변(分辨)티

1112) 텰부셩녀(哲婦聖女): 철부성녀. 어질고 지덕이 뛰어난 여자.
1113) 챵셩(昌盛): 창성. 기세가 크게 일어나 잘 뻗어 나감.
1114) 현부(賢婦): 어진 며느리.
1115) 황명(皇明): 하늘.
1116) 질졍(質正): 질정. 묻거나 따져서 바로잡음.
1117) 무상블인(無狀不仁): 무상불인. 버릇이 없고 어질지 못함.
1118) 티쇼(嗤笑): 치소. 비웃음.
1119) ᄋᆡᆨ홰(厄禍ㅣ): 액화. 액운과 재앙.
1120) 측냥(測量): 측량. 생각하여 헤아림.
1121) 진가곡딕(眞假曲直): 진가곡직. 참과 거짓, 옳고 그름.

못ᄒᆞ야 우리 등(等)이 다 고디드른 배 되야 현부(賢婦)로 참난(慘難)[1122]을 무궁(無窮)이 격게 ᄒᆞ고 필경(畢竟) 거쳐(居處) ᄉᆡᆼᄉᆞ(生死)ᄅᆞᆯ 아디 못ᄒᆞ니 쳡(妾) 등(等)의 통입골슈지ᄒᆞᆫ(痛入骨髓之恨)[1123]이 구곡(九曲)[1124]이 촌단(寸斷)[1125]ᄒᆞᄃᆡ 시러곰 그림쟈ᄅᆞᆯ ᄎᆞᄌᆞᆯ 길히 묘망(渺茫)[1126]ᄒᆞ고 신원(伸冤)[1127]ᄒᆞᆯ 조각[1128]이 유명간(幽明間) ᄀᆞᄐᆞ니 듀야(晝夜) 노텬(老天)[1129]을 블러 무디(無知)ᄒᆞ믈 원(怨)ᄒᆞ더니 필경(畢竟)의 다ᄒᆡᆼ(多幸)이 간모(奸謀)[1130]ᄅᆞᆯ ᄎᆞ쟈 악당(惡黨)이 듀멸(誅滅)[1131]ᄒᆞ고 일월(日月)이 다시 ᄇᆞᆰ아 현부(賢婦)의 ᄋᆡᄆᆡ[1132]ᄒᆞ미 ᄇᆡᆨ옥(白玉)ᄀᆞᄐᆡ 버서나니 경희(驚喜)ᄒᆞᆷ과 다

167면

ᄒᆡᆼ(多幸)ᄒᆞ미 측냥(測量)업ᄉᆞᄃᆡ 영향(影響)[1133]이 묘연(杳然)ᄒᆞ야 쇼식(消息)을 듯디 못ᄒᆞ니 쳡(妾) 등(等)의 비원(悲冤)[1134]ᄒᆞᆫ ᄯᅳᆺ은 ᄇᆡᆺ복을 ᄲᆡᆯ고져[1135] ᄒᆞ고 인인(人人)이 현부(賢婦)ᄅᆞᆯ 위(爲)ᄒᆞ야 칭원(稱

1122) 참난(慘難): 참혹한 환난.

1123) 통입골슈지ᄒᆞᆫ(痛入骨髓之恨): 통입골수지한. 억울하고 분한 마음이 골수에 깊이 사무친 한.

1124) 구곡(九曲): 구곡간장(九曲肝腸)의 줄임말. 굽이굽이 서린 창자라는 뜻으로, 깊은 마음속 또는 시름이 쌓인 마음속을 비유적으로 이르는 말.

1125) 촌단(寸斷): 마디마디 끊어짐.

1126) 묘망(渺茫): 아득함.

1127) 신원(伸冤): 원통함을 풂.

1128) 조각: 틈. 겨를.

1129) 노텬(老天): 노천. 하늘.

1130) 간모(奸謀): 간사한 꾀.

1131) 듀멸(誅滅): 주멸. 죄인을 죽여 없앰.

1132) ᄋᆡᄆᆡ: 아무 잘못 없이 꾸중을 듣거나 벌을 받아 억울함.

1133) 영향(影響): 메아리와 그림자.

1134) 비원(悲冤): 슬프고 원통함.

1135) ᄇᆡᆺ복을 ᄲᆡᆯ고져: 배꼽을 빨고자. 이미 저지른 잘못에 대하여 후회하여도 소용이 없음을 이르는 말. 사람에게 잡힌 사향노루가 배꼽의 향내 때문에 잡혔다고 제 배꼽을 물어뜯었다는 데서 유래함. 서제막급(噬臍莫及).

冤)[1136]티 아니리 업ᄉᆞ니 더옥 슬픔과 지원(至冤)[1137]이 쳔ᄃᆡ(千代)[1138]의 민멸(泯滅)[1139]티 아닐 거시오 존문(尊門)의 용납(容納)홀 ᄂᆞᆺ치 업서 가군(家君)이 존샹셔(尊尙書)를 ᄃᆡ(對)ᄒᆞ야 가ᄉᆡ를 더 쳥죄(請罪)코져 ᄒᆞ시고 쳡(妾)이 부인(夫人)긔 나아가 당하(堂下)[1140]의셔 샤죄(謝罪)ᄒᆞ미 가(可)ᄒᆞ나 경향(京鄕)이 도릐(道路ㅣ) 오원(迂遠)[1141]ᄒᆞ고 피ᄎᆡ(彼此ㅣ) 남븍(南北)의 ᄂᆞᆫ호여 ᄯᅳᆺ ᄀᆞᆺ디 못ᄒᆞ믈 ᄒᆞᆫ(恨)ᄒᆞ더니,

밋 샹경(上京)ᄒᆞ신 후(後)

168면

쳡(妾)이 스ᄉᆞ로 븟그러오미 심(甚)ᄒᆞ야 쳣 ᄯᅳᆺ을 ᄒᆡᆼ(行)티 못ᄒᆞ고 참괴(慙愧) 민면(憫面)[1142]ᄒᆞ미 능히(能-) 비(比)홀 곳이 업더니 이제야 드ᄅᆞ매 ᄋᆞ뷔(阿婦ㅣ)[1143] 공교(工巧)히 회ᄉᆡᆼ(回生)ᄒᆞ야 존부(尊府)의 잇다 ᄒᆞ나 기간(其間) 곡절(曲折)을 아디 못ᄒᆞ더니 부인(夫人)의 ᄉᆡᆯ리 니ᄅᆞ시믈 조차 ᄭᆡᄃᆞᄅᆞ매 돈ᄋᆞ(豚兒)의 박ᄒᆡᆼ무상(薄行無狀)[1144]ᄒᆞ미 새로이 한심(寒心)ᄒᆞ고 통ᄒᆡ(痛駭)[1145]ᄒᆞ미 극(極)ᄒᆞ믄 다시 제긔(提起)티 말고 현뷔(賢婦ㅣ) 만일(萬一) 존샹셔(尊尙書)를 만나디 못

1136) 칭원(稱冤): 칭원. 원통함을 들어서 말함.
1137) 지원(至冤): 지극히 원통함.
1138) 쳔ᄃᆡ(千代): 천대. 많은 대(代)라는 뜻으로, 영원을 이르는 말.
1139) 민멸(泯滅): 자취나 흔적이 아주 없어짐.
1140) 당하(堂下): 마루 아래.
1141) 오원(迂遠): 우원. 길이 돌아서 멂.
1142) 민면(憫面): 민면. 민망하고 면구스러움.
1143) ᄋᆞ뷔(阿婦ㅣ): 아부. 우리 며느리.
1144) 박ᄒᆡᆼ무상(薄行無狀): 박행무상. 모질고 무례하게 행동함.
1145) 통ᄒᆡ(痛駭): 통해. 몹시 이상스러워 놀람.

ᄒᆞ여실딘대 형ᄒᆡ(形骸ㅣ)[1146]들 어ᄃᆡ 가 ᄎᆞᄌᆞ리오? 이 ᄒᆞᆫ 일을 ᄉᆡᆼ각ᄒᆞ니 ᄈᆡ ᄇᆞ아디ᄂᆞᆫ ᄃᆞᆺ 놀나오미 삼혼(三魂)[1147]

169면

과 칠ᄇᆡᆨ(七魄)[1148]이 다 흐터디ᄂᆞᆫ ᄃᆞᆺᄒᆞ며 부인(夫人)의 텬뉸(天倫) ᄌᆞᄋᆡ지졍(慈愛之情)을 ᄉᆡᆼ각ᄒᆞ니 더옥 터럭과 ᄈᆡ ᄉᆞᆺ그러ᄒᆞ믈[1149] 가(可)히 ᄎᆞᆷ으리잇가. 슬프다, 돈ᄋᆞ(豚兒)의 무샹(無狀)ᄒᆞ미 이 디경(地境)의 니ᄅᆞ고 녕ᄋᆡ(令愛)의 운쉬(運數ㅣ) 블니(不利)ᄒᆞ미 이대도록 ᄒᆞ던고. 통셕(痛惜)[1150]ᄒᆞ믈 이긔디 못ᄒᆞ옵ᄂᆞ니 쳡(妾)의 우ᄆᆡ(愚昧)ᄒᆞᆫ ᄯᅳᆺ도 이러커든 부인(夫人)과 샹셔(尙書)의 하ᄂᆞᆯ이 궁(窮)티 아닐 ᄃᆞ시 절통(切痛)ᄒᆞ시미 비길 곳이 이시며 현뷔(賢婦ㅣ) 인륜(人倫)을 샤졀(謝絕)ᄒᆞ고 구가(舅家)ᄅᆞᆯ 영졀(永絕)코져 ᄒᆞ미 ᄯᅳᆺ을 어이 그ᄅᆞ다 ᄒᆞ리잇고. 이ᄂᆞᆫ ᄉᆞᄉᆞ로 탁냥(度量)[1151]티 못

170면

ᄒᆞᆫ ᄉᆞ에(辭語ㅣ)니 가(可)히 용납(容納)ᄒᆞ시믈 원(願)ᄒᆞᄂᆞ이다. 가군(家君)의 돈ᄋᆞ(豚兒)ᄅᆞᆯ ᄎᆡᆨ(責)ᄒᆞ믄 그 무ᄒᆡᆼ방ᄌᆞ(無行放恣)[1152]ᄒᆞ믈 다

1146) 형ᄒᆡ(形骸ㅣ): 형해. 사람의 몸과 뼈.
1147) 삼혼(三魂): 사람의 마음에 있는 세 가지 영혼. 태광(台光), 상령(爽靈), 유정(幽精)을 이름.
1148) 칠ᄇᆡᆨ(七魄): 칠백. 도교에서, 사람의 몸에 있는 일곱 가지 넋. 몸 안에 있는 탁한 영혼으로서 시구(尸拘), 복시(伏矢), 작음(雀陰), 탄적(呑賊), 비독(非毒), 제예(除穢), 취폐(臭肺)가 있음.
1149) ᄉᆞᆺ그러ᄒᆞ믈: 두려워함을.
1150) 통셕(痛惜): 통석. 애통해 하고 안타까워함.
1151) 탁냥(度量): 탁량. 헤아림.
1152) 무ᄒᆡᆼ방ᄌᆞ(無行放恣): 무행방자. 볼 만한 행실이 없으며 무례하고 건방짐.

ᄉᆞ리미어ᄂᆞᆯ 엇디 며ᄂᆞ리 죄(罪)를 아ᄃᆞᆯ의게 ᄡᅳ리오. ᄎᆞ(此)ᄂᆞᆫ 만만(萬萬) 의ᄉᆞ(意思) 밧기로ᄃᆡ 다만 부듕(府中)의 도라와 다ᄉᆞ리디 못ᄒᆞ고 존부(尊府)를 드레미[1153] 도(道)를 일흣도소이다. 현뷔(賢婦ㅣ) 비록 목숨이 구뎡(九鼎)[1154] ᄀᆞᄐᆞᆫ들 검하(劍下) 여ᄉᆡᆼ(餘生)으로 구ᄉᆞ일ᄉᆡᆼ(九死一生)ᄒᆞᆫ 몸이라 엇디 병(病)이 업ᄉᆞ며 신샹(身上)이 무ᄉᆞ(無事)ᄒᆞ리오. 당당(堂堂)이 평안(平安)이 됴리(調理)ᄒᆞ야 ᄌᆞ가(自家)의 니ᄅᆞ미 온당(穩當)ᄒᆞ니 부인(夫人)은 타려(他慮)[1155]를 믈념(勿念)[1156]ᄒᆞ시고 현부(賢婦)를

171면

보호(保護)ᄒᆞ샤 구병(久病)[1157]이 소복(蘇復)[1158]ᄒᆞ기를 기ᄃᆞ리쇼셔. 만ᄉᆡ(萬事ㅣ) 다 돈ᄋᆞ(豚兒)와 우리 등(等)의 블명(不明)[1159]ᄒᆞ미어ᄂᆞᆯ 부인(夫人)이 엇디 죄(罪)를 일ᄏᆞᄅᆞ시며 현뷔(賢婦ㅣ) 블안(不安)ᄒᆞ미 이시리오. 조희[1160]를 님(臨)ᄒᆞ매 ᄉᆞ연(事緣)이 진(盡)티 아니ᄒᆞ고 죄(罪)를 일ᄏᆞᄅᆞ미 결을티 못ᄒᆞᆯ 거시로되 ᄒᆞᆫ 자(字) 글이 시러곰 소회(所懷)[1161]를 다ᄒᆞ기 어렵고 셔ᄉᆞ(書辭)[1162]의 번독(煩瀆)[1163]ᄒᆞ

1153) 드레미: 떠들썩하게 함이.
1154) 구뎡(九鼎): 구정. 중국 하(夏)나라의 우왕(禹王) 때에, 전국의 아홉 주(州)에서 쇠붙이를 거두어서 만들었다는 아홉 개의 솥. 주(周)나라 때까지 대대로 천자에게 전해진 보물이었다고 함.
1155) 타려(他慮): 다른 염려.
1156) 믈념(勿念): 물념. 걱정하지 않음.
1157) 구병(久病): 앓은 지 오래 되어 회복하기 어려운 병.
1158) 소복(蘇復): 병이 나은 뒤에 원기가 회복됨.
1159) 블명(不明): 불명. 사리에 어두움.
1160) 조희: 종이.
1161) 소회(所懷): 마음에 품고 있는 회포.
1162) 셔ᄉᆞ(書辭): 서사. 편지에 쓰는 말.
1163) 번독(煩瀆): 개운하지 못하고 번거로움.

미 더옥 황송(惶悚)ᄒᆞ야 대강(大綱)[1164]을 베프며 쳔질(天疾)[1165]이 미류(彌留)[1166]ᄒᆞ야 ᄃᆡ작(代作)ᄒᆞ미 면(免)티 못ᄒᆞ니 당돌(唐突)ᄒᆞ믈 용샤(容赦)ᄒᆞ시고 ᄉᆞᆯ니 ᄉᆞᆯ피쇼셔.'

ᄒᆞ엿더라.

172면

뉴 부인(夫人)이 듯기를 ᄆᆞᆺ고 크게 칭찬(稱讚) 왈(曰),

"ᄋᆞ부(阿婦)의 외뫼(外貌ㅣ) 긔특(奇特)ᄒᆞ믈 알고 ᄌᆡ죄(才藻ㅣ) 이 ᄀᆞ티 툐셰(超世)[1167]ᄒᆞ믈 아디 못ᄒᆞ엿닷다. ᄎᆞ(此)ᄂᆞᆫ 니두(李杜)[1168]의 디난 ᄌᆡ죄(才藻ㅣ)오, 금세(今世)의 업ᄉᆞᆫ 문필(文筆)이라 경문이 채를 잡으미 블감(不堪)[1169]ᄒᆞ도다."

승샹(丞相)이 ᄯᅩᄒᆞᆫ 희ᄉᆡᆨ(喜色)을 ᄯᅴ여 ᄀᆞᆯ오ᄃᆡ,

"셔간(書簡) ᄉᆞ연(事緣)이 소 현뷔(賢婦ㅣ) 친(親)히 ᄡᅥ도 이에 더 으디 아니리니 가(可)히 긔특(奇特)도다."

연왕(-王)이 더옥 두굿기ᄂᆞᆫ[1170] 미위(眉宇ㅣ)[1171] 녕농(玲瓏)ᄒᆞ야 ᄉᆞᆯ오ᄃᆡ,

"소 시(氏)ᄂᆞᆫ ᄒᆞᆫ낫 무용(無用)의 녀ᄌᆡ(女子ㅣ)라 뎌 ᄀᆞᄐᆞᆫ 언변(言

1164) 대강(大綱): 자세하지 않은, 기본적인 부분만 들어 보이는 정도.
1165) 쳔질(天疾): 천질. 선천적으로 타고난 병.
1166) 미류(彌留): 병이 오래 낫지 아니함.
1167) 툐셰(超世): 초세. 한 세상에서 뛰어남.
1168) 니두(李杜): 이두. 이백(李白, 701~762)과 두보(杜甫, 712~770). 모두 중국 성당(盛唐) 때의 시인. 중국의 최고 시인들로 꼽히며 이백은 시선(詩仙)으로, 두보는 시성(詩聖)으로 칭하여짐.
1169) 블감(不堪): 불감. 감당하지 못함.
1170) 두굿기ᄂᆞᆫ: 기뻐하는.
1171) 미위(眉宇ㅣ): 이마의 눈썹 근처.

辯)을 당(當)ᄒᆞ리오? 위 시(氏)로 인(因)ᄒᆞ야 히ᄋᆞ(孩兒) 부쳐(夫妻)의 잇ᄂᆞᆫ 허믈을 다 ᄀᆞᆷ초와시니 효뷔(孝婦ㅣ)라 니ᄅᆞᆯ소이다."

위 시(氏)

173면

그 존구(尊舅)의 말숨을 크게 황공(惶恐)ᄒᆞ야 옥면(玉面)이 담홍(淡紅)[1172] ᄒᆞ고 하람공(--公)이 탄왈(嘆曰),

"위 시(氏) 뎌 ᄀᆞᄐᆞᆫ ᄌᆡ조(才藻)ᄅᆞᆯ 가지고 녹녹(錄錄)[1173]이 녀ᄌᆡ(女子ㅣ) 되미 엇디 앗갑디 아니ᄒᆞ리오? ᄉᆞ연(事緣)이 기디 아니ᄒᆞ나 ᄀᆞᆫ절(懇切)ᄒᆞ고 상쾌(爽快)ᄒᆞ며 싁싁ᄒᆞ고 온화(溫和)ᄒᆞ나 굿세여 허믈 잡을 곳이 업ᄉᆞ니 ᄇᆡᆨ문의 허믈을 만히 두덥혓도다."

좌위(左右ㅣ) 다시금 칭찬(稱讚)ᄒᆞ믈 마디아니ᄒᆞ니 소휘(-后ㅣ) 위 시(氏) 뜻을 숫치고 즉시(卽時) 거두워 봉함(封緘)[1174] ᄒᆞ야 화부(-府) 가인(家人)을 주라 ᄒᆞ니 ᄀᆡ국공(--公)이 웃고 능후(-侯)ᄅᆞᆯ 향(向)ᄒᆞ야 ᄀᆞᆯ오ᄃᆡ,

"위 시(氏)의 긔특(奇特)ᄒᆞ미 오ᄂᆞᆯ날 더ᄒᆞ니 네 ᄆᆞᄋᆞᆷ도

174면

즐거우냐?"

1172) 담홍(淡紅): 붉게 물듦.
1173) 녹녹(錄錄): 녹록. 평범하고 보잘것없음.
1174) 봉함(封緘): 편지를 봉투에 넣고 봉함. 또는 그 편지.

능휘(-侯ㅣ) 이때 좌듕(座中)의 이셔 ᄯᅩᄒᆞᆫ 보고 심니(心裏)의 경아(驚訝)[1175]ᄒᆞ믈 마디아니ᄒᆞ나 츄파(秋波)[1176]ᄅᆞᆯ ᄂᆞ초와 시립(侍立)[1177]ᄒᆞ엿더니 ᄎᆞ언(此言)을 듯고 미쇼(微笑)ᄒᆞ고 머리ᄅᆞᆯ 수기니 쇼뷔(少傅ㅣ) 직촉ᄒᆞ야 그 뜻을 무ᄅᆞ니 능휘(-侯ㅣ) 함쇼(含笑) 왈(曰),

"녀ᄌᆞ(女子)ᄂᆞᆫ 덕(德)을 니ᄅᆞ고 문ᄌᆞ(文字)ᄅᆞᆯ 일컷디 아냐시니 그 언능(言能)[1178] 다ᄌᆡ(多才)ᄒᆞ미 극(極)히 ᄇᆞ절업도소이다."

쇼뷔(少傅ㅣ) 왈(曰),

"ᄇᆞ절은 업ᄉᆞ나 위 시(氏)ᄂᆞᆫ 덕ᄒᆡᆼ(德行)이 툐셰(超世)ᄒᆞ고 ᄯᅩ 문쟝(文章)이 여ᄎᆞ(如此)ᄒᆞ야 과도(過度)ᄒᆞᆫ 싀아비와 광패(狂悖)[1179]ᄒᆞᆫ 싀아ᄌᆞ비 허믈을 ᄒᆞᆫ 붓긋ᄎᆞ로 ᄀᆞ리와 노흐니 네게 은인(恩人)이 아니냐?"

ᄉᆡᆼ(生)이 쇼이ᄃᆡ왈(笑而對曰),

"조부(祖父)ᄂᆞᆫ 과도(過度)ᄒᆞᆫ 말솜 마ᄅᆞ쇼셔.

175면

져근 녀ᄌᆡ(女子ㅣ) 엇디 야야(爺爺)긔 승(勝)ᄒᆞ미 이시리오? ᄌᆞ당(慈堂)[1180]이 ᄃᆡ셔(代書)ᄒᆞ라 ᄒᆞ시ᄂᆞᆫ 명(命)이 잇거ᄂᆞᆯ 그만치도 못 ᄒᆞ면 장ᄎᆺ(將次ㅅ) 므어시라 ᄒᆞ리잇가? 겨유 평평(平平)ᄒᆞᆫ 녜ᄉᆞ일(例事-)

1175) 경아(驚訝): 놀라고 의아함.
1176) 츄파(秋波): 추파. 가을 물결같이 맑은 눈길.
1177) 시립(侍立): 웃어른을 모시고 섬.
1178) 언능(言能): 말이 능란함.
1179) 광패(狂悖): 미친 사람처럼 말과 행동이 사납고 막됨.
1180) ᄌᆞ당(慈堂): 자당. 어머니를 높여 부르는 말.

을 과찬(過讚)들 ᄒᆞ시니 져믄 녀ᄌᆡ(女子ㅣ) 블안(不安)ᄒᆞ리로소이다."

쇼뷔(少傅ㅣ) 박쟝대쇼(拍掌大笑) 왈(日),

"네 위 시(氏) 귀듕(貴重)ᄒᆞ미 듕회(衆會) 듕(中)도 ᄀᆞᆷ초디 못ᄒᆞ야 블안(不安)ᄒᆞᆷ믈 다 념(念)ᄒᆞ야 주니 과연(果然) 텬뎡ᄇᆡ필(天定配匹)[1181]이로다."

ᄉᆡᆼ(生)이 잠쇼(暫笑) 무언(無言)이오, 위 시(氏) 크게 슈괴(羞愧)[1182]ᄒᆞ야 옥면(玉面)이 취홍(聚紅)[1183]ᄒᆞ니 왕(王)이 쇼부(少傅)ᄅᆞᆯ 눈 쥰대 쇼뷔(少傅ㅣ) 즉시(卽時) 그치더라.

이윽고 파(罷)ᄒᆞ야 셔당(西堂)의 도라와 녜뷔(禮部ㅣ) 칭찬(稱讚) 왈(日),

"오ᄂᆞᆯ날 위수(-嫂)의 ᄌᆡ조(才藻)ᄅᆞᆯ 보오매 아등(我等)은 이 녹녹(錄錄)

176면

ᄒᆞᆫ 용ᄌᆡ(庸者ㅣ)[1184]라 가(可)히 븟그럽디 아니라?"

능휘(-侯ㅣ) 쇼왈(笑曰),

"형댱(兄丈)은 하 긔괴(奇怪)ᄒᆞᆫ 말ᄉᆞᆷ 마ᄅᆞ쇼셔. 형댱(兄丈) 강하대ᄌᆡ(江河大才)[1185] 뎌 위 시(氏)의게 비기리잇가?"

1181) 텬뎡ᄇᆡ필(天定配匹): 천정배필. 하늘에서 미리 정하여 준 배필이라는 뜻으로, 나무랄 데 없이 신통히 꼭 알맞은 한 쌍의 부부를 이르는 말.
1182) 슈괴(羞愧): 수괴. 부끄럽고 창피함.
1183) 취홍(聚紅): 취홍. 붉은빛이 모임.
1184) 용ᄌᆡ(庸者ㅣ): 용자. 용렬한 사람.
1185) 강하대ᄌᆡ(江河大才): 강하대재. 양자강과 황하를 거스를 정도의 큰 재주.

녜뷔(禮部ㅣ) 손을 저어 왈(曰),

“너ᄂᆞᆫ 졍외지언(情外之言)[1186]을 말디니 남ᄌᆞ(男子)로 니ᄅᆞ디 말고 쇼쇼(小小) ᄋᆞ녀ᄌᆡ(兒女子ㅣ) 존당(尊堂)[1187] 슉당(叔堂) 모든 싀(媤)아ᄌᆞ비 만좌(滿座) 듕(中) 슉뫼(叔母ㅣ) 니ᄅᆞ도 아니신 ᄃᆡ셔(代書)를 쓰ᄃᆡ ᄂᆞᆾ빗출 변(變)티 아니ᄒᆞ고 ᄒᆞᆫ 븟의 ᄂᆞ려 둘러 문블가뎜(文不加點)[1188]ᄒᆞ고 호홀(毫忽)[1189]도 차착(差錯)[1190]디 아냐 언ᄉᆡ(言辭ㅣ) 그대도록 쳥상(淸爽)[1191]ᄒᆞ고 쇄락(灑落)[1192]ᄒᆞᆯ 길히 이시리오? 널로 당(當)ᄒᆞᆯ딘들 능히(能-) 당(當)ᄒᆞᆯ가 시브냐?”

ᄉᆡᆼ(生)이 웃고 왈(曰),

“만좌(滿座) 듕(中) ᄉᆡᆨ(色)을 변(變)티 아니믄 오직

177면

든든ᄒᆞ미오, 수이 쓰믄 샹부(相府)[1193] 일녀(一女)로 일것[1194] 드러 글을 닉이미라 긔 그리 긔특(奇特)ᄒᆞ리잇가?”

평휘(-侯ㅣ) 쇼왈(笑曰),

“네 과연(果然) 간샤(奸邪)하다. 위 시(氏) ᄋᆞ시(兒時)로브터 쳔가(賤家)의셔 ᄉᆡᆼ댱(生長)ᄒᆞ야 십(十) 셰(歲) 겨유 넘으며 네게 쇽현(續

1186) 졍외지언(情外之言): 정외지언. 마음에 없는 말.
1187) 존당(尊堂): 집안의 가장 큰 어른.
1188) 문블가뎜(文不加點): 문불가점. 문장이 썩 잘 되어서 한 점도 가필할 필요가 없을 만큼 아름다움을 이르는 말.
1189) 호홀(毫忽): 매우 적음.
1190) 차착(差錯): 어그러져서 순서가 틀리고 앞뒤가 서로 맞지 아니함.
1191) 쳥상(淸爽): 청상. 맑고 시원함.
1192) 쇄락(灑落): 개운하고 깨끗함.
1193) 샹부(相府): 상부. 승상 집안.
1194) 일것: 일껏. 모처럼 애써서.

絃)[1195]ᄒᆞ니 네나 밤낫 글을 ᄀᆞᄅᆞ쳣ᄂᆞᆫ디 모로거니와 뉴 공(公)과 각녀(-女)의 포악(暴惡)ᄒᆞᆫ 호령(號令)의 어ᄂᆞ ᄉᆞ이 글을 닉여시며 듕간(中間)의 ᄯᅩ 도로(道路)의 뉴리(流離)[1196]ᄒᆞ시다가 근간(近刊)의 무ᄉᆞ(無事)ᄒᆞ시거ᄂᆞᆯ 위 공(公)이 어ᄂᆞ 틈의 글을 ᄀᆞᄅᆞ치고 이시리오? 가(可)히 셰돗ᄂᆞ니 너의 ᄀᆞᄅᆞ치미로다."

능휘(-侯ㅣ) 대쇼(大笑) 왈(曰),

"쇼뎨(小弟) ᄀᆞᄅᆞ쳣다 니ᄅᆞ고도 ᄂᆞᆺ게 ᄇᆡᄒᆞᆫ 거시 이젓ᄒᆞ리

178면

잇가[1197]?"

초휘(-侯ㅣ) 잠쇼(暫笑) 왈(曰),

"수수(嫂嫂)의 일을 시비(是非)ᄒᆞ미 그ᄅᆞ나 위수(-嫂)의 대ᄌᆡ(大才)ᄂᆞᆫ 고금(古今) 녁ᄃᆡ(歷代)ᄅᆞᆯ 혜아려도 그대도록 신속(迅速)ᄒᆞ고 휘쇄(揮灑)[1198]ᄒᆞ미 급(急)ᄒᆞ고 셔문(書文)이 도도(滔滔)[1199]ᄒᆞ야 뎡뎡(亭亭)[1200]이 빗나고 ᄉᆞ연(辭緣)[1201]이 훤츨[1202]ᄒᆞ믄 아모도 밋디 못ᄒᆞ리니 ᄎᆞ뎨(次弟) 어이 감히(敢-) 앙망(仰望)[1203]인들 ᄒᆞ리잇가? 그ᄋᆞ이 탄셕(歎惜)[1204]ᄒᆞᄂᆞᆫ 배 듕냥 등(等)[1205]은 일ᄉᆡᆼ(一生) 경셔(經書)

1195) 쇽현(續絃): 속현. 거문고와 비파의 끊어진 줄을 다시 잇는다는 뜻으로, 아내를 여읜 뒤에 다시 새 아내를 맞는 일을 비유적으로 이르는 말. 여기에서는 아내를 맞아들임을 뜻함.
1196) 뉴리(流離): 유리. 일정한 집과 직업이 없이 이곳저곳으로 떠돌아다님.
1197) 이젓ᄒᆞ리잇가: 이 정도이겠습니까.
1198) 휘쇄(揮灑): 붓을 휘두른다는 뜻으로, 글씨를 쓰거나 그림을 그리는 것을 이르는 말.
1199) 도도(滔滔): 거침없음.
1200) 뎡뎡(亭亭): 정정. 높이 솟아 우뚝함.
1201) ᄉᆞ연(辭緣): 사연. 하고자 하는 말, 편지의 말이나 내용.
1202) 훤츨: 시원함.
1203) 앙망(仰望): 우러러 바람. 공경하고 흠모함.
1204) 탄셕(歎惜): 탄석. 한탄하며 애석히 여김.

를 줌심(潛心)[1206]ᄒᆞ되 능히(能-) 뎌ᄀᆞᆺ티 못ᄒᆞ니 만일(萬一) 남ᄌᆞ(男子ㅣ)시런들 국가(國家)의 보필(輔弼) 동냥(棟梁)[1207]이 아니리오?"

녜뷔(禮部ㅣ) 역시(亦是) ᄒᆞᆫ탄(恨歎)ᄒᆞ니 능휘(-侯ㅣ) 크게 우어 왈(曰),

"가쇼(可笑)롭다, 냥형(兩兄)이여! 뎌 녹녹(錄錄) ᄋᆞ녀ᄌᆞ(兒女子)의 져근 시문(詩文)을 보시고 이대도록 과쟝(過奬)[1208]ᄒᆞ

179면

시니 엇디 고이(怪異)티 아니리오?"

광휘(-侯ㅣ) 쇼왈(笑曰),

"너ᄂᆞᆫ 눈이 놉하 ᄉᆞᄒᆡ(四海)를 안공(眼空)[1209]ᄒᆞ여도 우리ᄂᆞᆫ 무된 눈이니 그러ᄒᆞ여라."

초휘(-侯ㅣ) 역쇼(亦笑) 왈(曰),

"ᄎᆞ뎨(次弟) 젼(前) ᄀᆞᄐᆞ면 조차 드러 칭지(稱之)[1210]ᄒᆞ련마ᄂᆞᆫ 요ᄉᆞ이 져기 미친 ᄇᆞ람이 드러 스ᄉᆞ로 소ᄃᆡ(疏待)[1211]ᄒᆞ고 독쳐(獨處)[1212]ᄒᆞ매 뎌 말이니이다."

평휘(-侯ㅣ) 대쇼(大笑) 왈(曰),

"올타. 대강(大綱) 이런 일이 잇거든 그리 아니ᄒᆞ랴? ᄯᅩᄒᆞᆫ 진실로

1205) 듕냥 등(等): 중량 등. 위 씨의 남자 형제들을 말함. 곧, 위최량, 위중량, 위후량.
1206) 줌심(潛心): 잠심. 마음을 두어 깊이 생각함.
1207) 동냥(棟梁): 동량. 기둥이 될 만한 인물.
1208) 과쟝(過奬): 과장. 지나치게 칭찬함.
1209) 안공(眼空): 눈에 거리끼는 것이 없다는 뜻으로 뜻이 매우 큼을 이르는 말.
1210) 칭지(稱之): 칭찬함.
1211) 소ᄃᆡ(疏待): 소대. 소원하게 대함.
1212) 독쳐(獨處): 독처. 홀로 거처함.

(眞實-) 고이(怪異)ᄒᆞ믈 이긔디 못ᄒᆞᄂᆞ니 그 태산(泰山) ᄀᆞ튼 듕졍(重情)[1213]을 가지고 일졍(一定)[1214] ᄒᆞᆯ리[1215]나 독쳐(獨處)ᄒᆞ랴?"

초휘(-侯ㅣ) 왈(曰),

"그러므로 광풍(狂風)이 드렷다 ᄒᆞᄋᆸᄂᆞ니 제 본심(本心)이면 일일(一日) 샹니(相離ㄴ)[1216]들 ᄒᆞ리잇가ᄆᆞᄂᆞᆫ 여ᄎᆞ(如此)

180면

고(故)로 ᄇᆞᆯ셔 넉 ᄃᆞᆯ채 셔당(書堂)의 잇ᄂᆞ니이다."

평휘(-侯ㅣ) 놀나 왈(曰),

"이뵈[1217] ᄆᆞᄉᆞ 일로 이러ᄐᆞᆺ ᄠᅳᆺ을 구디 뎡(定)ᄒᆞ엿ᄂᆞᆫ다?"

능휘(-侯ㅣ) 미쇼(微笑) ᄃᆡ왈(對曰),

"남ᄌᆡ(男子ㅣ) ᄆᆡ양 ᄂᆡ당(內堂)의 이시리잇가? ᄌᆞ식(子息)이 이시니 이제ᄂᆞᆫ 쳐ᄌᆞ(妻子)다히 초월(楚越)[1218] ᄀᆞᄐᆞ니 ᄌᆞᆼ신(終身)토록 독거(獨居)ᄒᆞ려 ᄒᆞᄂᆞ이다."

평휘(-侯ㅣ) 경왈(驚曰),

"이뵈 ᄎᆞ언(此言)이 희언(戲言)[1219]인 ᄃᆞᆺᄒᆞ나 제 역(亦) 심(心)이니 ᄂᆡ 슉부(叔父)긔 고(告)ᄒᆞ리라."

능휘(-侯ㅣ) 쇼이ᄃᆡ왈(笑而對曰),

1213) 듕졍(重情): 중정. 깊은 정.
1214) 일졍(一定): 일정. 반드시.
1215) ᄒᆞᆯ리: 하루.
1216) 샹니(相離ㄴ): 상리. 서로 떨어짐.
1217) 이뵈: 이보. 이경문의 자(字).
1218) 초월(楚越): 중국 전국시대의 초나라와 월나라의 사이라는 뜻으로, 서로 원수처럼 여기는 사이를 비유적으로 이르는 말.
1219) 희언(戲言): 농담처럼 하는 말.

"형당(兄丈)은 하 다스(多事)[1220]이 구디 마르쇼셔. 져믄 녀직(女子ㅣ) 나의 듕디(重待)[1221]롤 밋고 말숨이 방즈(放恣)ᄒᆞ니 졍(正)히 통히(痛駭)[1222]ᄒᆞᆫ디라 져기 다ᄉᆞ려 보려 ᄒᆞᄂᆞ이다."

평휘(-侯ㅣ) 왈(曰),

"ᄎᆞ(此)ᄂᆞᆫ 녹녹(錄錄)ᄒᆞᆫ 계괴(計巧ㅣ)라. 위

181면

쉬(-嫂ㅣ) 네 자최[1223] 빅(百) 년(年)을 아니 보시면 그리 구겁(懼怯)[1224]ᄒᆞ시[1225]랴? 드러오디 아닐ᄉᆞ록 깃거ᄒᆞ시리라."

초휘(-侯ㅣ) 왈(曰),

"쇼뎨(小弟) 뜻도 형당(兄丈) 말숨 ᄀᆞᄐᆞ여 제 소디(疏待)ᄒᆞ기로 다ᄉᆞ리려 ᄒᆞ니 긔괴(奇怪)ᄒᆞ야 말라도 아닛ᄂᆞ이다."

평휘(-侯ㅣ) 연왕(-王)긔 고(告)ᄒᆞ련노라 저히니[1226] 능휘(-侯ㅣ) 쇼왈(笑曰),

"쇼뎨(小弟) 어제 신낭(新郎)이 아니오 ᄌᆞ식(子息)이 잇거든 부뫼(父母ㅣ) 금슬(琴瑟) 권(勸)토록 ᄒᆞ시리잇가?"

평휘(-侯ㅣ) 대쇼(大笑) 브답(不答)이러라.

1220) 다ᄉᆞ(多事): 다사. 보기에 쓸데없는 일에 간섭을 잘하는 데가 있음.
1221) 듕디(重待): 중대. 매우 소중히 대우함.
1222) 통히(痛駭): 통해. 몹시 이상스러워 놀람.
1223) 자최: 자취.
1224) 구겁(懼怯): 두려워하고 겁을 냄.
1225) 시: [교] 원문과 연세대본(21:181)에는 '리'로 되어 있으나 문맥을 고려해 규장각본(21:123)을 따름.
1226) 저히니: 위협하니.

니시셰딕록(李氏世代錄) 권지이십이(卷之二十二)

1면

이때 연왕(-王)이 샹소(上疏)를 통졍ᄉᆞ(通政司)[1]로 올려 화 시(氏) ᄉᆡᆼ존(生存)ᄒᆞ여시믈 고(告)ᄒᆞ니, 샹(上)이 희열(喜悅)ᄒᆞ샤 이에 부인(夫人) 직텹(職牒)[2]을 ᄂᆞ리오시고 금빅ᄎᆡ단(金帛綵緞)[3]과 표리명쥬(表裏明珠)[4]로 샹ᄉᆞ(賞賜)[5]ᄒᆞ시며 듕ᄉᆞ(中使)[6]를 보내여 화 공(公)긔 티하(致賀)ᄒᆞ시니 영요(榮耀)[7]ᄒᆞᆫ 광ᄎᆡ(光彩) ᄉᆞ린(四隣)[8]의 들리더라.

이때 화부(-府)의셔 소후(-后)의 답간(答簡)을 보고 져기 방심(放心)ᄒᆞ야 쇼져(小姐)를 ᄀᆡ유(開諭)[9]ᄒᆞ야 녀복(女服)을 ᄀᆡ장(改裝)ᄒᆞ게 ᄒᆞ고 공(公)이 삼ᄌᆞ(三子)로 더브러 빅문을 드러가 보니 ᄉᆡᆼ(生)이 유혈(流血)을 오ᄉᆡ ᄌᆞ므고 긔ᄉᆡᆨ(氣色)이 엄〃(奄奄)[10]ᄒᆞ야 누엇다가 공(公)을 보고 작ᄉᆡᆨ(作色)[11] 왈(曰),

---

1) 통졍ᄉᆞ(通政司): 통정사. 명나라의 관제로 내외에서 올리는 상소 등을 받아 황제에게 보고하는 일을 담당함.
2) 딕텹(職牒): 직첩. 조정에서 내리는 벼슬아치의 임명장.
3) 금빅ᄎᆡ단(金帛綵緞): 금백채단. 금과 비단. 채단은 온갖 비단의 총칭.
4) 표리명쥬(表裏明珠): 표리명주. 표리는 임금이 신하에게 내리거나 신하가 임금에게 올리던 옷의 겉감과 안찝. 명주는 빛이 고운 구슬.
5) 샹ᄉᆞ(賞賜): 상사. 임금이 칭찬하여 상으로 물품을 내려 줌.
6) 듕사(中使): 중사. 궁중에서 왕명을 전하던 내시.
7) 영요(榮耀): 환하게 빛남.
8) ᄉᆞ린(四隣): 사린. 사방.
9) ᄀᆡ유(開諭): 개유. 사리를 알아듣도록 타이름.
10) 엄〃(奄奄): 숨이 곧 끊어지려 하거나 매우 약한 상태에 있음.
11) 작ᄉᆡᆨ(作色): 작색. 불쾌한 느낌이 얼굴에 드러남. 또는 그런 느낌을 드러냄.

"대인(大人)이 쇼싱(小生)으로 ᄒᆞ여곰 이 경샹(景狀)[12]을 당(當)케 ᄒᆞ시니 언마나 싀훤ᄒᆞ시니잇가?"

공(公)이 정식(正色) 왈(曰),

"내 연왕(-王)ᄃᆞ려 닐러 너를 티라 ᄒᆞ더냐?"

●●●

2면

싱(生)이 노왈(怒曰),

"악댱(岳丈)[13]이 ᄯᆞᆯ을 곰초시고 졈〃(漸漸) 내 브덕(不德)을 길워 오늘날 엄뇌(嚴怒ㅣ) 이에 미ᄎᆞ시니 악댱(岳丈)의 고집(固執)ᄒᆞ시미 아니며 화 시(氏)의 괴독(怪毒)[14]ᄒᆞ미 아니리오? 이제ᄂᆞᆫ 죽으나 사나 이곳의셔 결단(決斷)ᄒᆞ리니 쇼싱(小生)이 어혈(瘀血)[15]뎌 죽으면 대인(大人)이 ᄆᆞᄋᆞᆷ의 ᄎᆞᆫ 사회를 골히여 싀훤ᄒᆞ야 ᄒᆞ시리로소이다."

공(公)이 어히업서 즘〃(潛潛)ᄒᆞ고 화 슈찬(修撰)이 즐왈(叱曰),

"너ᄂᆞᆫ 과연(果然) 금슈(禽獸) ᄀᆞᄐᆞᆫ 거시로다. 네 허믈을 호대(浩大)[16]히 지어 가지고 뎌 말이 어ᄂᆞ 념티(廉恥)[17]의 도아나 야〃(爺爺)를 욕(辱)ᄒᆞᄂᆞᆫ다?"

싱(生) 왈(曰),

"내 그러므로 형(兄)을 ᄃᆡ(對)ᄒᆞ야 몃 번(番) 샤죄(謝罪)를 ᄒᆞ야시며 악댱(岳丈)이 날을 항쥐(杭州ㅣ)셔 사회 아니라 ᄒᆞ시고 구튝(驅

---

12) 경샹(景狀): 경상. 좋지 못한 모습.
13) 악댱(岳丈): 악장. 장인의 높임말.
14) 괴독(怪毒): 괴이하고 독함.
15) 어혈(瘀血): 타박상 따위로 살 속에 피가 맺히는 것을 뜻함.
16) 호대(浩大): 크고 넓음.
17) 념티(廉恥): 염치. 체면을 차릴 줄 알며 부끄러움을 아는 마음.

逐)[18] ᄒᆞ고 욕(辱)ᄒᆞ시믈 능ᄉᆞ(能事)로 아ᄅᆞ시되 내 죄(罪)를 혜아리고 청죄(請罪)ᄒᆞ믈 극진(極盡)이 ᄒᆞ여시니 셩인(聖人)도 ᄀᆡ과(改過)ᄒᆞ믈 허(許)ᄒᆞ시니 내 그ᄃᆡ 딥 노

3면

복(奴僕)[19]이 아니어니 므ᄉᆞ 일로 셰구년심(歲久年深)[20]토록 읅므러[21] 가지고 날을 공티(公恥)[22]ᄒᆞ고 녕ᄆᆡ(令妹)를 ᄀᆞᆷ초와 가지고 날 ᄃᆞ려 어더 드리라 ᄒᆞ더니 도금(到今)ᄒᆞ야 ᄉᆞ셰(事勢)[23] 발각(發覺)ᄒᆞ니 부모(父母)의 엄칙(嚴責)[24]은 내 몸의 당(當)ᄒᆞ니 엇디 아니 통ᄒᆞᆫ(痛恨)[25]ᄒᆞ리오? 그ᄃᆡᄂᆡ 누의를 ᄀᆞᆷ초와 두미 나 ᄇᆡᆨ문을 졀치(切齒)[26]ᄒᆞ야 단졍(端整)ᄒᆞᆫ 군ᄌᆞ(君子)를 엇고져 ᄒᆞ미 명ᄇᆡᆨ(明白)ᄒᆞ니 만일(萬一) 그러티 아니면 내 그ᄅᆞ믄 쳔ᄇᆡᆨ(千百) 가지로 ᄀᆞ초 이시나 녕ᄆᆡ(令妹)를 ᄀᆞᆷ초와 므엇 ᄒᆞᆯ가 시브뇨?"

언미필(言未畢)의 화 공(公)이 블연작ᄉᆡᆨ(勃然作色)[27]고 ᄉᆞ매를 ᄯᅥᆯ텨 나가니 슈찬(修撰)이 졍셩대매(正聲大罵)[28] 왈(曰),

"무디(無知) 적ᄌᆡ(賊子ㅣ)[29] 요ᄉᆞ이 ᄀᆡ과(改過)ᄒᆞ엿ᄂᆞᆫ가 너기더니

---

18) 구튝(驅逐): 구축. 쫓아냄.
19) 노복(奴僕): 종.
20) 셰구년심(歲久年深): 세구연심. 세월이 매우 오래됨.
21) 읅므러: 악물고.
22) 공티(公恥): 공치. 대놓고 모욕을 줌.
23) ᄉᆞ세(事勢): 사세. 일이 되어 가는 형세.
24) 엄칙(嚴責): 엄책. 엄하게 꾸짖음. 또는 그런 꾸중.
25) 통ᄒᆞᆫ(痛恨): 통한. 가슴 아프게 몹시 한탄함.
26) 졀치(切齒): 절치. 몹시 분하여 이를 갊.
27) 블연작ᄉᆡᆨ(勃然作色): 발연작색. 왈칵 성을 내어 얼굴빛이 달라짐.
28) 졍셩대매(正聲大罵): 정성대매. 엄정한 목소리로 크게 꾸짖음.
29) 적ᄌᆡ(賊子ㅣ): 적자. 불충하거나 불효한 사람.

가지록 실셩광패(失性狂悖)[30] ᄒᆞ미 ᄉᆞᆺ디[31] 아냣도다."

드ᄃᆡ여 일시(一時)의 나가니,

ᄉᆡᆼ(生)이 긔운을 슈습(收拾)[32] 디 못ᄒᆞ야 시녀(侍女)로 화 시(氏)ᄅᆞᆯ 브ᄅᆞ니 쇼제(小姐ㅣ) ᄉᆡᆼ(生)을

4면

보기ᄅᆞᆯ ᄉᆡ호낭혈(豺虎狼穴)[33] ᄀᆞᄐᆡ 너기ᄂᆞᆫ디라 엇디 다시 가리오. 응(應)티 아니ᄒᆞ더니,

셕양(夕陽)의 능휘(-侯ㅣ) 평복(平服)[34]으로 알도추죵(喝道騶從)[35]을 썰텨 이에 니ᄅᆞ러 몬져 화 공(公)을 ᄇᆡ견(拜見)[36]ᄒᆞ고 ᄀᆞᆯ오ᄃᆡ,

"샤뎨(舍弟)[37] 본ᄃᆡ(本-) 질병(疾病)이 잇ᄂᆞᆫᄃᆡ 쏘 듕댱(重杖)[38]을 당(當)ᄒᆞ다 ᄒᆞ니 보고져 ᄒᆞ옵ᄂᆞ니 어ᄃᆡ 잇ᄂᆞ니잇고?"

공(公)이 강잉(強仍)[39]ᄒᆞ야 ᄀᆞᆯ오ᄃᆡ,

"녕존(令尊)[40]이 녀ᄋᆞ(女兒)의 죄(罪)ᄅᆞᆯ 운보[41]의게 쓰시니 엇디 참괴(慙愧)[42]티 아니리오?"

---

30) 실셩광패(失性狂悖): 실성광패. 정신이 나가고 미쳐서 어지러움.
31) ᄉᆞᆺ디: 없어지지.
32) 슈습(收拾): 수습. 어지러운 정신을 가다듬거나 어수선한 사태를 바로잡음.
33) ᄉᆡ호낭혈(豺虎狼穴): 시호낭혈. 승냥이와 호랑이와 이리의 굴이라는 뜻으로, 사납고 악독한 사람이 모여 있는 곳을 비유하여 하는 말.
34) 평복(平服): 평상시에 입는 옷.
35) 알도추죵(喝道騶從): 갈도추종. 지위 높은 사람이 다닐 때, 길을 인도하며 앞에 서서 소리를 질러 행인을 비키게 하던 하인.
36) ᄇᆡ견(拜見): 배현. 삼가 뵘.
37) 샤뎨(舍弟): 사제. 남에게 자기의 아우를 겸손하게 이르는 말
38) 듕댱(重杖): 중장. 몹시 치던 장형(杖刑).
39) 강잉(強仍): 억지로 참음. 또는 마지못하여 그대로 함.
40) 녕존(令尊): 영존. 남의 아버지를 높여 부르는 말.
41) 운보: 이백문의 자(字).
42) 참괴(慙愧): 매우 부끄러워함.

능휘(-侯ㅣ) ᄌᆞ약(自若)[43]히 웃고 ᄀᆞᆯ오ᄃᆡ,

"대인(大人)이 엇디 이 ᄠᅳᆺ이 겨시리오? 념외지언(念外之言)[44]이로소이다."

드ᄃᆡ어 화 슈찬(修撰)을 ᄃᆞ리고 몸을 니러 ᄉᆡᆼ(生)의 누은 곳의 니ᄅᆞ니 ᄉᆡᆼ(生)이 상샹(牀上)의 것구러뎌시ᄃᆡ, 블근 피 누은 고ᄃᆡ ᄌᆞᆷ겻거ᄂᆞᆯ 능휘(-侯ㅣ) 대경(大驚)ᄒᆞ야 나아가 손을 잡고 ᄀᆞᆯ오ᄃᆡ,

"아ᄎᆞᆷ의 네 야〃(爺爺)긔 슈댱(受杖)[45]ᄒᆞ다 ᄒᆞᄃᆡ 대단티 아니케 드ᄅᆞᆫ 고(故)로 즉시(卽時) 와 보디

5면

못ᄒᆞ엿더니 이대도록 듕(重)히 닙으며 므ᄉᆞ 일로 피 ᄆᆞ든 옷도 벗디 아니코 구러뎟ᄂᆞ다?"

ᄉᆡᆼ(生)이 눈을 ᄠᅥ 보며 짐즛 목 안히 ᄀᆞᄂᆞᆫ 소ᄅᆡ로 닐오ᄃᆡ,

"야애(爺爺ㅣ) 쇼뎨(小弟)ᄅᆞᆯ ᄎᆡᆨ(責)ᄒᆞ시믄 쇼뎨(小弟) 죄(罪)니 이도곤 더ᄒᆞ다 어이 놀라리잇가마ᄂᆞᆫ 형(兄)이 드러 보쇼셔. 인간(人間)의 화 시(氏) ᄀᆞᄐᆞᆫ 찰녜(刹女ㅣ)[46] 어이 이시리잇가? 절로 인(因)ᄒᆞ야 내 이리 듕매(重-)ᄅᆞᆯ 마잣ᄂᆞᆫᄃᆡ 화 공(公)과 영무[47] 등(等)이 드리미러 보도 아니코 더운믈로 갓다가 입의 티디 아니ᄒᆞ거ᄂᆞᆯ 긔운이 그쳐딜 ᄃᆞᆺᄒᆞ야 화 시(氏)ᄅᆞᆯ 블러 이 오시나 ᄀᆞ라나 달나쟈 ᄒᆞ니 드ᄅᆞᆫ

---

43) ᄌᆞ약(自若): 자약. 큰일을 당해서도 놀라지 아니하고 보통 때처럼 침착한 것을 말함.

44) 념외지언(念外之言): 염외지언. 뜻밖의 말.

45) 슈댱(受杖): 수장. 매를 맞음.

46) 찰녜(刹女ㅣ): 여자 나찰. 나찰은 악한 귀신(鬼神)의 하나. 푸른 눈·검은 몸·붉은 머리털을 하고서 사람을 잡아먹으며, 지옥에서 죄인을 못살게 군다고 함.

47) 영무: 수찬 화숙의 자(字).

톄도 아니ᄒᆞ고 이ᄣᆡᄭᆞ디 미음(米飮)도 마시디 못ᄒᆞ니 숨이 고ᄃᆡ 진(盡)[48]ᄒᆞᆯ 듯ᄒᆞ이다."

능휘(-侯ㅣ) 텽파(聽罷)의 변ᄉᆡᆨ(變色)ᄒᆞ고 친(親)히 나아가 ᄉᆡᆼ(生)의 피 무든 오ᄉᆞᆯ 벗기고 피ᄅᆞᆯ ᄡᅳᄉᆞᆫ 후(後) 자리ᄅᆞᆯ 거두어 펴고 누이기를 ᄆᆞ

6면

ᄎᆞᆫ 후(後) ᄌᆞ긔(自己) ᄃᆞ려온 동ᄌᆞ(童子)ᄅᆞᆯ 블러 부듕(府中)의 가 쳥심원(淸心元)[49]과 향다(香茶)[50]ᄅᆞᆯ 가져오라 ᄒᆞ니 미우(眉宇)[51]의 ᄎᆞᆫ 긔운이 쇼〃(昭昭)[52]ᄒᆞ야 졍(正)히[53] 엄동상텬(嚴冬霜天)[54]이 규〃(赳赳)[55]ᄒᆞᆷ ᄀᆞᄐᆞᆫ디라. 화 슈찬(修撰)이 긔ᄉᆡᆨ(氣色)을 ᄉᆞᆯ피고 십분(十分)[56] 무류[57]ᄒᆞ야 ᄀᆞᆯ오ᄃᆡ,

"앗가 처음 아등(我等)이 드러오니 운뵈 욕(辱)ᄒᆞ기ᄅᆞᆯ 여ᄎᆞ〃(如此如此) ᄒᆞᄂᆞᆫ디라 ᄃᆡ면(對面)키 슬희여 도로 나가시나 쇼ᄆᆡ(小妹) 니ᄅᆞ러 구호(救護)ᄒᆞᄂᆞᆫ가 너겻더니 이럴 줄 알리오?"

태뷔(太傅ㅣ) ᄆᆞᆨ연(默然) ᄇᆞ답(不答)ᄒᆞ고 ᄉᆡᆼ(生)의 겨ᄐᆡ 안자 손을 어ᄅᆞ몬지니 슈찬(修撰)이 좌우(左右)로 일긔(一器) 미음(米飮)을 가

48) 진(盡): 다하거나 없어짐.
49) 청심원(淸心元): 청심원. 우황, 인삼, 산약 따위를 비롯한 30여 가지의 약재로 만든 알약. 중풍으로 졸도하고 팔다리가 뻣뻣해지는 데나 간질, 경풍 따위에 씀.
50) 향다(香茶): 향기로운 차.
51) 미우(眉宇): 이마의 눈썹 근처.
52) 쇼〃(昭昭): 소소. 뚜렷함.
53) 졍(正)히: 정히. 진정으로 꼭.
54) 엄동상텬(嚴冬霜天): 엄동상천. 몹시 추운 겨울에 하늘에서 서리가 내림.
55) 규〃(赳赳): 위엄 있고 굳세어 웅장한 모양.
56) 십분(十分): 아주 충분히.
57) 무류: 무안.

져오라 ᄒᆞ야 알픠 니ᄅᆞ니 능휘(-侯ㅣ) ᄇᆞ야흐로 웃고 왈(曰),

"형(兄)은 외면(外面) 가작(假作)[58]의 노ᄅᆞᆺ술 말라. 만일(萬一) 내 아니 오더면 샤뎨(舍弟) 살미 쉽디 아니리니 샤뎨(舍弟) 일즉 존부(尊府)의 애ᄌᆞ지원(睚眥之怨)[59]이 업ᄉᆞ니 그대도록 구슈(仇讎)[60]로 마련ᄒᆞᆯ 일이

7면

므ᄉᆞ 일이리오?"

슈찬(修撰)이 잠쇼(暫笑) 왈(曰),

"제 말이 하 ᄒᆡ연(駭然)[61]ᄒᆞ니, 통ᄒᆡ(痛駭)[62]ᄒᆞ야 ᄆᆡᄌᆞ(妹子)를 권(勸)티 아니미러니 ᄆᆡᄌᆡ(妹子ㅣ) 도리(道理)를 폐(廢)ᄒᆞ니 우리 엇디 알리오?"

태뷔(太傅ㅣ) 미쇼(微笑)ᄒᆞ더니 좌위(左右ㅣ) 쥭(粥)을 가져오니 ᄒᆞᆨᄉᆡ(學士ㅣ) 대로(大怒)ᄒᆞ야 발로 박ᄎᆞ니 금반옥긔(金盤玉器)[63] 산〃(散散)이 ᄇᆞ아디고[64] 방안(房-)희 편만(遍滿)[65]ᄒᆞ니 태뷔(太傅ㅣ) 즘〃(潛潛)코 볼 만ᄒᆞ거놀 슈찬(修撰)이 혀 ᄎᆞ며 서러저[66] 내라 ᄒᆞ고 왈(曰),

"이뵈[67] ᄉᆞᄉᆞ로 당면(當面)ᄒᆞ야 보라. 가지록 실셩(失性)ᄒᆞᆫ ᄒᆡᆼᄉᆡ

---

58) 가작(假作): 거짓으로 꾸며서 행동함. 또는 그런 행동.
59) 애ᄌᆞ지원(睚眥之怨): 애자지원. 한 번 흘겨보는 정도의 원망이란 뜻으로, 아주 작은 원망.
60) 구슈(仇讎): 구수. 원한이 맺힐 정도로 자기에게 해를 끼친 사람이나 집단.
61) ᄒᆡ연(駭然): 해연. 굉장히 이상하여 놀라움.
62) 통ᄒᆡ(痛駭): 통해. 몹시 이상스러워 놀라움.
63) 금반옥긔(金盤玉器): 금반옥기. 금쟁반과 옥그릇.
64) ᄇᆞ아디고: 부서지고.
65) 편만(遍滿): 널리 그득 참.
66) 서러저: 정리해.

(行事ㅣ) ᄉᆡᆨ디 아냐시니 뉘 감슈(甘受)ᄒᆞ리오?"

능휘(-侯ㅣ) 얼골을 졍(正)히 ᄒᆞ고 이연(怡然)[68]이 ᄀᆞᆯ오ᄃᆡ,

"샤뎨(舍弟) 실셩(失性)ᄒᆞ여시나 남ᄌᆡ(男子ㅣ) 관겨(關係)티 아니ᄒᆞ니라."

혹ᄉᆡ(學士ㅣ) 능후(-侯)의 ᄠᅳᆺ을 알고 니러 안자 봉안(鳳眼)[69]을 브ᄅᆞᄯᅳ고 즐왈(叱曰),

"나ᄂᆞᆫ 쳔만(千萬) 가지 무상블측(無狀不測)[70]ᄒᆞᆫ ᄒᆡᆼᄉᆡ(行使ㅣ) 이셔도 네 누의게 넘디 아니ᄒᆞ리니 형댱(兄丈)도 저 화 시(氏) 쳔녀(賤女)의 ᄒᆡᆼᄉᆞ(行事)ᄅᆞᆯ 드ᄅᆞ

8면

쇼셔."

인(因)ᄒᆞ야 ᄌᆞ가(自家) ᄭᅮ짓던 말을 다 옴기고 졀치(切齒) 왈(曰),

"내 당년(當然) 그ᄅᆞ미 이시나 ᄎᆞ녀(此女)의게 넘디 아니리이다."

능휘(-侯ㅣ) ᄇᆡ야흐로 졍ᄉᆡᆨ(正色) 왈(曰),

"아이 비록 실셩(失性)ᄒᆞ여신들 이런 대단ᄒᆞᆫ 허언(虛言)을 ᄒᆞᄂᆞ뇨? 수쉬(嫂嫂ㅣ) 엇디 쇼텬(所天)[71]을 ᄃᆡ(對)ᄒᆞ야 이러ᄐᆞᆺ ᄒᆞ시미 겨시리오? ᄎᆞ(此)ᄂᆞᆫ 샹한쳔뉴(常漢賤類)[72]도 유식(有識)ᄒᆞ니 아니ᄒᆞᆯ 버ᄅᆞ시

---

67) 이뵈: 이보. 이경문의 자(字).

68) 이연(怡然): 평안한 모양.

69) 봉안(鳳眼): 봉황의 눈. 봉황의 눈같이 가늘고 길며 눈초리가 위로 째지고 붉은 기운이 있는 눈.

70) 무상블측(無狀不測): 무상불측. 아무렇게나 행동하며 버릇이 없고 생각이나 행동 따위가 괘씸하고 엉큼함.

71) 쇼텬(所天): 소천. 아내가 남편을 이르는 말.

72) 샹한쳔뉴(常漢賤類): 상한천류. 예전에, 신분이 미천한 무리를 이르던 말.

로다."

슈찬(修撰)이 태부(太傅)의 정대(正大)ᄒᆞᆫ 말을 듯고 그윽이 ᄂᆡ괴(內愧)[73]ᄒᆞ더니 믄득 연부(-府) 동ᄌᆡ(童子ㅣ) 향다(香茶)ᄅᆞᆯ 가져 니ᄅᆞ니 능휘(-侯ㅣ) 친(親)히 ᄒᆞㄱᄉᆞ(學士)ᄅᆞᆯ 먹이고 ᄀᆞᆯ오ᄃᆡ,

"교ᄌᆞ(轎子)[74]ᄅᆞᆯ 가져오라."

ᄒᆞ야 본부(本府)로 도라가 됴병(調病)[75]ᄒᆞ쟈 ᄒᆞ니 ᄒᆞㄱᄉᆡ(學士ㅣ) 왈(曰),

"쇼뎨(小弟) ᄯᅩᄒᆞᆫ 가고져 ᄒᆞᄃᆡ 화 시(氏)의 ᄯᅳᆺ 마치미 통ᄒᆡ(痛駭)ᄒᆞ니 브ᄃᆡ 이곳의셔 죽어 졔 날을 거졀(拒絕)ᄒᆞᄂᆞᆫ ᄯᅳᆺ을 마치디 말고져 ᄒᆞᄂᆞ이다."

휘(侯ㅣ) 왈(曰),

"ᄂᆞᆷ을 역졍(逆情)[76]ᄒᆞ야 이곳의

9면

구차(苟且)히 이셔 구완[77]도 정셩(精誠)으로 ᄒᆞ리 업ᄉᆞ니 만일(萬一) 듕(重)ᄒᆞᆯ딘대 엇디려 ᄒᆞᄂᆞᆫ다?"

ᄒᆞㄱᄉᆡ(學士ㅣ) 왈(曰),

"ᄉᆞᄉᆡᆼ(死生)이 관수(關數)[78]ᄒᆞ니 죽으나 사나 쇼뎨(小弟)ᄂᆞᆫ 관겨(關係)히 아니 너기고 ᄆᆡ친 원ᄒᆞᆫ(怨恨)이 넉시라도 이곳의셔 화 시

73) ᄂᆡ괴(內愧): 내괴. 속으로 부끄러워함.
74) 교ᄌᆞ(轎子): 교자. 가마.
75) 됴병(調病): 조병. 병을 다스림.
76) 역졍(逆情): 역정. 몹시 언짢거나 못마땅하여서 내는 성.
77) 구완: 아픈 사람이나 해산한 사람을 간호함.
78) 관수(關數): 운수에 달려 있음.

(氏) 타인(他人)으로 동노(同老)[79]를 못 ᄒᆞ게 ᄒᆞ려 ᄒᆞᄂᆞ이다."

휘(侯ㅣ) ᄇᆞ답(不答)ᄒᆞ고 니러나며 왈(曰),

"내 도라가 약뉴(藥類)를 ᄀᆞ초와 보내고 ᄂᆡ일(來日) 의원(醫院)을 ᄃᆞ리고 오마."

ᄒᆞ고 나가니 대개(大蓋) 능휘(-侯ㅣ) ᄇᆡᆨ문의 무례(無禮)ᄒᆞᆫ 언ᄉᆞ(言辭)를 칙(責)디 아니미 화 시(氏)의 ᄒᆡᆼᄉᆡ(行使ㅣ) 그 욕(辱)먹어 ᄡᆞᆫ 줄 알오미라.

슈찬(修撰)이 드러가 쇼ᄆᆡ(小妹)를 ᄃᆡ(對)ᄒᆞ야 향ᄀᆡᆨ(向刻)[80] 태부(太傅)의 긔ᄉᆡᆨ(氣色)과 말을 뎐(傳)ᄒᆞ니 부인(夫人)이 노왈(怒曰),

"ᄂᆡ경문이 제 아ᄋᆞ 그른 줄은 아디 못ᄒᆞ닷다."

슈찬(修撰)이 ᄃᆡ왈(對曰),

"ᄂᆡ경문은 일ᄃᆡ(一代) 군ᄌᆡ(君子ㅣ)라. 범ᄉᆡ(凡事ㅣ) 졍도(正道)를 잡으믈 읏듬ᄒᆞ니 쇼ᄆᆡ(小妹) ᄒᆡᆼᄉᆡ(行使ㅣ) 과연(果然)

10면

그ᄅᆞ온디라 엇디 ᄂᆞᆷ을 ᄒᆞᆫ(恨)ᄒᆞ리오? 쇼ᄆᆡ(小妹) ᄯᆞᄒᆞᆫ 졍심(貞心)을 허터 ᄎᆞ휘(此後ㅣ)나 고집(固執)ᄒᆞᆫ ᄯᅳᆺ을 그치라."

쇼뎨(小姐ㅣ) 당초(當初) 뎡(定)ᄒᆞᆫ ᄯᅳᆺ이 ᄇᆡᆨ문을 일ᄉᆡᆼ(一生) 아니 보기를 긔약(期約)ᄒᆞ고 구개(舅家ㅣ) 그릇 너기나 동(動)티 아니려 ᄒᆞ더니 도금(到今)ᄒᆞ야 임의 ᄯᅳᆺ ᄀᆞᆺ디 못ᄒᆞ야 ᄇᆡᆨ문으로 더브러 몸을 결워 잇기를 냥일냥야(兩日兩夜)를 ᄒᆞ고 임의 녀복(女服)을 ᄀᆡ장(改裝)

---

79) 동노(同老): 동로. 함께 늙음.
80) 향ᄀᆡᆨ(向刻): 향각. 조금 전.

ᄒᆞ매 존구(尊舅)의 엄(嚴)ᄒᆞᆷ과 존고(尊姑)의 셔듕ᄉᆞ(書中辭ㅣ)[81] 관인(寬仁)[82]ᄒᆞᆫ 듯ᄒᆞ나 셕〃ᄒᆞ고 샤죄(赦罪)[83]ᄒᆞᆫ 듯ᄒᆞ나 흔연(欣然)티 아니ᄒᆞ니 심(甚)히 황공(惶恐)ᄒᆞ야 쳣 ᄆᆞᄋᆞᆷ이 만히 쇼삭(消索)[84]ᄒᆞ[85] 더니 ᄯᅩ 이 말을 듯고 더옥 븟그려 ᄉᆡᆼ각ᄒᆞᄃᆡ,

'임의 죽디 못ᄒᆞ고 사라시니 당〃(堂堂)ᄒᆞᆫ 대졀(大節)[86]을 피(避)치 못ᄒᆞᆯ 거시니 ᄒᆞᆯ 일이 업도다.'

ᄒᆞ고 기리 탄식(歎息)ᄒᆞ며 ᄀᆞ만이 눈믈을 흘려 몸을 니러 침소(寢所)로 도

11면

라가니 부인(夫人)이 오열뉴톄(嗚咽流涕) 왈(曰),

"녀ᄌᆡ(女子ㅣ) 가련(可憐)코 잔잉[87]ᄒᆞ미 내 아ᄒᆡ(兒孩)게 더옥 ᄡᆡ ᄃᆞ롤 거시어ᄂᆞᆯ 박졍낭(薄情郎)[88]은 ᄉᆞ톄(事體)[89]롤 모로고 쳘업ᄉᆞᆫ 호령(號令)이 ᄉᆡᆼ풍(生風)ᄒᆞ고 무졍(無情)ᄒᆞᆫ 구가(舅家)ᄂᆞᆫ ᄒᆞᆫ갓 녀ᄋᆞ(女兒)만 칙망(責望)ᄒᆞ니 어이 아니 셜우리오?"

슈찬(修撰)이 ᄯᅩᄒᆞᆫ 쳐창(悽愴)[90]ᄒᆞ믈 이긔디 못ᄒᆞ야 함누(含淚)ᄒᆞ고 위로(慰勞) 왈(曰),

---

81) 셔듕ᄉᆞ(書中辭ㅣ): 서중사. 편지 속의 글.
82) 관인(寬仁): 마음이 너그럽고 어짊.
83) 샤죄(赦罪): 사죄. 죄를 용서함.
84) 쇼삭(消索): 소삭. 점점 줄어 다 없어짐.
85) ᄒᆞ: [교] 원문과 연세대본(22:10)에는 'ᄒᆞ'가 중복되어 있으나 부연으로 보아 규장각본(22:9)을 따름.
86) 대졀(大節): 대절. 큰 예절. 여기서는 여자가 시가에 들어가 사는 것을 의미함.
87) 잔잉: 애처롭고 불쌍하여 차마 보기 어려움.
88) 박졍낭(薄情郎): 박정랑. 정이 없는 신랑.
89) ᄉᆞ톄(事體): 사체. 일이 되어 가는 형편이나 상황. 또는 벌어진 일의 상태.
90) 쳐창(悽愴): 처창. 매우 구슬프고 애달픔.

“임의 ᄆᆞᆯ이 업침 ᄀᆞᄐᆞ니 샹회(傷懷)[91]ᄒᆞ여 엇디ᄒᆞ리잇가? ᄇᆡᆨ문이 제 그ᄅᆞᆺᄒᆞ여시나[92] 안해ᄅᆞᆯ ᄎᆞ즘도 그ᄅᆞ디 아니코 연부(-府)의셔 쇼ᄆᆡ(小妹)ᄅᆞᆯ 올히 아니 너김도 그ᄅᆞ디 아니ᄒᆞ니 니ᄅᆞᆫ바 녀ᄌᆞ(女子)ᄂᆞᆫ 온유(溫柔)[93]ᄒᆞ미 귀(貴)타 ᄒᆞ미 이ᄅᆞᆯ쎄니이다.”

부인(夫人)이 기리 탄식(歎息)ᄒᆞ더라.

쇼제(小姐ㅣ) 당듕(堂中)의 니ᄅᆞ니 ᄒᆞᆨᄉᆞ(學士ㅣ) 괴로이 신음(呻吟)ᄒᆞ다가 눈을 ᄯᅥ 쇼져(小姐)ᄅᆞᆯ 보고 변ᄉᆡᆨ(變色) 왈(曰),

“그ᄃᆡ ᄆᆞ슴 ᄯᅳᆺ으로 니ᄅᆞ럿ᄂᆞ뇨? 내 본ᄃᆡ(本-) 그ᄃᆡ ᄯᅳᆺ을 맛

12면

쳐 죽을 거시니 싀훤이 ᄆᆞ음대로 살디어다.”

쇼제(小姐ㅣ) 정ᄉᆡᆨ(正色) 브답(不答)ᄒᆞ고 ᄒᆞᆫ ᄀᆞ의 안자시니 ᄉᆡᆼ(生)이 것ᄎᆞ로 ᄉᆡᆨ(色)을 지으나 그 용모(容貌)ᄅᆞᆯ ᄃᆡ(對)ᄒᆞ매 흔희(欣喜)[94]ᄒᆞ미 댱체(杖處ㅣ)[95] 알픈 줄을 몰라 눈을 ᄲᅩ다보다가[96] 믄득 듁(粥)을 구(求)ᄒᆞ니, 쇼제(小姐ㅣ) 좌우(左右)ᄅᆞᆯ 블러 쥭(粥)을 드리라 ᄒᆞ니 ᄉᆡᆼ(生)이 그 ᄉᆞ긔(辭氣)[97] 져기 프러딘 ᄃᆞᆺᄒᆞ믈 크게 영ᄒᆡᆼ(榮幸)[98]ᄒᆞ야 흔연(欣然)이 쥭(粥)을 마시고 ᄂᆞ즉이 샤죄(謝罪)ᄅᆞᆯ 탐〃(耽耽)[99]이 일ᄏᆞᄅᆞ나 쇼제(小姐ㅣ) ᄆᆞᄎᆞᆷ내 답(答)디 아니터니 쵹(燭)을

---

91) 샹회(傷懷): 상회. 마음속으로 애통히 여김.

92) 나: [교] 원문과 규장각본(22:10), 연세대본(22:11)에 모두 ‘니’로 되어 있으나 문맥을 고려해 이와 같이 수정함.

93) 온유(溫柔): 성질이 온화하고 부드러움.

94) 흔희(欣喜): 매우 기뻐함.

95) 댱체(杖處ㅣ): 장처. 매를 맞은 곳.

96) ᄲᅩ다보다가: 쏘아보다가.

97) ᄉᆞ긔(辭氣): 사기. 말과 얼굴빛을 아울러 이르는 말.

98) 영ᄒᆡᆼ(榮幸): 영행. 매우 다행으로 여김.

혀매 싱(生)이 은근(慇懃)이 상(牀)의 오ᄅᆞ기를 쳥(請)ᄒᆞ니 쇼졔(小姐ㅣ) 어히업서 못 듯는 ᄃᆞ시 ᄒᆞ니 싱(生)이 니블을 밀티고 나아가 잇그러 요 우희 니ᄅᆞ니 쇼졔(小姐ㅣ) 졀치ᄀᆞ골(切齒刻骨)[100] ᄒᆞ미 측냥(測量)업ᄉᆞ나 능히(能-) 힘을 벙으리왓디[101] 못ᄒᆞ고 싱(生)의 댱독(杖毒)[102]이 듕(重)ᄒᆞᆫ 고(故)로 노긔(怒氣)를 주리혀

13면

고[103] 졍ᄉᆡᆨ(正色) 왈(曰),

"사ᄅᆞᆷ의 ᄒᆡᆼᄉᆡ(行使ㅣ) 뎌 경샹(景狀)을 가지고 쳐ᄌᆞ(妻子) 뉴렴(留念)[104]이 나ᄂᆞ뇨? 가(可)히 이제나 존듕(尊重)ᄒᆞᆯ디어다."

싱(生)이 그 말이 모호(模糊)ᄒᆞ믈 크게 미더 흔연(欣然)이 웃고 손을 노코 스ᄉᆞ로 벼개의 나아가니 쇼져(小姐)는 등하(燈下)의셔 안자 밤을 새와 평명(平明)[105]의 밧긔 나오니,

듕ᄉᆡ(中使ㅣ) 뎐지(傳旨)[106]와 샹ᄉᆞ(賞賜)[107]를 밧드러 니ᄅᆞ러시매 화 공(公)이 영졉(迎接)ᄒᆞ여 듕당(中堂)의 드러와 쇼져(小姐)로 됴셔(詔書)[108]를 바드라 ᄒᆞ니 쇼졔(小姐ㅣ) 크게 블쾌(不快)ᄒᆞ나 능히(能-) ᄒᆞᆯ 일이 업서 녜복(禮服)을 ᄀᆞ초고 ᄡᆞ러 드ᄅᆞ니 ᄀᆞᆯ와시ᄃᆡ,

---

99) 탐〃(耽耽): 깊숙하고 그윽한 모양.
100) 졀치ᄀᆞ골(切齒刻骨): 절치각골. 몹시 분하여 이를 갈고 원한이 뼈에 새겨짐.
101) 벙으리왓디: 거부하지.
102) 댱독(杖毒): 장독. 곤장 따위로 매를 몹시 맞아서 생긴 상처의 독.
103) 주리혀고: 줄이고.
104) 뉴렴(留念): 유념. 마음 속에 둠.
105) 평명(平明): 해가 뜨는 시각. 또는 해가 돋아 밝아질 때.
106) 뎐지(傳旨): 전지. 임금의 명령서.
107) 샹ᄉᆞ(賞賜): 상사. 임금이 칭찬하여 상으로 물품을 내려 줌.
108) 됴셔(詔書): 조서. 임금의 명령을 일반에게 알릴 목적으로 적은 문서.

'녜로브터 만믈(萬物)이 봄날 더은 째룰 당(當)ᄒᆞ여 ᄉᆡᆼ긔(生氣) 양〃(揚揚)[109]ᄒᆞ나 서리 ᄲᅳ린 후(後)는 ᄒᆞᆫ낫 남은 닙히 업ᄉᆞᄃᆡ 숑ᄇᆡᆨ(松柏)의 구드미 쳥〃(靑靑)이 비출 엄동(嚴冬)의도 변(變)티 아니ᄒᆞ니 이 뼈 긔

14면

특(奇特)다 ᄒᆞ더니 이제 젼임(前任) 태ᄒᆞᆨᄉᆞ(太學士) 니ᄇᆡᆨ문 쳐(妻) 화시(氏)는 일개(一介) ᄋᆞ녀ᄌᆞ(兒女子)로 뎍국(敵國)의 모해(謀害)ᄒᆞ믈 닙어 몸이 만댱(萬丈) 굴헝의 ᄲᅡ디ᄃᆞ시 ᄒᆞ니 국개(國家ㅣ) ᄯᅩᄒᆞᆫ ᄌᆞ시 ᄉᆞᆯ피디 못ᄒᆞ고 쳔니타햐(千里他鄕)의 원뎍(遠謫)[110]게 ᄒᆞ매 뎍소(謫所)[111]를 무ᄉᆞ(無事)히 가디 못ᄒᆞ야 듕간(中間)의 분찬뉴리(奔竄流離)[112]ᄒᆞ야 ᄉᆞᄉᆡᆼ(死生)을 모ᄅᆞ고 간인(奸人)의 소실(所實)[113]은 터럭긋도 은회(隱晦)[114]티 못ᄒᆞ게 챵누(昌漏)[115]ᄒᆞ니 고금(古今)을 기우려 ᄉᆡᆼ각ᄒᆞᆫ들 노녀(-女) ᄀᆞᆺᄐᆞᆫ 흉인(凶人)이 어이 이시리오. 악뉴(惡類)를 쇼뎨(掃除)[116]ᄒᆞ고 화녀(-女)의 죵젹(蹤迹)을 ᄎᆞᄌᆞᄃᆡ 득(得)디 못ᄒᆞ더니 작일(昨日) 통졍ᄉᆞ(通政司)[117]로조차 올린 연경(-卿)의 주ᄉᆞ(奏辭)[118]를 보니 경(卿)이 ᄯᅩ 낙슈(落水)ᄒᆞ야 겨유 뇨ᄉᆡᆼ(聊生)[119]ᄒᆞ

---

109) 양〃(揚揚): 만족스러운 기운이 가득함.
110) 원뎍(遠謫): 원적. 먼 곳으로 귀양을 보냄.
111) 뎍소(謫所): 적소. 죄인이 유배되어 있는 곳.
112) 분찬뉴리(奔竄流離): 분찬유리. 이곳저곳으로 떠돌아다님.
113) 소실(所實): 행한 일.
114) 은회(隱晦): 감추고 숨김.
115) 챵누(昌漏): 창루. 누설하여 퍼뜨림.
116) 쇼뎨(掃除): 소제. 청소.
117) 통졍ᄉᆞ(通政司): 통정사. 명나라의 관제로 내외에서 올리는 상소 등을 받아 황제에게 보고하는 일을 담당함.
118) 주ᄉᆞ(奏辭): 주사. 임금에게 아뢰는 말.

엿다 ᄒᆞ니 ᄎᆞ(此)는 숑ᄇᆡᆨ(松柏)의 구드미라도 능히(能-) 견ᄃᆡ디 못ᄒᆞᆯ ᄉᆞ변(事變)[120]을 다 디내ᄃᆡ 사라나미

15면

쳔고(千古)의 업ᄉᆞᆫ 긔ᄉᆞ(奇事ㅣ)라. 딤(朕)이 이에 녜부(禮部)ᄅᆞᆯ 명(命)ᄒᆞ야 ᄇᆡᆨ문의 원비(元妃) 뎡슉부인(貞淑夫人)을 봉(封)ᄒᆞ고 고명(誥命)[121]을 ᄂᆞ리오며 금ᄇᆡᆨ(金帛)으로 그 졀녈(節烈)을 만(萬)의 ᄒᆞ나흘 표(表)ᄒᆞᄂᆞ니 경(卿)은 디실(知悉)[122]ᄒᆞ라. 오회(嗚呼ㅣ)라! 고금(古今)의 홍안박명(紅顔薄命)[123]이라 ᄒᆞᆫ들 경(卿) ᄀᆞᄐᆞ니 어ᄃᆡ 이시리오? 딤(朕)이 심(甚)히 참연(慘然)ᄒᆞᄂᆞ니 ᄎᆞ휘(此後ㅣ)나 무폐(無弊)[124]히 누리라.'

ᄒᆞ엿더라.

쇼졔(小姐ㅣ) 듯기ᄅᆞᆯ ᄆᆞᆺ고 망궐ᄉᆞᄇᆡ(望闕四拜)[125]ᄒᆞᆫ 후(後) 다시 일품(一品) 명부(命婦)의 복ᄉᆡᆨ(服色)을 ᄀᆞ초니 봉관(鳳冠)[126]이 초ᄃᆡ(楚臺)[127] 구롬을 묘시(藐視)[128]ᄒᆞ고 닌삼홍군(麟衫紅裙)[129]이 구롬

---

119) 뇨ᄉᆡᆼ(聊生): 요생. '그럭저럭 살아감'의 의미이나, 여기에서는 '겨우 살아남, 겨우 목숨을 건짐' 정도의 의미로 쓰임.

120) ᄉᆞ변(事變): 사변. 천재나 그밖의 큰 변고.

121) 고명(誥命): 중국의 황제가 제후나 오품 이상의 벼슬아치에게 주던 임명장.

122) 디실(知悉): 지실. 모든 형편이나 사실 따위를 자세히 앎.

123) 홍안박명(紅顔薄命): 얼굴이 예쁜 여자는 팔자가 사나운 경우가 많음을 이르는 말.

124) 무폐(無弊): 아무 폐단이 없음.

125) 망궐ᄉᆞᄇᆡ(望闕四拜): 망궐사배. 임금이 있는 궁궐을 보고 절을 네 번 함.

126) 봉관(鳳冠): 봉황 문양이 있는 관(冠).

127) 초ᄃᆡ(楚臺): 초대. 초나라 무산(巫山)의 양대(陽臺)를 말함. 중국 초나라의 회왕(懷王)이 꿈속에서 자신을 무산(巫山)의 여자라 소개한 여인과 잠자리를 같이했는데, 그 여인이 떠나면서 자신은 아침에는 구름이 되고 저녁에는 비가 되어 양대(陽臺) 아래에 있다고 한 고사가 있음. 『문선(文選)』에 실린 송옥(宋玉)의 <고당부(高唐賦)>에 나오는 이야기.

128) 묘시(藐視): 업신여기어 깔봄.

129) 닌삼홍군(麟衫紅裙): 인삼홍군. 기린이 새겨진 적삼과 붉은 치마.

을 어릭 듯 진쥬(珍珠) 면뉴(冕旒)[130]는 옥면(玉面)의 어른기니 한아(閑雅)[131]ᄒ고 소담[132]ᄒ 틱되(態度ㅣ) 이날 더ᄒ 듯ᄒ더라. 부뫼(父母ㅣ) 두긋기믈[133] 이긔디 못ᄒ고 제(諸) 형뎨(兄弟) ᄇ야흐로 흔심쾌락(欣心快樂)[134]ᄒ야 ᄉ쟈(使者)ᄅ 크게 관ᄃ(寬待)[135]ᄒ고 공(公)이 궐하(闕下)의 나아가 표(表) 올려 샤은(謝恩)ᄒ

16면

고 도라오니,

이윽고 광평후(--侯) 형뎨(兄弟)와 초후(-侯) 형뎨(兄弟) 일시(一時)의 니ᄅ러 화 공(公)을 빈알(拜謁)ᄒ고 초휘(-侯ㅣ) 몬져 몸을 굽혀 경ᄉ(慶事)ᄅ 티하(致賀)ᄒ니 화 공(公)이 칭샤(稱辭) 왈(曰),

"이 다 존부(尊府) 후은(厚恩)[136]이라 다감(多感)ᄒ믈 결을티 못ᄒ더니 명공(名公)ᄂ 존가(尊駕)[137]ᄅ 굴(屈)ᄒ샤 니ᄅ러 므ᄅ시니 극(極)히 감은(感恩)[138]ᄒ여이다."

광평휘(--侯ㅣ) 말솜을 니어 ᄀ오ᄃ,

"수〃(嫂嫂)의 ᄌ싱(再生)ᄒ시미 천고긔ᄉ(千古奇事ㅣ)[139]어ᄂ 셩텬ᄌ(聖天子)의 표쟝(表章)[140]ᄒ시미 엇디 못ᄒ 영광(榮光)이니 쇼싱

130) 면뉴(冕旒): 면류. 면류관의 앞뒤에 늘어뜨린 구슬꿰미.
131) 한아(閑雅): 조용하고 품위가 있음.
132) 소담: 생김새가 탐스러움.
133) 두긋기믈: 흐뭇함을.
134) 흔심쾌락(欣心快樂): 마음이 즐겁고 기쁨.
135) 관ᄃ(寬待): 관대. 너그럽게 대접함.
136) 후은(厚恩): 두터운 은혜.
137) 존가(尊駕): 귀한 사람들이 타는 수레 등을 높여 부르는 말. 혹은 그 사람을 직접 가리키기도 함.
138) 감은(感恩): 은혜를 고맙게 여김.
139) 천고긔ᄉ(千古奇事ㅣ): 천고기사. 천고에 없는 기이한 일.

(小生) 등(等)이 엇디 니르러 티하(致賀)ᄒᆞ믈 더ᄃᆡ게 ᄒᆞ리잇가? 운보는 쟝ᄎᆞᆺ(將次ㅅ) 어ᄃᆡ 가니잇고?"

능휘(-侯ㅣ) 잠쇼(暫笑) 왈(曰),

"형(兄)은 아디 못ᄒᆞ야 겨시냐? 삼뎨(三弟) 작일(昨日) 엄하(嚴下)의 슈댱(受杖)[141] ᄒᆞ고 ᄂᆡ실(內室)의 병와(病臥)[142] ᄒᆞ야 긔ᄉᆡᆨ(氣色)이 엄〃(奄奄)[143] ᄒᆞ엿더이다."

평휘(-侯ㅣ) 경왈(驚曰),

"우형(愚兄)이 일즉 듯디 못ᄒᆞ엿더니 이제 가 보리라."

화 슈찬(修撰)이 몸을 니러 제인(諸人)을 ᄃᆞ

17면

리고 병소(病所)의 니ᄅᆞ니 ᄒᆞᆨᄉᆡ(學士ㅣ) 강잉(强仍)[144] ᄒᆞ야 몸을 니러 맛거ᄂᆞᆯ 능휘(-侯ㅣ) 말려 ᄀᆞᆯᄋᆞᄃᆡ,

"신긔(身氣) 블평(不平)ᄒᆞᆫᄃᆡ 텸샹(沾傷)[145] 키 쉬오리니 움즉이디 말라."

ᄒᆞ고 일시(一時)의 버러 안자 초휘(-侯ㅣ) 문왈(問曰),

"네 엄하(嚴下)의 ᄎᆡᆨ(責)을 엇다 ᄒᆞᄃᆡ 대단티 아니킈 드럿더니 작일(昨日) 이보[146][147]의 뎐어(傳語)로조차 드ᄅᆞ니 ᄀᆞ장 대단ᄒᆞ더라

---

140) 표쟝(表章): 표장. 어떤 일에 좋은 성과를 내었거나 훌륭한 행실을 한 데 대하여 세상에 널리 알려 칭찬함.

141) 슈쟝(受杖): 수장. 매를 맞음.

142) 병와(病臥): 병으로 자리에 누움.

143) 엄〃(奄奄): 숨이 곧 끊어지려 하거나 매우 약한 상태에 있음.

144) 강잉(强仍): 억지로 참음. 또는 마지못하여 그대로 함.

145) 텸샹(沾傷): 첨상. 몸이 더 상함.

146) 보: [교] 원문에는 '부'로 되어 있으나 문맥을 고려해 규장각본(22:15)와 연세대본(22:17)을 따름.

ᄒᆞ니 즉금(卽今)은 엇더ᄒᆞ뇨?"

혹ᄉᆡ(學士ㅣ) 흔연(欣然)[148]이 ᄃᆡ왈(對曰),

"쇼뎨(小弟) 장년(壯年)[149] 긔골(氣骨)[150]이라 삼십여(三十餘) 댱칙(杖責)[151]을 그리 못 견ᄃᆡ리잇가마는 임타(任惰)[152]ᄒᆞᆫ 버ᄅᆞ시 이제도 업디 못ᄒᆞ야 누어시나 그리 대단ᄒᆞ리잇가?"

쳥[153]양후(--侯ㅣ) 쇼왈(笑曰),

"과연(果然) 네 몸은 무쇠로 갑(甲)을 ᄒᆞ야 ᄡᅵ웟ᄂᆞᆫ가 시브도다. 젼후(前後) 블셔 몃 번(番)을 매를 마잣ᄂᆞ뇨?"

혹ᄉᆡ(學士ㅣ) 쇼이ᄃᆡ왈(笑而對曰),

"이 다 쇼뎨(小弟) 블쵸(不肖)ᄒᆞ미니 뇸을 원(怨)ᄒᆞ리잇고?"

화 슈찬(修撰)이 잠쇼(暫笑)ᄒᆞ고 시녀(侍女)로 쇼져(小姐)ᄅᆞᆯ 쳥(請)ᄒᆞ야 ᄀᆞᆯᄋᆞᄃᆡ,

18면

"초후(-侯) 형뎨(兄弟) 니ᄅᆞ러 겨시니 가(可)히 나아와 뵈와 수슉(嫂叔)[154]의 졍(情)을 펴라."

시녜(侍女ㅣ) 드러가더니 이슥고 나와 쇼져(小姐) 말ᄉᆞᆷ을 뎐어(傳語)ᄒᆞ야 ᄀᆞᆯᄋᆞᄃᆡ,

---

147) 이보: 이경문의 자(字).
148) 흔연(欣然): 기분 좋음.
149) 장년(壯年): 혈기 왕성한 나이.
150) 긔골(氣骨): 기골. 기혈과 뼈대 또는 겉으로 드러나 보이는 기백과 골격을 아울러 이르는 말.
151) 댱칙(杖責): 장책. 태형으로 벌함.
152) 임타(任惰): 게으름에 빠짐.
153) 쳥: [교] 원문과 규장각본(22:16), 연세대본(22:17)에 모두 '녕'으로 되어 있으나 문맥을 고려해 이와 같이 수정함. 영양후는 이팽문이고 청양후는 이세문을 말함.
154) 수슉(嫂叔): 수숙. 형제의 아내와 남편의 형제.

"쇼쳡(小妾)이 존문(尊門)의 니ᄅ러 삼(三) 년(年)을 제슉(諸叔)[155]을 뫼와 일튁(一宅)의 디ᄂ고 환난(患難) 듕(中) 분찬(奔竄)[156]ᄒ야 구ᄉ일싱(九死一生)ᄒᆫ 몸으로 오ᄂᆯ날 고토(故土)의 니ᄅ러 제슉(諸叔)이 강님(降臨)ᄒ니 뵈옵고져 ᄯᅳᆺ이 헐(歇)ᄒ리오마ᄂᆞᆫ 구고(舅姑)긔 아직 뵈옵디 못ᄒ여시니 죄듕(罪中)의 잇ᄉᆸᄂᆞᆫ디라 몬져 슉〃(叔叔)긔 뵈옵디 못ᄒ오니 당돌(撞突)ᄒᆷ믈 쳥죄(請罪)ᄒᄂ이다."

제인(諸人)이 몸을 굽혀 듯고 흔연(欣然)이 답샤(答辭)ᄒ더라.

쳥양후(--侯ㅣ) 웃고 혹ᄉ(學士)ᄅᆯ ᄃᆡ(對)ᄒ야 ᄀᆯ오ᄃᆡ,

"현뎨(賢弟) 가(可)히 수〃(嫂嫂)긔 샤(赦)ᄅᆯ 닙으냐?"

혹ᄉᆡ(學士ㅣ) 웃고 ᄃᆡ왈(對曰),

"그 괴독(怪毒)[157]ᄒᆫ 인믈(人物)이 엇디 쇼뎨(小弟)의 허믈을 수이 플리오? 이리 병와(病臥)ᄒ야 누어셔도 나와 잇도 아닛ᄂ이다."

양후(-侯ㅣ)

19면

대쇼(大笑) 왈(曰),

"ᄎ(此)ᄂᆞᆫ ᄌ작지죄(自作之罪)[158]라 눌을 탓ᄒ리오?"

능후(-侯ㅣ) 졍식(正色) 왈(曰),

"삼뎨(三弟)ᄂᆞᆫ 아ᄅᆷ답디 아닌 말을 쟈랑만 너겨 들츄디 말라."

평후(-侯) 잠쇼(暫笑) 왈(曰),

---

155) 제슉(諸叔): 제숙. 남편의 형제들.
156) 분찬(奔竄): 바쁘게 도망침.
157) 괴독(怪毒): 괴이하고 독함.
158) ᄌ작지죄(自作之罪): 자작지죄. 스스로 지은 죄.

"당〃(堂堂)혼 남주(男子ㅣ) 되야 셜亽(設使) 져근 허믈이 이신들 녀주(女子)의게 취샤(取捨)[159] 듯려시리오? 이는 셰쇽(世俗) 용녈(庸劣)[160]혼 남주(男子ㅣ)라 현뎨(賢弟)는 삼갈디어다."

셜파(說罷)의 몬져 니러나니 초후(-侯) 등(等)이 ᄯᅡ와 니러나며 싱(生)을 당보(當付)[161]ᄒᆞ야 조심(操心)ᄒᆞ야 됴리(調理)[162]ᄒᆞ라 ᄒᆞ더라.

슈찬(修撰) 등(等)이 드러가 졔인(諸人) 등(等)의 문답ᄉᆞ(問答辭)를 뎐(傳)ᄒᆞ고 나와 닛디 아니믈 칙(責)ᄒᆞ니 쇼졔(小姐ㅣ) 믁연(默然)ᄒᆞ고,

침소(寢所)의 나가 강잉(强仍)ᄒᆞ야 싱(生)의 구병(救病)[163]을 졍셩(精誠)으로 ᄒᆞ니 싱(生)이 환희(歡喜)[164]ᄒᆞ야 ᄆᆞ음을 널리 먹[165]고 힘ᄡᅥ 됴리(調理)ᄒᆞ야 십여(十如) 일(日) 만의 향챠(向差)[166]ᄒᆞ야 니러나니 이는 수이 나아 화 시(氏)로 동낙(同樂)[167]고져 ᄒᆞ미니 뉘 뎌 화 시(氏)의 쇠 ᄀᆞᄐᆞᆫ 심졍(心情)이

---

159) 취샤(取捨): 취사. 쓸 것은 쓰고 버릴 것은 버림.
160) 용녈(庸劣): 용렬. 변변하지 못하고 졸렬함.
161) 당보(當付): 당부. 말로 단단히 부탁함. 또는 그런 부탁.
162) 됴리(調理): 조리. 건강이 회복되도록 몸을 보살피고 병을 다스림.
163) 구병(救病): 병구완을 함.
164) 환희(歡喜): 즐겁고 기쁨.
165) 먹: [교] 원문에는 '억'으로 되어 있으나 문맥을 고려해 규장각본(22:17)과 연세대본(22:19)을 따름.
166) 향차(向差): 향차. 차도가 있음. 조금 나아짐.
167) 동낙(同樂): 동락. 같이 즐김.

20면

돌흘 굿디 아니킈 너길 줄을 알리오.

이날 관셰(盥洗)[168] ᄒᆞ고 부듕(府中)의 니ᄅᆞ러 부친(父親)긔 뵈고 청죄(請罪)ᄒᆞ니 왕(王)이 ᄯᅩᄒᆞᆫ 칙(責)디 아니코 안식(顏色)이 여젼(如前)ᄒᆞ니 ᄉᆡᆼ(生)이 대희과망(大喜過望)[169] ᄒᆞ야 드러가 존당(尊堂)의 뵈옵고 믈러와 모친(母親)긔 ᄇᆡ알(拜謁)ᄒᆞ니 휘(后ㅣ) 흔연(欣然)이 반겨 다른 말 ᄒᆞ고 화 시(氏)의 말은 뭇디 아니ᄒᆞ니 ᄉᆡᆼ(生)이 더옥 ᄌᆞ득(自得)[170] ᄒᆞ더라.

이날이야 연왕(-王)이 술위[171]를 미러 화부(-府)의 니ᄅᆞ니 공(公)이 년망(連忙)이[172] 마자 녜필(禮畢)의 공(公)이 샤례(謝禮) 왈(曰),

"젼일(前日)의 존개(尊駕ㅣ) 강님(降臨)ᄒᆞ샤 엄(嚴)ᄒᆞᆫ 뇌(怒ㅣ) 깁흐시니 나아가 즉시(卽時) 샤죄(謝罪)ᄒᆞᆯ 거시로ᄃᆡ 쇼뎨(小弟) 졸(拙)ᄒᆞᆫ 셩졍(性情)이 두리고 저허[173] 능히(能-) 나아가디 못ᄒᆞ엿더니 이제 다ᄃᆞ라 청죄(請罪)ᄒᆞᄂᆞ이다."

왕(王)이 미쇼(微笑) 왈(曰),

"쇼뎨(小弟) 블쵸(不肖)ᄒᆞᆫ ᄌᆞ식(子息)을 다ᄉᆞ리매 형(兄)의 말ᄉᆞᆷ이 이 ᄀᆞᄐᆞ시니 가(可)히 븟그럽디 아니랴?"

공(公)이

---

168) 관셰(盥洗): 관세. 세수함.
169) 대희과망(大喜過望): 바라는 것보다 넘쳐 매우 기뻐함.
170) ᄌᆞ득(自得): 자득. 스스로 만족하게 여겨 뽐내며 우쭐거림.
171) 술위: 수레.
172) 년망(連忙)이: 연망히. 황급히.
173) 저허: 두려워.

21면

지삼(再三) 손사(遜謝)ᄒᆞ고 쇼져(小姐)를 브ᄅᆞ니 쇼제(小姐ㅣ) 담장소복(淡粧素服)[174]으로 ᄲᅡᆯ리 니ᄅᆞ러 말셕(末席)의 ᄭᅮ러 머리를 두ᄃᆞ려 청죄(請罪)ᄒᆞ매 구ᄉᆞᆯ ᄀᆞᄐᆞᆫ 눈믈이 년화(蓮花) ᄀᆞᄐᆞᆫ 냥[175]협(兩頰)[176]의 딘〃(津津)[177]ᄒᆞᄂᆞᆫ디라. 왕(王)이 년망(連忙)이 위로(慰勞)ᄒᆞ야 ᄀᆞᆯ오ᄃᆡ,

"기시(其時)의 시운(時運)이 블ᄒᆡᆼ(不幸)ᄒᆞ고 환란(患亂)이 차악(嗟愕)[178]ᄒᆞ야 ᄋᆞ뷔(阿婦ㅣ) 집을 ᄯᅥ난 후(後) 다시 음신(音信)[179]을 듯디 못ᄒᆞ니 ᄒᆡᆼ혀(幸-) 옥(玉)이 흙의 뭇티고 진쥐(珍珠ㅣ) 벽ᄒᆡ(碧海)의 ᄇᆞ리ᄂᆞᆫ 탄(嘆)이 이실가 듀야(晝夜) 슬허ᄒᆞ더니 이제 친옹(親翁)을 ᄯᆞᆯ와 무ᄉᆞ(無事)턴가 시브니 깃브미 결을티 못ᄒᆞ거ᄂᆞᆯ 무익(無益)ᄒᆞᆫ 슬프믈 발(發)ᄒᆞ리오?"

드ᄃᆡ여 나아오라 ᄒᆞ야 겨ᄐᆡ 안티고 ᄀᆞ장 무애(撫愛)[180]ᄒᆞ야 흔연(欣然)이 ᄉᆞ랑ᄒᆞ미 강보(襁褓) 녀ᄋᆞ(女兒) ᄀᆞᄐᆞ니 화 공(公)이 그 관인(寬仁)[181]ᄒᆞ믈 감탄(感歎)ᄒᆞ고 쇼제(小姐ㅣ) 황공감격(惶恐感激)[182]ᄒᆞ미 ᄲᅧ의 ᄉᆞ못더라. 왕(王)이 쇼져(小姐)의 도라오

---

174) 담장소복(淡粧素服): 수수하고 엷게 화장을 하고 흰 옷을 입음.
175) 냥: [교] 원문에는 '댱'으로 되어 있으나 오기로 보이므로 규장각본(22:19)과 연세대본(22:21)을 따름.
176) 냥협(兩頰): 양협. 두 뺨.
177) 딘〃(津津): 진진. 매우 많음.
178) 차악(嗟愕): 놀랄 만함.
179) 음신(音信): 먼 곳에서 전하는 소식이나 편지.
180) 무애(撫愛): 어루만지며 사랑함.
181) 관인(寬仁): 너그럽고 인자함.
182) 황공감격(惶恐感激): 위엄이나 지위 따위에 눌리어 두려우나 마음에 깊이 느끼어 크게 감동함.

22면

믈 니ᄅᆞ니 공(公)이 샤왈(謝曰),

“녀ᄋᆞ(女兒ㅣ) 근ᄂᆡ(近來)의 신질(身疾)[183]이 ᄣᅢ로 발(發)ᄒᆞ야 위증(危症)[184]이 층가(層加)[185]ᄒᆞ니 쾌복(快復)[186]ᄒᆞᆫ 후(後) 보ᄂᆡ리라.”

왕(王)이 고개 좃고 냥구(良久)[187] 후(後) 도라가다.

이ᄣᅢ 블셔 셕양(夕陽)이 되엿ᄂᆞᆫ디라. ᄇᆡᆨ문이 셔헌(書軒)의 드러와 하딕(下直)ᄒᆞ거ᄂᆞᆯ 왕(王)이 허(許)ᄒᆞ니 ᄒᆞᆨᄉᆞ(學士ㅣ) 믈너 셔당(書堂)의 오니 능휘(-侯ㅣ) ᄇᆡ야흐로 입을 여러 정실(正室)을 무례(無禮)ᄒᆞᆫ 말로 욕(辱)ᄒᆞ믈 ᄭᅮ지ᄌᆞ니 ᄉᆡᆼ(生)이 샤죄(謝罪)ᄒᆞ고 우어 왈(曰),

“형(兄)이 그ᄣᅢ 엇디 ᄎᆡᆨ(責)디 아니시고 이제 니ᄅᆞ시ᄂᆞ니잇가?”

휘(侯ㅣ) 쇼왈(笑曰),

“그곳의 가셔ᄂᆞᆫ 사ᄅᆞᆷ마다 너ᄅᆞᆯ 그ᄅᆞ다 ᄒᆞ거ᄂᆞᆯ 내 ᄯᅩ 그ᄅᆞ다 ᄒᆞ리오?”

ᄒᆞᆨᄉᆞ(學士ㅣ) ᄇᆡ야흐로 ᄭᆡ드라 칭샤(稱謝)[188]ᄒᆞ고 화부(-府)의 니ᄅᆞ러 공(公)을 뫼셔 말ᄉᆞᆷᄒᆞ다가 침소(寢所)의 도라와 밤이 깁도록 쇼져(小姐)ᄅᆞᆯ 기ᄃᆞ리ᄃᆡ 형영(形影)[189]이 업거ᄂᆞᆯ 쵸조(焦燥)ᄒᆞ야 됴ᄃᆡᄅᆞᆯ 블러 쇼져(小姐)ᄅᆞᆯ 청(請)ᄒᆞ

183) 신질(身疾): 몸의 병.
184) 위증(危症): 위중한 병의 증세.
185) 층가(層加): 한층 더함.
186) 쾌복(快復): 건강이 완전히 회복됨. 쾌차.
187) 냥구(良久): 양구. 시간이 오래 지남.
188) 칭샤(稱謝): 칭사. 고마움을 표현함.
189) 형영(形影): 형체와 그림자.

23면

니 원릭(元來) 됴딕 션시(先時)의 옥(獄) 밧긔 나 샹쳐(傷處)를 됴리(調理)ᄒᆞ야 항쥐(杭州)로 가 쇼져(小姐)를 만난디라 공(公)의 부뷔(夫婦ㅣ) 그 튱의(忠義)[190]를 표댱(表章)[191]ᄒᆞ고 녜대로 쇼져(小姐)를 뫼셧게 ᄒᆞ엿더니 이날 쥬군(主君)의 명(命)을 듯고 딕왈(對曰),

“쇼졔(小姐ㅣ) 볼셔 부인(夫人)을 뫼셔 졍당(正堂)의셔 취침(就寢)ᄒᆞ시니 엇디 감히(敢-) 셕오리잇가?”

ᄒᆞᆫ대, ᄒᆞᆨᄉᆡ(學士ㅣ) 경왈(驚曰),

“네 부인(夫人)이 어딕를 블평(不平)ᄒᆞ야 ᄒᆞ시더냐?”

됴딕 왈(曰),

“블평(不平)ᄒᆞ믄 업ᄉᆞ딕 샹공(相公)을 피(避)ᄒᆞ민가 시브더이다.”

ᄒᆞᆨᄉᆡ(學士ㅣ) 더옥 놀라 왈(曰),

“네 쇼졔(小姐ㅣ) 날을 구병(救病)은 극진(極盡)이 ᄒᆞ고 ᄯᅩ 피(避)ᄒᆞ믄 무숨 ᄯᅳᆺ이뇨?”

됴딕 왈(曰),

“쇼비(小婢) 엇디 알리잇가?”

ᄒᆞ고 믈러가거놀 ᄒᆞᆨᄉᆡ(學士ㅣ) 심하(心下)의 대로(大怒)ᄒᆞ야 골오딕,

“화 시(氏) 엇디 날을 이대도록 업슈이 너기리오? 내 평명(平明)의 당〃(堂堂)이 쳐티(處置) 이시리라.”

ᄒᆞ고 밤을 겨유 새와

---

190) 튱의(忠義): 충의. 충성과 절의.

191) 표댱(表章): 표장. 어떤 일에 좋은 성과를 내었거나 훌륭한 행실을 한 데 대하여 세상에 널리 알려 칭찬함.

24면

날이 붉거늘 화 공(公)을 나가 보니 공(公)이 자리의 그저 누엇다가 혹ᄉᆡ(學士ㅣ) 긔운이 분〃(忿憤)[192]ᄒᆞ여 드러오믈 보고 눈으로 이윽이 보다가 문왈(問曰),

"운뵈 어ᄃᆡ 블평(不平)ᄒᆞ냐?"

혹ᄉᆡ(學士ㅣ) 정ᄉᆡᆨ(正色) 왈(曰),

"대인(大人)이 쇼ᄉᆡᆼ(小生)의 블평(不平)ᄒᆞ믈 아모리 됴하ᄒᆞ신들 셩ᄒᆞᆫ 사ᄅᆞᆷ이 ᄆᆡ양 대인(大人) ᄯᅳᆺ 맛티리잇가? 연(然)이나 므슨 연고(緣故)로 ᄯᆞᆯ을 ᄀᆞᆷ초시ᄂᆞ니잇가?"

공(公)이 정ᄉᆡᆨ(正色) 왈(曰),

"내 엇디 녀ᄋᆞ(女兒)ᄅᆞᆯ ᄀᆞᆷ초리오?"

혹ᄉᆡ(學士ㅣ) 왈(曰),

"연(然)즉 날로ᄡᅥ 공방(空房)을 딕희여 어린 남ᄌᆡ(男子ㅣ) 되게 ᄒᆞ시ᄂᆞ뇨?"

언미필(言未畢)의 화ᄉᆡᆼ(-生) 등(等)이 이에 잇다가 이랑(二郎)이 ᄂᆡᆼ쇼(冷笑) 왈(曰),

"쇼ᄆᆡ(小妹) 인심(人心)을 가지고 너ᄅᆞᆯ 다시 ᄃᆡ(對)코져 ᄒᆞ랴?"

혹ᄉᆡ(學士ㅣ) 봉안(鳳眼)을 놉히 ᄯᅳ고 ᄀᆞᆯ오ᄃᆡ,

"녕ᄆᆡ(令妹) 어이ᄒᆞ야 날을 ᄃᆡ(對)티 못ᄒᆞ리오? 조만(早晚)의 다ᄅᆞᆫ 신낭(新郎)이 문(門)의 든닷 말가?"

셜파(說罷)의 이랑(二郎)이 대로(大怒) 왈(曰),

"네 엇디 야〃(爺爺) 안젼(案前)의

192) 분〃(忿憤): 분하고 원통하게 여김.

25면

이런 더러온 말을 ᄒᆞᄂᆞ다?"

ᄒᆞᆨᄉᆡ(學士ㅣ) 역쇼(亦笑) 왈(曰),

"부뷔(夫婦ㅣ)란 거시 싸홀 제 싸화도 동실지락(同室之樂)은 녜ᄉᆡ(例事ㅣ)어늘 악댱(岳丈)과 너희 등(等)이 누의를 ᄀᆞᆷ초와 날을 의졀(義絕)ᄒᆞ다가 내 알고 ᄎᆞᄌᆞᄃᆡ 뵈디 아니ᄒᆞ니 이 반ᄃᆞ시 타문(他門) 귀부(貴府)의 원(願)의 ᄎᆞ고 ᄠᅳᆺ의 합(合)ᄒᆞᆫ 단ᄉᆞ(端士)[193]를 어드려 ᄒᆞ시니 그저 아니면 므슴 연고(緣故)로 날을 거졀(拒絕)ᄒᆞ리오?"

화 공(公)이 어히업서 노목(怒目)을 ᄆᆡ이 ᄯᅳ고 즐왈(叱曰),

"네 이제야 뉸긔(倫紀)[194]를 출히ᄂᆞᆫ 톄ᄒᆞᄂᆞᆫ다? 당년(當年)의 안해로 알면 므ᄉᆞ 일로 딜러 죽이려 ᄒᆞ며 ᄇᆡ예셔 만나 ᄯᅩ 죽이려던 ᄠᅳᆺ은 엇던 연괴(緣故ㅣ)러뇨? 츄호(秋毫)도 부〃(夫婦)의 도리(道理) 업서 블공ᄃᆡ텬지슈(不共戴天之讎)[195]로 애ᄌᆞ지원(睚眥之怨)[196] 갑ᄃᆞ시 ᄒᆞ야 네 녀ᄋᆞ(女兒)를 그대도록 ᄒᆞ거든 녀ᄋᆡ(女兒ㅣ) 비록 ᄋᆞ녀ᄌᆡ(兒女子ㅣ)나 므어시 고마와 너를 ᄃᆡ(對)코져 ᄒᆞᆯ가 시브뇨?"

ᄉᆡᆼ(生)이 ᄎᆞ언(此言)을 듯고 믄득 웃고 슈

---

193) 단ᄉᆞ(端士): 단사. 품행이 단정한 선비.

194) 뉸긔(倫紀): 윤기. 윤리와 기강.

195) 블공ᄃᆡ텬지슈(不共戴天之讎): 불공대천지수. 하늘을 함께 이지 못하는 원수. 이 세상에서 같이 살 수 없을 만큼 큰 원한을 가진 사람을 비유적으로 이름.

196) 애ᄌᆞ지원(睚眥之怨): 애자지원. 한 번 흘겨보는 정도의 원망이란 뜻으로, 아주 작은 원망.

26면

렴(收斂)[197] 딕왈(對曰),

"대인(大人) 말숨이 올흐시니 쇼싱(小生)이 딕답(對答)홀 말숨이 업습거니와 쇼싱(小生)도 소회(所懷)[198] 잇숩느니 화 시(氏) 만일(萬一) 내 안핼딘대 그리 가븨야이 죽이고져 흐여시리오? 나의 사오나오미 화 시(氏) 사라시미 심(甚)히 아쳐로온[199]디라 브딕 죽도록 홀 거시니 엇디 ᄀ만이 두리오? 당〃(堂堂)이 스싱(死生)을 판단(判斷) 흐는 양(樣)을 보고 다시 존부(尊府)의 니로디 아니리니 대인(大人)은 쾌(快)흔 말 흐쇼셔. 말고져 홀딘대 이제로셔 김가(-哥)로 가노라커나 셔가(-哥)로 가노라커나 흐고 가기 슬커든 나의 삼쳑검(三尺劍)[200]을 빗내고져 흐느니라. 빅문이 대인(大人)의 정〃(正正)[201] 흐신 말을 듯고 믈러나니이다."

공(公)이 텽파(聽罷)의 어히업서 눈으로 보고 말을 아니흐며 몸을 니러 닉당(內堂)으로 드러가니,

혹식(學士ㅣ) 쏘흔 스매를 썰쳐 도라가 제(諸) 형데(兄弟)를 딕(對) 흐야 화 시(氏)의 괴망(怪妄)[202]

---

197) 슈렴(收斂): 수렴. 가다듬음.
198) 소회(所懷): 마음에 품고 있는 회포.
199) 아쳐로온: 매우 싫어하는
200) 삼쳑검(三尺劍): 삼척검. 길이가 석 자 정도 되는 긴 칼.
201) 정〃(正正): 정정. 바르고 가지런함.
202) 괴망(怪妄): 괴이하고 망령됨.

27면

ᄒᆞ믈 니ᄅᆞ고 통ᄒᆞᆫ(痛恨)ᄒᆞ믈 마디아니ᄒᆞᆫ대 초휘(-侯ㅣ) 왈(曰),

"이ᄂᆞᆫ 네 그릇ᄒᆞ여시니 수〃(嫂嫂)를 그ᄅᆞ다 못 ᄒᆞᆯ디라. 이제나 졍(情)다이 구러 쳐ᄌᆞ(妻子)의 심복(心服)[203]ᄒᆞ미 되라."

혹ᄉᆡ(學士ㅣ) 분연(忿然) ᄃᆡ왈(對曰),

"쇼뎨(小弟) 임의 그릇ᄒᆞ여시매 샤죄(謝罪)를 손이 발이 되게 비러시니 ᄆᆡ양 굴강(屈降)[204]ᄒᆞ리잇가? 빈즉 더 업슈이 너기니 아모커나 나도 위엄(威嚴)으로 저를 결우고져 ᄒᆞᄂᆞ이다."

능휘(-侯ㅣ) 웃고 왈(曰),

"네 위엄(威嚴)이 싀호(豺虎) ᄀᆞᄐᆞ나 수〃(嫂嫂) 항복(降伏) 밧기ᄂᆞᆫ 어려오리라."

혹ᄉᆡ(學士ㅣ) 쇼왈(笑曰),

"둘히 결워 제 죽거나 내 죽거나 ᄒᆞᆫ 후(後) 그치려 ᄒᆞᄂᆞ이다. 아모리면 오죽ᄒᆞ며 이제 날을 화부(-府)의셔 단ᄉᆡ(端士ㅣ)[205]라 ᄒᆞ며 가랑(佳郞)[206]이라 ᄒᆞ야 ᄋᆡᄃᆡ(愛待)[207]ᄒᆞ리잇가? 임의 증염(憎厭)[208]ᄒᆞ야난 탕ᄌᆡ(蕩子ㅣ) 되여시니 저희 말대로 실셩(失性)ᄒᆞᆫ 거조(擧措)[209]를 ᄀᆞ초[210] ᄒᆞ려 ᄒᆞᄂᆞ이다."

냥휘(兩侯ㅣ) 그 과격(過激)ᄒᆞ믈 칙(責)하더라.

---

203) 심복(心服): 마음으로 복종함.
204) 굴강(屈降): 굴항. 굽혀 항복함.
205) 단ᄉᆡ(端士ㅣ): 단사. 품행이 바른 선비.
206) 가랑(佳郞): 재질이 있는 훌륭한 신랑.
207) ᄋᆡᄃᆡ(愛待): 애대. 사랑으로 대함.
208) 증염(憎厭): 미워하고 싫어함.
209) 거조(擧措): 말이나 행동의 태도. 행동거지.
210) ᄀᆞ초: 갖추어.

이날

28면

져녁의 또 화부(-府)의 니ᄅᆞ니 셔헌(書軒)이 븨엿고 샹셔(尙書)와 졔싱(諸生)이 다 업거ᄂᆞᆯ 바로 침소(寢所)로 드러가 됴ᄃᆡ로 쇼져(小弟)의게 뎐어(傳語)ᄒᆞᄃᆡ,

"그ᄃᆡ 만일(萬一) 니ᄇᆡ문의 쳬(妻ㅣ)로라 ᄒᆞ거든 나와 내 ᄒᆞᆫ 말을 듯고 도로 드러가라."

쇼졔(小姐ㅣ) ᄎᆞ언(此言)을 듯고 가지록 흉완(凶頑)[211]히 너겨 응(應)티 아니코 공(公)과 졔싱(諸生)이 다 통히(痛駭)[212]ᄒᆞ야 보디 아니코 이에 잇고 또 쇼져(小姐)를 권유(勸誘)티 아니ᄒᆞ니 싱(生)이 노긔(怒氣) 녈화(熱火) ᄀᆞᄐᆞ야 야심(夜深)토록 뎐갈(傳喝)[213]을 눈 놀리듯 ᄒᆞ다가,

날이 임의 새ᄆᆡ 또 바로 셔헌(書軒)의 나가ᄃᆡ 공(公)의 긔쳑이 업거ᄂᆞᆯ 마을의 번(番)[214] 드럿ᄂᆞᆫ가 ᄒᆞ야 집의 와 죵일(終日)ᄒᆞ야 셕양(夕陽)의 또 니ᄅᆞ러 ᄂᆡ당(內堂)의셔 셕식(夕食)을 ᄒᆞ야 보내엿거ᄂᆞᆯ 상(牀)재 드러 ᄯᅳᆯ히 더디고 쇼져(小姐)의게 무수(無數) 욕언(辱言)[215]으로 즐칙(叱責)[216]ᄒᆞ야 뎐어(傳語)를 새도록 ᄒᆞᄃᆡ 쇼졔(小姐ㅣ) 죠금도 동(動)티 아

---

211) 흉완(凶頑): 흉악하고 모짊.
212) 통히(痛駭): 통해. 몹시 이상스러워 놀라워함.
213) 뎐갈(傳喝): 전갈. 사람을 시켜 말을 전하거나 안부를 물음. 또는 전하는 말이나 안부.
214) 번(番): 차례로 숙직이나 당직을 하는 일.
215) 욕언(辱言): 욕하는 말.
216) 즐칙(叱責): 질책. 꾸짖어 책망함.

29면

니ᄒᆞ니 ᄉᆡᆼ(生)이 분(憤)ᄒᆞᆫ 노긔(怒氣)ᄂᆞᆫ 극(極)ᄒᆞ고 쇼져(小姐)의 옥모(玉貌)[217]ᄅᆞᆯ ᄉᆞ렴(思念)ᄒᆞ야 일촌(一寸) 간쟝(肝腸)이 요〃(搖搖)[218]ᄒᆞ니 잠시(暫時)도 견ᄃᆡ디 못ᄒᆞᆯ ᄃᆞᆺᄒᆞ매 화증(火症)[219]이 니러나,

겨유 ᄯᅩ 밤을 디내고 집의 니ᄅᆞ러 냥형(兩兄)을 보고 무ᄅᆞᄃᆡ,

“화 공(公)이 요ᄉᆞ이 년일(連日)ᄒᆞ야 입딕(入直)[220]ᄒᆞ더니잇가?”

능휘(-侯ㅣ) 왈(曰),

“화 공(公)이 요ᄉᆞ이 샹소(上疏)ᄒᆞ야 됴병(調病)[221]ᄒᆞᆷ을 고(告)ᄒᆞ고 츌입(出入)도 아니ᄒᆞ니 입딕(入直)을 어이 ᄒᆞ리오?”

혹ᄉᆡ(學士ㅣ) ᄎᆞ언(此言)을 듯고 더옥 노(怒)ᄒᆞ야 ᄒᆞᆫ 계규(稽揆)[222]ᄅᆞᆯ ᄉᆡᆼ각고 수삼(數三) 일(日) 화부(-府)의 가디 아니코 잇더니,

뎨ᄉᆞ일(第四日)은 능히(能-) ᄎᆞᆷ디 못ᄒᆞ야 쥬방(廚房)의 시녀(侍女)ᄅᆞᆯ 보내야 ᄆᆡ온 술 두어 그ᄅᆞᄉᆞᆯ 가져오라 ᄒᆞ야 열아믄 잔(盞) 먹고 쥬흥(酒興)이 발작(發作)ᄒᆞᆫ 김의 마구(馬廏)의 가 노새ᄅᆞᆯ 글러 ᄐᆞ고 채ᄅᆞᆯ ᄇᆞ야 져근덧[223] ᄉᆞ이의 화부(-府)의 니ᄅᆞ러 바로 셔헌(書軒)의 드러가니 과연(果然) 화 공(公)이 ᄇᆡᆨ문의

---

217) 옥모(玉貌): 옥같이 아름다운 얼굴.
218) 요〃(搖搖): 자꾸 흔들림.
219) 화증(火症): 걸핏하면 화를 벌컥 내는 증세. 화기(火氣).
220) 입딕(入直): 입직. 관아에 들어가 차례로 숙직함. 또는 차례로 당직함. 입번(入番)
221) 됴병(調病): 조병. 병을 조리함.
222) 계규(稽揆): 살피고 헤아림.
223) 져근덧: 잠깐.

30면

년일(連日)ᄒᆞ야 아니오믈 방심(放心)ᄒᆞ야 나왓던디라. ᄒᆞᆨᄉᆡ(學士ㅣ) 용약(踊躍)[224] ᄒᆞ야 드리ᄃᆞ라 녜(禮)ᄒᆞ고 ᄀᆞᆯᄋᆞᄃᆡ,

"대인(大人)이 요ᄉᆞ이 어ᄃᆡ 가 겨시더니잇가?"

공(公)이 뎌롤 보고 그윽이 블쾌(不快)ᄒᆞᄃᆡ 강잉(强仍)ᄒᆞ야 ᄀᆞᆯ오ᄃᆡ,

"노부(老夫)의 거쳐(居處)ᄅᆞᆯ 네게 츼품(就稟)[225] ᄒᆞ리오?"

ᄒᆞᆨᄉᆡ(學士ㅣ) 웃고 왈(日),

"츼품(就稟)ᄒᆞ라 ᄒᆞᄂᆞᆫ 거시 아냐 내 요ᄉᆞ이 년일(連日)ᄒᆞ야 오ᄃᆡ 외실(外室)의 그림재도 업고 마을의 입번(入番)ᄒᆞᆫ 일도 업ᄉᆞ니 갓던 곳 뭇기 고이(怪異)ᄒᆞ리잇가? 아모커나 니ᄅᆞ쇼셔. 어ᄃᆡ 가 가문(家門)은 엇더코 ᄌᆡ조(才操)[226] ᄂᆞᆫ 눌만 ᄒᆞ고 얼골은 언마나 특이(特異)ᄒᆞᆫ 옥낭(玉郎)[227] 을 ᄉᆡᆨ고 금일(今日)이야 환가(還家)ᄒᆞ시니잇가? 귀경은 못 ᄒᆞ나 소문(所聞)이나 드러보사이다."

공(公)이 텽파(聽罷)의 ᄂᆞᆺ비촐 고티고 변ᄉᆡᆨ(變色) 대로(大怒) 왈(日),

"네 엇디 날을 면ᄃᆡ(面對)[228] ᄒᆞ야 이대도록 욕(辱)ᄒᆞᄂᆞ뇨? 당〃(堂堂)이 녕옹(令翁)

---

224) 용약(踊躍): 좋아서 뜀.
225) 츼품(就稟): 취품. 웃어른께 나아가 여쭘.
226) ᄌᆡ조(才操): 재조. 재주.
227) 옥낭(玉郎): 옥랑. 아름다운 신랑.
228) 면ᄃᆡ(面對): 면대. 얼굴을 대함.

31면

을 보고 닐러 다ᄉᆞ리게 ᄒᆞ리라."

혹ᄉᆡ(學士ㅣ) 부체로 ᄡᅡ흘 텨 대쇼(大笑) 왈(曰),

"우리 야애(爺爺ㅣ) ᄯᅩᄒᆞᆫ ᄆᆡᄉᆞ(每事)ᄅᆞᆯ 샹심(詳審)[229]ᄒᆞ시ᄂᆞ니 ᄯᆞᆯ을 가지고 사회 믓ᄃᆞᆰ디[230] 아니타 ᄇᆞ리고 두로 돌며 다ᄅᆞᆫ 부셔(夫壻)[231]ᄅᆞᆯ 골희거든 뭇도 아니ᄒᆞ리잇가?"

공(公) 왈(曰),

"내 어ᄃᆡ 가 사회ᄅᆞᆯ 골희더뇨?"

ᄉᆡᆼ(生) 왈(曰),

"그리면 요ᄉᆞ이 어ᄃᆡ 가 겨시더니잇가?"

공(公)이 노왈(怒曰),

"내 어ᄃᆡᄅᆞᆯ 가리오? 네 패악(悖惡)ᄒᆞᆫ 형상(形狀) 보기 아니ᄭᅳ아 ᄂᆡ당(內堂)의 잇더니라."

ᄉᆡᆼ(生) 왈(曰),

"화 시(氏)ᄂᆞᆫ 어ᄃᆡ 가니잇가?"

공(公)이 작ᄉᆡᆨ(作色) 왈(曰),

"녀ᄋᆞ(女兒)ᄅᆞᆯ 이제ᄂᆞᆫ 샥발기셰(削髮棄世)[232]킈 ᄒᆞ여시니 널로 인연(因緣)이 그쳐뎟ᄂᆞᆫ디라 ᄇᆞ라도 말라. 내 머리의 부월(斧鉞)[233]이 ᄂᆞ려디면 ᄂᆡ 녀ᄋᆞ(女兒)ᄅᆞᆯ 다시 너ᄅᆞᆯ 맛뎌 칼 아래 넉시 되게 ᄒᆞ랴?"

ᄉᆡᆼ(生)이 ᄎᆞ언(此言)을 듯고 믄득 대로(大怒)ᄒᆞ야 알ᄑᆡ 노힌 칼흘

---

229) 샹심(詳審): 상심. 자세히 살핌.
230) 믓ᄃᆞᆰ디: 마뜩하지.
231) 부셔(夫壻): 부서. 혼인하여 여자의 짝이 된 남자.
232) 샥발기셰(削髮棄世): 삭발기세. 머리를 깎고 세상을 멀리하여 초탈함.
233) 부월(斧鉞): 작은 도끼와 큰 도끼.

드러 셔안(書案)을

32면

티며 ᄀᆞᆯ오ᄃᆡ,

"심(甚)ᄒᆞᆫ 고옹(固翁)[234]이 이 므ᄉᆞᆷ 말고? 그ᄃᆡ ᄯᆞᆯ이 승(僧)이 되여셔도 내 잠간(暫間) 보고 이 칼흘 시험(試驗)ᄒᆞ리니 쾌(快)히 잇ᄂᆞᆫ 곳을 ᄀᆞᄅᆞ치라."

공(公)이 듯기를 ᄆᆞᆺ고 더옥 무상(無狀)[235]이 너겨 ᄉᆞ매를 ᄯᅥᆯ텨 드러가거ᄂᆞᆯ ᄉᆡᆼ(生)이 더옥 노(怒)ᄒᆞ야 ᄯᆞᆯ와 드리ᄃᆞᄅᆞ니 화 슈찬(修撰)이 대경(大驚)ᄒᆞ야 옷자락을 븟든대, ᄉᆡᆼ(生)이 칼로ᄡᅧ 옷기ᄉᆞᆯ 버히고 공(公)을 미처 듕당(中堂)의 니ᄅᆞ러ᄂᆞᆫ 화 삼낭(三郎)이 밧비 나오며 닐오ᄃᆡ,

"운뵈 아모리 호방(豪放)[236]ᄒᆞᆫ들 안히 ᄀᆡᆨ(客)이 왓거ᄂᆞᆯ 엇디 드러오뇨?"

ᄒᆞᆨᄉᆡ(學士ㅣ) 노왈(怒曰),

"이 말이 거즛말이니 엇디 고디드ᄅᆞ리오?"

삼낭(三郎)이 ᄆᆡᆼ셰(盟誓) 왈(曰),

"모친(母親) ᄉᆞ촌(四寸) 형뎨(兄弟) 세히 와 겨시다."

ᄒᆞ니 ᄉᆡᆼ(生)이 이 말을 듯고 비록 취듕광심(醉中狂心)[237]이나 드러가디 못ᄒᆞ고 셩 풀 곳이 업서 침소(寢所)로 도라가 좌우(左右)로

---

234) 고옹(固翁): 고루한 늙은이.
235) 무상(無狀): 아무렇게나 행동하며 버릇이 없음.
236) 호방(豪放): 의기가 장하여 작은 일에 거리낌이 없음.
237) 취듕광심(醉中狂心): 취중광심. 취한 중에 미친 마음.

블을 가져오라 ᄒᆞ

33면

야 쇼져(小姐) 장념(粧奩)[238] 제구(諸具)[239]와 의복(衣服) 금침(衾枕)을 다 쓰어내여 뜰히 싸코 블을 디ᄅᆞ려 ᄒᆞ니 화 공(公)이 이 말을 듯고 ᄒᆞᆯ 일이 업서 슈찬(修撰)을 블러 나가 말리라 ᄒᆞ니 슈찬(修撰)이 나가니 ᄉᆡᆼ(生)이 눈을 브ᄅᆞ쓰고 ᄌᆞᆷ[240]미(蠶眉)[241]를 거ᄉᆞ려[242] 난간(欄干)의 서셔 졍(正)히 블을 디ᄅᆞ려 ᄒᆞ거ᄂᆞᆯ 슈찬(修撰)이 나가 ᄉᆞ매를 잡고 졍ᄉᆡᆨ(正色) 왈(曰),

"그ᄃᆡ 므ᄉᆞᆷ 연고(緣故)로 우리 집의 와 이러ᄐᆞᆺ 작난(作亂)ᄒᆞ야 사ᄅᆞᆷ을 못살게 구ᄂᆞᆫ다?"

ᄉᆡᆼ(生)이 ᄉᆞ매를 ᄯᅥᆯ텨 ᄂᆡᆼ쇼(冷笑) 왈(曰),

"미친놈이 아모리면 오즉ᄒᆞ랴? 너히 등(等)이나 슈심셥ᄒᆡᆼ(修心攝行)[243]ᄒᆞ야 누릴디어다. 셰간[244]을 두믄 부뷔(夫婦ㅣ) 서로 화동(和同)[245]ᄒᆞ야 사쟈 ᄒᆞᄂᆞᆫ ᄯᅳᆺ이로ᄃᆡ, 나ᄂᆞᆫ 쳐ᄌᆡ(妻子ㅣ) 다른 남진ᄒᆞ야[246] 먼리 가시니 이것 두어 므어ᄉᆡ ᄡᅳ리오?"

셜파(設罷)의 ᄆᆡᆼ셩(猛聲)이 놉고 노ᄉᆡᆨ(怒色)이 텰골(徹骨)[247]ᄒᆞ야

---

238) 장념(粧奩): 장렴. 몸을 치장하는 데 쓰는 갖가지 물건.
239) 제구(諸具): 제구. 여러 가지 기구.
240) ᄌᆞᆷ: [교] 원문과 규장각본(22:30), 연세대본(22:33)에 모두 'ᄌᆞ'로 되어 있으나 문맥을 고려해 이와 같이 수정함.
241) ᄌᆞᆷ미(蠶眉): 잠미. 잠자는 누에 같다는 뜻으로, 길고 굽은 눈썹을 이르는 말. 와잠미(臥蠶眉).
242) 거ᄉᆞ려: 찌푸려.
243) 슈심셥ᄒᆡᆼ(修心攝行): 수심섭행. 마음을 닦고 행동을 가다듬음.
244) 셰간: 세간. 집안 살림에 쓰는 온갖 물건.
245) 화동(和同): 두 사람 사이가 뜻이 잘 맞음.
246) 남진ᄒᆞ야: 서방을 맞아.
247) 텰골(徹骨): 철골. 뼈에 사무침.

엄슉(嚴肅)ᄒᆞᆫ 긔운이 동텬한월(冬天寒月)[248] ᄀᆞᄐᆞ니 슈찬(修撰)이 실

34면

ᄉᆡᆨ(失色)[249] 경노(驚怒)ᄒᆞ야 소ᄅᆡ를 엄(嚴)히 ᄒᆞ야 ᄀᆞᆯ오ᄃᆡ,

"네 집의셔 이 거조(擧措)를 ᄒᆞ미 올커늘 이곳은 ᄂᆞᆷ의 집이오, ᄂᆞᆷ의 거시라. 쇼ᄆᆡ(小妹)ᄂᆞᆫ 아ᄅᆞᆷ곳업거ᄂᆞᆯ 도적ᄂᆞᆷ(盜賊-)의 버ᄅᆞᄉᆞᆯ ᄒᆞ야 블을 디ᄅᆞ리오? 네 왕셰(往歲)[250] 죄과(罪科)[251]를 ᄉᆡᆼ각디 아니코 가지록 쇼ᄆᆡ(小妹)를 향(向)ᄒᆞ야 슈욕(授辱)[252]ᄒᆞ기를 능ᄉᆞ(能事)로 아니 아모리 ᄋᆞ녀ᄌᆞᆫ(兒女子ㄴ)들 므어시 경복(敬服)[253]ᄒᆞ야 굴강(屈降)[254]ᄒᆞ리오? ᄌᆞ개(自家ㅣ) 본ᄃᆡ(本-) 누셰(累世)[255]로 쳥한(淸閑)[256]키 뉴[257](類)달라 뎐토(田土)의 드ᄂᆞᆫ 거시 젹고 ᄯᅩ 벼ᄉᆞᆯ을 ᄡᅳ더 ᄡᅳᄂᆞᆫ 거시 업서 겨유 침ᄌᆡ(針才)[258]나 ᄒᆞ야 뎌 옷과 즙믈(什物)[259]을 쟝만ᄒᆞ엿거ᄂᆞᆯ 블을 디ᄅᆞᆯ딘대 므어ᄉᆞᆯ 닙으리오?"

ᄒᆞᆨᄉᆡ(學士ㅣ) 노목(怒目)을 ᄂᆞᆸ히 ᄠᅳ고 ᄀᆞᆯ오ᄃᆡ,

"화 시(氏)ᄂᆞᆫ 블셔 부귀(富貴)ᄒᆞᆫ 집의 가시니 의식(衣食)을 근심티 아니리니 이 옷 업다 닙을 것 업ᄉᆞ랴?"

---

248) 동텬한월(冬天寒月): 동천한월. 겨울 하늘의 찬 달.
249) 실ᄉᆡᆨ(失色): 실색. 놀라서 얼굴빛이 달라짐.
250) 왕셰(往歲): 왕세. 지나간 해.
251) 죄과(罪科): 죄와 허물.
252) 슈욕(授辱): 수욕. 모욕을 줌.
253) 경복(敬服): 공경하여 복종함.
254) 굴강(屈降): 굴항. 굽혀 항복함.
255) 누셰(累世): 누세. 여러 대.
256) 쳥한(淸閑): 청한. 맑고 깨끗하며 한가함.
257) 뉴: [교] 원문에는 '슈'로 되어 있으나 문맥을 고려해 규장각본(22:31)과 연세대본(22:34)을 따름.
258) 침ᄌᆡ(針才): 침재. 바느질하는 재주나 솜씨.
259) 즙믈(什物): 집물. 집 안에서 쓰는 온갖 기구.

드듸여 크게 소릭 딜러 블을 빠 노흐라 ᄒᆞ

35면

거ᄂᆞᆯ 슈찬(修撰)이 결우디 못ᄒᆞᆯ 줄 알고 소릭ᄅᆞᆯ 온화(溫和)히 ᄒᆞ야 닐오듸,

"쇼ᄆᆡ(小妹)ᄅᆞᆯ 블러올 거시니 져근덧 졍침(停寢)[260] ᄒᆞ라."

ᄒᆞ고 드러가 쇼져(小姐)ᄃᆞ려 니ᄅᆞ고,

"취듕광심(醉中狂心)을 네 아니면 못 말릴 거시니 잠간(暫間) 나가 보고 드러오라."

쇼제(小姐ㅣ) 블연(勃然) 노왈(怒曰),

"쇼ᄆᆡ(小妹) 세간 아냐 내 몸재 블을 딜러도 삼 ᄀᆞᄐᆞ니 그 ᄒᆞᄂᆞᆫ 대로 ᄇᆞ려두쇼셔. 이거시 날을 저히ᄂᆞᆫ[261] 계귀(稽揆ㅣ)[262]니 구겁(懼怯)[263] ᄒᆞ야 그 ᄯᅳᆺ 마치기 용녈(庸劣) ᄒᆞ니이다."

슈찬(修撰)이 탹급(着急)[264] ᄒᆞ야 ᄌᆡ삼(再三) 권(勸) ᄒᆞ듸 쇼제(小姐ㅣ) ᄆᆞᄎᆞᆷ내 동(動)티 아니코 시녀(侍女)ᄂᆞᆫ 니음ᄃᆞ라[265] 드러와 혹ᄉᆞ(學士)의 호령(號令)을 뎐(傳) ᄒᆞ듸 공(公)이 ᄯᅩᄒᆞᆫ 동(動)티 아냐 ᄀᆞᆯ오듸,

"아모커나 집ᄀᆞ디 블을 노흐라 니ᄅᆞ라."

ᄒᆞ니 졔ᄉᆡᆼ(諸生)이 민망(憫惘) ᄒᆞ야 이랑(二郎)이 연부(-府)의 긔별

---

260) 졍침(停寢): 정침. 중도에서 그만둠.
261) 저히ᄂᆞᆫ: 위협하는.
262) 계귀(稽揆ㅣ): 살피고 헤아림.
263) 구겁(懼怯): 두려워하고 겁먹음.
264) 탹급(着急): 착급. 매우 급함.
265) 니음ᄃᆞ라: 잇달아.

(奇別)ᄒᆞ랴 ᄒᆞ니 슈찬(修撰)이 말려 왈(曰),

"운뫼 실셩(失性)ᄒᆞ야시나 쇼ᄆᆡ(小妹)

36면

경부(敬夫)[266] ᄒᆞᆯ딘대 이러티 아니리니 뎌 이보 등(等)은 ᄆᆡᄌᆞ(妹子)를 그ᄅᆞᆺ 너기거늘 ᄯᅩ 알뢰여 므엇 ᄒᆞ리오? 아모커나 나가 보쇼셔."

부인(夫人)이 마디못ᄒᆞ야 몸을 니러 ᄒᆞᆨᄉᆞ(學士)의 곳의 니ᄅᆞ니,

ᄒᆞᆨᄉᆡ(學士ㅣ) 난간(欄干)의 지혀 서셔 쇼ᄅᆡ를 산악(山嶽)ᄀᆞ티 딜러 블을 노흐라 ᄒᆞ다가 부인(夫人)을 보고 믄득 눈을 ᄂᆞ초고 의ᄃᆡ(衣帶)를 슈렴(收斂)[267] ᄒᆞ야 낫ᄃᆞ라[268] 절ᄒᆞ고 좌(座)의 나아가니 부인(夫人)이 ᄯᅩᄒᆞᆫ 단좌(端坐)[269] ᄒᆞ야 졍ᄉᆡᆨ(正色)고 ᄀᆞᆯ오ᄃᆡ,

"낭군(郎君)을 일즉 보디 못ᄒᆞ연 디 오라더니 금일(今日) 므ᄉᆞᆷ ᄇᆞ람으로 니ᄅᆞ러 부듕(府中)의 작난(作亂)[270]이 비경(非輕)[271] ᄒᆞ뇨?"

ᄒᆞᆨᄉᆡ(學士ㅣ) 공경(恭敬) ᄃᆡ왈(對曰),

"쇼ᄉᆡᆼ(小生)이 일즉 존부(尊府)의 나아오난 디 ᄒᆞᆫ두 번(番)이 아니로ᄃᆡ 악뫼(岳母ㅣ) 므ᄉᆞᆷ 일로 티원(置怨)[272] ᄒᆞ야 보디 아니시니 감히(敢-) 뵈오믈 쳥(請)티 못ᄒᆞ여ᄉᆞᆸ더니 이제 도로혀 쇼ᄉᆡᆼ(小生)의 타ᄉᆞᆯ 삼으시ᄂᆞ니잇고?"

부인(夫人)이

---

266) 경부(敬夫): 남편을 공경함.
267) 슈렴(收斂): 수렴. 심신을 다잡음.
268) 낫ᄃᆞ라: 내달아.
269) 단좌(端坐): 단정하게 앉음.
270) 작난(作亂): 작란. 난리를 일으킴.
271) 비경(非輕): 가볍지 않음.
272) 티원(置怨): 치원. 원망을 함.

37면

안식(顔色)을 석〃이 ᄒᆞ고 ᄀᆞᆯ오ᄃᆡ,

"낭군(郎君)은 스ᄉᆞ로 혜아려 노모(老母)의 말을 드ᄅᆞᆯ디어다. 당초(當初) 쇼녀(小女)의 누질(陋質)[273]로 낭군(郎君)의 풍뉴(風流)의 블ᄉᆞ(不似)[274]ᄒᆞᆫ 거술 ᄇᆡ합(配合)ᄒᆞ믄 그ᄅᆞ나 셩문(盛門)의 드러간 후(後) 칠거(七去)[275]의 죄악(罪惡)을 저ᄌᆞᆯ미 업거ᄂᆞᆯ 군(君)이 박ᄃᆡ(薄待) 태심(太甚)[276]ᄒᆞ믄 니ᄅᆞ도 말고 칼로ᄡᅧ 디ᄅᆞ랴 ᄒᆞ니 이ᄂᆞᆫ ᄎᆞ마 사ᄅᆞᆷ의 ᄒᆡᆼ(行)티 못ᄒᆞᆯ 노ᄅᆞ시라. 녀ᄋᆡ(女兒ㅣ) 므ᄉᆞᆷ 죄(罪)ᄅᆞᆯ 이대도록 지엇더뇨? 두 번(番)재 ᄇᆡ의셔 만나 ᄆᆞᆯ의 밀티믄 더옥 ᄎᆞ마 입의 올녀 니ᄅᆞ미 담(膽)이 ᄎᆞ고 넉시 ᄯᅱ노니 능히(能-) 일ᄏᆞᆺ디 못ᄒᆞᄂᆞ니 녀ᄋᆡ(女兒ㅣ) 두 번(番) 죽엇던 몸으로 텬우신조(天佑神助)ᄒᆞᆷ을 닙어 계유 ᄀᆡᆼᄉᆡᆼ(更生)[277]ᄒᆞ야 부모(父母)ᄅᆞᆯ ᄎᆞᄌᆞ니 임의 팔ᄌᆡ(八字ㅣ) 무샹(無常)[278]ᄒᆞ고 연분(緣分)이 박(薄)ᄒᆞ니 엇디 뉸긔(倫紀)[279]ᄅᆞᆯ 출히기ᄅᆞᆯ ᄇᆞ라며 군(君)의 엄(嚴)ᄒᆞ미 쳐ᄌᆞ(妻子) 죽이기ᄅᆞᆯ 홍모(鴻毛)[280]ᄀᆞ티 너기니 군(君)이 셩ᄐᆡᆨ(盛澤)을

---

273) 누질(陋質): 비루한 자질.
274) 블ᄉᆞ(不似): 불사. 어울리지 않음.
275) 칠거(七去): 예전에, 아내를 내쫓을 수 있는 이유가 되었던 일곱 가지 허물. 시부모에게 불손함, 자식이 없음, 행실이 음탕함, 투기함, 몹쓸 병을 지님, 말이 지나치게 많음, 도둑질을 함 따위.
276) 태심(太甚): 너무 심함.
277) ᄀᆡᆼᄉᆡᆼ(更生): 갱생. 거의 죽을 지경에서 다시 살아남.
278) 무샹(無常): 무상. 덧없음.
279) 뉸긔(倫紀): 윤기. 윤리와 기강.
280) 홍모(鴻毛): 기러기의 털이라는 뜻으로, 극히 가벼운 사물을 비유한 말.

38면

드리워 ᄎᆞᄌᆞ나 녀ᄋᆡ(女兒ㅣ) 셩졍(性情)이 본ᄃᆡ(本-) 블민암약(不敏闇弱)[281]ᄒᆞ야 당초(當初)브터 군ᄌᆞ(君子)의 눈의 맛갓디[282] 아냐 서로 견과(見過)[283]ᄒᆞ미 ᄉᆞᄉᆡᆼ(死生)을 결(決)ᄒᆞ야시니 이제 ᄯᅩ다시 나아가 죄(罪)ᄅᆞᆯ 엇디 지어 ᄆᆞᄎᆞᆷᄂᆡ 죽으믄 가(可)히 우은디라. 군(君)은 대덕(大德)을 드리워 녀ᄋᆞ(女兒)ᄅᆞᆯ 죽으니로 혜여 ᄎᆞᆺ디 말고 다른 가문(家門)의 슉녀(淑女)ᄅᆞᆯ 임의(任意)로 골ᄒᆡ라."

ᄒᆞᆨᄉᆡ(學士ㅣ) 관(冠)을 수겨 듯기ᄅᆞᆯ ᄆᆞᆺ고 믄득 셩안(星眼)의 ᄎᆞᆫ 우음을 ᄯᅴ여 념슬(斂膝)[284] ᄃᆡ왈(對曰),

"부인(夫人)이 오ᄂᆞᆯ날 허다(許多) 셜화(說話)ᄅᆞᆯ 베프샤 쇼ᄉᆡᆼ(小生) 곤ᄎᆡᆨ(困責)[285]ᄒᆞ시믈 남은 ᄯᅡ히 업게 ᄒᆞ시니 쇼ᄉᆡᆼ(小生)이 ᄯᅩᄒᆞᆫ 풍상간고(風霜艱苦)[286]ᄅᆞᆯ ᄀᆞᆺ초 겻근 사ᄅᆞᆷ이라 졍신(精神)이 쇼모(消耗)[287]ᄒᆞ고 긔골(氣骨)이 혼약(昏弱)[288]ᄒᆞ니 두리오미 알플 ᄀᆞ리오고 한〃(寒汗)이 텸ᄇᆡ(沾背)ᄒᆞ니[289] 능히(能-) 말ᄉᆞᆷᄒᆞᆯ 근녁(筋力)[290]이 업거니와 죽을 곳의 다ᄃᆞ란들 올흔 말이야 아니ᄒᆞ리오? 초(初)

281) 블민암약(不敏闇弱): 불민암약. 재빠르지 못하고 어리석고 약함.
282) 맛갓디: 마땅하지.
283) 견과(見過): 잘못을 보임.
284) 념슬(斂膝): 염슬. 무릎을 모아 몸을 단정히 함.
285) 곤ᄎᆡᆨ(困責): 곤책. 괴롭히며 꾸짖음.
286) 풍상간고(風霜艱苦): 온갖 고초.
287) 쇼모(消耗): 소모. 써서 없앰.
288) 혼약(昏弱): 어리석고 나약함.
289) 한한(寒汗)이 쳠ᄇᆡ(沾背)ᄒᆞ니: 한한이 첨배하니. 차가운 땀이 등을 적시니.
290) 근녁(筋力): 근력. 일을 능히 감당해 내는 힘. 기력.

39면

의 화도를 쇼싱(小生)이 갓가이ᄒᆞ믈 만ᄉᆞ무셕(萬死無惜)[291]으로 치오시나[292] 존부(尊府)의셔 므엇 ᄒᆞ라 그러ᄐᆞᆺ ᄌᆡ뫼(才貌ㅣ)[293] 가ᄌᆞᆫ 시녀(侍女)를 쳔금(千金)을 주고 사 이 방탕ᄀᆡᆨ(放蕩客)을 뵈리오? 쇼싱(小生)이 운ᄋᆡᆨ(運厄)[294]이 태심(太甚)ᄒᆞ야 ᄇᆡ우(配偶)[295]의 남이 슌(順)티 못ᄒᆞ고 공방(空房) 독쳐(獨處)ᄒᆞᆫ 심ᄉᆞ(心思)로 텬하(天下) 졀염미인(絕艶美人)[296]을 보왓거든 엇디 용샤(容赦)[297]ᄒᆞ리오? 쇼싱(小生)이 노녀(-女)를 가입(加入)ᄒᆞ믈 죄(罪)라 ᄒᆞ실딘대 존부(尊府)의셔는 엇디 속아 겨시뇨? 속기는 피ᄎᆡ(彼此ㅣ) ᄒᆞᆫ가지오, 간부셔(姦夫書)[298]의 고디드ᄅᆞ믄 미처 요인(妖人)[299]의 환슐(幻術)[300]을 ᄭᆡᄃᆞᆺ디 못ᄒᆞ고 화 시(氏)로 더브러 ᄒᆞᆫ방(房)의셔 자다가 아모도 드러온 자최 업시 그 셔간(書簡)이 이시니 ᄉᆞ광(師曠)의 총(聰)[301]인들 엇디 ᄭᆡᄃᆞᄅᆞ리오? ᄎᆞ고(此故)로 졀치에분(切齒恚憤)[302]ᄒᆞ야 죽이기를 계규(稽揆)ᄒᆞ여시나 일즉 내 손으로 죽인 바는 업고 나라히셔 ᄃᆡ론(臺論)[303]이 니러나 원뎍(遠謫)[304]ᄒᆞ믄 내 더옥 간예(干預)[305]티

---

291) 만ᄉᆞ무셕(萬死無惜): 만사무석. 만 번 죽어도 아깝지 않음.
292) 치오시나: 치부하시나.
293) ᄌᆡ뫼(才貌ㅣ): 재모. 재주와 용모.
294) 운ᄋᆡᆨ(運厄): 운액. 액을 당할 운수.
295) ᄇᆡ우(配偶): 배우. 짝.
296) 졀염미인(絕艶美人): 절염미인. 비할 데 없을 정도로 아주 예쁜 사람.
297) 용샤(容赦): 용사. 용서하여 놓아줌.
298) 간부셔(姦夫書): 간부서. 간통한 남자의 편지.
299) 요인(妖人): 바른 도리를 어지럽히는 요사스러운 사람.
300) 환슐(幻術): 환술. 남의 눈을 속이는 기술.
301) ᄉᆞ광(師曠)의 총(聰): 사광의 귀밝음. 사광은 중국 춘추시대 진(晉)나라 사람. 자는 자야(子野)로 저명한 악사(樂師)임. 눈이 보이지 않아 스스로 맹신(盲臣), 명신(瞑臣)으로 부름. 진(晉)나라에서 대부(大夫) 벼슬을 했으므로 진야(晋野)로 불리기도 함. 음악에 정통하고 거문고를 잘 탔으며 음률을 잘 분변했다 함.
302) 졀치에분(切齒恚憤): 절치에분. 이를 갈고 성냄.

40면

아냐시ᄃᆡ 죄악(罪惡)이 관영(貫盈)[306]ᄒᆞ야 ᄇᆞᆰ은 군ᄌᆞ(君子)와 착ᄒᆞᆫ 님군이라도 능히(能-) ᄭᆡᄃᆞᆺ디 못ᄒᆞ게 절〃(節節)고 ᄃᆡ〃(對對)[307] 조각[308]을 마초와 변화(變化)ᄒᆞ엿거든 내 엇디 ᄭᆡᄃᆞᄅᆞ리오? ᄎᆞ고(此故)로 ᄇᆡ의셔 만나 그 연고(緣故)ᄅᆞᆯ 무ᄅᆞ매 독(毒)ᄒᆞᆫ 셩을 이긔디 못ᄒᆞ야 ᄆᆞ이 견강(堅剛)[309]ᄒᆞᆫ 톄ᄒᆞ고 ᄆᆞᆯ로 드리ᄃᆞ라시나 쇼ᄉᆡᆼ(小生)은 손으로 밀틴 배 업ᄉᆞ믈 저ᄃᆞ려 무ᄅᆞ실 거시니이다. 임의 간졍(奸情)[310]을 구획(究覈)[311]하고 쇼ᄉᆡᆼ(小生)이 뉘우ᄎᆞ미 빗복을 ᄲᆡᆯ기[312]의 미처시ᄃᆡ ᄯᅩ 죄(罪)ᄅᆞᆯ 면(免)티 못ᄒᆞ야 남븍[313](南北)으로 분주(奔走)[314]ᄒᆞ야 고초(苦楚)ᄅᆞᆯ 화 시(氏)의셔 진 일 업시 겻거 피ᄎᆡ(彼此ㅣ) 환난(患難)이 ᄒᆞᆫ가지오, 쇼ᄉᆡᆼ(小生)이 ᄯᅩ 노녀(-女)의 연고(緣故)로 문듕(門中)의 기인(棄人)[315]이 되여시니 도금(到今)ᄒᆞ야 팔ᄌᆞ(八字) 됴키 화 시(氏)의 채ᄅᆞᆯ 잡으련들 감히(敢-) ᄇᆞ라리잇가? 부모(父母) 죽인 원쉬(怨讎)라도 그만티 샤죄(謝罪)ᄒᆞ고 뉘웃고 ᄌᆞ가(自家)의

---

303) ᄃᆡ론(臺論): 대론. 대간(臺諫)의 논의.
304) 원뎍(遠謫): 원적. 멀리 귀양 감.
305) 간예(干預): 어떤 일에 관계하여 참여함. 관여(關與).
306) 관영(貫盈): 가득 참.
307) ᄃᆡ〃(對對): 대대. 짝.
308) 조각: 겨를. 틈.
309) 견강(堅剛): 성질 따위가 매우 굳세고 단단함.
310) 간졍(奸情): 간정. 간악한 실정.
311) 구획(究覈): 구핵. 이치나 사실 따위를 속속들이 살펴 밝힘.
312) 빗복을 ᄲᆡᆯ기: 배꼽을 빨기. 빗복은 '배꼽'을 이름. 이미 저지른 잘못에 대하여 후회하여도 소용이 없음을 이르는 말. 사람에게 잡힌 사향노루가 배꼽의 향내 때문에 잡혔다고 제 배꼽을 물어뜯었다는 데서 유래함. 서제막급(噬臍莫及).
313) 븍: [교] 원문에는 '복'으로 되어 있으나 문맥을 고려해 규장각본(22:36)과 연세대본(22:40)을 따름.
314) 분주(奔走): 몹시 바쁘게 뛰어다님.
315) 기인(棄人): 버려진 사람.

41면

셔 디〃 아니킈 굿겨시면 용샤(容赦)흘딕 더옥 부〃(夫婦)의 대륜(大倫)이 명〃(明明)ᄒᆞ미ᄯᅥ녀. 비록 닐럼 ᄌᆞ디 아니나 화 시(氏)로 인(因)ᄒᆞ야 댱칙(杖責)인들 몃 번(番)을 닙엇ᄂᆞ니잇가? 녀ᄌᆞ(女子)의 도리(道理) 스ᄉᆞ로 디난 환난(患亂)이 이에셔 열 번(番)이나 더 굿기고 지아비는 무폐(無弊)316)히 고당(高堂)의 이셔도 다시옴 눈섭을 ᄂᆞ초와 셤기미 올커놀 뎌때 화 시(氏) 쇼싱(小生) ᄲᅮ짓는 말이 가부(家夫)로 알딘대 그리 아닐 말이니 이 반ᄃᆞ시 도로(道路)의 뉴리(流離)ᄒᆞ다가 유졍(有情)ᄒᆞᆫ 남ᄌᆞ(男子)ᄅᆞᆯ 만나 언약(言約)이 듕(重)ᄒᆞ미라 엇디 통히(痛駭)티 아니리오? 쇼싱(小生)의 사오나오믈 이제야 아라 겨시니잇가? ᄇᆞ딕 화 시(氏)ᄅᆞᆯ ᄎᆞᆺ고 ᄎᆞ자 내 손으로 죽이고 그치려 ᄒᆞ옵ᄂᆞ니 죽인 후(後) 부인(夫人)이 니ᄅᆞ디 아니셔도 슉녀(淑女)ᄅᆞᆯ ᄒᆞ나만 어드리잇가? 열히나 스믈이나 어더 너른 집을 메오려 ᄒᆞᄂᆞ이다. 작

42면

난(作亂)ᄒᆞᆫ다 칙(責)ᄒᆞ셔도 내 쳐ᄌᆞ(妻子)ᄅᆞᆯ 내여 주시면 쇼싱(小生)이 셜ᄉᆞ(設使) 실셩광인(失性狂人)317)이나 이곳의 므ᄉᆞᆷ 연고(緣故)로 오리잇가?"

셜파(說罷)의 미우(眉宇)318)의 무궁(無窮)ᄒᆞᆫ 노긔(怒氣) 졈〃(漸漸)

---

316) 무폐(無弊): 아무런 폐단이 없음. 아무 일이 없음.
317) 실셩광인(失性狂人): 실성광인. 정신을 잃은 미친 사람.

니러나 봉안(鳳眼)이 ᄂᆞ즉ᄒᆞ고 부용냥협(芙蓉兩頰)[319]이 ᄌᆡ빗출 올린 ᄃᆞᆺᄒᆞᆫ디라 화ᄉᆡᆼ(-生) 등(等)이 더옥 통ᄒᆞᆫ(痛恨)ᄒᆞ고 부인(夫人)이 변ᄉᆡᆨ(變色) 왈(曰),

"군(君)이 ᄒᆞᆫ갓 말 잘ᄒᆞ믈 ᄌᆞ득(自得)ᄒᆞ야 잔잉ᄒᆞᆫ[320] 쳐ᄌᆞ(妻子)ᄅᆞᆯ 이러ᄐᆞᆺ 무샹(無狀)ᄒᆞᆫ 말로 욕(辱)ᄒᆞᄂᆞ뇨? 녀ᄋᆡ(女兒ㅣ) 츄호(秋毫)도 군(君)의게 그ᄅᆞᆺᄒᆞᆫ 일이 업ᄉᆞ니 군(君)의 억탁(臆度)[321] 곤욕(困辱)[322]ᄒᆞ미 가(可)히 우읍디 아니랴?"

ᄉᆡᆼ(生)이 웃고 왈(曰),

"남ᄌᆡ(男子ㅣ) 말 잘홈도 흉(凶)이 아니오니 소딘(蘇秦)과 댱의(張儀)[323] 구변(口辯)을 인(因)ᄒᆞ야 뉵국(六國) 졍승(政丞) 인(印)을 ᄎᆞ고 ᄉᆞ방(四方)의 죵횡(縱橫)[324]ᄒᆞ여ᄉᆞᆸᄂᆞᆫ디라 쇼ᄉᆡᆼ(小生)인들 그럴 동 엇디 아ᄅᆞ시ᄂᆞ니잇고? 부인(夫人)이 아모리 ᄉᆞ졍(私情)의 ᄀᆞ려 겨신들 이대도록 혼약(昏弱)[325]ᄒᆞ시니 그윽

43면

이 애ᄃᆞᆯ오믈 이긔디 못ᄒᆞᆯ소이다. 화 시(氏) 쇼ᄉᆡᆼ(小生)의게 도라오던 날브터 쇼ᄉᆡᆼ(小生)을 구슈(仇讎)[326]로 마련ᄒᆞ야 동실지락(同室之樂)

---

318) 미우(眉宇): 이마의 눈썹 근처.
319) 부용냥협(芙蓉兩頰): 부용양협. 연꽃같이 아름다운 두 뺨.
320) 잔잉ᄒᆞᆫ: 불쌍한.
321) 억탁(臆度): 이치나 조건에 맞지 아니하게 생각함. 또는 그런 생각.
322) 곤욕(困辱): 심하게 모욕함.
323) 소딘(蘇秦)과 댱의(張儀): 소진과 장의. 둘 다 중국 전국시대의 변론가로서 소진은 합종(合從)을, 장의는 연횡(連橫)을 주장했음. 합종은 서쪽의 강국 진(秦)나라에 대항하기 위하여 남북으로 위치한 한・위・조・연・제・초의 여섯 나라가 동맹하자는 것이고, 연횡은 진나라가 이들 여섯 나라와 횡(橫)으로 각각 동맹을 맺어 화친하자는 것임.
324) 죵횡(縱橫): 종횡. 거침없이 마구 오가거나 이리저리 다님.
325) 혼약(昏弱): 어리석고 나약함.

을 천빅(千百) 가지로 믈리티니 이 방탕긱(放蕩客)이 드듸여 증흔(憎恨)[327] ᄒᆞ야 환란(患亂)이 니러나고 당일(當日) 존부(尊府)의 와 녕녀(令女)를 만나매 녀ᄌᆞ(女子ㅣ) 되야 무고(無故)히 남장(男裝)을 닙고 악공(岳公)[328]의 딜ᄋᆞᆫ(姪兒ㄴ)[329] 톄ᄒᆞ야 쇼ᄉᆡᆼ(小生)의 눈을 어둡게 너기니 엇디 가쇼(可笑)롭디 아니며 ᄎᆞᄉᆡ(此事ㅣ) 가(可)히 올흐니잇가? 임의 팔ᄌᆞ(八字ㅣ) 됴커나 사오납거나 ᄒᆞ야 녀ᄌᆞ(女子ㅣ) 되야 ᄒᆞᆫ 번(番) 사ᄅᆞᆷ의게 몸을 허(許)ᄒᆞ야 ᄉᆞᄉᆡᆼ(死生)이 그 손의 ᄃᆞᆯ렷거ᄂᆞᆯ 그대도록 간악쵸독(奸惡楚毒)[330] ᄒᆞ야 지아비를 브ᄃᆡ 이긔고 나려 ᄒᆞᆯ ᄃᆡ 어ᄃᆡ 이시리잇가? 쇼ᄉᆡᆼ(小生)을 죵신(終身)토록 ᄃᆞ리고 살려 ᄒᆞ면 이러티 아니리니 반ᄃᆞ시 다른 지아비 어들 ᄠᅳᆺ이 분명(分明)ᄒᆞ미니이다. 규듕(閨中)의셔 혼

44면

자 늙으려 ᄒᆞᆫ다 ᄒᆞ나 ᄎᆞ(此)ᄂᆞᆫ 되디 못ᄒᆞᆯ 말이라. 인지소욕(人之所欲)[331]은 남녜(男女ㅣ) 다 ᄒᆞᆫ가지어ᄂᆞᆯ 녕녜(令女ㅣ) 월궁(月宮) ᄒᆞᆼ애(姮娥ㅣ)면 모ᄅᆞ거니와 셰ᄉᆡᆼ(世上)의 어ᄂᆞ 녀ᄌᆞ(女子ㅣ) 스ᄉᆞ로 공방(空房)을 됴히 너길 ᄃᆡ 어ᄃᆡ 이시리오? 승(僧) 되련노라 유셰(遊說)ᄒᆞ나 당〃(堂堂)ᄒᆞᆫ ᄉᆞ문(斯文)[332] 녀ᄌᆞ(女子ㅣ) 미치디 아닌 젼(前)의야 승(僧)이 되리오? 이러틋 되디 못ᄒᆞᆯ 말ᄉᆞᆷ으란 아이의 마ᄅᆞ실디니

326) 구슈(仇讎): 구수. 원수.
327) 증흔(憎恨): 증한. 미워하고 한스러워함.
328) 악공(岳公): 장인.
329) 딜ᄋᆞᆫ(姪兒ㄴ): 질아. 조카.
330) 간악쵸독(奸惡楚毒): 간악초독. 간사하고 악독하며 세차고도 독함.
331) 인지소욕(人之所欲): 인간이 하고자 하는 바. 인간의 욕심.
332) ᄉᆞ문(斯文): 사문. 유학자.

쇼싱(小生)이 삼쳑동(三尺童)이라도 고디듯디 아니리이다. 그저 바로 셔방(書房) 다른 ᄃᆡ 맛쳐 보ᄂᆡ렷노라 ᄒᆞ시면 쇼싱(小生)이 혼셔(婚書)를 ᄎᆞ자 가지고 도라가리니 대인(大人)과 부인(夫人)의 쾌단(快斷)[333] ᄒᆞ시므로 ᄒᆞᆫ 말숨 ᄒᆞ미 이대도록 어려워ᄒᆞ시ᄂᆞ뇨?"

부인(夫人)이 듯기를 ᄆᆞᄎᆞ매 그 산협쉬(山峽水ㅣ)[334] 흐ᄅᆞᄂᆞᆫ ᄃᆞᆺᄒᆞᆫ 말을 능히(能-) 당(當)키 어렵고 욕언(辱言)은 졈〃(漸漸) 침칙(侵責)[335] ᄒᆞ니 믁〃(默默) 냥구(良久)[336]의 좌우(左右)로 ᄯᅳᆯ히 거술 거두어 방

45면

듕(房中)의 드리라 ᄒᆞ고 ᄀᆞᆯ오ᄃᆡ,

"군(君)의 구변(口辯)이 그른 것 ᄭᅮ미기를 잘ᄒᆞ니 노쳡(老妾)이 혜이시나 말을 못 ᄒᆞᄂᆞ니 녀ᄋᆞ(女兒)를 내여보닐 거시니 ᄉᆞ싱(死生)을 임의(任意)로 쳐티(處置)ᄒᆞ라."

싱(生)이 손샤(遜辭) 왈(曰),

"쇼싱(小生)이 향긱(向刻)[337] 알외온 말숨이 언죡이식비(言足以飾非)[338] ᄒᆞ미 아니라 올흔 말숨이야 지극(至極)히 어리고 지극(至極)히 미쳐신들 엇디 못ᄒᆞ리잇가?"

부인(夫人)이 브답(不答)ᄒᆞ고 드러가 쇼져(小姐)ᄃᆞ려 니ᄅᆞ고 나가

---

333) 쾌단(快斷): 시원스레 처단함.

334) 산협쉬(山峽水ㅣ): 산협수. 무산협(巫山峽)의 물. 무산협은 사천성(四川省) 무산현(巫山縣)에 있는 협곡으로, 험하기로 이름 높은 곳임.

335) 침칙(侵責): 침책. 간접적으로 관계되는 사람에게 책임을 추궁함.

336) 냥구(良久): 양구. 오랜 시간이 지남.

337) 향긱(向刻): 향각. 접때.

338) 언죡이식비(言足以飾非): 언족이식비. 말로써 잘못한 일을 꾸밀 수 있음.

기롤 니르니 쇼제(小姐ㅣ) 불연(勃然) 작식(作色) 왈(曰),

“탕지(蕩子ㅣ) 가지록 제 그른 줄을 모르고 말솜이 어이 이대도록 패만(悖慢)[339] 흐니 내 엇디 제 욕(辱)을 두려 다시 부〃(夫婦)의 도(道)를 니으리오? 모친(母親)은 줌〃(潛潛)코 겨쇼셔.”

화 공(公)이 쏘흔 통흔(痛恨)흐야 굴오디,

“부인(夫人)이 나가미 제게 욕(辱)을 즈취(自取)[340] 흐미라 인간(人間)의 뎌런 허무(虛無)흔 거시 어디 이시리오?”

부인(夫人) 왈(曰),

“비록 그러나 내 임의 녀ᄋ(女兒)

46면

를 내여보내마 흐야시니 흔(恨)흐야 브졀업순디라 나가 보고 도로 드려오라.”

쇼제(小姐ㅣ) 디왈(對曰),

“쇼녀[341](小女ㅣ) 죽으믄 쉽거니와 뎌의 뜻을 마텨 나가리오?”

부인(夫人)이 탄식(歎息)고 지셩(至誠)으로 권유(勸誘)흐나 도로혀 디 아니흐니 흑식(學士ㅣ) 침소(寢所)의셔 야심(夜深)토록 기드리디 종적(蹤迹)이 업스니 더옥 증흔(憎恨)[342] 흐고 ᄉ모(思慕)흐는 졍(情)이 미칠 듯흐야 겨유 밤을 새와 평명(平明)[343]의 화연이 나와 문침(問寢)흐거늘 싱(生)이 문왈(問曰),

---

339) 패만(悖慢): 사람이 온화하지 못하고 거칠고 거만함.
340) ᄌ취(自取): 자취. 잘잘못간에 자기 스스로 만들어 그렇게 됨. 자초.
341) 네: [교] 원문에는 ‘졔’로 되어 있으나 문맥을 고려해 규장각본(22:41)과 연세대본(22:46)을 따름.
342) 증흔(憎恨): 증한. 미워하고 한스러워함.
343) 평명(平明): 해가 뜨는 시각.

“안히 긱(客)이 그저 잇ᄂᆞ냐?”

연이 ᄃᆡ왈(對曰),

“어제져녁의 즉시(卽時) 도라가 겨시니이다.”

ᄉᆡᆼ(生)이 ᄎᆞ언(此言)을 듯고 믄득 앙금(鴦衾)[344]을 밀티고 ᄂᆡ당(內堂)의 니ᄅᆞ니 공(公)과 부인(夫人)이 졍(正)히 니러 안잣고 ᄌᆞ녜(子女ㅣ) 드러와 문안(問安)ᄒᆞ더니 ᄒᆞᆨᄉᆡ(學士ㅣ) 망건(網巾)[345]도 ᄡᅳ디 아니ᄒᆞ고 자리관(--冠)[346]을 허튼 머리의 드러 언고 텁샹된[347] 거동(擧動)으로 단의(單衣)[348]만 닙고 완〃(緩緩)이 거러 드러

···

47면

오니 ᄯᅴ 속의 더옥 골격(骨格)이 은〃(隱隱)[349]ᄒᆞ고 긔특(奇特)ᄒᆞ야 ᄌᆞ연(自然)이 범인(凡人)으로 다ᄅᆞ니 공(公)과 부인(夫人)이 놀라 말을 못 미처 ᄒᆞ여셔 ᄒᆞᆨᄉᆡ(學士ㅣ) 알픠 나아와 고왈(告曰),

“쇼ᄉᆡᆼ(小生)이 신긔(身氣) 블평(不平)ᄒᆞ니 집으로 도라가려 ᄒᆞ매 감히(敢-) ᄒᆞᆫ 말ᄉᆞᆷ을 알외옵ᄂᆞ니 대인(大人)은 결단(決斷)ᄒᆞ쇼셔.”

샹셰(尙書ㅣ) 강잉(强仍)ᄒᆞ야 닐오ᄃᆡ,

“므ᄉᆞ 일이뇨?”

ᄒᆞᆨᄉᆡ(學士ㅣ) 공경(恭敬)ᄒᆞ야 닐오ᄃᆡ,

“셕일(昔日)[350] 대인(大人)이 안광(眼光)[351]의 지인(知人)ᄒᆞ시미

---

344) 앙금(鴦衾): 원앙을 수놓은 이불. 원앙금.

345) 망건(網巾): 상투를 튼 사람이 머리카락을 걷어 올려 흘러내리지 아니하도록 머리에 두르는 그물처럼 생긴 물건.

346) 자리관(--冠): 잠자리에서 쓰는 관인 듯 하나 미상임.

347) 텁샹된: 덥수룩한.

348) 단의(單衣): 한 겹으로 지은 옷. 홑옷.

349) 은〃(隱隱): 겉으로 뚜렷하게 드러나지 아니하고 어슴푸레하며 흐릿함.

업서 쇼싱(小生)을 우연(偶然)이 연셕(宴席)[352] 가듸(佳臺)[353]셔 보시고 옥녀(玉女)로 허(許)ᄒᆞ시믈 수이 ᄒᆞ샤 동방(洞房)[354]의 향긱(香客)[355]을 삼으시듸 탕ᄌᆡ(蕩子ㅣ) 감격(感激)ᄒᆞᆫ 줄 아디 못ᄒᆞ고 듕간(中間)의 죄(罪)ᄅᆞᆯ 태심(太甚)이 지어 이제 뉘우ᄎᆞ미 ᄀᆞᆫ졀(懇切)ᄒᆞ듸 대인(大人)이 날을 사회로 아니 아ᄅᆞ시고 녕녜(令女ㅣ) 가부(家夫)로 아디 아니ᄒᆞ니 쇼싱(小生)이 ᄯᅩᄒᆞᆫ 딕희고 이실 담냑(膽略)[356]이 업솝ᄂᆞᆫ디라 혼셔(婚書)ᄅᆞᆯ ᄎᆞ

48면

자 도라가려 ᄒᆞᄂᆞ이다."

화 공(公)이 텽파(聽罷)의 졍식(正色) ᄇᆞ답(不答)ᄒᆞ니 혹ᄉᆡ(學士ㅣ) 좌(座)ᄅᆞᆯ 갓가이 ᄒᆞ야 다시 닐오듸,

"대인(大人)은 의심(疑心) 말고 아조 쉬온 결단(決斷)을 어셔 ᄒᆞ쇼셔."

이리 니ᄅᆞ며 면식(面色)이 ᄎᆞᆫ 직 ᄀᆞᄐᆞᆫ디라. 졔싱(諸生)이 가지록 믜이 너기고 공(公)이 진실로(眞實-) 괴롭기ᄅᆞᆯ 이긔디 못ᄒᆞ야 날호여 ᄀᆞᆯ오듸,

"네 요ᄉᆞ이 녀ᄋᆞ(女兒)의 년좌(緣坐)[357]ᄅᆞᆯ 내게 뻐 욕(辱)ᄒᆞ기ᄅᆞᆯ

---

350) 석일(昔日): 옛날.
351) 안광(眼光): 눈의 정기.
352) 연셕(宴席): 연석. 잔치를 베푸는 자리.
353) 가듸(佳臺): 가대. 아름다운 누대.
354) 동방(洞房): 신방.
355) 향긱(香客): 향객. 향기로운 손님.
356) 담냑(膽略): 담략. 담력과 지략.
357) 년좌(緣坐): 연좌. 부자(父子), 형제(兄弟), 숙질(叔姪)의 죄로 무고하게 처벌을 당하는 일

아닐 말이 업고 곤ᄎᆡᆨ(困責)[358]ᄒᆞ기를 능ᄉᆞ(能事)로 아라 이러틋 지리히[359] 구니 쟝ᄎᆞᆺ(將次ㅅ) 엇디 ᄒᆞ쟈 하고 이리 보채ᄂᆞ뇨?"

ᄒᆞᆨᄉᆡ(學士ㅣ) 믄득 대쇼(大笑) 왈(曰),

"악댱(岳丈)이 디식(智識)이 업서 앗가 일것 긴 ᄉᆞ셜(辭說)로 니를 제 못 드러 겨신가 시브니 ᄯᅩ다시 ᄒᆞᄂᆞ니 이번(-番)으란 ᄌᆞᆷ심(潛心)[360]ᄒᆞ야 드ᄅᆞ쇼셔. 쇼ᄉᆡᆼ(小生)이 향ᄂᆡ(向來)[361] 죄악(罪惡)이 호ᄃᆡ(浩大)ᄒᆞ나 이제 ᄭᆡᄃᆞᄅᆞ미 빗복을 ᄲᆡᆯ기[362]의 미쳣고 굿기믈[363] 화시(氏)의 열 벌

49면

이나 굿겨시니 녀ᄌᆞ(女子)의 도리(道理) 그러티 아냐도 티원(置怨)[364]ᄒᆞ미 가(可)티 아니ᄃᆡ 가뷔(家夫ㅣ) 굴(屈)히 샤죄(謝罪)ᄒᆞ기를 결을티 못ᄒᆞᄃᆡ 용납(容納)디 아니ᄒᆞ니 쇼생(小生)이 ᄯᅩᄒᆞᆫ ᄆᆡ양 빌기 어렵고 그릇ᄒᆞᆫ ᄯᅳᆺ을 알매 안심(安心)티 아니ᄒᆞ니 쾌(快)히 혼셔(婚書)를 ᄎᆞ자 가지고 가려 ᄒᆞ거ᄂᆞᆯ 아니 주믄 어인 ᄯᅳᆺ이니잇가? 심(甚)히 고약ᄒᆞᆫ 늙으닌 줄 이시ᄃᆡ ᄯᆞᆯ ᄒᆞ나흘 가지고 사회 못 ᄀᆞᆯ히여 탕ᄌᆞ(蕩子)를 어덧다가 ᄂᆞᆷ으라 퇴(退)ᄒᆞ고 다른 가랑(佳郎)[365]을 어드려

358) 곤ᄎᆡᆨ(困責): 곤책. 피곤하게 괴롭힘.
359) 지리히: 귀찮게.
360) ᄌᆞᆷ심(潛心): 잠심. 마음을 두어 깊이 생각함.
361) 향ᄂᆡ(向來): 향래. 지난 이래로.
362) 빗복을 ᄲᆡᆯ기: 배꼽을 빨기. 빗복은 '배꼽'을 이름. 이미 저지른 잘못에 대하여 후회하여도 소용이 없음을 이르는 말. 사람에게 잡힌 사향노루가 배꼽의 향내 때문에 잡혔다고 제 배꼽을 물어뜯었다는 데서 유래함. 서제막급(噬臍莫及).
363) 굿기믈: 고생함을.
364) 티원(置怨): 치원. 원망을 둠.
365) 가랑(佳郎): 재질이 있는 훌륭한 신랑.

ᄒᆞ거ᄂᆞᆯ 내 공슌(恭順)[366]이 혼셔(婚書)ᄅᆞᆯ ᄎᆞ자 가지고 가려 ᄒᆞ니 혼셔(婚書)ᄅᆞᆯ 아니 주니, 이ᄂᆞᆫ 또 의졀(義絶)[367]과져 아닛ᄂᆞᆫ ᄯᅳᆺ인가 시브ᄃᆡ 또 ᄯᆞᆯ을 감초아 날을 피(避)ᄒᆞ니 ᄉᆞ〃(事事)의 크게 ᄒᆡ연(駭然)[368]ᄒᆞ미 비(比)ᄒᆞᆯ 곳이 업ᄉᆞ니 다시 ᄉᆡᆼ각건대 ᄯᆞᆯ을 두 번(番) 셔방(書房) 맛치믈 ᄂᆞᆷ을 긔이랴[369] ᄒᆞ고 혼셔(婚書)ᄅᆞᆯ 아니 주고

50면

날을 무폐(無弊)[370]히 물러가과져 ᄒᆞᄂᆞᆫ 거ᄉᆞᆯ 내 그 ᄯᅳᆺ을 밧디 아니코 ᄌᆡ슌(再旬)[371] 혼셔(婚書)ᄅᆞᆯ ᄎᆞᄌᆞ니 하 ᄒᆞᆯ 말이 업서 귀먹으믈 핑계ᄒᆞ니 텬하(天下)의 뎌대도록 능대능쇼[372](能大能小)[373]ᄒᆞᆫ 노옹(老翁)이 이시리오? 내 거동(擧動)을 보려 ᄒᆞ고 ᄒᆞᆫ 말을 또 시기니 ᄒᆞ라 ᄒᆞᄂᆞᆫ 대로 ᄒᆞᄂᆞ이다."

이리 니ᄅᆞ며 짐ᄌᆞᆺ[374] 좌(座)ᄅᆞᆯ 졈〃(漸漸) 나아들며 소ᄅᆡᄅᆞᆯ 벽녁(霹靂)[375]ᄀᆞ티 딜러 다ᄒᆞᆫ 후(後) 또 ᄀᆞᆯ오ᄃᆡ,

"이리ᄒᆞ여도 못 드러 겨시니잇가? 못 드러 겨시거든 또 ᄒᆞ리이다."

ᄒᆞ니 웅장(雄壯)ᄒᆞᆫ 소ᄅᆡ ᄉᆞ린(四隣)[376]의 딘동(震動)ᄒᆞ난디라. 부

---

366) 공슌(恭順): 공손.
367) 의졀(義絶): 의절. 맺었던 의를 끊음.
368) ᄒᆡ연(駭然): 해연. 몹시 이상스러워 놀람.
369) 긔이랴: 속이려.
370) 무폐(無弊): 폐단 없음.
371) ᄌᆡ슌(再旬): 재순. 두 번.
372) 쇼: [교] 원문과 규장각본(22:45), 연세대본(22:50)에 모두 '슈'로 되어 있으나 문맥을 고려해 이와 같이 수정함.
373) 능대능쇼(能大能小): 능대능소. 크게도 할 수 있고 작게도 할 수 있음. 능수능란.
374) 짐ᄌᆞᆺ: 짐짓. 마음으로는 그렇지 않으나 일부러 그렇게.
375) 벽녁(霹靂): 벽력. 벼락.
376) ᄉᆞ린(四隣): 사린. 사방.

인(夫人)은 민망(憫惘) 심난(心亂)ᄒᆞ믈 이긔디 못ᄒᆞ고 화ᄉᆡᆼ(-生)은 그 거동(擧動)을 어히업서 도로혀 각〃(各各) 우음을 먹음으니 공(公)이 능히(能-) ᄒᆞᆯ 일이 업고 큰 두통(頭痛)이 되야 다만 닐오ᄃᆡ,

"네 당년(當年)의 ᄇᆡ우(配偶)를 져ᄇᆞ리고 날을 이러ᄐᆞᆺ 능욕(凌辱)[377]ᄒᆞ니 엇디 너를

51면

ᄒᆞᆫ(恨)ᄒᆞ리오? ᄯᅩ 나ᄒᆞᆫ 죄(罪)를 이제야 알과라. 녀ᄋᆡ(女兒ㅣ) 동녁(東-) 협실(夾室)의 이시니 네 드러가 보고 ᄉᆞᄉᆡᆼ(死生)을 임의(任意)로 쳐티(處置)ᄒᆞ고 다시 날ᄃᆞ려 그 거취(去就)를 니ᄅᆞ디 말라."

뎡언간(停言間)[378]의 시녜(侍女ㅣ) 급보(急報) 왈(曰),

"됴당(朝堂)[379]의셔 명패(命牌)[380] 나려 대노야(大老爺)와 쇼노야(小老爺)를 쳥(請)ᄒᆞ시ᄂᆞ이다."

공(公)이 총망(悤忙)이[381] 화 슈찬(修撰)으로 더브러 됴복(朝服)[382]을 ᄀᆞ초고 니러나니 혹ᄉᆡ(學士ㅣ) ᄇᆡ야흐로 노긔(怒氣)를 딘뎡(鎭靜)ᄒᆞ야 부인(夫人)긔 ᄇᆡ샤(拜謝)[383] 왈(曰),

"쇼셰(小壻ㅣ) 향ᄌᆡᆨ(向刻)[384]의 쳔(賤)ᄒᆞᆫ 분긔(憤氣) ᄀᆞᆺ치 누ᄅᆞ디 못ᄒᆞ야 존젼(尊前)의 시례(失禮)ᄒᆞ미 만흐니 쳥죄(請罪)ᄒᆞᄂᆞ이다."

---

377) 능욕(凌辱): 남을 업신여겨 욕보임.
378) 정언간(停言間): 정언간. 말을 잠시 멈춤.
379) 됴당(朝堂): 조당. 조정.
380) 명패(命牌): 임금이 삼품 이상의 벼슬아치를 부를 때 보내던 나무패. '命' 자를 쓰고 붉은 칠을 한 것으로, 여기에 부르는 벼슬아치의 이름을 써서 돌림.
381) 총망(悤忙)이: 바삐.
382) 됴복(朝服): 조복. 관원이 조정에 나아가 하례할 때 입던 옷.
383) ᄇᆡ샤(拜謝): 배사. 웃어른께 삼가 사례함.
384) 향ᄀᆡᆨ(向刻): 향각. 접때.

부인(夫人)이 블평(不平)훈 식(色)을 곱초고 답왈(答曰),

“군(君)이 비록 셩결인들 우리롤 심(甚)히 욕(辱)흐느뇨?”

흑시(學士ㅣ) 웃고 딕왈(對曰),

“쇼싱(小生)이 왕년(往年)의 일시(一時) 운익(運厄)의 구리여 부인(夫人)으로 견과(見過)[385]ᄒ여시나 도금(到今)ᄒ야 향(向)훈 졍(情)이 구름 굿거놀 깁히 거절(拒絕)ᄒ야 면목(面目)도

52면

뵈디 아니ᄒ니 심시(心思ㅣ) 탁급(着急)[386] 쵸조(焦燥)ᄒ믈 춤디 못ᄒ야 언시(言事ㅣ) 광망(狂妄)[387]ᄒ나 엇디 실졍(實情)이리잇고?”

드딕여 흔연(欣然)이 웃고 동녁(東-) 협실(夾室) 문(門)을 열고 드러가니,

쇼계(小姐ㅣ) 졍(正)히 혹ᄉ(學士)의 가지록 곤욕(困辱)ᄒ믈 졀치(切齒)ᄒ다가 쏘 향긱(向刻) ᄌ가(自家) 야〃(爺爺)롤 딕(對)ᄒ야 언에(言語ㅣ) 크게 패려(悖戾)[388]ᄒ믈 대로(大怒)ᄒ야 분긔(憤氣) 엄애(奄靄)[389]ᄒ엿더니 문(門) 여는 쇼릭롤 조차 눈을 드러 보믹 그 추잡(醜雜)훈 거동(擧動)을 더옥 히괴망측(駭怪罔測)[390]히 너겨 안연(岸然)[391] 브동(不動)이러니, 흑시(學士ㅣ) 나아가 부인(夫人)의 향슈[392]

385) 견과(見過): 허물을 보임.

386) 탁급(着急): 착급. 아주 급함.

387) 광망(狂妄): 미친 사람처럼 아주 망령됨.

388) 패려(悖戾): 언행이나 성질이 도리에 어그러지고 사나움.

389) 엄애(奄靄): 갑자기 막힘.

390) 히괴망측(駭怪罔測): 해괴망측. 말할 수 없이 이상하고 야릇함.

391) 안연(岸然): 엄숙한 모습.

392) 슈: [교] 원문과 규장각본(22:47), 연세대본(22:52)에 모두 ‘규’로 되어 있으나 문맥을 고려해 이와 같이 수정함.

(香水)[393] 옥년(玉蓮)[394] ᄀᆞᄐᆞᆫ 긔질(氣質)을 ᄃᆡ(對)ᄒᆞ니 황홀(恍惚)ᄒᆞᆫ 은졍(慇情)[395]이 미칠 ᄃᆞᆺᄒᆞ야 년망(連忙)이 옥슈(玉手)ᄅᆞᆯ 잡고 흔〃(欣欣)ᄒᆞᆫ 우음을 ᄯᅴ여 ᄀᆞᆯ오ᄃᆡ,

"그ᄃᆡ 심댱(心腸)이 텰셕(鐵石) ᄀᆞᄐᆞ나 이 ᄂᆡ ᄇᆡᆨ문의 슈듕(手中)의 과연(果然) 나미 어려우리라."

쇼졔(小姐ㅣ) 텽필(聽畢)의 불연(勃然) 작ᄉᆡᆨ(作色)고 손을 ᄲᅮ리텨 ᄀᆞᆯ오ᄃᆡ,

"그ᄃᆡ 임의

53면

쳡(妾)을 블공ᄃᆡ텬지슈(不共戴天之讎)[396]로 마련ᄒᆞ야 죽이고져 ᄯᅳ디 만복(滿腹)ᄒᆞ야시니 내 두리고 저허 깁히 슈졸(守拙)[397]ᄒᆞ야 여ᄉᆡᆼ(餘生)을 ᄆᆞᆺ고져 ᄒᆞ거ᄂᆞᆯ 므ᄉᆞᆷ 연고(緣故)로 니ᄅᆞ러 부모(父母)ᄅᆞᆯ 욕(辱)ᄒᆞ고 날을 이러ᄐᆞᆺ 보채ᄂᆞ뇨? ᄎᆞᆯ하리 ᄉᆡ훤이 죽여 결단(決斷)을 수이 ᄒᆞᆯ디어다."

혹ᄉᆡ(學士ㅣ) 년망(連忙)이 샤왈(謝曰),

"부인(夫人)의 노(怒)ᄒᆞ믈 ᄉᆡᆼ(生)이 엇디 ᄒᆞᆫ(恨)ᄒᆞ리오? 이 열 번(番)도곤 더ᄒᆞ야도 쇼ᄉᆡᆼ(小生)이 기시(其時)의 미치고 실셩(失性)ᄒᆞ야 죄(罪)ᄅᆞᆯ 부인(夫人)긔 어더시나 도금(到今)ᄒᆞ야 부인(夫人)으로 더브러 일〃(一日) 샹니(相離)[398]ᄅᆞᆯ 삼츄(三秋)[399] ᄀᆞᄐᆡ 너기고 ᄇᆡᆨ슈

393) 향슈(香水): 향수. 향기로운 물.
394) 옥년(玉蓮): 옥련. 옥 같은 연꽃. 연꽃을 아름답게 부르는 말.
395) 은졍(慇情): 은정. 두터운 정.
396) 블공ᄃᆡ텬지슈(不共戴天之讎): 불공대천지수. 함께 하늘을 이고 살아가지 못할 원수.
397) 슈졸(守拙): 수졸. 타고난 착한 본성을 지킴.

히로(白首偕老)[400]를 낫비 너기ᄂᆞ니 ᄎᆞ마 ᄯᅩ 그런 ᄯᅳ시 몽니(夢裏)[401]의나 이시리오?"

쇼졔(小姐ㅣ) ᄂᆡᆼ쇼(冷笑) 왈(曰),

"그ᄃᆡ 능휼(能譎)[402]ᄒᆞᆫ 언담(言談)으로 녀ᄌᆞ(女子)를 너모 업슈이 너겨 소기디 말디어다. 내 죽기ᄂᆞᆫ 감슈(甘受)ᄒᆞ려니와 ᄎᆞᄉᆡᆼ(此生)의 그ᄃᆡ로 부〃지도(夫婦之道)를 일울가 너기ᄂᆞ냐?"

ᄒᆞᆨᄉᆡ(學士ㅣ) 쇼왈(笑曰),

54면

"날로 부〃지도(夫婦之道)를 아니 일우면 쟝ᄎᆞᆺ(將次ㅅ) 눌로 더브러 일우실고?"

쇼졔(小姐ㅣ) ᄇᆞᆯ연(勃然) 변ᄉᆡᆨ(變色) 왈(曰),

"그ᄃᆡ 가지록 욕(辱)ᄒᆞ기를 쟈랑ᄒᆞ거니와 내 임의 셰샹(世上) 기인(棄人)이니 심규(深閨)의 여ᄉᆡᆼ(餘生)을 늙으려 ᄒᆞ거ᄂᆞᆯ 그ᄃᆡ 이제 므ᄉᆞᆷ 연고(緣故)로 와셔 날로ᄡᅥ 안해라 ᄒᆞᄂᆞ뇨? 아모리 남ᄌᆡ(男子ㅣ) 호방(豪放)ᄒᆞ다 ᄒᆞᆫ들 그ᄃᆡ ᄀᆞᄐᆞᆫ 념티(廉恥) 어ᄃᆡ 이시리오?"

ᄒᆞᆨᄉᆡ(學士ㅣ) 웃고 왈(曰),

"념티(廉恥) 이실ᄉᆡ 대댱부(大丈夫)의 위의(威儀)[403]를 가지고도 극진(極盡)이 샤죄(謝罪)ᄒᆞᄂᆞ니 셩인(聖人)도 ᄀᆡ과(改過)ᄒᆞ믈 허(許)

398) 샹니(相離): 상리. 서로 떨어짐.
399) 삼츄(三秋): 삼추. 세 해의 가을. 곧 긴 세월을 비유적으로 이르는 말.
400) ᄇᆡᆨ슈히로(白首偕老): 백수해로. 흰머리로 함께 늙음.
401) 몽니(夢裏): 몽리. 꿈속.
402) 능휼(能譎): 잘 속임.
403) 위의(威儀): 위엄이 있고 엄숙한 태도나 몸가짐.

ᄒᆞ시거ᄂᆞᆯ 그ᄃᆡᄂᆞᆫ 므ᄉᆞᆷ 사ᄅᆞᆷ이완ᄃᆡ 후회(後悔)ᄒᆞ고 샤죄(謝罪)ᄒᆞᆯ ᄯᅳᆮ이 업ᄂᆞ뇨? 그ᄃᆡ 만일(萬一) 내 그믈의 버서날딘대 ᄀᆞ장 착ᄒᆞ리라.”

셜파(說罷)의 미우(眉宇)의 희긔(喜氣) 녕농(玲瓏)ᄒᆞ야 원비(猿臂)[404]ᄅᆞᆯ 느리혀 ᄉᆞ매ᄅᆞᆯ 븟들고 냥슬(兩膝)[405]을 년(連)ᄒᆞ야 졍(情)이 어리고 ᄯᅳᆺ이 취(醉)ᄒᆞ야 ᄒᆞᄂᆞᆫ디라 쇼제(小姐ㅣ) 더옥 대로(大怒)ᄒᆞ야 년망(蓮忙)이 ᄲᅥ리티

55면

려 ᄒᆞ나 잔자리[406] 태산(泰山) 거음[407] ᄀᆞᄐᆞ니 능히(能-) 좌(座)ᄅᆞᆯ 믈리티디 못ᄒᆞ고 분(憤)ᄒᆞᆷ을 이긔디 못ᄒᆞ야 미우(眉宇)의 노긔등〃(怒氣騰騰)ᄒᆞ니 ᄉᆡᆼ(生)이 은근(慇懃)이 다래여 ᄀᆞᆯ오ᄃᆡ,

“부인(夫人)이 ᄉᆡᆼ(生)을 아모리 원슈(怨讎)로 마련ᄒᆞ나 능히(能-) 믈리티디 못ᄒᆞᆯ 거시니 무익(無益)ᄒᆞᆫ 노긔(怒氣)ᄅᆞᆯ ᄂᆡ디 말라. ᄎᆞ후(此後)ᄂᆞᆫ 부인(夫人)이 ᄒᆞ라 ᄒᆞᄂᆞᆫ 대로 온갓 말을 다 조ᄎᆞᆯ 거시니 ᄆᆞ음을 도로혀 화동(和同)키ᄅᆞᆯ ᄉᆡᆼ각ᄒᆞ라. 내 이제 그ᄃᆡᄅᆞᆯ 겁박(劫迫)[408]ᄒᆞ나 ᄂᆞᆷ이 허믈로 아디 아닐 거시오, 그ᄃᆡ 쵸강(楚剛)[409]ᄒᆞᆷ만 우ᄉᆞᆯ 거시니 모ᄅᆞ미 녜(禮)ᄅᆞᆯ 도라보와 슈렴(收斂)[410]ᄒᆞ라.”

쇼제(小姐ㅣ) 고셩(高聲) 왈(曰),

---

404) 원비(猿臂): 원숭이의 팔이라는 뜻으로, 긴 팔을 이르는 말.
405) 냥슬(兩膝): 양슬. 양 무릎.
406) 잔자리: 잠자리.
407) 거음: 대적함.
408) 겁박(劫迫): 으르고 협박함.
409) 쵸강(楚剛): 초강. 매섭고 굳셈.
410) 슈렴(收斂): 수렴. 심신을 가다듬음.

“나는 셰상(世上)을 피(避)ᄒᆞ고 풍진(風塵)을 거졀(拒絕)ᄒᆞᆫ 죄인(罪人)이니 므ᄉᆞ 일을 놉흔 지샹(宰相)긔 쳥(請)ᄒᆞᆯ 일이 이시며 임의 누언(陋言)[411]을 시러 몸이 ᄆᆞᆺ출 번ᄒᆞᆫ 후(後) 녜(禮)를 슈렴(收斂)ᄒᆞᆯ 거시 이시리오? 그ᄃᆡ의 가지록 방

탕패려(放蕩悖戾)[412]ᄒᆞᆫ 거지(擧止)를 ᄃᆡ(對)ᄒᆞ야 ᄎᆞ마 못 드를 욕(辱)을 먹ᄂᆞ니 죽으미 쾌(快)ᄒᆞ다.”

ᄒᆞ며 ᄉᆡᆼ(生)의 ᄎᆞᆫ 칼흘 ᄢᅢ혀 ᄌᆞ결(自決)코져 ᄒᆞ니 ᄉᆡᆼ(生)이 황망(慌忙)이[413] 아ᄉᆞ나 밋디 못ᄒᆞ야 가ᄉᆞᆷ의 피를 흘리고 것구러디거ᄂᆞᆯ ᄉᆡᆼ(生)이 대경차악(大驚嗟愕)[414]ᄒᆞ야 급(急)히 븟드러 편(便)히 누이고 ᄉᆞᆯ펴보니 가ᄉᆞᆷ이 져기 샹(傷)ᄒᆞ여시나 대단티 아니커ᄂᆞᆯ 져기 ᄆᆞ음을 뎡(定)ᄒᆞ야 금〃(錦衾)[415]을 갓다가 그 몸을 덥고 자긔(自己) 겨ᄐᆡ 누어 손을 쥐므ᄅᆞ고 년험(蓮臉)[416]을 졉(接)ᄒᆞ야 은근(慇懃)ᄒᆞᆫ 듕졍(重情)[417]이 산ᄒᆡ(山海) ᄀᆞᆺ더니 이윽고 쇼졔(小姐ㅣ) 숨을 두ᄅᆞ고[418] ᄭᆡ야 ᄉᆡᆼ(生)의 몸이 ᄌᆞ가(自家) 일신(一身)의 갓가와시믈 더옥 노(怒)ᄒᆞ고 흉측(凶測)히 너겨 ᄯᅥᆯ티고 니러 안거ᄂᆞᆯ 혹ᄉᆡ(學士ㅣ) 민망(憫惘)ᄒᆞ야 ᄂᆞᄌᆞᆨ히 소ᄅᆡᄒᆞ야 비러 샤죄(謝罪) 왈(曰),

---

411) 누언(陋言): 더러운 말.
412) 방탕패려(放蕩悖戾): 주색잡기에 빠져 행실이 좋지 않고 언행이나 도리가 사나움.
413) 황망(慌忙)이: 마음이 급해 허둥지둥하며.
414) 대경차악(大驚嗟愕): 크게 놀람.
415) 금〃(錦衾): 비단 이불.
416) 년험(蓮臉): 연검. 연꽃 같은 뺨.
417) 듕졍(重情): 중정. 깊은 정.
418) 두ᄅᆞ고: 돌리고.

"쇼싱(小生)이 당년(當年)의 부인(夫人)긔 죄(罪) 어드미 비록 태과(太過)ᄒᆞ나 이제 다ᄃᆞ라 이ᄃᆡ도록 구

•••

57면

슈(仇讐)[419]로 마련ᄒᆞ믄 가(可)티 아니ᄒᆞ거놀 부인(夫人)의 엄(嚴)ᄒᆞᆫ 뇌(怒ㅣ) 이러틋 굿고 구더[420] ᄒᆞᆨ싱(學生)을 몸 둘 곳이 업게 ᄒᆞᄂᆞ뇨? 부인(夫人)이 만일(萬一) 죽을딘대 싱(生)이 ᄯᅩᄒᆞᆫ ᄯᆞ와 죽어 넉시라도 ᄒᆞᆫ곳의셔 놀리라."

쇼계(小姐ㅣ) 더옥 대로(大怒)ᄒᆞ야 ᄀᆞᆯ오ᄃᆡ,

"쳡슈블민(妾雖不敏)[421]이나 ᄉᆞ족(士族)이어놀 그ᄃᆡ 죠곰도 슈렴(收斂)ᄒᆞ야 ᄃᆡ졉(待接)디 아니코 쳔만(千萬) 가지 더러온 말로 욕(辱)ᄒᆞ기를 남은 ᄶᅡ히 업게 하고 이제 드러와 모친(母親) 침쇠(寢所ㅣ) 갓갑거놀 친근닐압(親近昵狎)[422]ᄒᆞ여 창녀(娼女) 어리우듯[423] 고약ᄒᆞᆫ 말로 날을 다래니 내 ᄎᆞ마 사라셔 이 무샹(無狀)ᄒᆞᆫ 졍ᄐᆡ(情態)[424]를 ᄃᆡ(對)ᄒᆞ고 살리오?"

ᄒᆞᆨᄉᆡ(學士ㅣ) 년망(連忙)이 칭샤(稱謝) 왈(曰),

"쇼싱(小生)이 연무(煙霧) 듕(中)을 버서난 후(後) 부인(夫人)의 향염아ᄐᆡ(香艶雅態)[425]를 앙모(仰慕)[426]ᄒᆞ미 발분망식(發憤忘食)[427]ᄒᆞ

---

419) 구슈(仇讐): 구수. 원수.
420) 굿고 구: [교] 원문에는 '굴누'로, 연세대본(22:57)에는 '굴구'로 되어 있으나 의미가 명확하지 않아 규장각본(22:49)을 따름.
421) 쳡슈블민(妾雖不敏): 첩수불민. 첩이 비록 어리석고 둔함.
422) 친근닐압(親近昵狎): 친근일압. 가깝고 친근히 대함.
423) 어리우듯: 어루듯.
424) 졍ᄐᆡ(情態): 정태. 마음씨와 태도.
425) 향염아ᄐᆡ(香艶雅態): 향염아태. 향기롭고 아름다운 자질과 태도.
426) 앙모(仰慕): 우러러 그리워함.

매 미칫고 어딘 덕(德)을 감샤(感謝)ᄒᆞ미 텰골(徹骨)[428]ᄒᆞ거놀 그ᄃᆡ 깁히 피(避)ᄒᆞ고 그림재

58면

도 뵈디 아니ᄒᆞ니 어린 ᄯᅳ디 쵸조(焦燥)ᄒᆞ믈 면(免)티 못ᄒᆞ야 그ᄃᆡ롤 격노(激怒)케 ᄒᆞ노라 말솜이 무례(無禮)ᄒᆞᆫ들 엇디 실졍(實情)이리오? ᄇᆞ라ᄂᆞ니 부인(夫人)은 대덕(大德)을 드리워 용샤(容赦)ᄒᆞ라."

쇼제(小姐ㅣ) 작ᄉᆡᆨ(作色) 무언(無言)ᄒᆞ고 ᄉᆞ매롤 ᄯᅥᆯ텨 믈러안거놀 ᄉᆡᆼ(生)이 안ᄉᆡᆨ(顔色)을 화(和)히 ᄒᆞ야 ᄌᆡ삼(再三) ᄀᆡ유(開諭)[429]ᄒᆞ여 졍(正)히 의ᄉᆡ(意思ㅣ) 다른 ᄃᆡ 잇디 아니터니 홀연(忽然) 화ᄉᆡᆼ(-生)이 드러와 급(急)히 닐오ᄃᆡ,

"연부(-府)의셔 운보롤 부ᄅᆞ라 군관(軍官) 쇼연이 왓다."

ᄒᆞ거놀 혹ᄉᆡ(學士ㅣ) 놀라 총망(悤忙)[430]이 밧긔 나가니 쇼연이 ᄎᆞᆫ ᄯᆞᆷ을 흘리고 셧다가 년망(連忙)이 닐오ᄃᆡ,

"쥬군(主君)이 노야(老爺)롤 급(急)히 ᄎᆞᄌᆞ시니 어셔 가사이다."

혹ᄉᆡ(學士ㅣ) 더옥 놀라 왈(曰),

"야애(爺爺ㅣ) 므ᄉᆞ 일로 급(急)히 브ᄅᆞ시더뇨?"

쇼연 왈(曰),

"쇼복(小僕)이 엇디 연고(緣故)롤 알리잇고?"

혹ᄉᆡ(學士ㅣ) 총〃(悤悤)[431]이 소셰(梳洗)롤 겨유 ᄒᆞ고 의관(衣冠)

---

427) 발분망식(發憤忘食): 어떤 일에 열중하여 끼니까지 잊고 힘씀.
428) 텰골(徹骨): 철골. 뼈에 사무침.
429) ᄀᆡ유(開諭): 개유. 사리를 알아듣도록 타이름.
430) 총망(悤忙): 급한 모양.
431) 총〃(悤悤): 몹시 급하고 바쁜 모양.

을 추자 닙고 본부(本府)로 가니라.

59면

이때 화 공(公)이 우ᄌᆞ(兒子)로 더브러 궐하(闕下)의 니ᄅᆞ니 텬ᄌᆡ(天子ㅣ) 아직 뎐(殿)의 나디 아냐 겨시다 ᄒᆞᄂᆞᆫ 고(故)로 모든 ᄇᆡᆨ관(百官)으로 더브러 도찰원(都察院)[432]의 잇더니 듕ᄉᆡ(中使ㅣ) 패(牌)ᄅᆞᆯ 가지고 ᄃᆞᆯ려가 텬ᄌᆞ(天子) 명(命)으로 오ᄂᆞᆯ은 날이 느저시니 명일(明日)로 모드라 ᄒᆞ니 졔인(諸人)이 다 흐터딘 후(後) 화 공(公)이 ᄡᅧ러뎌 연왕(-王)을 머므러 말ᄉᆞᆷᄒᆞᆯ ᄉᆡ 공(公)이 ᄀᆞᆯ오ᄃᆡ,

"ᄒᆞᆨᄉᆡᆼ(學生)이 존부(尊府)의 나아간 디 오라니 ᄒᆞᆫ번(-番) 가고져 ᄒᆞ되 남(南)으로브터 도라온 후(後) 녯 병(病)이 팀곤(侵困)[433]ᄒᆞ야 자리ᄅᆞᆯ ᄯᅥ나디 못ᄒᆞ므로 인ᄉᆞ(人事)ᄅᆞᆯ 폐(廢)ᄒᆞ니 청죄(請罪)ᄒᆞ노라. 연(然)이나 ᄒᆞᆨᄉᆡᆼ(學生)이 대왕(大王)긔 베플 ᄉᆞ에(辭語ㅣ) 이시니 가(可)히 용납(容納)ᄒᆞ믈 어드리잇가?"

왕(王)이 손사(遜辭)[434] 왈(曰),

"형(兄)의 블평(不平)ᄒᆞ믈 일죽 근심ᄒᆞ야 ᄌᆞ로 나아가 문후(問候)ᄒᆞᆯ 거시로ᄃᆡ 쇼뎨(小弟) 역시(亦是) 공뮈(公務ㅣ) 번다(繁多)ᄒᆞ야 년일(連日)ᄒᆞ야 가디 못ᄒᆞ니 참

432) 도찰원(都察院): 중국 명나라・청나라 때에, 벼슬아치의 비위를 규탄하고 지방 행정을 감찰하는 일을 맡아보던 관아. 홍무제가 어사대를 개편하여 설치함.
433) 팀곤(侵困): 침곤. 몸에 병이 들어 피곤함.
434) 손사(遜辭): 손사. 겸손하게 사양함.

60면

괴(慙愧)[435] ᄒᆞ야 ᄒᆞ거ᄂᆞᆯ 이 엇딘 말이뇨? 연(然)이나 니ᄅᆞ고져 ᄒᆞᄂᆞᆫ 배 므ᄉᆞ 일이뇨? 가(可)히 ᄒᆞᆫ번(-番) 파셜(播說)[436] ᄒᆞ미 방해(妨害)롭디 아니ᄒᆞ도다."

공(公)이 믄득 웃고 ᄀᆞᆯ오ᄃᆡ,

"ᄒᆞᆨᄉᆡᆼ(學生)의 이 말 내오미 도로혀 쇼ᄋᆞ(小兒)의 거동(擧動)이 되믈 면(免)티 못ᄒᆞ나 ᄂᆞᆷ모ᄅᆞᄂᆞᆫ 곡경(曲境)[437]을 만나 절박(切迫)ᄒᆞ미 비(比)ᄒᆞᆯ 곳이 업서 마디못ᄒᆞ야 대왕(大王) 안젼(案前)을 번거롭게 ᄒᆞ니 ᄒᆡᆼ혀(幸-) 용샤(容赦)ᄒᆞ믈 ᄇᆞ라노라."

셜파(說罷)의 ᄇᆡᆨ문의 젼〃(前前)[438] 경샹(景狀)[439]을 종두지미(從頭至尾)[440]히 니ᄅᆞ고 우왈(又曰),

"쇼뎨(小弟) 녀ᄋᆞ(女兒)ᄅᆞᆯ 존부(尊府)의 아니 보내믄 약질(弱質)[441]이 가ᄇᆡ얍디 아닌 병(病)을 어더 번요(煩擾)[442] ᄒᆞ믈 슬히 너기고 고요히 잇고져 ᄒᆞ므로 쇼뎨(小弟) ᄯᅩᄒᆞᆫ 제 풍상(風霜)을 ᄀᆞ초 겻거 심간(心肝)이 다 ᄉᆞᆨ히여시니[443] 근심이 젹디 아니ᄒᆞ야 죠용히 쾌복(快復)[444] ᄒᆞ거든 즉시(卽時) 도라보내랴 ᄒᆞ던 거ᄉᆞᆯ ᄇᆡᆨ문의 거지(擧止) 극(極)히 고이(怪異)ᄒᆞ니 다래

---

435) 참괴(慙愧): 부끄러워함.
436) 파셜((播說): 파설. 말을 함.
437) 곡경(曲境): 몹시 힘들고 어려운 처지.
438) 젼〃(前前): 전전. 오래전에 있었던 일.
439) 경샹(景狀): 경상. 좋지 못한 모습.
440) 종두지미(從頭至尾): 처음부터 끝까지.
441) 약질(弱質): 약한 바탕.
442) 번요(煩擾): 번거롭고 시끄러움.
443) ᄉᆞᆨ히여시니: 녹았으니.
444) 쾌복(快復): 병이 회복함.

61면

여 니르다가 못 ᄒᆞ야 뎐하(殿下)긔 고(告)ᄒᆞᄂᆞ이다."

왕(王)이 듯기를 ᄆᆞᆺ디 못ᄒᆞ여셔 대경차악(大驚嗟愕)[445]ᄒᆞ야 ᄀᆞᆯ오ᄃᆡ,

"블쵸ᄋᆡ(不肖兒ㅣ) 당〃(堂堂)이 어버이 권(勸)ᄒᆞᄃᆡ ᄋᆞ부(阿婦)를 박ᄃᆡ(薄待) 태심(太甚)이 ᄒᆞ고 쳔단비원(千端悲怨)[446]을 기쳐 ᄉᆞᄉᆡᆼ(死生)을 판단(判斷)ᄒᆞ엿다가 텬우신조(天佑神助)[447]ᄒᆞᆷ을 닙어 겨유 도ᄉᆡᆼ(圖生)[448]ᄒᆞ여시니 쇼뎨(小弟)ᄂᆞᆫ ᄎᆞ마 ᄋᆞ부(阿婦) 볼 ᄂᆞᆺ치 업고 형(兄)을 ᄃᆡ(對)ᄒᆞ여도 몬져 ᄂᆞᆺ치 븕거ᄂᆞᆯ 제 요ᄉᆞ이 뉘웃ᄂᆞᆫ ᄯᅳᆺ이 이신들 ᄎᆞ마 므ᄉᆞᆷ 담냑(膽略)으로 ᄋᆞ부(阿婦)를 보고져 ᄒᆞ며 ᄯᅩ 엇디 그대도록 무상패려(無狀悖戾)[449]ᄒᆞᆫ 거조(擧措)를 ᄒᆞᆯ 줄 알리오? 내 요ᄉᆞ이 혜아리ᄃᆡ 젼일(前日)을 ᄭᆡᄃᆞᆺᄂᆞᆫ가 ᄒᆞ더니 ᄎᆞ언(此言)을 드ᄅᆞ니 타연(妥然)[450]이 뉘웃ᄂᆞᆫ ᄯᅳᆺ이 업ᄉᆞ믄 니ᄅᆞ도 말고 텬셩(天性)을 ᄇᆞ리기 어려오믈 ᄭᆡᄃᆞᆺ과라. 당〃(堂堂)이 듕(重)히 다ᄉᆞ려 후일(後日)을 딩계(懲戒)ᄒᆞ리라."

공(公)이 샤왈(謝曰),

"제 말을 족수(足數)[451]ᄒᆞᆯ 거ᄉᆞᆫ 아니나 소견(所見)

445) 대경차악(大驚嗟愕): 몹시 놀람.
446) 쳔단비원(千端悲怨): 천단비원. 온갖 슬픔과 원망.
447) 텬우신조(天佑神助): 천우신조. 하늘과 신령이 도움.
448) 도ᄉᆡᆼ(圖生): 도생. 살기를 도모함.
449) 무상패려(無狀悖戾): 아무렇게나 함부로 행동하여 버릇이 없고, 언행이나 성질이 도리에 어그러지고 사나움.
450) 타연(妥然): 편안한 모양.
451) 족수(足數): 족수. 따지고 꾸짖음.

62면

의 고이(怪異)ᄒᆞ고 쇼뎨(小弟)로셔ᄂᆞᆫ 금지(禁止)티 못ᄒᆞ야 대왕(大王) 긔 고(告)ᄒᆞ나 황숑(惶悚)ᄒᆞ믈 이긔디 못ᄒᆞ거ᄂᆞᆯ 듕(重)히 다ᄉᆞ리련노라 ᄒᆞ시니 더옥 블안(不安)ᄒᆞ믈 이긔디 못ᄒᆞᄂᆞ니 원(願)컨대 과도(過度)히 마ᄅᆞ쇼셔."

왕(王)이 잠쇼(暫笑) 왈(曰),

"젼일(前日) ᄉᆞ죄(死罪)의도 저ᄅᆞᆯ 과도(過度)히 다ᄉᆞ리디 아니ᄒᆞ엿거ᄂᆞᆯ 이런 죄목(罪目)ᄯᆞ녀. 형(兄)은 념녀(念慮) 말라."

셜파(說罷)의 공(公)을 작별(作別)ᄒᆞ고 도라가 급〃(急急)히 쇼연을 블러 공ᄌᆞ(公子)ᄅᆞᆯ 블러오라 ᄒᆞ고 서셔 기ᄃᆞ리니 초후(-侯) 등(等)이 연고(緣故)ᄅᆞᆯ 아디 못ᄒᆞ고 부친(父親)의 긔ᄉᆡᆨ(氣色)이 엄졍(嚴正)[452]ᄒᆞ믈 숑연(悚然)[453]ᄒᆞ더니,

미긔(未幾)[454]예 ᄒᆞᆨᄉᆡ(學士ㅣ) 도라오니 왕(王)이 미우(眉宇)의 노긔(怒氣) 표연(飄然)[455]ᄒᆞ야 좌우(左右)로 ᄒᆞᆨᄉᆞ(學士)ᄅᆞᆯ 결박(結縛)ᄒᆞ야 ᄭᅮᆯ리고 엄문(嚴問)ᄒᆞᄃᆡ,

"네 므ᄉᆞᆷ 연고(緣故)로 작일(昨日) 화부(-府)의 가셔 어제 아니 오고 ᄯᅩ 오ᄂᆞᆯ 내 블러셔 온다?"

ᄒᆞᆨᄉᆡ(學士ㅣ) 년망(連忙)이 ᄃᆡ왈(對曰),

"쇼ᄌᆡ(小子ㅣ)

---

452) 엄졍(嚴正): 엄정. 엄격하고 바름.
453) 숑연(悚然): 송연. 두려워 몸을 옹송그릴 정도로 오싹 소름이 끼치는 듯함.
454) 미긔(未幾): 미기. 동안이 얼마 길지 않음.
455) 표연(飄然): 회오리바람이 부는 듯한 모양.

63면

어제 아춤 오려 ᄒᆞ다가 밤ᄉᆞ이 쵹샹(觸傷)[456]ᄒᆞ야 신긔(身氣) 블평(不平)ᄒᆞᆫ 고(故)로 누어 됴리(調理)ᄒᆞ더니이다."

왕(王)이 텽파(聽罷)의 대로(大怒) 왈(曰),

"블쵸ᄌᆞ(不肖子)ᄅᆞᆯ 요ᄉᆞ이 져기 ᄭᆡᄃᆞᆯ랏ᄂᆞᆫ가 ᄒᆞ더니 내 혼암(昏闇)[457]ᄒᆞ야 ᄉᆞᆯ피디 못ᄒᆞ엿닷다. 가지록 능휼(能譎)[458]ᄒᆞᆫ 언담(言談)으로 아비ᄅᆞᆯ 소기니 쟝ᄎᆞᆺ(將次ㅅ) 죽으미 가(可)ᄒᆞᆫ디라. ᄯᅩ 믓ᄂᆞ니 사ᄅᆞᆷ 사ᄂᆞᆫ 집의 블 디ᄅᆞ기ᄂᆞᆫ 도적놈(盜賊-)의 ᄒᆞᆯ 일이어ᄂᆞᆯ 네 아븨 ᄌᆞ식(子息)으로 몸인즉 옥당(玉堂) ᄒᆞᆨᄉᆞ(學士ㅣ)라, 엇딘 고(故)로 ᄎᆞᄉᆞ(此事)ᄅᆞᆯ 됴흔 노ᄅᆞᆺ ᄒᆞᄃᆞ시 ᄒᆡᆼ(行)ᄒᆞ여 네 뎌 집의 반ᄌᆞ지의(半子之義)[459] 이시나 여러 화ᄉᆡᆼ(-生) 등(等)의 ᄂᆡ샹(內相)[460]이 네게 ᄂᆞᆷ이어ᄂᆞᆯ 감히(敢-) ᄎᆞᆯ입(出入)을 임의(任意)로 ᄒᆞ여 미친 언어(言語)ᄅᆞᆯ ᄂᆡ외(內外)에 낭자(狼藉)킈 ᄒᆞ며 화 공(公)은 네 아븨 ᄉᆞᄉᆡᆼ붕위(死生朋友ㅣ)[461]오, 졍듕대신(廷中大臣)[462]이며 위인(爲人)이 텩[463]탕(滌蕩)[464]ᄒᆞ니 내 공경(恭敬)ᄒᆞ믈 못 미ᄎᆞᆯ ᄃᆞ시 ᄒᆞ거ᄂᆞᆯ

---

456) 쵹샹(觸傷): 촉상. 찬 기운이 몸에 닿아 병이 일어남.
457) 혼암(昏闇): 어리석고 못나서 사리에 어두움.
458) 능휼(能譎): 잘 속임.
459) 반ᄌᆞ지의(半子之義): 반자지의. 사위의 의리. 반자(半子)는 '반자식'의 뜻으로 사위를 말함.
460) ᄂᆡ샹(內相): 내상. 아내가 집안을 잘 다스림. 또는 그런 아내.
461) ᄉᆞᄉᆡᆼ붕위(死生朋友): 사생붕우. 사생을 같이한 친구.
462) 졍듕대신(廷中大臣): 정중대신. 조정의 대신.
463) 텩: [교] 원문과 규장각본(22:58), 연세대본(22:63)에 모두 '뎍'으로 되어 있으나 문맥을 고려하여 이와 같이 수정함.
464) 텩탕(滌蕩): 척탕. 탕척비린(蕩滌鄙吝)의 준말로, 마음속에서 비루하고 인색함을 말끔히 씻어낸다는 뜻.

64면

네 감히(敢-) 면당(面當)[465] 야 패악(悖惡)[466] 언(言辭)로 욕(辱)믈 남은 싸히 업게 리오? 화 시(氏)는 명문(名門) 녀(女子)로 너의 정실(正室)이어늘 네 감히(敢-) 무례(無禮) 말로 욕(辱)리오? 네 나의 치믈 듯디 아니고 톄면(體面) 업시 주(奔走)야 아비를 참괴(慙愧)[467] 미 둘 싸히 업게 니 이는 듕죄(重罪)를 도망(逃亡)티 못리라."

셜파(說罷)의 시노(侍奴)를 지저 매를 나오라 하니 혹(學士ㅣ) 부친(父親)의 칙(責)시는 말을 듯고 크게 황공(惶恐)야 다만 머리를 두려 샤죄(謝罪)고 의관(衣冠)을 글러 공슌(恭順)이 형댱(刑杖)[468] 알픠 업니 초휘(-侯ㅣ) 놀나고 민망(憫惘)야 긔운을 초고 알픠 나아가 주왈(奏曰),

"삼뎨(三弟) 소실(所實)[469]이 큰 죄(罪) 아니오라 쳐(妻子)의 몰[470]믈 썩그려 오매 연(自然) 그러엿오나 저의 긔샹(氣像)이 구속(拘束)디 아니미 아름답습거늘 굿여 티죄(治罪)

65면

시록 리잇가? 후일(後日)은 칙(責)시나 금일(今日)은 죄(罪)

---

465) 면당(面當): 얼굴을 대함.
466) 패악(悖惡): 도리에 어그러지고 악함.
467) 참괴(慙愧): 매우 부끄럽게 여김.
468) 형댱(刑杖): 형장. 예전에 죄인을 신문할 때 쓰던 몽둥이.
469) 소실(所實): 행한 일.
470) 몰: 인정이나 싹싹한 맛이 없고 쌀쌀맞음.

를 누리오시미 타인(他人)의 지쇼(指笑)[471]를 니루혈가 ᄒᆞᄂᆞ이다."

왕(王)이 정식(正色) 왈(曰),

"여등(汝等)이 아의 그른 거술 규졍(糾正)[472]티 아니코 이제 도로혀 저를 녁드러[473] 듕죄(重罪)를 벗기ᄂᆞ냐? 내 엇디 저의 시비(是非) 드르믈 다 개렴(介念)[474]ᄒᆞ리오?"

쵸휘(-侯ㅣ) 안셔(安舒)[475]히 ᄃᆡ왈(對曰),

"ᄒᆡ이(孩兒ㅣ) 블쵸(不肖)ᄒᆞ오나 삼뎨(三弟) 진짓 그ᄅᆞ미 이신즉 엇디 감히(敢-) 엄하(嚴下)의 한셜(閒說)[476]을 알외리잇고마는 ᄎᆞ(此)는 진실로(眞實-) 화수(-嫂)의 소실(所失)로 비로ᄉᆞᆫ 배오니 잠간(暫間) 믈시[477](勿施)[478]ᄒᆞ시미 ᄒᆡᆼ심〃(幸甚幸甚)ᄒᆞ도소이다."

왕(王)이 텽파(聽罷)의 즘〃(潛潛)ᄒᆞ엿다가 글러 노흐라 ᄒᆞ고 엄졍(嚴正)이 닐오ᄃᆡ,

"ᄎᆞ후(此後) ᄇᆡᆨ문을 화부(-府)의 가게 홀딘대 여등(汝等)의게 죄벌(罪罰)이 이실 거시니 ᄇᆡᆨ문의 발자최를 셔당(書堂) 문밧(門-)글 ᄂᆡ디 말라."

초후(-侯)와 능휘(-侯ㅣ) 흠긔 칭

471) 지쇼(指笑): 지소. 손가락질하며 비웃음.

472) 규졍(糾正): 규정. 잘못을 바로잡음.

473) 녁드러: 편들어.

474) 개렴(介念): 개념. 마음에 두고 생각하거나 신경을 씀.

475) 안셔(安舒): 안서. 편안하고 조용함.

476) 한셜(閒說): 한설. 잡다한 말.

477) 시: [교] 원문과 규장각본(22:59), 연세대본(22:65)에 모두 '진'으로 되어 있으나 문맥을 고려해 이와 같이 수정함.

478) 믈시(勿施): 물시. 행동을 하지 않음.

66면

샤(稱謝) 슈명[479](受命)[480]ᄒᆞ고,

흑ᄉᆞ(學士)를 더브러 셔당(書堂)의 도라와 광평후(--侯) 등(等) 칠(七) 인(人)과 텰싱(-生), 남싱(-生), 최싱(-生) 등(等)이 니ᄅᆞ러 녈좌(列坐)[481]ᄒᆞ고 텰 흑ᄉᆡ(學士ㅣ) 빅문ᄃᆞ려 왈(曰),

"내 앗가 드ᄅᆞ니 네 슉부(叔父)긔 댱칙(杖責)[482]ᄒᆞ다 ᄒᆞ매 티위(致慰)[483]ᄒᆞ려 왓더니 아모커나 몃치나 마즌다?"

능휘(-侯ㅣ) 쇼왈(笑曰),

"형(兄)은 고이(怪異)ᄒᆞᆫ 말 마ᄅᆞ쇼셔. 삼뎨(三弟) 므슴 죄(罪) 잇다 ᄒᆞ고 쏘 마즈리잇가?"

흑ᄉᆡ(學士ㅣ) 왈(曰),

"그럴딘대 무엇 ᄒᆞ라 의관(衣冠)을 벗고 뜰히 ᄭᅮ럿더뇨?"

흑ᄉᆡ(學士ㅣ) 쇼왈(笑曰),

"엄부지젼(嚴父之前)의 ᄭᅮᆯ기 그리 고이(怪異)ᄒᆞ리잇가? 그리면 형(兄)은 슉부(叔父) 안젼(案前)의 놉히 안즈시ᄂᆞ니잇가?"

텰 흑ᄉᆡ(學士ㅣ) 대쇼(大笑)ᄒᆞ고 ᄀᆞᆯ오ᄃᆡ.

"ᄭᅮᆯ기도 곡졀(曲折)이 잇ᄉᆞ니 네 날을 소기려 ᄒᆞᄂᆞ냐? 앗가 만화누(--樓)의 올랏더니 우연(偶然)이 오운뎐(--殿)을 ᄂᆞ리미러 보니 슉뷔(叔父ㅣ) 난간(欄干)의 안즈샤 므어시라 ᄒᆞ시더니 네 즉시(卽時)

---

479) 명: [교] 원문에는 '병'으로 되어 있으나 문맥을 고려해 규장각본(22:59)과 연세대본(22:66)을 따름.

480) 슈명(受命): 수명. 명령을 받음.

481) 녈좌(列坐): 열좌. 자리에 죽 벌여서 앉음.

482) 댱칙(杖責): 장책. 태형으로 벌함.

483) 티위(致慰): 치위. 위로함.

의관(衣冠)을 벗고 쑤니 현복이 매롤 드다가 현뵈[484]

67면

슉부(叔父)긔 므어시라 ᄒᆞ더니 네 즉시(卽時) 셔당(書堂)으로 오거놀 우리 급(急)히 ᄂᆞ려왓더니라."

능휘(-侯ㅣ) 웃고 ᄒᆞᆨᄉᆞ(學士)의 과실(過失)을 다 니른대 남싱(-生), 텰싱(-生)이 흠긔 닐오딕,

"아모리 녀직(女子ㅣ) 셟고[485] 쓸딕업순들 그대도록 ᄒᆞᆯ 길히 이시리오?"

광평휘(--侯ㅣ) 쇼왈(笑曰),

"챵딩[486] 형(兄)과 남 이거[487]는 져〃(姐姐)[488]와 ᄆᆡᄌᆞ(妹子)[489]의 넉술 들려시매 이러틋 용녈(庸劣)[490]ᄒᆞᆫ 말을 ᄒᆞ거니와 운뵈[491] 깁히 댱부(丈夫)의 긔샹(氣像)[492]을 일티 아냐시니 항복(降服)ᄒᆞ노라."

남싱(-生) 왈(曰),

"우리 등(等)이 쳐ᄌᆞ(妻子)의게 극진(極盡)ᄒᆞ야 대강(大綱)의 말이 잇거니와 대범(大凡)[493] 부뷔(夫婦ㅣ) 혹(或) 견과(見過)[494]ᄒᆞᆫ 일이

484) 현뵈: 현보. 이성문의 자(字).
485) 셟고: 서럽고.
486) 챵딩: 창징. 철수의 자(字).
487) 이거: 남관의 자(字). 남관은 이몽현이 어려서 데려다 기른 인물로 이몽현의 둘째딸 초주의 남편임.
488) 져져(姐姐): 저저. 누님. 철수의 아내 이미주를 가리킴. 이미주는 이몽현의 첫째딸임.
489) ᄆᆡᄌᆞ(妹子): 매자. 누이동생. 남관의 아내 이초주를 가리킴.
490) 용녈(庸劣): 용렬. 못생기고 재주가 남만 못하고 어리석음.
491) 운뵈: 운보. 이백문의 자(字).
492) 긔샹(氣像): 기상. 사람이 타고난 올곧은 마음씨와 그것이 겉으로 드러난 모양.
493) 대범(大凡): 무릇.
494) 견과(見過): 잘못을 보임.

이신들 운뫼 화 부인(夫人) 박디(薄待)ᄒᆞ므로 ᄀᆞᄐᆞ리오? 블공ᄃᆡ텬지쉬(不共戴天之讎ㅣ)라도 운보의게 더으디 못ᄒᆞᆯ 거시어ᄂᆞᆯ 도금(到今)ᄒᆞ야 화긔(火氣)[495] 승(勝)ᄒᆞᆫ 톄ᄒᆞ니 ᄌᆞ연(自然) 언논(言論)이 그러ᄐᆞᆺᄒᆞ미라."

광능휘(--侯ㅣ) 쇼왈(笑曰),

"삼뎨(三弟) 소실(所失)[496]이[497] 비록 그에셔 ᄇᆡᆨ(百)

68면

벌이나 더ᄒᆞ다 니롤디라도 녀ᄌᆞ(女子)의게 빌믄 가(可)티 아닌디라. 믈읏 녀ᄌᆡ(女子ㅣ) 지아비 구〃(苟苟)[498]ᄒᆞ면 더 착ᄒᆞᆫ[499] 톄ᄒᆞᄂᆞ니라."

뎔 ᄒᆞᆨᄉᆡ(學士ㅣ) 쇼왈(笑曰),

"너는 닉숙이도 안다. 위쉬(-嫂ㅣ) 그리ᄒᆞ시더냐?"

능휘(-侯ㅣ) 우어 왈(曰),

"쇼뎨(小弟)ᄂᆞᆫ 일즉 ᄈᆞ화도 보디 아니ᄒᆞ엿고 비러도 아니 보아시ᄃᆡ 대개(大蓋) 요ᄉᆞ이 시쇽(時俗)[500]이 그러ᄒᆞ더이다."

광평휘(--侯ㅣ) 션ᄌᆞ(扇子)[501]를 텨 왈(曰),

"만고(萬古)의 간사(奸邪)ᄒᆞᆫ 사ᄅᆞᆷ도 잇도다. 네 일즉 수〃(嫂嫂)로 더브러 ᄈᆞ호디 아냣노라 쟈랑ᄒᆞ나 요ᄉᆞ이 므ᄉᆞ 일로 독쳐(獨處)[502]

---

495) 화긔(火氣): 화기. 걸핏하면 화를 왈칵 내는 증세. 화증(火症).
496) 소실(所失): 흉이나 허물.
497) 이: [교] 원문과 연세대본(22:67)에는 없으나 문맥을 고려해 규장각본(22:61)을 따라 첨가함.
498) 구〃(苟苟): 구차함.
499) 착ᄒᆞᆫ: 유능한.
500) 시쇽(時俗): 시속. 그 당시의 풍속.
501) 션ᄌᆞ(扇子): 선자. 부채.

ᄒᆞᄂᆞ다?"

능휘(-侯ㅣ) 왈(曰),

"남ᄌᆡ(男子ㅣ) ᄆᆡ양 ᄂᆡ당(內堂)의 머리를 박아 방(房) 밧긔 ᄂᆡ왓디 아니ᄒᆞ리잇가? 형댱(兄丈)이실ᄉᆡ 화란(禍亂) 듕(中)도 쳐소(處所)를 홀로 아니시니 ᄂᆞᆷ도 그릴가 너기시ᄂᆞ니잇가?"

평휘(-侯ㅣ) 쇼왈(笑曰),

"내 비록 용녈(庸劣)ᄒᆞ나 너의 형댱(兄丈)이어ᄂᆞᆯ 감히(敢-) 죠롱(嘲弄)[503] ᄒᆞᄂᆞ다?"

능휘(-侯ㅣ) 웃고 샤례(謝禮) 왈(曰),

"쇼데(小弟) 엇디 형댱(兄丈)을

69면

죠롱(嘲弄)ᄒᆞ리잇가? 앗가 외당(外堂)의 쳐소(處所)ᄒᆞ믈 긔롱(譏弄)[504] ᄒᆞ실ᄉᆡ ᄌᆞ연(自然) ᄃᆡ답(對答)이 그러ᄒᆞ이다."

ᄎᆞ후(此後) ᄇᆡᆨ문이 화부(-府)의 가디 못ᄒᆞ고 화 시(氏)를 ᄉᆞ모(思慕)ᄒᆞᄂᆞᆫ 졍(情)이 탹급(着急)[505] ᄒᆞᄃᆡ 감히(敢-) ᄉᆞᄉᆡᆨ(辭色)[506] 디 못ᄒᆞ고 냥형(兩兄)을 ᄃᆡ(對)ᄒᆞ야 모친(母親)긔 화 시(氏) ᄃᆞ려오믈 고(告)ᄒᆞ라 ᄒᆞ니 초휘(-侯ㅣ) 경계(警戒) 왈(曰),

"이제 화란(禍亂)이 다 디나고 마장(魔障)[507] 이 업ᄉᆞ니 ᄌᆞ연(自然)

502) 독쳐(獨處): 독처. 홀로 거처함.
503) 죠롱(嘲弄): 조롱. 비웃거나 깔보면서 놀림.
504) 긔롱(譏弄): 기롱. 실없는 말로 놀림.
505) 탹급(着急): 착급. 아주 급함.
506) ᄉᆞᄉᆡᆨ(辭色): 사색. 말과 얼굴빛.
507) 마장(魔障): 일에 뜻밖의 방해나 탈이 생기는 일.

부뷔(夫婦ㅣ) 완취(完聚)[508]홀 거시어놀 이디도록 밧바 ᄒᆞᄂᆞᆫ다? 화쉬(-嫂ㅣ) 며ᄂᆞ리 도(道)를 일허 부모(父母)긔 빅알(拜謁)티 아니시거놀 모친(母親)이 엇디 톄면(體面)을 굽히샤 스ᄉᆞ로 쳥(請)ᄒᆞ시리오? 대댱뷔(大丈夫ㅣ) 쳐ᄌᆞ(妻子)를 못 니저 이대도록 구〃(苟苟)ᄒᆞ미 ᄀᆞ장 가(可)티 아니ᄒᆞ니라."

ᄒᆞᆨᄉᆡ(學士ㅣ) 그 형(兄)의 엄슉(嚴肅)ᄒᆞᆫ 경계(警戒)를 두려 ᄌᆡ빅(再拜) 샤례(謝禮)ᄒᆞ고 믈러나 다시 ᄉᆞᄉᆡᆨ(辭色)디 못ᄒᆞ나 ᄒᆞᆫ ᄆᆞ음이 울울쵸젼(鬱鬱焦煎)[509]ᄒᆞ야 ᄃᆞᆯ이 가고 날이 오란 후(後),

일〃(一日)은 ᄎᆞᆷ디 못ᄒᆞ야 샹셰(尙書ㅣ)

70면

ᄂᆡ당(內堂)의 드러가고 태부(太傅)ᄂᆞᆫ 붕우(朋友ㅣ) 쳥(請)ᄒᆞ믈 조차 나가고 셔당(書堂)이 븨엿거놀 황혼(黃昏)을 타 화부(-府)의 니ᄅᆞ러 바로 쇼져(小姐) 침소(寢所)로 드러가니 과연(果然) 쇼졔(小姐ㅣ) 담장(淡粧)[510] 단의(單衣)[511]로 쵹하(燭下)의셔 고ᄉᆞ(古史)를 슈련(修練)ᄒᆞ니 ᄆᆞᆰ은 긔질(奇質)이 암실(暗室)의 죠요(照耀)[512]ᄒᆞᄂᆞᆫ디라. 황홀(恍惚)이 반가오미 안면(顔面)의 넘ᄶᅵ니 년망(連忙)이 나아가 ᄉᆞ매를 잡아 병좌(竝坐)[513]ᄒᆞ니 쇼졔(小姐ㅣ) 무망(無妄)[514]의 ᄒᆞᆨᄉᆞ(學士)를 만나 크게 놀라 년망(連忙)이 손을 ᄲᅥᆯ티나 ᄒᆞᆨᄉᆡ(學士ㅣ) 구디 잡

508) 완취(完聚): 완취. 흩어진 가족이 모두 한곳에 함께 모여서 삶.
509) 울울쵸젼(鬱鬱焦煎): 울울초전. 마음이 펴이지 않고 답답하며 마음을 졸이고 애를 태움.
510) 담장(淡粧): 담장. 수수하고 엷게 화장을 함.
511) 단의(單衣): 홑옷.
512) 죠요(照耀): 조요. 밝게 비쳐서 빛남.
513) 병좌(竝坐): 나란히 앉음.
514) 무망(無妄): 별생각이 없는 상태.

고 정식(正色) 왈(曰),

"그듸의 쾌(快)ᄒᆞ미 가지록 더ᄒᆞ야 악댱(岳丈)을 브쵹(咐囑)[515] ᄒᆞ야 나의 허믈을 ᄉᆞ〃(事事)히 야야(爺爺)긔 고(告)ᄒᆞ고 내 죵젹(蹤迹)을 문뎡(門庭)[516]의 브티디 아니ᄒᆞ니 므어시 그대도록 즐겁더뇨? 내 계유 틈을 타 니ᄅᆞ러시니 ᄎᆞ야(此夜)ᄂᆞᆫ 죽을디언뎡 그듸 ᄠᅳᆺ을 졷디 못ᄒᆞ리로다."

쇼제(小姐ㅣ) 변식(變色) 브답(不答)ᄒᆞ니 혹ᄉᆡ(學士ㅣ) ᄯᅩᄒᆞᆫ 다른 말

71면

아니코 금션(錦扇)을 드러 쵹(燭)을 ᄭᅳ고 쇼져(小姐)로 더브러 상(牀)의 오ᄅᆞ려 ᄒᆞ니 쇼제(小姐ㅣ) ᄎᆞ경(此景)을 보고 대경대로(大驚大怒)ᄒᆞ야 죽기로 믈리텨 ᄀᆞᆯ오ᄃᆡ,

"그듸 엇디 쳡(妾)을 이ᄃᆡ도록 업슈이 너겨 무례(無禮)히 겁틱(劫勅)[517]ᄒᆞᄂᆞ뇨? 당〃(堂堂)이 ᄌᆞ결(自決)ᄒᆞ야 그듸 념녀(念慮)를 긋고 나의 졍심(貞心)을 쾌(快)히 ᄒᆞ리라."

혹ᄉᆡ(學士ㅣ) 노왈(怒曰),

"내 그ᄃᆡ긔 일홈 업ᄉᆞᆫ 남ᄌᆞ(男子)로 야반(夜半)[518]의 드러와 규슈(閨秀)를 겁틱(劫勅)ᄒᆞᆯ딘대 그듸 이러ᄒᆞ미 올커니와 부뷔(夫婦ㅣ) 되믄 일실(一室)의 깃드리라 ᄒᆞ미어ᄂᆞᆯ 그듸 므ᄉᆞᆷ 연고(緣故)로 이대도

515) 브쵹(咐囑): 부촉. 부탁하여 맡김.
516) 문뎡(門庭): 문정. 대문이나 중문 안에 있는 뜰.
517) 겁틱(劫勅): 겁칙. 겁박하여 탈취함.
518) 야반(夜半): 밤중.

록 과도(過度)히 구는다?"

쇼졔(小姐ㅣ) 왈(曰),

"그듸 말이 올흐나 기듕(其中) 소실(所失)을 니룰 거시니, 편(便)히 안자 드르라. 쳡슈블혜(妾雖不慧)[519] ᄒᆞ나 ᄉᆞ족(士族) 녀ᄌᆡ(女子ㅣ)어ᄂᆞᆯ 그듸 반ᄉᆡᆼ(半生)을 쥬ᄉᆡᆨ(酒色)의 ᄲᅡ뎌 혐의(嫌疑) 만죵(萬種)[520] ᄒᆞᆫ 녀ᄌᆞ(女子)를 음간(淫奸)ᄒᆞ야 더러오미 금슈(禽獸)만도 못 ᄒᆞ거ᄂᆞᆯ ᄎᆞ마 동쳐(同處)코져 ᄯᅳᆺ이 나며

72면

내 임의 세간(世間)의 희한(稀罕)ᄒᆞᆫ 누명(陋名)을 시러 신셰(身世) 차타(蹉跎)[521] ᄒᆞ고 욕(辱)되니 므ᄉᆞᆷ 흥황(興況)[522]으로 부〃(夫婦) 낙ᄉᆞ(樂事)를 ᄉᆡᆼ각ᄒᆞᆯ가 시브뇨? 이제ᄂᆞᆫ 쾌(快)히 드러시니 ᄌᆞ시 알고 ᄲᅡᆯ리 도라가라."

ᄒᆞᆨᄉᆡ(學士ㅣ) 어히업서 ᄀᆞᆯ오듸,

"내 비록 그ᄅᆞ고 그듸 착ᄒᆞ기 뉴(類)다ᄅᆞ나 ᄎᆞ언(此言)이 부인(夫人) 녀ᄌᆞ(女子)의 가부(家夫)과 ᄒᆞᆯ 말이냐?"

쇼졔(小姐ㅣ) 고셩(高聲) 왈(曰),

"쳡(妾)이 엇디 착ᄒᆞ리오? 텬하(天下) 대악(大惡)이니 경부(敬夫)ᄒᆞᆯ 줄을 모ᄅᆞ고 ᄯᅩᄒᆞᆫ 녜의(禮儀)를 아디 못ᄒᆞ니 그듸 스ᄉᆞ로 슈렴(收斂)ᄒᆞ고 쳡(妾)으란 ᄎᆡᆨ(責)디 말디어다."

---

519) 쳡슈블혜(妾雖不慧): 첩수불혜. 첩이 비록 슬기롭지 않으나.

520) 만죵(萬種): 만종. '만 가지'의 뜻으로 보이나 미상임.

521) 차타(蹉跎): 미끄러져 넘어짐.

522) 흥황(興況): 정취. 마음.

ᄒᆞᆨᄉᆡ(學士ㅣ) ᄯᅩᄒᆞᆫ 대로(大怒) 왈(曰),

"내 임의 젼후(前後)의 여러 슌(旬)[523] 샤죄(謝罪)ᄒᆞ고 남ᄌᆞ(男子)의 위의(威儀)ᄅᆞᆯ 굽혀 ᄋᆡ걸(哀乞)ᄒᆞ믈 ᄒᆞᆫ두 번(番) 아냣거ᄂᆞᆯ 그ᄃᆡ 감히(敢-) 지아비ᄅᆞᆯ 업슈이 너겨 면욕(面辱)[524]ᄒᆞ믈 태심(太甚)이 ᄒᆞ니 그ᄃᆡ 죽어도 블샹티 아니려든 더옥 엇디 그 ᄯᅳᆺ을 조ᄎᆞ리오?"

말을 ᄆᆞᄎᆞ며 분연(奮然)이 쇼져(小姐)ᄅᆞᆯ ᄭᅳ어

•••

73면

자리 우ᄒᆡ 나아가니 쇼졔(小姐ㅣ) 역시(亦是) ᄃᆡ로(大怒)ᄒᆞ야 경〃(鯁鯁)[525]이 쎨티나 이 ᄒᆞᆫ낫 삼쳑(三尺) ᄋᆞ녀ᄌᆡ(兒女子ㅣ)오 ᄒᆞᆨᄉᆞ(學士)ᄂᆞᆫ 팔쳑(八尺) 댱부(丈夫)로 힘이 능히(能-) 구뎡(九鼎)[526]을 드ᄂᆞᆫ디라 감히(敢-) 엇디 결우리오. 쇽졀업시 약(弱)ᄒᆞᆫ 몸이 뎌의 슈듕(手中)의 들매 ᄒᆞᆨᄉᆡ(學士ㅣ) 짐즛 방일(放逸)[527]ᄒᆞᆫ 거조(擧措)로 핍박(逼迫)ᄒᆞ야 ᄀᆞᆯ오ᄃᆡ,

"내 당초(當初) 그ᄃᆡᄅᆞᆯ 못 이긔미 아니라 슌녜(順禮)[528]로 부화쳐슌(夫和妻順)[529]이 ᄀᆞᄌᆞᆨ게[530] ᄒᆞ려 ᄒᆞ엿더니 그ᄃᆡ 내 노(怒)ᄅᆞᆯ 도〃니[531] 내 엇디 그ᄃᆡᄅᆞᆯ 공경(恭敬)ᄒᆞ야 ᄃᆡ졉(待接)ᄒᆞ리오?"

---

523) 슌(旬): 순. 번.
524) 면욕(面辱): 면전에서 욕을 보임.
525) 경〃(鯁鯁): 곧은 말을 하며 항쟁하는 모양.
526) 구뎡(九鼎): 구정. 중국 하(夏)나라의 우왕(禹王) 때에, 전국의 아홉 주(州)에서 쇠붙이를 거두어서 만들었다는 아홉 개의 솥. 주(周)나라 때까지 대대로 천자에게 전해진 보물이었다고 함.
527) 방일(放逸): 멋대로 거리낌 없이 놂.
528) 슌녜(順禮): 순례. 예법을 따름.
529) 부화쳐슌(夫和妻順): 부화처순. 남편은 온화하고 아내는 순종함.
530) ᄀᆞᄌᆞᆨ게: 가지런하게.
531) 도도니: 돋우니.

인(因)ᄒᆞ야 츈졍(春情)이 돌츌(突出)ᄒᆞ야 방탕(放蕩) 호방(豪放)ᄒᆞᆫ 의ᄉᆡ(意思ㅣ) 측냥(測量)업ᄉᆞ니 쇼졔(小姐ㅣ) 졀치부심(切齒腐心)[532] ᄒᆞ야 죽고져 ᄒᆞ나 ᄯᅩ 능히(能-) 엇디 못ᄒᆞ고 ᄯᅩ 뎌의 견권(繾綣)[533] ᄋᆡ듕(愛重)[534]ᄒᆞᄂᆞᆫ 형상(形狀)을 당(當)ᄒᆞ야 ᄉᆡᆼ아(生我) 십팔(十八)의 처엄이라 놀랍고 븟그럽기를 이긔디 못ᄒᆞ야 그런 당돌(唐突)ᄒᆞᆫ 긔습(氣習)[535]이 ᄒᆞ나토 업서 한〃(寒汗)이

74면

텸ᄇᆡ(沾背)[536]ᄒᆞ고 만신(滿身)[537]이 침상(針上)의 잇ᄂᆞᆫ 듯 분(憤)ᄒᆞ믈 이긔디 못ᄒᆞ매 옥뉘(玉淚ㅣ) 방〃(滂滂)[538]ᄒᆞ야 년험(蓮臉)[539]을 적시니 혹ᄉᆡ(學士ㅣ) 스ᄉᆞ로 손을 ᄢᅵᄉᆞ며 웃고 위로(慰勞) 왈(曰),

"그ᄃᆡ 임의 팔ᄌᆡ(八字ㅣ) 사오나와 녀ᄌᆞ(女子) 되기를 그릇ᄒᆞ여시니 이제 셜워ᄒᆞᆫ들 엇디ᄒᆞ리오? 녀ᄌᆞ(女子)ᄂᆞᆫ 남ᄌᆞ(男子)의 소ᄃᆡ(疏待)[540]를 감심(甘心)[541]ᄒᆞ거니와 어ᄂᆞ 남ᄌᆡ(男子ㅣ) 녀ᄌᆞ(女子)의 박ᄃᆡ(薄待)를 감심(甘心)ᄒᆞ리오?"

소졔(小姐ㅣ) 졍ᄉᆡᆨ(正色) 브답(不答)ᄒᆞ니 혹ᄉᆡ(學士ㅣ) 스ᄉᆞ로 뎌의 향긔(香氣)로온 긔질(氣質)을 겻지언[542] 디 뉵(六) ᄌᆡ(載)의 ᄎᆞ야

532) 졀치부심(切齒腐心): 절치부심. 몹시 분하여 이를 갈며 속을 썩임.
533) 견권(繾綣): 생각하는 정이 두터워 서로 잊지 못하거나 떨어질 수 없음.
534) ᄋᆡ듕(愛重): 애중. 사랑하고 소중하게 여김.
535) 긔습(氣習): 기습. 기운과 버릇.
536) 한〃(寒汗)이 텸ᄇᆡ(沾背): 한한이 첨배. 부끄럽거나 무서워 찬 땀이 솟아 등까지 흠뻑 젖음.
537) 만신(滿身): 온몸. 전신.
538) 방〃(滂滂): 눈물 나오는 것이 비 오듯 함.
539) 년험(蓮臉): 연검. 연꽃 같은 뺨.
540) 소ᄃᆡ(疏待): 소대. 푸대접.
541) 감심(甘心): 괴로움이나 책망 따위를 기꺼이 받아들임.
542) 겻지언: 더불어 있은.

(此夜) 부〃동낙(夫婦同樂)을 일우니 흔희(欣喜)ᄒᆞ미 미칠 ᄃᆞᆺᄒᆞ고 쇼져(小姐)ᄂᆞᆫ 분(憤)ᄒᆞ야 냥인(兩人)이 죵야(終夜)토록 ᄌᆞᆷ을 못 일웟다가 계명(鷄鳴) ᄢᅢ의 쇼졔(小姐ㅣ) 곤(困)ᄒᆞ야 몬져 ᄌᆞᆷ들거ᄂᆞᆯ ᄉᆡᆼ(生)이 깃거 ᄯᅩᄒᆞᆫ 자더니,

인(因)ᄒᆞ야 날이 ᄇᆞᆰ은디라, ᄒᆞᆨᄉᆡ(學士ㅣ) ᄭᆡ여 보고 대경(大驚)ᄒᆞ야 급(急)히 니러 의관(衣冠)을 ᄎᆞ자 닙고 부듕(府中)으로 도라가니 쇼졔(小姐ㅣ) ᄯᅩ

75면

ᄒᆞᆫ 니러나 ᄑᆞᆯ을 보니 비홍(臂紅)[543]이 임의 흔젹(痕迹)이 업ᄂᆞᆫ디라 통ᄒᆞᆫ(痛恨)ᄒᆞ미 고ᄃᆡ[544] 죽고져 ᄒᆞ나 두로 ᄉᆞ톄(事體)[545]ᄅᆞᆯ ᄉᆡᆼ각ᄒᆞ매 이ᄣᅢ의 죽어ᄂᆞᆫ 사ᄅᆞᆷ의 지쇼(指笑)[546]ᄒᆞ미 도로혀 븟그러온 고(故)로 역시(亦是) ᄎᆞᆷ고 ᄑᆞᆯ을 ᄀᆞᆷ초와 부모(父母)긔도 ᄉᆞᄉᆡᆨ(辭色)디 못ᄒᆞ니 공(公)의 부쳐(夫妻)ᄂᆞᆫ ᄉᆡᆼ(生)의 왓던 줄도 아디 못ᄒᆞ더라.

ᄉᆡᆼ(生)이 집의 니ᄅᆞ니 냥형(兩兄)이 볼셔 오운뎐(--殿)으로 가고 업거ᄂᆞᆯ 더옥 쵸조(焦燥)ᄒᆞ야 ᄒᆞᆯ일업서 담(膽)을 크게 ᄒᆞ고 나아가매 이ᄣᅢ 왕(王)이 샹셰(尙書ㅣ) 계명(鷄鳴)의 홀로 문침(問寢)[547]ᄒᆞᆷ믈 고이(怪異)히 너겨 ᄀᆞᆯ오ᄃᆡ,

543) 비홍(臂紅): 팔위에 있는 붉은 것이란 뜻으로 곧 앵혈(鶯血)을 말함. 앵혈은 장화(張華)의 『박물지』에서 그 출처를 찾을 수 있음. 근세 이전에 나이 어린 처녀의 팔뚝에 찍던 처녀성의 표시를 말하는 것으로 도마뱀에게 주사(朱沙)를 먹여 죽이고 말린 다음 그것을 찧어 어린 처녀의 팔뚝에 찍으면 첫날밤에 남자와 잠자리를 할 때에 없어진다고 함.

544) 고ᄃᆡ: 곧. 즉시.

545) ᄉᆞ톄(事體): 사체. 사리와 체면.

546) 지쇼(指笑): 지소. 손가락질하며 비웃음.

547) 문침(問寢): 문안.

"ᄎᆞᄋᆞ(次兒)ᄂᆞᆫ 어제 나갓거니와 삼ᄋᆞ(三兒)ᄂᆞᆫ 어ᄃᆡ 가뇨?"

샹셰(尙書ㅣ) ᄃᆡ왈(對曰),

"삼뎨(三弟) 작일(昨日) 셔당(書堂)의 잇솝더니 아모 드러간 줄 아디 못ᄒᆞᆯ소이다."

왕(王)이 졍식(正色) 왈(曰),

"ᄒᆞᆫ방(-房)의셔 자며 엇디 거쳐(去處)[548]를 모ᄅᆞ리오?"

샹셰(尙書ㅣ) 복슈(伏首)[549] 왈(曰),

"ᄒᆡᄋᆞ(孩兒)ᄂᆞᆫ 쇼ᄌᆞ(少子)[550]의 쵹샹(觸傷)[551]ᄒᆞ믈 인(因)ᄒᆞ야 ᄂᆡ

76면

당(內堂)의 드러갓솝던디라 진실로(眞實-) 아디 못ᄒᆞᄂᆞ이다."

왕(王) 왈(曰),

"연(然)즉 화부(-府)의 가도다."

초휘(-侯ㅣ) ᄆᆞᆨ연(默然)이러니,

날이 ᄇᆞᆰ은 후(後) 광능휘(--侯ㅣ) ᄯᅩᄒᆞᆫ 도라오ᄃᆡ 혹ᄉᆡ(學士ㅣ) 형영(形影)이 업더니 이윽고 혹ᄉᆡ(學士ㅣ) 드러와 시좌(侍坐)ᄒᆞ거ᄂᆞᆯ 왕(王)이 블연(勃然) 졍식(正色)고 소ᄅᆡ를 엄(嚴)이 ᄒᆞ야 문왈(問曰),

"작야(昨夜)의 아ᄒᆡ(兒孩) 어ᄃᆡ 갓더뇨?"

혹ᄉᆡ(學士ㅣ) 저즌 죄(罪) 잇ᄂᆞᆫ디라 황공(惶恐)ᄒᆞ야 ᄂᆞᆺ출 ᄇᆞᆰ히고 감히(敢-) ᄃᆡ답(對答)디 못ᄒᆞ거ᄂᆞᆯ 왕(王)이 직쵹ᄒᆞ야 무ᄅᆞᆫ대 혹ᄉᆡ(學

548) 거쳐(去處): 거처. 간 곳.
549) 복슈(伏首): 복수. 머리를 숙임.
550) 쇼ᄌᆞ(少子): 소자. 어린 아들.
551) 쵹샹(觸傷): 촉상. 찬 기운이 몸에 닿아서 병이 일어남.

士ㅣ) 홀일업서 죽기를 그음[552]ᄒᆞ고 ᄃᆡ왈(對曰),

"화부(-府)의 갓더니이다."

왕(王)이 문왈(問曰),

"엇디 ᄂᆡ게 하딕(下直)디 아니ᄒᆞ고 거취(去就)를 ᄌᆞ임(自任)ᄒᆞᄂᆞ뇨?"

혹ᄉᆡ(學士ㅣ) 고두(叩頭) 쳥죄(請罪)ᄒᆞ고 답(答)디 못ᄒᆞ거ᄂᆞᆯ 왕(王)이 좌우(左右)를 명(命)ᄒᆞ야 초후(-侯) 냥인(兩人)을 잡아 ᄂᆞ리와 ᄭᅮᆯ리고 ᄎᆡᆨ(責)ᄒᆞᄃᆡ,

"내 여등(汝等)을 분부(分付)ᄒᆞ야 ᄇᆡᆨ문을 화부(-府)의 보ᄂᆡ디 말라 ᄒᆞ엿거ᄂᆞᆯ 엇디 가게 ᄒᆞᆫ다?"

초휘(-侯ㅣ) ᄂᆞᆾ

77면

빗출 정(正)히 ᄒᆞ고 안셔(安舒)히 ᄃᆡ왈(對曰),

"삼뎨(三弟) 화부(-府)의 가ᄂᆞᆫ 줄 아라실딘ᄃᆡ 엇디 금(禁)티 아니ᄒᆞ리잇고마ᄂᆞᆫ ᄎᆞ뎨(次弟)로 더브러 셔당(書堂)을 ᄯᅥ난 죄(罪) 만ᄉᆞ유경(萬死猶輕)[553]이로소이다."

졍언간(停言間)[554]의 벽뎨(辟除)[555] 소ᄅᆡ 나며 ᄉᆞ륜(四輪)이 드[556]레ᄂᆞᆫᄃᆡ[557] 화 샹셰(尙書ㅣ) ᄌᆞ포옥ᄃᆡ(紫袍玉帶)[558]로 이에 드러오ᄂᆞᆫ

---

552) 그음: 작정.

553) 만ᄉᆞ유경(萬死猶輕): 만사유경. 만 번을 죽어도 오히려 가벼움.

554) 졍언간(停言間): 정언간. 말을 잠시 멈춤.

555) 벽뎨(辟除): 벽제. 지위가 높은 사람이 행차할 때, 구종(驅從), 별배(別陪)가 잡인의 통행을 금하며 소리치던 일.

556) 드: [교] 원문에는 '듯'으로 되어 있으나 문맥을 고려해 규장각본(22:70)과 연세대본(22:77)을 따름.

디라, 왕(王)이 강잉(强仍)ᄒᆞ야 몸을 니러 마자 녜필(禮畢)ᄒᆞ매 화 공(公)이 냥인(兩人)의 하당(下堂) ᄃᆡ죄(待罪)[559]ᄒᆞ여시믈 보고 놀라 무러 ᄀᆞᆯ오ᄃᆡ,

"초후(-侯) 등(等)은 일ᄃᆡ(一代) 군ᄌᆡ(君子ㅣ)라 므솜 연고(緣故)로 하당(下堂) ᄃᆡ죄(待罪)ᄒᆞ엿ᄂᆞ뇨?"

왕(王)이 연고(緣故)를 니ᄅᆞ고 ᄀᆞᆯ오ᄃᆡ,

"돈ᄋᆡ(豚兒ㅣ) 아븨 명(命)을 역(逆)ᄒᆞ고 셜ᄉᆞ(設使) 그곳의 가신들 형(兄)이 엇디 금(禁)티 아니ᄒᆞ뇨?"

공(公)이 대경(大驚) 왈(曰),

"쇼뎨(小弟) 작일(昨日) 셔헌(書軒)의 야심(夜深)토록 ᄒᆞ야 이셔도 운보의 자최를 보디 못ᄒᆞ고 아ᄎᆞᆷ의 녀ᄋᆞ(女兒)를 드러가 보나 ᄯᅩ 왓더란 말 아니ᄒᆞ던 거시어늘 엇디 ᄂᆡ 집의 가시

78면

리오? 극(極)히 고이(怪異)ᄒᆞ니 저ᄃᆞ려 ᄌᆞ시 무ᄅᆞ쇼셔."

왕(王)이 역시(亦是) 크게 놀라니 대개(大槪) 녯 긔습(氣習)이 나 쳥누폐강(青樓弊巷)[560]의 갓던가 ᄒᆞ야 더옥 놀라 시노(侍奴)로 ᄒᆞᆨᄉᆞ(學士)를 잡아 ᄂᆞ리와 별곤(別棍)[561] ᄉᆞ십(四十)을 ᆡᆼ타(猛打)ᄒᆞᄃᆡ 곡딕(曲直)을 뭇디 아니ᄒᆞ고 ᄯᅳ어 내티니 화 공(公)이 웃고 ᄀᆞᆯ오ᄃᆡ,

"쇽담(俗談)의 '옹셔(翁婿ㅣ) 블목(不睦)[562]ᄒᆞᄂᆞᆫ ᄃᆡ 업다.' ᄒᆞᄃᆡ, ᄒᆞᆨ

---

557) 드레ᄂᆞᆫᄃᆡ: 떠들썩한데.
558) ᄌᆞ포옥ᄃᆡ(紫袍玉帶): 자포옥대. 자줏빛 도포와 옥으로 장식한 띠.
559) ᄃᆡ죄(待罪): 대죄. 죄인이 처벌을 기다림.
560) 쳥누폐강(青樓弊巷): 청루폐항. 창녀집이 있는 더러운 거리.
561) 별곤(別棍): 썩 크고 단단하게 만든 곤장.

싱(學生)은 운보를 죄(罪)를 어더 주니 극(極)히 블안(不安)ᄒᆞ이다."

왕(王)이 탄왈(嘆曰),

"ᄋᆞᄌᆡ(兒子ㅣ) 이제도 ᄀᆡ과(改過)ᄒᆞ미 멀고 몽농(朦朧)이 취(醉)ᄒᆞᆫ 듕(中)의 이시니 큰 근심이 아니리오? 만일(萬一) 어딘 ᄂᆡ조(內助ㅣ)나 이시면 뎌ᄃᆡ도록디 아닐 거시로ᄃᆡ 환부(鰥夫)[563] 공방(空房)의 더 견ᄃᆡ디 못ᄒᆞ야 실셩지인(失性之人)이 되여시니 개탄(慨歎)ᄒᆞ노라."

화 공(公)이 구연(懼然)[564]ᄒᆞ야 도라가다.

혹ᄉᆡ(學士ㅣ) 블의(不意)에 댱칙(杖責)을 닙[565]고 셔헌(書軒)의 도라오니 이(二) 형(兄)이 쥐믈러 구(救)ᄒᆞ고 칙(責)ᄒᆞ야 갓던 곳을 무ᄅᆞ니 혹

79면

ᄉᆡ(學士ㅣ) 실(實)로ᄡᅧ ᄆᆡᆼ셰(盟誓) 왈(曰),

"쇼뎨(小弟) 노 시(氏) 흉변(凶變)을 디낸 후(後)ᄂᆞᆫ 션아(仙娥)[566] ᄀᆞᄐᆞᆫ 녀ᄌᆡ(女子ㅣ) 이셔도 다시 뉴렴(留念)[567]ᄒᆞᆯ ᄠᅳᆺ이 업거ᄂᆞᆯ 다른 곳의 어ᄃᆡ를 가시리잇가? 화부(-府)의 가셔도 악부(岳父) ᄂᆡ외(內外)도 아니 보고 바로 침소(寢所)로 가 자고 와시니 화 공(公)의 모ᄅᆞ미 고이(怪異)티 아니ᄒᆞ거니와 쇼뎨(小弟)를 믜이 너겨 짐즛 야〃(爺爺)긔 도〃와 고(告)ᄒᆞ야 매를 마치니 뉘 타ᄉᆞᆯ 삼으리잇가?"

---

562) 블목(不睦): 불목. 서로 사이가 좋지 아니함.

563) 환부(鰥夫): 홀아비.

564) 구연(懼然): 근심하는 모양.

565) 닙: [교] 원문에는 '답'으로 되어 있으나 문맥을 고려해 규장각본(22:71)과 연세대본(22:78)을 따름.

566) 션아(仙娥): 선아. 선녀.

567) 뉴렴(留念): 유념. 마음속에 둠.

냥휘(兩侯ㅣ) 그 진졍(眞情)을 보고 다시 칙(責)디 아니ᄒᆞ고 극딘(極盡)이 구호(救護)ᄒᆞᆯ ᄯᆞ름이러니 홀연(忽然) 평휘(-侯ㅣ) 니ᄅᆞ러 ᄎᆞ경(此景)을 보고 놀나 왈(曰),

"운뵈 ᄯᅩ 므ᄉᆞ 일로 칙(責)을 닙으뇨?"

능휘(-侯ㅣ) 웃고 연고(緣故)ᄅᆞᆯ 니ᄅᆞ니 평휘(-侯ㅣ) 혀 ᄎᆞ 왈(曰),

"이번(-番)은 운보의 죄(罪) 아니로다. 화 공(公)이 실로(實-) 아니 고이(怪異)ᄒᆞ냐?"

냥휘(兩侯ㅣ) 믁〃(默默)이러니 쳥후(-侯)로브터 일시(一時)의 드러와 ᄯᅩ 혹ᄉᆞ(學士)의 누어시믈 뭇거ᄂᆞᆯ 평휘(-侯ㅣ) ᄌᆞ시 니ᄅᆞ니 어ᄉᆞ(御史) 긔

80면

문이 박쟝(拍掌) 쇼왈(笑曰),

"과연(果然) 업(業)구즌[568] 남ᄌᆡ(男子ㅣ)로다. 쳐ᄌᆞ(妻子)로 인(因)ᄒᆞ야 몃 번(番)을 뎌 경샹(景狀)[569]을 ᄒᆞᄂᆞ뇨? ᄂᆡ 혜여 니ᄅᆞ랴? 여ᄉᆞᆺ 번(番)이니 ᄯᅩ ᄒᆞᆫ 번(番)만 마ᄌᆞ면 닐곱 번(番)이로다."

평휘(-侯ㅣ) 쇼왈(笑曰),

"ᄀᆞᆺ득 알파 셜워ᄒᆞᄂᆞᆫ 아을 악담(惡談)이나 말라. 현마 ᄯᅩ 마ᄌᆞ면 니ᄅᆞᆯ 거시 이시리오?"

어ᄉᆡ(御史ㅣ) 왈(曰),

"네 형세(形勢) 과연(果然) 어렵다. 화수(-嫂)ᄅᆞᆯ 박ᄃᆡ(薄待)ᄒᆞᆫ다 ᄒᆞ

568) 업(業)구즌: 발생하는 일이 심한.
569) 경샹(景狀): 경상. 좋지 않은 모습.

고 듕(重)ᄒᆞᆫ 형벌(刑罰)을 밧다가 ᄯᅩ 후ᄃᆡ(厚待)ᄒᆞᆫ다고 죄(罪)ᄅᆞᆯ 닙으니 슉부(叔父)의 샹벌(賞罰)이 고로디 아니시다.”

능휘(-侯ㅣ) 왈(曰),

“형(兄)은 쳘모로는 말 마ᄅᆞ쇼셔. 박ᄃᆡ(薄待)ᄒᆞᆫ들 인졍(人情)이 아니 이[570]시며 후ᄃᆡ(厚待)ᄒᆞᆫ들 곡졀(曲折)이 아니 이시리잇가? 삼뎨(三弟) ᄒᆡᆼᄉᆡ(行使ㅣ) 아모 모ᄒᆡ(謀害)도 당(當)티 아니ᄒᆞ거든 야애(爺爺ㅣ) ᄎᆡᆨ(責)디 아니시리잇가?”

ᄒᆞᆨᄉᆡ(學士ㅣ) 왈(曰),

“오ᄂᆞᆯ 죄(罪) 닙으믄 후ᄃᆡ(厚待)[571]의 당(當)티 아냣ᄂᆞᆫ디라. 화 시(氏)ᄅᆞᆯ 보고 니ᄅᆞᆯ 말이 이셔 갓다가 술준(-樽)[572] 이 잇거ᄂᆞᆯ

81면

두어 잔(盞) 먹고 취(醉)ᄒᆞ야 것구러뎌시ᄃᆡ 그 용심(用心)[573] 사오나온 화 시(氏) 날을 짐즛 ᄎᆡᆨ(責)을 어더 닙히랴 ᄭᆡ오디 아니ᄒᆞ야 날이 ᄇᆞᆰ은 후(後) 니러나 죄(罪)ᄅᆞᆯ 어덧ᄂᆞ이다.”

평휘(-侯ㅣ) 쇼왈(笑曰),

“네 말이 다 당슌(當順)[574]ᄒᆞ나 술 먹고 것구러뎟더니란 말은 허언(虛言)이라. 일뎡(一定)[575] 술만 취(醉)ᄒᆞ고 다른 ᄃᆡᄂᆞᆫ 취(醉)티 아닌다?”

---

570) 이: [교] 원문과 연세대본(22:80)에는 이 글자가 없으나 문맥을 고려해 규장각본(22:73)을 따라 이 글자를 첨가함.
571) 후ᄃᆡ(厚待): 후대. 후하게 대우함.
572) 술준(-樽): 술동이.
573) 용심(用心): 남을 시기하는 심술궂은 마음.
574) 당슌(當順): 당순. 이치에 맞음.
575) 일뎡(一定): 일정. 반드시.

혹식(學士ㅣ) 쇼이딕왈(笑而對曰),

"쇼뎨(小弟) 엇디 형댱(兄丈)긔 긔여 알외리오? 만일(萬一) 술 곳 아니 취(醉)ᄒᆞ여시면 계명(鷄鳴)[576]의 도라와실 터니이다."

모다 ᄲᅮ지저 거즛말이라 ᄒᆞ니 혹식(學士ㅣ) 미〃(微微)히 웃고 답(答)디 아니ᄒᆞ더라.

그러나 혹식(學士ㅣ) 화 시(氏)로 처음으로 졍(情)을 믹자 샹ᄉᆞ(相思) 일념(一念)을 채 프디 못ᄒᆞ고 ᄯᅩ 삼가디 못ᄒᆞᆫ 증셰(症勢)[577] 비경(非輕)[578]ᄒᆞ고 댱하(杖下)[579] 어혈(瘀血)[580]이 듕(重)ᄒᆞ야 혼〃(昏昏)[581] 팀고(沈痼)[582]ᄒᆞ니 냥휘(兩侯ㅣ) 민망(憫惘)[583]ᄒᆞ야 ᄎᆞ일(此日) 져녁 문안(問安)의 드러가니 왕(王)이 문왈(問曰),

"작야(昨夜)[584]의 빅문이 어딕

82면

롤 갓더니라 ᄒᆞ더뇨? "

초휘(-侯 ㅣ) 피셕(避席) 딕왈(對曰),

"히ᄋᆞ(孩兒) 등(等)이 ᄌᆞ시 힐문(詰問)[585]ᄒᆞ매 저의 진졍(眞情) 소회(所懷) 여ᄎᆞ〃(如此如此)ᄒᆞ온디라 대단ᄒᆞᆫ 과실(過失)이 아닌가 ᄒᆞ

576) 계명(鷄鳴): 닭이 욺. 또는 그런 울음.
577) 증세(症勢): 증세. 병을 앓을 때 나타나는 여러 가지 상태나 모양.
578) 비경(非輕): 가볍지 않음.
579) 댱하(杖下): 장하. 장형(杖刑)을 행하는 그 자리.
580) 어혈(瘀血): 박상 따위로 살 속에 피가 맺힘.
581) 혼〃(昏昏): 정신이 혼미함.
582) 팀고(沈痼): 침고. 오랫동안 앓고 있어 고치기 어려움.
583) 민망(憫惘): 근심함.
584) 쟉야(昨夜): 작야. 지난 밤.
585) 힐문(詰問): 트집을 잡아 따지고 물음.

ᄂᆞ이다."

왕(王)이 노왈(怒曰),

"군ᄌᆞ(君子)는 자최를 놉모ᄅᆞ게 아닛ᄂᆞ니 ᄇᆡᆨ문이 그 죄(罪) 더옥 깁흔디라. 여등(汝等)이 뎌러ᄐᆞᆺ 교화(敎化)[586]ᄒᆞ거든 삼ᄋᆡ(三兒ㅣ) 엇디 졍도(正道)의 도라가리오?"

초휘(-侯ㅣ) 피셕(避席) 쳥죄(請罪)ᄒᆞ고 감히(敢-) 말을 못 ᄒᆞ더라.

이후(以後) ᄒᆞᆨᄉᆞ(學士)의 병(病)이 위독(危篤)ᄒᆞ니 초후(-侯) 형뎨(兄弟) 크게 우려(憂慮)ᄒᆞ야 텬하(天下) 명의(名醫)를 모도와 딘ᄆᆡᆨ(診脈)ᄒᆞ니 일시(一時)의 닐오ᄃᆡ,

"이 병환(病患)이 상한(傷寒)[587] ᄀᆞᄐᆞ나 잠간(暫間) 범열(犯熱)ᄒᆞᆫ 듯하고 ᄯᅩ ᄆᆞᄋᆞᆷ의 심위(深憂ㅣ)[588] 이셔 속을 탄(炭)ᄒᆞᄂᆞᆫ 일이 이셔 이러ᄐᆞᆺ 듕(重)ᄒᆞ니 만일(萬一) 그 ᄒᆞ고져 ᄒᆞᄂᆞᆫ 바를 홀딘대 즉시(卽時) 차도(差度)를 어드리이다."

냥휘(兩侯ㅣ) 텽파(聽罷)의 놀라 의원(醫員)을 도라보내고 ᄒᆞᆨᄉᆞ(學士) 침변(枕邊)[589]의 나아가 의원(醫員)의 말을

83면

니ᄅᆞ고 골오ᄃᆡ,

"네 ᄯᅳᆺ은 쟝ᄎᆞᆺ(將次ㅅ) 엇더뇨?"

ᄒᆞᆨᄉᆡ(學士ㅣ) ᄎᆞ언(此言)을 듯고 ᄂᆞᆺ촐 븕히고 ᄃᆡ왈(對曰),

586) 교화(敎化): 가르치고 이끌어서 좋은 방향으로 나아가게 함.
587) 상한(傷寒): 상한. 추위 때문에 생긴 병.
588) 심위(深憂ㅣ): 깊은 근심.
589) 침변(枕邊): 베갯머리.

"쇼뎨(小弟) 과연(果然) 독거(獨居) 두 힛 만의 처음으로[590] 거야(去夜)[591]의 뎌곳의 가 화 시(氏)로 동실(同室)ᄒᆞ여시니 상한(傷寒)이라 ᄒᆞ믄 가(可)ᄒᆞ거니와 심위(深憂ㅣ) 잇다 ᄒᆞ믄 지극(至極) 원민(冤悶)[592]ᄒᆞ여이다."

냥휘(兩侯ㅣ) ᄯᅩᄒᆞᆫ 뭇디 아니ᄒᆞ더니,

ᄂᆡ당(內堂)의 드러가니 왕(王)이 노목(怒目)[593]이 진녈(震裂)[594]ᄒᆞ야 문왈(問曰),

"내 드ᄅᆞ니 ᄇᆡᆨ문이 화 시(氏)를 샹ᄉᆞ(相思)ᄒᆞ야 병(病)이 듕(重)타 ᄒᆞ니 쟝ᄎᆞᆺ(將次ㅅ) 진뎍(眞的)[595]ᄒᆞ냐?"

초휘(-侯ㅣ) ᄇᆡ샤(拜謝) 왈(曰),

"쇼ᄌᆡ(小子ㅣ) ᄌᆞ시 아든 못ᄒᆞ오나 의원(醫員)의 말이 그러ᄒᆞ온 고(故)로 저ᄃᆞ려 무ᄅᆞ니 ᄋᆡᄆᆡ[596]ᄒᆞ믈 발명(發明)[597]ᄒᆞ옵ᄂᆞᆫ디라 ᄂᆞᆼ히(能-) 진가(眞假)를 알 길히 업서이다."

왕(王)이 변ᄉᆡᆨ(變色) 왈(曰),

"고금(古今)의 방탕(放蕩)[598]ᄒᆞᆫ 남ᄌᆡ(男子ㅣ) 잇다 ᄒᆞ나 녀ᄌᆞ(女子)를 샹ᄉᆞ(想思)ᄒᆞ야 병(病)드다 ᄒᆞ믄 미ᄉᆡᆼ(尾生)[599], 신슌(申純)[600] 두

590) 으로: [교] 원문에는 '을'로 되어 있으나 문맥을 고려해 규장각본(22:75)과 연세대본(22:83)을 따름.
591) 거야(去夜): 지난밤.
592) 원민(冤悶): 억울하고 답답함.
593) 노목(怒目): 노기가 서린 눈. 또는 성난 눈.
594) 진녈(震裂): 진열. 벼락같이 성냄.
595) 진뎍(眞的)): 진적. 참되고 틀림없음.
596) ᄋᆡᄆᆡ: 억울함.
597) 발명(發明): 죄나 잘못이 없음을 말하여 밝힘.
598) 방탕(放蕩): 주색잡기에 빠져 행실이 좋지 못함.
599) 미ᄉᆡᆼ(尾生): 미생. 중국 춘추시대 노(魯)나라 사람. 여자와 다리 아래에서 만나기로 약속하고 기다렸으나 여자가 오지 않자 소나기가 내려 물이 밀려와도 기다리다가 마침내 교각을 끌어안고 죽음. 약속을 굳게 지켜 융통성이 없는 인물을 가리킬 때 주로 인용됨.
600) 신슌(申純): 신순. 중국 원나라 송매동(宋梅洞)이 지은 소설 『교홍전』과 명나라 맹칭순(孟稱舜)이 개편한 희곡 『교홍기(嬌紅記)』에 나오는 남주인공의 이름. 신순은 이종사촌인 왕교랑(王嬌娘)을 사랑해 서로 정을 통했으나 부모에게서 혼인을 허락받지 못해 함께 죽음.

사름밧 업스디라. 내 ᄎ마 이런 무상(無狀)ᄒ 거

∘∘∘

84면

슬 ᄌ식(子息)이라 ᄒ디 못ᄒ리니 당〃(堂堂)이 화부(-府)로 보내여 죽어 ᄇ골(白骨)이라도 화가(-家) 귀신(鬼神)이 되게 ᄒ리라."

초휘(-侯ㅣ) 날호여 ᄉ려 ᄀ오ᄃ,

"셩괴(盛敎ㅣ) 맛당ᄒ시나 삼뎨(三弟) 본ᄃ(本-) 긔골(氣骨)이 허약(虛弱)ᄒ거늘 젼후(前後) 여러 슌(旬) 댱칙(杖責)을 심(甚)히 닙습고 ᄒ로 녀ᄉ(女色)의 팀곤(侵困)[601]ᄒ야 졍혼(精魂)이 미란(迷亂)[602]ᄒ엿던 ᄎ(次) 풍상(風霜)을 ᄀ초 겻거 도라완 디 오라디 아니ᄒ온ᄃ 녀ᄉ(女色)을 갓가이ᄒ야 샹(傷)ᄒ여습는 듕(中) 엄칙(嚴責)을 당(當)ᄒ야 쳠감(添感)[603]ᄒ미니 일이 분명(分明)티 아닌 일의 블가(不可)ᄒ 노ᄅ슬 ᄒ시리잇가? 잠간(暫間) 믈시(勿施)[604]ᄒ시미 힝심(幸甚)[605]ᄒ도소이다."

왕(王)이 텽파(聽罷)의 즘〃(潛潛)ᄒ엿거늘 초휘(-侯ㅣ) 믈러와,

명일(明日) 됴회(朝會) 길히 화 슈찬(修撰)을 만나 ᄉ(生)의 병듕(病重)ᄒ믈 니ᄅ고 뭇디 아니믈 ᄎ(責)ᄒ대 슈찬(修撰)이 경왈(驚曰),

"쇼뎨(小弟) 요ᄉ이 공뮈(公務ㅣ) 번다(繁多)[606]ᄒ야 존부(尊府)의

601) 팀곤(侵困): 침곤. 몸에 병이 들어 피곤함.
602) 미란(迷亂): 정신이 혼미하여 어지러움.
603) 쳠감(添感): 첨감. 감정이 더해짐.
604) 믈시(勿施): 물시. 하려던 일을 그만둠.
605) 힝심(幸甚): 행심. 매우 다행함.
606) 번다(繁多): 번거롭게 많음.

85면

나아가디 못ᄒᆞ엿기[607]로 아디 못ᄒᆞ야 문후(問候)ᄒᆞᄂᆞᆫ 녜(禮)ᄅᆞᆯ 폐(廢)ᄒᆞ니 졍(正)히 참괴(慙愧)ᄒᆞ여라. 연(然)이나 증졍(症情)[608]이 엇더ᄒᆞ뇨?"

휘(侯ㅣ) 참연(慘然)[609] 왈(曰),

"진실로(眞實-) 만분(萬分)[610] 위악(危惡)[611]ᄒᆞ야 ᄉᆞᄉᆡᆼ(死生)의 념녜(念慮ㅣ) 깁흔디라 형(兄)은ᄏᆞ니와 수쉬(嫂嫂ㅣ) 엇디 니ᄅᆞ러 가부(家夫)의 병(病)을 보시디 아니리오?"

슈찬(修撰)이 고개 좃고 도라가 부모(父母)긔 ᄎᆞ언(此言)을 고(告)ᄒᆞ니 공(公)이 대경(大驚)ᄒᆞ야 즉시(卽時) 녀ᄋᆞ(女兒)ᄅᆞᆯ 블러 갈 뜻을 니ᄅᆞ니,

쇼졔(小姐ㅣ) 능히(能-) ᄒᆞᆯ일업서 장소(粧梳)[612]ᄅᆞᆯ 일우고 금교(金轎)[613]ᄅᆞᆯ ᄀᆞ초와 니부(-府)의 니ᄅᆞ러 감히(敢-) 바로 드러가디 못ᄒᆞ야 듕문(中門)의 서셔 죄(罪)ᄅᆞᆯ 쳥(請)ᄒᆞ니 소휘(-后ㅣ) 화 시(氏)의 와시믈 듯고 크게 반겨 밧비 드러오라 ᄒᆞ니 화 시(氏) 긴 오ᄉᆞᆯ 벗고 예〃(裔裔)[614]히 거러 듕계(中階)[615]의 다ᄃᆞ라 머리ᄅᆞᆯ 두ᄃᆞ려 돈슈혈읍(頓首血泣)[616] 왈(曰),

---

607) 기: [교] 원문에는 '거'로 되어 있으나 문맥을 고려해 규장각본(22:77)과 연세대본(22:85)을 따름.
608) 증졍(症情): 증정. 병을 앓을 때 나타나는 여러 가지 상태나 모양.
609) 참연(慘然): 슬퍼하는 모양.
610) 만분(萬分): 매우 충분히.
611) 위악(危惡): 위독함.
612) 장소(粧梳): 단장하고 꾸밈.
613) 금교(金轎): 가마를 아름답게 부르는 말.
614) 예〃(裔裔): 걷는 모양. 걸음걸이가 가볍고 어여쁨.
615) 듕계(中階): 중계. 집을 지을 때, 기초가 되도록 한 층을 높게 쌓아 올린 단.
616) 돈슈혈읍(頓首血泣): 돈수혈읍. 고개를 조아리고 피눈물을 흘림.

"쇼쳡(小妾)이 참난(慘難)[617]을 무궁(無窮)이 디내고 일명(一命)이 겨유 도싱(圖生)[618]ᄒᆞ오나 화란여싱(禍亂餘生)[619]으로 졍

86면

신(精神)이 쇠모(衰耗)[620]ᄒᆞ고 질병(疾病)이 얽ᄆᆡ여 경ᄉᆞ(京師)의 도라오온 후(後) 즉시(卽時) 문하(門下)의 나아와 ᄡᅳ레질[621]ᄒᆞᄂᆞᆫ 소임(所任)을 ᄒᆞ디 못ᄒᆞ오니 죄(罪) 만ᄉᆡ(萬死ㅣ)[622]로소이다."

휘(后ㅣ) 년망(連忙)이 나아오라 ᄒᆞ야 옥슈(玉手)ᄅᆞᆯ 잡고 탄식(歎息)ᄒᆞ야 ᄀᆞᆯ오ᄃᆡ,

"오ᄂᆞᆯ날 현부(賢婦)ᄅᆞᆯ 보니 가(可)히 셰ᄉᆞ(世事ㅣ) 번복(飜覆)[623]ᄒᆞᆷ을 알리로다. 디난 일은 니ᄅᆞ려 ᄒᆞ면 담(膽)이 ᄎᆞ고 넉시 ᄲᅱ노니 다시 뎨긔(提起)ᄒᆞ미 브졀업거니와 그ᄃᆡ 심규(深閨) 약질(弱質)로 쳔고(千古)의 드믄 디경(地境)을 ᄀᆞ초 격고 위급(危急)ᄒᆞᆫ 가온대 몸을 보젼(保全)ᄒᆞ야 평셕(平昔)[624]ᄀᆞ티 도라오니 희ᄒᆡᆼ(喜幸)ᄒᆞᆫ ᄯᅳᆺ이 만복(滿腹)[625]ᄒᆞ나 ᄋᆞᄌᆞ(兒子)의 박ᄒᆡᆼ(薄行)을 ᄉᆡᆼ각건대 ᄂᆞᆺ 드러 현부(賢婦) 보미 븟그럽디 아니랴?"

화 시(氏) 휘루(揮淚)[626] 톄읍(涕泣) 왈(曰),

---

617) 참난(慘難): 참혹한 환난.
618) 도싱(圖生): 도생. 살기를 도모함.
619) 화란여싱(禍亂餘生): 화란여생. 재앙과 환난 속에서 살아난 목숨.
620) 쇠모(衰耗): 쇠퇴하고 줄어듦.
621) ᄡᅳ레질: 쓰레질. 비로 쓸어서 집 안을 깨끗이 하는 일.
622) 만ᄉᆡ(萬死): 만사. 만 번 죽어도 오히려 가벼움.
623) 번복(飜覆): 이리저리 뒤집힘.
624) 평셕(平昔): 평석. 모든 시간에 걸쳐 계속하여 달라짐 없이.
625) 만복(滿腹): 마음에 가득함.
626) 휘루(揮淚): 눈물을 뿌림.

"왕ᄉᆞ(往事)ᄂᆞᆫ 쳡(妾)의 운ᄋᆡᆨ(運厄)[627]이 기구(崎嶇)ᄒᆞ고 팔ᄌᆞ(八字ㅣ) 박(薄)ᄒᆞ미라 엇디 ᄂᆞᆷ을 탓ᄒᆞ며 더옥 구괴(舅姑ㅣ) 블안(不安)ᄒᆞ시미 겨시리오? 하교(下敎)ᄅᆞᆯ 듯ᄌᆞ오니 더옥 황공(惶恐)ᄒᆞ믈

87면

이긔디 못ᄒᆞ리로소이다. 쳡(妾)이 블쵸(不肖)ᄒᆞ미 커 셜만(褻慢)[628]ᄒᆞᆫ 죄(罪)ᄅᆞᆯ 만히 지어ᄉᆞᆸᄂᆞᆫ디라 당〃(堂堂)이 죄(罪)ᄅᆞᆯ ᄂᆞ리오시믈 ᄇᆞ라ᄂᆞ이다."

휘(后ㅣ) 흔연(欣然) 왈(曰),

"ᄋᆞ뷔(阿婦ㅣ) 비록 목셕(木石)ᄀᆞᄐᆞᆫ들 그 디경(地境)을 격고 어이 신샹(身上)이 무ᄉᆞ(無事)ᄒᆞ리오? 녯날 화ᄉᆡᆨ(和色)이 만히 감(減)ᄒᆞ여시니 샹감(傷感)[629]ᄒᆞᄂᆞᆫ 회푀(懷抱ㅣ) 일층(一層)이 더으도다. 홍안박명(紅顔薄命)[630]ᄒᆞ다 ᄒᆞᆫ들 엇디 현부(賢婦) ᄀᆞᄐᆞ니 이시며 가변(家變)이 희한(稀罕)ᄒᆞ다 ᄒᆞ나 ᄌᆞ가(自家) ᄀᆞᄐᆞ니 어ᄃᆡ 이시리오? 노녀(-女)의 젼〃(前前) 죄상(罪狀)을 ᄉᆡᆼ각ᄒᆞ니 도금(到今)ᄒᆞ여도 삼혼(三魂)[631]이 ᄂᆞ라나믈 면(免)티 못ᄒᆞᄂᆞ니 그ᄃᆡ ᄎᆞ마 므ᄉᆞᆷ ᄆᆞᄋᆞᆷ으로 구가(舅家)의 오고져 시브리오?"

화 시(氏) 돈슈(頓首)[632] ᄇᆡ샤(拜謝)ᄒᆞ고 제ᄉᆞ금쟝(娣姒錦帳)[633]으

627) 운ᄋᆡᆨ(運厄): 운액. 운수와 액화.
628) 셜만(褻慢): 설만. 하는 짓이 무례하고 거만함.
629) 샹감(傷感): 상감. 하찮은 일에도 쓸쓸하고 슬퍼져서 마음이 상함.
630) 홍안박명(紅顔薄命): 미인은 운명이 기박함.
631) 삼혼(三魂): 사람의 마음에 있는 세 가지 영혼. 태광(台光), 상령(爽靈), 유정(幽精)을 이름.
632) 돈슈(頓首): 돈수. 머리를 조아림.
633) 제ᄉᆞ금쟝(娣姒錦帳): 제사금장. '제사'는 형제의 아내 가운데 손아래 동서와 손위 동서임. '금장'도 동서.

로 각〃(各各) 한훤(寒暄)[634]ᄒᆞ매 위 시(氏) 등(等)이 일시(一時)의 옥셩(玉聲)을 여러 므ᄉᆞ(無事)히 도라오믈 만〃(萬萬) 티하(致賀)ᄒᆞ고 피ᄎᆡ(彼此ㅣ) 반김과 ᄋᆡ모(愛慕)ᄒᆞ미 동긔(同氣)의 감(減)티 아니ᄒᆞ고 월쥬 쇼졔(小姐ㅣ) 더옥 희긔(喜氣) 옥면(玉面)의

88면

ᄀᆞ득ᄒᆞ야 화 시(氏)의 오ᄉᆞᆯ 븟잡고 반기미 측냥(測量)업ᄉᆞ니 화 시(氏) 감은(感恩)ᄒᆞ미 텰골(徹骨)[635]ᄒᆞ야 눈믈을 드리워 ᄀᆞᆯ오ᄃᆡ,

"쳡(妾)이 만일(萬一) 죽어실딘대 오ᄂᆞᆯ 희ᄉᆞ(喜事)ᄅᆞᆯ 보디 못ᄒᆞ리니 목숨이 구더 댱슈(長壽)ᄒᆞ기ᄂᆞᆫ 쇼져(小姐)와 모든 져〃(姐姐)의 셩튁(盛澤)[636]을 다시 닙ᄉᆞᆸ고 구고(舅姑)의 ᄋᆡ휼(愛恤)[637]ᄒᆞ시믈 밧ᄌᆞ오니 은덕(恩德)이 여텬(如天)ᄒᆞ도소이다."

언필(言畢)의 왕(王)이 드러오니 졔인(諸人)이 일시(一時)의 니러마자 화 시(氏) 알ᄑᆡ 나아가 ᄇᆡ례(拜禮)ᄒᆞ니 왕(王)이 나아오라 ᄒᆞ야 ᄀᆞᆯ오ᄃᆡ,

"ᄋᆞ뷔(阿婦ㅣ) 약질(弱質)의 ᄉᆞ디(死地)ᄅᆞᆯ ᄀᆞ초 격고 병(病)이 듕(重)타 ᄒᆞ니 팀좌(寢坐)[638]의 깁흔 근심이 업디 아니ᄒᆞ더니 요ᄉᆞ이ᄂᆞᆫ 차복(差復)[639]ᄒᆞ엿ᄂᆞ냐? 엇디 니ᄅᆞ럿ᄂᆞ뇨? ᄋᆞᄌᆞ(兒子)의 무상(無狀)ᄒᆞ미 너의 젼뎡(前程)[640]을 판단(判斷)[641]ᄒᆞ고 가문(家門)을 욕(辱)

634) 한훤(寒暄): 날씨의 춥고 더움을 말하는 인사.
635) 텰골(徹骨): 철골. 뼈에 사무침.
636) 셩튁(盛澤): 성택. 큰 은택.
637) ᄋᆡ휼(愛恤): 애휼. 사랑하여 어루만짐.
638) 팀좌(寢坐): 침좌. 누워 있거나 앉아 있다는 뜻으로 '늘'을 말함.
639) 차복(差復): 병이 나아서 회복됨.
640) 젼뎡(前程): 전정. 앞길.

먹이니 통히(痛駭)ᄒᆞ미 엇디 다시 니ᄅᆞᆯ 거시 이시리오? 연(然)이나 왕ᄉᆞ(往事)ᄅᆞᆯ 개회(介懷)티 말고 ᄎᆞ후(此後) ᄆᆞ음을 편(便)히 ᄒᆞ야 병(病)을

89면

더으디 말라."

쇼졔(小姐ㅣ) 돈슈(頓首) 샤례(謝禮)ᄒᆞ니 왕(王)이 ᄇᆡ야흐로 제부(諸婦) 안항(雁行)[642]이 ᄀᆞ즉ᄒᆞ믈 가쟝 깃거 만분(萬分) 희식(喜色)으로 닐오ᄃᆡ,

"ᄋᆞ뷔(阿婦ㅣ) 일즉 정당(正堂)의 뵈왓ᄂᆞ냐?"

월쥬 쇼졔(小姐ㅣ) ᄃᆡ왈(對曰),

"형(兄)이 앗가 ᄀᆞᆺ 왓ᄂᆞᆫ 고(故)로 아딕 아니 가 계시이다."

왕(王)이 니러나며 왈(曰),

"낫 문안(問安)이 느저시니 현휘(賢后ㅣ) 맛당이 졔부(諸婦)ᄅᆞᆯ 거ᄂᆞ려 드러오쇼셔."

휘(后ㅣ) 즉시(卽時) 녜복(禮服)을 닙고 ᄌᆞ녀(子女)ᄅᆞᆯ 거ᄂᆞ려 정당(正堂)의 니ᄅᆞ러ᄂᆞᆫ 화 시(氏) 만면(滿面) 슈식(羞色)[643]을 머금고 ᄂᆞ족이 나아가 모든 ᄃᆡ 녜필(禮畢)ᄒᆞ매, 일개(一家ㅣ) 놀라며 크게 반겨 뉴 부인(夫人)이 밧비 그 옥슈(玉手)ᄅᆞᆯ 잡고 츄연(惆然)[644]ᄒᆞ야 닐오ᄃᆡ,

---

641) 판단(判斷): 끊어 놓음.
642) 안항(雁行): 기러기의 행렬이라는 뜻으로 형제를 이르는 말.
643) 슈식(羞色): 수색. 부끄러운 기색.
644) 츄연(惆然): 추연. 처량하고 슬픔.

"거시(去時)의 쇼댱(蕭墻)의 대변(大變)[645]이 니러나 현뷔(賢婦ㅣ) 부듕(府中)을 써나니 참담(慘憺)훈 뜻이 측냥(測量)업ᄉ나 무ᄉ(無事)히 뎍소(謫所)로 가기를 미덧더니 뉘 도로혀 가온대로조차 위급(危急)훈 디경(地境)을 ᄀ초 당(當)ᄒ야 ᄉ싱(死生)이 판단(判斷)ᄒ엿던 줄 엇디 알리오? 텬되(天道ㅣ) 길인(吉人)

90면

을 도으샤 ᄆ춤닉 투싱(偸生)[646]ᄒ야 본부(本府)의 도라오니 이 엇디 텬우신조(天佑神助)ᄒ미 아니리오? 즉시(卽時) 보고져 뜻이 급(急)ᄒ딕 실로(實-) ᄌ가(自家)의셔 현부(賢婦)를 져ᄇ렷ᄂ 고(故)로 ᄂ치 업서 능히(能-) 수이 보믈 엇디 못ᄒ엿더니 금일(今日) 보니 셕ᄉ(昔事ㅣ)라 의희(依稀)[647]ᄒ고 반가오믈 이긔디 못ᄒ리로다."

화 시(氏) ᄌ비(再拜) 샤례(謝禮)ᄒ고 감히(敢-) 답(答)디 못ᄒ더니 하람공(--公)이 쏘훈 위로(慰勞)ᄒ야 ᄀ로딕,

"노뷔(老夫ㅣ) 블민(不敏)ᄒ야 셕년(昔年)의 간녀(奸女)를 엄(嚴)히 다ᄉ리디 못훈 고(故)로 그 마얼(魔孼)[648]이 그딕긔 미처 비샹(非常)훈 곡경(曲境)을 ᄀ초 겻그니 가(可)히 참괴(慚愧)ᄒ믈 춤을 것가? 도시(都是)[649] 나의 죄(罪)오, ᄇ문의 타시 아니라 그딕ᄂ ᄇ문을 원(怨)티 말고 ᄎ후(此後) 복녹(福祿)을 누리믈 ᄇ라노라."

---

645) 쇼댱(蕭墻)의 대변(大變): 소장의 대변. 소장의 큰 변란. 소장은 군신이 모여 회의하는 곳에 쌓은 담을 말함. 소장의 큰 변란은 집안 내부나 한패 속에서 일어나는 큰 변란을 뜻함.

646) 투싱(偸生): 투생. 구차하게 산다는 뜻으로, 죽어야 마땅할 때에 죽지 아니하고 욕되게 살기를 꾀함을 이르는 말.

647) 의희(依稀): 희미하고 흐릿함.

648) 마얼(魔孼): 귀신의 재앙.

649) 도시(都是): 모두.

화 시(氏) 븟그리믈 씌여 빅샤(拜謝)홀 분이러니 기국공(--公)이 웃고 골오딕,

"화 시(氏)의 굿기믄 도시(都是) 요승(妖僧) 혜션의 작얼(作孼)[650]과 빅문의 혼암(昏闇)ᄒᆞ미

91면

어늘 형(兄)은 므솜 익(厄)으로 뭇 죄(罪)를 다 당(當)ᄒᆞ시ᄂᆞ뇨? 극(極)히 가쇠(可笑ㅣ)로소이다."

남공(-公)이 흔연(欣然)이 우어 골오딕,

"현뎨(賢弟) 아디 못ᄒᆞᄂᆞ냐? 당초(當初) 만일(萬一) 노 시(氏)를 흥문의 말대로 ᄉᆞ살(死殺)ᄒᆞ엿더면 무엇 ᄒᆞ라 화 시(氏) 드문 환(患)을 당(當)ᄒᆞ야실가 시브뇨?"

연왕(-王)이 웃고 왈(曰),

"형댱(兄丈)은 하 블ᄉᆞ(不似)[651]ᄒᆞᆫ 말솜으로 욕ᄌᆞ(辱子)의 텬디간(天地間) ᄀᆞ업ᄉᆞᆫ 허믈을 둣덥디 마ᄅᆞ쇼셔. 당초(當初) 노 시(氏) 지은 죄악(罪惡)이 칠거(七去)를 디나시나 그대도록 ᄉᆞ죄(死罪)를 짓디 아녓거늘 죽이도록 ᄒᆞ여 온갓 일이 노 시(氏) 죄(罪)라 니ᄅᆞ고 빅의 가화 시(氏) 딜러 죽이랴 ᄒᆞ기도 형댱(兄丈)의 타시니잇가? 고이(怪異)ᄒᆞᆫ 말솜 마ᄅᆞ시미 힝심(幸甚)ᄒᆞ이다."

공(公)이 옥치(玉齒) 환연(皖然)[652]ᄒᆞ야 웃고 답(答)디 아니ᄒᆞ더라.

---

650) 작얼(作孼): 훼방을 놓음.
651) 블ᄉᆞ(不似): 불사. 사리에 맞지 않음.
652) 환연(皖然): 밝은 모양.

평후(-侯)로브터 졔싱(諸生)이 일졔(一齊)히 몸을 굽혀 화 시(氏)를 향(向)ᄒᆞ야 각〃(各各) 티위(致慰)653)ᄒᆞ니 화 시(氏) 더옥 몸 둘 곳이 업서 ᄂᆞᄌᆞᆨ이 샤

...

92면

례(謝禮)ᄒᆞᆯ ᄯᆞ름이러니,

날이 느ᄌᆞ매 파(罷)ᄒᆞ여 화 시(氏) 녯 침소(寢所)의 도라오니 경믈654)(景物)655)이 의연(依然)656)ᄒᆞ고 당년(當年)의 혈누(血淚) ᄲᅳ린 자최 그저 이시니 샹감(傷感)657)ᄒᆞ믈 이긔디 못ᄒᆞ야 쳑연(惕然)658) 탄식(歎息)ᄒᆞ더니 월쥬 쇼졔(小姐ㅣ) 이에 니ᄅᆞ러 별후(別後) 니졍(離情)659)을 니ᄅᆞ며 노 시(氏)의 젼후(前後) 무궁(無窮)ᄒᆞᆫ 죄악(罪惡)을 베퍼 밤이 새ᄂᆞᆫ 줄 ᄭᆡ둧디 못ᄒᆞ더라.

ᄇᆡᆨ문이 화 시(氏) 오믈 듯고 암희(暗喜)660)ᄒᆞ야 ᄇᆡᆨ병(百病)이 다 ᄃᆞ라나는 둧ᄒᆞᄃᆡ, 이목(耳目)을 두려 나은 톄를 못 ᄒᆞ더니 두어 날 후(後) 홀연(忽然) 냥형(兩兄)ᄃᆞ려 닐오ᄃᆡ,

"쇼뎨(小弟) 여러 날 병(病)들기로 냥형(兩兄)이 오래 침슈(寢睡)661)를 폐(廢)ᄒᆞ시니 극(極)히 블안(不安)ᄒᆞᆫ디라, 오늘브터란 침소

---

653) 티위(致慰): 치위. 위로함.
654) 믈: [교] 원문과 연세대본(22:92)에는 '문'으로 되어 있으나 문맥을 고려해 규장각본(22:81)을 따름.
655) 경믈(景物): 경물. 계절에 따라 달라지는 경치.
656) 의연(依然): 전과 다름이 없음.
657) 샹감(傷感): 상감. 하찮은 일에도 쓸쓸하고 슬퍼져서 마음이 상함.
658) 쳑연(惕然): 척연. 슬퍼하는 모양.
659) 니졍(離情): 이정. 헤어져 생기는 회포.
660) 암희(暗喜): 속으로 기뻐함.
661) 침슈(寢睡): 침수. 잠, 수면을 높여 이르는 말.

(寢所)의 가 화 시(氏)ᄃᆞ려 구완[662]ᄒᆞ라 ᄒᆞ사이다."

냥인(兩人)이 ᄇᆡ야흐로 샹ᄉᆞ(相思)런 줄 ᄭᆡᄃᆞᆺ고 어히업서 닐오ᄃᆡ,

"뎌 긔운의 거러갈가 시브냐?"

혹ᄉᆡ(學士ㅣ) 흔연(欣然)이 오ᄉᆞᆯ 닙고 드러가거ᄂᆞᆯ, 이(二) 인(人)

•••

93면

이 심하(心下)의 ᄒᆡ연(駭然)[663]이 너기니 대강(大綱) 녀ᄌᆞ(女子)ᄅᆞᆯ 샹ᄉᆞ(相思)ᄒᆞ믈 심히(甚-) 아니꼬이 너기미러라.

혹ᄉᆡ(學士ㅣ) 침소(寢所)의 드러가니 화 시(氏) 쵹하(燭下)의셔 쇼ᄆᆡ(小妹)로 담쇼(談笑)ᄒᆞ다가 보고 놀라거ᄂᆞᆯ 겨유 드러 안ᄌᆞ며 닐오ᄃᆡ,

"졔형(諸兄)이 내 병(病)들기로 듀야(晝夜) 근노(勤勞)ᄒᆞ시니 념티(廉恥) 안〃(晏晏)[664]티 못ᄒᆞ야 그ᄃᆡ 날 죽과져 ᄒᆞ믈 알건마ᄂᆞᆫ 드러왓ᄂᆞ니 자리ᄅᆞᆯ 편(便)히 ᄒᆞ야 주미 엇더ᄒᆞ뇨?"

화 시(氏) 졍ᄉᆡᆨ(正色) ᄇᆞ동(不動)이어ᄂᆞᆯ 월쥬 쇼졔(小姐ㅣ) 친(親)히 니러 돗글 바로 ᄒᆞ고 누으믈 쳥(請)ᄒᆞ고 손을 쥐믈러 ᄀᆞᆯ오ᄃᆡ,

"거〃(哥哥)의 신ᄉᆡᆨ(神色)이 하 패(敗)ᄒᆞ야시니[665] 깁흔 념녜(念慮ㅣ) 가ᄇᆡ얍디 아닌디라. 이ᄣᆡᄂᆞᆫ 엇더ᄒᆞ시관ᄃᆡ 운동(運動)ᄒᆞ야 드러와 겨시뇨?"

혹ᄉᆡ(學士ㅣ) 왈(曰),

---

662) 구완: 아픈 사람이나 해산한 사람을 간호함.
663) ᄒᆡ연(駭然): 해연. 몹시 이상스러워 놀람.
664) 안〃(晏晏): 즐겁고 화평함.
665) 패(敗)ᄒᆞ야시니: 패하였으니. 몸이나 얼굴이 여위고 안되게 되니.

"일시(一時) 병(病)이 침곤(侵困)[666]ᄒᆞ나 쇼년(小年) 장골(壯骨)이니 그대도록 운동(運動) 못 ᄒᆞ도록이야 ᄒᆞ랴? 겨유 드러와시나 네 화시(氏)의 가지록 사오나온 거동(擧動)을 보

94면

라. 내 이리 듕(重)ᄒᆞᆫ 병(病)을 드러시ᄃᆡ 죠곰도 요동(搖動)티 아니ᄒᆞ니 텬하(天下)의 뎌대도록 모딘 녀ᄌᆞ(女子ㅣ) 잇ᄂᆞ냐?"

쇼졔(小姐ㅣ) 온화(溫和)히 프러 ᄀᆞᆯ오ᄃᆡ,

"거게(哥哥ㅣ) 션실기도(先失其道)[667]ᄒᆞ야 겨시거ᄂᆞᆯ 엇디 ᄂᆞᆷ을 그ᄅᆞ다 ᄒᆞ시ᄂᆞ뇨? 어룬의 사ᄅᆞᆷ들이 톄면(體面) 업시 빠호디 마ᄅᆞ시고 됴토록 ᄒᆞ쇼셔."

인(因)ᄒᆞ야 이윽이 안자 손을 쥐므ᄅᆞ다가 드러가거ᄂᆞᆯ ᄉᆡᆼ(生)이 화시(氏)ᄅᆞᆯ 향(向)ᄒᆞ야 ᄀᆞᆯ오ᄃᆡ,

"ᄉᆡᆼ(生)이 블의(不意)에 이런 독병(毒病)을 어더시ᄃᆡ 그ᄃᆡ 녀ᄌᆞ(女子ㅣ) 되여 돈연(頓然)[668]이 ᄒᆡᆼ노(行路)[669]ᄀᆞ티 뭇디 아니니 긔 므슴 도리(道理)뇨?"

화 시(氏) 졍ᄉᆡᆨ(正色) ᄇᆞ답(不答)ᄒᆞ고 셩모(星眸)[670]ᄅᆞᆯ ᄂᆞ초와 답(答)디 아니ᄒᆞ니 ᄒᆞᆨᄉᆡ(學士ㅣ) ᄇᆞᆯ연작ᄉᆡᆨ(勃然作色)[671]ᄒᆞ고 ᄉᆞ매ᄅᆞᆯ 잇그러 나오텨 겨ᄐᆡ 안티고 즐왈(叱曰),

---

666) 침곤(侵困): 병이 들어 피곤함.
667) 션실기도(先失其道): 선실기도. 먼저 그 도리를 잃음.
668) 돈연(頓然): 끊어진 모양.
669) ᄒᆡᆼ노(行路): 행로. 길 가는 사람.
670) 셩모(星眸): 성모. 별 같은 눈동자.
671) ᄇᆞᆯ연작ᄉᆡᆨ(勃然作色): 발연작색. 왈칵 성을 내어 낯빛이 변함.

"그ᄃᆡ 쇼ᄉᆡᆼ(小生) 념고(厭苦)[672] ᄒᆞ믈 구슈(仇讎)[673]로 마련ᄒᆞ니 당〃(堂堂)이 그ᄃᆡ를 친(親)ᄒᆞ야 부ᄃᆡ 수이 죽어 그ᄃᆡ 뜻을 쾌(快)히 ᄒᆞ리라."

인(因)ᄒᆞ야 ᄭᆡ어 자리 우희 나

95면

아가니 화 시(氏) ᄎᆞ경(此景)을 보고 도로혀 어히업서 죽디 아닌 줄을 ᄒᆞᆫ(恨)ᄒᆞ야 안ᄉᆡᆨ(顔色)을 졍(正)히 ᄒᆞ고 옥슈(玉手)를 ᄲᅥᆯ텨 믈러안ᄌᆞ니 ᄒᆞᆨᄉᆡᆨ(學士ㅣ) 대로(大怒)ᄒᆞ야 다시 잇그러 벼개의 와 슬히텨[674] ᄒᆞᆫ편(-便)의 누이고 금〃(錦衾)을 ᄒᆞᆫ가지로 ᄒᆞ니 화 시(氏) 역시(亦是) 대로(大怒)ᄒᆞ야 경〃(鯁鯁)[675]이 니러 안ᄌᆞ려 ᄒᆞ니 ᄒᆞᆨᄉᆡᆨ(學士ㅣ) 긴 ᄑᆞᆯ로 후려 잡아시니 능히(能-) 움ᄌᆞ기디 못ᄒᆞᄂᆞᆫ디라. ᄒᆞᆨᄉᆡᆨ(學士ㅣ) 심하(心下)의 웃고 흔연(欣然)이 견권(繾綣)[676]ᄒᆞ야 ᄎᆞ야(此夜)를 디내고,

평명(平明)의 긔운이 과연(果然) 소탕(掃蕩)[677]ᄒᆞ야 몸이 가ᄇᆡ야오ᄃᆡ 진실로(眞實-) 냥형(兩兄)의 졍대(正大)ᄒᆞᆫ ᄒᆡᆼᄉᆞ(行使)를 져허[678] 나은 톄를 못 ᄒᆞ고 상상(牀上)의 누엇더니,

화 시(氏) 졍당(正堂)의 간 후(後) 초후(-侯) 형뎨(兄弟) 드러와 문병(問病)ᄒᆞ거ᄂᆞᆯ ᄒᆞᆨᄉᆡᆨ(學士ㅣ) ᄃᆡ왈(對曰),

---

672) 념고(厭苦): 염고. 싫어하고 괴롭게 여김.
673) 구슈(仇讎): 구수. 원수.
674) 슬히텨: 슬쩍.
675) 경〃(鯁鯁): 곧은 말을 하며 항쟁하는 모양.
676) 견권(繾綣): 생각하는 정이 두터워 서로 잊지 못하거나 떨어질 수 없음.
677) 소탕(掃蕩): 병이 다 나음.
678) 져허: 꺼려.

"구트여 어제예셔 나은 줄 아디 못홀소이다."

냥인(兩人)이 고개 좃고 눈을 드러 술피니 엇디 짐쟉(斟酌)디 못ᄒ리오. 심(甚)히 블

96면

쾌(不快)히 너기나 야애(爺爺ㅣ) 아ᄅ시면 더옥 노(怒)ᄒ실디라 ᄉ식(辭色)디 아니코 조심(操心)ᄒ야 됴리(調理)ᄒ라 ᄒ고 즉시(卽時) 나오니,

화 시(氏) 져므도록 졍당(正堂)의셔 침소(寢所)의 도라갈 줄을 니젓더니 월쥬 소제(小姐ㅣ) 골오ᄃ,

"거게(哥哥ㅣ) 듕병지여(重病之餘)[679]의 혼자 겨시거놀 져제(姐姐ㅣ) 엇디 가 보디 아니시ᄂ니잇가?"

소휘(-后ㅣ) 경왈(驚曰),

"ᄋ직(兒子ㅣ) ᄂ당(內堂)의 드러왓ᄂ냐?"

쇼졔(小姐ㅣ) ᄃ왈(對曰),

"거게(哥哥ㅣ) ᄒ시ᄃ, '셔당(書堂)의 이시니 대가(大哥)와 ᄎ개(次哥ㅣ) 침슈(寢睡)[680]롤 폐(廢)ᄒ시니 블안(不安)ᄒ야 말 업ᄂ 쳐ᄌ(妻子)ᄃ려 구완[681]ᄒ야 달라 ᄒ고 드러왓노라.' ᄒ시더이다."

소휘(-后ㅣ) 진실로(眞實-) 그런가 ᄒ야 화 시(氏)롤 나가 보라 ᄒ니 쇼졔(小姐ㅣ) 쇼〃(小小) 곡졀(曲折)[682]을 고(告)티 못ᄒ고 민면

679) 듕병지여(重病之餘): 중병지여. 깊은 병을 앓고 난 뒤.
680) 침슈(寢睡): 침수. 잠을 잠.
681) 구완: 아픈 사람이나 해산한 사람을 간호함.
682) 곡졀(曲折): 곡절. 순조롭지 아니하게 얽힌 이런저런 복잡한 사정이나 까닭.

(憫面)[683] ᄒᆞ믈 이긔디 못ᄒᆞ나 마디못ᄒᆞ야 몸을 니러 침소(寢所)의 니ᄅᆞ러 난간(欄干)의셔 약뉴(藥類)ᄅᆞᆯ 긔걸[684] ᄒᆞ고 방(房)의 드러가디 아니ᄒᆞ니,

ᄉᆡᆼ(生)이 이ᄯᅢ 몸의 병(病)은 업고 고젹(孤寂)[685]

97면

히 혼자 누어 심〃ᄒᆞ믈 이긔디 못ᄒᆞ야 ᄌᆡ삼(再三) 쇼져(小姐)ᄅᆞᆯ 쳥(請)ᄒᆞ나 쇼졔(小姐ㅣ) 응(應)티 아니ᄒᆞ더니,

셕양(夕陽)의 ᄂᆡ당(內堂)의 드러가 혼뎡(昏定)[686]을 ᄆᆞᆺ고 ᄇᆡ야흐로 방듕(房中)의 니ᄅᆞ니 ᄒᆞᆨᄉᆡ(學士ㅣ) 즐칙(叱責) 왈(曰),

"그ᄃᆡ 날로 더브러 원(怨)과 악(惡)을 ᄲᅡ호미 어ᄂᆞ 곳의 미쳣관ᄃᆡ 병(病)드러시ᄃᆡ 구완ᄒᆞ야 주디 아니니 쟝ᄎᆞᆺ(將次ㅅ) 그 ᄯᅳᆺ이 어ᄃᆡ 쥬(主)ᄒᆞ엿ᄂᆞ뇨?"

화 시(氏) ᄎᆞ언(此言)을 듯고 믄득 ᄡᅡᆼ안(雙眼)[687]을 드러 ᄒᆞᆨᄉᆞ(學士)ᄅᆞᆯ 보거ᄂᆞᆯ ᄒᆞᆨᄉᆡ(學士ㅣ) 우어 왈(曰),

"그ᄃᆡ 엇디 ᄉᆡᆼ(生)의 말을 듯고 뎌대도록 눈이 ᄯᅮ러지게 보ᄂᆞ뇨?"

화 시(氏) 탄식(歎息) 왈(曰),

"인(人)의 념티(廉恥) 이 ᄀᆞᄐᆞ니 말ᄒᆞ야 브졀업도다. 내 그ᄃᆡ로 더브러 원(怨)을 엇더킈 지엇ᄂᆞ뇨? 타인(他人)으로 니ᄅᆞᆯ딘대 블공ᄃᆡ텬

---

683) 민면(憫面): 민망하고 면구스러움.

684) 긔걸: 명령함.

685) 고젹(孤寂): 고적. 외롭고 쓸쓸함.

686) 혼뎡(昏定): 혼정. 밤에 자기 전에 부모의 침소에 가서 잠자리를 살피고 밤 동안 안녕하기를 여쭘.

687) ᄡᅡᆼ안(雙眼): 쌍안. 두 눈.

지쉬(不共戴天之讎ㅣ)로ᄃᆡ 녀ᄌᆡ(女子ㅣ) 쇼텬(所天)[688]을 앙망(仰望)ᄒᆞᄂᆞᆫ 대의(大義)를 폐(廢)티 못ᄒᆞ야 그ᄃᆡ로 일실(一室)의 쳐(處)ᄒᆞ나 일신(一身)이 숑구(悚懼)ᄒᆞ미 침상(針上)의 안준

98면

ᄃᆞᆺᄒᆞ야 목숨이 아모 날 ᄆᆞᄎᆞᆯ 줄 아디 못ᄒᆞ거ᄂᆞᆯ 방(房)의 드러올 ᄯᅳᆺ이 이시리오? 내 임의 그ᄃᆡ 집 시녜(侍女ㅣ) 아니오, 그ᄃᆡ 약믈(藥物)을 밧들미 양낭뉴ㅣ(養娘類ㅣ)[689] 극진(極盡)이 ᄒᆞ거ᄂᆞᆯ 내 엇디 그 병(病)의 근노(勤勞)ᄒᆞ리오?"

혹ᄉᆡ(學士ㅣ) 텽파(聽罷)의 웃고 칭샤(稱辭) 왈(曰),

"그ᄃᆡ의 말을 드르니 ᄉᆡᆼ(生)의 ᄂᆞᆺ치 가(可)히 둣겁다 ᄒᆞ려니와 ᄯᅩ ᄒᆞᆫ 내 말을 드ᄅᆞ라. 부〃(夫婦)ᄂᆞᆫ 일신(一身) ᄀᆞᄐᆞ니 셜ᄉᆞ(設使) 견과(見過)[690]ᄒᆞᆫ 일이 이신들 ᄯᅩᄒᆞᆫ 프러 ᄇᆞ린 후(後)ᄂᆞᆫ 관겨(關係)티 아니ᄒᆞ니 므ᄉᆞ 일 구ᄒᆞᆫ(舊恨)[691]을 뎨긔(提起)[692]ᄒᆞ며 광평후(--侯) 형(兄)은 더옥 ᄉᆞ촌(四寸)이라도 긋기믈 그ᄃᆡ예셔 더ᄒᆞ야 겨시ᄃᆡ ᄒᆞᆫ 번(番) 네 죄(罪)라 니ᄅᆞ시ᄂᆞᆫ 일이 업ᄉᆞᄃᆡ 그ᄃᆡᄂᆞᆫ 내 안해로셔 블셔 몃 ᄒᆡ를 가지고 티원(置怨)[693]ᄒᆞ미 졀티(切齒)ᄒᆞ매 미첫ᄂᆞ뇨? 가(可)히 인심(人心)이라 ᄒᆞ랴?"

쇼제(小姐ㅣ) 정ᄉᆡᆨ(正色) ᄇᆞ답(不答)ᄒᆞ니 혹ᄉᆡ(學士ㅣ) 은근(慇懃)

---

688) 쇼텬(所天): 소천. 아내가 남편을 이르는 말.
689) 양낭뉴ㅣ(養娘類ㅣ): 양랑류. 유모들.
690) 견과(見過): 잘못을 보임.
691) 구ᄒᆞᆫ(舊恨): 구한. 묵은 한.
692) 뎨긔(提起): 제기. 의견이나 문제를 내어 놓음.
693) 티원(置怨): 치원. 원망을 둠.

이 샤례(謝禮)ᄒᆞ며 ᄋᆡ걸(哀乞)ᄒᆞ야 그 말솜이 금셕(金石)이 녹ᄂᆞᆫ ᄃᆞᆺ ᄒᆞ니

99면

쇼제(小姐ㅣ) 비록 안흐로 통히(痛駭)ᄒᆞ나 능히(能-) ᄉᆞᄉᆡᆨ(辭色)디 못ᄒᆞ야 믁연(默然)이 안자시니 당쵸(當初) 쇼져(小姐)의 ᄯᅳᆺ이 ᄉᆡᆼ젼(生前)의 ᄉᆡᆼ(生)을 보디 아니믈 ᄆᆡᆼ셰(盟誓)ᄒᆞ고 만일(萬一) ᄌᆞ가(自家)ᄅᆞᆯ 거쳔(擧賤)[694]ᄒᆞᄂᆞᆫ 일이 이실딘대 ᄌᆞ결(自決)ᄒᆞ야 ᄆᆞ옴을 쾌(快)히 ᄒᆞ랴 ᄒᆞ더니 도금(到今)ᄒᆞ야 형셰(形勢) 그러티 못ᄒᆞ여 냥셩(兩性)[695]의 친(親)을 일우고 여러 슌(旬) 블슌(不順)ᄒᆞᆫ ᄉᆞᄉᆡᆨ(辭色)을 못ᄒᆞ야 입이 졀로 다티이니 과연(果然) 녀ᄌᆡ(女子ㅣ) 아모리 어려워도 지아비 듕(重)ᄒᆞ믈 알디라.

혹ᄉᆡ(學士ㅣ) 수오(數五) 일(日) 이곳의 이시매 쾌차(快差)ᄒᆞ야 니러나 관셰(盥洗)[696]ᄅᆞᆯ ᄆᆞᆺ고 ᄂᆡ당(內堂)의 니ᄅᆞ러 모친(母親)긔 뵈오니 휘(后ㅣ) 흔연(欣然)[697]이 경계(警戒)ᄒᆞ야 다시 득죄(得罪)티 아니믈 니ᄅᆞ니 혹ᄉᆡ(學士ㅣ) ᄇᆡ샤(拜謝) 슈명(受命)ᄒᆞ고 믈러나 오운뎐(--殿)의 나아가 왕(王)긔 뵈니 왕(王)이 ᄇᆞᆯ연작ᄉᆡᆨ(勃然作色)[698] 왈(曰),

"네 ᄉᆞ류(士類)[699] 식견(識見)으로 부녀(婦女)ᄅᆞᆯ 샹ᄉᆞ(想思)ᄒᆞ야 ᄒᆡᆼᄉᆡ(行使ㅣ) 패악(悖惡)[700]ᄒᆞ미 측냥(測量)업거ᄂᆞᆯ ᄆᆞ슴 ᄂᆞᆺᄎᆞ로 날을

---

694) 거천(擧賤): '천하게 대함'의 의미로 보이나 미상임.
695) 냥셩(兩性): 양성. 부부.
696) 관셰(盥洗): 관세. 손발을 씻음. 세수.
697) 흔연(欣然): 기쁘거나 반가워 기분이 좋음.
698) ᄇᆞᆯ연작ᄉᆡᆨ(勃然作色): 발연작색. 왈칵 성을 내어 얼굴빛이 달라짐.
699) ᄉᆞ류(士類): 사류. 학문을 연구하고 덕을 닦는 선비의 무리.
700) 패악(悖惡): 도리에 어긋나며 흉악함.

100면

와 보는다?"

셜파(說罷)의 노식(怒色)이 ᄀᆞ득ᄒᆞ야 좌우(左右)로 미러 내티라 ᄒᆞ니 ᄉᆡᆼ(生)이 대경(大驚) 황공(惶恐)ᄒᆞ야 연망(連忙)이 복디(伏地)ᄒᆞ야 ᄀᆞᆯ오ᄃᆡ,

"아히(兒孩) 져근 매ᄅᆞᆯ 이긔디 못ᄒᆞ야 오래 누은 죄(罪)ᄂᆞᆫ 만ᄉᆞ유경(萬死猶輕)[701]이오나 녀ᄌᆞ(女子)ᄅᆞᆯ ᄉᆞ렴(思念)[702]ᄒᆞᆷ은 아니온디라, 복원(伏願)[703] 야〃(爺爺)ᄂᆞᆫ 슬피쇼셔."

왕(王)이 노왈(怒曰),

"네 가지록 날을 어둡게 너겨 소기기ᄅᆞᆯ ᄂᆞᆼᄉᆞ(能事)로 아니 내 진실로(眞實-) 너 ᄀᆞᄐᆞᆫ 호걸(豪傑)의 아비 되미 븟그러온디라 ᄲᆞᆯ리 믈러가 네 임의(任意)로 ᄒᆞ고 내 눈의 뵈디 말라."

ᄉᆡᆼ(生)이 더옥 ᄎᆡᆨ급(着急)[704]ᄒᆞ야 눈믈이 만면(滿面)ᄒᆞ야 머리ᄅᆞᆯ 두ᄃᆞ려 청죄(請罪)ᄒᆞ고 믈러가디 아니ᄒᆞᄂᆞᆫ디라, 왕(王)이 졍ᄉᆡᆨ(正色)고 다시 졉담(接談)[705]티 아니ᄒᆞ니 ᄉᆡᆼ(生)이 숑구(悚懼)ᄒᆞ야 긔운을 ᄂᆞᄌᆞᆨ이 ᄒᆞ고 겨ᄐᆡ 뫼셧더니 황혼(黃昏)을 당(當)ᄒᆞ야 뫼셔 자고 두려ᄒᆞᄂᆞᆫ ᄯᅳᆺ과 조심(操心)ᄒᆞᄂᆞᆫ 거동(擧動)이 효ᄌᆞ(孝子)의 되(道ㅣ) ᄀᆞᄌᆞᆨ ᄒᆞᆫ디라.

왕(王)이 심하(心下)의 져기 노(怒)ᄅᆞᆯ 푸러 수삼(數三)

---

701) 만ᄉᆞ유경(萬死猶輕): 만사유경. 만 번 죽어도 오히려 가벼움.
702) ᄉᆞ렴(思念): 사념. 마음속으로 깊이 생각함.
703) 복원(伏願): 웃어른 앞에 엎드려서 조심스럽고 정중하게 원함.
704) ᄎᆡᆨ급(着急): 착급. 매우 급함.
705) 졉담(接談): 접담. 서로 이야기함.

101면

일(日) 후(後) 안ᄉᆡᆨ(顔色)이 평샹(平常)ᄒᆞ니 ᄒᆞᆨᄉᆞ(學士ㅣ) 대희과망(大喜過望)[706]ᄒᆞ야 가지록 공근(恭謹)[707]ᄒᆞ더니,

십여(十餘) 일(日) 후(後) 왕(王)이 ᄂᆡ뎐(內殿)의 드러가 밤을 디내니 ᄒᆞᆨᄉᆞ(學士ㅣ) ᄇᆞ야흐로 운셩각(--閣)의 니ᄅᆞ니 화 시(氏) 니러 마자 좌(座)ᄅᆞᆯ 뎡(定)ᄒᆞ매 ᄒᆞᆨᄉᆞ(學士ㅣ) 이에 칭사(稱謝)ᄒᆞ야 ᄀᆞᆯᄋᆞᄃᆡ,

"이제 내 병(病)이 다 낫고 쇼〃(小小) 근심이 업ᄉᆞ니 ᄎᆞ후(此後)ᄂᆞᆫ 부뷔(夫婦ㅣ) 눈섭을 ᄲᅧᆯ텨 화락(和樂)ᄒᆞ미 올흔디라 부인(夫人)은 구ᄒᆞᆫ(舊恨)[708]을 ᄎᆞ후(此後)나 뎨긔(提起)티 말믈 ᄇᆞ라노라. ᄎᆞ후(此後)ᄂᆞᆫ ᄉᆡᆼ(生)이 ᄆᆡᆼ셰(盟誓)ᄒᆞ야 희쳡(姬妾)[709]을 아니 두고 부인(夫人)으로 ᄇᆡᆨ슈동혈(白首同穴)[710]ᄒᆞᆷ을 원(願)ᄒᆞᄂᆞ니 부인(夫人)은 ᄲᅧ곰 엇더킈 너기ᄂᆞ뇨?"

쇼졔(小姐ㅣ) 졍ᄉᆡᆨ(正色) 부답(不答)ᄒᆞ니 ᄎᆞᆫ 긔운은 어름을 능만(凌漫)[711]ᄒᆞ고 ᄆᆡ온 거동(擧動)은 셜샹가빙(雪上加氷)[712]이라. ᄉᆡᆼ(生)이 흔연(欣然)이 웃고 유〃(幽幽)[713]히 다ᄅᆡᆷ믈 마디아니나 ᄆᆞᄋᆞᆷ의 깁히 저허[714] 셜만(褻慢)[715]이 ᄃᆡ졉(待接)디 못ᄒᆞ고 듕졍(重情)[716]이 태산(泰山) ᄀᆞᆺᄐᆞ나 쇼졔(小姐ㅣ) ᄂᆡᆼ졍(冷情) 쵸독(楚毒)[717]ᄒᆞ미 날로

---

706) 대희과망(大喜過望): 바란 바에 넘쳐 크게 기뻐함.
707) 공근(恭謹): 공손하며 삼감.
708) 구ᄒᆞᆫ(舊恨): 구한. 오래전부터 품어 온 원한.
709) 희쳡(姬妾): 희첩. 정식 아내 외에 데리고 사는 여자.
710) ᄇᆡᆨ슈동혈(白首同穴): 백수동혈. 부부가 흰머리가 될 때까지 함께 살다가 같이 묻힘.
711) 능만(凌漫): 업신여겨 만만하게 봄.
712) 셜샹가빙(雪上加氷): 설상가빙. 눈 위에 얼음이 덮인다는 뜻으로 매우 냉랭함을 이름.
713) 유〃(幽幽): 깊고 그윽함.
714) 저허: 꺼려.
715) 셜만(褻慢): 설만. 하는 짓이 무례하고 거만함.
716) 듕졍(重情): 중정. 깊은 정.

더어 죠곰도 가

102면

랍(嘉納)[718] 호미 업스니 싱(生)이 쳔만(千萬) 가지로 샤죄(謝罪)호미 혜 달흘 듯호더라.

싱(生)이 이튼날 화부(-府)의 나아가 화 공(公) 부〃(夫婦)를 보니 공(公)이 흔연(欣然)이 닐오딗,

"뎌즈음긔 네 병(病)이 듕(重)타 호딗 내 쏘 미양(微恙)[719]이 이셔 자리를 써나디 못호는 고(故)로 흔 번(番)도 나아가 뭇디 못호니 극(極)히 참괴(慙愧)호도다."

혹식(學士ㅣ) 샤례(謝禮) 왈(曰),

"쇼셔(小壻)의 병(病)은 즈작지얼(自作之孽)[720]이라, 엇디 대인(大人)이 왕굴(枉屈)[721]호샤믈 브라리오? 뎌적 쇼셰(小壻ㅣ) 미치고 실셩(失性)흔 언소(言辭)로 대인(大人)긔 득죄(得罪)호미 만흐니 청죄(請罪)호라 오과이다."

공(公)이 웃고 왈(曰),

"비록 잘못호여시나 그도곤 더흔 말인들 엇디 탄(嘆)호리오? 너의 샤죄(謝罪)를 드르니 이 쏘 엇디 못흘 경식(慶事ㅣ)로다."

혹식(學士ㅣ) 역쇼(亦笑) 왈(曰),

"쇼셔(小壻)의 당년(當年) 쳐식(處事ㅣ) 그르나 진실로(眞實-) 연무

717) 쵸독(楚毒): 초독. 세차고 독함.
718) 가랍(嘉納): 가납. 권하는 말을 기꺼이 들음.
719) 미양(微恙): 가벼운 병.
720) 즈작지얼(自作之孽): 자작지얼. 자기가 저지른 일 때문에 생긴 재앙.
721) 왕굴(枉屈): 남이 자기 있는 곳으로 찾아옴을 높여 이르는 말.

(煙霧)[722]의 싸딘 연괴(緣故ㅣ)라, 이 엇디 본심(本心)이리오? 도금(到今)ᄒᆞ야 뉘우ᄎᆞ미 만복(滿腹)[723]ᄒᆞᄃᆡ 형인(荊人)[724]이 쇼ᄉᆡᆼ(小生) 욕(辱)ᄒᆞ믈 남은 싸

103면

히 업게 ᄒᆞ고 피(避)ᄒᆞ믈 구슈(仇讎)[725]ᄀᆞ티 ᄒᆞ거ᄂᆞᆯ 악댱(岳丈)이 그ᄅᆞ다 아니시고 쇼ᄉᆡᆼ(小生)만 그ᄅᆞ다 ᄒᆞ시니 쵸조(焦燥) 턱급(着急)[726]ᄒᆞᆫ ᄀᆞᆺ틔 과격(過激)ᄒᆞᆫ 셩(性)이 ᄀᆞᆺ치 누ᄅᆞ디 못ᄒᆞ야 시례(失禮)ᄒᆞ믈 만히 ᄒᆞ여ᄉᆞᆸᄂᆞᆫ디라 도금(到今)ᄒᆞ야 ᄉᆡᆼ각ᄒᆞ매 엇디 븟그럽디 아니리잇고?"

공(公)이 날호여 탄왈(嘆曰),

"만ᄉᆡ(萬事ㅣ) 다 시운(時運)의 ᄃᆞᆯ려시니 엇디 사ᄅᆞᆷ을 그ᄅᆞ다 ᄒᆞ며 탓ᄒᆞ리오? 너ᄂᆞᆫ ᄎᆞ후(此後)나 ᄆᆞ옴을 잡아 브ᄃᆡ 화동(和同)ᄒᆞ고 그ᄅᆞᆫ 곳의 싸디디 말면 ᄒᆡᆼ심〃(幸甚幸甚)[727]일가 ᄒᆞ노라."

ᄉᆡᆼ(生)이 흔연(欣然)이 샤례(謝禮)ᄒᆞ고 ᄯᅩᄒᆞᆫ 탄식(歎息) 왈(曰),

"쇼셔(小壻ㅣ) 블ᄒᆡᆼ(不幸)ᄒᆞᆫ 운수(運數)ᄅᆞᆯ 만나 셰간(世間)의 희한(稀罕)ᄒᆞᆫ 대변(大變)을 ᄀᆞ초 디내고 가문(家門)의 기인(棄人)이 되야시니 진실로(眞實-) ᄂᆞᆺ 드러 사ᄅᆞᆷ 볼 념티(廉恥) 업ᄂᆞᆫ디[728]라 ᄎᆞ마

722) 연무(煙霧): 연기와 안개.
723) 만복(滿腹): 마음에 가득 참.
724) 형인(荊人): 형차(荊釵)를 한 사람, 즉 아내를 가리킴. 형차는 나무로 만든 비녀로, 검소한 생활을 함을 의미함.
725) 구슈(仇讎): 구수. 원수.
726) 탹급(着急): 착급. 매우 급함.
727) ᄒᆡᆼ심〃(幸甚幸甚): 행심행심. 매우 다행임.
728) ᄂᆞᆫ디: [교] 원문에는 'ᄂᆞ니'로 되어 있으나 문맥을 고려해 규장각본(22:95)과 연세대본(22:103)을 따름.

다시 그른 곳을 범(犯)ᄒᆞ리잇고? 형인(荊人)이 티원(置怨)[729]ᄒᆞ믈 셰구년심(歲久年深)[730]이 졈졈(漸漸) 더ᄒᆞ니 ᄇᆡ우(配偶)의 낙(樂)이 슌(順)티 못ᄒᆞ믈 ᄒᆞᆫ(恨)ᄒᆞᄂᆞ이다."

공(公) 왈(曰),

"편협(偏狹)ᄒᆞᆫ 녀

104면

ᄌᆡ(女子ㅣ) ᄉᆡᆼ각기를 널리 못 ᄒᆞ야 그러ᄒᆞ나 셰월(歲月)이 오라면 ᄌᆞ연(自然) 업ᄉᆞ리라."

인(因)ᄒᆞ야 쥬반(酒盤)[731]을 나와 ᄃᆡ졉(待接)ᄒᆞ니 ᄉᆡᆼ(生)이 ᄇᆡᆨ포(白袍) ᄉᆞ이로셔 옥슈(玉手)를 내여 져를 드러 하져(下箸)[732]ᄒᆞ며 말ᄉᆞᆷᄒᆞ매 긔이(奇異)ᄒᆞᆫ 풍신(風神)과 늠연(凜然)ᄒᆞᆫ 거시 일ᄃᆡ호걸(一代豪傑)이오, 당ᄃᆡ(當代) 풍뉴랑(風流郎)이라. 공(公)의 부뷔(夫婦ㅣ) 녯날 졀치(切齒)ᄒᆞ던 ᄠᅳᆺ은 뉴슈(流水)의 ᄇᆞ티고 크게 ᄉᆞ랑ᄒᆞ야 희ᄉᆡᆨ(喜色)이 ᄂᆞᆺ치 ᄀᆞᄃᆞᆨᄒᆞ니 과연(果然) 화 공(公)이 ᄇᆡᆨ문 ᄉᆞ랑ᄒᆞ믈 금일(今日) 더으ᄃᆡ 그 엄(嚴)ᄒᆞᆫ 셩졍(性情)이 타인(他人)이 만일(萬一) ᄌᆞ가(自家) 녀ᄋᆞ(女兒)를 그 지경(地境)ᄭᆞ디 구러시면 눈ᄭᆞ읜들 ᄇᆞ티리오마ᄂᆞᆫ 녀ᄋᆞ(女兒)의게 조촌 사ᄅᆞᆷ이라 이러ᄐᆞᆺ ᄒᆞ미러라.

이윽고 ᄉᆡᆼ(生)이 니러 하딕(下直)고 집의 도라와 부모(父母)긔 뵈옵고 침소(寢所)로 도라오니 ᄂᆞᆺ치 술긔운이 퍽 올라 달호이ᄂᆞᆫ디라

729) 티원(置怨): 치원. 원망을 함.
730) 셰구년심(歲久年深): 세구연심. 세월이 매우 오래됨.
731) 쥬반(酒盤): 주반. 술과 안주를 올려놓는 소반이나 예반.
732) 하져(下箸): 하저. 젓가락을 댄다는 말로 음식을 먹음을 이르는 말.

흔연(欣然)이 우음을 씌여 쇼져(小姐)를 향(向)ᄒᆞ야 화 공(公)의 말을 뎐(傳)ᄒᆞ고 우

105면

어 왈(曰),

“악댱(岳丈)도 이제는 쇼ᄉᆡᆼ(小生)의 죄(罪)를 용샤(容赦)ᄒᆞ시ᄃᆡ 그ᄃᆡ 엇디 홀로 프디 아닛ᄂᆞ뇨?“

쇼제(小姐ㅣ) ᄂᆡᆼ졍(冷情)ᄒᆞᆫ 안ᄉᆡᆨ(顔色)으로 츄파(秋波)를 ᄂᆞ초와 말을 아니ᄒᆞ니 ᄉᆡᆼ(生)이 나아가 옥슈(玉手)를 잡아 쇼왈(笑曰),

“부인(夫人)은 너모 쾌(快)ᄒᆞᆫ 톄 말라. 쇼ᄉᆡᆼ(小生)곳 아니면 그ᄃᆡ 능히(能-) 홍딘연화(紅塵蓮花)[733]를 아디 못ᄒᆞ리니 타일(他日) 유ᄌᆞᄉᆡᆼ녀(有子生女)[734]ᄒᆞ야 옥녀금동(玉女金童)이 쌍〃(雙雙)ᄒᆞᆯ 적은 ᄉᆡᆼ(生)을 더옥 감격(感激)히 너기리라.”

쇼제(小姐ㅣ) 셩안(星眼)을 ᄲᅧ ᄉᆡᆼ(生)을 보고 밧비 옥슈(玉手)를 ᄯᅥᆯ티니 ᄉᆡᆼ(生)이 대소(大笑) 왈(曰),

“그ᄃᆡ 이제 날을 초월(楚越)[735]ᄀᆞ티 너겨 ᄉᆡᆼ(生)의 말을 고이(怪異)히 너기나 댱ᄂᆡ(將來)를 보라.”

쇼뎨(小姐ㅣ) 마ᄎᆞᆷ내 답(答)디 아니ᄒᆞ니 ᄒᆞㄱᄉᆞ(學士ㅣ) ᄉᆞᄉᆞ로 웃고 손을 잇그러 상(牀)의 나아가니 은졍(慇情)[736]의 딘듕(珍重)[737]ᄒᆞ미

733) 홍딘연화(紅塵蓮花): 홍진연화. 인간 세상에서의 즐거움.
734) 유ᄌᆞᄉᆡᆼ녀(有子生女): 유자생녀. 아들을 두고 딸을 낳음.
735) 초월(楚越): 중국 전국시대의 초나라와 월나라의 사이라는 뜻으로, 서로 원수처럼 여기는 사이를 비유적으로 이르는 말.
736) 은졍(慇情): 은정. 두터운 정.
737) 딘듕(珍重): 진중. 아주 소중히 여김.

측냥(測量)업ᄉᆞ나 쇼졔(小姐ㅣ) 죠곰도 가랍(嘉納)[738]ᄒᆞ미 업더라.

ᄎᆞ후(此後) ᄉᆡᆼ(生)이 화 시(氏)로 금슬(琴瑟)이 됴화[739](調和)[740]ᄒᆞ고 화락(和樂)ᄒᆞ여 ᄒᆡᆼᄉᆡ(行使ㅣ) 일〃(日日)마다 졍대(正大)

106면

ᄒᆞ야 냥형(兩兄)을 법바드니[741] 본(本) 셩졍(性情)이 총명(聰明) 호상(豪爽)[742]ᄒᆞᆫ 고(故)로 임의 슈렴(收斂)ᄒᆞ매 풍아(風雅)[743]ᄒᆞᆫ 긔질(氣質)과 졀딕(切直)[744]ᄒᆞᆫ 긔샹(氣像)이 임의 영웅호걸(英雄豪傑)의 틀이 ᄀᆞᄌᆞᆨᄒᆞ여 동ᄉᆡᆼ(同生) 우ᄋᆡ(友愛)와 효봉위친(孝奉爲親)[745]이 동〃쵹〃(洞洞屬屬)[746]ᄒᆞ야 이젼(以前)보다가 다른 사ᄅᆞᆷ이 되여시니 부모(父母) 형뎨(兄弟) 깃거ᄒᆞ미 측냥(測量)업고 가듕(家中) 일개(一家ㅣ) 칭복(稱福)[747]ᄒᆞ믈 마디아니ᄒᆞ니 과연(果然) 왕일ᄉᆡ(往日事ㅣ)[748] 조믈(造物)의 희롱(戲弄)인 줄 ᄭᆡᄃᆞᆯ를 거시오, 샤ᄅᆞᆷ마다 ᄇᆡᆨ문의 소실(所失)을 듯고 도금(到今)ᄒᆞ야 보매 허언(虛言)이런가 ᄒᆞ야 밋디 아니ᄒᆞᄃᆡ 혹ᄉᆡ(學士ㅣ) 스ᄉᆞ로 사ᄅᆞᆷ 볼 ᄂᆞᆺ치 업서 두문샤ᄀᆡᆨ(杜門謝客)[749]ᄒᆞ야 부모(父母)를 뫼셔 즐긴 여가(餘暇)의 쇼져(小姐)로

738) 가랍(嘉納): 가납. 즐겨 받아들임.
739) 화: [교] 원문과 연세대본(22:105)에는 '하'로 되어 있으나 문맥을 고려해 규장각본(22:95)을 따름.
740) 됴화(調和): 조화. 서로 잘 어울림.
741) 법바드니: 본받으니.
742) 호상(豪爽): 호탕하고 시원시원함.
743) 풍아(風雅): 풍치가 있고 조촐함.
744) 졀딕(切直): 절직. 아주 정직함.
745) 효봉위친(孝奉爲親): 효도로 어버이를 봉양함.
746) 동〃쵹〃(洞洞屬屬): 동동촉촉. 공경하고 삼가며 매우 조심스러움.
747) 칭복(稱福): 복을 일컬음.
748) 왕일ᄉᆡ(往日事ㅣ): 왕일사. 지난날에 겪은 일.
749) 두문샤ᄀᆡᆨ(杜門謝客): 두문사객. 문을 닫고 손님을 사양함.

화락(和樂)ᄒᆞ나,

화 시(氏) 쵸독(楚毒)[750] ᄆᆡ몰ᄒᆞ미 날로 더어 ᄉᆡᆼ(生)의 말을 호블간(好不間)[751] ᄃᆡ(對)티 아니ᄒᆞ고 ᄂᆞᆺ비출 슌(順)히 ᄒᆞ야 보디 아니ᄒᆞ니 ᄉᆡᆼ(生)이 ᄆᆡ양 ᄭᅮ지저 독죵(毒種)이라 ᄒᆞᆫ대 제형(諸兄)이 ᄃᆞᆺ고 우어

•••

107면

왈(曰),

"화쉬(-嫂ㅣ) 마ᄎᆞᆷ 온슌(溫順)ᄒᆞᆯᄉᆡ 너를 ᄃᆡ(對)ᄒᆞ시디 다른 녀ᄌᆞ(女子) ᄀᆺ들딘대 두ᄃᆞ려 ᄂᆡ티리라."

ᄒᆞ니 ᄒᆞᆨᄉᆡ(學士ㅣ) 대쇼(大笑)ᄒᆞ더라.

750) 쵸독(楚毒): 초독. 매섭고 독함.
751) 호블간(好不間): 호불간. 좋든 좋지 않든 간에.

주요 인물

노강: 노몽화의 아버지. 추밀부사.

노몽화: 원래 이흥문의 아내였다가 쫓겨나 비구니 혜선 밑에 있다가 모습을 바꿔 이백문의 첩이 됨.

소령: 소형의 셋째아들. 낭중.

소문: 소형과 소월혜의 아버지. 소운의 할아버지. 상서.

소염: 소형의 첫째아들. 시랑.

소옥주: 소형의 막내딸. 이팽문의 재종(再從)이자 아내.

소운: 소형의 넷째아들. 이팽문의 친구.

소천: 소형의 둘째아들. 한림.

소형: 참정. 사자삼녀를 둠. 소월혜의 오빠.

양난화: 이흥문의 정실.

여박: 여빙란의 오빠. 이성문의 손위처남. 한림학사.

여빙란: 이성문의 정실.

원 부인: 소형의 아내. 소옥주의 어머니.

위공부: 위홍소의 아버지. 이경문의 장인.

위중량: 위공부의 둘째아들. 위홍소의 오빠. 어사.

위최량: 위공부의 첫째아들. 위홍소의 오빠. 시랑.

위후량: 위공부의 셋째아들. 위홍소의 오빠. 학사.

위홍소: 이경문의 정실.

유영희: 이몽현의 셋째딸 이효주의 남편. 자는 운석.

이경문: 이몽창의 둘째아들. 소월혜 소생. 위홍소의 남편. 한림학사 중서사인. 병부상서 대사마 태자태부. 광릉후.

이관문: 이몽현의 일곱째아들. 계양 공주 소생. 자는 연보. 아내는 급사중승 대열의 첫째딸.

이관성: 승상. 이현과 유 태부인의 첫째아들. 정몽홍의 남편. 이연성의 형. 이몽현 오 형제의 아버지.

이낭문: 이몽창의 재실 조제염이 낳은 쌍둥이 중 오빠. 어렸을 때 이름은 최현이었는데 이경문이 찾아서 낭문으로 고침. 어머니 조제염과 함께 산동으로 가다가 도적을 만나 고옹 집에서 종살이하다가 이경문이 찾음.

이몽상: 이관성과 정몽홍의 넷째아들. 안두후 태상경. 자는 백안. 별호는 유청. 아내는 화 씨.

이몽원: 이관성과 정몽홍의 셋째아들. 개국공. 자는 백운. 별호는 이청. 아내는 최 씨.

이몽창: 이관성과 정몽홍의 둘째아들. 연왕. 자는 백달. 별호는 죽청. 아내는 소월혜.

이몽필: 이관성과 정몽홍의 다섯째아들. 강음후 추밀사. 자는 백명. 별호는 송청. 아내는 김 씨.

이몽현: 이관성과 정몽홍의 첫째아들. 하남공. 일천 선생. 자는 백균. 정실은 계양 공주. 재실은 장 씨.

이백문: 이몽창의 셋째아들. 소월혜 소생. 자는 운보. 화채옥의 남편.

이벽주: 이몽창의 재실 조제염이 낳은 쌍둥이 중 여동생. 어렸을 때 이름은 난심이었는데 이경문이 찾아서 벽주로 고침.

이봉린: 이성문의 첫째아들. 정실 여빙란 소생.

이상린: 이경문의 둘째아들. 재실 조 씨 소생.

이성문: 이몽창의 첫째아들. 소월혜 소생. 여빙란의 남편. 자는 현보. 이부총재 겸 문연각 태학사. 초국후.

이세문: 이몽현의 둘째아들. 장옥경 소생. 자는 차보. 태상경 유잠의 딸과 혼인함. 좌참정 청양후.

이연성: 이관성의 막내동생. 태자소부 북주백. 자는 자경.

이웅린: 이경문의 첫째아들. 정실 위홍소 소생.

이원문: 이몽원의 첫째아들. 자는 인보. 아내는 김 씨.

이일주: 이몽창의 첫째딸. 자는 초벽. 태자비.

이창린: 이흥문의 첫째아들.

이최문: 이몽상의 첫째아들. 자는 영보. 아내는 형부상서 장옥계의 딸.

이팽문: 이몽원의 둘째아들. 자는 희보. 아내는 소옥주. 영양후.

이협문: 이몽필의 첫째아들. 자는 숭보. 아내는 공부낭중 맹경의 딸.

이효주: 이몽현의 셋째딸. 남편은 유영희.

이흥문: 하남공 이몽현의 첫째아들. 광평후.

임 씨: 이성문의 재실.

장 부인: 소문의 아내. 소옥주의 할머니.

조여구: 조 황후의 조카. 이경문의 재실. 이경문을 보고 반해 사혼으로 이경문의 아내가 됨.

조여혜: 태자비. 조 황후의 조카.

조제염: 이낭문과 이벽주의 어머니. 이몽창의 재실. 전편 <쌍천기봉>에서 이몽창과 소월혜 소생 영문을 죽이고 소월혜를 귀양가게 했다가 죄가 발각되어 산동으로 가던 중 도적을 만남. 고옹의 집에서 종살이를 하다가 이경문이 찾음.

최연: 유영걸이 강간해 자결한 노 씨의 남편. 최백만의 아버지.

최백만: 최연의 아들. 이벽주의 남편. 자는 인석.

최 숙인: 유 태부인의 양녀. 이관성의 동생.

한성: 이흥문이 서촉으로 귀양 가다가 병이 났을 때 이흥문의 아들 이창린에게 환약을 주어 병을 낫게 한 인물.

화숙: 화진의 아들. 홍문수찬. 자는 영무.

화연: 화숙의 아들. 화채옥의 조카.

화진: 화채옥의 아버지. 이부시랑.

화채옥: 화진의 딸. 자는 홍설. 이백문의 아내.

역자 해제

1. 머리말

<이씨세대록>은 18세기에 창작된 것으로 추정되는 작가 미상의 국문 대하소설로, <쌍천기봉>[1)]의 후편에 해당하는 연작형 소설이다. '이씨세대록(李氏世代錄)'이라는 제목은 '이씨 가문 사람들의 세대별 기록'이라는 뜻인데, 실제로는 이관성의 손자 세대, 즉 이씨 집안의 4대째 인물들인 이흥문·이성문·이경문·이백문 등과 그 배우자의 이야기에 서사가 집중되어 있다. 이는 전편인 <쌍천기봉>에서 이현[2)](이관성의 아버지), 이관성, 이관성의 자식들인 이몽현과 이몽창 등 1대에서 3대에 걸쳐 서사가 고루 분포된 것과 대비되는 모습이다. 또한 <쌍천기봉>에서는 중국 명나라 초기의 역사적 사건, 예컨대 정난지변(靖難之變)[3)] 등이 비중 있게 서술되고 <삼국지연의>의 영향을 받은 군담이 흥미롭게 묘사되는 가운데 가문 내적으로 혼인담, 부부 갈등, 처첩 갈등 등이 배치되어 있다면, <이씨세대록>에서는 역사적 사건과 군담이 대폭 축소되고 가문 내적인 갈등 위주로 서사가 전개된다는 점에서 큰 차이가 있다.

---

1) 필자가 18권 18책의 장서각본을 대상으로 번역 출간한 바 있다. 장시광 옮김, 『팔찌의 인연, 쌍천기봉』 1-9, 이담북스, 2017-2020.

2) <쌍천기봉>에서 이현의 아버지로 이명이 설정되어 있으나 실체적 인물이 등장하지 않고 서술자의 요약 서술로 짧게 언급되어 있으므로 필자는 이현을 1대로 설정하였다.

3) 중국 명나라의 연왕 주체가 제위를 건문제(재위 1399-1402)로부터 탈취해 영락제(재위 1402-1424)에 오른 사건을 이른다. 1399년부터 1402년까지 지속되었다.

2. 창작 시기 및 작가, 이본

<이씨세대록>의 정확한 창작 연도는 알 수 없고, 다만 18세기의 초중반에 창작되었을 것으로 추정된다. 온양 정씨가 정조 10년(1786)부터 정조 14년(1790) 사이에 필사한 것으로 추정되는 규장각 소장 <옥원재합기연>의 권14 표지 안쪽에 온양 정씨와 그 시가인 전주 이씨 집안에서 읽었을 것으로 보이는 소설의 목록이 적혀 있다. 그중에 <이씨세대록>의 제명이 보인다.[4] 이 기록을 토대로 보면 <이씨세대록>은 적어도 1786년 이전에 창작된 것으로 추측할 수 있다. 또, 대하소설 가운데 초기본인 <소현성록> 연작(15권 15책, 이화여대 소장본)이 17세기 말 이전에 창작된바,[5] 그보다 분량과 등장인물의 수가 훨씬 많은 <이씨세대록>은 <소현성록> 연작보다는 후대의 작품일 가능성이 높다. 요컨대 <이씨세대록>은 18세기 초중반에 창작된 작품으로, 대하소설 중에서는 비교적 이른 시기의 창작물이다.

<이씨세대록>의 작가는 알려져 있지 않다. 다만 작품의 문체와 서술시각을 고려하면 전편인 <쌍천기봉>과 마찬가지로 경서와 역사서, 소설을 두루 섭렵한 지식인이며, 신분의식이 강한 사대부가의 일원으로 추정할 수 있다. <이씨세대록>은 여느 대하소설과 마찬가지로 국문으로 표기되어 있으나 문장이 조사나 어미를 제외하면 대개 한자어로 구성되어 있고, 전고(典故)의 인용이 빈번하다. 비록 대하소설 <완월회맹연>(180권 180책)의 수준에는 미치지 못하지만, 다른 유형의 고전소설에 비하면 작가의 지식 수준이 매우 높은 편이다.

---

4) 심경호, 「樂善齋本 小說의 先行本에 관한 一考察 -온양정씨 필사본 <옥원재합기연>과 낙선재본 <옥원중회연>의 관계를 중심으로-」, 『정신문화연구』 38, 한국정신문화연구원, 1990.

5) 박영희, 「소현성록 연작 연구」, 이화여대 박사논문, 1994 참조.

<이씨세대록>에는 또한 강한 신분의식이 드러나 있다. 집안에서 주인과 종의 차이가 부각되어 있고 사대부와 비사대부의 구별짓기가 매우 강하다. 이처럼 <이씨세대록>의 작가는 학문적 소양을 갖추고 강한 신분의식을 지닌 사대부가의 남성 혹은 여성으로 추정되며, 온양 정씨의 필사본 기록을 통해 유추할 수 있듯이 사대부가에서 주로 향유된 것으로 보인다.

<이씨세대록>의 이본은 현재 3종이 알려져 있다. 한국학중앙연구원의 장서각에 소장된 26권 26책본과 서울대학교 규장각에 소장된 26권 26책본, 연세대학교 도서관에 소장된 26권 26책본[6]이 그것이다. 세 이본 모두 표제는 '李氏世代錄', 내제는 '니시셰딕록'으로 되어 있고 분량도 대동소이하고 문장이나 어휘 단위에서도 매우 흡사한 면을 보인다. 특히 장서각본과 연세대본의 친연성이 강한데, 두 이본은 각 권의 장수는 물론 장별 행수, 행별 글자수까지 거의 같다. 다만 장서각본에 있는 오류가 연세대본에는 수정되어 있는 경우가 적지 않아 적어도 두 이본에 한해 본다면 연세대본이 선본(善本)이라 말할 수 있다. 연세대본·장서각본 계열과 규장각본을 비교해 보면 오탈자(誤脫字)가 이본마다 고루 있어 연세대본·장서각본 계열과 규장각본 중 어느 것이 선본(善本) 혹은 선본(先本)인지 단언할 수는 없다.

6) 연세대학교 도서관에 소장된 26권 26책본: <이씨세대록> 해제를 작성해 출간할 당시에는 역자의 불찰로 연세대 소장본의 존재를 알지 못했다가 최근에 알게 되어 5권의 교감 및 해제부터 이를 반영하게 되었음을 밝힌다.

3. 서사의 특징

<이씨세대록>에는 가문의 마지막 세대로 등장하는 4대째의 여러 인물이 병렬적으로 구성되어 있다는 서사적 특징이 있다. 인물과 그 사건이 대개 순차적으로 등장하지만 여러 인물의 사건이 교직되어 설정되기도 하여 서사에 다채로움을 더하고 있다. 이에 비해 <쌍천기봉>에서는 1대부터 3대까지 1명, 3명, 5명으로 남성주동인물의 수가 점차 확대되어 가고 서사의 양도 그에 비례해 세대가 내려갈수록 확장되어 있다. 곧, <쌍천기봉>에서는 1대인 이현, 2대인 이관성·이한성·이연성, 3대인 이몽현·이몽창·이몽원·이몽상·이몽필 서사가 고루 등장한다는 점에서 <이씨세대록>과 차이가 난다. <이씨세대록>에도 물론 2대와 3대의 인물이 등장하기는 하나 그들은 집안의 어른 역할을 수행할 뿐이고 서사는 4대의 인물 중심으로 전개된다. 이를 보면, '세대록'은 인물의 서사적 비중과는 무관하게 2대에서 4대까지의 인물을 등장시켰다는 점에서 붙인 제목으로 이해할 필요가 있다.

이처럼 <이씨세대록>에 가문의 마지막 세대 인물이 주로 활약한다는 설정은 초기 대하소설로 분류되는 삼대록계 소설 연작[7]과 유사한 면이다. <소씨삼대록>에서는 소씨 집안의 3대째[8] 인물인 소운성 형제 위주로, <임씨삼대록>에서는 임씨 집안의 3대째 인물인 임창흥 형제 위주로, <유씨삼대록>에서는 유씨 집안의 4대째 인물인 유세형 형제 위주로 서사가 전개된다.[9] <이씨세대록>이 18세기 초

7) 후편의 제목이 '삼대록'으로 끝나는 일군의 소설을 지칭한다. <소현성록>·<소씨삼대록> 연작, <현몽쌍룡기>·<조씨삼대록> 연작, <성현공숙렬기>·<임씨삼대록> 연작, <유효공선행록>·<유씨삼대록> 연작이 이에 해당한다.

8) 소운성의 할아버지인 소광이 전편 <소현성록>의 권1에서 바로 죽는 것으로 설정되어 있어 1대로 보기 어려운 면이 있으나 제명을 존중해 1대로 보았다.

중반에 창작된 초기 대하소설임을 감안하면 인물 배치가 이처럼 삼대록계 소설과 유사한 것은 이상하지 않다.

한편, <쌍천기봉>에서는 군담, 토목(土木)의 변(變)과 같은 역사적 사건, 인물 갈등 등이 고루 배치되어 있다. 구체적으로, 작품의 앞과 뒤에 역사적 사건을 배치하고 중간에 부부 갈등, 부자 갈등, 처첩(처처) 갈등 등 가문에서 벌어질 수 있는 다양한 갈등을 배치하였다. 이에 반해 <이씨세대록>에는 군담 장면과 역사적 사건이 거의 보이지 않는다. 군담은 전편 <쌍천기봉>에 이미 등장했던 장면을 요약 서술하는 데 그쳤고, 역사적 사건도 <쌍천기봉>에 설정된 사건을 환기하는 정도이고 새로운 사건은 보이지 않는다. <쌍천기봉>이 역사적 사실에 허구를 가미한 전형적인 연의류 작품인 반면, <이씨세대록>은 가문에서 발생할 수 있는 다양한 갈등, 예컨대 처처(처첩) 갈등, 부부 갈등, 부자 갈등 위주로 서사를 구성한 작품으로, <이씨세대록>은 <쌍천기봉>과는 다른 측면에서 대중에게 흥미를 유발할 만한 요소로 구성되어 있음을 알 수 있다.

여느 대하소설과 마찬가지로 <이씨세대록>에도 혼사장애 모티프, 요약 모티프 등 다양한 모티프가 등장해 서사 구성의 한 축을 이루고 있다. 이 가운데 가장 눈에 띄는 것은 기아(棄兒) 모티프이다. 대표적으로는 이경문의 경우를 들 수 있는데 기아 모티프가 매우 길게 서술되어 있다. <쌍천기봉>의 서사를 이은 것으로 <쌍천기봉>에서 간간이 등장했던 이경문의 기아 모티프를 본격적으로 다루고 있다. 즉, <쌍천기봉>에서 유영걸의 아내 김 씨가 어린 이경문을 사서 자기 아들인 것처럼 꾸미는 장면, 이관성과 이몽현, 이몽창이 우연히

9) 다만 <조씨삼대록>에서는 3대와 4대의 인물인 조기현, 조명윤 등이 활약한다는 점에서 차이가 난다.

이경문을 만나는 장면, 이경문이 등문고를 쳐 양부 유영걸을 구하는 장면이 나오는데, <이씨세대록>에서는 그 장면들을 모두 보여주면서 여기에 덧붙여 이경문이 유영걸과 그 첩 각정에게 박대당하지만 유영걸을 효성으로써 섬기는 모습이 강렬하게 나타나 있다. 이경문이 등문고를 쳐 유영걸을 구하는 장면은 효성의 정점에 해당한다. 이경문은 후에 친형인 이성문에 의해 발견돼 이씨 가문에 편입된다. 이때 이경문과 가족들과의 만남 장면은 매우 감동적으로 그려져 있다. 이처럼 이경문이 가족과 헤어졌다가 만나는 과정은 연작의 전후편에 걸쳐 등장하며 연작의 핵심적인 모티프 중의 하나로 기능하고 있고, 특히 <이씨세대록>에서는 결합에 초점이 맞춰져 있어 그 감동이 배가되어 있다.

4. 인물의 갈등

<이씨세대록>에는 다양한 갈등이 등장하는데 이 가운데 핵심은 부부 갈등이다. 대표적으로 이몽창의 장자인 이성문과 임옥형, 차자인 이경문과 위홍소, 삼자인 이백문과 화채옥의 갈등을 들 수 있다. 이성문과 이경문 부부의 경우는 반동인물이 개입되지 않은, 주동인물 사이의 갈등이라는 공통점이 있다. 이성문의 아내 임옥형은 투기 때문에 이성문의 옷을 불지르기까지 하는 인물이다. 이성문이 때로는 온화하게 때로는 엄격하게 대하나 임옥형의 투기가 가시지 않자, 그 시어머니 소월혜가 나서서 임옥형을 타이르니 비로소 그 투기가 사라진다. 이경문과 위홍소는 모두 효를 중시하는 인물인데 바로 그러한 이념 때문에 혹독한 부부 갈등을 벌인다. 이경문은 어려서 부모와 헤어져 양부(養父) 유영걸에게 길러지는데 이 유영걸은 벼슬은

높으나 품행이 바르지 못해 쫓겨나 수자리를 사는데 위홍소의 아버지인 위공부가 상관일 때 유영걸을 매우 치는 일이 발생한다. 이 때문에 이경문은 위공부를 원수로 치부하는데 아내로 맞은 위홍소가 위공부의 딸인 줄을 알고는 위홍소를 박대한다. 위홍소 역시 이경문이 자신의 아버지를 욕하자 이경문과 심각한 갈등을 벌인다. 효라는 이념이 두 사람의 갈등을 촉발시킨 원인이 된 것이다. 두 사람은 비록 주동인물로 설정되어 있지만, 이들을 통해 경직된 이념이 주는 부작용이 만만치 않음을 보여준다.

이백문 부부의 경우에는 변신한 노몽화(이흥문의 아내였던 여자)가 반동인물의 역할을 해 갈등을 벌인다는 특징이 있다. 이백문은 반동인물의 계략으로 정실인 화채옥을 박대하고 죽이려 한다. 애초에 이백문은 화채옥을 마음에 들어하지 않았는데 이유는 화채옥이 자신을 단명하게 할 상(相)이라는 것 때문이었다. 화채옥에게는 잘못이 없는데 남편으로부터 박대를 받는다는 설정은 가부장제의 질곡을 드러내 보이는 장면이다. 여기에 이흥문의 아내였다가 쫓겨난 노몽화가 화채옥의 시녀가 되어 이백문에게 화채옥을 모함하고 이백문이 곧이들어 화채옥을 끝내 죽이려고까지 하는 데 이른다. 이러한 이백문의 모습은 이몽현의 장자 이흥문과 대비된다. 이흥문은 양난화와 혼인하는데 재실인 반동인물 노몽화가 양난화를 모함한다. 이런 경우 대개 이백문처럼 남성이 반동인물의 계략에 속아 부부 갈등이 벌어지지만 이흥문은 노몽화의 계교에 속지 않고 오히려 노몽화의 술수를 발각함으로써 정실을 보호한다. <이씨세대록>에는 이처럼 상반되는 사례를 설정함으로써 흥미를 배가하는 동시에 가부장제의 문제점을 드러내고 있다.

5. 서술자의 의식

<이씨세대록>의 신분의식은 이중적이다. 사대부와 비사대부 사이의 구별짓기는 여느 대하소설과 마찬가지지만 사대부 내에서 장자와 차자의 구분은 표면적으로는 존재하나 서술의 실상은 그렇지 않다. 사대부로서 그렇지 않은 신분의 사람을 차별하는 모습은 경직된 효의 구현자인 이경문의 일화에서 두드러진다. 예컨대, 이경문은 자기 친구 왕기가 적적하게 있자 아내 위홍소의 시비인 난섬을 주어 정을 맺도록 하는데(권11) 천한 신분의 여성에게는 정절을 전혀 배려하지 않는 것을 엿볼 수 있다. 또한 이경문이 양부 유영걸의 첩 각정의 조카 각 씨와 혼인하게 되자 천한 집안과 혼인한 것을 분하게 여겨 각 씨에게 매정하게 구는 것(권8)도 그러한 신분의식이 여실히 드러나는 장면이다. 기실 이는 <이씨세대록>이 창작되던 당시의 사회적 모습이 반영된 것이라 추측할 수 있는 장면들이다.

사대부와 비사대부 사이의 구별짓기는 이처럼 엄격하나 사대부 내에서의 구분은 꼭 그렇지만은 않다. 서사적으로 등장인물들은 장자와 비장자의 구분을 하고 있고, 서술의 순서도 그러한 구분을 따르려 하고 있다. 서술의 순서를 예로 들면, <이씨세대록>은 이관성의 장손녀, 즉 이몽현 장녀 이미주의 서사부터 시작된다. 이미주가 서사적 비중이 그리 크지 않음에도 이미주부터 이야기가 시작되는 것은 그만큼 자식들 사이의 차례를 중시한다는 점을 의미한다. 다만, 특기할 만한 것은 남자부터 먼저 시작하지 않았다는 점이다. 여자든 남자든 순서대로 서술했다는 점이 중요하다. 이미주의 뒤로는 이몽현의 장자 이흥문, 이몽창의 장자인 이성문, 이몽창의 차자 이경문, 이몽창의 장녀 이일주, 이몽원의 장자 이원문, 이몽창의 삼자 이백

문, 이몽현의 삼녀 이효주 등의 서사가 이어진다. 자식들의 순서대로 서술하려 하는 강박증이 있다고 생각될 정도로 서술자는 순서에 집착한다. 이원문이나 이효주 같은 인물은 서사적 비중이 매우 미미하지만 혼인했다는 사실을 서술하고 있는 것이다. 그런데 이러한 순서 집착에도 불구하고 서사 내에서의 비중을 보면 장자 위주로 서술되어 있지 않음을 알 수 있다. 전편 <쌍천기봉>의 주인공이 이관성의 차자 이몽창이었던 것과 마찬가지로 후편에서도 주인공은 이성문, 이경문, 이백문 등 이몽창의 자식들로 설정되어 있다. 이몽현의 자식들인 이미주와 이흥문의 서사는 그들에 비하면 미미한 편이다. 이처럼 가문의 인물에 대한 서술 순서와 서사적 비중의 괴리는 <이씨세대록>을 특징짓는 한 단면이다.

<이씨세대록>에는 꿈이나 도사 등 초월계가 빈번하게 등장해 사건을 진행시키고 해결한다. 특히 사건이나 갈등의 해소 단계에 초월계가 유독 많이 보인다. 예를 들어 이경문이 부모와 만나기 전에 그 죽은 양모 김 씨가 꿈에 나타나 이경문의 정체를 말하고 그 직후에 이경문이 부모를 찾게 되는 장면(권9), 형부상서 장옥지의 꿈에 현아(이경문의 서제)에게 죽은 자객들이 나타나 현아의 죄를 말하고 이성문과 이경문의 누명을 벗겨 주는 장면(권9-10), 화채옥이 강물에 빠졌을 때 화채옥을 호위해 가던 이몽평의 꿈에 법사가 나타나 화채옥의 운명에 대해 말해 주는 장면(권17) 등이 있다. 이러한 초월계의 빈번한 등장은 이 세계의 질서가 현실적 국면으로는 해결할 수 없을 정도로 질곡에 빠져 있음을 의미한다. 현실계의 인물들은 얽히고설킨 사건들을 해결할 능력이 되지 않고 이는 오로지 초월계가 개입되어야만 해소될 수 있는 성질의 것임을 보여주고 있는 것이다.

6. 맺음말

<이씨세대록>은 조선 후기의 역동적인 사회에서 산생된 소설이다. 양반을 돈으로 살 수 있을 정도로 양반에 대한 권위가 땅에 떨어지고 양반과 중인 이하의 신분 이동이 이루어지던 때에 생겨났다. 설화 등 민중이 향유하던 문학에 그러한 면이 잘 드러나 있다. 그러나 이 작품에는 그러한 시대적 변동에 맞서 기득권을 유지하려는 사대부 계층의 의식이 강하게 드러나 있다. 사대부와 사대부 이하의 계층을 구별짓는 강고한 신분의식은 그 한 단면이다.

그렇지만 한편으로는 가부장제의 질곡에 신음하는 여성들의 목소리가 드러나 있기도 하다. 까닭 없이 남편에게 박대당하는 여성, 효라는 이데올로기 때문에 남편과 갈등하는 여성들을 통해 유교적 가부장제가 여성에게 가하는 억압적 모습이 서술의 이면에 흐르고 있다. <이씨세대록>이 주는 흥미와 그 서사적 의미는 바로 이러한 데에서 찾을 수 있지 않을까 한다.

장시광

서울대 강사, 아주대 강의교수 등을 거쳐 현재 경상국립대학교 국어국문학과 교수로 재직 중이다. 논문으로 「대하소설의 여성반동인물 연구」(박사학위논문), 「여성영웅소설에 나타난 여화위남의 의미」, 「대하소설 갈등담의 구조 시론」, 「운명과 초월의 서사」 등이 있고, 저서로 『한국 고전소설과 여성인물』이 있으며, 번역서로 『조선시대 동성혼 이야기 방한림전』, 『여성영웅소설 홍계월전』, 『심청전: 눈먼 아비 홀로 두고 어딜 간단 말이냐』, 『팔찌의 인연: 쌍천기봉 1-9』 등이 있다.

(이씨 집안 이야기) 이씨세대록 11

초판인쇄 2024년 5월 3일
초판발행 2024년 5월 3일

지은이 장시광
펴낸이 채종준
펴낸곳 한국학술정보(주)
주　소 경기도 파주시 회동길 230(문발동)
전　화 031) 908-3181(대표)
팩　스 031) 908-3189
홈페이지 http://ebook.kstudy.com
E-mail 출판사업부 publish@kstudy.com
등　록 2003년 9월 25일 제406-2003-000012호

ISBN 979-11-7217-304-3 04810
979-11-6801-227-1 (전 13권)

이담북스는 한국학술정보(주)의 학술/학습도서 출판 브랜드입니다.
이 시대 꼭 필요한 것만 담아 독자와 함께 공유한다는 의미를 나타냈습니다.
다양한 분야 전문가의 지식과 경험을 고스란히 전해 배움의 즐거움을 선물하는 책을 만들고자 합니다.